L.L & T BRANDA
Barcelona
Enero 2002

Filomeno, a mi pesar

Crónica del rey pasmado

Biblioteca Torrente Ballester

Obra completa de Gonzalo Torrente Ballester

El señor llega
Donde da la vuelta el aire
La Pascua triste
Don Juan
Off-side
La saga/fuga de J.B.
Fragmentos de Apocalipsis
La Isla de los Jacintos Cortados
Dafne y ensueños
Compostela y su ángel
Quizá nos lleve el viento al infinito
Crónica del rey pasmado
Filomeno, a mi pesar
Guadalupe Limón
Las sombras recobradas
Ifigenia
La princesa durmiente va a la escuela
Doménica
Yo no soy yo evidentemente
La rosa de los vientos
La muerte del decano
Las islas extraordinarias
La novela de Pepe Ansúrez
La boda de Chon Recalde
Los años indecisos
Viajes y memorias
Teatro
Relatos y cuentos
Ensayos y panoramas, I
Ensayos y panoramas, II
Ensayos y panoramas, III
Ensayos críticos
Periodismo, I
Periodismo, II
Periodismo, III
Diarios de trabajo
Prólogos y artículos

Gonzalo
Torrente Ballester

Filomeno, a mi pesar
Crónica del rey pasmado

El libro de bolsillo
Biblioteca de autor
Alianza Editorial

Ilustración: Francisco de Goya, *Duelo a garrotazos* (detalle). Museo del Prado. Madrid.
Proyecto de colección: Odile Atthalin y Rafael Celda.

Reservados todos los derechos. El contenido de esta obra está protegido por la Ley, que establece penas de prisión y/o multas, además de las correspondientes indemnizaciones por daños y perjuicios, para quienes reprodujeren, plagiaren, distribuyeren o comunicaren públicamente, en todo o en parte, una obra literaria, artística o científica, o su transformación, interpretación o ejecución artística fijada en cualquier tipo de soporte o comunicada a través de cualquier medio, sin la preceptiva autorización.

© Gonzalo Torrente Ballester, 1988, 1989, 1998
   Filomeno, a mi pesar, 1988
   Crónica del rey pasmado, 1989
© Alianza Editorial, S. A., Madrid, 1998
   Calle Juan Ignacio Luca de Tena, 15; tel. 91 393 88 88; 28027 Madrid
   ISBN: 84-206-3816-1
   Depósito legal: M. 44.557-1998
   Compuesto e impreso en Fernández Ciudad, S. L.
   Catalina Suárez, 19. 28007 Madrid
   Printed in Spain

Filomeno, a mi pesar

*A María José, Gonzalo, María Luisa, Javier,
Fernanda, Francisca, Álvaro, Jaime, Juan Pablo,
Luis Felipe y José Miguel*

DE SU PADRE

1. Belinha

1

Filomeno, ni más ni menos, así como suena, con todo derecho, uno de esos nombres que no se pueden rechazar salvo si se renuncia a uno mismo: impepinable por la ley del bautismo y la del Registro Civil, también por la herencia, porque mi abuelo paterno se llamaba así, Filomeno; y mi padre se empeñó en perpetuar, es un decir, aquel recuerdo del pasado, respeto que tenía a la memoria de su progenitor, de quien había recibido, según él, todo lo bueno del mundo y hasta lo que le había acaecido, con absoluta injusticia en lo que a mi madre respecta, que no fue mal acontecimiento, el casarse con ella, aunque poco duradero: como que decidió marcharse de esta vida, quiero decir mi madre, cuando me trajo a ella. Hace de esto mucho tiempo, y la ciencia carecía entonces de los remedios de que ahora disponen las parturientas con fiebres puerperales. ¡Ah, si yo hubiese nacido cuarenta años después, sólo cuarenta años! ¿Qué hubiera sido de mí? ¿Me vería en el trance de escribir estos recuerdos? Por supuesto que no; pero, a cambio, me habrían mecido los ojos ignorados de mi madre, y no los de Belinha, tan luminosos; me hubieran cantado nanas en gallego y no baladas portuguesas, viejas baladas salidas del fondo de los siglos. Los ojos de mi madre, al parecer, eran azules, como los de todos los Taboada, que yo heredé; gente de raigambre sueva, altos y rubicundos, con el pelo tirando a rojo y tendencia a las pecas. Pero los de mi abuela materna eran de un verde profundo, y desde que nací me acostumbraron a obedecerla con mirarme nada más. ¿Le hubiera gustado a mi madre el nombre de Filomeno? Imagino que no. Me atrevo incluso a pensar que, de haber vivido, aunque fuera sólo un mes, después de mi nacimiento, se habría opuesto a que encima de su hijo, y para siempre, echaran semejante marbete, por mucho que el recuerdo de mi abuelo lo impusiese desde su oscura ultratumba. Pero, de verse obligada a transigir, lo más probable hubiera sido que me encontrase algún diminutivo aceptable y al mismo tiempo cariñoso y ocultador. Muchas veces me entretuve en fantasear sobre cuál hubiera sido. ¿Meniño, por ejemplo? Tiene el inconveniente de que, por mucho que se pueda entender como diminutivo de Filomeno –Meno, Meniño–, no deja por eso de significar «niño» en gallego y en portugués, de ser un sustantivo válido para todos los niños del mundo, lo cual habría sido igual que zambullirme en una inmensidad sin diferencias. Pues otro no se me ocurre, la verdad. ¿Filliño? La gente me llamaría Filliño, que comparte con Meniño la misma sustantividad indeterminada. No, no. Ninguno de los dos. Mi abuela lo resolvió llamándome siempre por el segundo nombre, Ademar. Si Filomeno fue imposición de mi padre, Ademar lo fue de mi abuela, con amenaza de desheredarme si no lo aceptaba. Ademar me corresponde con el mismo derecho que Filomeno, aunque interpuesta una generación más, pues había sido el nombre de su padre, mi bisabuelo, Ademar Pinheiro de Alemcastre. Muchas veces he pensado que Freijomil y Pinheiro allá se van, sin darme cuenta de que las cosas cambian mucho si se pasa la raya, ya que, según lo

1. Belinha

acostumbrado en Portugal, Pinheiro le venía a mi bisabuelo por su madre, y lo que valía era el Alemcastre, no tan antiguo como los pinos, pero sí más ilustre, ya que procedía de ciertos príncipes Lancáster que, en la Edad Media, habían venido de Inglaterra a Portugal y allí se habían quedado, aunque acomodando el nombre al alma portuguesa. Confieso, y lo pongo a guisa de paréntesis, que a mí lo de Alemcastre me gustó siempre, aunque no por lo de la prosapia británica, real por los cuatro costados, que establece cierta tenue relación entre los dramas de Shakespeare y yo, sino por ese «alem» que le habían añadido, una palabra fascinante que, aunque coincida en su significación con el «plus ultra» latino, no es lo mismo. Los conceptos, al marcharse del latín, reciben cargas semánticas como de una especie de electricidad añadida, que los hace más amables o más duros, incluso, a veces, misteriosos: «O alem» es, en efecto, el más allá, lo mismo que el plus ultra. Pero ¿qué más allá? ¿El meramente ambicioso, el meramente geográfico? Leí en alguna parte que el emperador Carlos V, cuando se enteró de que había heredado las coronas de España, escribió en el cristal de una ventana, con el diamante de un anillo, las palabras «plus ultra»; pero aquel Carlos de Gante era un príncipe con aspiraciones al parecer ilimitadas, y yo soy un señorito de provincia que oculta con cautela un poeta reprimido. Para mí, «O alem» no es un más allá marcado por horizontes de mar y cielo, sino de misterio, y así he pensado siempre que llevaba el misterio conmigo, como un regalo con el que no sabía cómo jugar.

A mi abuela Margarida, como dije, lo de Filomeno le disgustó desde el principio, pero tampoco el Freijomil le hacía gracia. Yo era, por mi madre, Taboada, lo cual, unido a la retahíla portuguesa, quedaba en Taboada Tavora de Alemcastre: como para ponerlo en las tarjetas. Mi abuela, alguna vez, me dijo: «Yo vengo, por mi padre, de reyes, y por mi madre, de queridas de reyes». Pero cuando me llevaba a su pazo de los valles miñotos y pasábamos la raya en un coche tirado por seis caballos, yo dejaba de llamarme Filomeno Freijomil para quedarme en Ademar de Alemcastre: el Taboada y hasta el Tavora se diluían en el aire húmedo, y en aquel valle verde la gente que venía al pazo me llamaba «O meu meniño de Alemcastre», si no era Belinha, que me llamaba simplemente «O meu meniño»: lo cual hacía feliz a mi abuela, aunque no lo confesase. El pazo de Alemcastre me gustaba porque podía perderme en él y traspasar las puertas del misterio sin salir de sus paredes, que no eran cuatro, sino quince o veinte, no las conté nunca: se cruzaban, entraban, salían, iban formando esquinas, rincones, avanzadillas: las unas de perpiaño, otras de piedra menuda y formidables marcos de granito, y hasta las había de ladrillos combinados a la manera mudéjar. Después supe que el pazo resultaba así de abigarrado a causa de impensadas superposiciones, añadidos exigidos por los cada vez más prolíficos Alemcastres; uno hubo que engendró veinte hijos, entre bastardos y legítimos; y otro, dieciocho en una sola mujer. Además, la costumbre de la familia era que las solteras se quedasen en casa: como a los Alemcastre les había dado por el volterianismo, no sentían el menor interés por los conventos de monjas, salvo si había que raptar a alguna especialmente hermosa, que varias hubo, en conventos cercanos y lejanos, y hasta dicen que se dio el caso de una expedición marítima, partida de Viana do Castelo, para robar a una monja del Brasil, cuya reputación había atravesado los mares y espoleado el deseo de un Alemcastre, pero quizá en este cuento haya algo de exageración y se tratase solamente de una monja de Cabo Verde.

Heine acusaba a Goethe de callarse la historia de su familia paterna, porque era de modestos artesanos, sin ningún burgomaestre que traer a colación. Mi caso se parece al de Goethe, pero no puedo dejar de hablar de mi abuelo Freijomil, menos aún de mi padre, porque sin ellos yo sería inexplicable. Y no se trata de una explicación biológica: estos

1. Belinha

rasgos o aquéllos les pertenecen, porque como ya dije, salí a los Taboadas: ni Alemcastre ni Freijomil. Se trata de una cuestión biográfica en cuyos términos las influencias del hado son bastante visibles. A veces, los hados toman la forma de una voluntad tozuda al servicio de una idea elemental: ése fue el caso de mi abuelo Filomeno, cartero rural en una zona montañosa vecina de Zamora y Portugal, lo cual le permitía meter alijos de contrabando con cierta facilidad: nadie como él conocía los senderos secretos, los vericuetos olvidados. Mi padre, para ir a la escuela, tenía que recorrer a pie dos o tres millas, con lluvia, con nieve o con un sol de justicia, que ya tenía su mérito; pero lo hacía de buen grado porque la escuela le gustaba y porque, si en la aldea no era más que el hijo del cartero, en la escuela capitaneaba a sus treinta o cuarenta compañeros: sabía más que todos y casi tanto como el maestro; ese monstruo que no sólo recita de memoria la lista de los reyes godos, sino que también saca con éxito los más difíciles problemas de la aritmética. Además, era bastante guapo, si bien (supongo) un poco tosco por el ambiente: de lo que algunos rasgos conservó toda su vida, como sus grandes manos. El cura le dijo una vez a su padre que a aquel muchacho había que darle estudios, y que estaría bien mandarlo al seminario, pero mi abuelo encontraba las sotanas demasiado largas y demasiado parecidas a faldas (a lo mejor fueron otras las razones, pero yo imagino éstas, porque ¿qué más podría querer el cartero Freijomil que su hijo fuese cura?). Tampoco es imposible, según ciertos barruntos, que no le fuesen simpáticos los abades con ama y una recua de sobrinas. Mi abuelo Filomeno, no es porque fuese él, no sólo acataba las reglas de la sociedad, sino que las defendía: cada cual en su sitio y yo en el que me corresponde; con ciertas excepciones relacionadas con su único hijo, que también tenía su sitio, aunque nadie lo supiese aún. Así es que respondió a la propuesta del preste que, estudios sí, pero laicos, y que como él había reunido unos miles de reales, le parecía mejor mandar al chico a que estudiase en el instituto de la capital. Mucha gente pensó que, con aquella operación, mi abuelo, tan sensato en todas sus decisiones, sacaba los pies del plato y apuntaba a unas alturas fuera del alcance de su escopeta; pero, cuando llegaron a la aldea noticias de que mi padre, en el instituto, no sólo era el primer alumno de su curso, sino que además la gente lo encontraba cada vez más guapo, empezaron a aceptar la posibilidad de que, sin salirse del mundo que le correspondía, aspirase a oficial de correos, que no era moco de pavo: quince duros al mes, por lo menos, y vestir de señorito. Pero mi abuelo sonreía: «Oficial de correos, sí, sí». Mi padre salió bachiller, y el director del instituto, en el acto de clausurar el curso y entregar los diplomas, se refirió a él como a un muchacho de extraordinaria capacidad, digno de la más alta fortuna, de la cual le distanciaban de momento ciertas dificultades, no como a algunos mastuerzos que, por ser hijos de ricos, ya estaban pensando en matricularse en la universidad. Nunca he logrado saber cómo se las compuso aquel buen hombre para meter a mi padre de alumno interno en la universidad de los frailes de El Escorial, pero, por lo que supe después, referido a otros casos, allí admitían una especie de fámulos de niños ricos que también estudiaban. Probablemente mi padre fue uno de ellos, y, entre clase y clase, limpió zapatos y cepilló chaquetas, probablemente a conciencia, como lo hacía todo; pero jamás he poseído informes que me permitiesen imaginar la vida que hacía en aquel lugar selecto. Pasó en El Escorial cinco años, sin siquiera venir durante las vacaciones, si no fue una o dos veces, durante todo aquel tiempo, y tan adelantado en los estudios y en la vida, que ya el distante era él, tan serio y suficiente, y todos los de la aldea, incluido el cura, le consultaban sobre las cosas más dispares, lo mismo de lindes que de sembrados. Lo que sí sé es que, al terminar la carrera, trajo consigo una carta de presentación del prior del monasterio para el obispo de

1. Belinha

Villavieja del Oro. Fue a visitarlo, tuvieron una larga conversación, y de allí salió que mi padre tomase a su cargo las finanzas del obispado, que andaban bastante revueltas, y las puso en orden en un santiamén, cosa de meses nada más: viviendo en el obispado, eso sí, y comiendo a la mesa del obispo. De donde su fama. Aunque guapo y bien plantado, era modesto y discreto, o al menos se portaba como tal: no sé por qué, no todo debían ser virtudes, sino cautelas, porque no había olvidado la humildad de sus orígenes, que todavía podían echarle en cara como defecto y no como mérito. De las finanzas del obispo pasó a las del casino, que también andaban mal, y este segundo éxito le proporcionó un puesto de importancia en la caja de ahorros, recién fundada con la mejor voluntad, pero donde todo andaba manga por hombro. Poco tiempo tardó en ser el director, con la confianza del presidente y de la Junta Directiva y el entusiasmo de los impositores, que lo consideraban la garantía de su tres por ciento. Fue entonces cuando la gente empezó a olvidarse del cartero rural, que, al fin y al cabo, quedaba lejos, en un valle perdido que la nieve aislaba en el invierno, y que jamás venía a la capital, quizá por no cansarse de hacer a pie el viaje. Ignoro qué relaciones mantuvieron en vida, el padre y el hijo, pero supongo que fueron buenas, al no tener noticias de que en ningún momento no lo hayan sido. También ignoro cuándo murió mi abuelo, pero, en todo caso, fue antes de mi nacimiento, pues se me puso Filomeno en el bautismo como recordación no sé si por cariño o por justicia. Por supuesto, no hubo la menor dificultad para que mi padre fuese socio del Casino Liceo, de cuya junta llegó a formar parte e incluso a presidir, pero esto acaeció unos años después, cuando las cosas habían cambiado mucho y no sólo era ya el viudo de la chica de Taboada, sino el yerno de doña Margarida de Tavora, casi nadie, toda la Historia de Portugal detrás. Un yerno con el que la suegra no había transigido nunca. En otras condiciones, el parentesco se hubiera difuminado, ella en un pazo miñoto, él en sus Cortes del Reino; pero ya andaba yo por el medio, testimonio viviente de un episodio que en principio consideró doña Margarida una catástrofe, aunque al final quizá no.

Cómo mi padre se casó con la chica de Taboada son, en cierto modo, varias historias falsas, aunque exista también la verdadera. El responsable de las historias falsas fui yo, y se parecen a la verdadera no sólo en el argumento, que es el mismo, quiero decir, el matrimonio, sino en que todas se olvidaron, poco a poco, conforme el hecho quedaba lejos, por mucho que yo intentase que su recuerdo no se borrara jamás, o, al menos, mientras yo duraba. Pero en aquellos tiempos maravillosos de mi juventud, la historia verdadera me abrumaba con su vulgaridad, con su estricta legalidad dentro de ciertas irregularidades, y necesitaba redimirla de algún modo. Me daba la impresión de que mis padres, pudiendo haber vivido una novela, se habían contentado con el protagonismo de una gacetilla social en la segunda plana de un diario de cuatro. Corría el año del planeta... Pero me conviene contar, para que se me entienda, algunos antecedentes. Uno de ellos, que la casa en que vivía mi abuela, la de los Taboada, y es aún la mía, se levanta en la ciudad vieja, frente al palacio del obispo, con portada de más lujo, y almenas decorativas (quizá simbólicas) en el lienzo de pared más viejo y carcomido. Entre obispos y Taboadas hubo siempre relaciones, buenas las más de las veces, algunas malas. Cuando las cosas iban bien, estaba abierta la puerta frontera al palacio episcopal; cuando eran malas, esta puerta se cerraba y se abría la otra lateral. Entonces la gente decía: «Los Taboada están a mal con el obispo», y nadie venía en demanda de recomendaciones. Pero en los tiempos de paz, el obispo atravesaba la calle todas las tardes y tomaba el chocolate con los Taboada de turno. Ese turno le llegó también a mi abuela, que no tomaba chocolate, sino té, como portuguesa que era, pero hay que decir en su honor que jamás obligó a los obis-

1. Belinha

pos a cambiar de costumbres e insertarse, aunque sólo fuera por el líquido de una taza, en los negocios del imperio británico. Doña Margarida tomaba té, y el obispo, chocolate, y todos en paz. El obispo, cuyas finanzas había ordenado mi padre, tuvo cierta intervención decisiva en el asunto del matrimonio.

La chica de Taboada, madre mía que nunca conocí, en cuanto chica atractiva, no era ni fu ni fa: más o menos del montón, pero ninguna otra de Villavieja del Oro la igualaba en prosapia, y en cuanto a recursos propios, no andaba mal. Por lo pronto había heredado de su padre no menos de siete pazos repartidos por diversos lugares de la provincia, y de doña Margarida debería heredar, no sólo el pazo miñoto, sino cierta fortuna en acciones depositadas en un banco de Londres. ¿Por qué, a pesar de esa fortuna, carecía de pretendientes? Quizá no se atrevieran con tanto pasado ilustre los muchachitos de Villavieja, ni siquiera los más linajudos, o quizá simplemente porque, a pesar de todo, la chica no les gustase. Pero se me ocurre que la dificultad mayor era doña Margarida, aquella especie de dragón de ojos verdes más temida que respetada. Nadie hubiera esperado ni aun imaginado que mi padre le pusiese los puntos a la hija de semejante estantigua. Sin embargo, nada más lógico. La opinión popular confería a mi padre la posesión de la cantidad mayor de inteligencia de toda la provincia, una cantidad realmente abusiva, según algunos, e intolerable, según los envidiosos, que nunca faltan, y se esperaba de él, no ya que saliese diputado, sino senador del reino: bastaba que se lo propusiese, o que le conviniese a la gente que le rodeaba y aprovechaba sus saberes. Imagino que él comprendió la necesidad de un fundamento social más firme que la inteligencia en ejercicio, o que la humildad de su origen le empujaba a ascender (discretamente) o estamentos más altos, según su padre apeteciera. Se fijó en mi madre, la cortejó. Doña Margarida, al enterarse, dijo a su hija que no, pero esto no fue lo grave, sino que, una de aquellas tardes de chocolate y té, el obispo le preguntó que por qué se oponía al noviazgo de su hija con aquel caballero de tan brillante porvenir y de tan agradable presencia. Ella le respondió que porque era hijo de un cartero rural. «Señora, yo soy hijo de un guardia civil, y hace varios años que me invita usted a tomar el chocolate de igual a igual.» Por si era lo mismo o no lo era, discutieron. Mi abuela, en un momento que resultó ser teatralmente cumbre, dijo al obispo que, que se supiera, jamás ningún prelado, ni siquiera portugués, había superado a un Alemcastre en posición social, si no eran algunos hijos de reyes que, por razones de Estado, habían tenido que aceptar la prelatura, aunque con ciertas libertades en sus vidas privadas; pero éstos eran meras excepciones. El invitado se levantó, no sin apurar el chocolate que quedaba en la jícara (rasgo que mi abuela consideró siempre como señal de ordinariez), y se marchó. Doña Margarida mandó cerrar detrás de él la puerta del zaguán, pero no abrió la pequeña, sino que cogió a mi madre y se la llevó a uno de los pazos que le venían por la rama de los Taboada, no demasiado lejos de Villavieja, pero sí lo suficiente como para que resultase fastidioso hacer el camino a pie. Pero éste fue su error. Sucedía cuando empezaban a aparecer, sorprendentes y ruidosos, los automóviles, y, en Villavieja, algún extravagante rico había comprado uno. Que lo comprase también mi padre no fue considerado, sin embargo, como extravagancia, sino como la cosa más natural del mundo, tratándose de un hombre de reconocida relevancia, llamado a las más altas magistraturas. Mi padre, todas las tardes, después de su inteligente manejo de las finanzas provinciales, se metía en el coche y partía, a treinta kilómetros por hora, en dirección desconocida. «Va a pasear sus tristezas», pensaba la gente, o «Va a ahogarlas en ruido», podían pensar también, pero a lo que iba mi padre era a verse clandestinamente con su novia, una criada cómplice y testigo de las entrevistas. Esto no duró

1. Belinha

mucho. Mi padre visitó al obispo, tuvieron una larga conversación, y el obispo le dio ciertos consejos. Una de aquellas tardes, mi padre regresó de su viaje con mi madre y la criada de añadidura, y, con todas las de la ley, depositó a la chica de Taboada en casa de una tía carnal a quien mi padre había hecho ciertos favores, y a la que el prelado había dado instrucciones. Pocos días después, el obispo los casó, y mi abuela cruzó la frontera y se refugió en su pazo miñoto, del que no regresó hasta la muerte de mi madre, cuando supo que había quedado un hijo del que alguien tenía que hacerse cargo. Y fue de esta manera como se apoderó de mí. Dominó mi vida mientras vivió, y la sigue dominando desde el misterio al que se marchó hace tiempo, único acto de su vida acontecido contra su voluntad. Cómo mi padre accedió a separarse de mí, parece ser que se debe a la amenaza de mi abuela de meterse en un convento, y dejarlo todo a las monjas.

Como se ve, la historia como tal cuento de amor, es de una legalidad decepcionante. Por eso, cuando empecé a tener sentido estético de la vida, me decidí a reformarla, en algunos detalles, a añadirle algún que otro ingrediente romántico o, al menos, dramático. Por lo pronto, hice de mi madre una belleza fascinadora, y de mi padre, que también había muerto, un genio oprimido por la estrechez provinciana, que se había llevado a la tumba nada menos que los únicos planes posibles de la regeneración económica de España. Eliminé del rapto toda legalidad y, por supuesto, toda intervención episcopal, si bien nadie, entonces, creyó jamás que un hombre tan legal como mi padre hubiera cometido un desaguisado, aunque lo justificase la pasión. Menos aún creyeron que mi madre hubiese ido embarazada al matrimonio, y recuerdo que cierta vez, con la complicidad de las estrellas y el champán, conté a unos amigos la historia de mi nacimiento clandestino en el pazo miñoto de mi abuela. «¡Ganas que tienes de ser un verdadero portugués!», me dijeron. Mis imaginaciones chocaban contra los datos objetivos y constantes de las fechas del matrimonio de mis padres y de mi nacimiento, y no digamos con la noticia recogida por la prensa local de que el ilustrísimo señor obispo de la diócesis había bendecido los amores entre el famoso abogado don Práxedes Freijomil y la bella señorita Inés Taboada y Tavora de Alemcastre. ¡Casi nada! Estoy, sin embargo, persuadido de que mis antepasados, desde su alem, aprobaron mis ficciones. Por lo menos los portugueses, que siempre tuvieron un sentido más romántico del amor y la aventura.

Carecía de él mi abuela Margarida. Nunca conocí a nadie menos sentimental, más incapaz para la ternura. Bien es cierto que su sequedad la suplió, durante algunos años, cierta nodriza un poco oscura que me crió a sus pechos, Belinha, que me dormía cantándome canciones tristes en un portugués armonioso. Vivíamos la mitad del año en el pazo miñoto, la otra mitad en la casa de Villavieja. Entonces me llevaban a que viera a mi padre, a quien recuerdo como un hombre severo y estirado, aunque joven, que no sabía besarme. Ya había llegado a senador, viajaba con frecuencia a Madrid, y me traía juguetes que me dejaban indiferente, pero lo que a mí me hacía feliz era perderme por los vericuetos de aquellas viejas casas, la de Taboada y la de Alemcastre; perderme y explorar sus misterios. La casa de Villavieja los tenía también, pero no tantos, o, al menos, lo eran de otra manera, menos accesibles a mi fantasía, porque estaba en la ciudad, esquina a dos calles empedradas de losas que brillaban con la lluvia, y, en cambio, el pazo de Alemcastre emergía de un bosque de especies raras, traídas de las cuatro esquinas del mundo; era una sorpresa súbita, como un susto, con sus torretas y sus pirulitos, un desafío a la razón y un regalo para la fantasía.

Mi abuela, por su gusto, me hubiera mandado a una escuela inglesa de las más caras, de esas que son para el resto de la vida como una tarjeta de visita y que obligan al uso de una corbata como identificación; pero sabía que allí pegaban a los niños, y ella afirmaba que nadie en el mundo podía pegar a su nieto más que ella, y ella no tenía muchas ganas de hacerlo, aunque el nieto mereciese algún azote. En esos casos le decía a Belinha: «¡Dalhe no nabo!», pero Belinha la miraba tiernamente, implorante, me cogía en brazos y escapaba a la orden y a la mirada. Pues por eso de los azotes ingleses, ante la exigencia de mi padre de que me enviase al colegio, fue por lo que se le ocurrió a mi abuela traerme un maestro español y una *miss*, pagados de su bolsillo: del de mi padre no quería recibir ni un mal ochavo. El maestro me enseñaba a leer en español y, la *miss*, en inglés. Llegó un momento en que empecé a armarme líos con una lengua y otra, y resolvía el conflicto hablando en portugués, lo que encantaba a Belinha y a mi abuela no parecía disgustarle, pero que desesperaba a mis pedagogos; los cuales tuvieron que ponerse de acuerdo y celebraron varias reuniones estrictamente profesionales de las que salieron unas relaciones secretas que no lo eran tanto: lo mismo yo que Belinha habíamos descubierto que el maestro acudía, nocturno, a las habitaciones de la *miss*. Belinha sabía para qué: yo todavía lo ignoraba, pero Belinha me decía que me callase, y se reía.

Cuando ahora reflexiono sobre los recuerdos de aquellos años, recuerdos cada vez más nítidos y precisos, como si los hubieran restaurado, me doy cuenta de que, entre el mundo y yo, había dos puentes: por el uno me evadía a las cosas y a los ensueños: era el pazo miñoto, con sus intrincaciones; por el otro me relacionaba con las personas. A Belinha le cupo esa función durante muchos años, casi todos los que duró, aunque de distinto modo, según nuestras edades. Me dejaba acostado con el quinqué encendido, en aquel lecho enorme, enorme incluso para dos, en el que podía perderme, por el que podía realizar expediciones a los desiertos remotos y, por supuesto, dormir. Pero lo que realmente me absorbía era el examen de los dibujos tallados en la cabecera, en los arabescos de la colcha. Nunca alcancé a ver mayor cantidad de laberintos, todos distintos, interminables. Fueron muchos los años en que mis ojos, también mis dedos, los recorrieron, y creo no haberlos agotado: en cada uno de ellos vivía una aventura, pero mi imaginación no inventaba aventuras bastantes, de modo que, con frecuencia, la que empezaba en un laberinto acababa en el de al lado. Los había también en los damascos del dosel sostenido por columnas de bronce, pero quedaban altos y eran monótonos, iguales los unos a los otros, repetidos. Cuando Belinha calculaba que me había dormido, entraba y me apagaba la luz, después de dejarme bien arropado, o de comprobar que no sudaba si era verano. Alguna vez, entre sueños, la oí llamarme, no sólo «Meu meninho», sino también «Meu filhinho». El suyo había nacido muerto, y la leche a él destinada me había nutrido a mí.

Belinha me despertaba después de haber abierto las maderas, me llamaba con voz queda y melodiosa, no «¡Filomeno!», sino «¡Ademar, meu meninho!» Yo remoloneaba hasta acabar abriendo los ojos, y era entonces cuando ella se despechugaba y ofrecía al juego de mis manos sus tetas morenas, en las cuales hurgaba con la complacencia sonriente de Belinha, durante un tiempo que yo no sentía pasar, ni tampoco ella, hasta que de repente se asustaba y me decía que mi abuela me estaría esperando para tomar el desayuno. Entonces me bañaba, me vestía y me llevaba en brazos hasta la puerta misma del salón. Allí me dejaba en el suelo, y yo entraba solo y saludaba en inglés. La *miss* estaba allí, el pedagogo también, y con un mero juego de miradas entre ellos y mi abuela aprobaban o desaprobaban mi comportamiento. El examen de mis uñas y de mis orejas correspondía a la *miss*, y como a veces Belinha se hubiera descuidado en aquellos miramientos, mi abuela la mandaba llamar y le mostraba las uñas sucias y los oídos encerados. Belinha se avergonzaba, me llevaba con ella, y, llorando, remataba la obra de limpieza y me devolvía al trío, reluciente yo y satisfecha ella. Estoy persuadido de que mi abuela estimaba a la *miss*, tan

1. Belinha

correcta y cumplidora de sus obligaciones (si no era por las noches, aunque ¡quién sabe!), pero a Belinha la quería porque Belinha me quería a mí, y sucedía algo así como si mi abuela le hubiera transferido todas sus obligaciones sentimentales. Después del desayuno, el dúo pedagógico me tomaba a su cargo, y aunque mi abuela les hubiera dicho que a un futuro caballero como yo, con que supiera portarse, hablar bien y algo de Historia, le bastaba, ellos ampliaban mis conocimientos cada uno según sus preferencias. Cuando estábamos en Villavieja del Oro, mi padre, que solía hablar con ellos, insistía en preguntarles si creían que yo, de ser alumno de un colegio como otro niño cualquiera, y no mimado de una vieja disparatada, podría ser el primero de clase. La obsesión de mi padre era aquélla, y la padecí cuando, años después, muerta doña Margarida, mi padre me tomó a su cargo (en cierto modo y por criados interpuestos) y me matriculó en el mismo instituto en el que todavía, según él, se le recordaba como alumno sobresaliente. Mi abuela me había dicho mil veces: «Tu obligación en la vida es repetir la figura de tu abuelo Ademar», y la figura de Ademar de Alemcastre había presidido, como meta a la que se me encaminaba, bastantes años de mi vida. La meta, cuando caí bajo la férula de mi padre, no era un hombre concreto, sino una noción relativa: ser el primero de la clase, el primero del curso, el asombro del profesorado; y después, el primero de la ciudad y su asombro. Pero de esto ya hablaré más tarde.

Por aquel tiempo de mi niñez, la gente andaba metida en una guerra de la que yo oía hablar como de tantas cosas que no entendía. Lo curioso fue que la imaginaba como una pelea de mozos de aldeas rivales, al final de la cual los vencedores aturuxaban. Mi pedagogo era partidario de una de las aldeas, y por eso se llamaba a sí mismo germanófilo; la *miss* apostaba por la aldea contraria y la contienda se dirimía diariamente en mi presencia ante un mapa con unas líneas trazadas por encima con tintas de distintos colores: el rojo era el de la *miss;* el negro, el del maestro. Y no me explico por qué cada vez que uno de ellos decía que su bando había vencido, no aturuxaba también. A mi abuela, aquello de la guerra le traía de mal humor, no porque fuese partidaria de unos o de otros, sino porque tenía proyectado llevarme a Londres, y mientras duraba la guerra no podíamos ponernos en viaje. Tampoco me explicaba el porqué, aunque oyese decir que ya no se podía navegar sin peligro. ¿Qué era navegar? El maestro me hablaba de los mares, me los enseñaba de lejos, desde una de las torres del pazo: la mar remota, más allá del estuario del Miño, siempre con lluvias o con nieblas que no dejaban ver el horizonte. Pero yo no metí los pies en ella hasta la primera vez que me llevaron a Lisboa. Entonces quedé deslumbrado para siempre, con deseos, no de meterme en un barco, sino de ser el barco mismo. Y lo fui muchas veces. Mientras duró la espera, que fue bastante tiempo. Mi abuela me llevaba con frecuencia a Lisboa, me paseaba por las avenidas, me enseñaba esto y lo otro, y, por una calle que llamaban del Alecrim, cuando subíamos la cuesta, me decía muy seria, como si pudiera ser cierto, que al hacerlo en su juventud su padre, don Ademar, las casas se quitaban los tejados para saludarlo: mucho tardé en comprender el significado de aquella hipérbole, pero entonces ella no vivía ya, y cuando ascendía por la rúa del Alecrim, ninguna casa se quitaba el tejado a mi paso, ni siquiera lo insinuaba: me alegro de que ella ya hubiese muerto, porque le habría disgustado hasta la humillación la indiferencia de las casas lisboetas a mi paso. Me habría dicho quizá: «He pretendido inútilmente que repitieses la figura de mi padre. Estás condenado a ser toda tu vida un vulgar Filomeno Freijomil». Ella no tuvo ocasión de decirlo, pero sí yo de sentirlo y de pensarlo.

La guerra terminó, por fin, y aunque no aturuxó, a la *miss* se le notaba que habían ganado los suyos. No se me ocurrió averiguar, si, como consecuencia de la victoria, cerraba a mi

1. Belinha

maestro las puertas de su cuarto. Tampoco debió de averiguarlo Belinha, porque nada me dijo, aunque no deja de ser posible que lo supiese y lo callase, porque no era chismosa ni tampoco fisgona, salvo en lo que a mí pudiera referirse. Un día mi abuela nos anunció que marchábamos a Londres. No dijo quiénes la acompañaríamos, pero se daba por sentado que yo iría con ella, y Belinha, ante mi temor de dejarme a solas con la vieja durante un tiempo que no sabíamos lo que iba a durar, me consolaba asegurándome que doña Margarida no podía prescindir de ella para ciertos menesteres a los que no estaba acostumbrada ni se acostumbraría nunca, como los de acostarme y despertarme. Supuse que lo decía pensando en que la abuela no tenía tetas para que yo jugase por las mañanas, mientras me espabilaba, pero después descubrí que no se trataba de eso. Resultó finalmente que no sólo Belinha era de la compañía, sino también la *miss*, y que al maestro le dio unas vacaciones con el sueldo adelantado para que se fuese a su pueblo mientras nosotros estábamos ausentes, y lo hizo sobre todo como cortesía hacia un hombre que en toda ocasión mostraba su inquina contra los ingleses, a causa, al parecer, de un lugar llamado Gibraltar, cuya situación exacta yo ignoraba, por mucho que me lo señalase en los mapas. ¡Allí había nacido la *miss*, precisamente! Por aquel tiempo yo no había acertado a comprender cómo en aquellos papeles que desplegaba encima de la mesa para indicarme dónde estaba la China, podían haber resumido la tierra entera, que, no sé por qué, había concebido siempre como muy grande; más, bastante más, que la distancia entre Villavieja del Oro y Lisboa, que era, de todos los terrestres, el camino que mejor conocía. De manera que durante dos o tres días se pasaron las tres mujeres liando sus petates y los míos. Debo decir que, con ocasión del último de los viajes a Lisboa, mi abuela me había comprado media docena de trajes, abrigos, impermeables y gorras con cintas de los barcos ingleses: unas gorritas blancas muy divertidas pero que, según Belinha, no me sentaban bien; de modo que, a pesar de gustarme, yo sentía hacia ellas bastante antipatía, y cada vez que me obligaban a ponerme una, corría al espejo a ver si me favorecía o si me transformaba; pero yo no notaba que me hiciese más feo de lo que era, de modo que mi antipatía no tuvo más fundamento que el disgusto de Belinha. Cuando los equipajes estuvieron dispuestos, nos marchamos a Lisboa, una vez más. El maestro nos acompañó mientras pudo, y al despedirse de la *miss* se emocionó bastante, tanto que mi abuela lo consideró indecoroso, según le oí decir a espaldas de aquella señorita entristecida que lloraba cuando no la veía nadie (yo no era nadie para ella), a pesar de que se iba de viaje a su Inglaterra. Nos embarcamos en un paquebote inglés, inmenso como un pueblo, allá en Lisboa, y al pisar la cubierta, la *miss* pareció más animada, sobre todo por el hecho de que hablaba el inglés mejor que la abuela, mientras que yo apenas si lo balbucía: de Belinha, ni siquiera acordarse, pues a ella no se le podía sacar de su portugués miñoto, a pesar del mucho tiempo que pasaba con nosotros en Villavieja del Oro, y de que allí tenía amistades. Pero unos en gallego, ella en portugués, más o menos se entendían. Lo que pasó en el barco fue que mi abuela se mareó en cuanto empezamos a navegar; que a la *miss* le sucedió otro tanto y que los únicos que aguantamos fuimos Belinha y yo, pero Belinha tenía que compartir mi cuidado con el de las mareadas, y aunque a mi abuela le sirviese de buen grado, a la *miss* lo hacía a regañadientes, y luego venía a contarme, o más bien a pensar en alto en mi presencia, que no entendía cómo el maestro se había enamorado de aquel montón de huesos y de aquella carne rosada, que parecía la de «uma porquinha fomenta». Y toda la belleza de su cara de muñeca era pintura, y mareada y vomitando daba asco. El viaje duró al menos cinco días. Atracamos en un muelle de Londres, después de subir por un río y contemplar unas campiñas verdes con las casas muy arregladas, y alguna que otra

1. Belinha

vaca por el campo. Londres, desde el barco, me pareció demasiado grande, más que Lisboa, y, no sé por qué, tanto ir y venir de coches, tanto ruido de grúas, tanta carga y descarga, me dieron miedo. Por fortuna, nada más que bajar la pasarela nos esperaba un coche con un cochero demasiado tieso; la *miss* le dijo algo, y nos llevó a un hotel que no me disgustó, porque me recordaba alguna de las habitaciones del pazo miñoto, si bien los sirvientes fuesen más estirados y vistiesen todos de señoritos, y no de aldeanos, como los criados de mi abuela. A mí me llamaron, desde el primer momento, el «pequeño señor», pero en inglés, *the little lord,* y *lady* a mi abuela. A la *miss* la trataban como a una igual, y a Belinha, ni mirarla. Le dieron la misma habitación que a mí, para que no me sintiese solo por las noches, pero, cosa curiosa, durante el viaje, con el ajetreo de atender a ésta y a la otra, habíamos olvidado el rito de los juegos matinales, y allí, en Londres, a pesar de dormir tan cerca ella de mí, no se repitieron, supongo que por olvido, porque si yo los hubiese reclamado ella no se habría negado. Pero imagino que jugar con las tetas de Belinha, lo imagino ahora, se relacionaba con los ambientes del pazo y de la casa de Villavieja, que en aquella habitación tan solemne a la que no acababa de acomodarme, sobre todo por el ruido nocturno, no cuadraba aquel juego; y no es que hubiéramos descubierto el pudor, porque ella, como siempre, me bañaba desnudo cuando me tocaba bañarme.

La razón de aquel viaje a Londres habían sido los intereses de mi abuela: arreglarlos le ocupó varios días, o mejor, varias mañanas, durante las cuales yo quedaba al cuidado de Belinha y de la *miss,* que nos llevaba a los parques, aunque lloviese, o la niebla no dejase ver los árboles, o a visitar iglesias y palacios, que, al parecer, yo tenía necesidad de conocer. Hablaba conmigo en inglés, y, Belinha, como si no existiese. Lo que a mí me contaba aquella *miss,* al parecer por encargo expreso de mi abuela, era la historia de las luchas entre los York y los Lancaster, que entonces me enteré de que también se llamaba la guerra de las Dos Rosas, que me dejó la impresión de que mis antepasados habían sido unos bárbaros que no pensaban más que en luchar y en matarse los unos a los otros. Pero cuando mi abuela dejó arreglados sus negocios, las cosas cambiaron, de repente: alquiló un gran automóvil, con chófer, nos metíamos en él, y hacíamos viajes para visitar las iglesias donde mis antepasados estaban enterrados y también los castillos en que habían vivido. De aquellas iglesias me quedó una fuerte impresión de luminosidad; de los sepulcros visitados, el que todos eran iguales; a mi idea de que los Lancaster habían sido unos bárbaros, se unió la muy inesperada (ahora me lo parece) de que habían peleado y muerto para que los enterrasen tan suntuosamente, en sarcófagos de piedra con estatuas encima. La *miss* hacía gala de sus conocimientos, pero yo solía distraerme en la contemplación de los detalles nimios que me atraían, como las armaduras de las estatuas o la filigrana de las coronas. Había también enterramientos de reinas, algunas jóvenes y hermosas, y muchos de entre ellos y ellas tenían un perrito a los pies. Una vez oí a un clérigo de una de aquellas iglesias preguntar a la *miss* si yo era un príncipe extranjero, por cómo iba vestido y por cómo me trataban; un príncipe con una esclava mulata a mi servicio. La *miss* le explicó que sí, que era un príncipe portugués, y que también podía serlo de Inglaterra. Aquello me dejó sorprendido, porque, para mí, los príncipes eran ciertos personajes de los cuentos y de las leyendas, mayores que yo y más guapos; al oír cómo me llamaban príncipe, me entró el miedo de ser yo también uno de aquellos personajes. Se lo dije a Belinha, y ella me respondió que no hiciera caso de la *miss,* que estaba loca; que yo era «seu meninho» y nada más, y que, para mí, ni la *miss*, ni la abuela deberían contar, sino ella sola. No me costó trabajo creerla, pero de la *miss* y de la abuela no podía prescindir. Me sirvió, sin embargo, la respuesta de Belinha

1. Belinha

para tranquilizarme acerca de mi condición, aunque en el fondo sintiese que al no ser príncipe, no me enterrasen de aquel modo, tan atractivo, en una iglesia tan bonita como aquellas que íbamos viendo. La idea me anduvo por la cabeza mientras estuvimos en Inglaterra. Por una parte, me imaginaba convertido en estatua, frío y quieto, con una Belinha en piedra acurrucada a mis pies, pero esto no me satisfacía, ya que yo era pequeño y feo y Belinha grande y hermosa: sería mejor que la estatua fuese ella, y yo el acurrucado, aunque para ello Belinha tuviese que matar a una princesa; y que yo supiese, no teníamos ninguna a mano. También es verdad que la idea de que Belinha pudiese matar a alguien, aunque sólo fuese por llegar a estatua y estar enterrado para siempre en una de aquellas iglesias con ventanas de cristales coloreados, llenas de reyes y de escudos de armas, no me cabía en la cabeza.

De regreso, en Villavieja del Oro, la gente empezó a mirarme de una manera rara, a causa de la versión que Belinha había dado, a sus amigas, del viaje; pero aquello duró, afortunadamente, poco, y digo afortunadamente porque los cuentos de Belinha habían llegado a oídos de mi padre, y mi padre se reía de mí. «Conque príncipe, ¿eh? ¡Anda, que no eres más que un vulgar Freijomil!» Y duró poco porque una mañana, al despertarse, a mi abuela le dio un vahído y cayó al suelo. La acostaron y esperaron a que volviera en sí, porque nadie se atrevía a llamar a un médico sin su orden; pero ella, al darse cuenta de lo que había pasado, dijo en portugués que a su madre le había dado lo mismo y que le quedaban pocos días de vida. A partir de aquel momento, mi abuela empezó a morirse, pero lo hizo con cierta parsimonia y gobernándolo todo desde el umbral de la muerte. Había que morir, pero, hasta entonces, en su muerte mandaba ella. Por lo pronto nos marchamos al pazo miñoto, ella con muchas precauciones, acostada entre almohadas y con la *miss* al lado sin dejarla un momento. Una vez instalados, empezó a venir gente, llamada por ella. Un cura y un notario, por lo pronto. También mantuvo una larga entrevista con el maestro y con la *miss,* que se casaron en seguida, antes de morir ella. Yo me enteré, por boca de Belinha, de que los dejaba a cargo del pazo, con un sueldo; pero hubo que hacer un inventario de todo lo que había allí, cosa por cosa, y algunas de ellas, las más valiosas, las mandó empaquetar y, cuando vino mi padre, llamado también por ella, le encargó que las llevase a la casa de Villavieja y las mantuviese en buen estado hasta que yo fuese mayor de edad y pudiese hacerme cargo de ellas, ya que ese día de mis veintiún años, todo lo que era de ella y lo que había sido de mi madre pasaría a ser mío. También me dejaba la obligación de venir todos los veranos al pazo, y a mi padre de visitarlo de vez en cuando a ver cómo lo mantenían. El maestro y la *miss* ya caminaban por aquellos corredores con otro aire, como si pisasen en tierra propia, y la gente del pueblo empezó a tratarlos con más respeto. Mi abuela permanecía en la cama, sin dar un ay, aunque al parecer tenía grandes dolores. A veces se levantaba a deshora, se envolvía en una capa, y andaba de acá para allá, como un fantasma, alta como era, un largo cabello blanco despeinado, cada vez más delgada y amarilla, pero con los ojos todavía autoritarios, más verdes y más profundos. Una noche me desperté, y la hallé inclinada encima de mí, con una vela en la mano, contemplándome. Quizá yo hiciera un gesto temeroso, porque me dijo: «No tengas miedo, meninho, que soy tu abuela», y esto no lo olvidaré nunca porque lo dijo con ternura, la única vez en mi vida que me habló así. Muchas veces después pensé que también me quería, pero que lo disimulaba, y ahora creo que el disimulo no era tal, sino fingimiento de dureza para ocultar su debilidad. Los últimos días sí gimió, en la cama y levantada, y caminaba con pasos más difíciles, como arrastrando los pies y tirando del cuerpo. Recorría toda la casa, y en todos los rincones quedaba el eco de sus ayes. Cierta noche dio un gran grito, un grito

1. Belinha

que nos levantó a todos. «Es la muerte –nos dijo–, que quiere abrir la puerta, pero yo aún tengo fuerzas para cerrarla.» El médico le prohibía levantarse, pero ella le decía que era lo mismo, que estaba ya para morir, y que le quedaban muchos caminos que andar. Y así fue como murió, una de aquellas noches en que sus gemidos no nos dejaban dormir; al cesar de pronto, y oírse después un alarido, todos acudimos y la encontramos muerta, en mitad de un salón: la vela que llevaba había caído también y la alfombra empezaba a arder. Hubo un momento de zozobra, por si debían acudirle a ella o a apagar el fuego; pero como ella estaba muerta, Belinha, la *miss,* su marido y alguien más que estaba allí, fueron a buscar agua y empaparon la alfombra hasta que dejó de salir humo: que era una lástima que se hubiese estropeado para siempre una alfombra tan bonita, de las traídas de Asia siglos atrás. Después llevaron a la abuela a la cama. Belinha me vistió, y empezaron a amortajarla. Por la mañana mandaron aviso a mi padre, que llegó por la tarde, en su automóvil nuevo de senador del Reino, vestido de circunstancias, con sombrero de copa. Permaneció en el pazo no sólo el día del entierro, sino algunos más, para las misas y funerales. Antes de marchar me dijo que yo me iría con él, cosa que no me sorprendió, porque ya Belinha me lo había advertido, y porque el maestro y la *miss* se habían lamentado de que ya no me enseñarían la Historia y la Gramática. También Belinha preparó su petate, y cuando mi padre le dijo que ella se quedaría en el pazo, empezó a llorar y a gritar que a ella no la separaban *do seu meninho,* y que si no la llevaban conmigo, se tiraría por la ventana más alta de la torre. Mi padre se encerró con el maestro y la *miss,* tuvieron una conversación muy larga, de la que salió que Belinha vendría conmigo por una temporada, pues los tres convinieron en que me mimaba demasiado y que eso no era bueno para mi educación. Pero Belinha se cuidaba de algo más que de los mimos. Una mañana que pudimos hablar a solas en la mitad del parque, a donde habíamos ido a cortar flores para dejar en la tumba de la abuela nuestro último ramo, me dijo que me diese cuenta de que, en el pazo o en la casa de Villavieja, yo vivía en lo mío y de lo mío; que la abuela había dejado dispuestas las cosas para pagar mi educación sin que a mi padre le costase nada, y que si bien tenía la obligación de obedecerlo, porque era mi padre, no debía olvidar lo que mi abuela me había encargado tantas veces; pero de los encargos de mi abuela, yo sólo recordaba mi deber de parecerme a Ademar de Alemcastre, quien, para mí, era como un fantasma, aunque en el pazo hubiese varios retratos suyos cuya elegancia, a los nueve años largos que tenía, no alcanzaba a comprender.

2

Me instalaron, bien instalado, en una habitación grande de la casa de Villavieja, con un balcón a la calle de la fachada en que da el sol, justamente la opuesta a la que da al obispado. A Belinha le concedieron otra a mi lado, a pesar de no ser aquél el piso de los criados, más pequeña y con una ventanita por la que el sol entraba hecho apenas un hilillo de luz; pero ella estaba contenta, y, por ese lado, no hubo cambios en mi vida. Como el obispo seguía viniendo a tomar el chocolate cuando mi padre estaba en la ciudad, una tarde me vistieron de gala y me presentaron a él, y quedó convenido que me confirmaría en la capilla de la casa, un día cualquiera; pero en aquella entrevista se descubrió que mi abuela se había descuidado en materia religiosa y que yo no había hecho aún la primera comunión; de modo que se organizó la ceremonia para recibir los sacramentos uno detrás de otro, con una sola fiesta. Al día siguiente vino un clérigo joven, que empezó a instruirme en el catecismo, y venía todas las tardes. Al principio estábamos solos; pero, como yo le contaba a Belinha todo lo que aprendía del clérigo, ella pidió

1. Belinha

que la dejase asistir a las lecciones para enterarse también; porque de aquellas cosas de Dios le habían hablado poco, y todo lo que sabía, era de oídas. Así, entraba conmigo en el salón donde el preste ya se había instalado: siempre en un sillón de alto respaldo, y, nosotros, en sillas. Yo quedaba frente a él, y, Belinha, en un rincón, muy recogida y silenciosa, aunque alguna vez interrumpiese al cura para hacerle alguna pregunta sobre cosas que no entendía. Yo se lo agradecía a Belinha, porque generalmente lo que ella no entendía tampoco lo entendía yo, pero el cura no se esforzaba mucho por aclarárselas: nos mirábamos, ella y yo, y la lección seguía su curso. Después, el cura merendaba conmigo y Belinha servía. Sin embargo, al llegar la noche y acostarme, no rezábamos ninguna de las oraciones que nos enseñaba aquel cura, sino la que habíamos aprendido de la abuela Margarida, cuyo significado tardé mucho tiempo en comprender: «Dios todopoderoso, mantén en tus infiernos al marqués del Pombal por los siglos de los siglos, amén».

Hubo otra novedad, más importante. Una tarde, después de haberse ido el cura, mi padre me llamó a su despacho, que era muy oscuro, con muebles grandes y cortinajes rojos, y un gran Cristo encima de la mesa, un Cristo que yo había visto en el pazo miñoto, cuyo mérito descubrí años después, cuando ya empezaba a entender de esas cosas. Mi padre me mandó sentar y me echó un largo sermón del cual recuerdo dos advertencias principales: la de que, en lo sucesivo, yo me llamaría Filomeno, y nada más; mejor dicho, Filomeno Freijomil Taboada, que era mi verdadero nombre, y nada de señorito Ademar de Alemcastre. La segunda, que todo aquello de los reyes de Inglaterra era una pura invención de mi abuela, que estaba loca, y que los Alemcastre eran una familia que se había enriquecido robando negros en África y vendiéndolos en Brasil. «De modo que todo lo que has heredado de tu abuela está hecho con el sufrimiento y la muerte de seres humanos como nosotros; es dinero sangriento. Tú ahora no lo entiendes, pero algún día lo comprenderás, cuando llegues a la edad apropiada. Lo que tienes de los Taboada es un poco más limpio, pero no demasiado. Cuando sepas de historia lo suficiente, verás que esas riquezas feudales tampoco son muy legítimas. Lo único limpio es lo que tendrás de mí: el nombre preclaro de un hombre que no debe nada a nadie, y unos dineros menores, pero ganados con mi trabajo. Esto no debes olvidarlo nunca. ¡Ah! Como en octubre comenzarás a ir al instituto, para estudiar el bachillerato, debes tener en cuenta que tu obligación es ser siempre el primero de la clase, el que lleve las mejores notas, y que nadie pueda decir que estás por debajo de lo que fue tu padre.» Así es como perdí el nombre de Alemcastre y, sobre todo, el de Ademar, y me quedé en Filomeno, ni siquiera señorito Filomeno, que mi padre no toleraba que me llamasen así. Pero Belinha no acataba la orden, y, en secreto, me llamaba «O meu pequeno Ademar». Gracias a ella, el mundo del pazo miñoto, el recuerdo de la abuela, y hasta el de mi maestro y la *miss,* seguían vivos, y volver junto a ellos era nuestra esperanza secreta. «Ya verás cuando llegue el verano, y vayamos allá...»

Mi verdadera vida como tal Filomeno comenzó en el instituto. Todos los profesores pasaban lista diaria: la pasaron al menos durante cierto tiempo, hasta que nos fueron conociendo y sacaban el nombre por la cara. Allí empecé a ser Freijomil Taboada, en la enumeración, y Freijomil, a secas, cuando algún profesor se dirigía a mí. Debo decir que por ninguna parte hallé el recuerdo de mi padre, ni nadie que me preguntase si era su hijo, probablemente porque lo sabían ya y la pregunta holgaba, y también porque no quedase ya ningún profesor de los de antaño. El primer día de clase me presenté muy peripuesto: Belinha me había vestido pensando en cómo tenía que haber sido, según ella, el primer día de clase de mi bisabuelo. Los demás chicos vestían de manera corriente, todos con boina e impermeable, porque llovía, y,

1. Belinha

por supuesto, nadie se percató de mi chubasquero inglés. Nada de lo demás que yo llevase puesto les llamó la atención, sino sólo mi embarazo al tratar con ellos, todos desconocidos, charlatanes, ruidosos. «Tú, ¿en dónde juegas?», me preguntó uno, y yo le respondí que en mi casa. Se apartó de mí riendo. «Ése juega en su casa.» Pronto se agruparon por los colegios de procedencia o por alguna otra clase de afinidades que entonces a mí no se me alcanzaba, de modo que en los recreos empecé a quedarme solo: me sentaba y los miraba correr, chillar, alborotar como pájaros. Había unas cuantas niñas que formaban rancho aparte, para las cuales se jugaba, se corría, se alborotaba. Y ellas lo sabían, lo comprendí pronto, y llevaban con seriedad su condición de tribunal efímero. Una vez se me acercó un pequeñajo horriblemente vestido, no por pobreza, sino por mal gusto o deliberada extravagancia. Miraba con grandes ojos vivos y audaces, pero daba la impresión de mirar de arriba abajo, y esa impresión me duró durante el tiempo de nuestras relaciones, que fueron muchos años. Me preguntó si no tenía amigos. Le dije que no. Me preguntó por qué, y yo le respondí que lo ignoraba. «¿Sabes quién soy?» «Sí. Tú eres Montes Ladeira, Sotero, el primero de clase.» Pareció satisfecho. «Si quieres, puedes andar conmigo.» No dijo «jugar», y me chocó. Y empezó a hablarme, de repente, de lo mucho que sabía de geografía, más de lo que creía el mismo profesor. «Porque yo tengo libros, ¿sabes? Tengo libros. ¿Y tú? ¿No tienes libros?» «No. Los de estudio, nada más.» «Y en tu casa, ¿no hay?» «No. No sé. Nunca miré.» «Entonces, ¿qué hay en tu casa?» No supe qué contestarle, porque sillas, y camas, y otra clase de muebles, no eran la respuesta que él buscaba; eso lo adiviné. «Si quieres llegar a algo en el mundo, tienes que leer libros.» Me quedé sin entenderlo. ¿Qué era eso de llegar a algo en el mundo? A mí sólo me habían hablado de ser como mi bisabuelo, aunque también de ser el primero en todas partes, pero aún no lo había intentado porque me daba pereza, o acaso por encontrar suficiente ser el primero en mi casa y en el corazón de Belinha.

El embarazo de mi respuesta le hizo decirme: «Cómo se ve que eres un señorito. No sabes nada de la vida. Pero es igual. Podemos ser amigos. Yo te prestaré libros». Aquella noche le dije a mi padre que uno de mis profesores me había dicho que necesitaba leer. Mi padre me escuchó, me dijo que bueno, y al día siguiente llamó al cura que me había preparado para la comunión, y, delante de mí, le preguntó por los libros que me convenían. El cura se sintió muy satisfecho de haber sido consultado y empezó a enumerar títulos, que mi padre iba apuntando. Quedaron en tres o cuatro, y mi padre los encargó en una librería. Cuando, ocho o diez días después, nos avisaron de que habían llegado, mi padre, al entregármelos, me conminó a que no los leyese hasta después de haber preparado mis lecciones. Al día siguiente llevé uno al instituto. Se llamaba *Juanito* y se lo enseñé a Sotero. «Mira, un libro.» Él lo hojeó, lo remiró y me lo devolvió con desprecio. «Eso es cosa de bobos. Te prestaré alguno que trate del universo, pero no se lo digas a tu padre, porque a los curas no les gusta que se lean esas cosas.» A mí tampoco me interesó especialmente, pero lo leí entero, y supe por primera vez lo que había en el cielo, además de la luna y el sol, y que tantas estrellas tenían nombre. Cuando se lo devolví, Sotero me examinó por activa y por pasiva. «Ahora ya sabrás cómo se llaman las estrellas.» «Sí», le respondí escasamente convencido. Después me prestó dos o tres más, todos trataban de la naturaleza y me aburrían. Una mañana, otro muchacho, que era el primero en saltar y en correr, me sorprendió con el libro en la mano, me dijo que eran cosas de mayores, y que él podía prestarme novelas de Julio Verne y de Salgari, si le pagaba un patacón por cada una. Le dije que bueno, y al día siguiente me trajo el primero. Durante aquel curso soñé, sucesivamente, con piratas, con viajes submarinos, con islas misteriosas, y, a veces, con fantasmas. Llegó el fin de curso y

1. Belinha

me suspendieron en todas las asignaturas. Mi padre lo recibió como fracaso propio, como una humillación personal. Anduvo unas veces mohíno y otras furioso, y pasado algún tiempo, en la mesa, me dijo que deshonraba su nombre. Me llevó él mismo al pazo miñoto, y conminó a mis antiguos maestros para que me hicieran estudiar todo el verano y ellos mismos me diesen clase, por lo que les pagaría aparte. Ya tenían un hijo, andaban muy atareados con el cuidado de la finca y no les sobraba el tiempo, pero quizá por miedo de que mi padre los despidiese de aquel empleo tan lucrativo que tenían, hallaron modo de dedicarme cada uno unas horas, y de que las que no podía pasar con ellos, las entretuviese en estudiar. Fue un verano espantoso: a veces me levantaba del lugar que me habían asignado, me asomaba a la ventana y contemplaba el jardín donde tantas veces había correteado y sido feliz, aunque este juicio lo haga ahora, porque de la verdadera felicidad no se tiene conciencia: se vive y a otra cosa. Pero la verdad es que, desde aquella ventana, yo echaba algo de menos. Únicamente por las noches, después de cenar, me juntaba con Belinha en un mirador de la casa y llorábamos juntos, o hablábamos de la abuela y de los buenos tiempos de Inglaterra. Una noche que hacía claro, se me ocurrió mirar al cielo, y descubrí las estrellas: le hablé de ellas a Belinha y les fui dando nombres según mis recuerdos: nombres al buen tuntún, como si, una vez dichos, cada cual volase a su estrella. Belinha me dijo que eso no lo sabía antes: «No. No lo sabía, pero ahora lo sé». También di en contarle las historias que había leído, y ella las escuchaba con asombro, a veces con incredulidad, porque ya le había costado trabajo admitir que un barco como el que nos llevara a Inglaterra, o como el que nos había traído, no zozobrase, cuanto más navegar por debajo. Mi antigua *miss,* ahora *mistress,* descubrió que se me iba olvidando el inglés, y no sólo sacó una hora para intentar que se me recordase, sino que, en una ocasión en que mi padre vino a verme y a comprobar que se cumplían sus órdenes, le dijo que era una pena que lo fuese a perder del todo, y lo conveniente que sería ponerme, en Villavieja, un profesor que continuase las enseñanzas que ella había empezado. Mi padre estuvo de acuerdo, y así fue: todas las tardes vino una señorita fea, de gafas, que me repasaba la gramática e intentaba hablar conmigo; pero, aunque de gramática sabía, de hablar yo lo hacía mejor. No obstante, siguió enseñándome inglés durante varios cursos, y como yo, conforme crecía, comprendía mejor las cosas, y hasta me gustaban, al regresar en el verano al pazo repetía con la *miss* lo que había aprendido, y lo aumentaba, y, no sé por qué, ella estaba muy orgullosa del poder charlar conmigo todas las tardes. La lección, en realidad, consistía en que yo le relatase en inglés la guerra de las Dos Rosas, cada vez con más detalles. Le hablaba también de las cosas de que me iba enterando por los libros que leía, y ella me daba en inglés los nombres que yo sabía en castellano. Un día me preguntó si yo iba para sabio. «No, nada de eso. Sabio lo es un compañero mío que se llama Sotero. Me gustaría traerlo con nosotros un verano. Ya verás qué muchacho.» Conforme Sotero leía cada vez más libros de ciencia, que no sé de dónde los sacaba, yo leía más novelas. Lo pasábamos bien, cada cual a su modo, pero la superioridad de sus conocimientos le permitía mantenerse por encima y repetir con frecuencia aquella mirada que fue la primera y que me dejó apabullado para siempre. Una noche, después de cenar, me pareció que mi padre estaba de buen humor, y le hablé de Sotero. «¿Por qué no lo traes una tarde a merendar contigo?» Lo hice. Sotero vino muy contengo, mi padre se juntó con nosotros después de la merienda y hablaron largamente. Yo los escuchaba arrinconado y probablemente con envidia. Sotero parecía una persona mayor, y a mi padre se le notaba la admiración. Cuando se fue, me dijo tristemente: «Así me hubiera gustado que fueses, como ese niño. Él será algo en el mundo, y tú no pasarás de señorito.» «Mientras lo seas», añadió después de una pausa. No lo entendí bien, porque yo entonces creía que se era lo que se era para siempre. Pero lo de ser algo en el mundo ya me sonaba, y no dejó de chocarme la coincidencia de opiniones entre Sotero y mi padre. Me atreví a responderle. «Sotero piensa como tú, pero él dice que, para ser algo en el mundo, hay que leer muchos libros.» «Sí, los de estudio», me respondió mi padre secamente. Y me dejó solo.

Desde aquella tarde, Sotero vino más veces a casa. Nunca se interesó por lo que había en ella: cuadros de mérito, decían, muebles antiguos, cacharros en las vitrinas, todo lo que mi padre enseñaba, como si fuera suyo, cuando venían visitantes. No. Sotero venía a hablar con mi padre y a tomar el chocolate que nos hacía Belinha, que le gustaba mucho. Mi padre le fue sacando cosas de su vida, que yo no le había preguntado nunca porque no se me había ocurrido. De dónde venía, quién era. Resultó que era hijo de unos comerciantes de Buenos Aires que lo habían mandado a Villavieja del Oro, a casa de una tía, para que hiciese sus estudios aquí. No sentía el menor interés por la tierra en que había vivido, ni casi la recordaba. «Yo nací aquí, y me llevaron de niño», y hablaba de sus padres con distancia, aunque de su tía con algo más de calor. No sé por qué me imaginé que su tía debía de ser para él lo que Belinha para mí, pero cuando la conocí resultó ser una mujer grandota y fea, que trataba a Sotero con admiración y daba por supuesto que todo el mundo lo reconocía como el niño más listo que había habido nunca, o casi. «Es que como mi Sotero –solía decir–, entran pocos en libra.» La tía de Sotero se llamaba Matilde, tenía una tiendecita en que vendía de todo, desde escobas hasta ristras de cebollas y de ajos: una tiendecita muy limpia, con las maderas del suelo relucientes de puro fregadas, y unas sillitas bajas, de paja, en que me gustaba sentarme. Me trató bien desde el primer día, y parecía gustarle que su sobrino fuese mi amigo. A la tienda de Matilde venían a hacer tertulia tres o cuatro amigas, todas las tardes al caer la luz. Allí no se hablaba más que de Sotero, me daba la impresión de que aquellas mujeres habían venido al mundo para arrodillarse a su alrededor y cantarle alabanzas. A mí me tomaron por testigo de los triunfos de Sotero. «¿Verdad que es el más listo? ¿Verdad que es el que lleva mejores notas? ¿Verdad que será un hombre de talento?» Que yo dijera que sí las hacía felices.

Aquel verano, que fue el del veintitrés, mi padre me permitió invitar a Sotero a acompañarme al pazo miñoto. Previamente había hablado con Matilde, y ella pareció encantada de la invitación, ella y sus cuatro amigas. Sotero apareció con traje nuevo de verano, un sombrero de paja y dos maletitas, una muy pesada, llena de libros. Nos llevó mi padre en su automóvil, con Belinha, y allá nos dejó, en cierta libertad, porque yo había aprobado todas las asignaturas y mi sola obligación era la charla en inglés con la *miss*, todas las tardes. Lo primero que preguntó Sotero cuando estuvimos acomodados, los dos en la misma habitación, las camas con dosel, fue si en aquella casa tan grande había libros. Le hablé entonces de la biblioteca, que estaba en un ala alejada y en la que yo había entrado pocas veces. Me dijo que había que explorarla a ver si encontrábamos algo que valiera la pena. También me preguntó el porqué de los doseles, que no les veía la utilidad. «Son cosas de los antiguos», le respondí, a falta de una idea mejor. «Los antiguos eran una gente estúpida que no hacía más que esta clase de sandeces. La Revolución francesa acabó con los de Francia, pero ni en España ni en Portugal guillotinaron a nadie ni quemaron los castillos. Así nos va de atrasados.» Se me representó inmediatamente el pazo ardiendo, las torres llameando, y Sotero atizando el fuego, pero no se lo dije a él. Al día siguiente lo llevé a la biblioteca. Yo apenas la recordaba: era una habitación inmensa, de techos altos, cubiertas las paredes de anaqueles, con marbetes que anunciaban la clase de los libros allí ordenados: teología, filosofía, literatura latina, literatura clásica, literatura moderna. Y otras varias denominaciones. Sotero

1. Belinha

pareció, de primera impresión, estupefacto, y hasta un poco mareado, daba vueltas, quería verlo todo al mismo tiempo, se subió a una escalera, leyó títulos en alta voz, títulos que no me decían nada, algunos en latín. «¿Y has llegado a los trece años sin leer nada de esto?» «¡Ya ves!» «Verdaderamente me explico que tu padre te desprecie.» Aquello me dolió: «¿Por qué crees que me desprecia mi padre?» «No hay más que verlo.» Descendió de la escalera y empezó a curiosear lo que había por los anaqueles bajos, a su altura. Se detuvo en una gran esfera montada sobre un soporte muy labrado, que yo lamenté inmediatamente no haberme fijado antes en ella, pues me hubiera servido de escenario para mis navegaciones y piraterías. «Esto, ya ves, no sirve para nada. Los mapamundis de hoy son de otra manera. Pero es bonito saber cómo veían el mundo los antiguos.» ¡Menos mal que encontraba algo plausible! «De todas maneras, hay que volver por aquí. En una sola mañana no se puede saber lo que hay. Habrán hecho un catálogo...» «¿Un catálogo?» «Sí. Una lista de todos estos libros.» «Pues no sé..., a lo mejor está en algún cajón, o lo han perdido.» Todavía se entretuvo algún tiempo más en los anaqueles que contenían los libros de historia. «Aquí, ya ves, hay buenas cosas. Ya me gustaría tener algunas de ellas.» Estuve por decirle que las cogiera, que se las regalaba, pero, no sé por qué, lo callé. Un momento después le dije: «Puedes llevarte alguno a nuestro cuarto, y leerlo allí, si quieres». «Bueno, ya veré». Pero había cogido un volumen bastante grande, encuadernado en tafilete rojo, con mucho oro en las letras del lomo. «Éste lo leería de buena gana, pero está en francés.» «Es que mis antiguos lo sabían, y el inglés también.» Quedó un poco fastidiado, y devolvió el libro a su anaquel.

Cuando, después de la merienda, le dije: «Bueno, ahora voy a dejarte solo, porque tengo que dar mi clase de inglés», se me quedó mirando un poco sorprendido. «Pero ¿tú estudias inglés?» «Sí. Lo sé bastante bien.» Se quedó un rato callado: «¿Me dejas acompañarte?» «Por mí...», le respondí con indiferencia simulada, porque comprendí que se me ofrecía, por vez primera, la ocasión de mostrarme en algo superior a él. «Supongo –añadí– que la profesora no tendrá inconveniente.» No lo tuvo. Sotero se sentó algo apartado, pero no demasiado, y no perdió ripio de lo que se decía, aunque no entendiera nada, o yo lo imaginase así. Al terminar la clase, le dijo a la *miss:* «¿Tendría usted por ahí una gramática inglesa que pudiera prestarme? Sólo para echarle un vistazo.» La *miss* tenía varias, aunque ninguna en español, pero Sotero le dijo que le daba igual en portugués, y se llevó una. Se pasó la mañana leyéndola, y tomando notas en un cuaderno, y cuando le dije si no quería ir a la biblioteca, me respondió con un despectivo «¡Déjame en paz!» Lo dejé, me sentí contento de poder andar solo por el jardín y hacer lo que me diera la gana, sin nadie a mi lado que me advirtiese que aquella clase de juegos y vagabundear sin ton ni son eran cosa de imbéciles: recorrer las veredas, oler las flores, contemplar algunos árboles. Estuvo silencioso durante la comida, no echó la siesta, acudió puntual a la hora de la clase, volvió a escuchar atento. Así pasaron varios días, hasta el primero en que hizo una observación o una pregunta, no lo recuerdo bien, a la *miss*. Ella lo miró extrañada, pero le respondió, y él hizo en su cuaderno una nueva anotación. A partir de aquel día, siempre preguntaba algo, cosas cada vez más complicadas, o pedía que la *miss* repitiese una palabra y se la escuchase luego a él, a ver si la decía bien. Y así se pasó el verano. Sotero, con su gramática inglesa en un rincón donde nadie le molestase con preguntas, y yo, libre de recorrer la casa y el jardín, como era mi deseo, o de charlar con Belinha o estar con ella, simplemente, sin hablar, mirándonos de vez en cuando. Ya había llegado septiembre, pensábamos en marcharnos, cuando mi maestro nos dijo, a la hora de la cena, que en España habían pasado cosas, no sé qué de generales. Fue Sotero el que preguntó: «¿Un nuevo pronunciamiento?» «Pues sí, se llama así», le dijo el maestro, un poco sorprendido. «Tenía que suceder», continuó Sotero. «Y tú ¿cómo lo sabes?» «Me lo había dicho alguien que lo sabe todo: "Ya verás como esto acaba en un golpe militar".» «Esto, ¿qué?», insistió el maestro. «Esto, lo de la guerra de África.» A mí, esta respuesta ya no me interesó, sino lo que había dicho antes: «Me lo había dicho alguien que lo sabe todo». Quedé un poco desconcertado: sólo Dios lo sabe todo, y lo primero que se me ocurrió fue que Sotero recibía de Dios sus saberes, aunque alguna vez le había oído decir que no creía en Él, y que eso de la religión eran paparruchas de los curas. Había alguien que le enseñaba, alguien que no eran nuestros comunes profesores, aunque ¿quién sabe si alguno de ellos tendría relaciones secretas con Sotero, por aquello de ser el chico listo, el asombro? Empecé a recordarlos, uno por uno, los que habíamos tenido durante aquellos cursos, y ninguno me pareció hombre de saberlo todo, sino cosas: aritmética, gramática, geografía... Ahora me sorprende que mi ingenuidad y mis escasos saberes no se hubieran deslumbrado ante ninguno de ellos, serios, barbudos y extravagantes; pero entonces no se me ocurrían esas cuestiones. Probablemente lo que me sucedió, mientras mi maestro explicaba la sublevación del general, y cómo se había enterado (en Tuy estaba cerrada la frontera), fue que me puse a imaginar en qué perorata de profesor suficiente encajaba la frase aquella relativa al golpe militar, que tampoco se me alcanzaba lo que quería decir. Lo pregunté. Sotero me miró con su habitual desprecio, y mi maestro me explicó que, a partir de aquel día, mandarían en España los militares y mi padre dejaría de ser senador. Yo me encogí de hombros. «Si no es más que eso...» Aquella noche me atreví a preguntar a Sotero, de cama a cama, quién era el que le enseñaba tantas cosas. «Don Braulio», me respondió. «¿Quién es don Braulio?» «Mi maestro de siempre. Ése sí que es un sabio.» La cosa quedó ahí, y al día siguiente sólo se habló del golpe militar, porque había llegado un telegrama de mi padre diciendo que se retrasaba unos días el regreso a Villavieja y que ya nos avisaría. Prolongamos la vida veraniega. Una de aquellas tardes, cuando juzgábamos que el regreso no podía retrasarse, Sotero preguntó a la *miss* si quería examinarlo de gramática inglesa. Ella se sorprendió primero, asintió después, y yo asistí al examen. Sotero sabía tanto como yo, y, en algunas cosas, más que yo. La *miss* se entusiasmó tanto que le dio un beso, pero a Sotero aquella manifestación de afecto no pareció satisfacerle. «Las mujeres –dijo– todo lo arreglan con besos.» Llegó el aviso de mi padre, llegó mi padre mismo, y regresamos a Villavieja. «¿Es cierto, papá, que ya no eres senador?»

3

Una tarde de mucha lluvia, Sotero me llevó a casa de don Braulio. Era un bajo oscuro y húmedo en un barrio apartado, pero en la habitación en que nos recibió había libros hasta el techo, y algunos retratos de gente que yo desconocía. No me atreví a preguntar quiénes eran: ahora sé que la efigie de uno de ellos era la de Federico Nietzsche, de quien, por entonces, jamás había oído hablar, y a quien no leí hasta algunos años más tarde. Me recibió el tal don Braulio diciendo: «¿Conque éste es el señorito?». Yo, ingenuamente, le respondí que sí, pero que me llamaba Filomeno Freijomil, para servirle. Nos mandó sentar, y me hizo toda clase de preguntas acerca de mi familia, y del pazo miñoto, y de todo lo que de mí había averiguado por los cuentos de Sotero. Cuando terminó el interrogatorio, añadió algo así como esto: «Perteneces a la clase de los explotadores, y será difícil redimirte, pero yo no me opongo a que vengas alguna vez a escucharme. Te servirá, al menos, para tener conciencia de tu propia injusticia». Y como yo le mirase estupefacto, concluyó:

1. Belinha

«Porque tú eres la injusticia viva, la injusticia andante. Lo que te sobra es lo que han robado para ti tus antepasados, y también tu propio padre, el ex senador. El Primer Anarquista del que se tiene noticia dijo al que le escuchaba: "Vende tus bienes, reparte el dinero entre los pobres y sígueme". Pero Aquel Anarquista creía en Dios y, a lo mejor, hasta creía serlo. Hoy no basta con que vendas tus bienes y se los des a los pobres. Hay que acabar con los bienes de todos, y que no haya pobres jamás. Los hombres somos iguales ante la Naturaleza, y toda diferencia es criminal. Tú eres diferente, aunque aún no lo sepas, pero yo te lo digo y no debes olvidarlo. Mientras seas diferente, eres cómplice de la Injusticia Universal. En tus manos está el abandonarlo». «¿Ves, ves?», me dijo entonces Sotero. Yo no veía nada. Yo me sentía confuso y con ganas de marchar. Pero aquel hombre hablaba de manera sugestiva, y volví otras tardes, con Sotero, a escucharlo. No me acusó más de rico ni de indiferente, no volvió a echarme en cara ningún crimen en el que yo, involuntariamente, era partícipe. Nos hablaba, a veces, de la Igualdad, y, otras, del Universo, que parecía conocer como las palmas de sus manos. Debo confesar que el viaje que hacía con la palabra, por las estrellas y por los mundos superiores, era realmente fascinante, como cuando nos describía la correspondencia armónica entre todos los seres, y que para todo lo existente no había más que una ley y una sola explicación. Pero nunca nos la dio, quizá por comprender que nuestra edad no estaba para ciertas revelaciones. Otra vez me examinó acerca de mis lecturas. Le hablé de las novelas que había leído. «¡Bah, literatura, nada más que literatura! Los literatos han colaborado siempre en el engaño de los hombres y han justificado su esclavitud. Hay que librarse también de la literatura.» Yo le dije, ingenuamente, que era una asignatura que teníamos que aprobar, y él se echó a reír, pero no dijo nada más. Aquel don Braulio era un hombre ya mayor, de barbas entrecanas y unas gafas de acero encima de las narices. Una de aquellas tardes nos explicó las razones por las que en España todos los problemas se resolvían con pronunciamientos militares, y que este que empezábamos a padecer lo habían provocado los anarquistas de Barcelona con sus bombas. «Yo no soy partidario de esos procedimientos, que no resuelven nada. La revolución vendrá sola, cuando el proletariado, consciente de sí mismo, alcance el poder. Pero para eso aún falta tiempo. Ni yo lo veré, ni quizá vosotros. Sin embargo es el destino de la humanidad, la sociedad sin clases, sin diferencias de riqueza, todos iguales y todos felices. Pero eso no lo entendéis aún.» «¿Yo tampoco?», preguntó Sotero. «Tampoco tú, hijo mío, todavía; pero no tardarás en entenderlo.» Don Braulio se murió aquel invierno, de un enfriamiento. Pasó mucho tiempo en cama tosiendo y adelgazando. Sotero iba todas las tardes a verle; yo, alguna de ellas. Hablaba poco, y lo que hablaba, de la muerte, que, insistía, esperaba con la serenidad de los sabios. A mí me hubiera gustado que me explicase qué era lo de esperar la muerte con serenidad, probablemente porque yo no tuviera las ideas muy claras acerca de la relación entre la serenidad y la muerte, pero nunca me atreví. Sotero tomó a su cargo convencerme de que, morir, era volver a la tierra de donde habíamos salido; que el cuerpo se desintegraba, y una parte se la comían los gusanos, y otra la absorbía la tierra; pero de la serenidad no pudo decirme nada. Tampoco su explicación de la muerte me tranquilizó, porque yo no venía de la Tierra, sino del vientre de mi madre. Don Braulio le anunció un día, cuando estaba peor, que le dejaba heredero de sus libros y de su mesa de despacho, y que podía llevárselos antes de que él muriese, no fueran después a ponerle dificultades. Yo ayudé a Sotero a transportar grandes paquetes, uno tras otro, durante varias tardes; pero la mesa y los estantes hubo de llevarlos una carreta de bueyes, que le cobró a Sotero dos pesetas, y, como no las tenía, tuve que dárselas yo. Don Braulio se murió una tarde de mucha lluvia, después de pa-

1. Belinha

sar la noche en puras toses y ahogos, hasta quedar de repente callado y quieto, con la boca torcida, hacia el atardecer. Vinieron a amortajarlo y lo vistieron con su traje de siempre, hasta el chaleco. «Parece que está vivo –decían–. Parece que está hablando.» Pero a mí me resultaba extraña, entre grotesca y macabra, aquella figura metida en el ataúd, con la leontina en el chaleco y la mandíbula sujeta por un pañuelo amarillento del que emergía el bigote. Al día siguiente fuimos al entierro: poca gente, todos con paraguas abiertos, el féretro llevado a hombros por unos desconocidos. En el cementerio había pocas tumbas, ninguna de ellas con cruz. La de don Braulio estaba abierta, con un montón de tierra encharcada al lado. Antes de meter en ella el ataúd, alguien le puso encima una bandera colorada, y un hombre que salió de entre la gente pronunció unas palabras de las que nada entendí, pero de las que me quedó la frase «apóstol laico», quizá por ser las menos comprensibles. Después, cada cual se fue por su lado, y oí mentar a la policía. Sotero, en el fondo, estaba contento por hallarse dueño de tantos libros, y durante muchas tardes le ayudé a colocarlos por tamaños y a catalogarlos. También había traído los retratos. Pude leer en ellos que uno era de un tal Reclus, y otro de Bakunin, ambos muy melenudos, además del de Nietzsche, el más deteriorado por la humedad.

En el diario local dieron la noticia de aquella muerte en muy pocas líneas. Decían que había sido enterrado en el cementerio civil y acompañado por algunos compañeros. Mi padre comentó que a toda aquella gente había que meterla en la cárcel, o fusilarla, y dejar en paz a los de orden, como él. Entonces, o quizá por aquellos días, supe que el gobierno de los generales le había puesto una multa a mi padre, según él, por el solo delito de haber servido a la patria. Dio en salir por las noches a reunirse en el casino con otros como él, que habían sido diputados o senadores, y otras cosas así, y a los que también los generales habían multado, a unos más, a otros menos. Delante de mí, a la hora de comer, despotricaba contra el gobierno y acusaba al rey de cómplice. Pero yo no le hacía mucho caso.

En Villavieja había entonces unos caballeros que se reunían en un café, de los que hablaba todo el mundo con respeto, si no era mi padre, que los llamaba charlatanes y farsantes. Habían publicado libros, escribían en el periódico local, y a los niños se nos enseñaba a respetarlos y admirarlos porque eran las glorias de la ciudad. Yo los llamaré los Cuatro Grandes, aunque ese nombre les cuadre con bastante retraso, pero no se me ocurre otro mejor, porque eran efectivamente cuatro, y porque los tenía todo el mundo por grandes sabios y escritores. Su reputación nos llegaba a los niños como un eco o como los últimos movimientos del oleaje cuando, a lo lejos, pasa un barco de gran porte. Pues una mañana de aquella primavera, al salir del instituto, me confesó Sotero, con toda clase de precauciones, que le habían mandado recado de que querían hablar con él, y que le esperaban aquella misma tarde en el café donde solían reunirse. «Si no te importa, puedes acompañarme, porque no sé qué me da presentarme allí solo.» Era a la hora en que mi padre me permitía salir a dar una vuelta, por los jardines si hacía bueno, y, si llovía, por los soportales. Me cité con Sotero, preguntamos dónde estaba el café (estábamos hartos de verlo, de pasar delante de él, pero siempre sin fijarnos), y allí nos presentamos, Sotero delante, yo algo retrasado, como si fuera protegiéndolo. Un camarero nos preguntó qué queríamos. Sotero respondió por los dos, y de un rincón donde había un corrillo de señores salió una voz que dijo: «¡Tráigalos, tráigalos aquí!» Fue el mismo camarero el que nos condujo, un poco a empujones, aunque suaves: «¡Por aquí, por aquí!», y aportó unas sillas para que nos sentásemos, yo siempre en segundo término. La silla le venía alta a Sotero: quedó con las piernas colgando, que las puntas de los zapatos no le rozaban el suelo, y parecía más pequeño, pero la

1. Belinha

cara y el modo de mirar eran ya de persona hecha. Yo temblaba un poco, aunque la cosa no fuera conmigo, pero él estaba tan campante. Aquella gente se mantuvo un rato en silencio, mirándole y haciendo comentarios en voz baja, ahora creo que lo hicieron por ver si él se azoraba; por fin, uno de ellos, de muy buen aire y con la barba gris muy cuidada, empezó a preguntarle sobre temas de los que no estudiábamos en el instituto, y Sotero los contestaba a todos; y algún otro le preguntó también. Escuchaban las respuestas, primero, con sorpresa; después, con admiración, y seguían haciendo comentarios entre ellos, de los que no me llegaba ni el susurro. De las preguntas pasaron a la conversación, y Sotero hablaba como cualquiera de ellos, con el mismo aplomo. Nos habían convidado a helado, y uno de ellos, no sé en qué momento, al sacar del bolsillo la cajetilla de tabaco, dijo a Sotero: «Supongo que no fumarás todavía.» «No, señor, no fumaré nunca. Es un vicio peligroso que limita la libertad del hombre.» Alguien dijo: «¡Caray!» Y quedaron en silencio. Yo creo que fue entonces cuando el caballero de la barba cuidada, tan simpático de aspecto, se dirigió a mí y me preguntó: «Y tú ¿también sabes algo?» Me cogió de sorpresa, de momento no supe qué responder, y por decirles algo, acabé respondiendo: «Sí, señor. Yo sé la guerra de las Dos Rosas». Todos se echaron a reír, me sentí derrotado y, por primera vez en mi vida, en ridículo. Me hubiera echado a llorar, o acaso habría escapado, si no fuera porque uno de ellos, que debía de ser de los Cuatro Grandes por su autoridad, me sonrió cariñosamente y me dijo: «¿Por qué no nos la cuentas?» Sotero me miró, y con su mirada me llegó una orden de silencio; pero no le hice caso, y empecé a hablar. En inglés, tranquilamente, cada vez más seguro de mí mismo conforme advertí que se habían callado y que me escuchaban. Duró bastante mi relato. Al terminar, el señor de la barba de plata pidió que nos trajeran otros helados. El que me había sonreído me preguntó si había leído a Shakespeare. «No, señor. Todavía no.» «Pues debes leerlo cuanto antes.» Y un tercero, que no había hablado, preguntó quién era yo. Se me adelantó Sotero: «Es el hijo del ex senador Freijomil». ¡Caramba con el ex! Alguien dijo: «Así se explica». Terminamos los helados y nos invitaron a marchar. Yo me di cuenta de que se había pasado la hora de regresar a casa, y empecé a temer el rapapolvo de mi padre; pero lo peor fue que Sotero, cuando nos hubimos alejado un poco del café, me dijo con palabras irritadas que, en lo sucesivo, donde él hablase, yo tenía que callar. Tuve la suerte de que mi padre no había regresado, o había salido contra su costumbre. Me esperaba Belinha, me dio la cena y, cuando me acosté, mi padre aún no había llegado. Al día siguiente, cuando fui a saludarlo, me sonrió, creo que fue la primera y única sonrisa que me dirigió en su vida, una sonrisa satisfecha. «¿Conque por fin me has dejado quedar bien?», me espetó. Yo no lo entendía hasta que me explicó que nuestra hazaña del día anterior se había comentado en el casino, y aunque algunos de los presentes fuesen partidarios de Sotero, y otros de mí, todos estaban de acuerdo en que yo había estado a la altura de las circunstancias. «¿Y eso qué quiere decir, papá?»

4

Yo no sé si fue aquel mismo invierno, o al siguiente, cuando mi padre tuvo una agarrada fuerte con Belinha. Resultó que yo había cogido una gripe, con mucha fiebre, y que ella me había retenido en casa, con excesivos cuidados, más días de los que eran menester, y había perdido clases en el instituto y hasta un examen. Mi padre estuvo duro con ella, y, de rechazo, conmigo, diciéndome que ya era bastante hombre para necesitar aquellos mimos. Por cierto que durante mi enfermedad, dos semanas más o menos, Sotero había venido un par de veces a preguntar cómo estaba, pero sin subir a ver-

1. Belinha

me. Le dijo francamente a Belinha que tenía miedo al contagio, y que él no podía permitirse el lujo de pasarse dos semanas en la cama, porque podía perjudicarle a la hora de los exámenes. Belinha me dijo claramente, por vez primera, que aquel muchacho no le gustaba, y fue esto lo que oyó mi padre, pero no lo que le incomodó, sino que Belinha me hubiese llamado Ademar, y no Filomeno. Sobre esto empezó la discusión. Mi padre dijo a Belinha que Ademar había muerto con doña Margarida, y Belinha le respondió que, mientras ella viviese, yo sería Ademar. A partir de aquí siguió la cosa, y se puso tan violenta, que Belinha llegó a decir que yo era de ella, y no de mi padre, y que ella sabía con qué dinero se pagaban mis gastos, y cosas de este jaez. La cólera de mi padre subió hasta el punto de atemorizarme, como que me refugié en un rincón, desde el que contemplé la pelea. ¿Por qué fue ésta la primera vez en que me di cuenta de que Belinha era verdaderamente hermosa? Así, hecha una furia, los ojos echando fuego. A mí, aquel invierno, habían empezado a gustarme las chicas, pero no pasaba de mirarlas en la calle, sin explicarme el porqué. Quizá por eso no me sorprendió la belleza de Belinha, y hubo un momento en el que, en vez de escuchar las palabras, y aun las amenazas, que se cruzaban entre mi padre y ella, me limitaba a contemplarla complacido, mirando de vez en cuando a mi padre, que, a pesar de los gritos, no perdía la compostura, pero que, aun compuesto, resultaba vulgar, como un hombre cualquiera de la calle, aunque quizá mejor vestido. Y aquella disputa terminó de una manera inesperada. Mi padre dijo a Belinha que tenía que hablar con ella, y que le siguiera a su despacho. Me dejaron solo. Mi padre no regresó, Belinha tardó en hacerlo. Llegó calmada y con la cabeza baja, sin mirarme. Me dio la cena y me acostó como siempre, y, al darme las buenas noches, dijo que me querría siempre. Así como entre sueños, la oí después ajetrear en su habitación, que estaba al lado de la mía, pared por medio, como dije. Al día siguiente me enteré de que se había ido lejos, al otro lado de la casa, de modo que si yo gritaba de noche, ella no me podría oír. El piso era muy grande, habitaciones y salones inmensos, y en él sólo dormíamos Belinha, mi padre y yo, porque los otros criados lo hacían en la planta de arriba, grandes buhardillas bajo las tejas, amuebladas de viejo que a mí me gustaba recorrer, y asomarme a sus ventanitas, desde las que se veían los tejados de la catedral, y vericuetos entre cúpulas y torres que la gente de abajo ignoraba. Aquella noche tuve conciencia de soledad, aunque no de miedo. La soledad era como un hueco inmenso en el espacio, en cuyo centro estaba yo. Me pasé mucho tiempo escuchando los ruidos, cosa que no había hecho jamás: los que venían de la calle y los que se engendraban en el interior de mi casa, crujidos de la madera, corretear de ratones, puertas o ventanas remotas que se batían con el viento. Aquella noche los descubrí, y todas las siguientes me dediqué a reconocerlos, a perseguirlos, hasta que este juego nuevo de escuchar ruidos me cansó o me aburrió, o quizá haya sido simplemente que me había acostumbrado a ellos, que ya no eran nada nuevo, y que ya formaban parte del silencio. Belinha continuó como siempre, en la casa, pero la encontré cambiada, como si no quisiera mirarme. Una noche, entre sueños, la oí entrar en mi habitación, aproximarse de puntillas, escuchar y darme un beso en la mejilla. También mi padre pareció más tranquilo, y no volvieron a pelear. Mi padre salía todas las noches, iba al casino, no sé cuándo regresaba.

Aquel de los Cuatro Grandes que tenía la barba blanca le había dicho a Sotero que fuese a verlo alguna vez, no al café, a su casa, y Sotero lo visitaba alguna tarde, no con la frecuencia que a don Braulio, pero casi. De aquellas visitas salió un cambio de Sotero, no en su actitud hacia mí, que era la misma, sino en su modo de hablar y, sobre todo, en las cosas de que hablaba. Había dejado de interesarse por el cosmos y sus vericuetos, por la injusticia social y las revoluciones,

1. Belinha

y ahora divagaba sobre la filosofía: autores hasta entonces jamás mentados, y cuando yo iba a su casa, me mostraba libros de nueva adquisición. Si yo intentaba hojearlos, me decía: «No pierdas el tiempo. Tú no entiendes nada». En compensación, yo era el primero en clase de preceptiva literaria y el profesor me dio a leer algunos libros de poesía, de Núñez de Arce, ahora lo recuerdo, y de Campoamor. Sotero llamaba a todo aquello pataratas, que era su palabra preferida para nombrar todo lo que despreciaba; quizá fuese una palabra de don Braulio. Por lo que a mí respecta, no puedo decir que aquellas lecturas me entusiasmasen, como me habían fascinado en los años anteriores las novelas de aventuras; pero tampoco me aburrían. Adquirí una especial habilidad en reconocer, a la primera lectura, las figuras y las estrofas, pero a esta habilidad le llamaba Sotero cosa de bobos. No se sintió humillado cuando me dieron, al final de curso, mejor nota que a él en preceptiva, y las mismas notas, más o menos, en las restantes asignaturas del curso, menos en lógica, que él dominaba porque había leído ya a Aristóteles y yo no. Los muchachos se decían unos a otros: «Ése leyó a Aristóteles», con lo que lo colocaban o, mejor, lo mantenían, en la cima de respeto y admiración en que había estado siempre, aunque la verdad sea que lo consideraban de otra especie o de otro mundo y no contaban con él para nada. Yo, en cambio, era un igual, que hablaba con ellos de trivialidades o de porquerías, y de vez en cuando, como ellos, decía alguna palabrota y fumaba un cigarrillo a escondidas. Mis conocimientos de literatura eran escasamente estimados por ellos, que coincidían con Sotero en llamarlos paparruchas (lo de pataratas lo desconocían). A pesar de todo, cuando llegó el verano, Sotero me acompañó al pazo portugués, no perdió una sola clase de la *miss*, y el resto se lo pasaba en la biblioteca leyendo o explorando. A este propósito, sacó cierta mañana a relucir la cuestión de la injusticia. ¿De qué me servían aquellos libros tan buenos, encerrados todo el año, sin ser útiles a nadie? Mi obligación era la de regalarlos a una biblioteca pública, para que la gente pudiera conocerlos y estudiarlos. Supongo que la gente a que se refería era él. Pero yo le respondí que aunque fuesen míos, no podía regalárselos a nadie, ni siquiera a él, hasta mi mayoría de edad, y que entonces ya hablaríamos. Recuerdo que una vez se lo conté a mi padre, y él se opuso a cualquier intención de donativo, porque lo que era mío no tenía que compartirlo con los demás, así, a rajatabla. ¡Pues arreglados estábamos! Me encontré durante cierto tiempo debatiéndome entre tales opiniones. Después olvidé la cuestión.

Más importante fue un día que descubrí a Belinha llorando. Le pregunté qué le pasaba y me dijo que nada, que sentía *soidades*. Pero siguió llorando, a escondidas, y cuando no lloraba estaba triste. Una mañana después del desayuno, me besó, emocionada, y me llamó como cuando era niño, «Meu meninho, meu pequeno Ademar», y me besó más veces, vino conmigo hasta el zaguán, volvió a besarme, y se quedó en la puerta hasta que yo di la vuelta a la esquina. A la hora del almuerzo nos servía otra criada. Pregunté por Belinha, y mi padre me respondió que se había ido a su pueblo. «¿Por qué sin despedirse? ¿Por qué sin habérmelo dicho?» «A esas preguntas yo no te puedo contestar. Son cosas de ella», dijo mi padre. Fue entonces cuando la soledad me llegó más adentro y me dolió, y cuando aquella casa enorme parecía vacía. La recorría como si fuera a encontrar a Belinha escondida en un rincón, sonriente, con los brazos tendidos. «Meu meninho, meu pequeno Ademar.» Ni siquiera sus recuerdos hallaba, porque se lo había llevado todo, hasta el olor. Me dio por ponerme triste, por llorar, por tumbarme en la cama, hasta que mi padre me llevó un día a su despacho y me dijo que había dejado de ser un niño, y que al lado de Belinha habría seguido siéndolo siempre. De lo cual colegí que él la había despedido, y sentí hacia él malos deseos, algo que ahora puedo llamar verdadero odio. No sé si fue por entonces, por-

1. Belinha

que mis recuerdos andan algo confusos, cuando la gente empezó a hablar en la calle de que se había terminado la guerra de África y de que las tropas españolas habían tomado Alhucemas y expulsado a Abd-el-Krim de Marruecos. En el instituto hubo una fiesta patriótica en la cual Sotero leyó unas cuartillas sobre la paz y sobre la grandeza de España: las había escrito él. Pero yo pensaba en Belinha. Tenía la vaga esperanza de encontrármela en el pazo cuando llegase el verano, pero no fue así, y ni la *miss* ni su marido sabían nada de ella, o, si lo sabían, no me lo quisieron decir. Fue un verano aburrido y melancólico. Sotero no me hacía caso, siempre a solas con mis libros repitiéndome lo de la injusticia y otras zarandajas. Al final del verano se me ocurrió buscar algo que leer. Encontré una novela que se llamaba *Las minas del rey Salomón,* que me entretuvo bastante. Estaba en el anaquel junto con otros libros de mera literatura que me propuse leer en el verano siguiente, si es que tenía ganas de hacerlo, que, a lo mejor, no. También descubrí aquel verano que en algunos de los árboles más grandes del jardín había unos marbetes con los nombres latinos y el lugar de donde los habían traído. Uno, especialmente alto y multiplicado, era un cedro del Himalaya. Aquel descubrimiento sí que se lo conté a Sotero. Él fue a verlos, y leyó los marbetes. Se sorprendió que mis «antiguos», como decía siempre, se hubieran preocupado de la botánica, pero acabó por no darle importancia al descubrimiento. Lo que sí me dijo fue que había encontrado en la biblioteca un libro de Berkeley, y me miró con su habitual desprecio. Luego, por fin, me respondió: «Un filósofo según el cual tú no pasas de fantasma».

5

Nunca había logrado que me atrajeran las compañeras de curso, pero esto acaso esté mal dicho, porque nunca me lo había propuesto. Habían crecido conmigo, o, al menos, cerca de mí, y había visto sin sorpresa cómo les iban apuntando las tetas. Tampoco mis compañeros les hacían mucho caso, quiero decir que no se sabía de ninguno que estuviera enamorado de ninguna de ellas, aunque quién sabe si entre nosotros existiría algún amor secreto de esos que saben disimular las miradas y enmascarar en toses los suspiros. Pero aquel curso tuvimos una niña nueva, y por el apellido le tocó sentarse junto a mí. Venía de Madrid, era hija de un funcionario importante y resultó bastante sabihonda, pero no tanto que pudiese superar a Sotero, de modo que en este aspecto alguien quedaba por encima de ella. No obstante, nos desdeñaba ostensiblemente, no por nada, sino porque ella venía de Madrid y nosotros éramos unos provincianos que hablábamos con fuerte acento regional. Era corriente que nos corrigiese. «¡De aquélla! ¿Qué quiere decir "de aquélla"?» Y se reía. Le llamaba, al orballo, sirimiri, y al pan reseco, pan duro. Nos resultaba rara y un poquito ridícula, pero nadie en público se atrevía a reírse de ella, porque era guapa, distinta de las nuestras, que también lo eran, aunque de un modo más local. Ésta, que se llamaba Rosalía, tenía el rostro ovalado y moreno, los ojos oscuros, y unas grandes trenzas negras que le caían encima de los pechos y que llevaba siempre atadas con dos lazos. Yo me enamoré de ella inmediatamente, pues entonces enamorarse consistía en pensar en alguien día y noche, o, dicho más exactamente, en recordarla, también en interpretar sus palabras y sus gestos, si eran o no favorables. En tal sentido poco tuve que interpretar, pues, a pesar de sentarse a mi lado, me daba ostensiblemente la espalda y no me dirigía la palabra, ni siquiera para preguntarme algo que no supiera, aunque bien es verdad que lo sabía todo y lo hacía notar. Yo no sé cuándo aconteció que, en el recreo, la empujé sin querer, o tropecé con ella, y ella me rechazó con un enérgico «¡Aparta, feo!», que todo el mundo oyó, del que rió todo el mundo, y me dejó desolado, sin más

1. Belinha

consuelo que el oportuno, aunque inútil, consejo de Sotero: «No hay que hacer caso a las mujeres». A las cuales, por entonces, él no se mostraba sensible, sino explícitamente desdeñoso e insultante, de modo que en mi caso, según tuvo a bien explicarme, él la habría rechazado con un violento «¡Apártate de mi camino, zorra!», que yo hubiera sido incapaz de proferir. Aquel consejo no me sirvió de nada. Había sido el hazmerreír del curso, y la niña de las trenzas oscuras, Rosalía, sin dar explicaciones cuando se las pidieron, le rogó al profesor que la cambiaran de sitio, y como él insistiera en que explicase la causa, le respondió que para oírle mejor, lo que provocó una gran carcajada en la clase y que todos mirasen para mí. Nunca me metí más en mí mismo que en aquella ocasión, nunca sentí la falta de Belinha como entonces, pero, cosa curiosa, la humillación y la murria se fueron transformando sin que yo me diese cuenta, y una mañana de clase, mientras el profesor hablaba de los invertebrados, me hallé escribiendo el quinto verso de un soneto cuya consonante se me resistía. Pero el soneto, al fin, salió, a costa de mi ignorancia de ciertas cualidades de los animales superiores. Se titulaba sencillamente *A Rosalía,* y no sólo le perdonaba su ofensa en torpes endecasílabos, acaso alguno de ellos cojo, sino que, al final, le declaraba mi amor. Se lo entregué personalmente, sacando fuerzas de flaqueza, y ella lo recibió con una carcajada, y se rió más, mucho más, después de haberlo leído. «Mirad, muchachos, lo que me escribió este tonto», y a un corro que congregó a su alrededor le fue leyendo mis versos, y todos se rieron una vez más, cada vez más, si no fue una muchacha de las de siempre, que salió en mi defensa. «¡Pues bien podéis reíros, pero ninguno es capaz de escribir unos versos como éstos!»; y después añadió que los hallaba bonitos y que ya le hubiera gustado que alguien le escribiese a ella una cosa semejante. ¡Dios la tenga en su gloria, la pobre Elvirita, muerta de tisis poco tiempo después, cuando ya, bachilleres todos, nos habíamos desperdigado!

En la clase de literatura de aquel día continuaron las risas, y cuando el profesor preguntó qué nos pasaba, alguien le respondió: «¡Es que Filomeno Freijomil le escribió unos versos de amor a Rosalía!» El profesor no los acompañó en las risas, les respondió que las muchachas bonitas estaban en el mundo para que los adolescentes les escribieran versos de amor, y que le satisfacía que, entre los de su clase, hubiera salido un poeta. Rosalía, sin que se lo pidiera, le entregó el papel, y el profesor lo guardó en el bolsillo y, dirigiéndose a mí, me dijo en un tono más que amistoso, tierno, y que le agradecí siempre, que ya hablaríamos. Hablamos, en efecto, al día siguiente, después de terminar las clases. Me preguntó si sería capaz de encontrarle defectos al soneto. Le respondí que sí. Me lo dio, lo fui leyendo y señalando los ripios, los tropiezos, las sinalefas forzadas, las sílabas de más y las de menos. «Pues no te desanimes, porque, a pesar de todo eso, el soneto tiene algo.» Sacó del bolsillo un libro y me lo entregó. «Toma, lee eso y léelo bien; mejor, estúdialo. Te servirá de mucho.» Eran unos sonetos de Lope de Vega, y en seguida me enfrasqué en ellos, y hasta llegué a preguntar al profesor algunas rarezas que no entendía o que no podía explicarme. Faltaba poco para terminar el curso. Hablé más veces con aquel profesor, me dio consejos y me pidió que, si escribía algo más, que se lo enseñara. Pero yo no me atrevía, aunque por la cabeza me anduviesen sonetos sueltos y algunas otras estrofas. Pero la vergüenza que los versos a Rosalía me habían hecho pasar aún me duraba: una vergüenza sorda ante mí mismo.

Terminó el bachillerato con una fiesta en que entregaron algunos libros de regalo, según sus preferencias, a los recién graduados. A Sotero le habían concedido el premio extraordinario por unanimidad y sin examen y fue felicitado públicamente por el director, aplaudido a rabiar por los muchachos que veían en él lo que querrían ser o lo que no les hubiera gustado de ninguna manera. Él respondió con un breve discurso, muy enjundioso, que llevaba aprendido de memoria, y que recitó sin un traspié, con aquella voz suya, tan de superior, tan pastosa y agradable. Una niña que estaba junto a mí dijo a una compañera, con voz que pude oír: «¡Qué lástima que sea tan esmirriado! Porque tiene ojos bonitos». Estaban, entre los presentes, los padres de Sotero, que habían venido de Buenos Aires y que fueron muy felicitados. No estaba, en cambio, mi padre, que pretextó (así lo creo) un viaje a Madrid para no sufrir, una vez más, la humillación de que su hijo no fuese como él. Cuando la fiesta terminó, me encontré solo, igual que el primer día, pero con seis años más y algunos sufrimientos. Anhelaba el momento de mi marcha a Portugal, aunque aquel verano Sotero no me acompañase a causa de la presencia de sus padres, que lo querían a su lado. Me llevó, una vez más, mi padre en su automóvil. No me dirigió la palabra durante el viaje ni apenas se despidió de mí. Lo vi marchar sin dolor. El maestro y la *miss* me habían acogido muy cariñosamente, y ella manifestó en seguida su satisfacción por cómo iba mi inglés. Cuando me quedé solo, no se me recordaban para nada ni Villavieja del Oro, ni el instituto, ni mi mediocridad escolar, ni siquiera Sotero. Me hallaba como si no hubieran pasado aquellos seis años. Como si fueran un paréntesis que se pudiera borrar, o al menos olvidar durante el verano. La casa con sus misterios, que ya no lo eran tanto, pero que yo me empeñaba en que lo siguieran siendo; el jardín con sus árboles y sus veredas sombrías, incluso la lengua en que todos me hablaban, fue como si me hubiera recobrado. Sólo faltaba Belinha, y Belinha apareció una tarde.

6

No en seguida, sino algún tiempo después de mi llegada. Yo no hacía más que vivir con entusiasmo mi reencuentro con mi mundo, mi olvido de mis estudios y de mi padre, mi libertad sin la mirada de Sotero reduciéndome a nada. Pero a los tres o cuatro días se me ocurrió entrar en la biblioteca y hurgar también en ella. Primero descubrí dos novelas muy distintas que leí ávidamente: primero, *El crimen de la carretera de Cintra;* después, inmediatamente, *Amor de perdición.* Una y otra fueron como dos puertas que se me abriesen a realidades que nunca había sospechado: sobre todo, en *Amor de perdición* descubrí un mundo fascinante de amor y sacrificio. Pero después cayeron en mis manos los poemas de Antero de Quental, que primero estudié al modo como me había enseñado mi profesor de literatura, pero poco a poco fueron ganándome el corazón y metiéndome en lo hondo del amor y de la muerte. Al mismo tiempo me convencían de que yo jamás escribiría una cosa semejante. Creo que llegué a andar, mientras duraron aquellas lecturas, como ausente del mundo, alucinado: hasta tal punto que la *miss* se decidió a preguntarme si me pasaba algo, si me encontraba mal, si quería que llamase a mi padre. Le respondí con un «¡No!» tan salido del alma que la *miss* se asustó. Yo creo que a su comprensión de mi estado de ánimo se debe el regreso de Belinha. Ellos sabían dónde estaba y la mandaron venir: después lo supe, cuando ella, Belinha, me lo descubrió. Vivía cerca del pazo, en una aldeíta, en la casa con huerto que mi abuela le había legado. ¡Y yo sin haberlo sospechado, tanto tiempo, el que la había echado de menos!

Yo estaba en la biblioteca. Era ya al atardecer y mis ojos apenas leían las letras de aquel libro. Recuerdo perfectamente que se trataba de *Los Maias,* en cuyo mundo de pecado me había introducido con espanto y un extraño placer. Alguien abrió la puerta, alguien se acercó a mí. Pensé que sería una criada que venía a avisarme para la merienda, y seguí leyendo. Hasta que pude escuchar, a mi lado, casi junto a mi oído, palabras muy conocidas. «¡Meu meninho, meu pequeno Ademar!» Y en seguida me encontré entre los brazos de Belinha, los dos llorando, los dos sin decirnos nada, más que

1. Belinha

los nombres: «Belinha», «Meu Ademar». Sólo un tiempo después, cuando nos hubimos sosegado, le pude preguntar por qué había tardado tanto. Me respondió que ya me explicaría y que yo lo entendería. Pero apenas me contó nada cuando le pregunté por su vida durante aquel tiempo tan largo, casi dos años... Yo, en cambio, le conté la mía, lo que podía entender de la mía. Lo del soneto a Rosalía se lo oculté, y me justifiqué a mí mismo reconociendo que ella no podía saber lo que era un soneto, aunque quizá sí una copla. Me preguntó por mi padre. «No sé. A veces va a Madrid. De noche sale al casino.» Me preguntó si me trataba bien. «Como siempre.» Tampoco le hablé de Sotero, que no le era simpático. «Pues ahora ven conmigo», y me cogió de la mano, como cuando era niño. Me llevó al saloncito donde el maestro y la *miss* solían hacer la vida. Estaban ellos, y con ellos una niña que yo no conocía. Jugaban con ella, le hacían cucamonas, parecían quererla, y ella les respondía como familiarizada con aquellas manos, aquellas caras, aquellas voces. No se me ocurrió quién podría ser, hasta que Belinha me susurró: «E a minha filha». Y yo, al principio, no lo entendí y, de repente, sentí como un dolor profundo y una incomprensión todavía mayor. «¿Tu hija? ¿Cómo tu hija? ¿Estás casada?» No me respondió, sino que me empujó hacia ella. «Anda, dalhe un beijinho.» Y el maestro y la *miss* también la empujaban hacia mí. La *miss* me dijo: «Se llama Margarida, como tu abuela». Pero aquella Margarida no se parecía a mi abuela, no tenía sus ojos verdes ni su cara alargada y blanca, sino morena y redonda con los ojos oscuros, como los de su madre.

Me acerqué a besarla, y ella se retiró, no hacia las faldas de su madre, que estaba detrás de mí, sino a las de la *miss,* que le dijo que no me tuviera miedo, que era bueno. Durante el tiempo que duró esta escena, yo había improvisado mi hipótesis: Belinha había tenido un amor secreto, había quedado embarazada, por eso se había marchado de Villavieja, tan de repente, después de unos días de llantos y suspiros. Me sentí celoso y resentido por haberlo ignorado, porque no me lo hubiera confesado, y sólo algunos minutos después, cuando ya Margarida me había besado y recibido mi beso en la mejilla, me salió de no sé qué fondo de la conciencia, o del olvido, algo que había leído o que había oído, seguramente leído en alguno de los libros devorados en las últimas semanas: Belinha era un ser libre y tenía derecho a la vida. Pero fue una idea que pasó como un relámpago, sin detenerse, sin hacer mella en los celos que con esfuerzo disimulaba, que no disminuía el rencor súbito hacia Belinha por su silencio. Me esforcé, sin embargo, por parecer tranquilo, y hasta dije a Belinha que esperaba que se quedase con nosotros durante el resto del verano, al menos mientras estuviera yo. Me dijo que sí, riendo, con una risa sin trastienda, con su risa de siempre. Y añadió que su hija también...

Supongo que todos habían comprendido mi emoción, y que todos adivinaran mi disimulo, si no Belinha, que se mostraba tranquila y afectuosa. Poco a poco me fui sosegando. Por primera vez en su vida, Belinha se sentó a la mesa, como una invitada, a mi lado, a la hora de cenar. Pero la conversación era forzada, me daba cuenta vagamente, quizá porque todos supieran que algo que había que decir no se había dicho aún. Mi maestro bromeó conmigo cuando me ofreció un cigarrillo; lo acepté y lo fumé torpemente. «¡Pues ya vas siendo un hombre!» «¿Cómo que lo va siendo? Ya lo es»; esto lo dijo la *miss* con una mirada de cariño, una mirada con la que nunca me había mirado, pues parecía decir, además: «Debes creerlo», mientras Belinha me echaba el brazo por el hombro y repetía: «Um homen». Reconozco que no me hicieron feliz aquellas manifestaciones, no sabía bien si sobre mi virilidad o sobre mi madurez, pero venían de gente que me quería sin duda, y las acepté con una media sonrisa y un «¡Claro que lo soy!» apenas musitado. Y las palabras se desviaron entonces hacia la pequeña Margarida, que se estaba durmiendo. Su madre dijo que la iba a acostar

1. Belinha

y se fue. El maestro y la *miss* tenían algo que hacer, y yo me fui a continuar la lectura de *Los Maias,* que tiraba de mí desde hacía rato como tira el presenciar un pecado de otros. No sé el tiempo que estuve solo, leyendo. Llegó un momento en que no pude imaginar lo que leía, y fui a acostarme. Lo hice, pero sin apagar la luz, sin atreverme a esperar lo que en realidad esperaba. Belinha apareció algún tiempo después, cuando ya peleaba con el sueño. Entró sin llamar, y se acercó lentamente, tan erguida como era, tan hermosa, pero sin sonreír. Se sentó al borde de la cama. Nos miramos. Ella me tomó una mano y pareció que pensaba en lo que iba a decirme, pareció como si lo dudase. Por fin habló: «Minha meninha é tua irma», con voz oscura y temblorosa en el fondo; y como contra su voluntad se le salieron las lágrimas. Pero no gimoteó ni se echó a mis brazos, sino que permaneció así, torcidos hacia mí el torso y la cara, su mano apretando la mía. Yo me quedé confuso. No entendí de momento, y quizá haya tardado en comprender más de lo necesario, porque una especie de niebla me ofuscó. Llegué a preguntarle qué decía, y ella lo repitió, y añadió: «E tamen filha do teu pae». Entonces yo me incorporé violentamente, solté su mano. «¿Cómo lo hiciste? ¿Por qué?» Con voz dura, no voluntariamente, sino que me salió así, y me sacudió una oleada brutal de celos y de odio. «¿Por qué con él, por qué?», «Obrigoume», dijo ella; y me empujó suavemente hacia los almohadones. Ahora me cogía las dos manos, y me las sujetaba. «Quero que o entendas, meninho, quero que o entendas.» «Pero ¿tú le quisiste?» Negó con la cabeza, una negativa lenta, sólida. Yo la miraba a los ojos y vi pasar por ellos una mirada dura, que me pareció de odio. «Nuca o quijem. Ouvera-lhe dado morte, si pudese, si non fora por ti.» Y empezó a contarme la historia, la contó con las palabras necesarias, sin llorar demasiado, pero llorando, y temblándole a veces la voz. Había sido aquella noche en que, después de la disputa, mi padre se la llevara a su despacho. La había mandado sentar, le había rogado que se calmase, le había hablado de su soledad, de que yo no lo quería, de que no lo quería nadie. Y ella le preguntó que por qué no se casaba, pero la respuesta de mi padre fue: «Necesito una mujer, sí. ¿Por qué no lo eres tú?» Belinha recordaba las palabras exactas, recordaba su incomprensión y su sorpresa, y también su indignación cuando mi padre le dijo fríamente que o aceptaba dormir en su cama (así lo dijo Belinha) o se marchaba a su tierra al día siguiente por la mañana, sin despedirse. «¡Si me aparta do meninho, mátome!» «Pues ya sabes lo que tienes que hacer.» Belinha le pidió que, por lo menos, le dejase pensarlo. «Sí. Hasta mañana. No hace falta que me digas ni que sí ni que no. Si no te has ido de madrugada, entenderé que sí, y mañana mismo te esperaré en mi cuarto cuando todos se hayan acostado.» «¿E qué dirá o meninho, cando sospeite?» «El niño no tiene nada que sospechar, ni nadie de la casa. Esta misma noche, si decides quedarte, llevarás tus cosas a la habitación que está vacía, al lado del salón. Nadie te oirá cuando entres ni cuando salgas.» Y así fue la historia. Belinha pasó la noche sin dormir, luchando entre abandonarme o acostarse con un hombre por el que no sentía, no ya amor, sino que ni siquiera respeto, sino miedo, y, a partir de aquel momento, odio, un odio que la hubiera llevado a matarlo si no fuera porque en la cárcel, tampoco podría verme ni cuidarse de mí. Y un día se encontró embarazada. «¿E agora, senhor, qué fago?» «Ahora te vas a tu casa para siempre, y que ni mi hijo ni yo volvamos a saber de ti.» «Pero, senhor, o que venha non deija de ser seu.» «Os daré dinero, todo el que quieras, dinero no os ha de faltar, siempre y cuando Filomeno no vuelva a verte.» «¡Nao quero o seu dinheiro! Pro que venha e pra min, tenho de sobra.» Y así fue como, pocos días después, Belinha se marchó sin despedirse, pero no sin pasar, muy de mañana, por mi habitación y mirarme por última vez. Fue al pazo de Alemcastre, y el maestro y la *miss* la recibieron bien, quizá porque mi padre no les era simpático y porque me querían. Convinieron en que aquel verano Belinha no se dejaría ver de mí, para que no me sorprendiera el embarazo, que estaría entonces muy abultado ya y sin posible disimulo, y que, más adelante, ya se vería. «Hay que esperar a que Ademar pueda entender las cosas.» «E agora, ja as entendes, ¿verdad?» Sentí un impulso súbito, la abracé. Yo creo que llegué a decirle que iba a matar a mi padre, que lo odiaba como ella, que no merecía vivir. Pero ella me calmó. Y me dijo que aunque su hija compartía su amor conmigo, que no por eso nos querríamos menos, y que esperaba de mí que quisiese a mi hermana, si no por serlo, al menos por ser hija de ella. Yo no sé cuánto tiempo duró aquella conversación, fue muy larga. Dijimos muchas cosas que sólo tenían sentido en aquel momento y en aquella situación. Quizá cuando Belinha se marchó, ya clareasen los cristales. No podría describir aquí el revoltijo de mis sentimientos. Pero comprendo que aquella noche, algo cambió dentro de mí, o por lo menos, algo empezó a cambiar. Algún tiempo después, Belinha me dijo que yo la miraba como un hombre. No sé si sería cierto. Lo que sí sé es que seguía queriéndola, aunque acaso también mi amor se hubiese transformado. Cuando se despidió, y nos besamos, busqué su boca, pero ella me rechazó riendo. «Non, eso non, meu meninho, eso non.» Fue la última noche que vino a mi habitación. Nos veíamos durante el día, a la mesa o con alguno de los demás, pero no iba a buscarme a la biblioteca, ni siquiera al jardín. Y yo empezaba, no a comprender, sino a temer el porqué. Sentía que del mismo modo que algo en mí había cambiado, también había cambiado en ella, aunque no me atreviese a pensar que ya nos queríamos como hombre y mujer. No lo pensaba, pero sí lo sentía, y cuando la miraba, se lo decían mis ojos, y los suyos me daban una respuesta de amor y de temor. Esto lo veo claro ahora, tantos años después, años de insistente, obsesionante recuerdo. Por aquellos días todo era confusión de mente, aunque en el corazón las cosas anduviesen más claras. Nada cambió la situación. Se hizo habitual que nos mirásemos con deseo, también que ella me huyese, ésta fue la realidad, aunque también pudiera decirse que me evitaba. ¿Llegó a convertirse en un juego de esperanza y de dolor, en el que ganó ella por ser más fuerte? La esperé muchas noches, casi todas. Algunas, recorrí los pasillos, cautamente, a ver si la encontraba. Ni siquiera sabía cuál era su habitación, ni me atreví a preguntarlo, aunque después haya sabido que, para llegar a la alcoba en que dormía con su hija, hubiera tenido que pasar por el dormitorio del maestro y de la *miss*. Ahora pienso que lo habían convenido así para protegerse ella misma de sus propios deseos. Pienso también, por otros acontecimientos posteriores, más que acontecimientos, detalles nimios o palabras sueltas, que del maestro y la *miss* había hecho sus confidentes, lo mismo que antes habían sido sus protectores. Y esto duró bastante tiempo, hasta que una noche, pensando al mismo tiempo que esperaba, se me ocurrió que, cuando mi padre viniera a recogerme, terminado el verano, o, como él a veces lo llamaba, mi obligación testamentaria de residir temporadas en el pazo; cuando mi padre viniera a recogerme, digo, Belinha estaría allí, y no sé qué podría suceder. Rechacé la idea de que se viesen, más estando yo allí, y de que mi padre conociera a mi hermana, que no le había importado. Lo dije al día siguiente, después de comer, mientras tomábamos el café; lo dije como la cosa más natural del mundo, supuesto todo lo que todos sabíamos. «No quiero que mi padre venga a buscarme, estando aquí Belinha con su hija.» Belinha me preguntó si quería que se fuese. «No. Tú no debes moverte de aquí. Ésta es tu casa, lo fue siempre. Lo que haré será marcharme solo.» Y así lo hice, dando un rodeo por Tuy y Vigo. Les prometí que iría a verlos en Navidades, y, al marchar, no sólo besé a Belinha, sino también a su hija. La besé con afecto, quizá forzado, porque me repetía a mí mismo que era mi hermana y que debía quererla.

7

Mi padre se sorprendió al verme llegar de improviso, cargado con mis maletas, tan pesadas. Me preguntó por qué lo había hecho. Le respondí secamente, sin mirarle a la cara: «Porque está Belinha en el pazo». No sé qué cara puso, no me respondió. Yo me retiré sin darle más explicaciones y me apliqué a sacar el equipaje. Había traído conmigo unos cuantos libros (novelas, poesía) que no tuviera ánimo de leer, aunque me lo hubiera propuesto. Después salí a ver si encontraba a Sotero. Lo hallé en su casa, donde todo estaba patas arriba, porque, me explicó, se mudaban a Santiago, donde él ya se había matriculado en una facultad. «Y tú ¿sabes ya qué vas a hacer?» «No lo he pensado aún, pero, en cualquier caso, no iré a Santiago.» Pareció disgustarle, pero no el disgusto de alguien que se aleja de un amigo, sino (lo pienso ahora) del que pierde un punto de apoyo en el mundo. ¿Con quién me sustituiría, ante quién se mostraría superior? Visto a la distancia de tantos años, comprendo que Sotero me necesitaba, no sólo para desdeñarme, sino para manifestarse cómo era ante quien lo admiraba, probablemente de antemano; ante quien vivía en actitud de admiración espontánea. «Me vas a echar mucho de menos. Yo podría guiarte en tus estudios, como siempre. En otro sitio, sin estar yo, vas a encontrarte solo y desorientado.» Le respondí indirectamente, contándole lo que había leído durante el verano, mi descubrimiento de Quental y de Queiroz. Me respondió: «Sí, sí», pero tuve la impresión de que los desconocía, y aquello me causó bastante satisfacción. «Pero sigues perdiendo el tiempo –continuó–. Ni las novelas ni los versos van a valerte de nada. Yo, por supuesto, te apartaría de ellos. El porvenir está en la ciencia, no en la literatura.» «Es que yo –le retruqué–, no pienso aún en el porvenir. Eso lo hace mi padre por mí.» Aquello sí que no lo entendió: «¿Lo dices porque eres rico? En todo caso, tendrás que aprender a conservar tu riqueza, por lo menos, si no a aumentarla. De eso puedo hablarte un poco. Mis padres tienen un mediano pasar que les permite vivir holgadamente y costearme los estudios. Ya ves, han venido de América para que yo no esté solo en Santiago, para que no tenga que cuidarme de mi comida ni de quien me lave la ropa. Es una manera razonable de emplear el dinero.» «Es que yo no pensaba para nada en que soy rico.» «Entonces, ¿qué vas a hacer en el mundo?» Fue la primera vez que me hicieron esa pregunta, y respondí, también por vez primera: «No lo sé». Ni lo sabía, ni me lo había planteado nunca. Vagamente, allá en el fondo de mi conciencia, lo confiaba a mi padre, porque yo no conseguía que me importase: tenía otras cosas en qué pensar. Si Sotero hubiera sido otra clase de amigo, con las ideas y los defectos de los muchachos de su edad, yo le habría confesado mis congojas del verano, lo que había esperado y lo que había sufrido, también lo que me había hecho gozar el sufrimiento, o, por lo menos, lo que me había hecho vivir; pero, de contárselo, él se hubiera reído, hubiera tenido un pretexto más para mostrar su desdén por todos los hombres que se enamoran y en especial por mí. Y mucho más al saber como sabía que Belinha era una aldeana analfabeta. «¿Belinha? ¿Quieres decir aquella mala bestia que servía en tu casa? ¿Y no te da vergüenza?» Tampoco le conté que había fumado cigarrillos y bebido algunas copas, pero esos deslices, así como la historia de Belinha, me hacían sentirme íntimamente, si no superior a Sotero, al menos a su altura, aunque de distinto modo, como si cada uno se hubiera subido a distinta silla. Y no fue sólo cosa de aquel momento, primera vez que nos veíamos después del verano y última que charlamos largamente. La historia de Belinha no desapareció nunca de mi memoria, menos aún de mi corazón. Si la vida de un hombre maduro se apoya en dos o tres acontecimientos, aquél fue el primero de unos cuantos que también contaré y a los que debo en buena parte ser lo que soy, quizá el que no he llegado a ser, y el porqué.

Cuando regresaba de casa de Sotero, sentí el temor de encontrarme con mi padre, inevitablemente, a la hora de cenar, que se acercaba. Pero al llegar a casa, hallé el recado de que fuese cenando, de que él seguramente no vendría. Después de haberme alegrado, pensé que temía quedarse a solas conmigo. Y, sin embargo, ninguno de los dos podía evitar una explicación que yo no imaginaba cómo podía empezar, ni cómo acabaría. Todo lo que se me ocurría eran ideas extravagantes, sacadas más o menos de alguna escena de novela que, desde el recuerdo oscuro, iba dictándome palabras, rechazadas inmediatamente y sustituidas por otras nuevas, que también rechazaba. En realidad, yo desconocía a mi padre y no podía prever, con un mínimo de acierto, cuál iba a ser su conducta. Había evitado el primer encuentro, pero lo mismo podía ser por miedo que por necesidad de pensar de antemano y seriamente lo que iba a decirme. En cualquier caso, al llegar aquí, a sus palabras, mi imaginación tropezaba con una pared oscura en la que nada había escrito, ni siquiera una pequeña luz. También descubrí, durante la cena, que tenía miedo a mi padre, y que si me mandaba callar, me callaría. ¡Dios mío, qué difícil era todo! ¿Por qué me sucederían aquellas cosas? Hubo un momento en que envidié a Sotero, con todo lo de su vida tan claro y tan sencillo, o a algún otro compañero, que, aunque no apuntase tan alto, sabía ya lo que tenía que hacer y el cómo. Imaginé que, cuando se es hijo de un padre de los corrientes, ni senador, ni viudo, ni hombre importante, el padre nos lo da todo hecho, con un pequeño margen de libertades que se emplea en pillerías veniales, y sólo cuando se acaba la función del padre empieza la verdadera libertad, que consiste en hacer lo que uno desea, pero sabiendo previamente lo que puede y lo que debe desear. Pero, aun en ese caso ¿qué hubiera dicho un padre de los corrientes, al declararle yo que lo que me interesaba era seguir leyendo novelas y poemas, y quizá darme unas vueltas por las calles de la ciudad vieja, alrededor de mi casa y sin llegar a los barrios de los inmigrantes ricos? Era una costumbre que había adquirido en los últimos tiempos del curso anterior y de la que no había hablado a nadie, menos que nadie a Sotero, pues adivinaba su respuesta, y el elogio subsecuente de las calles modernas, tan anchas y tan claras, de construcción racional, y con viviendas espaciosas e higiénicas. Y esto no lo invento: porque le había oído cierta vez comentar un artículo que había leído en no sé qué periódico en que decían semejantes cosas, con las que estaba de acuerdo. Pero quizá hubiese aprovechado mi declaración para convencerme de que me fuese a estudiar a Santiago, que era una ciudad en que abundaban las calles estrechas y las fachadas antiguas.

Mi padre hizo un viaje. En la nota que me dejó explicaba que una tormenta de verano había causado estragos en una de las casas de mi madre, la más alejada de Villavieja, precisamente, en la que yo nunca había estado, y que las averías reclamaban su presencia. No creí que lo hiciese para escapar de mí, aunque ahora piense lo contrario. El caso fue que, en su ausencia, yo recobré poco a poco mis hábitos, y se me fue de la imaginación la escena, tantas veces temida y deseada, de sus disculpas, o de sus explicaciones, o a lo mejor de su arrepentimiento, pero se me insinuó la idea, probablemente cierta, de que no se había propuesto nunca dar a su hijo explicaciones de su conducta. Me sentí, de repente, humillado, pero también liberado; aunque el hecho de que lo recuerde quiere decir que la humillación me había llegado a lo hondo, y allí quedaba con todo lo demás de la historia. Tardó en regresar ocho o diez días, y, cuando nos encontramos, me habló con toda naturalidad, como si nada hubiera pasado, y yo no me atrevía a mentar a Belinha ni a su hija, ni siquiera a aludirlas. Desde el primer momento enfocó las conversaciones hacia mis próximos estudios. «¿Qué te pare-

1. Belinha

ce si te vas a Madrid? –me preguntó de sopetón–. Conviene para tu formación que vivas en una ciudad moderna, lejos de esta cochambre provinciana. Además, un título universitario de Madrid es siempre más estimado, lo sé por experiencia.» Yo había temido que proyectase destinarme a la Universidad de El Escorial, que seguía considerando la suya, y en la que habían estudiado personas importantes de las que solía hablar. Me alegré, pues, cuando mencionó Madrid, y le respondí que me parecía bien. «Puedes irte al hotel donde yo paro durante mis viajes. Es un hotel decoroso, donde te tratarán muy bien. Está en el mismo centro y no lejos de la universidad. ¿Quieres estudiar derecho o te tira otra cosa? Yo he pensado que por lo pronto te matricules en el preparatorio, y después, ya veremos. Esta gente que manda ahora no va a mandar siempre, y dentro de tres o cuatro años las cosas se habrán normalizado y yo volveré a ser el que era y siempre habrás un sitio para ti en alguna parte. Afortunadamente, tienes medios para vivir sin la urgencia de buscarte un trabajo. Te podrás atrever con unas oposiciones largas...» Se refirió vagamente a notarías o judicatura, o quizá al cuerpo diplomático, ya que hablaba el portugués y el inglés, «aunque lo importante en esa carrera sea hablar bien el francés. Podías empezar a estudiarlo».

¡Por fin mi padre había hablado como un padre cualquiera! Me lo daba ya hecho, en parte al menos, y no me había mentado la obligación de ser en todas partes el primero. Me sentí aliviado y, en el fondo, satisfecho. Ahora pienso que mi padre había tomado aquella decisión para mantenerme lejos. Estudiar en Santiago era como estar ahí al lado, y no podría evitar que algún sábado se me ocurriese venir a Villavieja. Disimuló, sin embargo, su deseo (o su necesidad) anunciándome que iría a verme de vez en cuando. Y con el pretexto de sus posibles visitas pretendió, o eso parecía, tenerme bien informado de la situación política, porque, me dijo, los militares no podían durar mucho en el poder. Por lo pronto se habían dado cuenta de que no sabían gobernar, y habían tenido que echar mano de civiles que se prestaban a colaborar con ellos. Pero las antiguas fuerzas políticas se estaban reorganizando cautelosamente para que el final inminente de la dictadura no las cogiese desprevenidas. La sublevación de los artilleros (yo no sabía a qué se refería) había sido un toque de atención. La cosa marchaba mal incluso dentro del ejército, y había una pera madura que estaba al caer. «Va siendo conveniente que empieces a enterarte de algunas cosas. Yo no duraré eternamente, y hasta puedo cansarme y apetecer el retiro, y la realidad de tus intereses no sólo te reportará beneficios, sino también obligaciones y quebraderos de cabeza. Hay mucha gente que depende de nosotros, y nosotros tenemos la obligación de protegerla contra los desmanes de los que mandan. Por lo pronto, el año que viene a más tardar, tendrás que conocer tus propiedades, para qué sirven y lo que valen, aunque algunas de ellas no dan más que trabajo. Estas formas antiguas de propiedad, como las tuyas, son una verdadera maraña. Hay la cuestión de los foros, por ejemplo...» Yo no sabía qué eran los foros, pero él se extendió largamente acerca de ellos y de los problemas que traían. «Hace falta ser un buen abogado para que cierta gente no se pase de la raya.» Él, evidentemente, lo era.

Consiguió, al menos de momento, lo que pretendía. El veraneo en el pazo miñoto, Belinha y su hija no fueron olvidados, pero sí quedaron en un segundo término, como aplazados. Di en imaginar lo que sería mi vida en Madrid, pero lo único real que se me alcanzaba era la posibilidad de comprar libros, de leer mucho. No había comprendido aún que, incluso mi afición a los libros, exigía ciertos saberes. Y la vida en la universidad la imaginaba igual a la del instituto, aunque con alumnos mayores. Pero dejaba de imaginar, y la mente me quedaba en blanco como un encerado limpio en el que cualquier cosa podía ser escrita. Una tarde me encontré

1. Belinha

en la estación del ferrocarril. Varias maletas habían sido enviadas por delante. Yo llevaba un maletín y un impermeable porque llovía. Mi padre estaba a mi lado, el paraguas cerrado y hablando de no sé qué. Llegó el tren, me acompañó hasta mi asiento, me dejó bien instalado y, al despedirse, me dio la mano. «Cuando pase un señor tocando la campanilla, es la hora de la cena.»

2. Los años de aprendizaje

1

Mis recuerdos de Londres quedaban lejos; los de Lisboa, aunque más recientes, no estaban mucho más claros. Conservaba, eso sí, una sensación de magnitud que tenía a Villavieja del Oro como única referencia, tan pequeñita y recogida, donde todos nos conocíamos. Eso fue lo único, la magnitud, que reconocí en Madrid nada más llegar. Mi padre me había dado instrucciones. De las maletas no tenía que preocuparme, porque me las llevarían al hotel. Con el maletín y el impermeable, cogí un coche de un solo caballo y di al cochero, un señor importante que me miró con ironía desde lo alto del pescante, la dirección. Lucía el sol y aún hacía calor. Por la ventanilla del coche desfilaban las casas y las calles de una ciudad inesperada. La gente que se veía también era distinta, hablaba de otra manera. Me di cuenta, en la misma estación, de que mi acento cerrado sería lo que chocase de mí, lo que iba a distinguirme. Me preguntaba si algún día sería capaz de hablar con aquella entonación, de que mis vocales fueran como las que estaba oyendo. La gente hablaba como aquella niña, ya olvidada, pero recordada

2. Los años de aprendizaje

entonces, Rosalía, a la que había dedicado un soneto de amor. Aquella niña, Rosalía, se burlaba de nuestra manera de hablar.

De pronto, el coche se detuvo. «Ahí está su hotel, señor.» ¿Señor? Pagué lo que me pidió y recordé que mi padre me había recomendado dar propinas, aunque sin excederme. Añadí una peseta a lo pedido, y el cochero llevó la mano al sombrero de copa, con galones, tan llamativo. «Muchas gracias, señor.» Unas gracias muy expresivas, quizá con algo de zumba. «Este sujeto no sabe lo que vale una peseta», querría decir la sonrisa. Me quedé en el borde de la acera, mirando la maniobra del coche para dar la vuelta en la calle, que era bastante estrecha. La puerta del hotel estaba frente a mí y era de buena apariencia. En el rótulo, encima, constaba el nombre. Y desde la puerta me miraba un sujeto alto y gordo, vestido de levita oscura con galones. Me preguntó qué buscaba. «Nada, señor, ya lo he encontrado. Vengo a este hotel.» Entonces se me acercó, me quitó de las manos el maletín. «Venga conmigo.» Se acercó a un mostrador y dijo a un hombre que allí estaba: «Éste debe de ser el hijo de don Práxedes». Yo me adelanté. «Sí, soy Filomeno Freijomil.» ¡Filomeno! ¡Qué raro me sonó! La sonrisa que me dirigió el hombre del mostrador, ¿sería de amabilidad o a causa de mi nombre?

Me llevaron a una habitación espaciosa, con dos ventanas a la calle, dos ventanas de arriba abajo, que daban a un balcón corrido. Las abrí porque hacía calor. Lo miré todo. La habitación era agradable, y los muebles, bonitos; quizá un poco grande la cama, y demasiados espejos. Eché de menos, a un primer vistazo, un estante para los libros, aunque la mesa escritorio me ofreciese espacio para colocarlos. Mis maletas estaban ya en la habitación, juntas, diríase alineadas, al lado del armario, que era ancho y de dos lunas, con panel en el medio, taraceado de maderas finas. En las lámparas abundaban los pendoleques de cristales de colores, organizados según dibujos caprichosos. Todo me recordaba interiores anunciados en revistas antiguas como de última moda, de las que las señoras de Villavieja intentaban copiar o, al menos, lo deseaban. La lámpara del escritorio era mucho más sencilla, y tenía la pantalla verde. Llamaron a la puerta, suavemente. Abrí. Era un señor un poco calvo, bastante alto, vestido de chaqué, con una sonrisa que se me antojó sincera. «¿Tengo el honor de hablar con el hijo de mi ilustre amigo el señor Freijomil?» Era el director del hotel. Me pidió permiso para pasar, y sus primeras palabras fueron para desearme la bienvenida y ponerse a mis órdenes. «¿No le habló de mí su padre? Bueno, no importa que se le haya olvidado. ¿Ha desayunado ya? ¿Le incomoda que lo hagamos juntos, aquí, en su habitación? No se preocupe por sus maletas; después vendrá una chica que le pondrá todo en orden.» Aproveché este momento para decirle que, en una de ellas, traía libros. «Libros, sí, claro. Lo natural en un estudiante. Si lo considera necesario, mandaré que le pongan una estantería, ya veremos el tamaño. De momento puede dejarlos encima de la mesa.» Había tocado el timbre, enérgicamente, tres timbrazos seguidos. Acudió en seguida una doncella, muy peripuesta, por cierto, y bastante bonita. «Olga, voy a desayunar con el señor aquí, en su habitación. ¿Quiere algo especial, señor Freijomil, o prefiere lo corriente, café con bollería? Los del norte prefieren huevos fritos.» Le respondí que lo corriente. El desayuno lo trajeron en una bandeja grande, que podía ser de plata. La dejaron encima de una mesilla. Nos sentamos. «La verdad es que tengo algunas cosas que decirle, las instrucciones que recibí de su señor padre. Ante todo, lo del dinero. Usted tendrá sus gastos. Un chico joven, recién llegado, los tiene siempre. Cada mañana, cuando salga del hotel, le entregarán en la caja un duro, tres los domingos.» No sé qué cara habré puesto yo, que me miró interrogante. «¿Lo encuentra escaso? ¿Piensa que necesitará más?» «No tengo idea, señor. Ignoro lo que en una ciudad como Madrid dan de sí cinco pesetas.» Se echó a reír. «Mire,

2. Los años de aprendizaje

cinco pesetas diarias, y quince cada domingo, suman doscientas diez. Hay muchas familias en Madrid que ya quisieran disponer de ese dinero.» «Luego, ¿es mucho?» «Creo que más que suficiente. Con un duro diario para sus gastos personales, puede pasar por rico. –Y como yo hiciera un gesto de sorpresa añadió–: Aunque no le conviene nada parecerlo. Lo que voy a decirle no forma parte de las instrucciones recibidas de su padre, pero lo creo oportuno. Cuando se es rico en Madrid, lo mejor es disimularlo, salvo si es usted de esas personas que necesitan que la gente lo sepa. En ese caso, amigo mío, está usted perdido. Se verá rodeado de supuestos amigos que intentarán sacarle lo que puedan y divertirse a su costa. Está luego el capítulo de las mujeres. ¿Qué mejor, para una de esas suripantas, que un estudiante provinciano que cursa preparatorio? Entienda bien que no intento apartarle de los amigos ni de las mujeres, sino tan sólo prevenirlo. Hay ciertas cosas que un padre no se atreve a aconsejar, en las que un buen amigo puede suplirle. Yo soy un buen amigo de su padre y le estoy agradecido. Me hizo algunos favores cuando podía hacerlo y yo no soy de los que olvidan. Considero una suerte que pueda emplear en usted mi agradecimiento y prepararle para hombre de mundo. Un hombre de mundo tiene ante todo que ser prudente.» No habíamos empezado el desayuno. Él me sirvió el café y la leche y cogió un bollo, lo partió con un cuchillo y lo comió a pedacitos, mientras que yo empezaba a sopear con el mío. Se rió. «Mire, por ejemplo, eso que está usted haciendo. Ya no se lleva. Lo correcto, ahora, es comerse el bollo como yo lo estoy haciendo. Que usted sopee en privado, carece de importancia: hágalo si le gusta. Pero jamás en público. Las personas de su clase no lo hacen, y será usted mal visto.» Siguió comiendo. Yo le observé, y me pareció que lo hacía de modo muy remilgado, sin naturalidad. A lo mejor, la buena educación imponía aquella manera artificiosa de comer. «Y de lo que le decía... Pongamos un ejemplo: las criadas del hotel. Si usted deja un duro encima de la mesilla de noche, o algo de valor, lo más probable es que lo encuentre cuando vuelva, pero si se acuesta con una de ellas, vaya pensando en visitar a un médico.» Debí de ponerme muy colorado, porque se echó a reír. «¡No se me apure, hombre! ¡Es de las cosas que le conviene ir oyendo!» La conversación continuó durante un rato largo: daba vueltas a las mujeres y a los gorrones. «Va usted a tratar con muchachos que disponen de una o dos pesetas diarias para sus gastos, el que más. Con eso fuman, van al café y compran un diario. Procure no parecer más que ellos. Estar por encima de alguien siempre ofende, y tan malo es que le tengan a uno por tonto como por orgulloso o prepotente.» Acabó diciéndome que lo considerase su amigo, y que si alguna vez me hallaba en un apuro, fuese de la naturaleza que fuese, y esto lo repitió como si lo hubiese subrayado, que contase con su amistad y su confianza. Se iba a marchar ya, cuando me dijo: «¿Me permite echar un vistazo a su ropa?» Abrí la maleta, dejé encima de la cama todos mis trajes. «Están bien, están muy bien, quizá demasiado bien. Pero encuentro prematuro aconsejarle cierta dejadez elegante que va bien a los jóvenes. Eso no se aprende en un día, ni por palabras. Lo que sí le adelanto es que, cuando llegue a la universidad, sólo por el modo de vestir se encontrará usted distinto de sus compañeros. Lleve todos los días el mismo traje. Mucho cuidado.» Me recordaron aquellas palabras, mi primer día de instituto, pero entonces la diferencia no había sido advertida, o, al menos, nadie la había tomado en cuenta de una manera ostensible, salvo Sotero, quizá, que se lo había callado. El director del hotel se marchó, después de informarme de que se llamaba don Justo y de preguntarme si necesitaba, de momento, dinero. Le dije que no. Y me puse a colgar los trajes en el armario, y acomodar en los cajones las camisas, la ropa interior, los zapatos. En esto estaba, cuando vino la doncella a recoger la bandeja del desayuno. «¡Oh, señorito!, ¿por qué hace usted eso? Ya se lo haría yo. –Y añadió, muy sonriente–: Me llamo Olga. No tiene más que tocar el timbre si necesita de mí.»

2

Los pasillos de la universidad, grandes, sombríos, eran un verdadero barullo de gentes y de voces. Nadie sabía nada, no se entendía nadie, y los bedeles nos pedían que los dejásemos en paz. Al final de la mañana, por fin, nos metieron en una aula, a los de preparatorio, y un profesor joven («Es un auxiliar», decían por allí) nos dirigió la palabra para felicitarnos por nuestra llegada a la universidad (él la llamaba el *alma mater),* una institución secular de la que habían salido los hombres más ilustres por su saber o por su posición en la sociedad. En general, se le hizo poco caso, y le costó trabajo acallar las conversaciones a media voz. Advirtió, eso sí, que en las clases no se podía fumar, y que había que acudir a ellas decentemente vestidos, con corbata. Dijo también que los libros de texto se podían adquirir en tales librerías, y nos dictó unos títulos y unos autores. Recuerdo el nombre de Abel Rey y el de los señores Hurtado y Palencia, que serían nuestros textos de lógica y de literatura, pero no recuerdo el de historia. Había bastantes chicas entre los alumnos recién llegados, unas muchachas que, en los pasillos, se sentían atraídas por los alumnos mejor vestidos. Como yo estaba entre ellos, alguna se me acercó, pero se conoce que las ahuyentó mi acento fuerte de gallego y se apartaron pronto. De allí salieron grupos que se encontraron en el bar de enfrente, a tomar unas cervezas y a fumar unos pitillos. De pronto me quedé solo. Y se repitió lo que me había acontecido en el instituto cuando igualmente el barullo y la camaradería espontánea me habían relegado a mi suerte. Se me acercó uno de aquellos que no habían ido al bar de enfrente y que también parecía aislado, aunque a primera vista no existiese razón de su aislamiento. Ni siquiera me saludó. Sólo me dijo: «¿No te parece que son una partida de imbéciles?» La semejanza con aquella escena de antaño me dejó sorprendido, pero este muchacho de ahora no se parecía a Sotero, no me miraba de arriba abajo, sino de frente, de una manera cordial. «Te estuve examinando en el aula. Tienes que ser uno de los nuestros. –Y añadió en seguida–: Yo soy poeta. ¿Te dice eso algo?» Le respondí alegremente: «¡Pues claro!», y sentí que era una suerte habernos encontrado, pero no se lo dije. «Debes de ser como yo, uno de esos que sus padres mandan a estudiar derecho porque no creen que la literatura ofrezca un porvenir seguro. Y menos la poesía.» Le iba a contestar, pero me pisó las palabras: «En parte tienen razón. En este país, dedicarse a la poesía es apuntarse a pobre, pero a lo mejor los tiempos cambian. Te invito a tomar un café y hablamos.» «¿Ahí en el bar de enfrente, donde están todos?» «No. Te llevaré a un sitio mejor, más tranquilo.» Me cogió del brazo y empezamos a caminar hacia el centro. Me fue diciendo que se llamaba Benito Armendáriz, pero que, a pesar de su apellido vasco, era de Santander. Había tenido un buen profesor de literatura, un hombre joven y enterado, que lo había orientado bien. «De clásicos puedes preguntarme lo que quieras, y de modernos también. En lo que fallo es en el siglo diecinueve, pero ese siglo carece de interés, salvo Bécquer, que lo tengo bien leído.» Su padre era ingeniero de una compañía de electricidad, lo que le permitía a Benito tener siempre un duro en el bolsillo y comprar libros. Pasamos delante de un café grande y ruidoso, dimos vuelta a la esquina y nos metimos por una puertecilla de dibujo nada corriente, como la ilustración de un cuento: estaba forrada de cuero, claveteada de cobre. El lugar era pequeño, no había nadie, y en alguna parte no muy lejana alguien tocaba el piano. No había sillas, sino sillones, y las mesas eran anchas y bajas. «Hay otros lugares, ya te llevaré alguna vez. Pero aquí también vienen escritores. Más tarde, claro. A la hora del café y

2. Los años de aprendizaje

de noche. Los escritores de ahora ya no van a los sitios cochambrosos de antes. Ya no se dejan melena ni usan chalina, como en el tiempo del modernismo. ¿Has oído hablar de la vanguardia?» No le respondí, porque nos sentábamos. «No se te ocurra dar palmadas. Ya vendrá el camarero.» Había tomado mi silencio a su pregunta sobre la vanguardia por respuesta negativa. «Entonces, ¿tú qué poetas lees? ¿Rubén Darío?» Le cité a Quental y a Teixeira de Pascoaes, también a Shelley. Se me quedó mirando. «¿De dónde son?» «Portugueses. Shelley es inglés.» «¿Y los lees en su lengua?» «Sí.» Se quedó un rato callado. «Aquí no leemos eso. Leemos principalmente a los franceses, Paul Valéry, ¿sabes? Sobre todo a Paul Valéry.» Y empezó a recitar unos versos que yo no entendía. «Se llama *El cementerio marino, Le cimetière marine.* Lo mejor de la vanguardia es lo francés.» Había llegado un camarero, pedimos dos cafés. «¿Sabes algo de memoria de ese Quental?» Le recité un soneto. «Suena bien, pero no entiendo nada. Parece mentira que el portugués sea tan distinto del español. Pero suena bien, suena muy bien. ¿Cómo es el nombre completo? La gente del siglo pasado era muy trágica. Ahora la poesía es puro juego. Ya verás: hay que tener un sentido deportivo de la literatura y de la vida.» Traían los cafés. Sorbió un poco del suyo y cambió de conversación. «Lo que vamos a aprender este curso no nos servirá de gran cosa. Pero hay que ir a clase de literatura, de donde al menos sacarás un catálogo ordenado de escritores y de obras. Nos pondrán verde a Góngora, pero de eso ya hablaremos. El profesor de lógica es socialista, pero es hombre muy elegante y educado, lo que antes llamaban un caballero. Se dice que en su clase nos enseñan a pensar. En cuanto a la de historia...» Terminó de beber el café. «Y tú ¿de dónde eres? Gallego, por supuesto, pero ¿de dónde?» Cité a Villavieja del Oro, y añadí que allí había muchos poetas, y algunos escritores famosos. Dije los nombres. «Nunca los oí nombrar. Tienen que ser escritores locales, o, todo lo más, regionales. El que se queda en la provincia se condena al silencio. En Santander también hay poetas que llevan años dándole vueltas a lo mismo. Afortunadamente, a mi familia se le ocurrió venir aquí, y ya me libré del provincianismo, pero no creas tú que basta ser madrileño. Aquí los hay tan provincianos como en Villavieja del Oro. Gente apegada a lo pintoresco y lo castizo, o residuos del modernismo. Nosotros peleamos contra ellos, una verdadera batalla en que ellos van ganando, porque tienen los periódicos. Pero el porvenir es nuestro. Hay que ser europeo.» «¿Y cómo?», le pregunté, ingenuamente. «Estando al corriente de cómo se piensa en el mundo, y pensando igual. Tienes que leer mucho.» Sotero, años atrás, me había aconsejado lo mismo, y yo había leído, pero ahora resultaba que mis lecturas quedaban anticuadas, y que a mis poetas favoritos no los conocían en Madrid. Estaba un poco perplejo, pero no desconfiado, porque Benito Armendáriz se portaba con espontaneidad y franqueza, aunque quizá, como Sotero, repitiese palabras oídas. En cualquier caso, aquel encuentro parecía un principio de amistad. Después de tomar café nos dimos un paseo, y me fue hablando de los escritores que quedaban por Madrid, y que podían verse por la calle, nombres para mí desconocidos. Le pregunté por los pocos de los que había oído hablar, allá, en Villavieja, como gente lejana que casi vivía en las estrellas. «Ésos son buenos también, pero ya están pasados. Los escritores, cuando pasan, tienen la obligación de morirse, o al menos, de callarse. Si no, les sucede lo que a ésos, que se emperran en seguir con lo suyo y lo suyo ya está muerto. Pero acaparan la fama, la gente los cree, y se les niega todo a los verdaderamente vivos, que son los jóvenes.» Insistí en ciertas preguntas. Para mí, la literatura era un enorme conjunto fuera del tiempo. Había estilos, sí, como había vida y muerte; pero eso de que los jóvenes desplazasen a los viejos sólo por serlo... «Careces de sentido histórico», me respondió. Y empezó a decirme que el mundo antiguo había fenecido, lo había matado la última guerra, y que el mundo que nacía era muy diferente, era otra cosa, hasta ahora desconocida, pero espléndida. «Ya lo verás cuando vayas al Museo del Prado y conozcas la pintura antigua. Es muy buena, ¿quién lo duda? Pero ya no se puede pintar así. Tienes también que visitar alguna exposición de pintores modernos o ver cuadros en revistas: te darás cuenta de la diferencia. ¿Has oído hablar del cubismo?» Le confesé que no. «Tienes que aprender mucho si quieres ser un hombre de tu tiempo. Y lo malo es que eso que tienes que aprender no te lo enseñan en la universidad.» Se detuvo de pronto, me encaró, me puso las manos en los hombros. «No te creas, por eso, que voy a ser tu guía. Yo también soy un aprendiz. Pero buscaremos juntos.»

3

Yo creo que no habían pasado todavía dos semanas desde mi llegada a Madrid, cuando recibí carta de Sotero. Cuatro pliegos a máquina (cosa nueva), y un rinconcito al final para firmar. Me contaba con exceso de detalles sus primeros pasos por la universidad: juicios sobre los profesores y los compañeros, y una enumeración de lo que ya había aprendido, desde luego bastante más que yo. No lo daba a entender, sino que lo decía claramente, que aquel escaso tiempo le había bastado para distinguirse entre los demás alumnos y declararme que los profesores lo trataban con bastante deferencia y como si ya estuviera predestinado a ser uno de ellos. La asignatura de lógica no le daba trabajo porque la traía dominada del bachillerato: «Incluso puedo decirte que sé más que el profesor, uno de esos viejos auxiliares que se eternizan en sus puestos repitiendo todos los años la misma cantinela». De la literatura sólo le interesaba la parte de filología, nueva realmente para nosotros; «pero mi gran descubrimiento ha sido la historia. Creo que ése es mi verdadero camino, un camino, por lo demás, en el que todo confluye y en el que ningún otro saber estorba. Seguiré, pues, estudiando de todo, principalmente filosofía. Tendré que hacerlo por mi cuenta, porque aquí no le interesa a nadie la especulación a fondo, y no hay quien sepa gran cosa, salvo algún profesor del seminario, según me dicen. Pero eso no me preocupa. Me fío de mi intuición». La gran novedad de la carta, mi gran sorpresa, fue su confesión de que había visitado un prostíbulo. «Empezaba a fastidiarme el que todos los compañeros hablasen de eso y yo tuviera que callarme. Sólo por tal razón lo hice. Y te confieso que todavía no me encuentro en situación de poder opinar. Es una cosa rara y, por lo pronto, insatisfactoria. Salí de la experiencia alicaído, porque no podía pensar: me faltaba término de referencia. Anduve varios días dándole vueltas, y buscando algunas opiniones eminentes, y, si bien las encontré, no me aclararon nada, al menos nada que me satisficiese. Es muy posible que una sola experiencia no sea suficiente, pero te confieso que es una cuestión sobre la que necesito ver claro. Una cosa sí he descubierto, pero sólo la roza, o sólo roza su naturaleza: la importancia que le dan los demás, la preeminencia de los más ejercitados o de los que presumen de haberse ejercitado más, que eso no está nada claro. Y la serie de precauciones y de consejos que da todo el mundo, esa noción de pecado introducida por los curas. Todo eso me hace sospechar que la cosa no es tan sencilla como a primera vista parece, dar un duro a una mujer para que te proporcione placer mediante un simple proceso de frotación. Por cierto que también me dejó perplejo el cuerpo de una mujer desnuda. La verdad es que no sé qué decirte, aunque creo mi deber concluir algo de sustancia. Por lo pronto te aconsejo que retrases la experiencia todo el tiempo que te sea posible, hasta que yo haya reflexionado lo suficiente y te lo pueda aclarar. Todo lo cual se resume en una paradoja: la sorpresa es que no es tan sorprendente como esperas.» Anduve unos días con la carta en el bolsillo.

2. Los años de aprendizaje

Una tarde me decidí a enseñársela a Armendáriz. La leyó con atención y, al devolvérmela, me dijo: «Este amigo tuyo es un bicho raro; es lo que puedo decirte». Me dejó un poco desilusionado, pero, a lo mejor, tampoco Benito tenía el conocimiento necesario para ser más explícito. No me pareció correcto preguntárselo.

De todos modos, la lectura de aquella carta influyó en su conducta posterior. Una tarde me dijo, de sopetón: «¿Has ido alguna vez a un café cantante?» «No. ¿Y tú?» «Yo tampoco. ¿Por qué no vamos? Bueno, si tenemos dinero bastante.» Sumábamos entre los dos veinte pesetas. «Yo creo que es suficiente», dijo Benito. «¿Y dónde está eso?» «Yo sé que hay varios en la calle de la Aduana.» Allá nos fuimos. Con cierta timidez disimulada, haciéndonos los desentendidos, como si transitásemos por la calle de Alcalá. Pasamos por delante de varios tugurios, y la gente con que nos tropezábamos era algo rara, sobre todo las mujeres. Al paso de una, muy teñida de rubio y muy pintada, Benito me dio al codo: «Es una puta». No me atreví a mirarla. Nos detuvimos ante uno de aquellos locales de cuyo interior salían músicas y cantos. Nos miramos. «¿Aquí, te parece?» Era un espacio grande y desangelado, con muchos espejos sucios y algunos cuadros pornográficos. Habría la mitad de gente. En el fondo, muy alumbrado, un teatrillo donde una mujer bailaba y se desgañitaba. Iba vestida de negro, con botas altas, una faldita corta, un corpiño y un sombrero de copa. Llevaba en una mano un bastoncillo. Lo que cantaba cuando entramos decía así:

> *El negro John del charlestón es un castizo*
> *que baila el charles*
> *sobre un chorizo.*
> *El negro John del charlestón me vuelve loca.*
> *¡Ay, negro, toca!*
> *¡Tócame, John!*

La gente la miraba y no parecía muy divertida. Nos sentamos bastante cerca: la chica era bonita, no su voz. Hacía movimientos desvergonzados, insinuantes. Cuando terminó la canción, se quitó la chistera, hizo una reverencia y, después, se la hizo a la decoración del escenario, dejando al descubierto el trasero: llevaba unas bragas escuetas, también negras. Cayó el telón. Se había acercado un camarero y Benito le pidió dos cafés: «¿Saben ustedes que aquí el café vale dos pesetas?» Benito lo miró con superioridad. «¿Nada más?» Cuando el camarero nos dejó el café servido, Benito se puso a hablar. Lo que él conocía de semejantes lugares era a través de la pintura y de ciertas ilustraciones. «O aquí hay algo que nosotros no sabemos ver, o los pintores como Toulouse-Lautrec idealizaron la realidad. Todo esto no es más que cochambre y pornografía. Sin embargo recuerdo haber visto un cartel con estos mismos elementos: la chica del charlestón, y unas luces, y unas sombras. Era un cartel cubista y estaba bien.» «Lo que sucede, a lo mejor, es que los pintores ven la realidad con ojos distintos de los nuestros.» Me miró con sorpresa: «¿Dónde has leído eso?» «No lo leí en ninguna parte. Se me acaba de ocurrir.» «Pues no está mal, y eso explica muchas cosas.» Bebió un sorbo de café y lo escupió. «Además, el café es una porquería.» «Si quieres, nos vamos.» «No. Hay que aguantar aquí y verlo todo bien. Forma parte de la realidad, y la realidad es la base de la poesía, aunque luego la poesía no se parezca en nada a la realidad. Si encontraras media docena de imágenes sugeridas por eso, pero que no fueran esto...» «¿Imágenes?» «Sí. La sustancia de la poesía moderna, su fundamento, es la imagen. Quiero decir, por supuesto, la imagen verbal.» Me citó unos cuantos versos de no sé quién, de los que no entendí nada. Se lo confesé. «Lo más probable es que también los poetas tengan su modo de ver la realidad. La cuestión está en..., ¿cómo te diría? ¿Alcanzarla, descubrirla, apropiárnosla? ¿O todo junto a la vez?»

La bailarina había vuelto al escenario, ahora salía vestida de caribeña y empezaba una canción que decía: «*En Cuba hay un sereno / atento y muy servicial / que cuando le baten palmas / acude muy puntual*». Todo esto con mucho meneo de tetas y de caderas. «Eso es una rumba», me aclaró Benito. «¿Cómo lo sabes?» «En Santander hay mucha gente que regresó de Cuba.» En la mesa de al lado, dos mujeres que parecían jóvenes envejecidas, una opulenta, otra delgada, nos miraban. Le dijo la flaca a la gorda, yo lo oí perfectamente: «¿Nos acercamos a esos pipiolos?» La otra le respondió: «No te metas en líos de menores. Además, no tendrán dinero», y dejaron de mirarnos. Benito había sacado un lápiz e intentaba dibujar en la mesa de mármol a la bailarina. «¿También sabes de eso?» «Algo se me da. Y ya ves: creo que ciertos movimientos de esa tía tienen gracia, pero no soy capaz de captarlos.» La bailarina siguió con su repertorio, de gritos y meneos. Los cafés quedaron encima de la mesa. Salimos a la calle, cuando terminó el espectáculo. Nos confesamos nuestra desilusión. «Sin embargo –dijo Benito–, a un verdadero artista o a un verdadero poeta, esta experiencia le hubiera servido de algo. Hemos descubierto un mundo que no es el nuestro, pero tan real como el nuestro, ante el que no sabemos qué decir.» Yo no supe responderle. Lo único que había sacado en limpio era que aquello no me gustaba, y que no volvería más.

4

Benito fue la causa involuntaria de que don Romualdo Estévez entrara en nuestra vida. Benito me había convencido de la necesidad de ampliar el poco francés que me quedaba del bachillerato, y de hacerme socio del Ateneo. A don Justo, el director del hotel, le pareció de perlas, y me orientó acerca de lo que podía pagar por una clase particular, tanto si era en el domicilio del profesor, tanto si en el mío. En cuanto al Ateneo, quedaba cerca del hotel, nada más que dar la vuelta a la esquina. Al Ateneo íbamos por las tardes, y nos quedábamos de mirones (o de malditos), junto a cualquiera de los personajes, más o menos brillantes, que ponían cátedra en cualquier rincón donde pudieran apoltronarse: bien de política, bien de literatura, bien de temas generales, que eran los que abundaban. Benito me informaba de sus nombres y filiaciones, y de que entre el público que, como nosotros, escuchaba, había siempre policía y papanatas. «Te lo digo para que cuides lo que dices en voz alta.» A veces se armaban discusiones gordas, o se iniciaban movimientos de protesta política que se prolongaban en la calle, siempre en seguimiento de alguno de aquellos líderes que servía de bandera porque chillaba más, y que terminaban en carrera delante de los guardias. Pero tales conatos de revuelta me interesaban poco. Visto uno, se habían visto todos. Asistía con preferencia a las tertulias en que se hablaba de literatura: consumían sus turnos, por lo general, escritores maduros, conocidos pero no afamados, que despotricaban contra la gente joven, cuyos versos, cuyas pinturas no se entendían y eran la destrucción de la verdadera poesía, de la verdadera pintura. No tardé en darme cuenta de que hablaban por resentimiento, de que algo que ellos no habían promovido ni favorecido, algo que sobrevenía como una catástrofe, los iba desplazando del camino, antes de llegar a la cumbre. No solían ponerse a sí mismos por ejemplo, sino a los viejos maestros. Y uno de ellos, excelente orador, de pelo blanco y barbilla, insistía en repetir: «Si estuviera Unamuno en España, ya habría barrido a toda esa taifa de incapaces». En general, la ausencia de Unamuno se deploraba en varios corrillos como la de alguien insustituible que llevaba la verdad en su palabra. Benito me advirtió una vez: «Si estuviera aquí Unamuno, también lo pondrían verde». Aprendí muchas cosas negativas, poco de lo que me interesaba. Pero el tiempo que pasaba en

2. Los años de aprendizaje

la biblioteca me permitía ir leyendo libros cuya existencia no había sospechado, autores cuyo nombre me había sonado alguna vez o no había oído nunca.

Una tarde, por casualidad, leí un papel prendido con chinchetas en el tablón de anuncios: «Se ofrecen clases de francés de persona culta a persona culta. Honorarios asequibles». Y remitía a un bedel, para informes. Pregunté. Me enviaron a un señor que estaba en tal sala de lectura, de tales señas. «Ahora mismo, si usted quiere, puede encontrarlo.» Me dieron también su nombre, el profesor Estévez. Fui en su busca. El que servía los libros me lo señaló. «Ahí lo tiene.» Me acerqué y, en voz baja y con bastantes precauciones para no ser oído de los demás lectores, le dije que quería tratar con él de las clases anunciadas. Me miró de arriba abajo por encima de las gafas. «Espéreme en el bar dentro de diez minutos. Tengo que terminar esto que estoy leyendo.» Fue puntual. Lo vi llegar y acercarse a la mesa donde lo esperaba: era un sujeto alto, de cierta prestancia, y una cabeza blanca inteligente, espabilada, con algo caduco en el aire. Se sentó a mi lado y pidió un café. «¿Cómo se llama?» Le respondí que Filomeno Freijomil. «No es que yo pueda presumir de nombre hermoso. Romualdo no es demasiado presentable, pero eso de Filomeno es bastante peor. ¿No podría evitarlo?» «También me llamo Ademar, pero ése es mi segundo nombre.» Sonrió: «Ademar suena mejor, suena a exótico. Un nombre exótico conviene en ciertos ambientes, pero no en el que usted frecuenta, por lo que supongo. Habrá que apencar con Filomeno. Usted es gallego, por supuesto. Se le nota a cien leguas. Y medianamente rico, por cómo va vestido. Un buen pasar de provincias, que en Madrid pasa inadvertido y, fuera de España, como si no existiese. ¿Se propuso usted alguna vez ser un hombre elegante?» No supe qué decirle. En realidad, estaba un poco sorprendido por aquella clase de preguntas. Yo esperaba que me hiciese un examen de gramática. «Se lo digo porque se advierte en su atuendo cierta voluntad de estilo, aunque no demasiado clara, y, sobre todo, pésimamente orientada. A primera vista parece que pretende que se note quién es. Pero le convendrá saber que aquí, en Madrid, existen varios miles de muchachos de su edad que salen a la calle todos los días con el propósito firme de que se fijen en ellos, y únicamente lo consiguen en esos medios restringidos, un poco cursis, en que viven. Son, por supuesto, idiotas, pero usted no tiene cara de eso, aunque sí de inexperto. Hábleme un poco de su familia.» Le conté quién era mi padre. Resulta que su nombre le sonaba, aunque no con demasiada precisión. «¡Fíjese usted en que, senadores, había lo menos doscientos! ¿Y de su madre? ¿No cuenta nada de su madre?» Claro que le conté: a grandes rasgos, toda la historia de mi niñez, y mis estancias en Portugal, y quiénes habían sido mis abuelos portugueses. Le describí el pazo miñoto y su biblioteca, y los libros que había leído, pero de todo aquel cuento sólo retuvo lo de mi conocimiento del inglés: como que se dirigió a mí en aquella lengua, que hablaba muy bien, como comprobé en seguida, y entonces sí que me examinó de gramática. «¿Y qué ha leído usted en inglés? ¿Y qué es lo que le gusta? ¿Desconoce los escritores de este siglo? Veo que la biblioteca de sus abuelos se detuvo en la era victoriana, pero no está mal lo que ha leído. Me parece, Ademar, que vamos a entendernos.» ¡Ademar! Me emocionó que me llamara así, y, de repente, toda mi desconfianza se trocó en simpatía. «No sabe cómo lo deseo, señor. Quiero aprender francés, lo necesito.» «¿Para algunos estudios especiales?» «Para leer a los escritores modernos. No conozco a ninguno, y sin ellos...» «Yo los conozco bien, pues de eso vivo, pero le aconsejo en principio que no se deje deslumbrar.» Era profesor de grado bastante modesto y enseñaba francés en una escuela normal. Ganaba poco, tenía mucha familia, necesitaba ayudarse con algunas clases. «Le cobraré a cinco pesetas la hora si viene usted a mi casa, y siete si voy a la de usted. Y le pondré un mes a prueba. Si no da resultado,

2. Los años de aprendizaje 93

lo dejaremos, sin que le parezca mal, porque está usted avisado. Pero no creo que fracase, a juzgar por lo bien que aprendió el inglés.» Cuando le dije dónde vivía, pareció alegrarse. «¡Pero eso está aquí al lado! Me coge de camino para venir al Ateneo. Le daré las clases en el hotel y le cobraré como si viniera a mi casa, a condición de que me invite a café cada día de lección.» Se quedó un momento callado. «¡Filomeno! Ése es el inconveniente. ¿Se da cuenta de lo que podría ser en Madrid si se llamase Ademar de Alemcastre? Entraría usted en la literatura con el pie derecho. ¡No sabe lo que hace el nombre! La mitad de la fama de Valle-Inclán se debe al nombre: Ramón María del Valle-Inclán. ¡Hay que ver cómo suena! Pero es un nombre amañado, no lo olvidemos. También usted podría amañar el suyo, llegado el caso.»

Se levantó de repente. «Perdone, tengo que irme. ¿Empezamos mañana, después de comer? ¿Le parece bien a las cuatro? Le ruego que pague mi café.» Y se marchó muy digno. Subió las escaleras con sosiego: desde la última se volvió hacia mí y me envió un saludo.

Al día siguiente llegó puntual. El director estaba prevenido. Se lo presenté. El director le dijo que él era quien corría con mis gastos en Madrid y, por tanto, quien le pagaría. «¿Quiere usted cobrar por quincenas o por meses?» Don Romualdo dudó: «Todo tiene sus ventajas y sus inconvenientes. Lo pensaré y se lo diré mañana». «¿Le parece bien que les lleven el café a la habitación del señor Freijomil? Estarán más tranquilos.» Al ver la habitación, don Romualdo dijo: «Vive usted como un pachá, un pachá regido por un golfo». «¿Por qué lo dice?» «Porque este director del hotel...» No pasó de ahí. Tomamos el café. Después, mientras abría la gramática, me advirtió: «Ya se habrá dado cuenta de que soy charlatán, pero, durante la clase, no suelo decir una sola palabra que no tenga relación con lo que estamos estudiando. Si se aficiona a mi charla, puede buscarme en el Ateneo hacia las ocho. A esa hora suelo dar un paseo, y cuando lo hago solo, me cuesta bastante trabajo caminar con la boca cerrada. Claro está que voy imaginando diálogos con todo bicho viviente, lo cual tiene sus ventajas, porque no me gusta escuchar majaderías. Solitario, por las veredas del Prado... ¿Ha estado usted por allí? Váyase un atardecer, si es que es sensible al color del otoño y a los árboles dorados. Es una isla de sosiego, en este Madrid ya demasiado ruidoso. Pues yo me invento a mis interlocutores y mis diálogos con ellos. ¿Se reirá de mí si cito nombres? Shakespeare, Montaigne..., y cuando estoy especialmente abatido, a Cervantes, que me divierte, que me irrita, que a veces me consuela. Insisto en que no se ría, pero siento hacia él sentimientos encontrados, porque siendo un semejante, no llego a amarlo. Cervantes fue un fracasado, yo lo soy, por eso nos entendemos, salvo su endemoniado sentido del humor, que no comparto. Yo soy un castellano que estima la gravedad. Entre nosotros existe, además, la diferencia de una obra conseguida a trancas y barrancas frente a la que jamás pudo expresarse. Pero, en todo lo demás...» Se detuvo y me miró. El cigarrillo se le quemaba entre los dedos. Sacudió la ceniza... «Pero es muy pronto para empezar las confidencias, ¿no cree? Páseme esa gramática. Vamos a ver cómo anda usted de verbos.»

5

Una tarde, llegaba yo al Ateneo, don Romualdo me esperaba en la puerta. «No entre, venga conmigo. Lo invito al teatro.» No me atreví a decirle que, aunque fuese buen cliente de los cines, al teatro no había ido nunca, una experiencia que a mi padre no se le había ocurrido programarme. Le acompañé, pues, con temblor disimulado, con la esperanza vaga, pero entusiasta, de quien se aproxima a un descubrimiento. Lo fue, en efecto, desde la luz que alumbraba el telón hasta la corporeidad de los personajes y la realidad inmediata de

2. Los años de aprendizaje 95

la voz. Como por entonces aún no había aparecido el cine hablado, aunque empezaba a hablarse de él, fui de sorpresa en sorpresa. Lo que allí se representaba no era excesivamente importante en sí, y así me lo advirtió don Romualdo, cuya atención, sin embargo, se transmutó en emoción visible al aparecer en escena una muchachita delgada que apenas tendría quince años, aunque el papel que hacía fuese de mayor. Era espigada, apenas limoneaba, y miraba a la sala con unos grandes ojos oscuros, brillantes del maquillaje. Hablaba con voz bonita, no sé si hábil o torpemente, porque mi falta de hábito no me permitía juzgar. En principio, todo me parecía bueno y natural. Y sucedió que, en un momento, la chica resbaló y cayó. Don Romualdo medio se levantó en su asiento, asustado. A la chica la ayudaron a ponerse en pie, el público la aplaudió, y ella respondió con una reverencia que se me antojó graciosa. La función continuó como si no hubiera pasado nada, pero don Romualdo salió de su asiento después de decirme en voz baja: «Voy a ver si le ha pasado algo, después le explicaré». Tardó en volver cosa de un cuarto de hora, y, cuando lo hizo, la chica no estaba ya en escena. Se esforzó en no molestar a los espectadores que, sin embargo, refunfuñaron. A mi lado, se estuvo quieto y tranquilo hasta que cayó el telón. «Vamos a fumarnos un pitillo.» La gente se había reunido en el vestíbulo. Fumaban y charlaban. Don Romualdo fumó también, pero no dijo nada y yo no me atreví a preguntarle. Lo mismo sucedió en el segundo entreacto. Y siguió silencioso cuando salimos. Me acompañó hasta el hotel. Al despedirse «Hasta mañana», añadió: «La chica que se cayó en escena es mi hija, y la que hacía de vieja marquesa, mi mujer». Y nada más.

A la entrada del hotel me encontré al director. «¿Y cómo viene usted tan tarde a cenar, usted, tan madrugador?» Le conté adónde había ido, pero no sabía el nombre de la sala ni el título de la comedia. «¿Con música o sin ella?» «Sin música, claro.» «Una de estas noches, o quizá una tarde, le llevaré a que vea una revista. Le divertirá más que esos aburrimientos de comedias. Lo llevaré a ver cosa fina.» Y se despidió. Tampoco don Romualdo al día siguiente, ni antes, ni después de la clase, se refirió a su mujer ni a su hija: esperaba que me dijese al menos su nombre. La había recordado mucho rato, antes de dormir, y había soñado con ella, un sueño, por otra parte, trivial: que la encontraba en la calle, que me decía adiós, y que, al volver yo la cabeza para mirarla, me había encontrado con que ella también miraba.

Aquella tarde estábamos juntos Benito y yo, cuando pasó don Romualdo. Al vernos, se acercó. Yo le presenté a Benito como poeta. «¿De verdad o de los otros?» Benito no supo sino sonreír, mientras le daba la mano. Don Romualdo nos dijo francamente que le gustaría quedarse con nosotros y charlar. «No se encuentra todos los días a un poeta en ciernes. Vengan, los invito a café.» Nos llevó al bar, y, de buenas a primeras, le espetó a Benito: «¿Qué es la poesía para usted? No me responda que "poesía eres tú", porque yo no soy poesía de ningún modo.» Benito lo pensó unos instantes, y le respondió: «La palabra en el tiempo». «Bueno, eso es lo que dijo don Antonio, pero, si se fija bien, no quiere decir nada. ¿Piensa usted que la de Góngora es la palabra en el tiempo? Pongamos un ejemplo: "Bien previno la hija de la espuma / a batallas de amor, campos de pluma". ¿Lo encuentra usted poético?» «Sí, claro.» «Pues dígame cómo se explica por esa definición de la palabra en el tiempo.» «En esos versos hay imágenes...» «Sí, en efecto, lo que ustedes llaman imágenes, que antes tenía varios nombres. Unas imágenes puestas en palabras musicales. De acuerdo con que la música implica tiempo, pero lo poético de esos versos no consiste sólo en su música, sino que ésta forma parte de un conglomerado, o fusión, de varias realidades independientes de la realidad resultante, que es la poesía.» Benito, entonces, le retrucó: «¿Es usted también poeta?» Y don Romualdo sonrió con cierta tristeza. «No, hijo mío. Yo no soy nada, pero a veces se me

2. Los años de aprendizaje 97

ocurre pensar. Ya sabe lo de Pascal, una caña pensante.» Habían traído los cafés, y nos entretuvimos en tomarlos. Después vinieron los pitillos. Y la conversación, tomando como punto de partida la figura especialmente esbelta de una muchacha que había pasado, cambió de tema. Don Romualdo se apoderó entonces de la palabra y nos largó un discurso duradero, que alguna vez llegamos a interrumpirle Benito y yo. «Ustedes, los jóvenes, andan bastante despistados acerca de una cuestión tan importante como son las relaciones entre hombres y mujeres. Tienden a considerarlas como puro sexo, todo lo más como sexo sublimado. Habrán ustedes visto que acabo de usar una expresión freudiana, pero no es porque yo lo sea. Freud es uno de los grandes charlatanes de este siglo, y conste que no lo digo gratuitamente. Todo eso del sexo sublimado es pura palabrería. Freud tenía de las relaciones entre hombres y mujeres una idea sacada de la clínica; es decir, de personas enfermas, de neuróticos, y de algún que otro farsante, probablemente. Pero careció de experiencia personal del amor, pese a sus relaciones con Lou Andreas Salomé. ¿No saben quién fue esa importante señora? ¡Ay, amigos míos, de cuántas cosas tienen todavía que enterarse! Lou Andreas Salomé fue una mujer especializada en genios verdaderos, como Nietzsche, o aparentes, como Freud. Yo no la hubiera querido a mi lado, a pesar de sus encantos y de su inteligencia. Fue una mujer que experimentó el amor como quien experimenta en un laboratorio; pero del mismo modo que la vida en los laboratorios es una vida condicionada y, por tanto, irreal, el amor experimental es el mejor modo de no saber nunca lo que es el amor.» Fue aquí donde le interrumpió Benito, tímidamente: «Y usted, ¿lo sabe?» Don Romualdo nos miró, primero a uno, después al otro. «Ya me gustaría, ya, haberlo vivido en toda su plenitud, pero no me ha tocado esa suerte, sino sólo padecer sus consecuencias.» Hacía ya unos minutos que el recuerdo se me había poblado de Belinha y de nuestra común historia; de aquel amor en que tantas caricias, tantos besuqueos, tanta presencia viva de unas y de otros habían tenido tanta parte. «Pero no ha dicho usted el papel del cuerpo en el amor. ¿Cree en el amor de las almas, como he leído en alguna parte, eso que algunos llaman el amor puro?» Don Romualdo meneó la cabeza. «Ninguna actividad fundamental del hombre, amigos míos, puede prescindir del cuerpo. Sin el cuerpo no podríamos hacer nada, ni siquiera poesía. Esa frase corriente, que tantas veces se lee o se oye, "Te quiero con toda el alma", es una simple bobada. El alma, que no sabemos lo que es, ni dónde está, jamás actúa separada del cuerpo; el alma, por sí sola, no puede querer. Cuando los místicos hablan de relaciones del alma con Dios, emplean una metáfora bastante peligrosa, que sus propias experiencias desmienten, pues resulta indudable que Santa Teresa, en sus deliquios, experimentó orgasmos, lo cual no debe escandalizarnos, porque el orgasmo es la expresión de una realidad personal, de una situación, de un acontecimiento determinado. Lo raro hubiera sido que el cuerpo de Santa Teresa permaneciese indiferente, aunque ella, naturalmente, no sabía de qué se trataba. Pero la interpretación sexual de los estados místicos es tan estúpida y tan incompleta como la explicación meramente espiritual. El alma sólo existe separada del cuerpo más allá de la muerte. Me inclinaría a creer que es entonces cuando de veras empieza a existir como tal alma. Antes ha sido un componente de un hombre que necesita del cuerpo para ser, igual que el cuerpo necesita del alma. Pero no nos metamos en esos berenjenales metafísicos, de los que nunca sabremos nada. Si volvemos al sexo, creo que es al amor lo que la música verbal a la poesía, un componente que puede analizarse y, tristemente, que puede actuar con independencia del amor. ¡En eso reside el drama, amigos míos, uno de los dramas más hondos de la naturaleza humana! El amor no nos viene de la naturaleza. Lo hemos inventado nosotros a fuerza de vida y de intención de trascenderla. Es una creación cultural, como la poesía, pero, del mismo modo que la palabra desprovista de poesía, se da el sexo desprovisto de amor. Y hay quien no quiere que sea más que eso, y propone que se le llame también amor. Pero yo sé que hay un más allá del sexo, aunque con el sexo.»

Encendió otro cigarrillo, lo chupó, y, después de dudarlo (al parecer) se levantó. «Les ruego que me perdonen. Con la charla había olvidado algo muy importante que he de hacer sin excusa. Ya voy retrasado. Pero me gustaría que volviésemos a hablar de esos temas. ¡La poesía, el amor, tan próximos a veces que parecen ser lo mismo! Aunque repugne a mi condición de intelectual, un misterio, juntos o separados, da lo mismo.» Se fue, nos dejó perplejos, no volvió la cabeza. Benito me preguntó qué opinaba. Yo no supe decírselo. «¡Hay tíos de éstos...», empezó, pero no continuó.

Fue por aquellos días cuando el director del hotel me dejó recado, a la hora del almuerzo, de que no me comprometiese para la tarde, que íbamos a ir al teatro. La hora del encuentro, un poco antes de las siete. Cambié de traje y de camisa, escogí una corbata nueva, que había comprado recientemente, y me senté a esperarle. Apareció puntual, muy peripuesto también, con sombrero hongo, bastón y un abrigo ligero. «Andando.» Me llevó a un teatro muy alejado del hotel, en cuya puerta nos detuvimos, pues había más invitados. De uno de los coches que iban llegando se apeó una pareja de señoritas, una mayor que otra, la mayor algo más gruesa, bien vestidas (a mi juicio) con alhajas y algo de pintura en los rostros, sobre todo la mayor. Me las presentó como las señoritas de Arellano, Manuela y Flora. Entramos y nos llevaron a un palco. Yo me senté delante, con Flora, y el director detrás, con Manuela. Flora sacó del bolso unos prismáticos pequeños con mucho oro y mucho nácar, que me dejó curiosear. Le sirvieron para fisgar quién conocido había entre el público, o iba entrando, y cuchichear con su hermana volviendo la cabeza. «Ahí está Fulano con Fulana», o «Ahí está la bruja de Menganita. Qué raro que venga sola, ¿verdad?» En una de estas veces, el director las reprochó por lo criticonas que eran, y ellas se echaron a reír. Cuando atacó la orquesta, dejé de prestarles atención, y cuando las luces iluminaron el telón, me abstraje por completo. La diferencia con lo que había visto unos días antes era notable: aquí las mujeres iban casi desnudas, pero con muchas plumas; cambiaban constantemente de ropa, y a veces cantaban, solas o a coro. En las partes habladas, intervenía, junto a varios caballeros muy bien trajeados, aunque de manera rara, una especie de mamarracho que debía de decir cosas de mucha gracia, por lo que la gente se reía, y que con la mayor desvergüenza tiraba viajes a las nalgas de las mujeres con la mano muy abierta, casi siempre en compañía de un ronquido formidable, que también hacía reír. Flora, a mi lado, se desternillaba, entendía todos los chistes, y con la risa y los movimientos, dejaba caer la mano en mi brazo o en mi muslo, y allí quedaba hasta otra carcajada. Tenía la pantorrilla arrimada a la mía, y no la apartó durante toda la función. Yo pensé que aquello sería la costumbre y dejé quieta la mía. Al terminar la función, el director nos llevó a cenar a un restaurante muy vistoso, con mucha gente, donde debía de ser muy conocido, por la familiaridad con que trataba a los camareros e incluso a la señora que nos recogió los gabanes. Él mismo escogió el menú, compuesto de manjares que yo nunca había oído nombrar, aunque, una vez probados, lograra reconocer algunos. También bebimos mucho. Durante la comida, las señoritas de Arellano, turnándose más o menos, me informaron de que pertenecían a una familia distinguida, de que su padre había sido no sé qué de la monarquía, anterior a «estos de ahora», y de que a su muerte habían quedado en situación difícil, pues un hermano perdís que tenían casi las había arruinado. «Pues aquí el caballerete, nadie puede decir de él que esté por puertas», rió una vez el director, todo picarón, y entonces ellas mostraron curiosidad por conocer mis riquezas. No

2. Los años de aprendizaje 101

sé por qué, recordé el consejo del propio director, y fui parco en enumeraciones, y acabé declarando que todo lo que tenía eran propiedades rurales sin valor. «Bueno, ¿y ese castillo en Portugal?» Les expliqué que no era un castillo, sino un pazo, y lo que es un pazo, y en qué se diferencia de un castillo, y todo lo demás. No sé por qué tuve cuidado en añadirles que, aunque todo fuese mío, no podría gobernarlo libremente hasta cumplir veintiún años. «Eso es lógico –dijo Manuela–. Un chico de tu edad, dueño de tanto dinero, sería un peligro por ahí suelto.» «Un poco peligroso ya lo es», corrigió la pequeña, y me arrimó de nuevo la pantorrilla. A la hora del café, nos propuso Manuela que fuésemos a su casa, que ellas nos invitaban al café y a la copa. El director mandó pedir un coche, en el que se sentó al lado de Manuela y me dejó a mí el puesto junto a Flora. No sé en qué calle vivían, o, más bien, no lo recuerdo, ya que después aprendí el camino, pero sí que estaba situada en el Madrid antiguo. En un barrio: estrecha, con farolas de gas, una calle con aire de clase media. Lo tenía la casa, no muy grande, según me pareció, pero bien amueblada, y con retratos y fotografías en las paredes, y encima de las consolas y de las mesillas. Tenía un aspecto, la casa, que no me era desconocido: un poco más de lujo y un poco más de vejez y hubiera podido ser una de las de mi madre; pero después comprobé que la apariencia mentía, y que los muebles eran pura pacotilla. El suelo era de ladrillos colorados, sin alfombras. Manuela me explicó, sin que yo se lo hubiera preguntado, que, al llegar el verano, las retiraban, y que este año se habían retrasado en reponerlas. «Pero habrá que hacerlo antes de que se eche encima el frío.» Esto no quiere decir que, allí dentro, hiciera calor.

Nos metieron en una salita un poco más moderna que el resto de la casa, de una modernidad falsa, ahora lo comprendo, pero entonces yo no discernía de algunos matices; en todo caso, se me antojó del peor gusto. Había almohadones en los asientos y, no recuerdo en qué lugar, una especie de muñeco vestido de arlequín y que debía de estar relleno de lana, o algo así de inconsistente, por cómo estaba caído. Muñecos como aquél los viera en alguna película, y nunca me habían gustado: no sé por qué, me parecían tristes e innecesarios. Además, tampoco me hizo gracia el tapete *à crochet* de la mesa, porque le habían ensartado, a través de los dibujos, unas cintas azules que se cruzaban con otras, color de rosa, haciendo cuadraditos. Sobre aquel tapetillo pusieron el mantel. Fue Flora la que lo hizo, así como la disposición de las tazas y de las copas. Su hermana, en la cocina, preparaba el café. Y todo siguió normal durante un rato. El director hablaba con Manuela, y Flora parecía muy interesada en que le describiera los jardines de mi pazo y que le contase historias, insistía en parecer culta, y, sin venir a cuento, dijo que le gustaba el teatro de Benavente, que era como la vida misma. «¿Tú no lo has visto nunca, a Benavente? Tenemos que ir una tarde, ya verás.» A veces comentaba suspirando la delicia que sería vivir en un palacio en el campo, y que ellas, las dos hermanas, también solían veranear en una finca, en Zarauz, cuando su padre vivía y los reyes hacían su jornada por el norte. Flora había visto una vez a la reina muy de cerca, casi le había tocado el traje. Yo creo que fue en este momento de la conversación cuando me di cuenta de que el director del hotel y Manuela habían salido. El palique entre Flora y yo duró todavía un rato, hasta que ella se levantó de repente, se acercó a mí, me cogió la cabeza con las manos y me besó en la boca. «Anda, vamos», y me agarró de la mano. Fuimos a una habitación bien puesta, donde había una cama grande, con colcha roja; quedó de espaldas a mí. «Anda, desnúdame.» Aquella noche, mis manos torpes aumentaron su escasa sabiduría. «Así, no. Cuidado, que me pellizcas. No, no me quites las medias. ¡Lo que tengo que enseñarte!» Me quedé estupefacto ante su cuerpo desnudo. Pasó por mí el recuerdo de Belinha, pero rápidamente. Fue como si un viento leve soplase un fantasma de niebla.

6

«Querido Sotero: Yo también tengo cosas que contarte, semejantes a las tuyas, o al menos así me lo parece, pero no iguales. Por lo pronto, todavía no he hablado con ningún profesor, ni creo que llegue a hacerlo. Somos mucha gente en el curso, y aunque hay algunos compañeros que se les acercan, como están mal mirados por los demás, yo no quiero ser uno de ellos, ni tampoco me importa. ¿De qué les voy a hablar? Asisto a las clases regularmente. El profesor de lógica me parece el mejor: es un señor muy agradable y muy inteligente, que nos obliga a estrujarnos el cerebro, aunque cortésmente, y, como dice un compañero, nos enseña a pensar. El de historia, ni fu ni fa. En cuanto al de literatura, nos repite lo que viene en el libro, casi de pe a pa, sin comentarnos nada. Y aunque a mí es lo que más me interesa, me falta una explicación a fondo, que sería lo importante, y no esta serie de datos y de fechas con que nos abruma. En fin, que voy sabiendo un poco de aquí y de allá, pero no lo suficiente. No sé si me servirá de mucho. Suelo ir al Ateneo, del que me hice socio: esto me permite leer libros que no se encuentran en las librerías o que resultan caros, y también escuchar por todas partes conversaciones de política, donde se dice lo mismo con pequeñas variantes. Se susurra que lo va a cerrar la policía. Vivir en esta ciudad, por supuesto, no se parece en nada a lo que hacíamos en Villavieja, pero tampoco creas que es de entusiasmarse: vas por las calles solo, no conoces a nadie y si te distraes un poco en un escaparate te dan un empujón. A los gallegos nos tienen, en general, de menos, y por una nadería pronto te dicen: "Calla, gallego". Pero, a pesar de todo, no estoy descontento de haber venido.

»En cuanto a lo que me cuentas de tu visita a un prostíbulo, no sé qué decirte. Yo, desde luego, no he pasado de un café cantante, que me aburrió. Pero aquí la gente habla mucho de esas cosas, aunque en tono científico. Se cita a un tal Freud, un señor de Viena de mucha fama al que he empezado ya a leer. Todo lo que se refiere a esas cuestiones, se dice siempre con citas de sus libros, o según sus teorías, que nadie discute, sino que alaban, y de las que yo no tengo más que una idea muy ligera. Supongo que por ahí sucederá más o menos lo mismo. Ahora bien: sin haber ido a un prostíbulo, también pasé por tus mismos aprietos y tus mismas incomprensiones, aunque me hayan durado poco. Por lo pronto, no tuve que pagar el duro. Dormí una noche con una mujer: al principio, sorprendido y bastante confuso; a la mañana siguiente, un poco más dueño de mí. Yo creo también que eso del cuerpo de las mujeres sorprende, y hasta espanta; tampoco sabría decirte por qué, hasta que se conoce a fondo. No es que yo haya llegado a tanto, pero un poco del camino lo tengo recorrido. Lo cierto es que poco más puedo decirte, salvo que no me preocupa tanto como a ti llegar a conclusiones definitivas, las cuales, por otra parte, no sé si son o no importantes. Tengo un amigo, hombre mayor y un tanto disparatado, pero de mucha experiencia, con el que espero charlar un día de éstos sobre el particular. No es que crea a pies juntillas lo que me dice, pero, en cualquier caso, me interesa y me explica las cosas: en este caso, espero que algo me aclare. Tengo la impresión de que, sin darnos cuenta, nos hemos metido, cada uno a su modo, en un problema de los que llaman importantes y que habremos de resolver, también cada cual a su modo. Debo decirte, sin embargo, que hay una diferencia: yo estuve enamorado, a lo mejor lo estoy aún, y eso cambia las cosas, porque amar a una mujer implica desearla, y yo deseo a la mía. Desde luego, la mujer a la que quiero no es esa con la que me acosté. Tengo la impresión de haber catado, por un lado, la comida, y por otro, la sal. Lo que me dijo una vez ese señor que te miento es que la sal debe tomarse con la comida. Entiéndelo si puedes.

»Un abrazo.

Filomeno»

7

A Benito no le conté nada, y a don Justo, el director del hotel, no le di explicaciones ni se las pedí. Había unas cuantas dudas que resolver, pero no me acuciaban. Flora me había dicho que ya me llamaría por teléfono, y lo hizo, a la semana justa. Me citó en un lugar a una hora. Acudimos puntuales. Me preguntó si la llevaba a cenar. Le dije que no sabía si llegaría el dinero. «¿Cuánto tienes?» Lo conté: sumaba doce pesetas. «Con eso podemos cenar muy bien en una tabernita que conozco.» Me llevó a ella, y, en efecto, cenamos bien y aun me sobró dinero. Después dimos un paseo, hablando de nimiedades, pero cogidos del brazo. Un par de veces, interrumpiendo la conversación, me cogió de la barbilla y me llamó guapo, de una manera bastante impulsiva. «¡Hum, guapo!» Y el beso. Después, por fin, fuimos a su casa. No sé si estaba o no Manuela, no sé si estaba o no sola. Yo no la vi. Todo lo demás se pareció bastante a lo de la vez anterior, salvo que la desnudé con más destreza. A la mañana siguiente no fui a clase. Pedí un baño, me fui al Ateneo, hice que leía, pero estaba preocupado. Cuando regresé al hotel, don Justo me vio y me guiñó un ojo. «¿De manera que el señorito esta noche se fue de picos pardos?» Le pregunté si había hecho mal. «No. Pero no vaya a pensar que es ésa su única ocupación en el mundo.» Me atreví a preguntarle: «¿Quién paga a esa mujer?» Se echó a reír. «Yo, por supuesto, con el dinero de usted. Por eso le recomiendo que no menudee las visitas: unos cientos de pesetas son fáciles de justificar, pero mucho más, no.» «Justificar, ¿a quién?» «A su padre.» Aquella tarde me decidí a confesarme con don Romualdo. Le dije, al terminar la clase de francés, que tenía que hablarle y que me esperase en el Ateneo a la hora que él quisiera. Me citó a las siete. Escogimos un rincón, y le conté lo sucedido, sin ocultar nada. Se quedó pensativo. «Ya le dije a usted una vez que ese director del hotel es un golfo, pero no sabía que fuese también corruptor de menores.» «¿Qué quiere decir?» «Algo que usted no entiende todavía.» «Yo quería que usted me aconsejase y que me aclarase la situación.» «La única cuestión real es que usted se ha metido en un camino en pendiente, del cual aún le es fácil regresar, si es capaz; en caso contrario, nadie puede predecir adónde puede llevarle.» «Pero tengo entendido que, más pronto o más tarde, esas cosas suceden. Un amigo de Santiago, un muchacho verdaderamente listo, no un mediocre como yo, estuvo ya en un prostíbulo.» «Es otra manera de empezar, peligrosa igualmente, o más, aunque de un modo distinto. Usted es una bicoca, y esa señorita Flora no querrá que se le escape de las manos.» «¿Qué quiere decir?» «Que usted tiene dinero y es joven. La señorita Flora le puede arruinar física y económicamente. Eso lo sabe el director del hotel, por eso le aconsejó que no menudee las visitas más de lo indispensable; pero seguramente la señorita Flora tendrá otro punto de vista, y, créame, el cuerpo de una mujer tiene mucho más poder que la experiencia y que la misma conveniencia.» «Yo esperaba que usted relacionase esto que le conté con el amor. Recuerdo lo que nos dijo el otro día a Benito y a mí.» «¿Estuvo alguna vez enamorado?» «Creo que sí.» Le conté la historia entera de mis relaciones con Belinha. Se echó a reír y me palmoteó la espalda. «Eso, ya ve, es mucho más humano, y mucho más hermoso. Bien contado podría ser conmovedor. ¡Lo que daría un freudiano por esa historia!... Claro que es también una situación sin salida, porque unas relaciones amorosas entre esa Belinha y usted estarían necesariamente abocadas a la catástrofe. Le ha sucedido lo mejor que podía sucederle, créame, aunque haya sufrido. Pero esto de la señorita Flora es otro cantar. Mucho más peligroso y bastante más vulgar. No le hace a usted más hombre, aunque le proporcione una experiencia de la que todos necesitamos.» Disimuló un silencio con la operación de liar un pitillo y de encenderlo. No me ofreció de su pi-

2. Los años de aprendizaje

cadura apestosa. Yo saqué uno de los míos. «No sé, no sé –dijo luego–. El consejo ya lo tiene. Cómo llevarlo a la práctica es cosa suya.» Y como yo no le respondiese, se me quedó mirando: «¿Piensa algo?» «Sí, don Romualdo. Pienso que esperaba de usted otras palabras.» «Ni puedo decirle más ni nadie se lo diría, salvo un cura, que apelaría al pecado y a la condenación eterna. Pero ésta es precisamente la ocasión en que muchos jóvenes creyentes renuncian a sus creencias para que el miedo al pecado no les estorbe en lo que ellos creen que consiste la hombría. No lo es, sino sólo una parte, pero la humanidad viene negándose a creerlo desde que el sexo entró en conflicto con la moral. Yo no voy a repetirle la cantinela. Lo único que debo añadirle es que puede usted destruir para siempre una de las realidades más delicadas y hermosas del hombre. Me refiero a la capacidad de amar.»

Cambió de repente de conversación. Se refirió a un libro que estaba leyendo y que también a mí me convenía. *Los cuadernos de Malte,* le llamó. Habló de él largamente, de lo que había en él de experiencia de la muerte sin morir, y consiguió interesarme. Era un libro en francés, no traducido todavía, que dentro de algún tiempo yo estaría en condiciones de leer sin gran esfuerzo. «Nunca le dije mi satisfacción por sus progresos, y pienso que si continúa así durante todo el curso, al final podrá echarse cualquier libro francés al coleto, aunque todavía le falte mucho para sostener una conversación corriente. Pero eso, para usted, debe ser secundario. Tendrá que pasar una temporada en Francia, y debe hacerlo en cuanto le sea posible, pero cuando ya la lengua escrita no le cause problemas. Le convendrá ir a París, que es la ciudad donde ese autor tiene tales experiencias, y ésa es otra cuestión de la que algún día hablaremos, aunque de momento sea prematura.» Salimos juntos del Ateneo, me acompañó hasta el hotel, como hacía muchas veces. Al despedirse, retuvo mi mano unos instantes. «Quizá llegue a creerse enamorado de Flora. Es lo peor que podría sucederle. El amor se parece muchas veces a la obsesión sexual por un cuerpo de mujer, y lo mismo le acontece a los jóvenes que a los ya declinantes. Si eso le llega a acontecer, lo mejor será que escape.» Al entrar en el hotel, me dieron el recado de que Flora me había llamado y de que me esperaba en el mismo lugar y a la misma hora. Dudé, di mil vueltas en la cabeza. Por fin, pedí en la caja cinco duros y me marché corriendo.

8

Visitar a Flora una vez a la semana se convirtió en costumbre, y ni don Justo protestó ni don Romualdo volvió a sacar la conversación. Habíamos dejado de vernos en el Ateneo, por la incomodidad de la policía, y nos reuníamos todas las tardes en el café de enfrente. Benito acudía con frecuencia, y la conversación, generalmente sobre poesía, la consumían entre ellos, yo de mero espectador. Me importaba mucho lo que decían y lo que discutían, pero no sabía lo suficiente para intervenir. Una de aquellas tardes apareció el tema del superrealismo, que así dieron en traducir lo del *surréalisme* francés. Don Romualdo había leído los diversos escritos de los fundadores, manifiesto va y manifiesto viene, y una vez nos lo trajo. Yo los leí tranquilamente, procurando entenderlos; Benito cayó sobre ellos con verdadera voracidad: fue para él más sorpresa que para mí, pero, así como yo quedé en mero curioso, él se apasionó inmediatamente, y cierta tarde, con muchas cautelas, nos enseñó un poema surrealista que había escrito y nos lo leyó. Don Romualdo juzgó que era irreprochablemente superrealista, pero, de poesía, nada. Benito quedó anonadado. Otro día trajo un poema de uno de los poetas cuya fama empezaba con la mejor estrella. Se lo dio a leer y le preguntó que si aquello era también superrealismo. «En cierto modo, y, desde luego, no a la manera francesa. Es un superrealismo bastante original, y el poema es

2. Los años de aprendizaje

muy bueno, a mi juicio.» Con el superrealismo anduvimos a vueltas cosa de una semana, y ya en los periódicos se hablaba del tema, aunque burlonamente, como solían hablar del cubismo y de todas las vanguardias. Don Romualdo nos dijo en una ocasión: «Ustedes no deben compartir mis puntos de vista. Ustedes son jóvenes, yo no lo soy, pero lo fui, y entonces era más o menos como ustedes, y me hubiera irritado que nadie defendiese la poesía de Campoamor frente a la que a mí me gustaba. Pero del mismo modo que yo he superado aquella etapa y he alcanzado puntos de vista personales, a ustedes les sucederá lo mismo, salvo si la inteligencia y el gusto se les encasquillan y se quedan estancados. Todo llega, todo brilla y todo pasa. Esto que a ustedes los entusiasma pasará también, pero ustedes deben, ahora, apasionarse. Tienen que ser leales a su tiempo, pero, entiéndanme bien, lealtad no significa esclavitud. Estos poetas de ahora son entre diez y veinte años mayores que ustedes. Es mucha diferencia. Cuando ustedes maduren, lo que entonces escriban no se parecerá, ni a lo que ahora escriben ellos, ni a lo que ustedes escribirán entonces. ¡Y malo para ustedes si no es así! La vida jamás se empantana: la vida sigue adelante. El arte es un acto vital, y tampoco debe empantanarse. Los que vengan detrás de ustedes lo harán también distinto, bien o mal hecho. No se les ocurra pensar que lo que venga entonces sea disparatado, como piensan de lo de ahora esos burros de los periódicos. Para uno cualquiera de los de hace treinta años, lo que escriben los de ahora es también disparate. ¿No han llegado hasta ustedes ciertos juicios peyorativos que ya se han hecho públicos? Es natural que así sea, pero eso no implica que tengan razón. No la tienen. Pero, créanme, me sería muy difícil convencerlos. La mayor parte de ellos ya se han encastillado porque no dan más de sí, y se repiten, se repiten. Esto hay que tenerlo en cuenta y juzgarlo comprensiblemente». Benito le preguntó entonces qué era lo que más lo distanciaba de los de ahora, de los jóvenes. «No sólo de los jóvenes, sino de algunos que no lo son. Lo que me aparta de ellos es ese concepto de juego y de deporte que se empeñan en imponer a la vida y al arte. Yo soy un hombre serio, y el juego, para los niños. La vida no es un juego (no lo sabía entonces) y el arte tampoco. La vida y el arte son tanto más valiosos cuanto más se aproximan a la tragedia.» «¿Y la ironía? –le preguntó Benito–. Ya ha leído usted a Ortega.» «Yo le diría a Ortega que la ironía de Sócrates destruyó la tragedia de Sófocles. Nunca les dije que no soy cristiano; se lo digo ahora, y la razón por la que no lo soy: el cristianismo es incompatible con la tragedia, porque la tragedia es tener razón contra los dioses, y el Dios de los cristianos tiene razón siempre. En otro aspecto de las cosas, les confesaré también que estoy con don Quijote y no con Cervantes. Cervantes tenía que haber puesto fuego al mundo, y se contentó con sonreír en vez de condenar. Ésta es la razón principal de nuestro desacuerdo.» «¿Hay algún escritor con el que esté conforme?» «Por lo pronto, con Dante. En su obra no hay sonrisa. Después, con Quevedo. Quevedo, por muchas razones, es mi favorito, y no digo que mi maestro porque carezco de talento para seguirlo. Pero fíjense ustedes en que Quevedo separa acertadamente lo serio de lo risible. No sonríe jamás, porque en la sonrisa, que es la ambigüedad, está el pecado. Las cosas son como son, negras o blancas, sin medias tintas. Hay que ser maniqueo o implacable.» «Pero usted acaba de decir que a los viejos anquilosados en su arte hay que comprenderlos.» «Es cierto que lo he dicho, y lo es también que me cogerá usted en parecidos renuncios en muchas ocasiones, porque todavía mi corazón no está de acuerdo con mi pensamiento. Tengo razones para ser malo, y no lo soy, pero también tengo razones para no serlo, aunque me traicione a mí mismo.»

Yo no sé si aquella tarde don Romualdo había bebido, o si le había sucedido algo que necesitaba echar de sí, o simplemente si en aquellos momentos la vida le pesaba más que en otros; pero es el caso que nunca se mostró más comunicati-

2. Los años de aprendizaje

vo. Se justificó diciendo: «Esta manera de ser no se explica con raciocinios, sino con historias. La historia de un hombre lo explica más que cualquier teoría. Uno de esos imbéciles que barafustan ahí enfrente, diría de mí, si me conociera, que padezco un complejo de inferioridad. También está de moda hablar del resentimiento del fracasado. Bueno, pues todo eso son definiciones para salir del paso. Que soy un fracasado no lo niego, porque no hay más que verlo. Siendo, como soy, uno de los españoles que mejor hablan el francés y que mejor conocen la literatura francesa, no he pasado de auxiliar en una institución docente de segunda clase. Pero no he fracasado en el arte, ni en el pensamiento, sino en la vida. Es la vida lo que me duele, lo que tira de mí hacia abajo, lo que no me permite liberarme. Y mi fracaso se debe al error de un matrimonio prematuro con una mujer que se me antojó adorable, una joven actriz que entonces prometía. Usted la ha visto el otro día, Freijomil, recuérdela: la que hacía de marquesa: una mediocridad. Nuestro matrimonio fracasó por falta de madurez. No sabíamos qué hacer con nosotros mismos. Ni ella ni yo supimos plantarle cara a la realidad, ante todo a la nuestra propia, a nuestras relaciones personales. Tuvimos hijos y tampoco supimos educarlos. Un varón, el primero, es un perfecto botarate, que vive del sablazo y que chulea a las mujeres. La primera de las hijas anda de viceteple de revista. La otra, usted también la vio, Freijomil: todavía es pequeña, todavía es ingenua y espera de la vida maravillas. Es lo mejor que queda de mi amor, y no me atrevo a desengañarla, aunque ya sé que un día cualquiera se dará el primer tropezón contra esa pared inmisericorde que es la vida. ¿Que cómo? ¡Yo que sé! Un amor que no resulta, la comprensión súbita de que alguien en quien todavía cree, por ejemplo su madre, no merece su respeto ni su aprecio. ¡Qué sé yo! Cualquier día de la vida de una adolescente es bueno para que pierda la fe y la esperanza, para que todo se le derrumbe. Por lo pronto, un día oí decir a su hermana: "¡A ver cuándo le crecen las tetas a esa niña y sirve para algo!" La pobreza, no saben ustedes cómo destruye. En mi casa entra todos los meses bastante dinero, pero como entra sale. Nunca tenemos un duro. No sólo trabaja mi mujer, sino que hubo que meter en el teatro a la pequeña, que debería estar estudiando, a ver si con cualquier profesión se libraba de su destino. Pues, no. Ya está encadenada y condenada, y dudo mucho de que un príncipe azul acuda a rescatarla (no sé por qué, me miró al decirlo). Y aquí me tienen ustedes, incapaz de poner remedio, espectador de un drama sórdido, que no llega a tragedia porque el remedio existe, aunque no esté a mi alcance, por mera cobardía».

Cayó en un silencio un poco triste que nosotros respetamos porque no sabíamos hacer otra cosa sino mirarnos furtivamente. No era, la de don Romualdo, una situación incomprensible, aunque no fuese habitual, aunque para nosotros fuese nueva y un poco escandalosa. «Necesitaba enterarlos de esto –dijo después de un rato–, no sé si por desahogarme o por mi propia exigencia de que nadie me tome por lo que no soy. ¿Y no será por ambas cosas? Si tuviese talento de novelista, podría contarlo de otra manera, redimir por el arte la sordidez que me rodea, que me aturde y que también me engulle. Yo sé que el arte purifica lo más sucio, pero acabo de reconocer mi incapacidad. Hace años esperaba de mí otra cosa, ya saben, la juventud carece de sentido de la realidad y, sobre todo, de la propia medida; pero si un átomo de talento tuve, y acaso lo tuviera, no quiero despreciarme tanto, lo destruyó la vida. Lo corroe primero, lo desintegra, lo aniquila. En algunas ocasiones, para algunos afortunados, sólo se esconde, se sumerge en algún rincón del olvido, ¡vayan ustedes a saber! No me gusta usar ese terminacho de subconsciencia, que está tan de moda. El alma no se divide en compartimentos estancos. Todo está ahí, y no se sabe cómo, pero supongo que en forma de acertijo: que sólo la disciplina ordena. El talento debe de ser una dis-

2. Los años de aprendizaje

posición especial de las células cerebrales que requiere de ciertas condiciones para funcionar. Es muy posible que, en mi caso, hayan faltado, no sé, lo digo para consolarme. Y que conste que hablo de talento, no de genio. Un genio transmutaría mi experiencia en poesía, haría de mi historia un símbolo universal. Pero yo, aunque recobrase lo perdido, no podría llegar a tanto. Veo lo que me rodea y hasta sé cómo contarlo, pero soy incapaz de ponerme a hacerlo. Lo difícil, ¿saben?, es la decisión, el salto. Acaso alguno de ustedes, cuando hayan madurado, al recordar mi historia le haga a mi recuerdo el honor de escribirla. Con lo contado basta. Lo demás lo suple la imaginación, propiedad de que carezco.» Echó mano al bolsillo, removió en él, sacó unas monedas y las contó. «No me alcanza lo que tengo para convidarles. ¿Pueden ustedes pagar también lo mío? Así podré comprar tabaco.»

Se fue un poco bruscamente. Ni Benito ni yo dijimos nada, como si algo nos afectase, algo que no era nuestro, pero que de algún modo nos pertenecía. Pagó Benito, aunque yo quisiera hacerlo. Me quedé solo y triste, fui lentamente hacia el hotel. De repente, la historia de don Romualdo se desvaneció en el olvido, se me fue la tristeza, todo lo sustituyó la esperanza de que Flora me hubiese dejado algún recado. Pero en el mostrador del hotel se limitaron a preguntarme si quería la llave ahora o si pensaba cenar primero. «Cenaré», dije por decir algo. Me sentí, sin embargo, desganado y un poco decepcionado. Sin razón, porque no la había para que Flora me hubiese llamado.

Al día siguiente, don Romualdo no apareció a la hora de clase ni más tarde, en el café. Benito venía cargado de noticias poéticas: lo que había escrito Tal y lo que Cual estaba, al parecer, escribiendo. Benito tenía la facultad de hablar con elocuencia de lo que desconocía: aseguraba con verdadero aplomo que lo de Tal tenía que ser así, en tanto que lo de Cual sería de esta otra manera, y que siempre lo de Tal sería un grado superior a lo de Cual. Se quejó, sin embargo, de que tanto aquellos poetas, Tal y Cual, como muchos otros de los que también se hablaba en los círculos de enterados, resultaban inaccesibles para muchachos como nosotros: eran como dioses remotos. Para mí, sólo nombres de dioses. Benito me llevaba la ventaja de haberlos visto de lejos, y oído en cualquier recital. Como había pasado bastante tiempo, y don Romualdo no compareciera, decidimos salir y darnos una vuelta por el café en que Tal y Cual se reunían con su círculo de admiradores, un círculo muy exclusivo. Era un lugar muy agradable, que me sorprendió por su elegancia, de gusto popular: como que durante unos minutos me interesó más la arquitectura del café que las figuras de Tal y de Cual que por allí andarían, o, mejor dicho, estarían. Para mí podían serlo cualesquiera de los que iba viendo, pues todos tenían cara de genios, aunque de distintas especies. Imaginé el contraste de mi cara inexpresiva con aquéllas, tan reveladoras, y me sentí insignificante. Benito tiró de mí y quedamos a la entrada de un patio deslumbrante en que el café terminaba; lleno de gente (pocas mujeres) alrededor de las mesas, en grupos próximos los unos a los otros, casi confundidos, pero perfectamente delimitados por una línea invisible e insalvable. En cada uno se hablaba como si fuera el cogollo del mundo, a juzgar por los gestos y por las actitudes: sobre todo, por la contundencia de los manoteos, pero, por mucho que atendí, no logré entender lo que decían; vagamente oí alguna frase suelta: «¿Leyó usted el libro de Fulano?» «¡Lamentable!» En unos se hablaba de políticos y en otros de literatos. Benito me fue informando: «Ése es Zutano, aquél es Perengano...», nombres nuevos para mí. Pero ni Tal ni Cual habían venido aún aquella tarde. «Mira, se sientan en aquel rincón, donde están esos cuatro. ¿No ves dos sillas vacías? Son las que ellos ocupan.» Me sacudió una especie de escalofrío inexplicable al contemplar a aquellos cuatro tipos metidos en el silencio como esperando a un dios que no comparecía; a pesar de lo

2. Los años de aprendizaje

cual eran los más importantes del cotarro, porque *sólo ellos* esperaban a los dioses. No había sitio vacío en todo el café, pero, aunque lo hubiera habido, no nos habríamos atrevido a sentarnos, allí donde nadie nos había llamado: allí, donde sólo se entraba por derecho, donde nuestra indecisión bastaba para que nos identificasen como intrusos. Salí, sin embargo, deslumbrado, como quien mira al cielo por un agujero sin poder abrir la puerta. Benito inició un discurso para justificar, al menos ante mí, la ausencia de aquellos de los que se hallaba tan lejos como yo, pero de los que se sentía más próximo, quizá sólo por haber hecho algunos versos. «Comprenderás que no pueden atender a toda la gente que quisiera hablarles o, por lo menos, escucharlos. ¡La de muchachos como nosotros que aspiran a leerles sus poemas! Pero es difícil. Son círculos cerrados, los suyos. Hay que ser presentados por alguien, y aun así... Yo creo que hasta tener algo hecho...» «Algo hecho» debería querer decir «Algo publicado», y no era de esperar que nadie tomase en serio los poemas de novatos de dieciocho años. «Aunque ya sabrás la historia de Rimbaud.» Yo no sabía la historia de Rimbaud ni oyera jamás su nombre, ni siquiera a don Romualdo, que me había hablado de tanta gente. Al menos no lo recordaba. Benito me contó a grandes rasgos que era un poeta adolescente, amigo de Verlaine: que había escrito poemas geniales entre los dieciséis y los veinte años, y que después dejara de escribir y se dedicara a la vida aventurera. «El que más y el que menos, de todos nosotros, se cree un Rimbaud, pero sólo en los momentos de exaltación. Por lo menos, es lo que a mí me sucede; pero me deprimo, al leer lo que escribo, o cuando alguien me dice que no es bueno, como el otro día don Romualdo, recordarás. A veces le dan a uno ganas de mandarlo todo a paseo y tomar en serio una de esas carreras que los poetas despreciamos. Menos mal que el enfado te pasa cuando duermes, y al día siguiente vuelves a creer en ti.» «Y ahora, ¿cómo te encuentras?», le pregunté; y no me contestó.

Curiosamente, aquella noche, al llegar al hotel, me dieron recado de Flora. Acudí a la cita, un poco sorprendido porque, en realidad, no hacía una semana que habíamos estado juntos, y el trato tácito era de que la visitase una vez por semana. «Pero, me dijo, hoy estoy libre, mi hermana se ha ido de viaje, y he pensado en ti.» Le respondí que, a lo mejor, a don Justo, que también se había acostumbrado a que mis visitas a Flora fuesen semanales, le parecería mucho. «Tampoco él tiene por qué enterarse.» «Es que yo no tengo dinero.» «Es que yo no voy a cobrarte nada por esta noche. Como no está Manuela, no tendré que darle cuentas. Todo consistirá en que, en vez de quedarte hasta mañana, te vayas de madrugada, por si acaso.» Todo esto lo había dicho en un tono cariñoso, y la verdad es que durante aquellas horas se mostró mucho más tierna que sensual, y hasta llegó a lamentarse de que las circunstancias no nos permitieran, al menos de momento, vivir juntos. «Lo pasaríamos como en un sueño, ¿verdad? Yo sería como tu mujer, te haría la comida, me cuidaría de tu ropa, y te obligaría a estudiar, ya lo creo, para que llegues a ser lo que quieres.» Nunca le había dicho a Flora lo que quería ser, aunque alguna vez me lo hubiera preguntado. Era una de esas preguntas que me dejaban perplejo porque ni a mí mismo sabría responderla. Ella imaginaba que, una vez titulado, aspiraría a cualquiera de las «salidas», como ella las llamaba, de la carrera de abogado, por las que sentía veneración manifiesta. «¡Ah, si llegaras a abogado del Estado!», y ponía los ojos en blanco. Por lo que me iba contando, comprendí que aquellas admiraciones las había recibido en herencia de su familia, tan ilustre. Me habló de un joven de provincias. Muy educado y respetuoso, número uno en notarías, que había estudiado seriamente, sin permitirse otros solaces que visitarla a ella cada quince días, y para eso sin quedarse: todo muy comedidamente (no sé por qué, se me ocurrió que sin quitarse el cuello duro). Había quedado el pobre tan escuchimizado del esfuerzo, que tuviera que irse a reponer a un pueblo de la sierra, donde permanecía, aunque ya casi recobrado. «A veces, ya ves si es bien educado, me manda una postal.» Para Florita, aquel triunfador de oposiciones podía ser mi modelo: ¡rara coincidencia con mi padre!

Las dos semanas siguientes halló también un hueco extraordinario y clandestino. Fue al tercero de ellos cuando me citó para la tarde, y no para la noche. Primero merendamos juntos, después me llevó a su casa, del bracete, como siempre, y muy acaramelada: me pidió, lo recuerdo bien, que cuando estuviésemos en la cama le hablase en portugués, que le gustaba mucho. Pero, al entrar en casa, nos encontramos con la sorpresa de un hombre dentro, un tipo exageradamente vestido, con muchas sortijas; moreno, de pelo ensortijado y actitud arrogante. Sonrió al vernos, complacido. Flora se quedó aterrada, y apenas pudo decir: «¡Eduardo! ¿Qué haces aquí?» Y Eduardo le respondió tranquilamente: «No hay nada de particular en que venga alguna vez a la casa de mis padres». Flora casi gimió: «¡Nunca vienes a nada bueno!» Y el otro le respondió: «Pon en mi mano veinte duros, y asunto concluido». «¡No los tengo!», dijo Flora, muy compungida. «¡Bien sabes que el dinero lo guarda Manuela, y nunca en casa!» Entonces, el Eduardo se me acercó parsimoniosamente, me cogió por la barbilla y me miró a los ojos. «Espero que el caballerete pueda proporcionártelos. Al menos, ése es tu precio.» «¡A ese que tú llamas caballerete no lo metas en esto, ni tiene veinte duros que darte!» Eduardo, desvergonzadamente, me palpó los bolsillos y sacó todo el dinero que me quedaba. «¡Treinta y cinco pesetas! ¿Es lo que cobras ahora por acostarte con un muchacho? ¿A tan bajo has llegado?»; pero no me soltaba. Yo sabía que tenía que hacer algo, al menos que decir algo. Me atreví, esforzándome. «¿Por qué no deja en paz a su hermana?», apenas balbucí. «¡Tú, cállate, imbécil!», y al decir esto me dio un bofetón que me lanzó contra la pared. «¡No te metas con el muchacho!», gritó ella, y acudió a mi lado, y me ayudó a levantarme. «¡Pobrecito mío! ¿Te ha hecho daño, ese animal?» «Es tu capricho, ¿eh? –respondió él, y se volvió a mí–: No sé quién eres ni lo que tienes, ni tampoco me importa; pero está claro, por la pinta, que te es más fácil a ti que a mí encontrar veinte duros. Te doy una hora para que vayas y me los traigas. Si dentro de una hora no estás aquí, le daré una paliza a mi hermana que tendrás que llevarla al hospital.» Intenté coger mi abrigo, pero él lo retuvo. «El abrigo queda en prenda. No vale veinte duros, pero ocho o diez me darán por él, y algo es algo.» Flora, desde un rincón, me suplicaba, pero no sabía qué: que no volviera, o que volviera pronto. Salí corriendo. Sentí el frío de la calle, y miedo, miedo por Flora y por mí. Eduardo no me había devuelto las pesetas, de modo que ni un taxi podía coger. Llegué al hotel echando el bofe, y al pedir al cajero veinte duros, me respondió que tenía que consultarlo. «¡No, no! ¡Entonces, no!» «Espere, siéntese. Ya me doy cuenta de que está en un apuro, pero aun así...» Fue al teléfono y habló. Al poco rato se presentó don Justo. «¿Qué le sucede, vamos a ver? ¿Para qué quiere veinte duros con esa urgencia?» Comprendió que no me atrevía a contar nada delante del cajero, y me llevó a un rincón del comedor, todavía oscuro. «Vamos a ver, cuente.» Pensé que lo mejor sería decirle la verdad, y lo hice. Quedó callado, sin expresión. «Espéreme.» Salió, y volvió al cabo de un momento, vestido de calle. «¡Vamos!» No me atreví a preguntarle a qué venía él. Llamó un taxi, y en un periquete nos hallamos frente a la casa de Flora. Don Justo subió el primero, y llamó a la puerta como lo hubiera hecho yo. Al abrir, Eduardo se le quedó mirando, entre furioso y sorprendido; se miraron los dos un rato largo, durante el que temblé, pero Eduardo fue el primero en bajar la vista. Se recobró, sin embargo, inmediatamente, y preguntó a Flora, que había venido detrás y que, como yo, temblaba: «¿Quién es el caballero?» Don Justo le respondió: «El que viene a devolverle la bofetada que le prestó usted a este muchacho». Y sin darle tiempo a Eduardo a que subiera la guardia, le arreó

2. Los años de aprendizaje 119

un enorme puñetazo en la barbilla y lo derribó. Al caer tropezó con algo que tintineó: cosa de cristal parecía. Flora chilló: «¡Ay, Jesús, no se maten!», pero no acudió a socorrer a su hermano, que se levantaba pesadamente, pero con una navaja abierta y cuyo brillo me recorrió la espalda. «¡Ahora verá este tío...!», pero le detuvo la pistola que don Justo había sacado. «Quietecito, y guárdese el cortaplumas. Y le advierto que si le perforo la barriga no sería el primer hombre que envío al otro barrio, y que lo haré sin que me pase nada, ¿comprende? Sin que me pase nada –silabeó–. Guarde el charrasco, y eche por delante a la salita, que tenemos que hablar.» Eduardo obedeció, pero yo vi cómo se guardaba la navaja en la manga. Entramos todos. Don Justo mandó a Eduardo que se sentase, y, de paso, que dejase la navaja encima de la mesa. «¡Parece que le tiene cariño!» Don Justo quedó de pie, sin soltar la pistola. Flora, un poco apartada, lloraba sin hipar. «Le voy a dar esos veinte duros que necesita por el trabajo que se ha tomado en buscarlos, y a cuenta de lo que vale esa navaja con la que voy a quedarme. –Y sacó del bolsillo un billete y lo echó encima de la mesa–. Pero tenga bien entendido que sé quién es usted, quiénes son sus amigos, y dónde vive cuando no está en la cárcel. Y entérese bien de lo que voy a decirle: le conviene no olvidarlo. Como a este muchacho o a su hermana les suceda algo, le liquidaré sin contemplaciones, y a lo mejor ni siquiera me rebajo a hacerlo por mi mano, porque tengo quien lo haga en mi lugar. De modo que ya lo sabe: Flora y este muchacho, como sagrados. Coja el billete y devuelva al muchacho el dinero que le quitó.» Eduardo iba a coger el billete, pero don Justo puso la mano encima. «Primero, la vuelta.» Eduardo sacó mi dinero, lo contó, lo dejó encima de la mesa: siete duros de plata dentro de un monedero de malla. «El monedero no es mío», me atreví a decir. Eduardo lo vació y lo guardó en el bolsillo. Levantó la mirada hacia don Justo. Éste dijo: «Coja los veinte duros y lárguese. Yo le acompañaré a la puerta». Salieron, y en ese momento Flora corrió hacia mí y me abrazó. No dijo nada, y me soltó en seguida porque se oían los pasos de don Justo por el pasillo, después del ruido de la puerta al cerrarse. «Asunto concluido... Es decir, no. Florita, comprenderás que lo tuyo con este muchacho ha concluido para siempre.» «¡Es que lo quiero!», gimió ella. «Mal hecho, Florita. Una mujer como tú no debe tener corazón, y si no puede evitarlo, debe emplearlo más razonablemente. Tienes que comprender que por este camino no vas a ninguna parte.» Florita lloraba. Entre hipidos, suplicó: «¡No le diga nada a Manuela!» «No le diré nada si tú te portas bien. Ya me entiendes.» Flora no respondió. Don Justo me empujó suavemente. «Vamos. Póngase el abrigo y díganse adiós. Yo espero en el pasillo.» Salió. Flora me ayudó a poner el abrigo y después me abrazó en silencio. «¡Adiós!», murmuró. La besé. Don Justo gritó desde el pasillo: «¡Ya está bien!» Salí y le seguí. Nos metimos en un taxi, permaneció silencioso. Al llegar al hotel, se dirigió al portero: «Recoja el abrigo del señor Freijomil, que él va a cenar». Me dejó solo delante de un menú de sopa, lubina al horno, rosbif a la inglesa y helado de chocolate o de vainilla, a elegir.

Cambió mi actitud hacia don Justo, pero, al cambiar, se complicó. Por una parte, le agradecía su intervención, sin la cual no sé cómo hubiera acabado el lío con Eduardo, pero no el que nos hubiera prohibido, a Flora y a mí, volver a vernos. Por otra, admiraba su valentía, al hacer frente, y vencer, a un hombre mucho más joven que él y de apariencia más fuerte, pero esto mismo me hacía sospechar que no era el hombre que parecía, tan cortés y tan almibarado, un director de hotel quizá perfecto. ¡Hasta había sido diferente su voz al increpar a Eduardo, al dirigirse a Florita! Una voz cínica y dura, como la de otro hombre. Hoy pienso que quizá llevase algún tipo de doble vida, pero entonces no entendía de esas cosas y me quedé con la perplejidad y un oscuro terror. Pero también más resentido que contento, porque me había aficiona-

2. Los años de aprendizaje

do a Florita y ya la echaba de menos. Me hubiera gustado comentar el acontecimiento con don Romualdo, pero al profesor de francés no habíamos vuelto a verle. Un día me enteré de que estuviera en el hotel, a cobrar el dinero de las últimas clases. Es muy posible (lo pensé entonces) que, en otras condiciones, hubiera renunciado a aquel puñado de duros, quince o veinte, pero, como se acercaban las Navidades, andaría más escaso que nunca, quizá urgentemente necesitado. ¡El esfuerzo que le habría costado a don Romualdo acercarse a la caja del hotel, con una sonrisa en el rostro, él, que odiaba la sonrisa! Benito y yo le recordábamos con frecuencia y deplorábamos su desaparición, aunque no nos la explicásemos muy bien. Comprendíamos, sí, que todo obedecía a cierta inexplicable vergüenza por el cuento de su vida que nos había hecho: pero, si era ésta la causa, ¿por qué nos la había contado? ¿Había razones que se nos escapaban? Creíamos ignorar aún ciertas delicadezas del espíritu sólo explicables por una experiencia moral de la que no teníamos idea, porque de esas cosas, lo pienso ahora, no se tiene idea cuando se carece de la experiencia pertinente. Benito, sin embargo, más dado que yo a las explicaciones estéticas, insistía en juzgar a don Romualdo como a un personaje literario, y aquella confesión lo completaba, lo perfeccionaba. Pero yo me sentía incapaz de ascender a aquellas alturas del juicio. Me quedaba en la moral, y aun por lo que está por debajo de lo moral. ¿Qué sabíamos de lo moral, entonces? Un conjunto de normas elementales, más precauciones que principios, que nos habían enseñado para poder andar por el mundo sin tropiezos. No robes a nadie, no desprecies ostensiblemente a tu prójimo, sé cortés con todo el mundo, desconfía de los desconocidos.

Una de aquellas mañanas, cercanas ya las vacaciones, me esperaba en el hotel una carta de Portugal. Me la escribía desde el pazo mi antiguo maestro, y traía una posdata de la *miss.* Mi maestro me decía que todo marchaba bien, que el vino y la madera se habían vendido a buen precio, que si tuvieran que retejar una parte de la cubierta, y cosas así. Terminaba comunicándome que Belinha se había casado con un portugués de Angola y que se había marchado con él a África, llevándose, naturalmente, a mi hermana. En la posdata en inglés, la *miss* escribía más o menos: «Comprenderás, Ademar, que lo de Belinha no tenía otra salida, y que ésta ha sido la mejor. Es un hombre bueno que la respeta. ¿Qué hubiera sucedido de estar aquí cuando tú vengas por las Navidades? Piénsalo bien y acepta lo sucedido, por mucho que te duela». Era curioso: mi maestro, en esta carta, me trataba de usted.

Acepté, sin compartirlas, las razones de aquella huida: las acepté pero con rencor. Me sentía no sé si engañado o burlado; en todo caso, despojado de lo que era más mío y más querido. No volvería a ver a Belinha, era como si hubiese muerto. Y al dolor que me causó la noticia se unió el disgusto de mi separación de Florita, hasta ser el mismo dolor y la misma incomprensión. Las cosas sucedían sin que yo las entendiese: creo que era demasiado para un mozalbete, probablemente prematuras (éstas son reflexiones que hago ahora, a muchos años de distancia). El mismo Benito me preguntó que qué pasaba, al verme tan amorriñado, y no supe explicárselo. «Cosas», me limité a decirle. Y él interpretó mi silencio como falta de confianza. No lo era, sino el deseo de conservar para mí el secreto de lo que había sido tan mío, de lo que lo era aún, aunque de otra manera, y que me habían arrebatado. Pero sucedió que una mañana, cuando me había alejado ya de la calle del hotel y me encaminaba a la universidad, sentí detrás de mí el aliento fatigado de Florita. Venía vestida de oscuro y con un velo muy echado sobre la cara, como si hubiera estado en una iglesia, o fuese a ella. Me había esperado, me había seguido, se cogió a mí y, sin otra palabra, me pidió que nos metiéramos en un café. Lo hicimos. Venía llorosa, siguió llorando, y con bastante incoherencia aseguró que era muy desgraciada, que no podía vivir sin mí, y otras cosas de este jaez. Yo, como siempre, no sabía qué pensar, ni se me ocurría hacerlo, dominado como estaba por los sentimientos hacia Florita, renacidos y ahora en punta. «¡Ven conmigo una vez, sólo una vez! –me suplicó–. ¡Te juro que desapareceré para siempre!» Me dejé llevar a una casa desconocida, donde una señora gorda, muy sonriente, nos dijo como saludo: «¡Caramba, qué madrugadores!» Nos llevó a una habitación espaciosa, pero sin ventana a la calle, donde vi por primera vez, a los pies de la cama, un objeto blanco, de forma como de guitarra: parecía de porcelana y tenía pies de lo mismo. «Esperen, que les traeré agua.»

No sé cuánto duró aquello. Nos separamos. Al salir, Florita, más que marchar, huyó. Yo quedé sin rumbo, en una calle desconocida. Eché a andar, anduve mucho tiempo. Cuando llegué al hotel, ya había pasado la hora del almuerzo. Me refugié en mi cuarto, me tumbé, y de repente se me ocurrió escribir un poema. Empecé a hacerlo, y me salió largo, en versos blancos y desiguales, como algunos que había leído, de los modernos. Empezaba con nostalgia de Florita y terminaba con el recuerdo de Belinha. Fue la segunda vez que necesité de la poesía para librarme de mí mismo. Lo guardé y lo conservo. Es un poema muy vulgar, hecho de lugares comunes y otras trivialidades sentimentales, pero, si alguna vez lo leo, todavía me conmueve. En todo caso, está ahí, como la puerta que cerró una etapa de mi vida.

9

Le escribí una carta a mi maestro anunciándole que no me esperase para las Navidades, que las pasaría en Villavieja con mi padre. No me referí, para nada, a Belinha ni a mi hermana. Antes de marchar de vacaciones, invité a Benito a cenar al hotel, tuvimos una conversación larga sobre literatura y un recuerdo para don Romualdo. Benito me contó que le habían prometido, no sé quién, presentarle a uno de los poetas que admiraba, no sé si Tal o Cual; los de aquella tarde frustrada, y que ya me contaría a mi regreso. Al día siguiente tomé el tren. Cuando llegué a la estación de Villavieja, no me esperaba nadie, y al llegar a mi casa, me hallé con que mi padre se había marchado el día anterior. Me dejaba, eso sí, una carta, en la que me explicaba las causas de su ausencia y me decía dónde podía hallar las llaves de la mesa del despacho, por si necesitaba dinero, que lo encontraría en tal sitio, y varias cosas así. Aunque no lo sintiera, no dejé de quedar perplejo. La criada de casa, una mujer madura, daba vueltas a mi alrededor, muy sonriente, como quien tiene algo que decir y no se atreve. Sospeché que le pesaba el secreto de algún nuevo lío de mi padre, y que necesitaba descargarse del peso. Se atrevió, pasados varios días, precisamente el de Navidad, después de haberme servido a mí solo. «Lo que le pasa a su señor padre es que no quiere que lo vea. Quedó completamente calvo, sin un pelo en todo el cuerpo, y se puso una peluca postiza. Las cejas se las pinta, ¿sabe? Por ahí dicen que cogió una enfermedad de mujeres.» Éste era el secreto. En otras condiciones me hubiera sorprendido, pero si mi padre había sido capaz de obligar a Belinha a servirle de manceba, no tenía nada de extraño que, sin ella, acudiese a otros remedios. La enfermedad, caso de ser como lo decía la criada, era un gaje del oficio. Había oído hablar de aquellos riesgos lo suficiente como para que la noticia no me cogiera demasiado de sorpresa. Y en cuanto a la vergüenza de mi padre, lo estimaba como un acto de respeto, y llegué a agradecérselo. Y eso fue lo único importante de mi viaje a Villavieja. Lo demás se limitó al encuentro con algunos amigos, a algunas cenas fuera de casa y a ciertas charlas superficiales sobre literatura. Había entre aquellos amigos algunos que venían de Santiago, donde oyeran hablar de los mismos nombres y de los mismos libros que yo, con la misma superficialidad, y se referían a ellos según lo oído y lo leído. Me hacían recordar a Sotero, que habría penetrado hasta el fondo de lo mismo que nosotros conocíamos frívolamente, pero le llevaban a Sotero la ventaja de ser más simpáticos y más comunicativos, aunque seguramente a causa de su propia ligereza. Me cansaron pronto, pero seguí en su compañía hasta que las vacaciones terminaron y cada cual tomó su tren o su autobús. Por fortuna, sólo solían ser compañías vespertinas. Una noche se me ocurrió salir y pasear por los alrededores de mi casa. Hacía frío y lloviznaba. Fui aquella noche redescubriendo la ciudad vieja, en torno a la catedral y a la plaza: sus sombras, sus agujeros de niebla. Me perdí placenteramente, y repetí los paseos las noches que siguieron hasta mi marcha. Fue una experiencia feliz, con la que, sin embargo, no sabía qué hacer, más que vivirla. «Esto que siento podría ponerlo en verso»; pero no me acudían las palabras, ni en portugués ni en castellano. Sentí cierta melancolía al regresar a Madrid: Villavieja era algo mío, llegué a comprenderlo; marchaba a una ciudad que nunca lo sería, ni sus calles, ni sus luces, ni sus sombras. ¿Por qué volvía? ¿A quién obedecía al hacerlo? Todo esto entretuvo mi mente durante las horas largas del viaje. Volví al hotel. Don Justo me preguntó, muy interesado, por mi padre y por su salud, y hube de mentirle. Al reanudar al día siguiente las clases, asistí a ellas tan distraído, tan aburrido, que acabé confesándome mi falta de interés, e incluso el deseo secreto de marcharme, pero no sabía adónde, ni se me ocurría. Aquella mañana no vi a Benito, sí al día siguiente. Me recibió con alborozo que consideré sincero. Me invitó a comer a una taberna (le duraba aún el dinero de los últimos regalos) y me habló de los libros que había comprado, de las comedias que había visto. Cuando le pregunté si, por fin, le habían presentado al poeta admirado y lejano, no recordaba si Tal o Cual, bajó los ojos. «El tío aquel me engañó. No volví a verlo.» Pero no pareció sentirlo mucho. Había escrito un par de poemas, y me los leyó en un café a donde fuimos después del almuerzo. No me fue difícil entenderlos, pero no pude decirle si los hallaba o no poéticos. «Mira, Benito: la verdad es que la poesía sigue siendo un misterio para mí. Hay cosas que me gustan y cosas que no, pero ignoro el porqué. Durante las vacaciones, volví a mi Antero de Quental, pero no creo que fuese por razones literarias.» «¿Por qué razón, entonces?» «Pues porque tiene algo que ver conmigo.» «¿Son versos de amor?» «De amor y muerte, ya te lo dije otra vez.» «¿Es que quieres morirte, o tienes miedo?» «No, no. No es eso. No sé bien lo que es. Ando un poco perdido, ¿sabes? Pero eso no es nuevo. Siempre anduve perdido.» No me respondió y quedamos en silencio, él mirando a otra parte para no seguir preguntando. Y entonces, impulsivamente, sin meditarlo, le dije: «Una vez me preguntaste qué me pasaba. Te dije que nada, o no te dije nada. Pues bien, ahora voy a contártelo, si estás dispuesto a oírme». «¡Pues claro que lo estoy!» Me escuchó como quien oye leer una novela, sin pestañear, sin interrumpirme. La verdad es que lo hice con pasión, con detalle, con todos los detalles que recordaba, desde los más antiguos, desde aquellos tiempos ya remotos para mí en que jugaba con las tetas de Belinha. Y cuando terminé el relato, le pregunté: «¿Qué te parece?» Lo vi un poco perdido. Primero movió la cabeza; después dijo en voz baja: «Eres un tío raro. Nadie lo sospecharía al verte. Siempre te tuve por buen muchacho, pero de vida bastante vulgar, más o menos como la mía. Nada de lo que me has contado le pasa a todo el mundo...», y otras reflexiones de este tipo, tras las que escondía su sorpresa y su incomprensión. «¿De modo que has tenido una querida? ¡A los dieciocho años! ¡Pues sí que te das prisa!» Le dije: «No fue una querida, sino una amante». Y él me replicó: «A las amantes no se les paga. Ésa es la diferencia». Benito también era un buen muchacho, pero en seguida me di cuenta de que mi historia le venía ancha. Don Justo se hubiera reído y me habría palmoteado en el hombro: «¡Vaya, hombre, vaya!

¿Quiere tomarse unas copas conmigo? Si le parece, esta noche podemos ir al teatro. Hay una revista nueva. Debe saber que, en Madrid, es costumbre cambiar los carteles por Navidad. Lo que han estrenado, según he oído, es más frívolo que lo de antes». Etcétera.

No. Lo más probable, pensé, es que estas cosas no se deben contar a nadie: están mejor dentro de uno. Si uno no las entiende, ¿cómo vas a esperar que las entiendan los demás? Los sentimientos son míos y las palabras no comunican los sentimientos... Quiero decir las palabras corrientes, las que yo podría usar. Las de Quental sí los comunican, pero yo no soy Antero, sino Ademar, ni siquiera Ademar, sino Filomeno, aquel nombre por el que nadie me llama, o, todo lo más, el señor Freijomil. A la misma Florita le había chocado: «¿Cómo voy a llamarte? ¿Filo? ¡Filo es un nombre de mujer!» Mi nombre ni siquiera daba para un diminutivo cariñoso.

Pasé una temporada yéndome al cine, solo, por las tardes. Por las mañanas, al salir de clase, me juntaba a Benito, y nos íbamos a tomar unas cervezas a cualquier lugar. Un día pagaba él; al otro, yo. No había vuelto a referirse a mis historias, y observé que no quería ni rozarlas. Hablaba monótonamente de poesía, noticias y noticias, si éste decía de aquél tal cosa, o si se habían peleado, o si Cual iba a sacar un libro que rivalizase con el último de Tal. Nada lograba interesarme. Andaba además preocupado por mi abandono involuntario del francés. Se lo dije un día a don Justo, y él me prometió tomarlo por su cuenta. Cumplió la promesa: una tarde vino al hotel una señorita francesa, de no mal aspecto, pero superior y distante: quiero decir que, desde el primer momento, se colocó por encima de mí, en el sentido vertical, y muy lejos, en el horizontal. Puso como condición, antes de aceptar el encargo, charlar conmigo un rato, a ver adónde llegaban mis conocimientos. Me examinó a conciencia, y, al final, me dijo: «Está usted en condiciones de asistir a una representación de Racine, pero no de entrar en un restaurante y pedir una comida. El francés que usted conoce es pura arqueología, la lengua viva es otra cosa. ¿Cómo va usted a dirigirse a una muchacha y sostener con ella una conversación? La lengua viva es lo que puedo enseñarle». Me disculpé de mi ignorancia diciéndole que a mi anterior profesor le había pedido que me enseñara el francés de los libros, y que por eso... «Ni siquiera el de los libros modernos puede usted entender. Si quiere, hacemos una prueba.» Sacó del bolso un librito y me lo entregó. Lo abrí, intenté leerlo. Le traduje bastante, pero no todo. «Está bien. Acepto el encargo, pero con la condición de que usted trabaje.» Se lo prometí, volvió al día siguiente, y empecé a aprender, el francés vivo, de una estatua lejana. En el tiempo de nuestra convivencia, quiero decir hasta el final del curso, no se cruzó entre nosotros una sola palabra que no fuese estrictamente necesaria para la buena marcha de la clase. Sólo una vez, en que en el texto en que leíamos venía una cita en inglés. La leí correctamente. Me miró: «¿Sabe usted inglés?» «Algo, un poco», le respondí tímidamente. Entonces me habló en inglés, cruzamos unas cuantas frases. «Tiene usted un buen acento», y concluyó el inciso. Le pagaba por las clases más que a don Romualdo, y las cobraba por día. Insisto en que su aspecto era grato. Vestía, a mi juicio, muy bien, aunque sencillamente, y tenía una bonita voz; pero pronto me convencí de que mi primera impresión no había sido errónea: era inexpugnable hasta para la amistad más superficial. Una vez que la invité a almorzar, lo rechazó cortésmente. Pero aprendí con ella a hablar francés, no sólo a leer libros. Era una excelente maestra. Se llamaba Anne. Fue lo único que supe de ella.

Una noche, al entrar en el comedor, advertí la presencia de un huésped nuevo. Se había sentado a una mesa próxima a la mía, y, aun sentado, parecía corpulento, más de lo normal, y muy bien presentado. Pasé la cena observando la manera que tenía de comer, tan simple como atractiva, enormemente natural, y lo eran todos sus movimientos. Cuando

2. Los años de aprendizaje

se puso en pie, calculé que mediría un metro y noventa centímetros, por lo menos. Atravesó el comedor con naturalidad segura, los otros huéspedes le contemplaron hasta que desapareció. Lo juzgué como uno de esos tipos que andan por el mundo como si fuera suyo, con la diferencia de que, a otros que he visto, se les notaba, y a éste no. ¿Sería por humildad o por indiferencia? ¿O por una superioridad real a la que estaba acostumbrado? Admití que me gustaría conocerle y acaso también escucharle. Le pregunté a don Justo quién era. «Hasta hace pocos días, diplomático en Lisboa. Lo han traído aquí castigado.» «¿Castigado? ¿Por qué?» «¡Váyalo usted a saber! Las cosas de la diplomacia no están a nuestro alcance, ni tampoco los secretos de Estado.» De la sonrisa de don Justo colegí que sabía más de lo dicho. Imagino que le contó algo de mí al diplomático, por lo menos mi interés por su persona, porque una noche, cuando yo entraba a cenar, y él se hallaba ya en su mesa, al verme se levantó, se acercó a mí y me dijo: «¿Quiere usted hacerme el honor de acompañarme a cenar? Me llamo (aquí un nombre que callo: diremos don Federico). Me han dicho que usted tiene algo que ver con Portugal. Yo he vivido allí varios años, y podemos hablar, o, al menos, yo podré contarle lo que sé, por si le es útil algún día». Acepté la invitación, y consideré necesario explicarle algo de quién era y de lo que hacía. «Y sus relaciones con Portugal, ¿cuáles son?» «Una de mis abuelas, la materna, era portuguesa. Se llamaba Margarida de Tavora y Alemcastre.» Se echó a reír: «¡Casi nada, amigo. En Portugal, sería usted un aristócrata!» Le respondí tímidamente que ya lo sabía, pero que Portugal no era España, etc. Y no sé cómo salió a relucir el nombre de mi bisabuelo. Don Federico rió más todavía. «¡Don Ademar de Alemcastre! Aún quedan en Lisboa viejas señoras que lo recuerdan como un héroe de su juventud. Lo bastante famoso, aun en la vejez, como para perturbar la fantasía de las muchachitas.» Vi que sabía más que yo de mi bisabuelo, y lo incité a contarme.

«Por lo que he oído, fue lo que se llama un hombre de lujo. No hizo nada en su vida más que ser quien era y pasear por Lisboa. Bueno, se casó también; con una Tavora cuyo dinero le apuntaló la fortuna. Fue un hombre de los inconcebibles en nuestro tiempo. Nuestro tiempo nos exige ser útiles, aunque también acepta la mera apariencia. A su bisabuelo hoy no le hubieran permitido vivir como vivió: se le consideraría como un ejemplo de inmoralidad, un tipo execrable. Sin embargo, si alguien le hubiera preguntado lo que había hecho por los hombres, habría podido responder tanto que les habría mostrado lo que no debían ser como lo que, finalmente, debería ser la aspiración de la Humanidad. Y tendría razón en ambos casos.» La paradoja no me quedó muy clara, al menos en aquel momento, pero preferí no confesarlo. Don Federico me invitó a cenar en su mesa todas las noches, quizá por haber descubierto que yo le escuchaba con gusto. Muchas veces recayó la conversación en el tema de mi bisabuelo y en el de la sociedad lisboeta de aquel tiempo, que don Federico había conocido por referencia y por lecturas. Pero también me hablaba de política y de literatura. Cuando yo le revelé que alguna vez había escrito versos, y que tenía a Quental por mi poeta preferido, lo que me dijo mostraba un conocimiento muy superior al de Benito. No se limitaba a los poetas españoles, que no ignoraba, sino que me habló de nombres que después me fueron familiares, como Claudel y Saint-John Perse, a los que él conocía personalmente, a los que había tratado. Fue la segunda persona que se refirió a *Les cahiers de Malte*. «¿Ha leído usted ese libro?», me preguntó. «Me habló de él hace tiempo un amigo, un hombre ya mayor.» «No sé hasta qué punto será un libro adecuado a su edad y a sus conocimientos. Es un libro que puede hundir o levantar a un hombre para siempre. Hay muchas cosas que le conviene conocer antes. Yo le diría más: que le conviene estudiar. La poesía puede ser un arrebato, pero también es una ciencia. Yo desconfío, por principio, de los arrebatados,

2. Los años de aprendizaje

salvo de aquellos que saben someter el juego a disciplina. Disciplinarse es, ante todo, distanciarse. Sólo se puede transmitir aquella emoción que ya no se siente, que se ha transformado en vivencia, en vivencia incorporada. Como quien dice, carne de uno mismo. Sin el arte de expresarse, esa vivencia, por pura y elevada que sea, sólo balbucea. El arte es indispensable, y tiene la ventaja de que puede aprenderse, y usted debe acometerlo en serio. Pero, sin embargo, no olvide que sin la poesía el saber no produce más que frialdades más o menos solemnes. Y la poesía, que no sabemos lo que es, se parece a un inquilino veleidoso, que va y viene, y que a veces huye para siempre. Hay poetas que lo han sido durante un tiempo, y que siguen viviendo de las rentas, es decir, del arte adquirido y dominado. Los hubo que supieron morir a tiempo, pero los más perdieron esa oportunidad, y le aseguro que no hay nada más penoso que la cáscara ambulante de un poeta. ¡Cuántos se habrían salvado con una carga suficiente de ironía! Y no le digo esto a tontas y a locas, porque lo haya leído, sino porque he conocido a algunos grandes poetas y a otros no tan grandes, y he conversado con ellos acerca de su poesía y de la poesía en general. Creo haber llegado a buen catador, aunque esta condición me haya hecho exigente y acaso un poco duro de juicio. Podré, a veces, exagerar, pero no creo equivocarme. Me gustan los poetas cuya mirada penetra hasta el meollo de la realidad, me dejan indiferente los que son sólo buenos, aunque los crea necesarios para formar el mantillo del que surgen los grandes. Pero ahora pienso que no le conviene a usted hacerme demasiado caso. Mis palabras podrían desanimarle. Sin embargo, si le parece bien, alguna vez podemos leer algo juntos y comparar nuestras impresiones.» Aquel tema de la poesía reaparecería siempre en nuestros coloquios, a veces largos, en el salón del hotel. Leímos, en efecto, poemas juntos, y lo que a mí se me ocurría resultaba pueril al lado de lo que me descubría él. También me preguntó si había ido a los museos, y me recomendó que lo hiciese. Un domingo, por la mañana, iba solo por el Prado; decidí entrar: de repente, me sentí perdido, mareado. Pasé varias horas yendo de un cuarto a otro. Todos me parecían bien y no advertía diferencias ni discernía calidades. Pero de todo cuanto vi, me sentí especialmente atraído por los retratos, por aquellos cuadros en que el rostro humano estaba tratado como retrato, quiero decir, no buscando la belleza de un rostro, sino su realidad. Cuando le hablé a Benito de esta visita, no llegó a reírse de mí, pero casi. «Estás listo –me dijo–, para contemplar la pintura moderna. No encontrarás en ella nada de eso que has descubierto por tu cuenta. Esa clase de arte ha muerto para siempre.» Don Federico, sin embargo, no fue tan tajante, aunque haya dicho que mi manera de ver la pintura era muy limitada, y que, en realidad, yo no buscaba el arte, sino sólo el reflejo de una clase muy restringida de realidades. «Tenga en cuenta que, para un pintor, la cara de una persona tiene la misma importancia que un frutero lleno de manzanas.» Lo acepté, pero sin explicármelo. De las caras vistas en el museo, algunas me habían impresionado. Volvía a verlas varias veces, hasta el punto de llegar a trazarme un itinerario de este cuadro a aquel otro, sin importarme los demás. Me gustaba imaginar las vidas de aquellos personajes que me atraían, como cierta princesa enlutada con trenzas rubias y algo amargo en la boca. «No sale usted de la literatura, no sabe salir de ella.»

Otro de los temas preferidos de don Federico era la política, más la universal que la nacional. «Lo de aquí tiene los días contados. Ya verá usted como no dura ni dos años. Si yo perdí el puesto en Lisboa, fue por haber hecho llegar al rey un informe en este sentido: un informe que pasó por varias manos previstas, una de las cuales me traicionó. La verdad es que estoy aquí castigado, y todavía no sé en qué parará mi castigo: si perderé la carrera o se limitarán a enviarme lejos, a uno de esos destierros en que se coge la malaria. Hace muchos años que sé que no puede decirse la verdad, pero hay ocasiones en que, si no se dice, se pierde el respeto hacia uno mismo. Lo que yo sé, lo que dije, lo saben muchos otros, pero lo callan. No se lo reprocho, porque cada uno tiene su moral.» Otra vez me dijo que la situación del mundo era grave y que años más, años menos, sobrevendría una catástrofe que lo transformaría, nadie podía prever en qué sentido. «Todo puede suceder, pero, suceda lo que suceda, lo que venga después será transitorio, porque ninguno de los países capaces de arrastrar a un conflicto a los demás pueblos nada tiene positivo que ofrecer a la Humanidad. El comunismo llegó a ser una esperanza, y todos los hombres sensatos de este mundo hemos seguido con pasión, con angustia, la evolución histórica de Rusia. Pero después del fracaso de Trotski y del triunfo de Stalin, ¿qué sucederá en ese inmenso pueblo? Yo lo conozco, aunque no demasiado bien. Estuve de agregado en la corte de los zares, antes de la guerra del catorce. Más que interesarme, me fascinó, y creo que se puede esperar todo de Rusia, lo mejor lo mismo que lo peor. Pero la existencia del comunismo ofrece al mundo la novedad de una ideología que es como si mezcláramos una teoría política a una religión. El comunismo tiene respuestas para todo, y los hombres están necesitados de respuestas. Pero, frente a la solución comunista, de la que lo menos importante es su teoría económica, tan válida como cualquier otra, pueden surgir otras ideologías que también tengan respuestas para todo. El fascismo está ahí, pero es un sistema de fe inventado por un hombre que no cree en nada de lo que dice, y dirigido a un pueblo inteligente y escéptico. ¿A qué llegará el fascismo en manos de un grupo de fanáticos?» Otra vez me habló de sus hijos, no recuerdo si dos o tres, bien situados en diversos lugares del mundo donde podían aprender. Le pregunté ingenuamente qué era lo que aprendían: «A vivir, ante todo; después, a precaverse. Estos años venideros van a ser como un toro cuando sale a la plaza, y conviene aprender el arte de la lidia, que es un arte, ante todo, de esquivar el golpe, de escurrirse. Mal lo van a pasar, en el futuro, los hombres de fe, los apasionados, los sinceros, que es lo mismo que decir los insensatos. A éstos los cogerá el toro. Yo no puedo evitarlo, pero al menos que mis hijos sepan a qué atenerse. Son jóvenes como usted, aunque no tanto como usted. Como jóvenes, tienden a creer y a comprometerse. Yo no los he desengañado, tampoco los he aconsejado, porque jamás los jóvenes toman en serio los discursos y los consejos de los experimentados. Me limité, y lo hice porque pude, a situarlos de modo que aprendan por su cuenta, a costa de sus choques personales contra la realidad y elijan lo que les parezca mejor. A los jóvenes los atraen las ideas redentoras y las mujeres, y creen en las mujeres con la misma pasión que en las ideas. Si no aprenden, allá ellos. Yo habré cumplido con mi obligación».

Nunca me atreví a proponerle conversar sobre mujeres, ni él sacó el tema jamás. Me dijo, eso sí, en cierta ocasión, que por qué no hacía vida social. «Le conviene tener un esmoquin. Yo podría presentarle a gentes cuyo trato le servirá de algo, pero debo advertirle que lo mismo se aprende a conocer a los hombres en las altas esferas que en las populares, con la diferencia de que en las altas tendrá usted que hacer frente a la hipocresía, y, en las bajas, a la sinceridad. Una y otra son peligrosas, pero, como experiencia, necesarias. Un hombre como su bisabuelo podía andar por el mundo sin pensar más que en sí mismo, e incluso sin pensar podía hacer frente a la vida con sus trajes, sus modales y su valor personal. Ya le dije otra vez que esos tiempos han pasado ya. Lo que le permitió a su bisabuelo mantenerse durante más de medio siglo sigue teniendo valor, pero relativo. Vestir bien y moverse con naturalidad es, desde luego, indispensable; pero la ingenuidad, más diría, el candor, con que su bisabuelo anduvo por Lisboa, hoy resulta peligroso».

2. Los años de aprendizaje

Me hice, por supuesto, un esmoquin, a cuyo coste don Justo no opuso resistencia. «Pues ya lo creo que le conviene, sobre todo si es para acompañar a don Federico». Asistí a algunas fiestas, aprendí a no manifestar mi deslumbramiento, a no beber demasiado y a decir idioteces en compañía de gente joven como yo, chicos y chicas completamente superficiales, sin el menor interés por nada de este mundo que no fueran caballos y automóviles. Cuando no había muchachas, ellos hablaban de mujeres, por lo general groseramente. ¡Dios mío, cuántos don juanes de pantalones anchos y sombreros blandos andaban sueltos por Madrid! De hacerles caso, hubiera llegado a creer que nada hay más fácil que una mujer cuando el que la aborda va bien vestido y tiene un coche deportivo. También escuché chismes de alta sociedad. Mi último descubrimiento fue el de un grupo de jóvenes ricos que se decían comunistas y que hablaban de revolución y la aplazaban para cuando cayese la dictadura del general, que ya estaba a punto. Y, en efecto, cayó, pero no sin llevarse por delante a don Federico. Una noche no apareció a la hora de la cena. Le pregunté por él a don Justo, y me reveló, muy en secreto, que se lo había llevado la policía. Pero lo más sorprendente fue que, al otro día, la policía vino por mí. Me metieron en un coche, muy discretamente, y me sometieron a un largo interrogatorio acerca de don Federico y de no sé qué conspiración en que el diplomático, según ellos, se había metido. Creo que comprendieron la sinceridad de todas mis respuestas, y me dejaron libre. Algún tiempo después supe que a don Federico lo habían desterrado, pero no a un lugar remoto de esos donde hay peligro de malaria, como él esperaba, sino a un pueblo de Castilla, próximo a Santander y a las Vascongadas: un pueblo frío y probablemente incómodo. Pero esto sucedió bastante tiempo después de aquel curso en que le conocí y en que aprendí el francés vivo de boca de mademoiselle Anne.

10

Escribí una carta a mi padre diciéndole que pensaba invitar a unos amigos a pasar el verano conmigo al pazo miñoto, y que, si él no iba a estar en Villavieja, que me dejase el coche con el chófer para hacer el viaje a Portugal. También escribí a Sotero proponiéndole que me acompañase todo el tiempo que le fuera posible y, finalmente, invité a Benito. Éste me hizo algunas preguntas, quizá desconfiadas, pero cuando le hablé de la biblioteca y de lo que podría encontrar en ella, pareció más animado. Por fin las cosas se arreglaron, y a mediados de junio, después de unos exámenes de resultado mediocre, tomamos el tren Benito y yo, y, en Villavieja, esperamos a Sotero. Fue cosa de tres o cuatro días, los suficientes para ir revelando a Benito, poco a poco, lo que había sido mi mundo, lo que lo era todavía. A Benito le gustó mi casa, le gustó la ciudad vieja. Las recorrió, la una y la otra, de día y de noche, conmigo y sin mí. No puedo saber si su sensibilidad era superior a la mía, pero sí que expresaba sus emociones mejor que yo, y, así, lo que yo resolvía en admiración muda, en contemplación silenciosa, lo acompañaba él de comentarios atinados, ideas que jamás se me habían ocurrido, pero que respondían a la realidad, e incluso modos de ver igualmente originales, o que al menos a mí me lo parecían. Mis amigos los estudiantes, aquellos con los que durante las vacaciones había pasado horas de charla, le decepcionaron, y, a ellos, Benito no les fue simpático. La estancia en Villavieja duró poco: un mediodía apareció Sotero, cargado de dos grandes maletas («En una traigo los libros, como puedes suponer»), y a la mañana siguiente el coche de mi padre nos llevó a Portugal. Sotero se apeó indiferente; y fue en seguida a saludar a mi maestro y a la *miss;* a ella en inglés, por supuesto, en un inglés del que estaba muy seguro. Benito quedó más que sorprendi-

2. Los años de aprendizaje

do, deslumbrado. «Pero ¿todo esto es tuyo? ¡Si parece un castillo!» Tuve que explicarle que las almenas no pasaban de elementos decorativos, que las había por todas partes, hasta en la iglesia, y que no creía que las torres hubieran servido nunca para defenderse de nadie, ni siquiera de las gavillas de ladrones, sino sólo como ostentación y orgullo. En cuanto a la arquitectura, Sotero se encargó de mostrarle lo que realmente quedaba de la Edad Media, un par de paredes; lo que se había aumentado en el siglo XVII y lo añadido después. Yo me quedé bastante asombrado de esta erudición arqueológica de Sotero, pero no fue más que el principio de una serie casi interminable de admiraciones. ¡Lo que había aprendido aquel muchacho desde nuestra última entrevista! ¡Y con qué ahínco se dedicaba al trabajo! Todavía en Villavieja, me había rogado que le destinase a una habitación donde pudiese estar solo, porque solía trabajar de noche y porque la compañía de un desconocido como Benito podía perturbarle. Le dieron toda una torre con sus tres plantas, la más próxima a la biblioteca, y la mesa más grande que se pudo encontrar para que le cupiesen todos los trebejos, entre ellos una máquina de escribir portátil que también traía consigo. Sólo nos reuníamos a las horas de comer, y éstas le bastaban para apabullarnos. Fue una sorpresa para mí, lo reconozco, su declaración de que pertenecía al partido comunista clandestino, y que estaba en período de asimilación del pensamiento marxista, que pensaba aplicar a sus estudios históricos. Esto del marxismo le sirvió para quitar todo valor a nuestras aspiraciones literarias. «Todo eso de que habláis no es más que un producto de ideologías burguesas. La literatura tiene que ponerse al servicio de la revolución proletaria. Es un deber moral, y, en lo sucesivo, será el único criterio de valor. Tenéis que aprender a ver la realidad de otra manera de como la veis, y sólo así vuestra literatura será positiva.» ¡Menos mal que no ponía en duda nuestra capacidad, sino sólo nuestra orientación! Pero a Benito no dejó de chocarle el conocimiento de la poesía contemporánea mostrado por Sotero. La conocía o, al menos, parecía conocerla mejor que cualquiera de nosotros, y ni siquiera cuando yo cité los nombres aprendidos de don Federico mostró ignorarlos. ¡Dios mío, ya lo sabía todo! Y, lo que era peor, se le notaba, nos lo hacía notar. Benito llegó a sentirse incómodo delante de él, incómodo y, no obstante, fascinado. A Sotero se le habían agrandado los ojos, su palabra parecía más segura, y hablaba con el aplomo del que está en posesión de la verdad. Ahora comprendo que necesitaba deslumbrarnos, más aún, aplastarnos con su presencia; lo necesitaba porque era más bajo que nosotros y quién sabe si por otras inferioridades no tan manifiestas; pero entonces esas sutilezas se me escapaban.

Benito y yo paseábamos por el jardín y explorábamos la biblioteca. Por cierto que su asombro al verla fue enteramente mudo: tardó unos minutos en decir algo, lo más elemental, ¡qué bonito!, o ¡qué magnífico! Fue la misma tarde de nuestra llegada; el sol ya débil, entraba por las ventanas entornadas, y el tono general de la atmósfera era dorado, como un polvillo difuso, más oscuro o más claro. Los libros alineados mostraban el oro de sus lomos, y, algunos muebles, su oro viejo, caído en algunos lugares donde quedaban al aire pequeñas manchas rojizas. De todos modos, lo más llamativo fue la esfera armilar, instalada siempre en medio de la sala. Benito no se cansó de darle vueltas, de acariciarla. Lo mismo hizo con otros objetos hermosos que por allí había: colecciones de mariposas exóticas en sus vitrinas y series de grabados marítimos o de escenas coloniales. Le llamó la atención una en la que aparecían todos los reyes de Portugal, a partir de Alonso Enríquez, en la que se incluían los tres Felipes españoles. Sin embargo, la mayor emoción de Benito fue la contemplación del estuario del Miño, que le mostré desde una ventana. Caía la tarde, y la mar parecía de oro y sangre. «Lo que no me explico –me dijo– es cómo, pudiendo vivir aquí todo el año, entre tanta belleza, te metes en un hotel de

2. Los años de aprendizaje

Madrid. Aquí se puede hacer poesía mejor que en cualquier parte.» Sí, efectivamente: se podía hacer poesía del paisaje y, si acaso, de las piedras, pero no de la vida. «Es muy posible que, cuando conozca mejor el mundo, me encierre aquí para siempre. Es muy posible, pero en conocer el mundo se tardan muchos años, y yo apenas si he comenzado.» Pero la clase de poesía que Benito intentaba crear no necesitaba del conocimiento de la vida. Se inspiraba, sobre todo, en los libros.

Paseábamos por el jardín. En las umbrías frescas, hablábamos de nuestras aspiraciones, tan semejantes, aunque parecieran diferentes. Íbamos a la ribera, y alguna vez lo llevé en bote: no sabía nadar y aquellas navegaciones tan modestas le daban miedo. También recorrimos los pueblos vecinos y alguna vez nos quedamos a comer en alguna tabernita donde daban buen pescado: en tales ocasiones, Sotero, que jamás nos acompañaba, se hacía servir el almuerzo en su cuarto de trabajo. La *miss* me dijo confidencialmente que Sotero bebía bastante coñac, pero que jamás lo había visto ni siquiera mareado. Benito, en cambio, a las tres copas de *vinho verde* ya no aguantaba más. Hicimos alguna amistad femenina, fuimos a fiestas y bailes, nos invitaron a algún pazo de los contornos: gentes que habían conocido a mi familia. En esos casos nos enviaban un coche de caballos, muy suntuoso, jamás un automóvil. Benito se fue acostumbrando al portugués, y en los últimos tiempos ya lo entendía, aunque no se atreviera a decir más que «Obrigado». Pero no le cabía en la cabeza la supervivencia de formas de vida arcaicas, casi medievales, con aquellas diferencias, tan visibles, entre los ricos y los pobres. No dejó de hablar de injusticias, y yo estuve de acuerdo con él, pero no fui capaz de explicarle las razones por las que aquel rincón del mundo vivía al margen de la Historia. Otro de sus descubrimientos, quizá el más sorprendente, fue que a mí todo el mundo me llamase Ademar de Alemcastre, y no Filomeno Freijomil, y que, cobijado por aquel nombre, yo me portase con más soltura. Como ya empezaba a hablarse de la personalidad múltiple, y ese tema aparecía en novelas y comedias, llegó a preguntarme si yo tenía una doble personalidad. Le expliqué mi situación como pude: en todo caso yo vivía en parte como hombre moderno, en parte como superviviente retrasado. Las señoritas que nos presentaron no eran anticuadas, sino remilgadas: pasaban el invierno en Lisboa, todas hablaban francés y muchas habían viajado por Europa; en cierto modo les pasaba lo que a mí, aunque con un nombre único. Me creí obligado a dar una comida en mi casa, los invité a todos; el maestro y la *miss* echaron la casa por la ventana, y me descubrieron que era propietario de vajillas inglesas y de cubiertos de plata antigua. La mesa, para veinte personas, relucía esplendorosamente. Sotero se negó a asistir, aunque apareció a la hora del café y se sentó con todos. Acabó siendo el centro de atención, pero esto no fue lo que sorprendió a Benito, que ya estaba acostumbrado, sino el hecho de que aquellos señores rurales fuesen personas de cultura moderna, al tanto de lo que pasaba por el mundo. Hubo momentos en que Sotero no estuvo a la altura de las circunstancias: uno de aquellos invitados manifestaba saber más de política internacional y de cuestiones sociales que él, cuya información, aunque amplia, se limitaba a lo que decían los periódicos. Su contrincante vivía habitualmente en Londres y estaba al cabo de la calle. Recordando a don Federico, yo aproveché un silencio para preguntar si esperaba que los años inmediatos fuesen de verdad conflictivos. «Lo son ya los que estamos viviendo, aunque todos los países hagan cuanto está de su mano para retrasar el conflicto. ¿Qué se hace, si no, en todas esas reuniones internacionales de las que se habla cada día? Poner parches a la situación. Pero en cualquier momento reventarán los parches.» Fue la ocasión que aprovechó Sotero para hablar de Rusia y del triunfo inminente de la revolución proletaria. «No tan inminente, caballero –le dijo el portugués–. Hay fuerzas muy poderosas en el mundo que se oponen al comunismo y que procurarán des-

2. Los años de aprendizaje

truirlo, o, al menos, limitar sus efectos.» «Pero esas fuerzas –dijo Sotero– no tienen otra salida que la guerra, y, aunque la ganen, no podrán evitar la revolución en sus propios países. Es una ley de la Historia.» El portugués sonrió: «Yo no sé si la Historia se mueve o no conforme a sus propias leyes, que deben de ser muchas, por cuanto cada filósofo sólo enumera unas cuantas. Pero pienso que, aunque debe ser difícil evitarlas cuando se desconocen, no lo es cuando están ahí, enunciadas y analizadas. Les pasa como a las enfermedades, que, en cuanto aparecen, se les busca la vacuna. Los principios básicos del marxismo los conoce todo el mundo, y los que se les oponen saben perfectamente contra lo que tienen que luchar. Por lo pronto, en Estados Unidos no hay miseria proletaria, y donde la hay, o se remedia o se oprime a los pobres». Estuve a punto de preguntarle: «¿Como en nuestra península?», y supongo que a Benito se le habrá ocurrido algo semejante o más concreto aún; pero yo callé por timidez y Benito por discreción. Siguieron discutiendo, sin ponerse de acuerdo Sotero y el portugués, y terminaron cuando, a un recurso de Sotero a la moral, el portugués le respondió que había tantas morales como intereses, unas de ataque, otras de justificación. «Pasa como con la guerra. Todo el mundo ha leído *Sin novedad en el frente,* y a todo el mundo le ha espeluznado lo que allí se cuenta. ¿Cree usted que esa conciencia que tenemos todos bastará para evitar un conflicto futuro? Los que gobiernan el mundo no se paran en pequeñeces morales que sólo son graves para nosotros.» Ya a solas, Sotero se refirió despectivamente al portugués llamándole fascista. Pero ni Benito ni yo sabíamos aún lo que era el fascismo. Sotero, sí.

11

Ya declinaba septiembre, y pensábamos en el regreso, cuando se recibió con retraso un telegrama de Villavieja en el que me avisaban que mi padre se encontraba muy enfermo. Ni Sotero ni Benito quisieron quedarse solos en el pazo miñoto, quizá por no encontrarse frente a frente: me acompañaron en el viaje, y, desde Vigo, uno se fue a Compostela y el otro a Madrid. Cuando llegué a Villavieja, mi padre había muerto, y su entierro se había retrasado, esperándome. Lo encontré metido en una caja lujosa, vestido de tiros largos, y con la peluca puesta: quizá por la mano caritativa de la criada. Me hallé, por primera vez en mi vida, dueño de una situación que no había provocado y sin saber cómo resolverla. Lo de menos fue el entierro, muy suntuoso y solemne: carroza de caballos empenachados de luto y mucha gente en la compañía. Yo solo recibí las condolencias, con abundancia de abrazos y recuerdos de las virtudes de mi padre. Le echaron encima varias coronas de gran tamaño, dedicadas por el casino «A su ex presidente» y por la caja de ahorros «A su ex director», y otras de entidades locales y de personas desconocidas, no sé si amigos o favorecidos. Vino también gente de las aldeas, de aquellos lugares en que yo era propietario de fincas desconocidas, los viejos pazos heredados de mi madre y reunidos por mi abuelo Taboada no sé por qué razones, o leyes, o quién sabe si trampas. Y cuando me quedé solo en la enorme casa silenciosa, más que dolor, experimenté muy vivamente la sensación de pequeñez, de insignificancia. Tuve la conciencia oscura de que, hasta entonces, había estado protegido, y que ahora me encontraba desvalido, sin saber por dónde desenredar una madeja complicada. Fue al día siguiente cuando investigué en el despacho de mi padre: encontré un montón de papeles perfectamente ordenados, dispuestos para que yo los conociera. En el testamento mi padre me declaraba mayor de edad y su heredero universal. En otros papeles se enumeraban y describían mis propiedades, con anotaciones al margen, escritas de su mano, de este jaez: «Esta finca debes vendérsela a Fulano por tanto dinero, ni un duro menos». «Esta finca ofrécesela a

2. Los años de aprendizaje

Zutano y a Perengano. Los dos la quieren. Tienen que pagarla, quien sea, por encima de tanto.» Y, así, a cada una acompañaba su consejo. Para mis intereses en Portugal me remitía a un señor de Lisboa, o, más bien, a una firma, a la que mi abuela había confiado la administración de ciertos dineros depositados en Londres, la parte más sustanciosa (decía mi padre) de todo mi patrimonio. De sus propiedades personales recibiría un depósito de dinero, puesto ya a mi nombre en un banco de Villavieja. Y así todo, minuciosamente, sin olvidar cómo debería organizar la casa de mi madre en Villavieja, aquella en que vivíamos, para que no quedase abandonada ni fuese despojada. ¿Cuántas noches de trabajo habría consumido mi padre en redactar todos aquellos informes e instrucciones? «Dirígete en seguida a don Fulano, entrégale estos papeles, y confíale las ventas. Es persona honrada y fue mi amigo.» Me conmovió el contenido de un sobre cerrado, que descubrí al final: guardaba una breve nota manuscrita: «No he sabido cómo hacerme querer de ti, ni tampoco he sabido cómo quererte. Pienso en el daño que te habré hecho, y olvido el que me hiciste. Perdóname». ¡Lo que habría sufrido en sus últimos días, aquellos en que yo me divertía en Portugal y ensayaba mi entrada en el gran mundo! Esperaba la muerte, la daba por segura e inmediata, mi imaginación no pasaba de ahí, se detenía en tal certeza. Sentí, por primera vez, remordimiento, aunque no supiera con precisión de qué, porque, en realidad, jamás nos habíamos enfrentado con violencia, acaso porque él, más consciente, lo hubiera evitado. Pensé entonces con agradecimiento: ¿qué hubiera sucedido, cuando lo de Belinha, de no ausentarse él, o de haber provocado mis recriminaciones? Por cierto que toda la historia de Belinha atravesó por mi recuerdo, como cosa pasada que era, como cosa muerta. No me costó gran esfuerzo perdonar a mi padre, e incluso llegué a temer que aquel perdón fuese una insolencia. ¿Tenía yo en realidad derecho a perdonar como él me pedía? ¿No sería ese ruego póstumo un ardid para tranquilizarme? No pude responder a semejantes preguntas; de lo que sí me di cuenta fue de que en mi conciencia algo nuevo había aparecido, quizá un agujero en el que no me atrevía a penetrar, o en el que realmente no podía hacerlo. No me pude marchar inmediatamente de Villavieja, tuve que retrasar mi vuelta a la universidad. Escribí a Benito, le envié dinero para que me matriculase, y le expliqué las razones que tenía para quedarme en Villavieja. Pasé en ella casi todo el mes de octubre, bien aconsejado y ayudado por aquel señor a quien mi padre me había encomendado: que ya me esperaba y que sabía más de mis problemas que yo. Supuse que mi padre le había informado previamente. Todo lo tenía pensado y casi resuelto. Conocí a parientes lejanos, los Fulanos y Zutanos de las instrucciones, que querían comprarme por cuatro cuartos aquellas fincas que, en justicia, les pertenecían (según ellos; todos usaban el mismo argumento). Se quedaron con ellas, pero pagándolas en su valor. Cuando lo de Villavieja quedó liquidado, y mi casa en manos de gente de confianza, me fui a Lisboa. Podría decir que oscurecí a Filomeno e iluminé a Ademar, porque otra vez volví a ser ese nombre, aunque, jurídicamente, en Portugal fuese también Filomeno Freijomil. Para el administrador de mis bienes londinenses era, sin embargo, Ademar de Alemcastre, y nada más. Se llamaba Pedro Pereira (don Pedro, le decía yo, y él protestaba halagado, diciéndome que el «don» sólo se aplicaba a los reyes); era un viejecito pulcro, de mirada viva e inteligente, un poco irónico, aunque, desde el primer momento, cariñoso. La primera media hora de nuestra entrevista la dedicó al recuerdo de mi abuela Margarida, por la que aún sentía entusiasmo y respeto. Después me habló de mi situación. Escuchó con la mayor atención mis dudas acerca de mis estudios y la imposibilidad en que me hallaba de hacer un proyecto serio al que acomodar mi vida. «No le vendría mal, querido Ademar, pasar un tiempo en el extranjero e ir entrenándose en el mundo de los negocios. Tenga en cuenta que, siendo como es mayor de edad (por cierto que legalizar esa situación en Portugal nos llevará mucho tiempo), tendrá usted que aprender a administrar sus bienes. No me sería difícil conseguirle un trabajo en Londres, en un banco, por ejemplo: en el banco que custodia esos intereses que yo le administro, pero que más tarde o más temprano tendrá usted que gobernar. No quiero decirle que mañana mismo pueda enviarle a Londres, pero sí, pasado algún tiempo, no demasiado, a mi juicio. Mientras tanto, siga usted en Madrid y estudie o haga que estudia. Pero no deje de aprender idiomas. Si ya se arregla con el inglés que sabe, perfeccione el francés. Hablar bien dos idiomas, además del castellano y el portugués, le servirá mucho más que ese escaso derecho que se aprende en las universidades. Claro que tendría usted un título, pero los títulos no son indispensables. Yo carezco de ellos, y ya ve. Vivir en Londres una temporada larga y enterarse de cómo van las finanzas del mundo le será útil, sobre todo si pensamos que, a juzgar por ciertos síntomas, este período de estabilidad en que vivimos amenaza con acabar, no sé cómo ni con qué consecuencias, pero todo es posible.» Me invitó a comer, el señor Pereira, y me llevó a casa, un edificio en A Baixa, muy bien amueblado. Su mujer y sus hijas, unas solteronas maduras, me agasajaron y volvieron a recordar a mi abuela Margarida.

Fui a Madrid desde Lisboa. Don Justo, que me había puesto un telegrama de condolencia a Villavieja, se alegró de verme y me agradeció el que, siendo como era ya un hombre libre, volviera al hotel que mi padre había elegido para mí. No creo en aquellos cuatro meses haber cambiado mucho, pero él me trataba con otra clase de respeto. No dejó de decirme: «Ahora que es usted dueño de su fortuna, no necesitará pedir anticipos en la caja, pero ya sabe que en un momento de apuro, una tarde de sábado con los bancos cerrados o cosa semejante, me tiene a su disposición». Yo había dejado en el hotel, al marcharme en junio, parte de mis pertenencias y casi todos mis libros; mandó que los llevasen a mi antigua habitación, de modo que todo parecía como si se reanudase la misma vida, con un pequeño paréntesis sin importancia.

Lo que sí hallé cambiada fue mi situación en la universidad, entre mis compañeros, sobre todo, entre las chicas. Descubrí en seguida que Benito había contado su veraneo y que había dado una versión exagerada de la vida en el pazo, del pazo mismo, al que llamaba castillo, y de mi «verdadera» personalidad. Se corrió la voz de que yo era muy rico, y me vi rodeado de muchachos y muchachas que antes no me habían hecho caso. Los informes de Benito habían sido tan completos, que alguna de aquellas compañeras llegó a preguntarme cómo me llamaban en Portugal, y si era cierto que yo descendía de reyes. Todo lo cual me granjeó la antipatía, más bien la hostilidad, de los grupos extremistas, los que se llamaban comunistas y los que se llamaban republicanos. Como que cierto día en que se armó una algarada y salimos a la calle pegando gritos, alguien se me acercó y me rogó que me alejase de aquella manifestación, porque aquél no era mi sitio. De modo que si el curso anterior me había sentido incómodo por unas razones, ahora seguía estándolo por otras. Llegué a sentir que el propio Benito se mantenía distante, o, al menos, no tan amistoso, como si entre nosotros existiera alguna diferencia secreta e insalvable. No volvió más a salir conmigo por las tardes, y en eso sobre todo consistió la diferencia. Remediaba mi soledad en el cine, por el que me sentía atraído y sobre el que leía todo cuanto encontraba: creo que llegué a entender de cine más que de literatura, o al menos eso creí. El azar de un encuentro me relacionó de nuevo con uno de aquellos muchachos superficiales que había conocido el curso anterior, de la mano de don Federico, y con él asistí a un baile en un hotel de lujo. Esas fiestas se celebraban los jueves, y acudían a ellas madres de la alta burguesía

2. Los años de aprendizaje

con sus hijas casaderas, y muchachos como yo. Las madres se fijaron en mí, pero las hijas no me hicieron caso. De todas maneras, hice amistad con una de ellas, con la que salí unas cuantas tardes. Era una muchacha bonita y vestida a la moda, pero no tenía de qué hablar con ella: nuestros mundos no coincidían. Como la llevase a su casa en taxi, una de estas veces me preguntó por qué no tenía automóvil. Recordé el de mi padre, dejado en Villavieja, y por el que no había sentido ningún interés. Aquella chica, que se hacía llamar Marilú, me dijo que si quería seguir saliendo con ella tenía que aprender a conducir y traer el automóvil. No le dije que no, pero no volví a buscarla, ni a ningún lugar donde pudiéramos encontrarnos. De Marilú sólo recuerdo el nombre y los trajes ceñidos por debajo de las tetas.

Otro azar pudo ser más importante, pero tampoco lo fue: una tarde me tropecé, hasta casi lastimarla, con una muchacha que iba muy de prisa. Me disculpé como pude, y, al mirarla, reconocí en ella a la hija de don Romualdo, a la actriz. No sabía su nombre, pero encontré palabras para decirle, o, más bien, preguntarle, si era ella la chica que se había caído en el teatro, algunos meses antes, casi un año. Se rió y me dijo que sí. «Entonces, es usted la hija de don Romualdo.» Me respondió que no, con bastante sorpresa. «No, no. Nada de don Romualdo.» Yo insistí, y como ella tuviera prisa, le pedí permiso para acompañarla hasta donde fuera y explicarle la razón de mi pregunta. Escuchó mi relato, incluso con atención interesada, y al final me dijo: «Todo lo que usted ha contado es cierto. Mi madre es aquella actriz, tengo una hermana corista en el teatro Pavón, y un hermano que no hace nada. Pero no sé quién es ese don Romualdo». Fui yo el que quedó asombrado, y tan torpe, que la despedí sin haberle preguntado su nombre. Creo que me lo hubiera dicho, porque su trato había sido simpático, y me miraba con unos grandes ojos llenos de franqueza. Al día siguiente la esperé a la puerta del teatro, y lo mismo al otro día, y dos o tres más, hasta que me cansé. Lo que hice fue buscar a Benito y referirle el suceso. Benito me escuchó y definió la situación: «Hay gente que no está contenta de sí misma, que necesita ser otra. Entonces se inventan un personaje y lo viven o lo representan. El de don Romualdo no daba más de sí, por eso desapareció al terminar su representación». Adujo, en favor de su teoría, varios personajes de teatro y de novela cuyos nombres no recuerdo. Quizá tuviera razón.

Por aquel tiempo se hablaba del *crack* de la Bolsa de Nueva York: yo no me había enterado a tiempo porque ese día de octubre me encontraba en Villavieja atareado con el orden de mis asuntos, pero al llegar a Madrid y leer los periódicos, iba conociendo las consecuencias, cada vez más amplias e incalculables, de aquella sorpresa. Temí que afectase a mis intereses en Londres, y escribí a don Pedro Pereira, de Lisboa. Me respondió con una carta larga y minuciosa en que me daba cuenta de mi situación actual: las acciones de que era propietario no habían sufrido menoscabo ni parecía que fueran a sufrirlo inmediatamente. De todas maneras, no descartaba la posibilidad de venderlas en un momento favorable y traer el dinero a Portugal, donde todavía quedaba lugar seguro para el dinero. Esto aparte, sus gestiones para enviarme a Londres adelantaban, y, efectivamente, poco tiempo después me escribió diciéndome que se me esperaba en el banco londinense, y que debería incorporarme pasadas las vacaciones de Navidad: tendría a mi cargo la correspondencia con Portugal y otras tareas menos importantes, por unas pocas libras, suficientes, sin embargo, para vivir; pero podía disponer en Londres del mismo dinero que me enviaba ahora, es decir, lo bastante para llevar una vida holgada y permitirme algunos lujos. Que no me preocupase del alojamiento, que llevase cierta clase de ropa, y otras recomendaciones oportunas. Preparé, pues, mi marcha de Madrid, un almuerzo con Benito y una cena en un restaurante de lujo con don Justo. Marché a Villavieja; allí pasé la Navi-

2. Los años de aprendizaje

dad, solitario como el año anterior, pero mucho más melancólico, en el comedor enorme, puesto de lujo para un solo comensal silencioso. Había escrito a Sotero una carta invitándole unos días, y me respondió disculpándose con su mucho trabajo, que ya empezaba a abrumarle, pero al que tenía que hacer frente necesariamente. Pues con este ánimo me fui a Lisboa, donde debería embarcarme en un paquebote de la Mala Real. Don Pedro Pereira me acompañó hasta el barco, me dio toda clase de consejos e instrucciones, se enteró con detalle de la ropa que llevaba, del dinero de bolsillo... Me proveyó de las cartas pertinentes. En fin, que nadie salió del puerto de Lisboa más y mejor pertrechado que yo. Sin embargo, cuando el barco se alejaba, me sentí alicaído, no sé si por lo que dejaba atrás, que nada me retenía, o por lo que me esperaba, que no podía adivinar y que me daba cierto miedo.

12

Llegué a Londres por tren, desde Southampton. Mi primera impresión fue de aturdimiento. Quedé en la acera de la estación Victoria, las maletas a un lado y una lluvia fina en el aire. Me sentía más perdido que otras veces, y más me perdí cuando, al llamar a un cochero de los que esperaban en la fila, no logré hacerme entender de él, ni tampoco entenderlo. Como si hablásemos dos idiomas distintos de los que coincidía el pronombre I. Acabé por escribir en un papel la dirección de mi alojamiento, y así logré salir del primer atolladero. La casa tenía buen aspecto, aunque no lujosa, y la señora que me recibió parecía amable y, en cierto modo, protectora: me entendí con ella mejor que con el auriga, aunque no perfectamente. La habitación que me había destinado fue de mi agrado (tuve que pagarla en aquel mismo momento). Como fuera llovía, como no tenía nada que hacer, ni ganas de hacer nada, me tumbé en la cama y me entretuve viendo las llamas azuladas del carbón que se quemaba en la chimenea. Quedé dormido, y dormí hasta que la patrona vino a golpear la puerta de mi cuarto y a advertirme de que, si no me apresuraba, quedaría sin cenar, porque los restaurantes cerraban a tal hora. Me eché el impermeable y busqué en una calle próxima el lugar que ella me había recomendado. Había mucha gente, nadie hablaba con nadie. Cené, igual que los demás, solo y en silencio. No podía adivinar, en aquel momento, que el silencio y la soledad me acompañarían inexorablemente durante casi todo el tiempo de mi permanencia en Londres. Ni siquiera la patrona, a pesar de su amabilidad y de la ayuda que indudablemente me prestó en ciertas cuestiones prácticas, pasó de ahí. Al entrar en casa veía de refilón un cuarto de estar de apariencia confortable, con una chimenea de leña, no de carbón como la mía. En alguna ocasión había gente sentada, nunca más de dos. Mistress Radcliffe, que así se llamaba ella, jamás me invitó a hacer vida de familia; respetaba mi libertad, pero momentos hubo en que yo hubiera agradecido que no la respetase tanto.

Don Pedro Pereira, entre sus muchas recomendaciones, había incluido un informe completo acerca de las costumbres inglesas, entre ellas los modos de vestir, y sus consejos los había resumido en una frase: «Vista bien, pero sin llamar la atención». Escogí, por tanto, un traje discreto, y gasté bastante tiempo en la elección de corbata, que fue severa y en armonía con el traje. De lo exterior no tenía que preocuparme, porque llovía y resolví cualquier duda posible con un impermeable y un paraguas. Había tenido la precaución de abrigarme por dentro, e hice bien, porque en la calle hacía frío. Tomé un taxi, a pesar de que mistress Radcliffe me había aconsejado un itinerario que incluía metro y dos autobuses, pero no me consideré capaz de seguirlo. Llevaba conmigo una carta para mister Ramsay, que debía de ser alguien importante en el banco. Cuando me hallé a las puer-

2. Los años de aprendizaje 151

tas, de una solemnidad que ahora puedo calificar de victoriana, dudé unos instantes, los que tardé en darme cuenta de que cualquier duda era una estupidez, y de que mi destino me esperaba más allá de la puerta. Así que entré. Me pasaron a una antesala. Mister Ramsay me recibió, por fin: nada más que saludarle, me di cuenta de que también hablaba otra lengua, ni la del auriga, ni la de mistress Radcliffe, ni la del restaurante donde había cenado. Era un caballero alto y delgado, de cara caballuna, vestido de un príncipe de gales gris: me pareció elegante y displicente. Me retuvo a su lado poco más de tres minutos, porque alguien vino y me llevó a la presencia de mister Moore, que sería mi jefe. Mister Moore, que tampoco hablaba como mister Ramsay, tuvo a bien sonreírme, y decirme después algo que interpreté como un «Venga conmigo», o «Sígame», puesto que se había levantado y se dirigía a la puerta. Bajamos hasta unos despachos instalados en el sótano, y me empujó suavemente hacia el interior de uno de ellos; un cuarto pequeño, con tres pupitres y tres asientos altos. Había también una percha de la que colgaban dos hongos, dos paraguas y dos impermeables, y una estufa encendida. Dos sujetos trabajaban allí, cada uno delante de su pupitre, dándose las espaldas, y no se movieron hasta que mister Moore los llamó: «Caballeros...» Me los presentó como mister Pitt, encargado de la correspondencia de los países escandinavos, y mister Smithson, que llevaba la de Francia e Italia. Me enteró mister Moore de que a mí me correspondían las cartas en español y portugués, me deseó la bienvenida y se fue. Mis compañeros habían vuelto a su trabajo, silenciosos, casi mecánicos. No se parecían en casi nada, salvo en el tamaño de las cabezas, una rubia, la otra casi morena, y en la figura espigada. Los dos vestían de azul marino, chaquetas cruzadas, y corbatas de tonos rojizos. Aquella mañana no pude descubrir qué inglés hablaban, si inteligible o no. A las once trajeron unas tazas de té con una gota de leche, que tomamos en silencio. Encima de mi pupitre no había ningún trabajo, sino un ejemplar del *Times,* que intenté leer, que leí con cierto éxito. ¡Menos mal! Por lo menos el inglés escrito no parecía tan misterioso como el hablado. Como los otros fumaban, fumé también. En alguna parte remota sonó el timbre insistente, y mister Smithson se dignó advertirme de que era la hora del *lunch,* y de que disponía de cuarenta y cinco minutos. Mister Pitt, algo más amable, me aconsejó un restaurante a la vuelta de la esquina, pero no me dijo: «Venga conmigo» o «con nosotros». Salieron juntos, aunque sin hablar, y después los vi comiendo silenciosos en el restaurante que me habían recomendado. Cuando regresé al despacho, hallé sobre mi mesa un montón de cartas, cada una con una indicación al margen, que tenía que despachar. Lo hice con bastante rapidez. Alguien vino a recogerlas. Poco después entró mister Moore, se acercó a mí, y me felicitó secamente por mi eficacia. Esto me tranquilizó bastante, de modo que regresé a casa más que animado, animoso. Se me debía de notar, porque mistress Radcliffe me preguntó si venía contento. Le respondí que sí. Fui a cenar al mismo sitio que el día anterior, y mientras cenaba, pensé en la cuestión del taxi. Probablemente no sería bien visto que un empleado de banco llegase en taxi todos los días a la City. Si yo lo hacía, además de gastar mucho dinero, tarde o temprano recibiría una advertencia o una discreta reprimenda, algo así como «No haga usted patente su superioridad sobre sus compañeros». Decidí ensayar aquella tarde el itinerario aconsejado por mi patrona, y de acuerdo con sus instrucciones (me había diseñado un plano), llegué a la boca del metro, descendí infinitas escaleras, embarqué en un tren, salí a la superficie lluviosa de Londres, tomé dos autobuses y me hallé ante la portada gris (marmórea) de mi banco. Me sentí tan contento, que para regresar tomé un *cab* (sabía lo que era un *cab* por las novelas policiacas) que me dejó frente a mi casa. Durante el trayecto fui observando imágenes fugaces de una ciudad que, de momento, parecía impenetrable. Era temprano. Me entretuve en ordenar mis menesteres, en colocar los libros en un anaquel que mistress Radcliffe había previsto, y me acosté temprano. Y así empezó una rutina de la que no salí hasta un par de semanas después, cuando a fuerza de leer diarios pude enterarme de que todos los días se representaban comedias, de que había museos y conciertos, y hasta de ciertos lugares de diversión. Empecé por los teatros, y descubrí con placer que aquel inglés de la escena lo entendía, como después el del cine, que ya era hablado, pero en el cine no se veían más que comedias musicales americanas, bastante sosas, en tanto que el teatro me ofrecía espectáculos fascinantes. Sólo al fin de la tercera semana aproveché la mañana del sábado para visitar el Museo Británico, al que volví al día siguiente. En el museo me hallé ante multitud de mundos muertos de los que ignoraba todo. Compré libros, leí. Y en eso, en el teatro, en los museos, en la lectura, y en algún concierto se consumía el tiempo de un ciudadano solitario que se esforzaba en escuchar la lengua que se hablaba a su alrededor para no sentirse absolutamente solo. Pero la soledad, que en un principio aguanté con bastante paciencia, empezó a dolerme. Salía a la calle con verdaderos deseos de hablar con alguien, sobre todo con alguna muchacha, aunque sólo fuera del tiempo y de las noticias de prensa. Las costumbres inglesas hacían inútil cualquier esperanza: todo el mundo, no sólo mistress Radcliffe, respetaba mi aislamiento. Y por mucho que la lectura me ayudase a llenar las horas, llegaban momentos de desesperación. Pensé en las prostitutas: éstas, al menos, por unos dineros, me responderían, pero carecía de información acerca de ese mundo, hasta que descubrí el barrio donde se agrupaban los latinos, restaurantes italianos donde la gente hablaba en voz alta y no se requería presentación para relacionarse con la gente. Pero yo ignoraba el italiano. Una noche, después de cenar, me encontré sin pensarlo en Picadilly Circus, rodeado de pornografía impresa a todo color y de mujeres más o menos accesibles. Mi primera intención fue la de abordar a alguna de ellas, a la que me gustase más, pero pensé que, en mi situación, bastaría con que cualquiera de ellas me tratase con amabilidad para sentirme devoto, acaso enamorado. Además me detenían otra clase de temores. De todas maneras hallé una italiana agradable, con la que traté varias veces durante el tiempo de mi estancia en Londres. Era una mujer de buena presencia, charlatana, vacía de cascos, muy interesada. Estas cualidades estorbaron cualquier clase de relación sentimental. Afortunadamente. Se llamaba Bettina, cobraba su trabajo antes de hacerlo, y la segunda o tercera vez que estuvimos juntos, me preguntó si iba a misa, y por qué no iba. Era muy religiosa. De Bettina aprendí un nutrido repertorio de procacidades en lengua napolitana. Me matriculé en unos cursos de inglés en la Universidad de Londres, a los que asistía toda clase de alumnos, varones y hembras, pero ninguno de ellos, ni de ellas, me atrajo lo suficiente como para intentar una comunicación que fuese más allá de lo indispensable entre condiscípulos. Sin embargo, algún tiempo después de haber empezado aquel curso, tuve ocasión de charlar con un estudiante rumano, algo mayor que yo, de nombre Cirilo. Nos entendíamos en francés mejor que en inglés. Aquel sujeto estaba al tanto de la literatura contemporánea, aunque sus estudios fuesen de antropología. No llegamos a intimar, pero sí cenamos juntos algunas veces. En su compañía conocí lugares nuevos, entre ellos las librerías de viejo, de las que me hice cliente. Navegaba desorientado entre tanto libro, compré algunos clásicos de los que tenía noticia, y bastantes novelas y poemas de autores que Cirilo me había elogiado. Cirilo fue el responsable de mi descubrimiento del humor inglés, por el que me entusiasmé, hasta el punto de escribir imitando a unos y a otros. Los resultados fueron deplorables, en Madrid hubiera dicho lamentables, pero no me desanimé.

2. Los años de aprendizaje

Una mañana me llamó mister Moore a su despacho, y me dijo que, a partir de aquella semana, tendría que redactar para don Pedro Pereira, de Lisboa, informes sobre ciertas cuestiones de finanzas, para lo cual ponía a mi disposición un sector de los papeles del banco, y me recomendaba la lectura de tales diarios y revistas. En un principio, aquello fue como penetrar en un mundo todavía más ininteligible que el habitual, que intenté explorar y en el que me perdí; como que acabé confesando a mister Moore que no me sentía capaz de acometer aquel nuevo trabajo; pero él me remitió a otro empleado, un economista joven, procedente de Cambridge (según me dijo a los pocos minutos de conocerlo), que en unas cuantas mañanas inició mi orientación. «Ahora podrá usted gobernarse solo, pero, en cualquier caso, estoy aquí.» Tengo que reconocer que toda aquella gente, por muy fría y distante que fuera, sabía trabajar y lo hacía a conciencia, aunque sin darle importancia; al menos en apariencia. Fue ésta una lección de la que tomé buena nota. Me dijo el economista, después de considerar suficiente mi información, que leyera tales y tales libros. Lo hice, y el salto de la literatura a la economía teórica fue íntimamente espectacular; ¡y eso que no eran más que libros de divulgación! Pronto empecé a navegar en un mar de nombres o siglas, de cifras, de informes escuetos, de previsiones. No sólo era una nueva lengua, sino una nueva sintaxis, donde se usaban las palabras con significados muy precisos, sin ambigüedades, de las que el sentido del humor parecía ausente. No tardé mucho tiempo en concluir que nada había más aburridamente serio que la economía, nada más racional y riguroso. Unas veces se me presentaba como cadena interminable de cifras, y otra con la forma casi geométrica de una red que abarcase el mundo entero, quizá que lo oprimiese, aunque no en todos los lugares con la misma fuerza. En aquel mundo, la única realidad era el dinero, que se movía, crecía o menguaba según sus propias leyes, sin que nada humano interviniera en este ir y venir, crecer y descrecer. Una vez que le dije a mi economista que el paro era un factor humano, él me respondió que, en aquel mundo, el paro no existía sino bajo forma de subsidio, es decir, no hambre y dolor, sino más cifras en el cálculo general. La realidad, según aquel hombre me la describía, era como si el mundo, por debajo de su multiplicidad infinita de acontecimientos, se moviese de acuerdo con un solo y único argumento. También me dio a entender que, por debajo de los gobiernos, o por encima, pero siempre con independencia, el mundo estaba conducido por unas pocas personas, en la City o en Wall Street. «¿Y el crack?», le pregunté. Me respondió que a los norteamericanos les faltaba experiencia, que el mundo les venía grande, y que esta vez se les había escapado el timón. Me aconsejó leer los diarios norteamericanos, si quería conocer con detalle las causas y las consecuencias de aquel acontecimiento que, en su día, me había pasado inadvertido, y que ahora empezaba a considerar como acontecimiento capital en la historia del mundo, un suceso que lo cambia todo. «¿También la poesía?», me preguntó una vez, y hube de reconocer que también la época en que la poesía era puro juego había terminado. Lo que ahora iba leyendo, en inglés como en francés, era hosco y dramático. Y advertía el contraste entre la frialdad lógica, inexorable, de los hechos económicos, con la carga cada vez más emocional de la poesía. Lo que no me impedía hacer todas las noches ejercicios poéticos, hasta dormirme. No digo que todas estas ideas apareciesen claras, y que me permitiesen mucho más que la redacción de unos informes provisionales; pero aunque fuese oscuramente, empecé a entender el mundo más allá de mis narices. Lo curioso, sin embargo, fue que todos estos conocimientos no influían demasiado en mi vida. Más bien nada. Pocas veces pensaba en ello fuera del banco, y no se me ocurría aplicarlo a todo lo que veía en torno a mí, salvo cuando en la calle me encontraba con una manifestación de huelguistas o de parados; me hacían pensar, pero no me despertaban sentimientos de comprensión o de solidaridad. Me daba cuenta de esta insensibilidad (¿contagiada, quizá?), y llegué a tenerme por un bicho raro, con un repertorio sentimental limitado, y, por aquellos días, sin nada a mano en que ejercitarlo, quiero decir, sin una amiga o una amante. Una vez recibí una carta de don Pedro Pereira agradeciéndome la claridad y pulcritud de mis informes. Lo de la claridad y pulcritud me quedó muy grabado: eran definiciones que me hubiera gustado ver aplicadas a otra clase de escritos.

13

Una mañana hallé un número del *Times* desplegado encima de mi pupitre. Leí claramente, antes de sentarme, los titulares subrayados con la noticia de que en España se había proclamado la República. Mister Pitt y mister Smithson se habían vuelto hacia mí, y me miraban como en espera de un comentario, quizá de una exclamación de dolor o de alegría. Como yo no dijera nada, y me limitase a plegar el periódico y dejarlo a un lado, mister Pitt me preguntó qué pensaba. Le respondí que no podía juzgar, que no estaba al tanto de la política y que, además, mi alejamiento de España me impedía entender cabalmente la noticia. Se quedó mister Pitt con ganas de continuar el interrogatorio, pero fue seguramente fiel a cualquiera de los principios de la educación inglesa que aconsejan no meterse en la vida de los demás y que vetan como verdaderos tabúes ciertos temas de conversación; de modo que me puse a mi trabajo y no sucedió nada más. De todas maneras, cuando salimos a tomar el *lunch* me llevé conmigo el periódico y leí con cuidado la información completa. Se narraba con bastante detalle la marcha del rey y de la familia real; la toma del poder, pacífica, por los republicanos, y el júbilo popular. En un artículo de fondo, el editorialista se mostraba cauto, y, por debajo de aquellos párrafos perfectos, se podía adivinar el desdén de un pueblo estable por otro donde ser republicano iba más allá de un mero modo de pensar político y consistía ante todo en la destrucción de un sistema. En el programa de los republicanos ingleses no figuraba el derrocamiento de la monarquía, sino todo lo más su derrocamiento imaginario. Inglaterra y España eran dos países realistas, pero cada uno a su modo. Por mi parte, yo debería haber experimentado algún tipo de sentimiento, a favor o en contra, pero ni había sido educado en la devoción por el rey, ni en la esperanza redentora de la república. Me fue imposible adoptar una actitud interior de aceptación o de repulsa, y, más aún, sentirme afectado en mi vida personal por lo que acontecía en España. Quizá en algún rincón de mi conciencia algo me dijese que semejante actitud era impropia, y quién sabe si inmoral; pero necesito confesar que mi conciencia de ciudadanía era entonces muy vaga, y que el ejercicio de mi derecho a pensar por mi cuenta en política nunca me había preocupado, quizá porque nunca hubiera entrado en conflicto con la actitud de nadie y porque no me hubiera sentido molesto o satisfecho por los deberes que el Estado me exigía. Supuse que alguien pagaría por mí los impuestos de mis propiedades, ya que nadie me los había reclamado nunca, y ahí se acababa la cuestión. De todos modos, en los días que siguieron, hasta la quema de conventos, fui leyendo las noticias y las opiniones que llegaban a mí, y como todo el mundo parecía estar de acuerdo con que España no tenía otra salida, yo lo acepté como bueno, y acabé desentendiéndome de aquellas preocupaciones. La quema de conventos no la entendí, porque ni sabía la Historia de mi país ni conocía a mi pueblo. A los ingleses, por tratarse de frailes, no les pareció del todo mal. Vagamente llegué a saber que habían cambiado al embajador, pero nuestra embajada era un lugar no sé si inaccesible por remoto, o remoto por inaccesible, en el que no teníamos entrada los ciudadanos de a pie.

2. Los años de aprendizaje

Más importancia personal llegó a tener el anuncio de las carreras de caballos, y no porque yo fuese un apasionado, que jamás me habían preocupado y lo ignoraba todo al respecto, sino porque mister Pitt, una de aquellas mañanas, cuando salíamos a tomar el *lunch,* se emparejó conmigo, me rogó que esperásemos la llegaba de mister Smithson y que, si no tenía inconveniente, almorzásemos juntos. Me sorprendió, pero no puse inconveniente. Se trataba de informarme de la importancia de las carreras en la vida social inglesa y de la conveniencia de que yo asistiese a ellas, al menos una vez, para lo que se ponían a mi disposición. No sé por qué pensé que aquella cortesía no partía de ellos, sino que alguien más alto les había sugerido que lo hicieran... No puse inconveniente. Quedaron en que me proporcionarían la entrada, que valía tantas libras (se las entregué), y me advirtieron de la obligación moral de concurrir al hipódromo lo más elegante posible, pero sin más precisiones. El día de la carrera me puse mi mejor traje, uno gris no demasiado claro, y, como lloviznaba, el impermeable. El momento de ascender al coche en que ellos me esperaban fue importante y, sobre todo, significativo: venían vestidos de chaqué y sombrero de copa grises, los paraguas plegados, encima del regazo. Con dos miradas entre curiosas y despectivas me mostraron, tanto mister Pitt como mister Smithson, la parte que les tocaba en el ejercicio de la superioridad personal, generalmente admitida, de los ciudadanos británicos sobre el resto del mundo, simbolizada por aquel atuendo. ¿En qué categoría humana me situaría, irreparablemente, el mío? Por fortuna, me di cuenta a tiempo, y creo haber llevado mi situación con naturalidad e indiferencia. Mantuve además la presencia de ánimo suficiente para advertir, primero, que tanto el chaqué de mister Pitt como el de mister Smithson debían de ser alquilados, por lo mal que le ajustaban, a uno, los hombros y, al otro, las caderas; segundo, que mister Pitt guardaba para mister Smithson un tipo de consideraciones apenas perceptibles por lo sutiles: matices y pequeños detalles, de los que mister Smithson no parecía percatarse, o, peor aún, hacía como si le molestasen, también con mohínes y gestos apenas esbozados. Recordé no sé por qué (inesperadamente, como un relámpago inútil) la ocasión en la que, en el pazo miñoto, había presenciado la seducción, por un pavo real, de la pava. Ésta permanecía de espaldas, con la cabeza apenas vuelta y la cola cerrada, y el pavo, con la rueda en abanico, un poco curvada hacia delante, enviaba sobre la pava una especie de efluvios casi audibles, como descargas eléctricas que fuesen, al mismo tiempo, música; a lo que la pava parecía mostrarse insensible. Me retiré antes de que la pava diese el sí al emperifollado macho, deslumbrante con sus plumas desplegadas. Era niño cuando esto vi. Tiempo después comprendí que toda la magnificencia del pavo no era más que un ardid de la naturaleza para perpetuar la especie, pero semejante conclusión no era aplicable al caso de mister Smithson y mister Pitt, allí presentes. No dejó de lloviznar durante la carrera, pero mis compañeros mantuvieron los paraguas cerrados. Había gente vestida como yo, tipos más bien insignificantes, y otra más numerosa, uniformada como ellos, mis compañeros, si bien de mejor sastre, o, al menos, de mejor almacén. Mister Pitt y mister Smithson procuraban, evidentemente, confundirse con los más elegantes, ser tomados por congéneres, altos cargos, suponía, o gente de esa, ¡yo qué sé!, que sale en las noticias de sociedad, y cuando lograban aproximarse a un corrillo distinguido lo necesario para parecer mezclados a él, se sentían enormemente satisfechos, a juzgar por sus sonrisas. No hablaban lo mismo que los otros, aunque sonriesen igual. De todas maneras, cierta clase de público nos quedaba lejos, separados por vallas reales, no había manera de llegar hasta allí, de ser allí uno más. Por lo general, cada caballero acompañaba a su dama, y ésta vestía con trajes y sombreros despampanantes, trajes largos, sombreros anchos, el bolso y los zapatos a juego con el traje y el sombrero, sinfonías en rosa, en salmón, en azulina. Cuando alguna de estas parejas pasó por mi lado, o yo por el de ellos, oí hablar un inglés enteramente nuevo, que parecía al mismo tiempo susurrado y masticado. Probablemente era ese inglés que hablaban lo que los separaba de nosotros, no sólo la elegancia de las sinfonías; también una especie de aire de superioridad como frenada, como pidiendo perdón por ella. Aquella gente, comparada a mis amigos, estaba visiblemente por encima, y lo que se les notaba era que lo querían disimular, pero que aceptaban irónicamente la evidencia de la superioridad. En fin, algo muy complicado que mi inexperiencia percibía torpemente, que no podía aún formular en palabras, aunque con mucha más claridad me diese cuenta de que mis compañeros, al intentar imitar a los de arriba, quedaban a la mitad del camino, en la mera y enternecedora caricatura. Me aconsejaron que apostase. Lo hice. Perdí unas cuantas libras. Ellos, también. ¡Ah, si hubieran ganado!... Comimos en una taberna muy agradable, en los alrededores del hipódromo. Mister Pitt bebía cerveza; mister Smithson, agua mineral, y, después del almuerzo, un licor. Me invitaron. ¡Caray! Quedé comprometido para hacerlo a mi vez, en la primera ocasión. No pudo ser, sin embargo, y no por mi culpa. Una mañana, poco después de la carrera, ni mister Pitt, ni mister Smithson comparecieron en la oficina. Me causó una impresión extraña, ver sus perchas vacías, y yo solo ante mi pupitre, sin oír sus respiraciones, ni el rasgueo de sus plumas, ni aquellos grititos misteriosos que daba uno y al que el otro respondía, gritos como aullidos moderados, ignoro si palabras abreviadas o mera nostalgia de la jungla, quién sabe, de algún safari que hubieran hecho: mensajes, ahora en clave, de recuerdos comunes. Hacia las diez de la mañana oí cierto revuelo, y pude advertir el paso y repaso de policías de uniforme por los pasillos del banco. Había interrogatorios, y a mí me llegó la hora de declarar. Me preguntaron si había advertido algo extraño en las relaciones entre mister Pitt y mister Smithson, y respondí que no, que su conducta había sido siempre invariable. Me rogaron que recordase, y mi recuerdo no aportó novedades útiles, al parecer, porque lo único que pude referir fue mi viaje al hipódromo, única vez que había estado con ellos fuera de la oficina. Sí, era cierto que almorzábamos en el mismo restaurante, pero en distintas mesas. Se me ocurrió describir aquellas atenciones, aquellas delicadezas de mister Pitt para mister Smithson, y el que me interrogaba sonrió. Bueno. Poco después supe que mister Pitt había asesinado a mister Smithson y se había suicidado quizá inmediatamente. Se suponía que el drama había acontecido la medianoche del día anterior: los cuerpos muertos, desnudos en la misma cama, los había descubierto la señora que venía a hacer la limpieza. ¡Ah! ¿Es que vivían en la misma casa? El compañero a quien hice la pregunta también sonrió. «¿No sabía usted que eran marido y mujer? En el banco lo sabíamos todos.» Me avergoncé de mi escasa perspicacia.

A la mañana siguiente, mis difuntos compañeros de oficina venían fotografiados en varios periódicos. En algunos, únicamente sus retratos. En otros, los cuerpos muertos tal y como los habían encontrado. Las informaciones no añadían gran cosa. Un crimen pasional, a juzgar por los detalles. Ninguno de los narradores mostraba la menor simpatía hacia la pareja: más bien desprecio, como si en lugar de un crimen hubieran cometido una incorrección.

Yo anduve perplejo y casi obsesionado durante un tiempo, y no por el crimen en sí, que no llegó a alterarme más allá de lo normal, sino por lo que había en él de inesperado y súbito, al menos para mí. Se me vino a las mientes el recuerdo de mi sorpresa cuando, poco tiempo atrás, me había enterado una mañana de que a España ya no la representaba Alfonso XIII, sino Alcalá-Zamora. Los hechos no se parecían en nada, más coincidían en lo sorprendente, y en que los conocía como hechos aislados, sin unas causas, sin unas previsiones, como algo que cae del cielo. Y, sin embargo, el uno era la consecuencia de una historia privada; el otro, de una historia pública. Yo ignoraba ambas historias, y eso me impedía comprender el fondo de los hechos. A la mayor parte de lo que sabía del mundo le sucedía lo mismo: hechos aislados, súbitos, incomprensibles e indiferentes. Ni siquiera lo que iba sabiendo de las finanzas me permitía interpretar en su verdadera realidad tal suceso de Shangai, de Buenos Aires o de Hamburgo. La verdad es que todo lo que nos rodea es incomprensible; son infinitas cimas de iceberg, quién sabe si de un iceberg único e infinito. Andamos entre esas cimas, que a veces hieren, sin cuidarnos lo que hay debajo porque no nos interesa. Pero un día mister Pitt asesina a mister Smithson, un verdadero episodio en la vida de Londres del que a uno le gustaría saber más.

El alboroto promovido en el banco, y si digo alboroto es por no hallar palabra mejor para designar lo que en realidad no pasó de suave oleaje, se olvidó pronto. Mi vida continuó regular y correcta, quiero decir, monótona: teatro, libros, alguna visita a la puta napolitana, siempre preocupada por mi vida religiosa. «Te vas a condenar, se te va a meter el demonio en el cuerpo», sin otra novedad que el encargo que se me hizo de la correspondencia en francés, mientras no aparecían sustitutos idóneos de los amantes muertos. Llegó primero mister Carr, un caballero gris que tomó a su cargo las cartas de Escandinavia, y, poco después, monsieur Paquin, un muchacho francés que estaba más o menos en mi misma situación y que, aunque permaneciese en silencio durante el trabajo, charlaba a la hora del *lunch* y a cualquier otra hora; desde el primer día, se invitó a acompañarme en la mesa, donde se despachaba a su gusto. Venía de Marsella, hablaba un francés meridional, muy fácil de entender y muy correcto, que me sirvió para desentumecer el mío, oxidado ya. Parecía perito en asuntos de comercio y de finanzas, y totalmente indiferente a la literatura. En cambio, se mostraba interesado por las cuestiones sociales, y estaba perfectamente informado de todas las revoluciones del mundo, las en marcha, las previstas, las fracasadas. Incluida la española en la segunda categoría; según él, en mi país no tardaría mucho en implantarse un régimen socialista radical, próximo al comunismo. Pero él no comulgaba con ninguna clase de radicalismo: era uno de esos tipos sin problemas, conservador por temperamento y por convicción, aunque curioso. Fue él quien me llevó al antro (y si le llamo así es porque se trataba de un sótano bastante oscuro, pero en modo alguno siniestro) en el que se reunían gentes de muy distinto pelaje a escuchar las lecciones de un maestro eslavo, propagandista del anarquismo más extremo: un hombre de muy buena facha, noble de cabeza y de ademanes, sosegado en el hablar, todo lo contrario de lo que generalmente se espera de una persona que predica la destrucción de la sociedad por sus cimientos, operación indispensable para la creación de un mundo nuevo, sacado probablemente de la nada. Tenía una voz viril y acariciante, una verdadera voz de barítono, lo más fascinante de sus muchos atractivos; pero no lo era mucho menos la claridad con que exponía sus ideas y su contundente trabazón lógica. Monsieur Paquin, acorazado en sus convicciones, tomaba notas. Yo, sin convicciones en que atrincherarme, me dejaba seducir, no tanto por las ideas, como por el arte con que las exponía. Admitía en mi corazón aquel mundo de justicia, de paz y de belleza que el maestro describía con palabras tan precisas como si lo hubiera conocido: yo no sabía entonces que inventar es un modo de conocer. Lo admitía todo a condición de que mi pazo miñoto lo dejasen para mí; a lo demás no me importaba renunciar. Lo escuchaba con el mismo éxtasis que a los actores que representaban a Shakespeare, y llegó a parecerme un gran actor que tuviera a su cargo un gran papel. Jamás dudé, sin embargo, de su sinceridad. Por lo que supe, su conducta concordaba con sus ideas. Vivía pobremente de los donativos que dejaban sus oyentes, nunca más de un chelín, y aunque en su auditorio abundasen mujeres bonitas de las que sin duda hubiera podido aprovecharse, tenía reputación de casto. Monsieur Paquin no asistió mucho tiempo a aquellas conferencias; yo fui más fiel al maestro; las alterné con el teatro.

Y así llegó el verano. Me correspondía una quincena de vacaciones. La aproveché para viajar a España, un viaje rápido con estaciones en Madrid, Lisboa, Villavieja del Oro y el pazo miñoto, en el que sólo pude permanecer dos días. En Lisboa, el señor Pereira se mostró muy contento de mis avances en el conocimiento de las finanzas universales. En el pazo no pude evitar el recuerdo de Belinha y unas horas de melancolía. De Belinha se tenían noticias; vivía contenta, le había nacido un hijo y, de vez en cuando, le acometían *soidades*. La sorpresa mayor fue en Madrid. Busqué a Benito y no me fue difícil encontrarlo. Lo encontré muy bien trajeado, y algo más grueso. Ya no fumaba. Tenía novia formal, estudiaba derecho con ahínco con vistas a unas oposiciones, y parecía olvidado de la poesía. Fuimos a comer los tres, un almuerzo seguido de una larga sobremesa. Al principio, era yo quien hablaba, pero pronto me hizo preguntas, cada vez más concretas, como si una curiosidad enterrada hallase ahora ocasión de aflorar. ¿Cómo era el teatro en Inglaterra? ¿Cómo era Shakespeare? Y de poesía ¿cómo andaba? Mis respuestas desasosegaban a Beatriz, la novia; la desasosegaban como si encerrasen un peligro. «Y de poesía, ¿qué?» «Escribo versos todas las noches, versos perfectos. Puedo decir en verso lo que quiera, pero no tengo nada que decir.» Aunque esta confesión bastara para rebajarme, Benito se empequeñecía; le hablaba de gente que no había oído nombrar, o cuya reputación le había llegado, aunque sin los textos. «¡Mucho adelantaste en un solo año!», dijo una vez, con un remoto resentimiento, con un resentimiento del que probablemente no se diese cuenta, algo así como lo que debe de sentir el que abandonó un campeonato ante el que lo ha ganado, y que Beatriz, más espabilada que él, procuraba diluir con caricias furtivas, con miradas de amor, con discretas advertencias dichas con voz prometedora. Saqué la conclusión de que Benito había hallado la felicidad correcta y permitida a costa de su libertad, y quién sabe si a la renuncia de su destino; una felicidad y una libertad relativas, por supuesto, que yo no llegué a envidiarle, porque Beatriz, aunque bonita y llena probablemente de excelentes cualidades, no acababa de gustarme. ¿Se daría cuenta Benito de que ella le gobernaba, le dominaba, le trazaba el camino que a ella le apetecía, una carrera honorable, un puesto en la sociedad seguramente más con esperanzas que con realidades? Me sentía entristecido. Me hubiera gustado encontrar a Benito hecho todo un poeta, con versos publicados y una reputación incipiente, aunque sólidamente establecida, amigo de éste y de aquél, en fin, lo que él había esperado y deseado de sí mismo nada más que dos años antes. No se me ocurrió pensar que había hallado unos cimientos para construir su vida sobre ellos, unos cimientos, por supuesto, que no eran de mi agrado y que yo habría rechazado, de ofrecérseme. Pero yo, aunque no lo pareciera, andaba a la deriva, sin nada firme en que echar anclas, yo creo que sin deseos de echarlas. Pero estas ideas se me iban pronto de la cabeza, sin llegarme al corazón. Pensar sobre mí mismo me daba cierta pereza.

Regresé a la rutina londinense. Quedaban unos restos de verano que me permitieron pasear por los parques públicos y compartir con toda clase de gente aquel sol casi sin fuerza que, sin embargo, sacaba al césped hermosos brillos y embellecía los árboles al atardecer, cuando perdían el color y la forma, cuando los diluían las sombras. Creo que en aquellos días que tardó en aparecer el otoño reviví mi vieja relación con los árboles y gocé del limitado espejo de los estanques, tan limpios y tan cuidados, en los que echaba de menos los grandes nenúfares del pazo miñoto. Es curioso cómo se des-

2. Los años de aprendizaje

cubre a veces, en el recuerdo, la belleza de las cosas que no están, y por las que uno pasó con supuesta indiferencia. Yo había contemplado muchas veces las albercas del pazo, sus flores y sus peces, y nunca me había parado a pensar que eran bellos, pero seguramente los vivía como tales, pues como tales los recordaba.

En uno de aquellos parques, una de las tardes últimas, trabé relación con un sujeto curioso: era un hombre más que maduro, muy erguido, muy bien vestido, con aire de militar retirado o cosa así. Tenía una faz abierta, colorada y mostachuda, muy expresiva, y no vacilaba en sonreír al mirarme. Solíamos coincidir en bancos próximos. Yo leía algún libro; él, o un periódico, o una revista que se me antojaba el *Punch*. Se le notaba el deseo de charlar conmigo, acaso de saber quién era yo, o de que yo me interesase por él, y aunque toda la tradición británica lo estorbase, halló el modo de entrar en conversación conmigo mediante un ardid ingenuo. Una de aquellas tardes trajo consigo una pelota de las que sirven a los ingleses para sus juegos, no sé si de tenis: una pelota blanca y dura, que sin darme cuenta hallé a mis pies, detenida por uno de mis zapatos. El caballero se había detenido frente a mí, sonriente, y me pidió permiso para recogerla. Me apresuré a dársela. Sin más pretexto, me dijo más o menos: «Yo no comparto, caballero, ese prejuicio tan inglés que impide hablar a dos personas sin haber sido presentadas. Yo soy el mayor Thompson, V. C., ex miembro del Parlamento. Usted es extranjero, ¿verdad? Latino, evidentemente.» «Soy español y me llamo Filomeno Freijomil.» «¿Cómo dice?» «Freijomil.» Intentó pronunciar mi apellido, pero no acertaba; lo repitió dos o tres veces, cada una peor que la otra. Se lo mostré escrito en la guarda del libro que yo llevaba, y aún lo pronunció peor. Eso le hizo reír. «Los ingleses somos bastante torpes para los idiomas extranjeros, aunque haya de todo. Pero ese nombre suyo es endemoniado.» «Puede usted llamarme Filomeno.» «¡Oh, no, no, todavía no! Llamarle por su nombre de pila es algo a que no me atrevería de ningún modo. Hay normas que un caballero puede transgredir, y yo acabo de hacerlo con una de ellas, pero eso de llamarle por su nombre de pila es imposible, al menos de momento. ¿Me permite que me siente a su lado?» Se sintió autorizado por mi sonrisa, y consiguió sentarse tras una operación muy complicada a que le obligaban su corpulencia y la incipiente torpeza de sus movimientos. Hablaba un inglés refinado, según yo ya podía comprender, y lo hizo sobre sí mismo, sin orden, saltando de la India a las trincheras belgas de la guerra del catorce, de las cargas de caballería a los carros de combate, de las mujeres indias a las chicas de un París en guerra. Hasta aquí todo de acuerdo con lo previsto. El libro que reposaba encima de mi regazo le sirvió para saltar a otro tema de conversación: el socialismo de Bernard Shaw y, sobre todo, su figura. «Los ingleses tenemos necesidad de alguien de quien reírnos, o, al menos, de quien nos haga reír. Es nuestra debilidad, y mister Shaw, por el momento, ocupa el puesto envidiable de nuestro mejor payaso, uno de los mejores, sin duda, que hubo jamás en las Islas. Lo hace con verdadero ingenio, y, además, tiene a su favor el haber escrito alguna comedia bonita. ¿Ha visto usted *Pigmalion*? ¿La ha leído al menos? ¡No deje usted de hacerlo! Es el ataque más elegante que se ha hecho nunca a ese conjunto de treinta y tantos idiomas irreductibles a que llamamos inglés. Por cierto, ¿me entiende usted?» «Creo que sí, señor. Bastante bien.» «Le felicito, porque mi modo de hablar no es lo que se dice un ejemplo para los extranjeros, aunque en Inglaterra está bastante bien visto, quizá por lo que tiene de anticuado. En mi club me respetan sobre todo por mi modo de hablar. La Cruz Victoria sólo la estiman en segundo término, pero yo no estoy de acuerdo con ellos. Entre mi modo de hablar y la Cruz Victoria se interpone mi colección de insectos disecados. ¡Una colección verdaderamente singular, hecha de ejemplares únicos! En momentos de optimismo, la conside-

2. Los años de aprendizaje

ro el más importante de mis escasos méritos, un mérito, por lo demás, que carece de reconocimiento público. Sin embargo, no hace demasiados años, se refirieron a él en el tercer editorial del *Times*. Un gran honor para mí.» Le dije que no lo dudaba, y añadí que carecía de valores personales que oponer a los suyos, pues todavía me hallaba en una edad en que es difícil tenerlos de alguna clase, si bien no perdía la esperanza de encontrar algún día algo raro y sutil que coleccionar. «Es una respuesta muy acertada, caballero. Me gustaría que todos los alumnos de Oxford compartieran ese punto de vista, aunque aplicado a ellos mismos. Realmente los méritos son muy difíciles de sobrellevar si no se nace con ellos, y aun así. Con frecuencia echan a perder a las personas. Lo importante no es lo que se hace, sino quién lo hace. El Señor Jesucristo no era Dios por hacer milagros, sino que hacía milagros porque era Dios. El capitán Ford, del Quinto de Caballería, fue realmente valeroso, aunque no a caballo, pero tan inaguantable como valiente precisamente por serlo. Una lástima de muchacho. No hizo carrera en las armas, sino en la política. Hoy es diputado laborista, título que yo no podría soportar sin morirme un par de veces al día.» Y al decir esto, me miró de cierta manera indescriptible. «Por cierto, y sin que esto suponga meterme en su intimidad, ¡Dios me libre de semejante ofensa!, pero ¿se ha muerto usted alguna vez?» Le dije que no lo recordaba, pero que no estaba seguro. «He ahí otra respuesta atinada. Nunca se está seguro de nada, ni siquiera de la propia inseguridad; pero permítame que cambie de conversación. Todavía no le conozco lo bastante como para tratar de temas que la sociedad rechaza por indecentes. No obstante no lo olvide del todo, y no se sorprenda si alguna vez volvemos a hablar de ello. Porque volveremos a hablar, ¿verdad? ¿No tendrá usted inconveniente? Me da la impresión de que está solo, y la situación de soledad en Londres no es nada llevadera. ¿Y qué me dice de andar solo por la vida? La soledad de un club es otra cosa, y, bien administrada, puede ser hermosa. Además, siempre se tiene a mano al camarero. Hay camareros de conversación ilustrativa, verdaderos historiadores al margen de la Historia oficial, aunque peligrosamente próximos al periodismo amarillo. Yo les debo buena parte de lo que sé de Londres. Ahora, dígame algo de usted, algo que se le pueda preguntar a un caballero sin tener que suicidarse inmediatamente. Por ejemplo, ¿conoce usted al rey de España?» Le respondí que no, que no había tenido ocasión, pero que mi padre sí lo había conocido. «¿Por alguna razón especial?» «No, señor. Por razones diríamos profesionales. Mi padre fue senador del reino.» El mayor hizo un aspaviento. «¿Senador? ¡Eso es como ser lord en Inglaterra.» «No es el caso de mi padre, señor. Mi padre lo fue por elección.» Pareció desilusionado, aunque no del todo. «Aquí, por fortuna, los lores sólo son hereditarios, como ciertas clases de locura o la propensión a las verrugas. Sería muy triste para cualquier ciudadano inglés el riesgo de ser elegido lord por sufragio universal. No creo que nadie pudiera sobrellevarlo, sobre todo los demócratas. Ya nos basta con el peligro en que yo caí una vez, si bien a causa de mi inexperiencia juvenil, de ser todos elegibles por la Cámara Baja. ¡Hasta las mujeres pueden entrar en ella! Los lores son como mi colección de coleópteros: apariencias seductoras o, al menos, raras, pero rellenas de paja. Se lo digo con conocimiento de causa: mi hermano mayor se sienta por derecho propio en la Cámara Alta, como se sentó mi padre y se sentaron todos mis abuelos desde la Restauración. Aquellos Thompson del siglo diecisiete eran partidarios de los Estuardos, y su fidelidad les fue recompensada. Eso le permitirá comprender que no somos puritanos, sino conservadores de la High Church. Aunque quizá le esté hablando de acontecimientos y situaciones que ignora. Si los ingleses suelen desconocer su historia, ¿cómo van a conocerla los continentales? Aunque, claro que puede haber excepciones.» «Yo soy una de ellas –le respondí lo más modestamente posible–. Podría hablarle de los Estuardos media hora seguida y algo más si se me interrogase sobre sus vidas privadas.» «Pues no deja de ser raro. Pero dejemos esto aparte, y permítame que volvamos al tema de la soledad. Yo le aconsejaría que se hiciese socio de un club, aunque, de momento, no se me ocurre de cuál. Los clubes suelen ser extravagantes en su legislación: sirven, entre otras cosas, para que algunos grupos de ingleses se pongan de acuerdo para fastidiar a los demás en nombre de unos puntos de vista propios generalmente inadmisibles. Hay clubes en que no se admite la gente con bigote, y otros en que sólo pueden entrar los bigotudos. Yo lo encuentro razonable, aunque no lo comparta. Me prestaría a presentarle en mi club como candidato a la primera vacante (es un club de plazas limitadas), pero ignoro si cumple usted las condiciones previstas. Son muy estrictos acerca de la prosapia.» Afecté la seriedad que el caso requería, aunque no pensase afiliarme a ningún club, ni siquiera al del mayor Thompson; pero empezaba a sospechar que aquel señor tan distinguido V. C., ex M. P., se estaba divirtiendo conmigo. Me levanté y me planté delante de él. «Caballero, voy a decirle algo que acostumbro a callar, sobre todo en Inglaterra. Aunque soy español, mi madre pertenecía a una familia portuguesa, y se llamaba, por la suya, Alemcastre, que es el nombre que llevan en Portugal los descendientes de una rama de Lancaster que se estableció allí durante la Edad Media.» El mayor Thompson pareció, más que sorprendido, estupefacto. Se levantó y me hizo una reverencia quitándose el sombrero. «Permítame que le salude como enemigo, aunque no creo necesario que vayamos a matarnos aquí mismo. Mi familia fue siempre partidaria de la Rosa Blanca.» Se echó a reír y me tendió la mano. «En estas condiciones –añadió–, me parece lo más natural invitarle a cenar, y precisamente en mi club. No es un lugar para gente joven, pero a los jóvenes no les viene mal una experiencia prematura del infierno, y perdone mi nueva transgresión. En cualquier caso mi club es bastante más agradable que la Cámara de los Comunes, aunque menos pintoresco, y se come mucho mejor. ¿Acepta?» Y sin esperar mi respuesta, me cogió del brazo y me llevó hasta un lugar, fuera del parque, donde esperaba un automóvil. Un chófer uniformado se quitó la gorra y nos abrió la puerta. «Al club –dijo el mayor–. Hay un pequeño detalle del que no le he informado. En el club está prohibido fumar. Si siente necesidad de hacerlo, fume ahora. Así podré beneficiarme del humo. ¿Usa pipa? ¿O es que fuma cigarrillos? En ese caso no se preocupe; yo no distingo más humo que el de la pólvora.» Sin embargo no fumé. Y él siguió hablando, mientras el coche corría. Empezó a lloviznar, y mister Thompson comentó que se había acabado el verano, pero que quizá volviesen algunos días buenos. «El otoño es hermoso, o suele serlo. Claro que usted es muy joven para disfrutar de los colores del otoño. Lo digo en todos los sentidos.» De repente se dio una palmada en la frente. «Había olvidado decirle, querido amigo, que en mi club hay que vestirse para cenar. ¿Tiene usted algún inconveniente?» «No creo, señor.» «En ese caso, el coche me dejará en el club y le llevará a usted a su domicilio. Vístase sin prisa, pero también sin pausa. El coche le esperará.» Y así fue. Mister Thompson quedó a la puerta de un enorme edificio gris, de la conocida solemnidad victoriana, en una calle tranquila, de edificios similares, como la gran decoración de una gran comedia antigua, y su coche me llevó hasta mi casa, y esperó hasta que me hube puesto el esmoquin. Mister Thompson aguardaba en el vestíbulo del club, ya vestido, hablando con otro caballero, al que me presentó con cierto engolamiento divertido. «¡Un verdadero Lancaster, amigo mío, lo que ya no hay en Inglaterra! ¡Pensar que nuestra verdadera historia, la que entusiasmó a Shakespeare, haya que ir a buscarla al continente! ¿Cuántos York, cuántos Estuardos andarán por ahí perdidos? Además, fíjese qué inglés más tolerable habla este muchacho. Para ser extranjero, excelente.» El otro caballero

2. Los años de aprendizaje

respondía con sonrisas ambiguas, y daba la impresión de estar cansado de la charla del mayor.

El comedor del club era tan imponente como el resto del edificio: serio y silencioso como un panteón, razonablemente anticuado y absolutamente formalista. Me explico que los ingleses necesitasen del sentido del humor para librarse de aquella pesadumbre. Los criados, aun los jóvenes, parecían pertenecer a la época en que se había construido el edificio, aunque su automatismo nos remitiera a fantasías más recientes, y en cuanto al silencio, jamás estuve en ningún lugar cerrado, en que, como en aquél, se oyera volar una mosca, al menos una de las moscas gordas; pero no creo que las hubiera, que las hubiera habido ni que fuera a haberlas. Lo digo con elogio y con cierto sentimiento, porque en el pazo miñoto hay moscas. El propio mister Thompson, desde el momento en que cruzó su umbral, rebajó el volumen de su voz, y hasta que, al finalizar la velada, me dejó instalado en su coche, mantuvo aquel modo de hablar que semejaba a un susurro que siempre teme ser demasiado alto, aunque alguna vez pareciese que le costaba un buen esfuerzo no lanzar al estupor de sus colegas, a su implacable juicio, alguna interjección estridente de las que se profieren en el campo de batalla, porque, sin estridencia, las interjecciones, aun las inglesas, pierden dignidad, y, en el conjunto de la frase, resultan fuera de contexto. Concretamente, las de mister Thompson se parecían a lo que queda de un globo cuando se le desinfla. Lo más notable fue el menú que para sí encargó mister Thompson: empezaba con ostras con champán y terminó con profiteroles al chocolate. En el medio, salmón y buey en cantidades inusuales. Comía con verdadero placer, pero con movimientos de liturgia acreditada por los siglos y usados por un maestro de ceremonias: sin prisa, degustando a conciencia todo lo que el tenedor dejaba entre sus dientes, después de haber recorrido elegantemente el trayecto desde el plato a la boca. Pero no por eso dejó de hablar, y lo que dijo no tuvo desperdicio. Se refirió principalmente a la calidad y cantidad de sus manjares. «Usted pensará que lo que estoy comiendo es excesivo para un hombre de mi edad y que, además, no tiene el corazón muy seguro. A primera vista, tiene razón, y la tendría cualquiera que pensase lo mismo. Sin embargo, ni el camarero ni el cocinero se habrán sorprendido de mi encargo, porque esta clase de menús los disfruto al menos un par de veces por semana. Siempre de noche, y lo hago en la seguridad de que no va a dañarme. Pero, naturalmente, usted no puede creerme. Usted está asustado de mi voracidad. Usted, con ser tan joven, ha sido mucho más comedido, y ha hecho bien. Todo el que no está en el secreto debe cenar frugalmente, sobre todo si es tarde, como hoy. Y llevo algún tiempo pensando si puedo o no revelarle el secreto. Hay razones en pro y razones en contra. ¿Qué pasará con la razón, que siempre se divide en el sí contra el no, un sí que puede ser no, y un no que puede ser sí? A mí me agrada que así sea, quizá por mi natural belicoso, que ama la contienda, aunque sea la de razones contrapuestas, pero admito que alguna gente desee hallar la paz al menos en la razón. ¿Es usted de ésos? Por un lado me parece que no, pero por otro... En fin, quizá sea imprudente cualquier revelación, ¿por qué no escandalosa? Pero ¿cómo voy a permitir que pierda usted el sueño intentando explicarse cómo un hombre de mi edad, con el corazón bastante estropeado, se atreve a cenar así en la seguridad de estar mañana vivo? Para elegir uno de esos dos caminos, el de la revelación o el del silencio, necesito convencerme de antemano no sólo de que no se va a sorprender, sino de que me guardará el secreto. Puede hacer uso de mi revelación; eso sí, sobre todo si le apetece: no soy egoísta. Pero no se lo diga a nadie, al menos si quiere que lo respeten. La razón de que mantenga en secreto mi secreto es la de que, si todos esos caballeros que nos rodean lo conocieran, en la primera junta general de la directiva del club habrían presentado un *bill* firmado por la mitad más uno de sus socios, pidiendo mi expulsión. Y eso, amigo mío, es más de lo que mi dignidad está dispuesta a soportar. ¿Qué haría yo sin mi club? Al menos en los meses inmediatos. Tengo la costumbre de pasar en Londres el otoño. Después, una temporada en Italia, o en el sur de Francia, según el tiempo que haga. No regreso hasta la primavera, y entonces es cuando me voy al campo, y, así, hasta septiembre, en que vuelvo al club. Falta casi un año, y, en ese tiempo, ¿qué sabe uno lo que puede suceder? El naufragio de un barco, un choque de trenes. ¡La vida moderna es muy insegura!»

Se hallaba atareado con una hermosa tajada de buey, casi sangrante, ornamentada de hortalizas y de un puré. La trabajó en silencio. Iba por la mitad cuando se interrumpió. Sacó del bolsillo un reloj de buen tamaño, una hermosa pieza de oro, muy labrada, con esmaltes, que me mostró con las tapas abiertas. «¿Ve usted la hora que es?» «Sí, naturalmente. En fin, eso creo...» «Hace usted bien en dudar, sobre todo de lo evidente. ¿Es razonable fiarse de mecanismos como éste, aunque sean exquisitamente historiados? Mírelo bien. Fue regalo de Disraeli a una de sus amantes, la cual, casado el conde, lo fue de uno de mis antepasados. Prenda de amor en un caso, prenda de amor en el otro. Por esta razón pertenece a mi familia, y en ella seguirá aunque esto nunca sea seguro.» Me pasó el reloj con las tapas abiertas, y yo lo cogí con las mismas precauciones que si me entregara un ser vivo y diminuto. Lo examiné con curiosidad y cierta emoción. En el interior de una de las tapas había el retrato en miniatura de una mujer bellísima, aunque fría. Interrogué a mister Thompson con una mirada. «Sí –dijo él–. Fue una mujer terrible, por quien se suicidió más de uno, aunque se trataba de gente que también se hubiera suicidado por otra causa cualquiera. Hay personas que sólo tienen esa salida y lo que buscan es un pretexto...» Recogió el reloj y lo mantuvo en la mano. «Pues bien: si hago funcionar este resorte y usted ve que lo estoy haciendo las agujas retroceden mientras yo no las detenga. Pero yo espero a que hayan dado veinticuatro vueltas hacia atrás y nos hagan retroceder en el tiempo. Ahora, hace veinticuatro horas era ayer, pero, al atrasar el reloj, hoy vuelve a ser ayer y desde ayer a estas horas, hasta hoy, yo no he muerto. Instalado, pues, en este pasado obtenido con imaginación y medios mecánicos, estoy seguro de no morirme por desmesurada que sea mi cena. Ahora bien: yo adoro las cenas desmesuradas. No los almuerzos, como ustedes dicen, los continentales, sino precisamente las cenas, y precisamente por sus riesgos. Yo soy un militar sin guerra, acostumbrado al peligro, necesitado de él. Ya no hay trincheras que asaltar, pero sí cenas pantagruélicas que ingerir. Usted dirá que si estoy seguro de no morirme en las próximas veinticuatro horas, el riesgo ya no existe, al menos matemáticamente, pero nunca se puede estar seguro del Destino, sobre todo cuando depende de un mecanismo tan anticuado como mi reloj y tan cargado de emoción sentimental. En este leve margen de inseguridad reside la emoción.» Mantenía el reloj en sus manos, lo contemplaba. «Disraeli se lo regaló a su amante; pero ¿quién se lo habría regalado a Disraeli? Existe la leyenda de que este reloj perteneció a una casa ducal, que se niega a reconocerlo porque, en el caso contrario, implicaría admitir como históricas las relaciones de un hebreo, conservador, si bien inteligente y hermoso, con una dama de pura sangre normanda: como que el apellido de la Casa todavía es francés. Y eso, amigo mío, es más de lo que puede tolerarse en Londres, o por lo menos más de lo que puede aceptarse que suceda, aunque haya sido verdad. Por eso la historia se cuenta como leyenda. Pero aquí está el testimonio mudo del reloj.»

Había bebido, además del champán de las ostras, un blanco con el salmón, un tinto con el buey, y no sé qué vino dulce con los profiteroles. Según mi cuenta, había catado los mismos vinos que yo, aunque tres veces más. Al levantarnos

2. Los años de aprendizaje

se mantenía erguido y sin que su locuacidad se viese estorbada por cualquier previsible tartamudeo. Empecé a sentir por él una moderada admiración. «¿Quiere que nos encontremos mañana en el parque? Tenemos mucho de que hablar. Le he descubierto un secreto, pero eso no es más que una pequeña parte de lo que puedo revelarle. Mañana nos encontraremos. Si llueve, venga a buscarme aquí. Y no se sienta obligado a invitarme a cenar. La gente de su edad está eximida de ciertas correspondencias.» Me dejó en su coche. Mientras me conducía a casa, fumé dos o tres cigarrillos. Conforme adelantaba, hendiendo la niebla, se me imponía la convicción de que mister Thompson estaba un poco chiflado: no era un razonamiento estrictamente personal, salido de mi corazón o de mi mente, sino algo que me venía de fuera, como si me lo hubieran dicho al oído: un loco a medias, un loco parcial, que andaba por el mundo provisto de una cordura divertida y que practicaba su locura a solas o en compañía idónea. ¿Le habría revelado a alguien más que a mí su secreto, o no pasaría de ocurrencia momentánea, elemento de un conjunto artístico, algo así como un modo poético de conducirse ante la vida y, sobre todo, ante la gente? Hoy puedo decir que hay una clase de personas lamentablemente reducida que camina por el filo de la navaja, con la cual nunca se sabe a qué atenerse, si son locos o meros guasones: desde la altura de mi edad y la experiencia de los años, me atrevo a considerarlos como la realización perfecta de un ideal de vida, precisamente de quienes han perdido toda fe en los ideales y no consideran indispensable suicidarse. Pero aquella noche londinense, en el fondo del automóvil, con un cigarrillo en la mano y la mente enteramente colgada del recuerdo inmediato, casi aún de la presencia de mister Thompson, también de la esperanza en la entrevista de la tarde siguiente, tales reflexiones no se me podían ocurrir. Lo de chiflado, sí, pero con dudas y sin matizaciones. Me dormí pensando en mister Thompson y soñé con él. Me distrajeron los quehaceres del banco, sobre todo la presencia de una muchacha alemana que andaba haciendo ciertos estudios y de cuya compañía me encargaron. Se llamaba Ursula, y hablaré de ella, ¡ya lo creo que hablaré! Cuando regresé a casa, me encontré con que el chófer de mister Thompson me estaba esperando. Muy serio, casi solemne, sin decirme palabra, me tendió un sobre y esperó. Leí la carta. Decía textualmente (la conservo): «Querido amigo: ha debido de haber un error en mis cálculos, quizá no haya contado bien las veinticuatro horas del reloj, sino sólo veintiuna. ¿Quién lo recuerda? El caso es que por ese vacío se me coló la muerte, que está conmigo, a mi lado, y que no tardará en llevarme. Esta carta se la dicto a mi chófer, porque ya no puedo escribir. Le pido perdón, pero esta tarde no asistiré a nuestra cita. Si bien le recomiendo que, en caso de necesidad, retrase usted su reloj veinticuatro horas, le encarezco que lo haga con cuidado, no vaya a sucederle lo que a mí. Reciba mi saludo póstumo, y ese pequeño recuerdo que le entregará Simón. En el umbral del misterio, aunque por mero descuido. Archibald Thompson, V. C.» Le pregunté a Simón: «¿Ha muerto, pues?» «Sin la menor duda, señor. Completamente muerto.» «Aquí dice que tiene usted que entregarme algo.» Simón se hallaba de pie ante mí, con la gorra en la mano. Nunca me había fijado en él, y no por desprecio, bien lo sabe Dios, sino por falta de ocasión. Sin embargo me había parecido, el día anterior, de refilón, un criado inglés como todos, incluidos los de comedia, que son su quintaesencia; sin otra diferencia con los camareros del club que el uniforme. Pero ahora había perdido la seriedad. No es que se riese, pero sí que miraba con ojos bailones, y aquella manera de mirar me recordaba a la de un pícaro. «De eso tenemos que hablar», me respondió. «¿Es secreto lo que tiene que decirme? ¿Le parece oportuno que salgamos a la calle y entremos en un *pub*? Cabalmente hay uno aquí muy cerca.» Él sonrió. «No, señor, no es necesario. Lo que tengo que decirle no requiere de un lugar especial. Es muy sencillo, y usted lo entenderá fácilmente. Yo fui, hasta hoy, el chófer de mister Thompson. Mister Thompson era un *gentleman* irreprochable, y yo no podía desmerecer a su lado. Fui también irreprochable durante más de veinte años, pero eso acabó esta madrugada, al expirar en mis brazos el mejor caballero del mundo. Si para él la muerte fue la libertad (he oído decir, o he leído en algún periódico, que lo es para todo el mundo, aunque tenga mis dudas), su muerte, precisamente la suya, me deja libre. Ya no tengo por qué ser irreprochable, y ésta es la razón...» Me miró de soslayo, y dio vueltas a la gorra en las manos. «Perdone si me expreso con embarazo: carezco de educación, y, lo que sé, lo aprendí al lado del difunto. Comprenderá mis dificultades para ser franco, pero si no lo soy, habremos perdido el tiempo, tanto usted como yo.» Metió la mano en el bolsillo y sacó un envoltorio. «Esto es lo que me dio mi señor para que le entregase con la carta. Vale mucho dinero, ¿comprende? Mucho dinero.» Lo desenvolvió lentamente: era el reloj de mister Thompson, el reloj de oro con esmaltes... Lo cogió con los dedos y lo alzó, hasta dejarlo entre su mirada y la mía. «Mucho dinero, pero si se me ocurriese venderlo, despertaría sospechas, y no podría justificar su posesión. Es un reloj muy conocido. Me meterían en la cárcel.» «Y qué quiere, ¿que me metan a mí?» «No, caballero. Usted puede en cualquier momento acreditar su derecho. En primer lugar, esta carta, cuyo contenido conozco, porque yo la escribí. En segundo lugar, mi testimonio. Yo pude quedarme con el reloj y destruir la carta: le confieso que estuve tentado de hacerlo, pero pesó más el razonamiento que la tentación. La prueba la tiene en que estoy aquí y en que le hago entrega del reloj, bien a mi pesar. Espero, sin embargo, de usted un donativo de viente libras. Poco dinero. ¿Quién no daría veinte libras por una joya que vale mil? Reconozca que soy modesto en mis aspiraciones, y que, aunque usted no me considere enteramente honrado, no le quepa duda de que lo soy, al menos parcialmente.» Adelantó la mano en oferta del reloj. «Veinte libras, señor. Y un compromiso de caballeros.» Le rogué que esperase. «Sería mejor que me las diese ahora mismo, sin ausentarse. Yo no puedo evitar, en este trance, la desconfianza. Lo comprende, ¿verdad?» Yo tenía en el bolsillo siete libras y unos pocos peniques. Se los ofrecí como garantía. «Le doy mi palabra de honor de que volveré en seguida con el resto.» «En ese caso, caballero... ¿Puedo sentarme mientras usted regresa?»

Éstos fueron los trámites por los que, unos minutos después, tuve en mis manos el reloj que al señor Disraeli, conde de Beaconsfield y primer ministro de la emperatriz Victoria, le había regalado una de sus amantes, una mujer hermosa y fría, de la mejor sangre normanda, cuyo nombre, sin embargo, ignoro.

Al día siguiente, en las reseñas necrológicas, busqué y hallé el nombre de mister Thompson. Le dedicaban elogios personales y profesionales. Resulta que en su juventud había cometido varias heroicidades. ¿Estaría arrepentido de ellas? ¿Las habría olvidado?

14

En la necrología del mayor Thompson, leída en varios periódicos, destacada en todos, constaba la dirección de su hermano, el lord a quien se había referido de pasada en nuestra conversación del parque. Después de darle muchas vueltas al propósito, me decidí a escribirle, y lo hice: una carta breve, más o menos así: «He recibido del difunto mayor Thompson, en circunstancias extraordinarias, o al menos no frecuentes, un legado de cuya legitimidad dudo, o, por lo menos, no creo en ella en la medida necesaria para sentirme tranquilo. Me gustaría saber a qué atenerme y nadie mejor que usted para aclarármelo. Le agradecería alguna noticia al

2. Los años de aprendizaje 181

respecto». Firmaba con mi nombre muy claro, y envié el mensaje a un club del que pude saber que era de los más exclusivos y empingorotados del país. La respuesta me llegó unos días más tarde: tantos ya, que había llegado a creer que mi carta no merecía respuesta. Había dado la dirección del banco, y en el banco la recibí. El hermano del mayor Thompson me pedía perdón por el retraso y me daba en su club una cita que incluía almuerzo. Pedí permiso para dejar el trabajo antes de la hora, y cuando respondí a mister Moore a dónde y con quién iba a almorzar, no pareció sorprenderse. Me dio permiso y allá fui. El portero del club se hallaba sin duda advertido: ni siquiera se molestó en examinarme, de lo cual deduje que mi aspecto, cuidado para aquel caso, no llamaba la atención. Me llevaron junto a un caballero anciano, visiblemente más viejo que el mayor, aunque bastante parecido a él: sin su expresión bonachona y en ciertos rasgos, rabelesiana, sino seca y melancólica, con mucho de altivez y de distancia: como la de un hombre que ya estuviera en el otro mundo y le molestasen con bagatelas de éste. Sin embargo, no puedo quejarme de su acogida: intentó sonreírme y ser amable, y lo fue, a lo que creo, en la medida de sus posibilidades. Me mandó sentar. «Pronto almorzaremos, pero convendría que hablásemos antes», y lo hicimos; mejor dicho, lo hice yo: me limité a relatarle mi encuentro con su hermano, la cena y la llegada a mi casa, al día siguiente, del chófer, con la carta y el reloj. «¿Lleva consigo el papel?» Le respondí entregándoselo. «Evidentemente, la letra no es de mi hermano, menos aún la ortografía, pero sí el estilo. La doy por válida.» Entonces saqué del bolsillo el reloj y lo dejé encima de la mesa que nos separaba. Él no lo recogió, ni apenas lo miró. «Sí, el reloj de Disraeli, lo recuerdo perfectamente.» Esperaba de él que añadiese un «Quédeselo usted» o «Gracias por haberlo devuelto». No lo hizo. Empezó a hablar del mayor, aunque sin referirse a su carrera militar, sino a un matrimonio desgraciado por muerte prematura de la esposa, y por muerte accidental, a los veinte años de edad, del único descendiente. «Estos acontecimientos le afectaron mucho. Tenga usted en cuenta que a los ingleses no se nos permite desahogar el dolor con gritos o con llantos, ni siquiera con voces, como a ustedes los latinos, con grandes voces trágicas. Sí, es cierto que en el teatro de Shakespeare se grita y se vocifera, pero aquel mundo hace siglos que no existe más que en el teatro. Mi hermano no pudo llorar a su mujer ni, años después, a su hijo. Como consecuencia, empezó a portarse de una manera rara. No demasiado, entiéndame, no tanto que llamase la atención, siempre sin salirse de los límites permitidos a un *gentleman,* lo cual le hemos agradecido sus parientes y amigos, aunque, en nuestra intimidad, llegásemos a lamentarlo.» Me permití interrumpirle para preguntarle si había entendido en su integridad el contenido de la carta escrita y traída por el chófer. «En conjunto, sí, aunque haya un par de frases...» Entonces le referí la operación de atrasar el reloj, y las consecuencias que el mayor sacaba de ella. El lord casi sonrió: «¡Pobre Archibald! Las matemáticas no eran su fuerte. Seguramente se equivocó al contar las vueltas...» Y dio la cuestión por zanjada. Creí que habíamos terminado y que pasaríamos al comedor, pero aquel caballero me hizo algunas preguntas indirectas acerca de mí mismo, a las que respondí con franqueza, pero de una manera limitada, lo discreto a mi juicio. «Es usted muy modesto, señor. Estoy perfectamente informado de su posición no sólo en el banco en que trabaja, sino en la sociedad, así como de otros muchos detalles. No se me oculta, por ejemplo, que es usted un Lancaster.» Yo creo que enrojecí. «Viejas leyendas, señor, ni más ni menos. ¿Quién puede hacerles ahora caso? ¡Quedan tan lejos los reyes de la Rosa Roja!» «Mucho más lejos me queda cualquier clase de reyes, y aquí estoy. Si usted no fuera un Lancaster, no le había citado en este club, sino en un restaurante más o menos distinguido. Si usted no fuera un Lancaster, recogería este reloj que ha veni-

2. Los años de aprendizaje 183

do a devolverme y que le restituyo porque lo considero su propietario legal. Y no le sorprenda lo que digo. En el tiempo que lleva en Inglaterra, se habrá dado cuenta de algo que a los continentales les cuesta trabajo admitir: que en Inglaterra las clases sociales son una realidad viva e injusta, que este es un país de injusticias, y que en eso radica la fuerza que nos queda. Gracias a Dios, nuestros políticos, incluidos los radicales, han conseguido que el pueblo inglés acepte como naturales, incluso como lógicas, estas diferencias que van de la opulencia a la miseria. Sólo algunos intelectuales las rechazan, pero es por razones estéticas. Es cierto que de vez en cuando hacemos lord a un minero, pero eso forma parte del engaño.» Se puso en pie y requirió un bastón. «Recoja el reloj y vayamos a almorzar. Supongo que le gustará el vino francés, ¿verdad?»

Por ciertas palabras que se le escaparon, por ciertos datos que recogí en el banco y por ciertas conjeturas, acabé convencido de que aquel caballero, antes de recibirme, había investigado a fondo mi situación personal; más a fondo de lo que parecía a primera vista no sólo con preguntas al banco, sino quién sabe si con telegramas a Portugal. De lo contrario, ¿de dónde había sacado la información del Alemcastre, ausente de mis papeles? No sé si me pareció entonces natural y satisfactorio, porque mis relaciones con aquel caballero, cuyo nombre o título he olvidado, empezaron y terminaron el mismo día con un buen almuerzo por medio y una conversación sobre Shakespeare en que todo lo que él dijo ya lo sabía yo, y en la que él sabía, por supuesto, todo lo que yo dije. Una conversación inútil, aunque acompañada de vinos excelentes, y en un lugar que no dejé de observar: menos ostentoso que el club del mayor Thompson, seguramente más antiguo; elegante, sólido en su elegancia, el club del primogénito frente al club del segundón.

Aquella noche tuve entre mis manos largo rato el reloj de Disraeli, no sé si para habituarme a su posesión o para sentirme su propietario. Era una pieza indudablemente hermosa, además de curiosa, y su valor histórico le añadiría atractivos para quien se sintiese de algún modo o en alguna medida, interesado por el famoso político. Su posesión hubiera hecho feliz a más de un conocido mío, de aquellos a quienes la lectura de la vida de Disraeli por Maurois había servido para descubrir y encaminar una vocación o para imaginarla. Algunos de ellos, que después fueron políticos o pretendieron serlo, partieron de aquel deslumbramiento casi adolescente: es un libro que también yo había leído y, aunque me hubiera gustado, que creo recordar que sí, ni me abrió caminos ni me los iluminó. Falto de esta aureola, o insensible yo a semejantes recuerdos, el reloj estaba allí como un objeto hermoso, aunque sin particular significación. Ni aun como si lo hubiera comprado, porque quien compra lo hace en virtud de alguna clase de interés o de deseo. Tampoco mis relaciones con el mayor habían sido tan prolongadas, o tan íntimas y cordiales, que pudiera considerar el reloj como testimonio de amistad. Me pregunto si, en el caso de que me hubiera importado, habría escrito al lord, con el riesgo (o la decisión) de perderlo. Quizá haya sido una pregunta sin respuesta, como otras tantas. Recuerdo que guardé el reloj y me puse a leer un libro.

Y ahora tengo que hablar de Ursula. No digo que recordarla, porque su nombre y su persona han estado desde entonces presentes en mi memoria, como los de Belinha, ¡y cuidado que han transcurrido años! Fue una de aquellas mañanas, entre la muerte del mayor y mi almuerzo con su hermano. Me llamaron del despacho de mister Moore; estaba él con otro alto empleado del banco no muy visto por mí, y una señorita rubia. El alto empleado me fue presentado como mister Brenan, y la señorita, como Ursula Braun. Aparentemente, los dos ingleses, por su porte y actitud, parecían iguales en categoría, pero, fijándose bien, y yo me fijé, determinados matices de la conducta de mister Moore revelaban una posición inferior, aunque quizá no demasiado. Por ejemplo, cuando mister Moore hablaba, su mirada buscaba en la de mister Brenan aprobación o conformidad. Me informaron de que Ursula Braun pertenecía a una importante firma hamburguesa, muy bien relacionada con mi banco, y estaba allí, en Londres, para hacer un estudio, algo así como una tesis doctoral, sobre la organización bancaria inglesa, y de cómo había evolucionado desde sus lejanos orígenes, allá por los años en que la reina Isabel todavía no era reina. O quizá un poco antes. Ya había investigado en otros bancos: ahora le tocaba al nuestro. Mi misión consistía en acompañar a la señorita Braun cuando lo requiriese, para facilitarle las entrevistas necesarias, los accesos al archivo, y todo lo que considerase indispensable y estuviese en mi mano. Era obvio que mientras la presencia de la señorita Braun lo exigiese, quedaba exento de mi trabajo diario, etc. Hasta aquí, todo bien. Se despidieron de ella y nos dejaron solos. La primera pregunta de Ursula Braun fue si podíamos empezar a trabajar. Le respondí que estaba a sus órdenes. «A mis órdenes, no. Yo no ordeno. Ni puedo ni me gusta hacerlo. Confío en que nuestras relaciones, más que de colaboración, sean de amistad.» Le di las gracias. El trabajo empezó allí mismo, ella provista de un cuaderno y una estilográfica que sacó del bolso, yo sentado frente a ella. Me explicó que si yo era el objeto de su primer interrogatorio, se debía a que de mí podía recibir la «impresión» (la palabra que usó sólo puede traducirse así) de cómo estaba organizado el banco desde el punto de vista de un empleado de no elevado rango. Me eché a temblar, porque jamás me había preocupado de cómo se ordenaban allí las cosas, las daba por bien hechas; pero ella fue tan hábil, que mis conocimientos y mi experiencia resultaron mayores de lo que yo esperaba y no tan despreciables como temía. Mi situación frente a ella (un poco más bajo yo, sentado en una butaca; ella en una silla) me permitió observarla sin impertinencia, aprovechando los movimientos y cambios de postura facilitados por mi obligación de responder. Su estatura debía de ser como la mía, centímetro más o menos. Era rubia, de un rubio casi blanco: llevaba un peinado muy simple y muy pegado a la cabeza, con moño, de modo que le quedaban al descubierto las orejas. Tenía los pómulos anchos, más que la frente; el esquema de su rostro se aproximaba a un pentágono, cuyas líneas fuesen ligeramente curvas. Los ojos, muy azules, y tan ingenuos (en apariencia al menos) que desbarataban el aire felino que su rostro causaba a la primera mirada. Si gata, lo sería de las de uñas pulidas. Lo demás de su cuerpo era satisfactorio, al menos para mí, no demasiado ducho ni demasiado exigente. Como a todos los hombres de mi generación, mi ideal femenino me había llegado a través de actrices de cine: Greta Garbo principalmente, también Marlene Dietrich y algunas posteriores, que habían ido conformando en nosotros una figura a la que yo, sin embargo, no había sido del todo fiel, sino más bien lo contrario. No coincidía con Belinha, por supuesto, ¡se hallaba en el otro extremo!, ni tampoco con Florita, tan castiza en sus hechuras, pero el ideal permanecía, aunque sólo fuera en el ensueño. No puedo decir que Ursula se pareciese a ninguno de los dos arquetipos; le faltaba eso que ya entonces definía a la «mujer fatal», pero estaba más cerca de ellos que otras mujeres que me habían deslumbrado o simplemente gustado. Tenía, eso sí, atractivo, aunque pareciera no darse cuenta: no era de las que mueven las caderas o hacen ondular el cuerpo como una sierpe o una sílfide. Pero no carecían de gracia sus movimientos, una gracia menos insinuante. No obstante lo cual me sedujo progresivamente, conforme la iba descubriendo, conforme calibraba sus evidentes encantos. Entre los cuales sobresalía su voz, muy suave, armoniosa, una voz de contralto hábilmente modulada. Hablaba un inglés mejor que el mío, gramaticalmente, pero esto era lo de menos, pues, la verdad, no me dediqué a comprobar es-

2. Los años de aprendizaje 187

pecialmente, o al menos únicamente, el buen uso que hacía de las preposiciones.

Nos cogió a la mitad del trabajo el aviso de la hora del *lunch*. Le expliqué la razón de aquellos timbrazos, miró la hora, y yo aproveché el momento para invitarla, con el pretexto de la proximidad del restaurante y si no tenía otro proyecto. Lo dudó apenas. «Bueno», me respondió; se puso un impermeable por encima del traje y esperó a que yo fuera en busca del mío, colgado en la percha de mi oficina entre un hongo y un sombrero flexible. Salimos, pues, juntos, y, de entrada, se agarró de mi brazo con toda naturalidad. Me dijo: «Tenemos tres cuartos de hora para hablar de otras cosas, ¿no le parece? No hay por qué prolongar el trabajo fuera de horas». Me pareció de perlas, aunque no vislumbrase qué tema de conversación podría tener con aquella desconocida que ya me tenía subyugado. Le ofrecí un buen vino, y lo aceptó. La verdad es que en el restaurante, entre empleados de bancos y de otros negocios de la City, se distinguía, no por nada especial, sino por el solo hecho de ser distinta. Yo le buscaba explicación, y no me fue fácil hallarla, porque Ursula, ni por su apellido ni por su aire, parecía una aristócrata, al menos según lo que yo entendía por tal; quizá fuera su modo de vestir, tan sencillo y, sin embargo, tan elegante y tan moderno. Llevaba la falda corta (que había renacido después de la falda larga que siguió, como una consecuencia más, al *crack* de 1929), y dejaba al descubierto unas lindas piernas que, sin embargo, los clientes del restaurante no podían ver, porque se las tapaba el mantel. Habíamos elegido una mesa de dos plazas, cosa extraña en aquel lugar tan frecuentado, y no teníamos testigos próximos. Me hizo algunas preguntas triviales: «¡Ah! ¿Es usted español? Me dijeron que era portugués». Tuve que aclarar la razón del equívoco. «Pero usted conoce Portugal, ¿verdad? Hábleme de él.» Lo hice con ese entusiasmo que la nostalgia favorece. Me escuchó con atención, no me preguntó por España.

Este primer día marcó la pauta de los que lo siguieron, al menos de los inmediatos: la ayudaba en lo que había menester, almorzábamos juntos, regresábamos al banco y, al terminar, cada cual marchaba por su camino, a su vida. La mía empezó a llenarla Ursula, de momento sólo como persona en quien pensar, más bien imaginar. O bien, tenerla presente en el recuerdo de las menudencias de cada día, o un mero estar en mi conciencia como figura inmóvil, una especie de icono allí instalado, que yo veía con sólo cerrar los ojos. Fuimos, poco a poco, aproximándonos. El segundo día de trabajo en común propuso que volviésemos al mismo restaurante, pero que cada cual pagaría el gasto alternativamente. Al cuarto o quinto me propuso que nos llamásemos por el nombre de pila y fue entonces cuando se enteró del mío, después de haber gastado unos minutos en enseñarle a pronunciar mi apellido. «Filomelo. ¡Qué bonito! En griego quiere decir amigo de la música.» Le advertí que no era Filomelo, sino Filomeno. «¿Qué más da? Es igualmente bonito.» ¡Dios mío! Era la primera vez que alguien decía semejante cosa de mi nombre, aquella losa que tanto me pesaba; como que desde entonces me reconcilié con él y decidí enterrar el de Ademar con el pasado. Bueno, no lo olvidaría del todo, porque, en mis recuerdos de Belinha, seguía siendo Ademar. «¡Meu meninho, meu pequeno Ademar!» Aquella frase que me pertenecía como mis huesos, que estaría allí para siempre, como las piedras en los cimientos... Pero, igual que los cimientos, podía permanecer oculta. Ursula pronunciaba muy bien lo de Filomeno, lo pronunció desde el primer momento. No le buscó diminutivo ni nada de eso. Filomeno, nada más. Y eso me permitió sentirme más seguro, como el que regresa de un apoyo vacilante a tierra firme. ¡Filomeno, por fin, para alguien que lo decía sin guasa, como un nombre cualquiera! Porque, en el banco, aunque no lo hiciesen notar, yo era el heredero de Margarida Tavora de Alemcastre, una dama portuguesa de reconocida alcurnia, y estaba allí por ser su nieto y por tener en el banco los intereses que había heredado de ella. Con Ursula me sentía desligado de aquel cúmulo de menudencias que tanto me habían hecho sufrir: burlas de Sotero, admiraciones de Benito. No me había referido a este pasado, o lo traté someramente, cuando conté a Ursula mi vida, y lo hice no porque ella me lo preguntase, sino porque me había contado la suya, al menos lo que se puede contar a un amigo reciente: «Soy hija de un comerciante de Hamburgo, estudié arte antes que economía, tengo veintiocho años, estoy soltera». No sé por qué, quizá porque viniese rodado, o porque nuestro desconocimiento recíproco careciese de otro terreno común, nuestras primeras conversaciones largas trataron de finanzas. Pronto advertí que ella sabía más que yo, sobre todo cuando me dijo: «Todo lo que conoces está al alcance de cualquiera, de un profesional o de un curioso. Pero la economía del mundo es mucho más compleja. Existe esa zona inferior, la de las huelgas y de los obreros parados, a la que cualquier profesional da una explicación generalmente falsa; porque no es cierto, como se dice, que de la situación actual tenga la culpa sólo la torpeza yanqui. Eso es un factor, pero la causa está en el sistema mismo. Eso lo saben perfectamente los de arriba, los que están en esa zona oscura, impenetrable, salvo para ellos, los que la habitan, los que la poseen, los que la gobiernan, y sólo desde ella puede verse la verdadera realidad, que debe ser fascinante y terrible, porque es más que el juego de las riquezas y abarca el porvenir del mundo. Lo que ahí se trama no podemos adivinarlo. No es sólo que manden, como tú piensas, sino el modo como mandan, y lo que proyectan, o lo que se les viene encima, porque, a veces, la realidad se les escapa de las manos. Si continúas en esto, verás cómo renacen las industrias de guerra, única solución del paro, y las industrias de guerra conducen a la guerra». «¿Entre quiénes?», le pregunté ingenuamente. «¿Quién lo sabe? Pero es casi seguro que mi país sea uno de los contendientes. En mi país, con el pretexto de ciertos errores, crece y se impone un movimiento que me da miedo; más que miedo, espanto. ¿Qué será de nosotros si triunfa? Lo peor que puede suceder es que el demonio tenga parte de razón, y ellos tienen esa pequeña parte.» Yo no había concedido nunca importancia a los movimientos políticos a que Ursula se refería, no pasaban para mí de un folklore más o menos militar, y la terribilidad que ella les atribuía no me cabía en la cabeza. «Pero ¿por qué los temes?» Por primera vez en nuestras relaciones me cogió la mano, mi izquierda con su derecha, y advertí que temblaba. «¿Te dice algo el apellido Stein?» «No. Bueno, creo recordar que alguien de ese nombre tuvo que ver con Goethe, o cosa así.» «Stein es un apellido judío, y mi abuela materna se llama Stein, ¿entiendes ahora?» Comprendió, por mi mirada, que no lo entendía. «En el mundo que ésos proyectan fundar, el que llaman el Gran Reich, no tienen cabida los judíos.» «Pero tú sólo lo eres en parte. ¿Qué sería de nosotros, los españoles? Lejos o cerca, todos tenemos una abuela judía. El apellido Acevedo, que lo es, figura entre los míos, no recuerdo ahora en qué lugar.» Ursula me soltó la mano. «Nadie sabe, nadie puede sospechar, porque nadie lo cree, lo que pasa en mi país. Mi abuela ha emigrado a Dinamarca, mi madre quizá lo haga también. No son judías de religión, sino sólo de raza, pero eso basta. Y en la empresa para la que trabajo hay dinero judío... ¿Entiendes ahora?»

Aquella conversación, a mi pesar, introdujo en nuestras relaciones un no sé qué de patético que ambos procurábamos disimular, pero que estaba entre nosotros, vivo. Las previsiones de guerra de Ursula no carecían de fundamento, aunque no pudiera preverse una conflagración inmediata: estaba mejor informada que yo, lo que yo sabía de las finanzas universales (así me lo dijo ella) podía leerse en las revistas del ramo; y cuando le conté que todas las semanas redactaba un informe para unos financieros de Lisboa, se echó a reír. «¿Por qué no me enseñas uno de esos informes?» Lo

2. Los años de aprendizaje

hice, lo leyó de cabo a rabo, me lo devolvió. «Esto, querido Filomeno, es un ejercicio escolar. No tiene más finalidad que la de familiarizarte con el mundo del dinero. Si esos señores de Lisboa sólo supieran lo que tú les comunicas, estaban listos. Puedes considerar esas páginas como tu examen semanal, por el que muestras lo que vas conociendo, que no es demasiado. Si sigues en esta profesión, verás cómo, conforme pasa el tiempo, se te van abriendo otros horizontes. Aquí se asciende por grados, como en la masonería, y a cada grado corresponde un crecimiento en el saber.» «Y tú ¿estás muy arriba?» Se echó a reír. «No tanto como tú piensas, aunque un poco más que tú.» Una de aquellas tardes, la del viernes, ella había quedado en el archivo, y yo despachaba en mi oficina unas cartas urgentes. Apareció a la hora de salir, un poco apresurada. «Temí que te hubieras marchado. ¿Quieres que salgamos?» Era la primera vez que entraba en mi cubil, y tanto monsieur Paquin como el traductor de las cartas escandinavas la miraron largamente: podían hacerlo sin impertinencia, porque se habían levantado y se ponían los impermeables. Ya en la calle, me dijo: «Quería proponerte que pasásemos juntos el fin de semana. Tenía proyectado recorrer unos cuantos lugares de los alrededores de Londres, donde hay cosas que ver, y pensé que quizá te interesase». Le respondí que sí. Le dije que sí sin una mínima pausa, sin un mínimo silencio entre la proposición y la respuesta. «Pues te iré a buscar mañana a tal hora. Ve preparado para pernoctar fuera de casa.» Fue puntual. Venía en un cochecito biplaza, de los que entonces se usaban, con un maletero grande, saliente, detrás. No sabía si el coche era suyo, ni se lo pregunté; pero, a juzgar por cómo lo conocía, deduje que al menos llevaba usándolo bastante tiempo. Manejaba con destreza y con cordura por carreteras secundarias, bajo árboles antiguos, dejando a un lado, o entrando en ellas, aldeítas como ilustraciones de un cuento de hadas. Aquí había una iglesia normanda, más allá las ruinas de una abadía gótica, en tal pueblo la calle principal valía la pena verla. Lo llevaba todo estudiado, y, alguna vez, consultó un cuadernito. Pero no hizo en mi presencia ostentación de saber, ni dijo nada que resultase pedante. Más bien se encerraba en su silencio, dejándome a mí con el mío. La observé especialmente callada, aunque no metida en sí, sino alerta, dentro de las iglesias normandas; más o menos desde el centro, miraba hacia los lados, como si de cada uno de ellos le llegara una voz que sólo ella escuchase, porque yo no iba más allá de un placer elemental: eran bonitas y me gustaban.

Pero en las ruinas góticas estuvo más charlatana, casi elocuente. Se mantenían en pie el ábside y las paredes de la iglesia abacial, y algún arco desnudo. El suelo y los alrededores eran de césped cuidado. Caía una lluvia fina, y nos movíamos metidos en los impermeables, con las capuchas echadas. El humo de mi cigarrillo se mezclaba con la lluvia, se fundía con ella. «¿Serías capaz –me preguntó– de imaginar esta iglesia cuando estaba viva?» Le respondí que no. Entonces empezó a reconstruirla con la palabra, completando muros, restaurando bóvedas, cubriendo de vidrieras los ventanales rotos, hasta que tuvo el interior completo, aunque vacío de ritos y de músicas. Era tan plástico lo que decía, salían de su boca tan claras y precisas las imágenes, que llegó un momento en que me creí en el centro de la iglesia, encerrado mágicamente en ella, y que la luz gris que nos envolvía se teñía de colores al atravesar los ventanales. Y Ursula se movía entonces como si aquel espacio imaginario fuese real, como si sus palabras lo hubieran creado y estuviéramos en él, más que metidos, sumergidos. Un espacio que le causó entusiasmo, que le arrancó ayes de gozo, o así al menos me lo pareció; que me arrastró también a mí, partícipe de sus mismas sensaciones. Y duró hasta que dijo: «Vámonos», y toda la magia levantada con sus palabras se desvaneció en la lluvia. Yo estaba anonadado. Me preguntaba cómo era posible que aquella mujer, perita en finanzas, encerrase detrás de su frente (o quién sabe si dentro de su corazón) aquella capacidad poética. En el coche, mientras nos dirigíamos a un figón para almorzar, habló de lo mismo, pero ya en otro tono. Se refirió a alguno de sus maestros de la universidad, que le había enseñado que lo esencial de la arquitectura era la creación de espacios interiores, que en ellos residía su poder de comunicación: hacer hablar a Dios desde el aire encerrado entre unas piedras. Entonces me expliqué su silencio y su entusiasmo. Pero no me sentía capaz de compartirlos. Si allí estaba la voz de Dios, yo no la oía.

Me llevó aquella tarde a Windsor. Pasamos antes por Eton, estaba abierto el colegio, echamos un vistazo a su entrada y a los patios. Lo que me dijo entonces ya no tenía que ver con el arte, aunque partiera de la sensación opresiva de aquellos claustros, que, en un principio, y sin rectificación posterior, me parecieron siniestros. Me estremeció el recuerdo de que, bastantes años antes, mi abuela Margarida había proyectado llevarme allí. Se lo dije a Ursula, y se echó a reír. «Perdiste la ocasión de entrar por el camino de los que mandan en el mundo; ya ves, no estarías en el banco en la posición en que estás, sino a la puerta misma de los grandes secretos, que se te abrirían en el momento oportuno. Los hombres fuertes de este país se forjaron aquí, como los del mío en las escuelas militares.» Hizo un silencio que yo no interrumpí. «No deja de ser curioso que no se parezcan en nada, éstos y los prusianos, más que en la dureza y en que tanto de aquí como de allí salen bastantes maricones.» Siguió hablando de unos y de otros, pero yo le presté menos atención, porque por primera vez se había pronunciado entre nosotros una palabra que no se refería a la vida correcta, o, si se quiere, convencional. Ella, además, no había usado ningún subterfugio culto, homosexuales o cosa así, sino la voz inglesa que sólo se puede traducir por maricón. Y también fue curioso que no se detuviera en el tema, sino que la continuación de su charla tratara sólo de las semejanzas y de las diferencias entre los *gentlemen* ingleses y los *junkers* alemanes. Habíamos pasado ya el río y llegado a Windsor. Dejamos el coche frente a la entrada, junto a un *pub* muy visible, y entramos en el castillo con un grupo de visitantes, con paraguas y con impermeables como nosotros, pero pronto nos apartamos de ellos. Conforme avanzábamos, las imágenes que veía suscitaban de mi olvido otras semejantes, si no las mismas. Probablemente Windsor había sido uno de los lugares visitados con mi abuela, hacía trece o catorce años, en busca de reyes de la casa de Lancaster. Yo no puedo recordar si alguno de ellos está enterrado en la capilla de San Jorge, aunque creo que no. Me cuidé muy bien de no contar nada de esto a Ursula. El interior de la iglesia, tan luminosa, tan cuidada, no le despertó el entusiasmo que ella había imaginado. La recorrimos con gusto visible, pero una frase de ella, sólo una frase, me reveló no sólo lo que pensaba, sino algo de lo que sentía. «Aquí no puede alcanzarse la emoción religiosa. Esto no es más que la apoteosis de una monarquía.» Al salir nos metimos en el *pub,* a tomar café. No sé de qué empezamos a hablar, ni si continuamos la conversación iniciada en la capilla de San Jorge, pero la charla (más bien el monólogo de Ursula, que yo escuchaba como un concierto de cámara) volvió al tema de los ingleses y de los alemanes; primero de una manera estética, lo característico de lo prusiano era la rigidez; de lo británico, la flexibilidad. «En Alemania –dijo– no sabemos resistir el toque de una trompeta, en seguida nos ordenamos de ocho en fondo y desfilamos. Hasta los comunistas aprendieron la disciplina prusiana.» Y después de uno de aquellos silencios en que parecía que su mirada se perdía: «¿Te hablé alguna vez de mi hermana Ethel? Somos gemelas, hemos recibido la misma educación, pero ella es comunista, no más o menos platónica, sino de acción. Le mataron a su amigo, y ella tiene una bala incrustada en la cadera. Morirá en la calle.» Y después: «A mí, el comunismo me fue simpático: me sentí atraída por él cuando tenía veinte años, y hubiera seguido el camino de mi hermana; pero nos separó el estalinismo, o al menos a mí me sirvió de pretexto. Ella encuentra razones para justificarlo, yo no». Además, el comunismo en Alemania sería aplastado, y en eso estaban de acuerdo, con los nazis, muchos otros alemanes. «Incluso en la rama judía de mi familia los hay fieramente anticomunistas.» El tema quedó olvidado cuando dejamos el *pub* y subimos al coche. Llovía cada vez más, y era difícil recorrer el camino previsto, de pueblo en pueblo y de iglesia en iglesia. Íbamos en silencio, yo contemplando cómo la lluvia se estrellaba en el parabrisas, cuando me preguntó, de repente: «¿Tú eres religioso? Quiero decir si tienes una creencia católica, por ejemplo. En tu país todos son católicos». Le respondí que mi educación religiosa había sido muy descuidada y que no podía decir que tuviera unas creencias concretas, sino unas vagas ideas que también podían ser recuerdos vagos. «¿No rezas?» Me eché a reír, me preguntó por qué, y le repetí aquella oración que nos hacía recitar mi abuela, todas las noches, antes de acostarnos: «Que Dios Todopoderoso mantenga en los infiernos al marqués del Pombal por los siglos de los siglos, amén». No se rió, sino que me miró seriamente. «¿Quién fue ese marqués?» Le conté la vieja historia de la conspiración de Aveiro y las terribles represalias del marqués, la gente torturada, despellejada en vida. «La esposa de Aveiro era una Tavora, y no sólo la mató a ella, sino a todos los Tavora que pudo encontrar, sin dejar vivos ni a los criados. Mi abuela descendía de unos Tavoras que se habían salvado por milagro, creo que porque estaban en España.» Tampoco entonces se rió, pero sí sonrió ligeramente. «Es una curiosa manera de entender la oración», dijo, y no hablamos más.

Se detuvo en un pueblo del camino, ante un hotel o posada que se llamaba «Las armas del condado», según pude leer en la muestra colgada encima de la puerta, en aquel momento batida por el viento. Había caído la tarde, y no nos quedaba nada que hacer por las carreteras. Metió el coche en un cobertizo, donde había un carruaje viejo, de caballos, aunque sin tiro; yo saqué el exiguo equipaje, un maletín de cada uno. Ursula, al entrar, fue derecha al mostrador, donde había una mujer de mediana edad. Se saludaron como conocidas con bastante alborozo por ambas partes. «Hace tiempo que no viene por aquí, señorita», y cosas de ésas, y no sé si besuqueos. Yo esperaba detrás cargado con los maletines. Oí cómo Ursula pedía dos habitaciones: me dio la llave que me correspondía, y yo a ella su maletín. La señora de mediana edad nos precedió y nos llevó a la primera planta. «Usted aquí, usted aquí.» Quedamos citados para cenar veinte minutos más tarde, y cenamos en un comedor chiquito, seis u ocho mesas nada más, con aire antiguo: mucha madera, vidrios emplomados en ventanitas tudor, una gran chimenea encendida, lo tópico, pero grato de ver y de estar allí. La camarera también saludó a Ursula con alegría y nos recomendó un menú. No dijimos, durante la cena, nada importante. En un momento me sorprendí distraído, pensando en Ursula sin mirarla; yo creo que ni siquiera pensando, sino sintiéndola. Por debajo de todo lo que habíamos hablado y hecho, fluía de ella una especie de hechizo cauteloso, como un aura envolvente que me había penetrado y a la que yo había respondido sólo con cortesías menudas, las pocas que al viaje diera lugar, como ahora, durante la cena, cuidarme de su vino y preguntarle si le gustaba aquel rosbif. Llevábamos bastantes horas juntos, habíamos compartido el mismo asiento en el coche, o, al menos, dos asientos cercanos, pero nuestros cuerpos apenas si se habían rozado, aunque el mío tendiera hacia el de ella movido por un ciego impulso. Lo pensé, temí cometer en algún momento alguna inconveniencia, pero me tranquilizó la conciencia de mi timidez. Cuando terminó la cena, me llevó al vestíbulo, donde, me dijo, solía reunirse alguna gente de la aldea, a la que conocía de otras veces. Y así fue. Nos sentamos en un lugar no demasiado visible, pedimos un vino dulce. Conforme llegaban los clientes a tomarse sus cervezas, la mayor parte de ellos, sobre todo parejas, se acercaron a saludar a Ursula, y, de rechazo, a mí, pero ninguno se quedó con nosotros, como si respetasen nuestro aislamiento. Hasta pasado ya un buen rato de conversaciones bajas y alguna risa, después de unas idas y venidas de algunos de ellos al mostrador, se nos acercó la gobernanta, o encargada, que eso debía ser aquella señora de mediana edad, y, dirigiéndose a mí, me dijo que la señorita, otras veces que había estado allí, solía tocar el acordeón, y que aquellos amigos la habían encargado de pedirme que se lo permitiese esta vez. Me quedé un poco confuso. Ursula se rió y respondió por mí, que sí, que tocaría. Fue a buscar el acordeón, que estaba en el maletero del coche, lo trajo, y empezó a tocar. Los clientes hicieron corro, alguna vez corearon, y cuando Ursula tocó un vals, dos parejas se pusieron a bailar. La novedad de la velada, según Ursula me dijo después, fue que uno de aquellos caballeros pidió a Ursula que le dejase el acordeón para que nosotros pudiéramos también bailar. Así se hizo. Tuve el cuerpo de Ursula más próximo que nunca, tuve su cintura cogida con mi mano, sus pechos junto al mío, y el roce alternado de sus muslos. Hubo un momento en que me sentí embriagado, y ella seguramente se dio cuenta, porque cuidó de que no nos aproximásemos demasiado. Nos hicieron bailar tres valses distintos, y, al final, nos aplaudieron. Después, la reunión se hizo general; yo tuve que explicar quién era, muy por encima, claro, y decir algo de lo que pudiesen colegir que no era el amante de Ursula, ni siquiera su novio. Es muy probable que los decepcionase.

15

Había bastante diferencia entre mi situación sentimental cuando vivía con Belinha, y lo de ahora. No sé si sería porque Belinha estaba allí, segura, y no tenía por qué cuestionarla, ni tampoco me hallaba en edad de hacerlo; estaba mientras estuvo, yo podía vivir sin pensar constantemente en ella, como quien tiene una madre y no necesita repetirse todo el día que la tiene. Lo de Ursula tampoco podía compararse con lo de Flora, porque en Flora no solía pensar hasta que un pinchazo en un recoveco oscuro me la hacía necesaria: después de estar con ella, recobraba la independencia y mi mente quedaba libre para pensar en otras cosas, o para no pensar en nada. A Ursula la sentía a la vez dentro y fuera; como el aire y como una de esas sensaciones sin nombre que salen de las entrañas. Ni uno solo de mis actos, ni un solo pensamiento, dejaban de referirse a ella, la tuviera delante o no. Cuando no me dominaba el sentimiento, a veces la sensación, más que de su presencia, de su existencia, me preguntaba por las razones de aquel anhelo incesante: me lo preguntaba, quizá por hábito, quizá por necesidad, pero no como pregunta angustiosa, o al menos preocupada, sino al modo como el que es feliz se pregunta el porqué. La respuesta más fácil, la que me satisfacía, era la de que, aunque nunca me había enamorado, enamorarse tenía que ser algo así. Hubo sin embargo momentos de sequedad transitoria al final de un insomnio consagrado a ella, en que logré sobreponerme y llevar más allá mis interrogaciones, por otra parte inútiles. ¿Por qué? Inevitablemente recordaba, a modo de parangón, mis sufrimientos en el pazo miñoto. Cuando esperaba todas las noches la llegada de Belinha, era una espera física, la necesidad de abrazarla, de sentir juntos los cuerpos, como tantas veces atrás, aunque ahora de otro modo. No sé si lo de Ursula era más o menos agudo, pero el apetito de su cuerpo se mezclaba, como un ingrediente más, al de su persona entera; ¿qué había en ella que así había creado aquella necesidad? Toda congoja, todo temor a la soledad, recuerdos de aquel tiempo en que ella no estaba, también el miedo a perderla, desaparecían cuando nos encontrábamos y paseábamos en compañía. Estar con ella colmaba mis apetencias; a veces,

2. Los años de aprendizaje 199

yendo juntos, en cualquier circunstancia, por la calle, en el restaurante, o en cualquiera de los lugares a donde íbamos. La necesidad de su cuerpo pasaba como una ráfaga escasamente duradera, más que ráfaga, la manifestación súbita de algo que estaba dentro, escondido, y que sólo me urgía durante unos segundos. Había llegado a ciertas conclusiones respecto a Ursula: todas ellas incluían la sospecha de mi inferioridad y el temor de que ella la descubriese. Si le buscaba explicación, me bastaba con aceptar el hecho de que hubiese recibido una educación superior a la mía, de que su experiencia fuese mayor, en una palabra, de que ella era ya una mujer y yo todavía no era un hombre. Había creído serlo después de la aventura de Flora, y lo creí hasta el encuentro con Ursula; Flora estuvo siempre por debajo de mí, aunque tuviese más años. Mi mundo era más ancho que el suyo, mucho más rico, y, en nuestras relaciones, yo había mantenido una especie de superioridad que ella me daba hecha. Lo que me había enseñado se reducía a cosas de alcoba, que habían hecho reír a la puta napolitana: lo había aprendido pronto y, además, al enamorarse de mí, se había situado voluntariamente en una posición semejante a la de una servidora con acceso a la cama del señor. Ahora me doy cuenta; entonces lo vivía sin darle importancia. ¡Aquellos proyectos suyos de vivir juntos! Ni siquiera había mentado la posibilidad de casarnos, ni a mí se me había ocurrido. Bueno. El resumen es que mi pasado no me bastaba para entender lo de Ursula, pero en el fondo tampoco me apremiaba. Me sentía contento, ligero, un modo de sentirme completamente nuevo.

Su investigación en el banco terminó. No por eso dejamos de vernos y la iniciativa fue suya. ¡Yo no me hubiera atrevido! No almorzábamos juntos porque su lugar de trabajo quedaba lejos del mío, pero nos encontrábamos al caer de la tarde, generalmente me esperaba en su coche en un lugar cercano a la City, íbamos a cenar, y, después, me llevaba a sitios para mí desconocidos: salas de conciertos o lugares de clientela con poco aire inglés, al menos al modo acostumbrado, gente bohemia, artistas, personas indefinidas o singulares, con las que era fácil hablar y divertirse. Conocí estudios de pintores y pisos de muchachas independientes, fiestas a escote y amaneceres fatigados. También me llevó a un local donde tocaban música de jazz, que para mí fue un descubrimiento grato, una revelación, y a otro donde se reunían hispanoamericanos a escuchar tangos. Ahora pienso que aquellas visitas, al parecer casuales, formaban parte de una prevista pedagogía amable, donde yo iba perdiendo el pelo de la dehesa que aún me quedaba en el alma. Ursula tenía una idea muy clara de lo que yo debía conocer, me lo ponía delante y hablábamos después; pero sin que yo me diese cuenta de que sus palabras formaban parte de una lección. Con lo cual, mi sumisión interior hacia ella crecía: llegué a emular la soltura con que se movía en aquel mundo; yo llevaba años viviendo en el mío sin enterarme cómo era. La realidad era más, mucho más, que las finanzas universales. Había la vida, de la que yo sabía poco.

También hablábamos de libros. Alguna de aquellas tardes le descubrí mi dudosa vocación de poeta, mis ejercicios nocturnos de versificación. Ella me escuchó y dijo: «Tenía que ser así. ¿Cómo no me había dado cuenta?» Y, por primera vez, me acarició, sentí en mi cara la suavidad, un poco temblorosa, de su mano. Me dio pie a que le relatase mis dificultades. Sabía escribir versos, creía escribirlos de manera impecable, pero no tenía de qué escribir, qué confiar a las palabras. Entonces me preguntó si nunca había estado enamorado. Le conté con bastante detalle la historia de Belinha; la escuchó y me hizo algunas preguntas. Al final me dijo: «¿Sabes que tu amor por esa muchacha fue como una metáfora de incesto?» Debí de poner cara de estupor. Continuó hablando. Conforme la escuchaba, recordé aquellas palabras de don Romualdo dichas después del mismo relato: «Esa historia haría feliz a uno de estos freudianos.» Pues Ur-

2. Los años de aprendizaje

sula me estaba dando la explicación freudiana de mi amor por Belinha. «No has tenido madre, y la buscas en cada mujer», resumió. Me atreví a decirle: «¿También la busco en ti?» Respondió sordamente, con un cambio súbito de expresión, como si de repente hubiera emergido de su interior una contenida tristeza. «Yo no puedo ser madre.» Intenté reír y resolver la situación con un par de frases fáciles, pero creo que ni siquiera las escuchó. Una persona que oculta una llaga en algún lugar recóndito, y se la tocan, no se porta de otra manera, pero esto lo digo ahora; entonces no podía adivinarlo, y lo único que se me ocurrió fue que la había ofendido, al darle a entender con mi pregunta algo de mis sentimientos hacia ella. Pero no fue así. No se levantó de donde estábamos, un cafetín del Soho en el que habíamos comido, ni se fue sin decir «Hasta mañana», como siempre. Permaneció silenciosa, sin mirarme y creo que sin mirar. Y cuando pasó algún tiempo, apretó mi mano, que reposaba en el mantel, la apretó largamente, y dijo: «Perdóname. A veces me vienen estos silencios». Pidió un café, lo tomó sin volver a hablarme, y, cosa inusitada en ella, me pidió un cigarrillo. No era diestra fumando: empezó a toser y lo dejó en el cenicero. Entonces se me quedó mirando, me cogió del brazo suavemente y me preguntó: «¿Quieres venir conmigo? Quiero decir a mi casa».

Nunca me había llevado a ella. Ni siquiera sabía su dirección. Me cogió desprevenido aquella manera inesperada de invitarme, no entraba en los supuestos inmediatos; pero me puse en pie y le dije: «Vamos». Vivía en un barrio lejano, tardamos bastante tiempo en llegar, y, durante el trayecto, no hablamos, o, más bien, yo respeté su silencio. Era una casa de pisos, el barrio parecía agradable, aunque moderno, de edificios uniformes, cinco o seis pisos, ladrillo rojo oscurecido. Ella vivía en una planta baja, un departamento cerca del portal, con dos ventanas a la calle. Lo que yo vi, de entrada, fue un pasillito casi desnudo y un pequeño salón bien amueblado, donde había libros y grabados ingleses por las paredes. Ursula encendió un par de lámparas situadas en rincones opuestos, encima de unas mesillas con algunos cachivaches y retratos. Me invitó a sentarme. «Traeré unas copas.» Durante su ausencia, curioseé lo que pude: los retratos me quedaban cerca, parecían de familia, hombres, mujeres, algunos niños; de buena apariencia. A lo que podía colegir, alta burguesía, o, por lo menos, burguesía bien instalada, de esa que ya domina las formas. Los grabados me eran familiares, escenas de caza y diligencias. Algunos, los más lejanos, me parecían de barcos: estaban en las sombras y no los veía bien. Uno, muy grande y bien enmarcado, encima del sofá, representaba una escena pagana en un escenario barroco. Los libros me quedaban lejos también. El conjunto era muy agradable. Pero no creo que expresase la personalidad de Ursula. El sillón donde me había sentado pertenecía al modelo de los pensados para la más perfecta poltronería; al sentarme, el cuerpo quedó como una Z, y las rodillas, a la altura de la barbilla. Cuando ella dejó encima de la mesa una bandeja con vasos y una botella de whisky, y se sentó, sus espléndidas piernas me quedaron enfrente, y las rodillas casi me ocultaron su cara. Había dejado los vasos servidos. Yo me sentía bastante embarazado, y, por hacer algo, alargué la mano para coger el mío. Ella hizo lo mismo, pero, antes de llevárselo a los labios, brindó: «Por nosotros».

Mi habitual confusión había llegado a su colmo, y mi inexperiencia no podía sacarme del apuro. ¿Qué tenía que hacer? Lo más probable sería que no coincidieran nuestros pensamientos, menos aún nuestros proyectos (los míos eran vagas esperanzas reprimidas). Opté por quedarme quieto, con el vaso en la mano, mirándola. Y ella me miró también, no sé qué quería decir aquella mirada. Por fin dejó el vaso en la mesa, se levantó, pasó por detrás de mí y, del conjunto de fotografías que yo había visto, cogió una y me la mostró. «Es mi madre.» Y después me enseñó otra, de un muchacho:

2. Los años de aprendizaje

«Éste es mi hermano Klaus». Bien, ¿y qué? Volvió a sentarse, las piernas siempre juntas, pero enteras a mi vista, desde las rodillas, unas piernas largas, acaso el pie un poco grande. «Mi hermano Klaus está encerrado en un manicomio. Tengo otro hermano, ese que ves vestido de marino, Richard. Hasta el momento parece un hombre normal, aunque su empeño en ser marino mercante y no seguir con los negocios de la familia se haya interpretado, al menos, como una rareza. Ni mi hermana Ethel ni yo somos locas. Tampoco lo es mi padre, ni ninguna mujer de las conocidas o recordadas. La locura la contraen los hombres y la transmitimos las mujeres. De eso, al menos, nos han convencido o intentado convencernos, sobre todo algunos médicos. Yo no lo he creído nunca. Las razones no podría explicártelas.» Fue entonces cuando se levantó y se acercó a la ventana. De espaldas a mí, continuó hablando: «Mi madre quedó fuera de sí cuando se comprobó la insania de Klaus, que era el más pequeño, el que ella más quería. Pareció volverse loca, pero no era más que el dolor lo que la hacía desvariar. Yo era una niña, ocho o nueve años, y ni Ethel ni yo entendíamos lo que pasaba a nuestro alrededor, el porqué de aquella extraña conducta de mi madre, la tristeza invencible de mi padre, la casa siempre sombría. Vivíamos Ethel y yo como aplastadas. Nos prohibían ser alegres, nos obligaban al silencio y a la pena. Algún tiempo después ya fue necesario internar a Klaus sin esperanza: sería un loco más de los de la familia, la marca negra de la voluntad de Dios. Mi madre dejó de llorar, pero se endureció. No volvimos a verla sonreír, no volvió a besarnos, parecía tenernos odio. Richard se había evadido ya de aquel hogar sin palabras amables, sin dulzura; hacia sus estudios, navegaba. Nos enviaba tarjetas, a mi hermana y a mí, desde todos los puertos y en todos nos deseaba la felicidad. Pero cada vez que llegaba una de ellas, la mirada de mi madre se endurecía más, se llenaba de más odio, un odio que lo mismo la llevaba a romper furiosamente un vaso, que a desahogarse en una de nosotras, a quien daba sin motivo un bofetón, o echaba de su presencia. Ethel y yo anhelábamos el momento de salir para el gimnasio; allí, a pesar de la disciplina, nos sentíamos libres, y temíamos el momento de regresar. Mi padre se escondía, nos evitaba, evitaba a mi madre, hacía largos viajes con el pretexto de los negocios. En uno de ellos, permaneció algún tiempo en América del Sur, casi dos meses. Fue un tiempo en que mi madre mantuvo largas conversaciones con el médico de la familia, un hombre joven, extraño, que tampoco sonreía; a nosotros no nos llamaba la atención, porque aquel médico era como de la casa, era como propiedad de mi madre, con la que estaba de acuerdo, a la que casi obedecía. Era uno de esos médicos con escasa clientela, por demasiado moderno, tenía fama de peligrosamente avanzado. Puede decirse que vivía de nosotros, y que mi madre era una de las pocas personas, si no la única, que compartía sus teorías: yo creo que las compartía con fe apasionada, furiosa; es posible que viera en él a un redentor de la Humanidad; por redentor, incomprendido. Una mañana, en vez de ir al gimnasio, nos llevaron, a Ethel y a mí, a una clínica privada. Las explicaciones que nos dieron no las recuerdo, ni creo que fuesen explicaciones, sino órdenes. Tampoco lo que nos hicieron allí: como que ni nos dimos cuenta de que nos habían anestesiado. Despertamos en nuestras camas una junto a la otra; había una enfermera que nos cuidaba día y noche, y el médico, que venía a vernos. Teníamos que estar quietas, pero podíamos hablar y leer. En alguna parte había unos vendajes: pensábamos que nos habían sacado el apéndice. Nuestra vida, después de aquel incidente, siguió lo mismo. Y el hecho de que nuestras compañeras empezasen a menstruar, y nosotras no, no tardó tiempo en sorprendernos; pero ese momento tenía que llegar. Acordamos preguntarle a mi madre el porqué de aquel retraso: no éramos tan ignorantes que no supiésemos que podía obedecer a alguna deformidad, a algún defecto, común a ambas por ser gemelas. Mi madre no nos dio una respuesta, sino largas, y explicaciones vagas. "Ya os llegará, como a todas las mujeres, ya os llegará." Pero no llegó, y no había llegado cuando entramos en la universidad. Por lo demás éramos dos muchachas sanas y vitales. Alguna vez hablábamos de aquella singularidad, que ya nos lo parecía, porque teníamos la información necesaria, y nos causaba inquietud. ¡Diecisiete años! Los chicos ya nos rondaban. Éramos bonitas... Ethel se preocupaba más que yo. Un día me dijo que iba a que la examinara un ginecólogo. "¿Sin saberlo mamá?" Tampoco había por qué contar con ella: estaba en Hamburgo, y nosotras en Heidelberg. No aconsejé a Ethel, pero tampoco la disuadí. Lo hizo. El médico le reveló que estaba vacía, que le habían extirpado los ovarios, la matriz... Cuando me lo dijo, me llevé las manos al vientre. "Pero, ¡Dios mío! ¿cuándo? ¿Y por qué?" ¡No puedes imaginar qué espantosa fue aquella tarde, las dos encerradas en nuestra habitación, pensando en suicidarnos! Y no teníamos a nadie en quien confiar, a quien acudir en busca de una explicación que, por otra parte, nadie podía darnos, más que mi madre. Decidimos ir a Hamburgo, hacerle frente, exigirle una respuesta. Lo hicimos. Le sacamos una sola frase: "He evitado que, como yo, seáis madres de locos". Nos había esterilizado para eso. Hablamos con nuestro padre. No sabía nada, se sorprendió como nosotras, sintió nuestro dolor a su manera, pero tampoco podía darnos el remedio, porque no lo había. Fue Ethel la que le dijo que no volveríamos a casa. Él lo comprendió y nos aseguró la vida. Venía a vernos a veces». Ursula había hablado sin interrupción, con voz monótona, sin inflexiones, sin dramatismo, como quien recita una historia sabida. Y después de sus últimas palabras cogió el vaso de whisky, echó un trago largo y me pidió, segunda vez en el día, un cigarrillo. Me levanté para dárselo, y, al cogerlo, cogió también mi mano, sólo cogerla y apretarla, sin retenerla. Fue entonces cuando se puso en pie y me empujó suavemente hacia mi butaca. «Siéntate. Los espectadores de un drama suelen estar sentados.» Ella lo hizo también, no ya en el sillón, sino en el brazo, con la pierna montada, el cigarrillo en la mano y la cabeza baja. Un cabello caído hubiera completado la imagen del dolor, pero lo llevaba, como siempre, tirante y apretado en un moño. «Tal vez un hombre castrado pudiera comprenderme, pero no me gustaría encontrar esa clase de comprensión. Hay cosas, sin embargo, difíciles de explicar. Ya no se trata sólo de la imposibilidad de tener hijos; esto es lo más fácil, lo más evidente. Lo mismo Ethel que yo hubiéramos podido quedar ahí, en la maternidad frustrada, o darle la vuelta y alegrarnos por la imposibilidad de una maternidad involuntaria. Hasta creo recordar que alguien nos dio esa salida. No la aceptamos por alguna razón que no creo recordar, quizá porque no haya existido. Aquella amiga nos dijo: "¿Qué más queréis?" Hubiéramos podido responderle y tal vez le respondimos que queríamos más, aunque no supiéramos qué, pero llegamos a saberlo, hablando Ethel y yo, rasgándonos el alma. Esas entrañas de las que me despojaron hubieran, desde su oscuridad, encaminado nuestras vidas de otra manera. Nos fuimos dando cuenta al vernos distintas de las demás, distintas de una manera profunda. No es ya que nuestros proyectos fueran diferentes, sino que lo era nuestra manera de estar en el mundo, tampoco como un hombre. Ocupábamos un lugar intermedio entre ellos y ellas, y mis sentimientos sólo se parecían a los de mi hermana. Compartíamos una rabia sorda contra todo que a veces se manifestaba en deseos de ser malas, de hacer daño, y, otras, en una exigencia de justicia más allá de lo posible, en la necesidad de cambiar el mundo, sin darnos cuenta de que en un mundo distinto habríamos sido igualmente incompatibles con él. Mi hermana encontró entonces un muchacho del que se enamoró, y que le dio una solución, la de luchar por ese mundo justo. Ésta fue la causa de que entrase en el partido comunista y de que se entregase

2. Los años de aprendizaje

a él en cuerpo y alma. Yo no fui más allá de la tentación, quizá porque en la universidad nuestros estudios diferentes hubieran roto, o al menos quebrantado, aquella semejanza de siempre, aquella coincidencia que nos hacía muchas veces sentirnos una sola como si tuviéramos el mismo corazón. El caso fue que Ethel estudió matemáticas y yo arte. Las matemáticas hicieron a Ethel dogmática; a mí, el arte me hizo escéptica. No ya su estudio sino su realidad, fue en un principio una especie de consuelo, o una especie de engaño. Lo fue hasta que llegué a comprender que el arte también tiene sexo, y que una mujer castrada no podía sentirlo ni vivirlo hasta el tuétano, como yo deseaba. Si dejé el arte y estudié economía fue porque el dinero carece de humanidad, no tiene sexo, ni alma, se rige por unas leyes sin sangre: al menos en esa zona intermedia en que nosotros nos movemos. Más abajo está la miseria; lo que hay más arriba lo ignoro, aunque lo sospeche, pero sé que nunca llegaré a ser iniciada en sus misterios.»

Otra vez quedó en silencio. El cigarrillo se le había quemado entre los dedos, y la ceniza le caía en la falda. La sacudió y volvió a levantarse. Quedó un momento como si vacilase. Y entonces yo hice algo que no había pensado, que no tenía nada que ver con las palabras dichas, que no sé cómo lo hice ni por qué. Me levanté, me acerqué a ella y le dije: «¿Quieres soltarte el cabello?» Y ella, quizá asombrada, con esa mirada del que se halla ante lo incomprensible y lo absurdo, se llevó las manos al moño y lo soltó. Le cayó sobre los hombros una cabellera larga y fina. Y yo se la acaricié. No sé si, entonces, ella lo mismo que yo, comprendimos que había alguna razón para lo que yo había hecho, aunque no estuviese muy clara (todavía no lo está hoy para mí). Pero mis manos acariciándola parecían la justificación, o quizá una respuesta de quien no comprende claramente, pero necesita mostrar una adhesión. Un beso hubiera significado lo mismo, pero era más ambiguo. Sí. Hice bien en no besarla.

Terminé la caricia dejando que mis manos quedasen sobre sus hombros. «Lo que siento es tan nuevo que no sé cómo decirlo.» Ella me sonrió con dulzura. Volví a sentarme.

«Mi hermana me sirvió de espejo para entenderme a mí misma en la medida en que eso era posible. Dejamos de vivir juntas, pero durante mucho tiempo nos veíamos, hablábamos de nosotras, siempre de nosotras. Yo era lo único que conservaba Ethel de su pasado, lo único que amaba, porque mi padre había roto con ella cuando se juntó con un hombre sin casarse. Venía a verme, me contaba sus cosas, jamás las de que fuese o no feliz con su amigo, sino sus aventuras, riesgos, hazañas. No era evidentemente la única muchacha revolucionaria que conocía: en aquel tiempo abundaban en la universidad y fuera de ella, y eso fue lo que me permitió compararlas con mi hermana. A ellas, el afán de lucha, el ansia de justicia o, simplemente, el deseo de vengar al camarada muerto, les salían de las entrañas; a mi hermana, en cambio, le salían de la cabeza. Y cuando mataron a su amigo, su dolor y su furor eran mentales. Entonces, no antes, comprendí que había un modo femenino de vivir, un modo que lo abarcaba todo, no sólo el amor y las otras pasiones, y de eso era de lo que nos habían privado. Después, mi propia experiencia me permitió completar aquellas convicciones. Tuve amores, pero nunca supe entregarme con esa totalidad con que se entregan otras, ese modo que compromete a toda la persona; y los hombres con quienes fui sincera se apartaron de mí. Uno de ellos me dijo algo que no olvidaré jamás: "Para ser una mujer completa te falta el instinto maternal. Hay un momento en todo amor en que la mujer tiene que ser un poco madre". Yo ya lo había leído en Freud, pero no es lo mismo lo que lees que lo que te dice un hombre que ya no volverá a tu lado.»

Alguna vez, no sé si muchas o pocas, las grandes decisiones, aquellas en que uno se juega a sí mismo a un solo albur, no son meditadas, sino que emergen, como un chorro de fuego que no se espera, de algún lugar (¿lugar?) de los oscuros, de los que escapan a nuestra voluntad deliberada. Aparecen súbitos, y sólo nos damos cuenta de su alcance. Entonces uno se asusta, o se alegra de no haberlo pensado antes, de no haberlo razonado. Algo así debió de ocurrirme a mí en aquel momento, cuando me levanté, me acerqué a Ursula y le dije sencillamente: «¿Por qué no te casas conmigo?». Me miró, no me respondió, pero cogió mi mano. Pude seguir hablando, aunque la mirada de ella continuase fija en la mía, una mirada en que a la sorpresa había sucedido la simpatía, o acaso la ternura: lo que me llegaba por la presión de su mano. «Soy un hombre libre y estoy solo en el mundo. Soy, pues, dueño de mí. Lo que te ofrezco es más que una respuesta sentimental o la manifestación de un deseo que tú ignoras. Te ofrezco un matrimonio serio, lo que se entiende por serio en este mundo en el que todavía vivimos, lo mismo tú que yo. Soy medianamente rico, tengo una casa en España y otra en Portugal, ambas hermosas, aunque muy diferentes. Estoy seguro de que te gustarían y de que te hallarías bien en ellas. ¡Lo que podrías hacer allí!... Podremos vivir en España o en Portugal, como tú quieras, en Villavieja, en las orillas del Miño, en Madrid o en Lisboa. Ya te dije antes que carezco de palabras para responderte, pero esto es un ofrecimiento que vale más que las palabras. Espero que serías feliz.» «¿Y tú?», dijo ella. «Yo, ¿quién lo duda? ¿Qué más puedo desear?»

No me soltó, y no dijo más palabras, pero acercó su mejilla y la tuvo pegada a mi mano no sé cuánto tiempo. ¿Quién sería capaz, en esas condiciones, de medirlo? ¿Es que acaso un tiempo así tiene medida? Pasó el que pasó, el que fuera. Entonces me pidió que me sentase. Lo hice. Ella dejó su sillón, se acercó al mío, no por el frente, por un costado, y allí quedó, no sé si arrodillada o sentada sobre las piernas. Le veía la cara y los hombros. Sus manos se movían, conforme me hablaba, casi a la altura de mis ojos, un poco alejadas de ellos.

«Yo sé que nunca me reprocharías mi esterilidad, por mucho que deseases un hijo, y sé también que estos pocos años que nos separan tardarían en ser un inconveniente: de eso me encargaría yo. Si las dificultades sólo fueran ésas, te diría que sí, te lo diría con entusiasmo, con esperanza. Pero ¿qué es lo que puede salir de mí? Alguna vez te hablé de mis terrores. De alguno de ellos me libraría en tu compañía. ¡Muchas cosas tendrían que pasar en el mundo para que fueran a perseguirme por judía en España o en Portugal! No. Es a mí misma a quien temo, porque no sé lo que puedo llegar a ser, lo que puedo querer, lo que puedo hacer. De ese mi cuerpo vacío puede salir lo más terrible porque, donde estaban mis entrañas, hay un demonio que escapa a mi voluntad y que a veces se manifiesta. Por mucho que te quiera hay cosas que no puedo prometerte sin engañarnos a los dos. ¿No sería peor construir una vida en común, confiar en ella, y ver cómo un día, inesperadamente, sin una razón válida, yo misma la destruía? No sé cómo explicarte... Piensa que estoy rota, que entre los pedazos que me constituyen hay abismos cuyo fondo desconozco, pero que me dan miedo. Si un día emerge su maldad y me domina, ¿de qué seré capaz? El día en que eso suceda, no quiero que nadie de mi amor esté a mi lado y lo padezca. Y tú eres mi pequeño amor.» Tal vez se escondió entonces para que no le viera una lágrima o para ocultar un sollozo. Dejé de ver su cara y sus manos, pero sentía su cabello en una de las mías, que colgaba fuera de la butaca. «Hace dos años –continuó– tuve una de esas crisis, aunque no terrible. Sencillamente hallé que el mundo carecía de sentido, y yo con él. Entiéndeme bien: no fue una de esas experiencias que suceden a una lectura que te dice eso mismo, y tú después lo sientes, sino algo espontáneo, sin razón aparente; algo que supongo que le habrá sucedido a mucha gente: una tarde cualquiera, un anochecer, bajo unos árboles, por un paseo, o en medio de una fiesta, salta esa pregunta desde el fondo de uno mismo. "¿Por qué y para qué?" Por lo general son momentos transitorios: se olvidan, son sensaciones que se van lo mismo que vinieron, y uno sigue viviendo. Pero por esa causa que me mueve sin que yo lo quiera, por ese vacío, insistí en las preguntas, porque insistía en no sentirme necesaria, ni siquiera justificada, y no te sorprenda esta palabra que para nosotros los protestantes es más grave que para los católicos, es una clave de vida, aunque ya no creamos en Dios. ¡Hay que justificarse! ¿Cómo? ¿Por qué? Un ser sin sentido carece de justificación, y es estúpido buscarla. Sólo con mi hermana podía hablar, y hablamos. Mi hermana tiene la misma solución para todo: "Únete a nosotros, lucha con nosotros". Entre la gente con la que se mueve mi hermana hay algunos, quizá muchos, que saben por qué y para qué luchan, tienen muy claros unos propósitos y unos fines, pero no creo que mi hermana sea como ellos. Ethel lucha por la lucha misma, en la lucha se resume el porqué y el para qué. Y eso no basta pensarlo, ni siquiera hay que pensarlo, basta sentirlo. Yo no lo sentía y por eso no me uní a ella. Oí una vez hablar de ciertas excelencias de un monasterio católico, un monasterio de monjas y fui a él. Tampoco sé por qué, acaso una esperanza. Yo soy presbiteriana calvinista. No se lo oculté a las monjas, pero aun así me admitieron en su compañía como una más, aunque sin compromiso. Desaparecí enteramente del mundo, entré en aquel de mujeres solas, hice lo que hacían: al parecer una rutina muy bien reglamentada que incluía ciertas satisfacciones estéticas, pero no lo era, y ése fue mi primer descubrimiento, no lo era porque, para ellas, los ritos, los rezos, el trabajo, el descanso, tenían un sentido que lo abarcaba todo y lo excedía, que iba más allá de lo presente y lo visible, no sabía, en un principio, hacia dónde. Bueno, llegué a saberlo: hacia Dios. Casi todas las semanas venía un monje a hablar con nosotras, y digo a hablar, porque no eran sermones, sino conversaciones. No me cuesta trabajo reconocer que era un hombre extraordinario, era él quien las había sacado de la vulgaridad, de la trivialidad, y creado el alma de aquella comunidad. Entiende lo que te digo: no actuaba como varón entre hembras, sino como poseedor de una palabra que comunicaba y engendraba santidad. Lo que hacía con su palabra era construir y sostener una especie de escala entre el corazón de cada una de aquellas mujeres, o del corazón unánime de todas, y Dios. Pero, en mi caso, en esa escala faltaban algunos peldaños, y mi corazón quedaba fuera. Para mí, la santidad no quería decir nada, o era, al menos, un estado inaccesible. Entiéndeme bien: nada me llamaba desde fuera, ni siquiera las urgencias del sexo. Hubiera sido capaz de mantenerme casta por un tiempo indefinido, de renunciar al mundo, a condición de sentir lo que ellas sentían, el amor, una clase de amor cuya naturaleza vivían, entendiéndolo o no, pero que a mí me faltaba. Cuando decidí marcharme, pedí a aquel monje una entrevista privada. Hablamos mucho tiempo, lo supo todo de mí, creo que me entendió y me compadeció. El único remedio que se le alcanzaba era lo que yo había visto y vivido, y que desgraciadamente, infundirme el amor que me faltaba no estaba en sus manos. Terminó prometiéndome rezar por mí. Y lo curioso fue que cuando se lo referí a mi hermana, me respondió: "Todo eso es pura imaginación, pura irrealidad. Si tuvieras que mantener un hogar y carecieras de lo necesario, te darías cuenta de lo que es importante y de lo que es frívolo". Mi hermana no se da cuenta de que su entrega a la redención del proletariado, por lo que quizá dé la vida, tiene la misma raíz que mis congojas. Ella es también una burguesita descontenta, más o menos intelectual, que no puede parir.»

Aproveché una pausa que hizo para preguntarle si era religiosa. «No lo sé. Probablemente no; pero ¿quién sabe lo que hay en el fondo de cada cual? Yo fui educada en el calvinismo, ya te lo dije, y me enseñaron que Dios es terrible, y que su dedo inexorable nos señala desde el nacimiento para el bien o para el mal. Supe que había otros dioses: el de los luteranos, no menos terrible que el mío, o el de los católicos, un poco más benévolo. Cuando llegué a la edad en que se puede elegir, no lo hice porque, en mi corazón, hacía a Dios responsable de mi desgracia. Y preferí olvidarlo, aunque...»

Se levantó de donde estaba sentada o arrodillada y pareció vacilar una vez más. Yo hice intención de levantarme también, pero me detuvo con un ademán. Miró alrededor. ¿Buscaba un asiento, o una postura? ¿O simplemente resolvía en movimientos sin sentido su vacilación interior? No sé si me lo preguntaba o si me limitaba a mirarla, sin cuidarme de que se moviera con un propósito o un fin; preludio de nuevas confesiones, o punto final. En el hecho de mirarla encontraba algo así como la conclusión de que no había preguntas ni respuestas, sino sólo una mujer que, de pie ante mí, parecía dudar, pero que, entretanto, contemplarla me daba todas las soluciones, y un apaciguamiento íntimo, como una oscuridad. De repente se detuvo: «O sabrás esto sólo de mí, o algunas otras cosas. Depende de que quieras que te lleve a tu casa o de que prefieras quedarte. Te prevengo que no soy una amante cómoda». Yo tardé en responderle: «Soy un amante inexperto». «Y eso ¿qué importa?» Yo permanecía en el sillón. Se dejó caer en mi regazo, me abrazó, escondió la cara en mi hombro y estuvo así, quieta, bastante tiempo. Al final, me besó. Yo me había limitado a acariciarla.

16

Lo que empezó aquella noche lo recuerdo, en parte, como los trámites ordenados, efectos en cadena, de la misma causa: dos que se aman en un mundo al que no importa que se amen, también como tumulto o revoltijo en que unos hechos reaparecen claros o en penumbra; así fue, quizá haya sido así, sin un antes y un ahora. Salvo el comienzo, que ya he contado, y el incierto final, diluido en distanciadas intermitencias.

Hoy me atrevo a decir que se acabó, como yo mismo un día de éstos, ¿quién lo sabe? La fecha incierta no se presiente. Estos recuerdos, así, en maraña, no surgen quietos; vienen y van, parecen girar, mezclarse, perseguirse, furiosos o frenéticos, ni uno solo tranquilo ni duradero. Los que aparecen iluminados, aunque nunca enteramente, son momentos cualesquiera en que culminó el amor: aquella tarde en que ella resbaló y estuvo a punto de caerse del bote al río, o aquella otra de lluvia, en que cuando iba a pedirle que detuviese el coche, porque necesitaba besarla, ella paró de repente y me besó. Pero después pierden la luz y se pierden ellos mismos en el general olvido, y son otros los que ocupan su lugar y se iluminan, para en seguida también desvanecerse: los miedos, las esperanzas irracionales, algún gemido. Contarlos es difícil al no existir en la memoria ese orden que el relato requiere. Tampoco es fácil describirlos, por la imprecisión de sus contornos al recordarlos, por su fugacidad. ¿Se distanciaron, o coincidieron, esta caricia con la otra, o es que duplica la memoria lo que fue uno? Acontecieron, sin duda, un día después de otro, y con su ritmo. El orden se perdió en el olvido: del ritmo, me queda la sensación, antes la llamé frenética, real como los acontecimientos mismos. Ursula la imponía, no en el ejercicio del amor, precisamente, aunque a veces también, sino en la vida en común que llevamos durante cierto tiempo, el poco que nos duró; un instante en mi recuerdo, quizá dos o tres meses en la realidad de Londres de aquel año. Pero ¿quiere decir algo el tiempo? Todo el que alguna vez amó sabe que su sentido se pierde, que el amor tiene duraciones propias nunca uniformes, a veces agitado, otras tranquilo. Rapideces y demoras las hubo también en el nuestro, lentitudes como eternidades, vértigos furiosos que no son nada en el recuerdo, porque también tiene su tiempo la memoria y alguna ley que se esconde debajo de su capricho, nos trae la imagen como quiere, no como fue. ¡Las veces en que me he recreado, a lo largo de todos estos años, en dilatar los instantes! Pero ¿siempre los mismos? También en éstos debe de haber su ley o su capricho, en la reaparición inesperada, involuntaria, de secuencias enteras que huyen como vinieron, que no se dejan retener y que difieren en cada una de sus apariciones, porque lo que sucedió fue siempre más complejo y más rico que lo que reaparece y no cabe de una vez en el recuerdo: ahora lo ves así, después de otra manera, las mil caras de la realidad, centelleantes, e inasequibles. Y, luego, a la memoria la condicionan las circunstancias del momento real, y las de este en que recuerdo. Por ejemplo, lo que busco en ese maremágnum, del cuerpo de Ursula: no es visual, sino táctil. Se dejaba acariciar en la oscuridad, pero algo más fuerte que ella le impedía mostrar su cuerpo a la luz. Se disculpaba con la educación puritana, quizá fuese cierto. Sin embargo, la impresión que deja la caricia es más intensa que la de la mirada. Ver precede a tocar, lo que los ojos perciben lo reconocen las manos, lo recorren, lo hurgan, lo aprehenden. Y para eso no hace falta luz. Cuando intento recordar el cuerpo de Ursula tengo que poner la memoria en los dedos, en las palmas de las manos, y preguntar por los inacabables caminos que crearon. Fueron tantos que se confunden y a la postre quedan en uno solo, el cuerpo entero quieto en la oscuridad, si no es su mano, que me busca. Pero esto me impide saber si amaba con los ojos abiertos o cerrados, y si al amar sus ojos resplandecían. Probablemente, sí, porque es lo acostumbrado; pero me disgusta imaginar como propios de Ursula los ojos de otras mujeres que vi, efectivamente, embellecidos. Prefiero dejar en mera incertidumbre lo que fue luz invisible. Recuerdo, en cambio (muchas imágenes fundidas) que después del amor quedaba silenciosa, acostada sobre el vientre y la cabeza entre los brazos, como si durmiese, algo apartada de mí, digamos sola. Eso pensé alguna vez, acaso la primera, y creí prudente retirarme; pero ella sintió que me apartaba, me sujetó con su mano y dijo: «Espera». Aquella especie de ausencia le duraba más o menos, nunca tanto que me desesperase; después volvía parsimoniosamente a la proximidad y a la ternura, como quien pasa de un tiempo a otro, de un tiempo casi inmóvil a la palpitación del juego renovado. Alguna vez me pareció que durante aquellas quietudes asistía a una especie de rito personal que permitiese a Ursula revivir los sentimientos y las sensaciones inmediatas, que los prolongaba: una suerte de técnica al alcance de experimentados y de sabios, a la que yo no tenía acceso, y por eso me causaba una amorosa envidia, si así puedo llamar al deseo incumplido de participación, o quizá como quien queda a mitad de camino, mientras el compañero progresa. Lo que podía adivinar en la penumbra, aquello a que asistía, no me daba para imaginaciones sublimes: sólo un cuerpo en silencio, impenetrable. Hoy he llegado a comprender, o al menos a imaginar, que la mutilación de Ursula le hubiera obligado a construir su vida alrededor del sexo, entendido, no como cualquier muchacha de su edad y educación, sino de manera personal y sin parangón posible, un modo que la condujese precisamente a cierto umbral de misticismo erótico que me resultaba, más que inalcanzable, ajeno. ¿No buscaría inútilmente, no esperaría que le llegase esa comunicación profunda con la realidad que algunas mujeres alcanzan a través del sexo? Ahora lo veo así, pero nunca se está seguro de haber llegado al fondo del corazón del otro.

Hablé de frenesí. No partía de mí, sino de Ursula. Daba la sensación de que era escaso nuestro tiempo, de que ella sabía a qué hora le llegaría el fin, y de que había que colmarlo sin dejar un entresijo vacío. Hicimos aquel tiempo (¿dos o tres meses?) lo que pudiera hacerse en un año. No sólo las confidencias que dejaban en claro, a cada uno de nosotros, la intimidad del otro (¡y qué fácil es engañar con la verdad, y sin quererlo, de qué modo es posible que un conjunto de revelaciones verdaderas construyan fuera de uno una imagen ficticia!), como si nuestra necesidad de posesión recíproca pretendiese alcanzar a la totalidad de las personas, sino que intentamos acumular hechos que llegasen a constituir el sucedáneo engañoso del «toda una vida» a que aspiran, por la naturaleza del amor, los que se aman. Salvo aquellas horas en que nuestros trabajos nos mantenían separados, todo lo demás se hacía en común, así lo cotidiano como lo extraordinario. Pero necesito destacar un matiz que quizá nos confiriese singularidad: parecía como si Ursula quisiera enseñarme todo lo que yo ignoraba, o bien ponerme en la situación de aprenderlo, aun cuando ella no estuviese; lo que se dice dejarme encaminado, y esto era tan evidente, que un día se lo pregunté. No escabulló la respuesta (no solía hacerlo), y ahora puedo resumir con palabras mías lo que entonces me respondió: obedecía a su necesidad ineludible de justificación. ¿Ante quién? No ante mí, por supuesto, pero quizá ante algo que, sin quererlo, yaciese en el fondo de ella misma. Aunque estuviese convencida de que nuestro amor se bastaba y se agotaba también en nosotros, sin relación con nada ni con nadie, no podía eludir aquella especie de mandato que surgía de su conciencia, la convicción de que el amor era pecado si se reducía a nuestros límites, por inmensos que fueran. «¡No podemos tener un hijo, hay tantas cosas en que puedo ayudarte!» Así reaparecía en ella, transmutada en pedagogía, la maternidad imposible. Y otra vez me dijo que había llegado a sus brazos casi adolescente, y que quería que saliese de ellos pisando el mundo con seguridad. Y fue en aquella ocasión, eso sí que lo recuerdo ahora, cuando, a una pregunta mía («¿Temes que esto no dure?»), me respondió que sí, que lo temía, que no podía evitar un presentimiento de que algo nos iba a separar. Y era este miedo, quizá seguridad, lo que la empujaba a consumir los instantes, a vivir en poco tiempo lo posible y buena parte de lo imaginable.

Nada de esto quiere decir que no fuese capaz de ternura. Solía llamarme en inglés «mi pequeño poeta», pero una vez me pidió que le enseñase a decir en portugués «mi pequeño Filomeno». Tuve que disimular la sonrisa que aquel deseo me causó, y no pude evitar el recuerdo de Belinha, cuando le dije: «Meu pequeno Filomeno», que corregí en seguida: «Meu meninho Filomeno», y mejor aún, «Meu meninho». Lo ensayó varias veces, la corregí hasta que lo pronunció como una garota de la ribera del Miño, y mientras jugábamos a enseñar y aprender, yo me daba cuenta de que siempre le había ocultado el nombre de Ademar, y toda la faramalla del Alemcastre, de que me avergonzaba ante ella sólo de pensarlo. Llegué a creerme libre de aquel pasado. En el mundo creado por Ursula y por mí, Ademar quedaba flotando como una noción remota, ni siquiera una imagen. Ursula me había reconciliado con mi nombre, y no sentía necesidad de renunciar a él. Cierta tarde, ya pasado bastante tiempo de nuestras relaciones, la llamé «Minha meninha Ursula», y entonces se le llenó la cara de resplandor, como si hubiera triunfado, y me dijo: «Estoy muy contenta de que me llames así y, sobre todo, de que lo sientas». Y de verdad lo había sentido; de verdad me había considerado, en aquellos instantes, no sé en qué sentido, por encima de ella, si más fuerte, o más viejo, o simplemente, más seguro. Se debió a que la tenía en mis brazos como a una niña.

De todas maneras no puedo asegurar que aquel amor haya transcurrido con naturalidad, porque estuvo, desde el principio, subrayado por esa inquietud que dije, que era como su asiento secreto. Muchas veces, despierto en medio de la noche y escuchando, a mi lado, la respiración de Ursula, sintiendo en mi costado la caricia del suyo, o en mi mano sus cabellos, sentí temores súbitos de que nuestra relación se rompiese, de que ella se fuese un día cualquiera después de explicarme, con sus mejores palabras, que todo es efímero y el amor más que nada. Varias veces, durante aquel tiempo,

2. Los años de aprendizaje

volví a proponerle que nos casáramos y aunque no se negase, lo relegaba con una sonrisa o un beso, a una fecha incierta, después de ciertos acontecimientos a los que aludía, pero que nunca dijo con claridad cuáles eran: «Deja, no hablemos de eso». Nunca pensé que un pasado secreto lo impidiese; se trataba, por lo que pude colegir, de secretos futuros. Tenía sueños ingratos. Solía escucharla dormir y con frecuencia su placidez se interrumpía por un grito débil o por un sollozo.

De aquellos meses conservo fotografías. Tenía Ursula una cámara alemana que llevaba en el bolso, y lo mismo que le gustaba recoger imágenes de edificios, de paisajes, de rincones, lo hacía de momentos de nuestra vida en común, de objetos triviales que en algún momento hubieran tenido sentido personal para nosotros, o bien una actitud, una postura. No constituyen esas fotografías los testimonios ordenados de una historia de amor, sino sólo momentos inconexos, bastantes de los cuales, al contemplarlos, desplazan mis recuerdos: la imagen de una catedral en medio de praderas o junto a un río, de un castillo, cuando no de un rebaño de carneros en medio de un camino. Difícilmente se asocian con las imágenes de una noche en una posada, o de una cena feliz en un figón. Pero todo ha envejecido, ha perdido calor. Amarillea como las fotografías mismas.

La placidez aparente de nuestras relaciones se alteró una tarde en que me leyó, en un diario, noticias de Alemania: la lucha en la calle se había recrudecido, las organizaciones nazis habían llegado a acorralar prácticamente a los grupos comunistas, y cantaban victoria. «Uno de los acorralados es mi hermana.» Desde aquel momento, el dolor y el temor por la suerte de Ethel estuvieron presentes, prestaron al amor una sutil e indudable amargura. No alteró la apariencia, lo que ya era costumbre: sí su sabor. Fue entonces cuando empecé a pensar de verdad que aquello se acababa. Nos entristecimos y no disimulábamos la tristeza. Yo intentaba compartirla, pero, aunque aparentemente iguales, no era la misma. Yo no conocía a Ethel, no la amaba, no podía temer por ella. Mi temor pudiera resumirse en una afirmación grotesca: Filomeno iba a morir.

Fue la suya una agonía intensa y breve; empezó al telefonearme Ursula para pedirme que al salir del trabajo fuese directamente a su casa. No quiso decirme más, pero advertí la congoja de su voz. Al abrirme la puerta, vi en su rostro el dolor: la mirada, fija; ella, desalentada. Adiviné la muerte de Ethel y me limité a abrazarla sin una palabra. Había cierto desorden en la casa, y en el salón, tres maletas a medio llenar. Fue allí donde me dijo: «Tengo que acudir al lado de mi padre: se siente culpable». «¿Te vas a quedar con él?» «Voy a acompañarle el tiempo necesario para que comprenda, sin que yo se lo diga, que estoy del lado de mi hermana.» «¿Y después?» Me miró con una mirada larga y triste. «¿Quién sabe? Mi hermana ha dejado un lugar vacío que de algún modo me corresponde llenar.» «Pero tú no eres comunista.» «No, y por eso a donde vaya no será un puesto de lucha. ¿Qué sé yo? Todavía estoy confusa. Lo que sé es que ha llegado lo que temía. Ya no soy dueña de mí. Mañana cogeré en Folkstone un barco para Francia. No quiero ir directamente a Hamburgo; tengo miedo de que me confundan y me maten también. Soy igual a Ethel. Prefiero ir por tierra, con tiempo para meditar y precaverme. ¿Querrás venir conmigo? A Folkstone, quiero decir.» «Sí, por supuesto.» «Ve a tu casa, coge lo necesario. Pienso salir en el coche dentro de hora y media. Llegaremos a tiempo de cenar allí.» Fui a mi casa, preparé un maletín. Iba a marcharme cuando se me ocurrió que ningún destino mejor para el reloj del mayor Thompson que entregárselo a Ursula. Lo metí en el bolsillo. Cuando llegué a su casa había cerrado las maletas y todo estaba en orden. «Toma, lleva esto también», le dije, ofreciéndole el reloj. Lo cogió, lo miró, me besó. «Gracias.» Hablamos poco durante el camino. Hacía una tarde de lluvia fina y apenas había coches en la carretera. En Folkstone buscamos

2. Los años de aprendizaje

un hotel. Durante la cena le dije que, puesto que ella se iba, poco me quedaba por hacer en Londres, y que me iría también. Quedamos en que me enviaría noticias a Villavieja. Fue aquélla una noche intensa de amor y de pena, una noche casi sin palabras. ¡Cómo habíamos llegado a entendernos en el silencio! Por la mañana nos distrajo el embarque del coche y el de la propia Ursula. Nos dijimos adiós como tantos amantes: ella en la borda, yo en la orilla del muelle, mirándonos, sólo mirándonos. Cuando el barco zarpó, cogí un tren para Londres. Aquella misma mañana, aunque ya tarde, pedí una entrevista con mister Ramsey y le presenté mi dimisión. No me pidió explicaciones, pero rogó que esperase unos días. Mistress Radcliffe mostró cierto sentimiento al saber que marchaba. Lo hice desde Southampton hasta Lisboa. El señor Pereira me recibió con alborozo: «Meu querido Ademar».

3. Los trámites de la espera

1

Aquellos días de Lisboa, pocos, los pasé como un barco al garete casi perdido. Me acosaban los recuerdos, esos recuerdos amargos sin esperanza, y me costaba un inmenso esfuerzo acomodarme a una vida que aún no sabía cómo iba a ser, que iba a ser como ceniza. El señor Pereira me retuvo con el cuento de mis intereses, y el tiempo se alargó lo indispensable como para que le llegase una carta de Londres en que el mismo mister Ramsey le daba cuenta de mi dimisión y le tranquilizaba acerca de mi comportamiento. «Dice que es usted todo un *gentleman*», y le bailaban los ojos de complacencia. Pero tuvo la discreción de no preguntarme el porqué de mi regreso: probablemente le bastó saber que no obedecía a ningún error profesional. Me preguntó acerca del destino que le pensaba dar a aquel dinero colocado en Inglaterra, la parte más saneada de mi herencia. «Se lo pregunto porque la situación internacional no es muy tranquilizadora, y es muy posible que aquí, en Lisboa, esté algo más seguro. Ya se lo indiqué otra vez.» Le respondí que siempre había confiado en él y que seguía confiando. «Se avecinan tiempos

3. Los trámites de la espera 223

duros, más tarde o más temprano.» También me preguntó por lo que pensaba hacer. «De momento, ir a Villavieja, no sé aún por cuánto tiempo. Después ya tomaré una determinación.» Para que no me creyera frívolo o caprichoso, le añadí que también en España tenía un patrimonio, por el que debía interesarme. Me preguntó si estaba en buenas manos: le respondí que sí. Volví a España por Madrid. Los empleados del hotel se alegraron al verme. «Parece usted otro, aunque todavía se le reconoce.» Pero el mayor júbilo, verdadero o cortés, lo mostró el director: no me sentí halagado. Busqué a Benito, quedamos en cenar juntos, le rogué que llevase a su novia. Si yo había cambiado en mi aspecto, él también: muy serio, finchado, suficiente, sin una nota alegre en su atuendo: ya parecía un magistrado en funciones. Estaba a punto de terminar la carrera, con notoria brillantez, y se esperaba mucho de él, aunque acerca de su porvenir no estuviera muy de acuerdo con su novia: él prefería una cátedra; ella, algo de más *prestigio* en la sociedad: insistía mucho en el *prestigio*. En cualquier caso, su porvenir pasaba por Bolonia, a donde esperaba ir al siguiente curso. «Los bolonios son la aristocracia de la abogacía», decía ella; pero yo no estaba muy informado acerca de los bolonios, lo cual seguramente me rebajó en la estimación de aquella señorita. «Y tú ¿sigues metido en eso de la poesía?», me preguntó Benito. No quise defraudarle; le respondí que, después de haber pasado todo aquel tiempo en un banco, pensaba dedicarme a las finanzas. «Para eso también te convendría acabar la carrera.» Quedamos en que lo haría. Benito, más que curiosidad por lo que me había acontecido, sentía necesidad de hablar de sí mismo: le dejé que lo hiciera. Comprobé que aquel tiempo había bastado para hacer de él un conformista; el mundo le parecía bien si no fuera por la política, su gran preocupación. Le escuché atentamente, porque yo lo ignoraba todo de aquel tema, y cualquier acontecimiento me cogería tan de sorpresa como me había cogido la república. El resumen de lo que me explicó Benito, que tenía informes «de muy buena tinta», era de que las cosas iban mal, de que las derechas se equivocaban tanto como las izquierdas, y de que en mucha gente renacía la más antigua esperanza española, la del hombre fuerte, con espada o sin ella. «Y tú ¿estás de acuerdo?» No me respondió ni que sí ni que no, sino con vaguedades teóricas y referencias al pasado de España y a nuestra mala costumbre de repetir las situaciones. Con la agravante, ahora, de que existía un partido comunista fuerte y bien organizado. «Tú no te habrás hecho comunista, ¿verdad? Tú eres un hombre rico.» Le respondí con la misma vaguedad con que él lo había hecho un poco antes. «Y ahora ¿qué vas a hacer? ¿Te quedarás en Madrid?» Tampoco lo sabía, pero no era probable que volviera a una ciudad donde nada me atraía. Acompañamos a Beatriz a su casa. Benito vino conmigo hasta el hotel; en el camino me preguntó si tenía novia. Le dije que no. «Pues te conviene buscarla cuanto antes. A tu edad, se está mal sin una novia.» La suya me telefoneó a la mañana siguiente, me dio una cita en un café. Parecía venir de misa, con mantilla y rosario. Las explicaciones que me dio fueron tan prolijas como vagas, interrumpidas constantemente por un «¡Ay Dios mío, si alguien me ve contigo!» Disimulaba el rostro con la mantilla, pero se quitó el abrigo para que viera la opulencia de sus pechos. Ella quería que Benito fuese diplomático, pero no lo encontraba suficientemente distinguido, sino con esa torpeza de los intelectuales. «¡Ay, si fuera como tú, un hombre con experiencia! ¡No hay más que verte la corbata!» También intentó convencerme de que una mujer tiene que mirar por su porvenir. Le entró luego una prisa repentina, me dio su dirección y se fue. «Debías venirte a Madrid. Un hombre como tú ¿qué hace en provincias?»

Villavieja del Oro no se conmovió con mi llegada. La verdad es que yo no hice nada para que se conmoviese. No tardé en darme cuenta de que la gente vivía para la política, de que no se hablaba de otra cosa, de que se pronosticaban catástrofes. Y fue en Villavieja donde me cogió la noticia del triunfo electoral de los nacionalsocialistas de Alemania. Si en algunos momentos había decidido, no sé si para engañarme, que Ursula se las habría arreglado para escapar al peligro, a partir de aquel momento no pude evitar la inquietud, que llegó, en momentos, a la angustia. Esperaba todos los días el paso del cartero como un enamorado primerizo que espera esa carta en que el amor se decide. Después bajaba al café, donde los antiguos Cuatro Grandes, bastante envejecidos, pero aún ternes, mantenían a su alrededor un corro de curiosos o de secuaces. Yo me sentaba un poco apartado, y me entretenía con la lectura de los periódicos; intenté olvidarme de que estaban allí y de que discutían en voz alta de cuestiones vitales, pero no lo hacían desacertadamente: como que llegué a escucharlos, disimulando mi atención con la supuesta lectura, y gracias a ellos logré entender algo mejor lo que estaba pasando por el mundo, y las presentidas catástrofes del señor Pereira comenzaban a cobrar forma. «Esto de los alemanes es como lo de Mussolini», dijo una tarde uno. «Está usted equivocado, y no hay más que mirar el mapa. Italia es un país periférico, su lugar de expansión es el África, y África le importa al mundo de una manera secundaria. No habrá una guerra porque Mussolini se apodere o deje de apoderarse de Abisinia. Pero los nazis son pangermanistas; su lugar de expansión es toda Europa; si no, al tiempo.» «En todo caso, ¿qué nos importa a nosotros? Quedamos lejos.» «Usted parece olvidar que, cuando lo del catorce, más de media España era germanófila y que muchos de aquéllos están aún vivos.» «¡No me va usted a comparar a Hitler con Guillermo II!» «No, pero Alemania es la misma.» Sí. Mas, para mí era sólo un lugar enorme y peligroso, en que estaba Ursula. Aquella gente acabó dándose cuenta de que yo la escuchaba; un día uno de ellos se me acercó, me dijo que era amigo de mi padre, y me invitó a que me uniera al corro. Fui, durante la primera hora, objeto de curiosidad. Venir de Londres, haber pasado allí tanto tiempo, me confería una especie de aureola y me daba derecho a la palabra en aquel local en que repercutía la Historia del mundo. Fue mi presencia la que alteró la monotonía de las discusiones, aunque no las hiciera desaparecer. ¡Pues no faltaba más! Pero las antiguas preocupaciones intelectuales, las que yo recordaba, surgieron del olvido. Se interesaban por el teatro, y pude hablarles largamente del inglés. También les agradaba comprobar por testigos lo que por lecturas sabían de Inglaterra, alegrarse de que no andaban descaminados, aunque yo pudiera añadir a sus conocimientos ciertos detalles que sólo se descubren por experiencia. Alguna de aquellas conciencias se sublevó al enterarse de cómo funcionaba el régimen de propiedad urbana en Inglaterra, y más aún cuando les informé de que la Iglesia anglicana poseía tanto y cuanto de tierras y de casas, y que a la mayor parte de los ingleses les parecía bien. «¡Y nos quejamos de lo de aquí!», dijo alguno. Y otro le retrucó: «Porque en Inglaterra sobreviva la injusticia medieval, no vamos a tolerarla en Galicia». De todas maneras, después de asistir varias veces a aquella reunión, concluí que, si bien todos eran republicanos, no se inclinaban a la izquierda radical, sino lo indispensable para no avergonzarse de sí mismos. De todas maneras, los momentos en que se hacía el silencio a mi alrededor y sorbían mis palabras, era cuando les hablaba de poesía. Los había entre ellos que habían traducido y publicado poemas irlandeses, pero sus informes acababan en lady Gregory y lord Dunsany más o menos. «¿Y ha visto usted a Chesterton? ¿Y ha visto usted a Bernard Shaw?» Sí, pero había visto también, o, por lo menos leído, a otros de los que no tenían noticia. La base de mi reputación posterior, de la que hablaré cuando llegue el momento, se estableció durante aquellos días: los que tardé en recibir una carta de Ursula, en francés, fechada en París, en la que en pocas líneas me comunicaba que estaba bien y me daba una dirección a la que escribirle. «Je pense à toi. Je t'aime toujours», como en una canción. No podía imaginar qué hacía en Francia, y, a pesar de eso, saberla fuera de su país me tranquilizaba, aunque me acusase a mí mismo por aquella tranquilidad. Le escribí diciéndole que me iba a Portugal. Incluía la dirección del pazo miñoto. Tenía que pasar por Lisboa a recoger mis libros, que habían llegado consignados al señor Pereira, y con los libros, algunos cachivaches. Había traído conmigo todo cuanto tenía un valor y ciertas naderías cargadas de recuerdos. Tardé, sin embargo, algunos días en hacer el viaje; el abogado de Villavieja que se encargaba de mis asuntos me recomendó que vendiera algunos predios, restos de la herencia de mi madre, y que no dejase de visitar el pazo de los Taboada; un caserón bastante destartalado, con escasos muebles, y una finca abandonada. Requería mi presencia y bastantes gastos, si quería dejarlo habitable, pero no me sentí capaz de acometerlo por mi cuenta, de modo que el abogado se encargó de hacerlo en mi lugar. Había en mi cuenta dinero suficiente y aquello era lo mejor en que podía gastarlo. Sólo cuando estos asuntos estuvieron en marcha, me fui a Lisboa, esta vez en tren por la costa, después de haberme detenido una noche en el pazo miñoto; sólo una noche, cenar allí, dormir, y salir muy de mañana para coger el tren. Mi maestro y la *miss* parecían una pareja feliz, tenían dos hijos internos en un colegio de Oporto, y se portaban como señores del pazo; tenían derecho, por lo bien que lo cuidaban y lo escrupuloso y detallado de sus cuentas, que mi maestro pretendió mostrarme aquella noche y que yo decliné hasta más adelante, cuando regresase. Anuncié que pasaría allí una temporada. Como me daba miedo tropezar con mi pasado, me limité aquella noche a los espacios indispensables, con la conciencia de que el reencuentro me esperaba inexorablemente. Sin que yo lo preguntase, me dieron noticias de Belinha, que no había vuelto de Angola, pero que enviaba nuevas de vez en cuando. Por lo pronto había tenido otra hija. Imaginé que, aunque no me hubiera olvidado, mi recuerdo se habría desvaído, sería como un sol sin fuerza que pugna por ponerse y no se oculta nunca.

Permanecí en Lisboa el tiempo indispensable para recoger mis pertenencias y enviarlas al norte. Dejé para más tarde la respuesta a las insinuaciones del señor Pereira, de quien comprendí que, tras la aparente modestia de su despacho, enmascaraba una verdadera y, para mí, inexplicable potencia. Me enteró de sus relaciones con la banca más rica de Portugal, pero eso apenas me decía nada. Lo entendí en cambio cuando me declaró: «Puedo hacer mucho por usted, y lo haré en cuanto me lo pida». ¿Era el recuerdo de mi abuela Margarida lo que inclinaba hacia mí el corazón de aquel viejo? Me bastó suponerlo. Le respondí que necesitaba algún tiempo de soledad y meditación antes de decidirme, y marché a casa.

Ya no pude evitar entonces el reencuentro con aquellos ámbitos en que habían transcurrido tantas horas de mi vida, que estaban dentro de mí con todo mi pasado, pero a los que ahora me acercaba sin nostalgia, acaso sin recuerdos. Fue el primer índice de mi cambio. Ya no me hablaban desde ellos mis abuelos, ni siquiera podía recuperar, en el silencio, las voces de la abuela Margarida. El recuerdo de Belinha, inevitable, pasaba sin conmoverme, aunque no me sintiese indiferente a él. Mi actitud era, ¿cómo lo diríamos?, más estética. Ursula me había enseñado a sentir los espacios, como formas significativas en sí mismas, y eso era lo que hacía en mis largos recorridos, sentirlos como espacio: estancias, salones, crujías, pasadizos. No me sentía ajeno a ellos, pero los descubría como una realidad nueva, por la que había transitado sin percibirla, o, al menos, sin percibir más que su apariencia. La misma biblioteca me resultaba nueva, aunque no distinta; más rica, eso sí, en matices de color, en formas del aire y de la luz. Pasé unos cuantos días entretenido en buscar sitio a los libros, en ordenarlos, y como algunos de ellos no los

3. Los trámites de la espera

hubiera leído aún, les dediqué las mañanas. También renuncié a mi habitación de niño, y elegí otra, una alcoba de pomposo lecho con una salita, de los que apenas si necesitaba salir. Había en la salita una hermosa chimenea de piedra, muy historiada. Me la encendían todas las mañanas. Si el día estaba bueno, me iba a leer a algún rincón de los jardines; si no, quedaba en la salita, junto a la chimenea. Almorzábamos en común, se hablaba del tiempo, de las cosechas, de cómo se había vendido el vino. Mi maestro solía buscarme cuando yo estaba solo, para hablar de política internacional. Le preocupaba la situación de Europa. Por lo que pude advertir, estaba mejor informado que yo, y, gracias a él, pude mejorar mi idea de cómo marchaban las cosas. Lo de Alemania le obsesionaba especialmente; no podía suponer que le acompañaba en aquella preocupación, aunque la mía se limitase a un nombre de mujer, a la que acaso la Historia hubiese apresado, mientras yo me empeñaba en permanecer al margen de la Historia; como siempre, desde mi nacimiento. En cuanto a la *miss,* me preguntó una vez si entraba en mis propósitos casarme, que ya me iba llegando la edad, y que en lugares vecinos había señoritas hermosas y bien dotadas en las que quizá me conviniera pensar. Como yo no fuera muy explícito en las respuestas, me preguntó una vez si había dejado algún amor en Inglaterra. Le respondí resueltamente que no. Y, así, en estas naderías, pasaron los primeros tiempos. No recibí más noticias de Ursula.

La novedad de aquella vida me distrajo de mí mismo. Me sentía tranquilo, aunque por debajo de mi tranquilidad sintiese algo así como el presagio de un vendaval. Llegué incluso a entretenerme en averiguaciones inútiles en las que jamás había pensado y que no me habían preocupado, según mi recuerdo, desde los años de mi adolescencia. La contemplación del retrato de mi bisabuelo Ademar, aquel que Margarida me había impuesto por modelo y al que había sido infiel, fue el arranque de unos días de búsqueda y recuerdos.

Era un buen retrato anónimo en el que aparecía un hombre de buena facha, aunque algo rebuscado en el vestir. Atuendos como aquél los había visto en Inglaterra, cuadros de museos locales o de casas nobles de esas que se visitan los fines de semana: reminiscencia indudable del dandismo, más duradero en Portugal que en la misma Inglaterra, quizá por más tardío. Ademar había sido un dandi, y su atildamiento me resultaba anticuado, aunque no antipático; no le faltaba gracia. Me hubiera desentendido de él si no fuera porque, hurgando en las gavetas de algún mueble, hallé montones de cartas suyas, desordenadas, algunas incompletas, como si fuesen adrede mutiladas. Muchas eran de negocios, generalmente malos; otras, bastantes, de amor. Me permitieron reconstruir una parte de la historia de aquel mozo frívolo, y lo hice sin emoción, por mera curiosidad. Nunca hasta entonces me había interesado por el destino de las cartas amorosas, que, por su naturaleza, y según mi manera de pensar, deberían destruirse; que si alguien las había legado como herencia al primer lector incierto, era por pura vanidad. Mi abuelo Ademar no había quemado aquellos testimonios de su ocupación más deleitosa para que alguien imprevisible los conociese y aumentar así en la estimación de lectores inimaginables. Me pregunté si su hija Margarida habría llegado a conocerlas, y si en su corazón aprobaba los deslices de su padre. ¿Serían ellos la causa de la admiración que le había tenido? Al proponérmelo como modelo, ¿había deseado que yo llegase a ser un Periquito entre ellas? No podía, lógicamente, hallar respuesta; pero, puesto en el lugar de mi abuela, y con el mismo derecho que ella, juzgué a Ademar como hombre ligero, al fin y al cabo de su tiempo, quién sabe si bailarín de cancán, para quien la fama de conquistador afortunado valía tanto como la flor que se ponía en el ojal. Hoy comprendo que fui demasiado severo con el dandi Ademar; pero por aquellos días me hallaba dominado por mi pasión hacia Ursula, y no admitía que las relaciones con una mujer

3. Los trámites de la espera

pudiesen tomarse a la ligera. La mayor parte de aquellas cartas eran quejas. El bisabuelo Ademar había sido infiel a sus amantes, pienso que organizaba al mismo tiempo la conquista y la infidelidad, como si fuesen la misma operación. Pero también es posible que ellas no merecieran otra cosa. No deja de ser curioso que por aquellos días me tropezase con *Amor de perdición*, la primera novela que había leído en mi vida, la que probablemente había configurado mis esperanzas amorosas de adolescente. ¡Qué distinta, aquella pasión, de la frivolidad de mi abuelo! Claro está que, irrazonablemente, comparaba lo que había sido real con lo meramente literario. Pero yo, aun entonces, me sentía más cerca de la literatura, y a juzgar por mí mismo, creía en la realidad de aquellos modos extremados del amor.

La tempestad presentida se insinuó cautamente, como si la estorbase un sistema defensivo del que yo era consciente: de súbito me encontré metido en ella, y no a disgusto. Consistió en la reaparición tumultuosa de mis recuerdos, de los de Ursula quiero decir, y no tanto de lo más aparente y continuado, nuestra vida en común, lo que relaté, sino de lo que la había acompañado acaso como accidente o cosa de poca monta, escondido en los repliegues de la memoria. Muchos de estos recuerdos eran de pequeñeces transitorias que, recordadas, me causaban placer o sorpresa, nunca disgusto. Los otros eran detalles de la vida corriente que había dejado pasar, por no hallarles relación con el amor que vivía, pero que ahora, acumulados y patentes, muchos de ellos, la mayor parte, me dejaban perplejo. ¿Cómo había pensado, cómo había sentido, aquello que, sin embargo estaba allí, sentido por mí y pensado, es decir, vivido? No se trataba sólo de las enseñanzas de Ursula, ante las que alguna vez he sonreído (injustamente), sino de respuestas personales e insospechadas, a mi situación junto a ella, en la sociedad, en el mundo. Supongo que todos podemos sacarnos del saco del alma recuerdos como aquéllos, importantes o triviales, qué más da, porque resultan de la experiencia. Lo que por aquellos días sucedió fue que tuve conciencia de la mía. Me sentaba ante las llamas, dejaba la memoria discurrir, y así, horas y horas. Hasta que una de aquellas noches me levanté y me puse a escribir; no deliberadamente, sino como una consecuencia necesaria de tantas reviviscencias. Un acto, sin embargo, no enteramente personal, porque algo exterior me empujó y me dictó las palabras que iba escribiendo; poseído, aunque no arrebatado. No sé cuánto tiempo, de aquella noche, empleé en escribir mis primeros poemas, cuya forma no había sido prevista ni estudiada, cuyo ritmo me salía de la sangre. Dejé de escribir y me fui a dormir como un sonámbulo que recupera el lecho: era muy tarde.

Ni el sueño ni el descanso me libraron de aquel embrujo. Fueron unos días de vivir ausente de la realidad, concentrado en mí mismo, y, al mismo tiempo, casi ingrávido, o al menos experimentando una sensación general como si lo fuera. Poca diferencia había entre la vigilia y el sueño; ni sé si éste la continuaba, o al revés. Antes del umbral del despertar, llevaba ya un tiempo largo sintiendo cómo un poema nuevo se balanceaba en mi conciencia; no escuchaba las palabras sino el ritmo, un ritmo abstracto, pura música. Así estaba todo el día y todos los días: mecido por aquel vaivén, hasta que, de noche, volvía a escribir. Y esta situación, que llamé de embrujo, me duró el tiempo necesario, si era tiempo eso, para escribir un montón de poemas, la mayor parte de ellos largos, en que me iba vaciando. Andaba durante el día como alelado; sólo al caer la tarde, con el crepúsculo, empezaban las palabras a encajarse en la música. Surgían versos aquí y allá, como autónomos, que después reunía en el poema; pero cada uno de ellos crecía, creaba antecedentes y consecuentes, hasta formar cuerpos que se juntaban unos a otros, como si supieran de antemano cuál era su lugar. El nombre de embrujo lo usé para salir del paso. Me explico ahora, tanto tiempo pasado, que a los poetas se les haya llamado vates,

3. Los trámites de la espera

y que el ejercicio de la poesía se haya entendido como un proceso de posesión divina (o diabólica); pero lo curioso es que, por mi educación y mis convicciones, yo entendía entonces el poema más como un ejercicio mental que emocional, y estaba haciendo lo contrario. Mientras duró, no me hallaba en estado de reflexionar, ni me hubiera apetecido hacerlo. Usé la palabra vendaval, también tempestad. Acaso sea un poco exagerado, porque si un viento me soplaba, no me zarandeaba ni sacudía, sino sólo me empujaba, delicadamente, aunque también inexorablemente, como una convicción. Lo mismo los vendavales que las tempestades amainan, y supongo que los casos de posesión divina (o diabólica) desaparecen también, llevados por la misma causa que los trajo, fuera de toda lógica, o, al menos, con la suya propia. Sucedió que una mañana me desperté tranquilo, con la mente clara y agudizada la conciencia de la realidad más inmediata, que contemplé como el viajero que regresa a las costumbres y a los objetos de cada día, los que le tranquilizan y aseguran de que está vivo: mi lecho, mi casa, el árbol que veía moverse a través de la ventana. Tenía sin embargo la impresión, casi el convencimiento, de haber dejado algo detrás de mí, algo que se alejaba, irrecuperable, y que, sin embargo, era yo. Aquella mañana me levanté como el reptil que abandona su piel porque va revestido de la nueva, que es, sin embargo, igual, al menos en apariencia. No me devolvió el espejo un rostro nuevo, sino el acostumbrado, y mis manos eran las mismas. No había olvidado los poemas, pero cuando los tuve delante, montón nutrido de folios, el interés que sentí por ellos fue como el de quien se acerca a textos desconocidos: leí unos cuantos, escritos de corrido, sin tachaduras. En seguida comprendí que había que retocarlos o acaso rehacerlos. Y a esa tarea me dediqué el tiempo que siguió, pero, cosa normal si bien se piensa, durante el día, no por la noche: lúcido, dueño de mí, aunque también sorprendido por la calidad de los poemas y por el hombre que en ellos se revelaba. Si era yo mismo, apenas me reconocía: todo aquel mundo de emociones, de pensamientos, de imágenes, lo había vivido yo, formaba parte de mí, pero no ya como actual, sino como pasado. Iba unido a la persona y al nombre de Ursula, le pertenecía a ella más que a mí, con ella se alejaba. Si a lo largo de un mes lo había escrito, tardé dos en corregirlo, en darle la forma definitiva, la que consideré adecuada, cuidando de cómo estaba dicho, metido en asunto de palabras. Apliqué a aquella tarea lo que había aprendido en tantos ejercicios de versificación vacua, en tantas lecturas. Y el día que terminé, contemplé mi obra como si fuera de otro, y me acordé de aquel soneto que había dado a leer a mi profesor, el soneto del que se había reído una niña bonita y estúpida, que ya tampoco me parecía mío. Guardé los versos. Descansaron. Los releí. Me gustaron, pero los hallé impublicables por excesivamente íntimos. No sé si lo que yo había escrito allí podía sentirlo otro; pero sentía que mi intimidad no le importaba a nadie. Se los hubiera leído a Ursula de tenerla a mi lado y de poder ella entenderlos; pero ni aun tal esperanza me quedaba. Sin embargo, los copié a máquina, medio los encuaderné y los guardé, no sin haber deliberado conmigo mismo si debía destruirlos. Si no lo hice fue acaso por las mismas razones por las que mi bisabuelo Ademar no había quemado los testimonios de sus andanzas eróticas. Quiero decir con esto que acabé perdonándole su decisión de conservarlas.

Pero no creo que mi bisabuelo Ademar se hubiese hallado alguna vez distinto de sí mismo.

2

Y yo no sólo me sabía otro, sino que me iba descubriendo día a día, hoy un detalle, mañana una sorpresa, después un susto. No hace muchas líneas, me comparé al viajero que re-

3. Los trámites de la espera

gresa; ahora tengo que corregir la imagen: regresé, sí, pero desde una altura donde había dejado mi piel ardiendo. La de ahora, la nueva, parecía más vulgar y probablemente lo era. Descubrí mi vulgaridad en el hecho de que empecé a reírme de mí mismo, aunque no del todo, más bien suavemente, ironía más que risa: pero me reía desde una posición vulgar, la de cualquiera. Me hacía sonreír el hecho de haber escrito unos poemas, convencido de que jamás volvería a escribirlos: envidioso de mí mismo y algo resentido contra mí. Fue una ironía inexperta, allegadiza, que me preocupó, que creció, que se alimentó de mi pasado inmediato. La ironía, si se ejerce con sinceridad, es como la serpiente que se muerde la cola: hay que reírse de la propia ironía, hay que someterla a esa prueba difícil. Y eso es como entrar en un inacabable círculo de hielo. Para quedarse en la primera ironía, para instalarse en ella y usarla como método universal de juicio, conviene dejar de ser sincero; es muy posible que entonces yo haya dejado de serlo.

Una de las conclusiones a que llegué, o acaso haya sido una convicción que me vino de fuera, suscitada por cualquier advertencia o comentario de mi maestro o de la *miss* («¿Y no se aburre de no hacer nada? Es demasiado joven para no pensar en otra cosa que en vivir aquí, encerrado»), fue la de que tenía que hacer algo, no sabía qué, ni se me ocurría nada. Hubiera sido lógica la decisión de dedicarme a la literatura, pero ni me pasó por mientes, vacío como me hallaba de imágenes y de emociones. Lo único que hice fue marchar a Lisboa y visitar al señor Pereira. En cierto modo, bastante justificado por otra parte, el viejo financiero ocupaba el lugar de mi padre; lo pienso ahora, aunque entonces no lo sintiera así. Acudí a él sin proponerle nada, sin pedirle consejo: como quien dice, me limité a presentarme, a estar sentado delante de él, a sostener una conversación llena de vaguedades que debió desesperar a una persona como él, que no usaba más que palabras precisas para cuestiones concretas. Fue él quien me sacó del laberinto de la palabrería: «¿Piensa usted hacer algo de su vida? ¿Tiene usted algún proyecto?» Cuando le dije que no, se me quedó mirando como se puede mirar a alguien cuya vida se rige por leyes inaceptables, o no se rige por leyes sino por bandazos. Tuve el buen acuerdo de responderle: «Vengo a que usted me aconseje». Aquello ya le pareció más natural. Me hizo una serie de preguntas, y a muchas me fue difícil contestarle; por ejemplo, cuando me preguntó por qué había dejado mi trabajo en Londres. Lo más probable era que el señor Pereira no hubiera compartido mis razones, que no lo habían sido, sino impulsos; más aún, que lo hubiera desaprobado. No sé si me habrá creído cuando le dije que el clima de Londres me sentaba mal, que había tenido principios de asma. ¿Es que había tanta diferencia entre la humedad londinense y la del pazo miñoto? El aire era más puro, sin duda, y en esto estuvo conforme. Me pidió que volviera a verlo al día siguiente. Y lo hice, puntual. Tuve que esperar un poco, y, antes que yo, entró en su despacho un caballero desconocido, que, más tarde, el señor Pereira me presentó como su hijo. Ocupaba un puesto de importancia en tal banco, etc. Se llamaba Simón, y me invitó a almorzar.

Era un hombre bien portado, de los imponentes que saben disimular por cortesía, o quizá por hábito: sabía hacerlo, y no humillaba, a mí al menos, aunque piense que en sus deferencias conmigo habría influido no ya la devoción de su padre por mi abuela, sino el hecho de ser yo cliente de su banco. No es ésta una condición que se lleve impresa en las tarjetas de visita, pero su comprobación no dejó de abrirme algunas puertas y sacarme de algunos apuros.

Me llevó a un restorán de campanillas, donde le conocía todo el mundo; donde, al encargar el almuerzo, el *maître* se limitó a indicar: «Los vinos, los de siempre, ¿verdad, señor?», cosa que Simón Pereira confirmó después de haberme (inútilmente) consultado. Por los vinos comenzó la con-

3. Los trámites de la espera

versación. Ante la evidencia de mi impericia, Simón Pereira se extendió largamente sobre el tema, aunque enfocado en el sentido de que un caballero debe conocer de antemano cuáles y de qué clase corresponden a los menús bien concebidos, para lo cual conviene prevenir, no de manera superficial, sino más bien perita, las posibilidades reales de la ocasión y del país. Deduje de su exposición, que duró hasta los postres, que su sabiduría al respecto era inmensa, acaso tan grande como su habilidad financiera, y que en eso como en tantas cosas yo no alcanzaba siquiera el grado de aprendiz. Me prometió enviarme lo más rápidamente posible un par de libros en que podía iniciarme, y después de esto, de un salto, me preguntó: «Y, usted, ¿qué piensa hacer? ¿Cuáles son sus proyectos, o, al menos, sus aspiraciones?» Le respondí que no consideraba terminado mi aprendizaje mundano, y que si bien la temporada en Londres me había permitido no sólo perfeccionar el inglés, sino también iniciarme en el mundo de los negocios, en el literario y también en el de la calle, ahora me convendría alcanzar del francés un saber semejante. «¿París? ¿Le interesa París?» Le respondí que sí, y él quedó silencioso, como quien recuerda o medita. «En París está vacante una plaza de corresponsal suplente de tal diario. Que yo sepa, hay al menos dos aspirantes, gente con larga práctica periodística, pero, toda vez que ese periódico es propiedad de mi banco, no sería difícil conseguir ese puesto para usted, en el caso de que le interese. ¿Sabe escribir el portugués tan bien como lo habla?» Le respondí que sí. Un poco a la ligera, lo reconozco, sin pensar que podía meterme en un buen lío. «Pues hablaré de usted donde tenga que hablar. Espere unos días. Mi padre conoce su dirección, ¿verdad?» Yo vivía en un hotel de segunda en una calle céntrica. Se lo dije. «Me parece un buen lugar para usted. Los hoteles de lujo son para otra clase de caballeros», y sonrió. Después empezó a hablarme de política portuguesa. Las cosas se presentaban bien para los bancos. El nuevo régimen tenía muchos proyectos, necesitaba dinero. Había que modernizar el país. «Yo, en su caso –me dijo en un momento–, me quedaría. Tiene usted una gran finca en el norte que podría explotar..., pero también es cierto que puede usted esperar a que esto se asiente un poco más, se asiente definitivamente.» «Esto –le pregunté–, ¿es una dictadura?» «En cierto modo sí, una dictadura, pero con limitaciones.» No sé por qué, interpreté aquella respuesta en el sentido de que los dictadores harían lo que los bancos quisieran.

Las cosas salieron bien, aunque supongo que, al concederme la plaza de corresponsal suplente en París, se cometía una injusticia. Incluí en mi equipaje los volúmenes de crónicas de Eça de Queiroz, que yo había leído alguna vez con evidente entusiasmo. Durante el tiempo que duró mi dedicación al periodismo, los tuve como modelo, cuya perfección, evidentemente, nunca llegué a alcanzar.

Antes de irme a París tuve que pasar por Villavieja, donde había quedado pendiente la cuestión del servicio militar. Era una amenaza que pesaba sobre mí desde hacía algún tiempo y en que jamás había pensado. Hablé con mi abogado, y éste me lo solucionó en poco más de una semana: después de un reconocimiento más o menos formulario, se me declaró inútil por estrecho de pecho y propenso al asma. Todo era falso, pero suficiente como para que me expidieran un nuevo pasaporte sin dificultades y unos papeles en los que se me declaraba libre de cualquier servicio. Tenía que pasar por Madrid; lo hice sin detenerme y sin ver a nadie, ni siquiera a Benito. Madrid estaba triste, como bajo una nube oscura. Tomé un tren de la noche. Habíamos convenido en que el corresponsal titular del periódico me esperaría en la estación. Por las señas, se trataba de un hombre corpulento y bigotudo el senhor Magalhaes. Lo reconocí fácilmente. Tendría como treinta y cinco años bien llevados, y su voz era tan poderosa como los bigotes. Hablaba un portugués del sur. Pronto me dijo que había nacido en el Alemtejo, pero que se

3. Los trámites de la espera

había criado en Lisboa. No me recibió mal, aunque sí, desde el primer momento, desde el saludo, marcó su doble superioridad: la de sus años (de su experiencia) y la de su jerarquía profesional. No me costó trabajo quedar en el lugar que me señalaba; más aún, me resultaba cómodo.

Me había buscado alojamiento en un hotel modesto de la Rive Gauche, en el que podría vivir con cierta comodidad hasta que encontrásemos un departamento conveniente. No me sentí mal, de momento, en aquella habitación pequeña y bastante anticuada, pero alegre, con una ventana grande a la calle y un servicio para uso personal. «Esto es muy difícil de encontrar en París –me ponderó–. Aquí siguen en uso los retretes colectivos, uno por planta. Si es usted de los aficionados al agua, con la ducha le basta.» No dejé, sin embargo, de recordar las comodidades de la casa de mistress Radcliffe, casi olvidadas, y sus baños calientes. «La ventaja de este hotel es que está situado en la parte de París que a usted le interesa. Como puede comprender, lo más importante de la corresponsalía lo llevo yo. Esto quiere decir que los temas políticos y económicos me pertenecen, más exactamente, que yo tendré a mi cargo todo lo que no sea la vida cultural, que es lo que le corresponde a usted. Francia atraviesa un momento muy delicado, que sólo lo entendemos los expertos. ¿Le dice algo Daladier? ¿Está usted enterado de la cuestión del desarme? Son cosas para gente madura, hay que reconocerlo. La cultura es cuestión más fácil y de menos riesgo. Son gente que juega a darse importancia en los cafés de moda. Locos en su mayor parte, pero esa clase de locura tiene público en París y en todo el mundo. La cultura de París se encierra entre cuatro calles, en unos límites bastante estrechos que pronto aprenderá. Claro que, de momento, se encontrará perdido entre tantos nombres y tantos grupos, pero ya le presentaré a alguien que le oriente y pueda introducirlo. Mientras tanto le recomiendo que se dé un paso por ciertos cafés, Le Dôme, La Coupole, La Rotonde, que no están lejos de aquí, que más bien están cerca. Mire, voy a enseñarle el camino.» Sacó del vademécum un mapa de París y lo extendió sobre la cama. «Fíjese bien. Nosotros estamos aquí –y trazó una cruz–, y esos cafés están aquí –y me señaló dos lugares de una calle–. Sin más que consultar un mapa, puede usted escoger un itinerario entre los muchos posibles. Le convendrá aprender cuanto antes a manejarse con el metro y los autobuses. ¿Trae dinero? Al menos para hacer frente a los gastos de un mes. Las pagas suelen llegar hacia el diez...

»Los restaurantes baratos están por esta zona, y por ésta. Le recomiendo tales para almorzar y tales para cenar. Si pasea de noche y alguien intenta detenerle, no le haga caso y siga su camino. En París no hay serenos, como en Madrid; le abrirán la puerta del hotel si toca el timbre y dice su nombre. Cuidado con las putas. Nunca lleve demasiado dinero encima. ¿Tiene experiencia de gran ciudad? No me refiero a Madrid o a Lisboa.»

Cuando le dije que había pasado tanto tiempo en Londres, empezó a mirarme de otra manera. «¡Ah, entonces ya sabrá cómo caminar por el asfalto! Londres es mayor que París. Yo estuve allí alguna vez, poco tiempo; creo que fue con motivo de alguna conferencia internacional o cosa parecida. Pero, naturalmente, a usted tiene que interesarle más París. En el aspecto cultural, París es la capital del mundo, incluso de los ingleses. Los ingleses vienen mucho por aquí, y no digamos los americanos. De toda América, créame, incluidos los brasileños. Ya lo creo. París es París.» Aquella noche me invitó a cenar, y quedamos citados para el día siguiente. Me llevó a su despacho, en el que había un rincón para mí. Me dio instrucciones acerca de las dimensiones de las crónicas, de cómo había que enviarlas, y de que me convenía inventarme un seudónimo, ya que lo de Freijomil no era muy portugués. «¿Qué le parece Ademar de Alemcastre?» Se me quedó mirando. «¿Por qué escogió ese nombre?» «Era el de mi bisabuelo.» «¡Ah! Eso hace cambiar las cosas...» Y de

3. Los trámites de la espera 241

repente, en vez de sentirse por encima de mí, como hasta aquel momento, se sintió involuntariamente achicado. «¡Um Alemcastre –dijo en portugués– e um Alemcastre!»

Las cosas cambiaron mucho más cuando, durante el almuerzo, y como respuesta a una pregunta suya («¿También en Londres se dedicó al periodismo?»), le hablé de mi experiencia como empleado de banca. «¡Ah! ¿De modo que el mundo de las finanzas no le es ajeno?» No exhibí mis conocimientos, pero, por lo que le conté, dedujo que sabía más que él, aunque no lo declarase así, sino con una especie de admiración súbita que se manifestó en preguntas concretas acerca de esto y de lo otro. Rebajé la idoneidad de mis respuestas diciéndole que había pasado algún tiempo desde mi estancia en Londres, y que el panorama de la economía mundial habría cambiado. «Sí, cambió, claro está, pero para quien tiene un hábito, ponerse al día no es difícil.» Me eché a temblar por dentro ante el temor de que, además de la cultura, me encasquetase también las noticias económicas, pero se limitó a anunciarme que alguna vez tendría que consultarme, pues en lo que era verdaderamente perito era en cuestiones de política. Entonces le pregunté qué esperaba de los nazis. Se le alegraron las pajaritas. «¡Ah, el nacionalsocialismo! Es el porvenir del mundo. El miedo al comunismo se acabó: Hitler dará cuenta de él.» Es posible que el señor Magalhaes hubiera bebido algo más de beaujolais de lo debido, porque habló durante un buen rato con gran elocuencia y trazó con entusiasmo que no excluía la precisión el cuadro de la Europa dominada por el fascismo. «Francia está en las últimas, amigo mío. Se empeña en ser de izquierdas cuando el mundo va hacia la derecha. Es la justicia de Dios. Todo lo malo del mundo sale de Francia.» Al contemplarle así de entusiasmado, no dejé de considerar ciertos rasgos faciales que denunciaban al menos un antepasado de los importados de África por el marqués de Pombal. No dejé de decirle durante un respiro que se tomó: «Pero eso del racismo no le será simpático. Los ibéricos no somos precisamente una raza pura». «El racismo de Hitler es una cuestión de política interior, que no nos afecta a los demás.» «¿Y el antisemitismo? Usted no puede ignorar que el banco propietario del periódico para el que trabajamos cuenta con mucho capital judío.» «Tampoco creo que eso tenga valor fuera de Alemania.» «Entonces ¿qué espera de los nazis?» «Que pongan las cosas en orden, amigo mío. Que acaben con la subversión. En cuanto se meta usted en el mundo de la cultura, verá que está dominado por los comunistas. Y no sólo en Francia; por las noticias que tengo, también en su país son una amenaza.» Le respondí que de la política interior española no estaba bien informado.

Fue una tarde, la de aquel día, la que dediqué a callejear, sin salir de los límites de mi barrio, que eran bastante amplios. La verdad es que recorrí los alrededores de la Sorbona y el bulevar Saint-Germain. Me aguantaba la soledad recorriendo las calles. Pude comprobar que, aunque yo no entendiera demasiado bien el francés hablado de prisa, a mí se me entendía. Acerté con el restorán en que entré a cenar. Al hallarme en la calle, con la noche encima, se me ocurrió coger un taxi e ir a Montparnasse, a los famosos cafés que el señor Magalhaes me había señalado como el coto en que debía cazar. Les eché un vistazo. Había mucha gente, se hablaba mucho, pero yo no conocía a nadie, aunque lo más probable fuera que la mayor parte de aquellas fisonomías, unas serias y herméticas, otras gesticulantes, fuesen familiares a los curiosos y a los inquietos de todo el mundo. Observé cierta tendencia al desaliño en el vestir, y tomé buena nota. El taxi que cogí para el regreso me dejó frente a la Sorbona. El resto del camino lo hice a pie. Llovía un poco, el aire estaba azulado y no frío. Fui más allá de mi hotel, con tal fortuna que me paró una prostituta, de la que me fue difícil deshacerme, a pesar de responder en inglés a sus proposiciones. Al separarse de mí se despidió con un insulto. Hallé en el hotel un

3. Los trámites de la espera

recado del señor Magalhaes: «No deje de venir temprano a la oficina. Le interesa».

Lo hice. El señor Magalhaes me había encontrado, dijo que por casualidad, un departamento vacío. Teníamos que ir de prisa a verlo, no fuera que alguien se nos adelantase. Estaba en una calle de las cercanas al teatro Odeón, y para llegar a él tuvimos que subir cinco pisos en un ascensor y otro más a pie. La portera nos acompañaba. No me disgustó: tenía luz, estaba bien amueblado, aunque de manera más funcional que personal, y desde las ventanas se veía un hermoso panorama de tejados relucientes de lluvia y alguna que otra mansarda. «No sé si lo encontrará usted un poco caro, pero aquí nada hay barato.» Hice un cálculo mental de mis disponibilidades, y allí mismo lo contraté con la portera. Había, sin embargo, que firmar unos papeles y entregar un anticipo, pero todo quedó zanjado aquella misma mañana, después de un viaje al banco al que el señor Pereira había consignado mi dinero: un banco de la plaza Vendôme. Supongo que el pronto pago me granjeó el respeto de la portera, que se llamaba Claudine y que tenía un aire de Celestina simpática. Magalhaes me recomendó que le diese la primera propina, y ella recibió con toda naturalidad mi puñado de francos. Me advirtió que evitase traer al piso amigos ruidosos, porque la vecindad era muy respetable. Aquella misma mañana hice el traslado, y a la siguiente el señor Magalhaes me dejó libre para que pudiera comprar algunos complementos y también comestibles. Lo primero lo hallé en unos almacenes de escaleras mecánicas muy ruidosas; para lo segundo tuve que informarme de madame Claudine, quien se ofreció a hacerme la compra diaria si confiaba en ella. «Siempre le costará menos que si lo hace usted directamente.» Bueno.

Ya tenía una dirección fija y una casa franca. Entonces me dediqué a buscar la librería a la que había enviado las cartas a Ursula. Estaba en una calle cerca de la iglesia de San Severino, y se anunciaba como librería marxista. Vi desde fuera la gente que la atendía, y no me decidí a entrar: escribí a Ursula una carta dándole mis señas, el teléfono de la oficina (de tal hora a tal otra) y la envié por correo, aunque sin mucha esperanza de respuesta, no sabría decir por qué. A la mañana siguiente empezó, por fin, mi rutina de corresponsal suplente, con las noticias culturales a mi cargo. Tuve que someterme a ciertos trámites burocráticos para poder circular por París como residente y periodista en ejercicio. El señor Magalhaes demoró para una fecha incierta mi introducción en el mundo de los artistas y de los escritores: alguien que él conocía y podía hacerlo se hallaba ausente. Pero me dio un montón de diarios y de revistas para que, de su lectura, entresacase lo que, a mi juicio, podría interesar en Lisboa. Fue como si en un bosque donde todos los pinos son iguales, me dijeran: «Elija uno». Yo hice lo que pude: eché mucho ambiente a la noticia, muchas consideraciones sobre la lluvia que resbalaba por las copas de los castaños y un poco de los cafés que había visto. El señor Magalhaes lo aprobó, incluso con entusiasmo. «Escribe usted muy bien el portugués.» Le respondí que había tenido buenos maestros, y, por citar uno, nombré a Queiroz. «Buena pluma, pero de pensamiento peligroso –me respondió Magalhaes–. No es escritor cuya lectura convenga a un joven como usted.» El consejo me llegaba tarde.

Temí que comenzase en París una etapa de soledad semejante a la de Londres: trabajo por la mañana, callejeo, o cine, o teatro por las tardes, y nadie con quien hablar. Podía, eso sí, matricularme en algún curso de la Sorbona, y lo hice: uno de literatura francesa y otro de arte renacentista. Me ocupaban cuatro tardes semanales, y no quedé defraudado. Había chicas bonitas entre las compañeras, pero no me sentía con ganas de enredarme con ninguna de ellas, esperanzado como estaba de que Ursula acabaría apareciendo. Hice, sin embargo, algunas amistades superficiales, gente con la que cenar en algún restaurante cercano o con la que ir a ver a un

3. Los trámites de la espera

clásico a la Comedia Francesa. Logré pasar los días entretenido, pero, a las noches, me entraba la melancolía, más lejos cada día la esperanza de que Ursula volviera.

Una de aquellas mañanas, fría como todos los infiernos, al salir a la calle y caminar un poco, me encontré con los bulevares llenos de gente y de gritos, la policía enfrente, pegando fuerte, fugas por las calles laterales huyendo de la represión, pero para reagruparse un poco más abajo y continuar los gritos y canciones. Yo había asistido, en Londres, a manifestaciones callejeras, pero ordenadas, casi procesionales. Los policías parecían estar allí para que no se descompusieran, para que siguieran siendo ejemplares e incluso respetables. Lo que veía ahora era otra cosa, obediente a otra estética y seguramente a otra política. Logré llegar a la oficina, aunque con mucho retraso. El señor Magalhaes estaba fuera de sí entre la indignación y el temor. «¿Lo ve usted? ¡Ya está aquí el comunismo, en Francia, el país más estable de Europa! ¿Qué va a ser de nosotros si el comunismo se apodera de Francia?» «Supongo –le respondí– que no habrá dificultades para regresar a Lisboa.» «¡Sí, pero, ya ve usted, las cosas se precipitan y los nazis aún no han tenido tiempo de organizarse! Recuerde la Revolución francesa. ¿De qué valió entonces la intervención alemana?» Yo no sabía tanta historia como para responderle, de modo que le dejé hablar, y quejarse, y trazar las líneas generales de un futuro inmediato bastante negro, dominada Francia por la hoz y el martillo. Y mientras le escuchaba, miraba de reojo a través de la ventana. En la calle, la gente seguía corriendo y chillando, pero no me parecían obreros, menos aún populacho: había incluso grupos uniformados cuya filiación yo desconocía. Además de policías, guardias, con sus cascos y no sé si alguna fuerza militar. El señor Magalhaes, cuando se hubo desahogado, se agarró al teléfono y empezó a interesarse por los detalles, y me iba diciendo lo que le decían a él: que si algunos ministros dimitían, que si había que custodiar a los diputados, que la gente no se atrevía a salir a la calle. Pero resultó, al final, que los desórdenes los habían provocado grupos de extrema derecha reunidos en La Concorde para protestar contra el gobierno. «¿Y dónde almorzamos hoy? ¡Han cerrado los restoranes!» «Pues esta tarde pensaba ir a la Ópera Cómica. Cantan *El barbero de Sevilla*.» «¡No se le ocurra ir allá! Precisamente por esa parte de París es por donde los choques son más violentos. Acaban de decírmelo. Hay muertos.» Quizá haya sido entonces cuando pasamos un buen rato en silencio, él a su crónica política, yo a la reseña de una exposición de pinturas donde media docena de artistas al parecer conocidos presentaban una colección de óleos que no me interesaban nada, pero de los que los periódicos hablaban bien. Me limité a describir la exposición como fiesta social («Estaba todo París menos Picasso») y a transcribir los elogios, sin tomar parte. Ya había terminado la crónica, ya la había corregido, cuando el señor Magalhaes se acercó a mi mesa. «Voy a decirle algo en secreto.» Alcé hacia él la cabeza, expectante. «Mire, ¿oyó usted hablar de *Mi lucha*?» Debí de poner cara de tonto. «Pues escuche lo que voy a decir, señor Freijomil: es el libro más importante del mundo, después de los Evangelios.» Y empezó a contarme que *Mi lucha* se había traducido al francés aparentemente sin permiso de su autor y que dentro de muy pocos días estaría en los escaparates, si no lo estaba ya. «¿Y quién es ese autor?», le pregunté ingenuamente. «Pero ¿es que no lo sabe? ¿En qué mundo vive?, ¡hombre de Dios! *Mi lucha* es el libro de Hitler.» «¡Ah!» No le comenté más. Podría haberle dicho que Hitler era la causa remota de que Ursula me hubiese abandonado, pero ¿qué podría importarle al señor Magalhaes? «Ya le traeré un ejemplar. Un hombre joven como usted no puede prescindir de esa lectura. El futuro del mundo se encierra en sus páginas.» Comprendí que, por el hecho de haber sido los Cruces de Fuego y no los comunistas los autores del alboroto, el señor Magalhaes veía más claro el porvenir del mundo.

3. Los trámites de la espera

Retrasamos, aquella mañana, la salida de la oficina hasta que las calles inmediatas parecieron vacías de gritos. Pude haberle dicho al señor Magalhaes que yo, en mi casa, tenía vituallas para los dos y que podíamos almorzar juntos. No me decidí por miedo a su verborrea política, a sus temores universales, a sus descripciones de los posibles cataclismos. No sé si su oratoria era ineficaz, o si yo carecía de sensibilidad o de la conciencia indispensable para que aquellas profecías me conmoviesen. Recuerdo que, al despedirse, me dijo: «Están representando o van a representar, no sé en qué teatro, una comedia anticomunista, *Tovarich* se titula. Dígame cuándo está dispuesto a ir, para que le proporcione las entradas. Por cierto, ¿irá usted solo?» «Espero que sí.» Se sonrió paternalmente y me echó la mano al hombro. «No está bien que el hombre esté solo, dijo el Señor en alguna ocasión memorable. Yo se lo transmito. Y más en París, donde es tan fácil encontrar compañía.» No pude dominar la ocurrencia de preguntarle si él también la tenía. En vez de responderme, se rió. Luego dijo: «Ya hablaremos de eso, ya hablaremos».

Pude llegar a mi casa con bastantes dificultades. Corrí dos o tres veces con los policías detrás. No me alcanzaron los golpes. Al llegar a mi casa, madame Claudine estaba a la puerta, muy sonriente. «¿Viene usted sofocado?» «Pues ya lo ve.» «Me alegro de que también usted haya corrido, porque eso quiere decir que es de los nuestros. Arriba le dejé la compra de esta mañana. A pesar de las manifestaciones fui al mercado.» No me atreví a preguntarle con cuál de los equipos de corredores estaba.

3

Vinieron días de huelga general y agitación, esta vez proletaria. Poco había que hacer en la calle, y el señor Magalhaes me sujetaba al despacho con su versión personal de lo que estaba pasando: una mezcla de miedo y de alegría que deformaba las informaciones fidedignas (más o menos) que yo podía leer; sus largas conversaciones me sirvieron para ir enterándome de la situación internacional, lo cual, si por una parte me ayudaba a entender el mundo en que vivía, por la otra contribuía a soportar el aburrimiento. Pero las cosas fueron calmándose. El señor Doumergue organizó un ministerio en el que figuraba el mariscal Pétain, con otros generales, y yo pude, por fin, asistir a la representación de *Tovarich* sin miedo a ser golpeado por la policía. El señor Magalhaes me envió al teatro como si fuera a un mitin: no conocía mis aficiones, despiertas y cultivadas en Londres. Yo estaba acostumbrado a juzgar el teatro como tal, no como un panfleto, y a poco de empezar la comedia me sentí incómodo: era floja y escasamente convincente. Así lo dije en mi crónica, de la manera más inocente posible, pero al señor Magalhaes le disgustó. «Usted no es suficientemente anticomunista –llegó a decirme–. La existencia de un comunista malo no quiere decir que todos lo sean. Como suele decirse, una mosca no hace verano.» «Pero ¿está usted de acuerdo con los horrores de Stalin?» «No, por supuesto.» «Pues eso es el comunismo.» «Los horrores de Stalin no aparecen para nada en la comedia. Lo que yo fui a juzgar fue una pieza dramática. Como tal, *Tovarich* es una mediocridad.» «Pues podía usted callárselo. Pienso, por lo menos, que no todo el mundo será de su opinión.» «Efectivamente, los espectadores de ayer tarde aplaudieron a rabiar, como siempre que los buenos triunfan sobre los malos, aunque, en este caso, haya influido el recuerdo de los días de huelga.» «¿Y eso no le parece suficiente?» «Me permito recordarle que el éxito de la comedia no se oculta en mi crónica, lo digo expresamente: el público aplaudió a rabiar.» «Pero da a entender que usted no aplaudió.» «Efectivamente, señor Magalhaes, no aplaudí, pero por razones de buen gusto.» El señor Magalhaes quedó refunfuñando, y fue entonces cuando sonó el teléfono. Lo cogió y escuchó. «Alguien pregunta por

3. Los trámites de la espera 249

usted. Una mujer extranjera.» Pegué un salto y cogí el auricular. «Ursula, I am.» Al señor Magalhaes le molestó visiblemente que mi conversación con Ursula fuese en inglés. «¿Señorita tenemos, don Filomeno?» «¿No le preocupaba tanto mi soledad?»

Fue muy escueta, Ursula, como si hablase con testigos. Convinimos en encontrarnos en el café Procope. Llegué antes que ella y, mientras duró la espera, me acució la impaciencia. Dudé hasta verla entrar. La vi llegar, miró alrededor, me descubrió en seguida. Nos abrazamos en medio del pasillo, delante de unos comensales indiferentes a nuestro abrazo, indiferentes también nosotros a su presencia. «Meu meninho, meu meninho...», repetía. Nos sentamos cogidos de las manos, mirándonos en silencio. Ella había cambiado, se le había endurecido el rostro, y la ropa que llevaba, aunque elegante, parecía gastada. Pero seguía hermosa. Me dijo: «Estás más hombre» con alegría. El camarero esperaba el final de nuestras efusiones para tomar sus notas. «Meu meninho, meu pequeno poeta...»

Muchas veces volví a aquel café y ocupé la mesa en que nos habíamos sentado, pero siempre lo hice solo. Entonces, vacante mi mirada, pudo ver y examinar. Pero aquella mañana no llegué a saber en qué lugar del mundo estaba, ni puedo recordar lo que comimos ni qué palabras nos dijimos. Sólo que, cuando llené de vino el vaso y lo alcé para brindar «¡Por nosotros!», ella me rogó: «No brindes». Y su voz era triste. Comprendí que había llegado para marcharse, que aquellas eran unas horas excepcionales. No obstante, mi alegría de estar con ella superaba la esperanza de tristezas. Nos fuimos en seguida a mi casa, mi brazo apretándola contra mí, como en los mejores días de Londres, cuando callejeábamos entre la niebla. Ahora estaba un día gris azulado, muy de París. Madame Claudine, al vernos juntos, murmuró algo así como «¡Ya iba siendo hora!», y sonrió a Ursula. El piso estaba caliente, y en la penumbra lucía, como un ojo inmenso, el fuego de la salamandra. Encendí la luz, y ella no me mandó apagarla. «Pasaremos aquí la tarde, cenaré contigo, y después me marcharé. No sé hasta cuándo, ni siquiera si volveré, aunque lo desee ardientemente.» Se quitó el abrigo y la chaqueta y, por primera vez, se desnudó con la luz encendida. Pude ver entonces, entero, lo que tantas veces había acariciado. Y hallé que la caricia era superior a la mirada.

Eran las seis de la tarde cuando me levanté para preparar una taza de té. Mientras lo hacía, ella se vistió. Tenía algunas galletas, que puse encima de la mesa, con la tetera. Me dio las gracias, ¡lo había hecho ella tantas veces por mí!, y no hablamos durante un buen rato, lo que duró tomar el té y fumar un cigarrillo. Observé que ella sacaba de su bolso un paquete: antes no solía fumar. «¿Te extraña? –me preguntó, y añadió sin esperar a que yo le respondiese–: Muchas cosas han cambiado, y yo con ellas. Hay largas esperas que sólo se soportan fumando. ¿Puedes imaginar lo que es estar en el fondo de un coche, en medio de la oscuridad, tiempo y tiempo, hasta que la luz de una linterna te dice que todo ha salido bien? En esas largas angustias, en esas zozobras, se juegan vidas.» Le pregunté qué hacía, por qué tenía que marcharse. Habló ella sola durante mucho tiempo, fumó varios pitillos, y hasta me preguntó si tenía algo de alcohol, whisky o cosa semejante.

Formaba parte de una organización que sacaba clandestinamente de Alemania a gente perseguida, católicos, judíos, comunistas, sin distinguir de credo religioso ni de filiación política. La persecución borraba las diferencias, los unía a todos en el mismo terror. Y a ella le correspondía esperar, al lado de las fronteras, a que la labor de otros hubiera tenido éxito. Pero las fronteras no eran sólo las de Francia, sino también las de Suiza, las de Checoslovaquia, las de Dinamarca. A Polonia era difícil llegar; sacar a alguien por la de Austria, demasiado incierto. Tenía la misión («No pases miedo por mí, mi trabajo es el de menos riesgo») de llevar a la gente en un automóvil, de conducirla a un país libre. Alguna vez la habían tiroteado, pero con eso había que contar, con eso y con la

3. Los trámites de la espera

suerte. Lo malo estaba en la contraorganización, en los espías distribuidos fuera de Alemania, con orden de matar si podían hacerlo. «Aquí mismo, en París.» Temía que la hubieran seguido, temía que, ante la puerta de mi casa, alguien esperase su salida. Después dijo que aquel trabajo la anulaba, que no era jamás ella, sino un número en un conjunto, ni siquiera un nombre. Como yo le hablara de heroísmo, me respondió: «Sí. Un heroísmo que embrutece, que aniquila, como todos los heroísmos. Pero es necesario». Entonces me preguntó por mi vida. Le referí mis andanzas, le describí mi soledad en París. «¿No tienes una mujer? ¡Pero así no puedes vivir, amor mío!» Algo que pensó y me dijo, la hizo desfallecer: cuando aquello terminase, si terminaba, ella habría envejecido. «No debes pensar en mí, no debes esperarme. Este encuentro no es más que una debilidad mía. No he podido resistir el deseo de estar contigo, y no me arrepiento de haberlo hecho, aunque por estas pocas horas de estar juntos te conviertas en sospechoso para cierta gente. Pero nadie sabe si volveré; es posible que yo no vuelva. Hoy no corro peligro, pero ¿quién sabe mañana? Es una locura que me esperes, es un sacrificio inútil, no puedo permitirlo. Si algo más fuerte que yo me apartó de ti, ¿por qué vas a consumir tu vida en una incertidumbre? ¡Prométeme que buscarás una mujer, prométeme que me olvidarás!» «Y tú ¿podrás olvidarme?» «¡Yo no cuento, yo no me pertenezco! Al unirme a mis camaradas, me he comprometido con la muerte. En cualquier caso, he renunciado a mi vida personal. No sé si algún día podré recuperarla. Lo de hoy es un pecado.» «¿También entre vosotros hay pecado?» «Llámale, si quieres, debilidad, aunque también puede llamarse traición. Claro que pasar contigo estas horas no lo ha sido. Es el descanso del soldado.» Estaba sentada junto a mí, su cabeza reposaba en mi brazo. Pude advertir que llevaba colgado al cuello el reloj del mayor Thompson. Se dio cuenta de lo que había visto, de que mis dedos jugueteaban con la cadena. «Cuando temo caer en manos de los otros, se me ocurre que pueden quitármelo y dárselo a otra mujer. Entonces deseo tener tiempo para arrojarlo lejos o destruirlo. Pero cuando estoy sola, en el fondo del coche, en medio de la oscuridad, como te dije, entonces miro la hora a la luz del mechero, y me acuerdo de ti. Me acuerdo todo el tiempo que tarda en aparecer la señal. A partir de ese momento dejo otra vez de ser mía, y tú te desvaneces. Pero estás en el fondo como un sentimiento agazapado que espera el momento de surgir.» Se arrebujó contra mí y entró en uno de sus silencios. No muy largo, aquella vez. «Me gustaría que me llamases "Minha meninha". ¿Te acuerdas?» Teníamos aún por nuestro algún tiempo, y nada nos reclamaba fuera. Pero esta vez no se desnudó. Curiosamente, no había mentado a Dios.

La llevé a cenar a un *bistrot* próximo a mi casa, un lugar donde, a aquella hora, todas las mesas estaban ocupadas por parejas que hablaban en voz baja y que a veces reían. Nosotros no lo hicimos: sólo palabras sueltas que bastaban para traducir nuestros sentimientos. «Ahora ya me voy. No me acompañes. No te levantes siquiera. Te daré un beso.» Lo hizo, se puso el abrigo sin mi ayuda, y marchó. No lloraba. Desde la puerta me sonrió. Yo esperé solo, un buen rato. Al salir, caminé por caminar. La noche de París era hermosa, o me lo parecía al menos. Llegué a un lugar desconocido, tardé en hallar mi rumbo. Al entrar en casa me arrojé sobre la cama deshecha, buscando lo que aún quedaba de su olor y no sé cuánto tiempo estuve con la cara hundida en las ropas. Estas emociones tienen la ventaja de que suscitan el sueño. Cuando desperté asomaba la luz por mi ventana.

4

Los tiempos vinieron turbios, como las aguas después de la tormenta, pero la Villa es muy grande, y lo que pasa en un barrio puede repercutir en otro, no siempre en todos. La gente se esconde cuando hay ruido, pero sale a la calle a poco que se apacigüe, a gozar del sol, a escuchar a los cantores populares y a sus acordeones. Y siempre hay parejas enlazadas por la cintura indiferentes a Hitler, a Stalin, y a Daladier. París es la ciudad más libre del mundo, y todos pueden vivir a su manera. La mía, de momento, no fue feliz. Andaba como ausente, escribía mis crónicas de una manera mecánica, escuchaba al señor Magalhaes como se escucha a alguien que habla solo en el piso de al lado. Tardé en recobrarme, y lo hice de repente, al leer una carta enviada por Simón Pereira, una carta muy amable de la que deduje que el señor Magalhaes se había quejado de mi falta de entusiasmo anticomunista. Aquello fue como si transitase por las estrellas y, de repente, alguien tirase de mis zapatos hacia abajo para traerme al mundo real. Pensé en renunciar inmediatamente a mi puesto, pero, al imaginar cómo sería mi vida solitaria en el pazo miñoto, me dio más miedo. Tenía al menos una ocupación en que distraerme durante el día; podía llegar cansado a casa y dormir; podía hallar incluso compañía. Respondí a Simón Pereira que, en efecto, no había manifestado nunca el menor entusiasmo anticomunista, pero tampoco lo contrario, y que si me habían destinado a reseñar el mundo de la cultura, que a ello me limitaba. La carta era elocuente, y dedicaba unas líneas a describir la propensión excesiva del señor Magalhaes hacia el nazismo, cosa que tampoco me parecía muy defendible, y que seguramente no agradaría a los señores Pereira (tan sospechosos de ascendencia judía como cualquiera). ¡El señor Magalhaes, con su jeta de zulú importado!... Tenía gracia. Las cosas quedaron así, la cuestión del día era el problema de las reparaciones. Los países europeos no podían pagar sus deudas a Estados Unidos, y éste se hallaba en apuros. Como que había aumentado en varios millones la cifra de parados, y ya se sabe que si hay gente que pasa hambre, nadie se inquieta; pero si los hambrientos son norteamericanos, el problema puede ser universal. Era una cuestión que no cabía en la cabeza del señor Magalhaes, de modo que recurrió a mí para que se lo explicase. Le respondí que lo haría de buen grado si me proporcionaba información reciente. Lo hizo: a partir del día siguiente, al llegar a la oficina, tenía encima de la mesa tres o cuatro revistas especializadas, en francés y en inglés. Redactaba para el señor Magalhaes un resumen de la situación diaria, y él se encargaba después de relacionarla con la marcha de la política. Unas veces acertaba, otras no. Le costó trabajo entender la trampa financiera de los nazis, que montaban una economía sin divisas ni reservas de oro. «Mire usted, señor Magalhaes: eso no es nuevo en la historia de Alemania. En tiempos del imperio guillermino ya sucedió lo mismo. Lo malo que tienen estas trampas es que terminan en guerra.» Al señor Magalhaes, la idea de una contienda lo aterraba: él esperaba la implantación del imperio nazi, ante todo, por el convencimiento de los ciudadanos; después, por medio de la acción directa ejercida contra los disidentes, comunistas y demás ralea. Pero nada de cañones ni de bombardeos de aviación. «Se destruiría Europa, ¿no lo comprende?» «Lo comprendo, y ellos también, pero no debe importarles mucho.» El señor Magalhaes, cuando leía una mala noticia, o cuando escuchaba de mis labios una idea que consideraba subversiva, tenía la costumbre de santiguarse.

Permanecí en París hasta bien entrado el año mil novecientos treinta y siete. Ya contaré las razones de mi marcha y el cómo. Fueron casi tres años inolvidables, pero difícilmente recordables si se quiere imponer un orden en el relato. Las viejecitas que tomaban el sol en el parque de Luxemburgo no parecían enteradas de que Hitler intentase ampliar el territorio alemán, de que Mussolini se apoderase de Abisinia, de que los ingleses se abstenían, y de que sobre Francia y su política recaían las consecuencias más visibles. Había huelgas, algunas de ellas originales, pues consistían en que los empleados de una fábrica, o de unos grandes almacenes, se

3. Los trámites de la espera

encerraban en el lugar de trabajo después de haber comprado todas las vituallas de los contornos. Los parisienses aprendieron la desagradable tarea de ir a la panadería en busca de su dorada barra y hallarse con que no había pan, o, lo que era casi tan molesto, que había que hacer cola. Una vez un amigo me dijo que, aquella mañana, unos albañiles habían colocado en lo alto del Ministerio de Asuntos Exteriores una bandera roja, rápidamente retirada, eso sí. ¿Qué iban a decir en el extranjero? Daladier buscaba unas alianzas, Laval otras, y el señor Blum, con sus amigos, preconizaba el Front Populaire, que ya había triunfado en España. Tengo muy claro el catorce de julio de mil novecientos treinta y seis: las izquierdas habían organizado una manifestación en los Campos Elíseos; las derechas, también. Una manifestación iba de arriba abajo; la otra de abajo arriba. Los de la izquierda cantaban *La Internacional;* los de la derecha, *La Marsellesa.* ¡Qué solemnes, qué hermosos resultaban ambos himnos cantados por tanta gente!... ¿Cómo recibirían en el cielo solemnidades tan contradictorias? Aunque también es posible que los cielos se limitasen a sonreír. Llegaron a enfrentarse: ni cien metros separaban la cabeza de una manifestación de la cabeza de la otra. Yo andaba por allí, con mi credencial de periodista en el bolsillo, por si acaso. En los aledaños hubo algún que otro sopapo. Pero el grueso de los manifestantes de un bando se limitó a contemplar el grueso de los manifestantes del otro, y a poner más entusiasmo en los himnos respectivos. Por aquellos mismos días, según la prensa, en mi país andaban a palos y, casi con la misma frecuencia, a tiros. Después dicen que no hay Pirineos.

El señor Magalhaes andaba muy atareado. Tenía que informar a los lectores lisboetas de acontecimientos que no entendía. El señor Hitler se apoderó del Sarre. ¿A quién importa lo que es el Sarre, si no a los que viven allí? El señor Hitler rondaba a los sudetes. Pero ¿quién en la rúa do Alecrim, sabe quiénes son esos señores? El señor Hitler, con la complicidad de un tal Seys-Inquart, entró en Austria. ¿Quién es ese señor, de dónde sale? Las noticias de cada día traían nombres nuevos, o que al menos lo eran para nosotros. No dábamos abasto en consultar el «¿Quién es quién?» Pero o nuestro ejemplar estaba retrasado, o no había tiempo de meter en sus páginas a los héroes emergentes. Cuando el protagonismo del día recaía en Laval o en Daladier, incluso en Léon Blum, el señor Magalhaes se sentía más tranquilo: eran nombres conocidos, figuras familiares, como quien dice vecinos del mismo patio. Sus caricaturas venían diariamente en los periódicos. *Action Française* llamaba «La camella» al señor Blum, con gran regocijo de Magalhaes: «"La camella", mira que llamarle "La camella". No deja de tener gracia». Magalhaes envidiaba la pluma de Maurras. Pero pese a su devoción acerca de los personajes nazis, no estaba bien informado. Cada día surgía un caso nuevo. Y cuando llegaron las noticias de la purga de Munich, «la noche de los cuchillos largos», abrió los ojos de una cuarta. «Pero ¿es que había maricones dentro de las SS?» «Maricones, mi querido Magalhaes, los hay en todas partes.» No lo podía creer. En principio se aferró a la tendenciosidad de las informaciones, que sólo habían sido rumores. «¡No puede ser, no puede ser!» El señor Magalhaes estimaba en mucho el ejercicio correcto de la virilidad como parte de su propia estimación, y en sus divagaciones, más o menos utópicas, proponía a los nazis como modelo supremo que ofrecer al mundo: atletas aparatosos aparatosamente dotados. «¡No lo puedo creer, no lo puedo creer, maricones en las SS!» Concluyó por su cuenta y como explicación razonable, cuando las noticias fueron por fin fidedignas, que el nazismo, como todo cuerpo vivo, había engendrado carroña y se libraba de ella. En cuanto a las rivalidades internas, a las luchas por el poder, lo achacaba a los periodistas pagados por el oro de Moscú. Según su manera de verlo, el nazismo era un bloque en el que no cabían fisuras.

3. Los trámites de la espera

Con un texto de historia contemporánea delante sería fácil dar a estos acontecimientos un orden, no sólo cronológico, pero eso sería traicionar la espontaneidad de mis recuerdos y su mayor o menor riqueza. Por otra parte, escribo muchos años después, cuando ya las cuestiones suscitadas en aquel período se zanjaron con una guerra que aún colea. La guerra fue el nudo de todos los conflictos, y es natural que mi mente, educada en los principios de la estética literaria más exigente, tienda a organizarlos a la manera de un drama o, en el caso de que tal sublimidad me fuese dada, a la de una epopeya triste. Pero sé que no es legítimo, ni me apetece. En cualquiera de los casos, habría falsificado la realidad. Lo cierto fue que la historia de Europa repercutía no como secuencias orgánicas, sino como sustos, en aquella oficina modesta, donde dos hombres como cualesquiera otros, profesionalmente deformados, examinaban las noticias, las elegían y las redactaban, habida cuenta del modo de pensar y de sentir de los previsibles lectores; pero a las doce y media de la mañana, con el sombrero y el abrigo, cada uno de nosotros recobraba su vida privada, y se metía en la cotidianidad de París hasta el día siguiente. Y, en París, las viejecitas del Luxemburgo seguían indiferentes a los grandes trompetazos y a los nombres que llenaban el universo, y sacaban de sus bolsitas puñados de maíz para alimentar a las palomas. También, en los atardeceres, terminado el trabajo, y el tedio, se juntaban los amantes, recorrían enlazados las veredas oscuras, cenaban en restaurantes pequeñitos e íntimos, y después se iban a la cama, si la tenían, en busca de una compensación, que unas veces consistía en encontrarse a sí mismos, y otras en perderse. Antes, no hace mucho, mencioné los cantores populares: fueron una de mis grandes aficiones. Los escuchaba y me divertían sus sátiras versificadas y musicales contra casi todo, aunque a veces, en su repertorio, apareciese alguna canción de amor que el público coreaba, y yo también.

Se me ocurrió, no sé cuándo, que ya sabía bastante de literatura. O quizá fuera que me diese cuenta de que no andaba bien de historia. Con frecuencia, a Magalhaes y a mí nos faltaban datos de difícil hallazgo para quienes no tenían ideas claras de lo que estaba pasando en función de lo que había pasado. Me matriculé en cursos, cambié de lecturas, y fue como un descubrimiento o una revelación. Lo que más me entusiasmó fue el empeño puesto por gentes inteligentes y enteradas en dar un orden y un sentido a todo lo que los hombres habían hecho y deshecho desde el comienzo de los tiempos. Por entonces todavía se leía y se discutía a Spengler. Uno de mis maestros dijo una vez que era una lástima que síntesis tan brillante fuera radicalmente falsa, sobre todo al profetizar el porvenir del prusianismo; pero el mismo maestro había dicho otro tanto de Hegel y de Marx, por cuanto cada uno de ellos, a su modo, preconizaba el Estado absoluto. Aprendí mucha historia durante aquel tiempo, pero nunca supe a qué carta quedarme, ni lo sé todavía. De todos modos, aquellos estudios me fueron útiles. Llegué a entender más sólidamente lo que acontecía delante de mis narices, y llegó un momento en que el señor Magalhaes me confesó las ignorancias que yo ya conocía, y me rogó que de vez en cuando le redactase una síntesis de lo que debía contar en sus crónicas, y, sobre todo, cómo debía contarlo. Aquel «de vez en cuando» se convirtió en cada día. Llegaba a la oficina, leía la prensa francesa y también la inglesa. Esto me llevaba tiempo. Escribía una cuartilla, se la entregaba a mi jefe y me iba a almorzar. Supongo que estos servicios me valieron los dos o tres aumentos de sueldo que percibí durante mi estancia en París. Esto quiere decir que mis relaciones con Magalhaes, que era en el fondo un buen hombre, sin más miedo que el normal, y con la dosis de estupidez corriente, acabaron siendo de amistad. «Desengáñese, amigo. Si hay guerra, la ganarán las escuadras, como siempre.» Nuestros puntos de vista, sin embargo, volvieron a chocar,

3. Los trámites de la espera

aunque sólo incidentalmente, cuando un escritor no demasiado glorioso, sino más bien de los repudiados, publicó una novela que metió mucho ruido. *Voyage au bout de la nuit*. La elogié en mi crónica. Magalhaes se puso furioso, pero cuando le informé de que el autor tenía fama de fascista, o que al menos eso se aseguraba por los cafés de París, le buscó una explicación a la crudeza del texto. «Claro, la podredumbre de la sociedad puede verse lo mismo desde la izquierda que desde la derecha. En el fondo ese señor tiene razón.» Se quedó muy sorprendido cuando le descubrí su coincidencia con ciertas opiniones de Carlos Marx; se sorprendió y se asustó: «Sí, hombre, pero no se espante. A Carlos Marx le gustaban las novelas de Balzac, aunque éste fuera reaccionario. Pero, como usted dice, la podredumbre de la sociedad se puede ver desde cualquier parte. Lo malo es que siempre es la misma, en tiempos de Balzac y en los nuestros». La salida de Magalhaes fue decir que el nazismo impondría al mundo una moral incorruptible.

Recordaba a Ursula, ¡eso siempre!, en ocasiones, con gran intensidad, con fuertes repercusiones sentimentales. Pero en el fondo de mi ánimo estaba convencido de que no la vería más, aunque no llegase a admitir, sin otros datos que la ausencia, la efectividad de su muerte. Pero lo cierto es que la recordaba como un viudo a la difunta amada; es decir, sometido el recuerdo a un proceso de debilitación que sólo se reforzaba, y, aun así, temporalmente, cuando alguna razón externa hacía resurgir las imágenes más vivas de nuestra vida en común. No siempre eróticas, y, pasado el tiempo, cada vez menos eróticas. No había seguido el consejo de Ursula de buscarme una mujer, aunque me fuera difícil pasar tanto tiempo sin mujeres. Varias vinieron a mi piso durante aquel tiempo; unas duraron más que otras, ninguna demasiado. Si me pusiera a evocarlas una a una, no conseguiría representarme ahora no ya sus figuras o su carácter, sino ni siquiera sus rostros y sus nombres; ellas y otras constituyen, en mi recuerdo, algo tan vago como una nube cuyos contornos adquieren por casualidad una forma reconocida y fugaz. Acaso alguna de ellas haya merecido más atención de la que le presté, pero inevitablemente, tal vez sin quererlo yo mismo, las comparaba con Ursula y las hallaba inferiores. No sé si esto sucederá a todos los varones que, a una edad prematura, han tropezado con una mujer excepcional que los deja marcados para siempre. Si antes de Ursula había buscado en las mujeres a Belinha, y, en ella, a mi madre, después busqué a Ursula, la madre ya olvidada. Lo que no podría decir con palabras claras es en qué consiste esto de buscar a una mujer en otra. Es algo de lo que se habla, que algunos afirman haber experimentado, yo uno de ellos. ¿Se busca un recuerdo? Pero ¿qué clase de recuerdos? ¿Un parecido físico, un modo de portarse, un rasgo de carácter? ¿No será (no lo habrá sido en mi caso) el pretexto o la justificación de una volubilidad no aceptada? Lo curioso fue que, durante todo este tiempo, conforme las aventuras transitorias se iban sucediendo, yo pensaba en serio, o creía pensar, en el amor, y llegué a elaborar una teoría que, por fortuna, quedó en mero ejercicio mental, y como tal se olvidó. No pasaba de reflexión algo pedante sobre mis relaciones con Ursula, que intentaba, sin saberlo, elevar a categoría universal, como quien ha agotado, en una sola aventura, toda la experiencia del amor. Lo que sí puedo reconocer es la falta de coincidencia entre la teoría y la práctica. Yo me justificaba diciendo que ellas no hubieran aceptado mi modo de entender el amor, tan retorcido y tan complejo; en el fondo, tan literario. Pero ¿habría participado Ursula?

También debo decir, en honor a la verdad, que la mayor parte de aquellas aventuras vinieron rodadas, sin gran esfuerzo por mi parte, sin apenas iniciativa. No creo que, a este respecto, yo me distinguiera mucho de los hombres de mi edad que andaban por mis alrededores, estudiantes, periodistas, aspirantes a escritores. Si a alguno de ellos se le podía llamar, a la francesa, *coureur de femmes,* los demás no lo éramos, sino sólo amantes a salto de mata, sin grandes aspiraciones, sin grandes escrúpulos, también sin grandes remordimientos. Sin embargo, las relaciones estables, o al menos duraderas, eran más frecuentes de lo esperado. De alguien muy conocido se decía: «Tiene la misma amante hace cuarenta años y no sabe cómo deshacerse de ella». Alguna vez pensé que era un buen tema de novela; por supuesto, cruel.

Contaré, porque lo debo contar, que una noche llegué a casa un poco tarde. No andaba entonces enredado con ninguna muchacha. Iba a entrar cuando se me acercó una mujer con un niño en brazos y, en el otro, una especie de jaula cubierta con un paño grueso. «¿No vive aquí Paulette? ¿No es en este portal?» Le respondí que no conocía a Paulette ni había oído hablar jamás de ella. «Pues Paulette me dio esta dirección y no puede haberme mentido. Paulette estaba enterada de que yo salía hoy del hospital y me había invitado a dormir en su casa. Hace cinco días que he dado a luz a este niño y mi jilguero se está muriendo de frío. Yo no puedo recorrer el barrio en busca de la casa de Paulette. Además, a estas horas, ¿a quién voy a preguntar?» Aunque mi calle no estuviera demasiado iluminada, podía ver perfectamente a aquella mujer, que no iba mal vestida, que no tenía aspecto de golfa ni de bohemia, menos aún de mendiga. Llevaba también un bolso bastante grande, casi un maletín, no lo había advertido al primer vistazo. Interpreté que en sus palabras había una petición de socorro, aunque hubiera sido hecha sin el menor patetismo, y dudé unos instantes si invitarla a subir o dejarla a su suerte, con su niño y su pájaro. Me decidí, en un santiamén, a socorrerla. ¿Por piedad o por iniciar un juego? «¿Quiere venir a mi casa? Es todo cuanto puedo hacer por usted.» Me miró muy fijamente. «¿Es usted de fiar?» «Séalo o no, en cualquier caso le diría que sí. Usted verá lo que hace.» También su decisión fue rápida. «Abra la puerta.» Entró detrás de mí, esperó a que encendiera la luz, subimos juntos en el ascensor, sin decir palabra; sólo al salir la advertí de que faltaban unos cuantos escalones. No me respondió. Cuando se halló en medio de mi salón, sin desprenderse de la jaula ni del niño, miró alrededor y dijo para sí misma: «Un extranjero de clase media, no demasiado rico, de aficiones intelectuales. Quizá no sea mala persona». Le pregunté bromeando si era detective. Ella, antes de responderme, dejó la jaula cerca de la salamandra, y el niño en el sofá. «No, no es necesario serlo. No hay más que mirar. Tiene usted libros y grabados por las paredes. El piso es de los corrientes. Tampoco debe de ser mujeriego, porque no veo desnudos por ninguna parte. Claro que no entré aún en el dormitorio.» Le abrí la puerta y se lo mostré. «¿Qué piensa ahora?» «Un pequeño burgués de costumbres morigeradas. ¿De dónde es?» «Español.» «Los españoles son quijotes o son donjuanes.» «También los hay intermedios y mezclados. Clasifíqueme como le apetezca. ¿Quiere comer algo?» «Debía de habérsele ocurrido nada más entrar. Del hospital se sale por la tarde. Desde el mediodía no probé bocado.» «Pues siéntese y caliéntese.» Iba a entrar en la cocina, pero volví sobre mis pasos. «¿Y el niño? ¿Necesitará leche?» Volvió la cabeza airada. «Lo crío yo. ¿O qué se piensa? No soy una madre cualquiera, ni él un hijo cualquiera. Pero para darle mi leche necesito comer.» Entré en la cocina, le preparé unos bocadillos y calenté la leche. Recordé haber oído alguna vez que a las mujeres lactantes les convenía la cerveza, de modo que agregué una botella a la bandeja. Se la puse delante. Ella me dio las gracias y empezó a comer vorazmente. Bebió la cerveza y, al final, la leche. Yo me había desentendido de ella y preparaba la cama. «¡Señor!»

Acudí al salón con una manta en la mano. «¿Dónde voy a dormir?» «Donde usted quiera.» «¿En su cama?» «Se lo aconsejo.» «Espero que comprenda que soy una mujer recién parida y que tengo que dormir sola.» «Lo había comprendido ya, señorita.» «¡Señora!», dijo muy orgullosa.

«¡Ah! ¿Y su marido? ¿La ha abandonado?» «Sí, hace ya tiempo. Ha muerto.» «¡Cuánto lo siento!» «Yo no lo siento en absoluto. ¡Menudo *cochon*! Me deja embarazada y se muere. ¿Lo encuentra usted correcto? ¿Cree que es una muestra de cariño?» «Desconozco las circunstancias del caso, no lo puedo juzgar.» «Primero me abandonó; después murió. Me abandonó a las cinco de la tarde, murió hacia las diez, sin darme tiempo a acostumbrarme. Abandonada a las cinco, viuda a las diez. Muy poco tiempo para tantas emociones.» Yo no sabía qué contestarle. Se me ocurrió preguntarle si no deseaba dar de comer al niño, pues, en ese caso, yo esperaría en el dormitorio. «¿Para qué? ¿Es usted de los que piensan que el seno de una mujer lactante es un objeto erótico?» «¡En modo alguno, señora! Además, aun estando presente, sé volver la cabeza en el momento oportuno.» Se levantó. «Haga usted lo que quiera.» Cogió al niño y se fue con él hacia la salamandra. «¡Si tuviera usted una sillita baja...! Estaría más cómoda.» Le traje lo más parecido a una sillita baja que pude hallar. Se sentó, sacó la teta y la metió en la boca del niño. «Pienso en mi pobre pájaro. Muerto de frío y de hambre. Además viene de pasar una mala temporada: en los hospitales tratan mal a las personas, y a los pájaros peor. ¿No tendría usted unas miguitas de pan?» Le di las migas al pájaro, que no pareció entusiasmarse, pero que acabó por acercarse a ellas y picotearlas. Me aparté del grupo y me senté de espaldas. Se oía el chupeteo del mamón y, de cuando en cuando, el aleteo del pájaro. «¿No se ha dormido?», dijo ella de pronto. «No, madame.» «Estoy pensando que con toda seguridad interpretó mal lo que acabo de contarle. Claro está que las cosas se toman como a uno se las dan. Me refiero a lo del abandono y la viudez. No es que haya mentido, pero oculté algunos detalles. ¡La falta de confianza! La verdad es que, todas las tardes, mi marido y yo reñíamos, y él se marchaba a las cinco diciendo que no volvería más, con lo que yo me pasaba unas horas con el berrinche del abandono. Pero él volvía siempre, y nos reconciliábamos. Aquella noche no volvió, no por su voluntad. Murió atropellado. Pero como yo no lo sabía, ni lo podía esperar, antes de llorar la viudez, lloré también la soledad presentida y la humillación que se siente al pensar que existe otra mujer. ¡Qué injusta fui con mi marido aquella noche horrible! Puede usted comprender, pues, que no le he engañado del todo. Pero las cosas no son iguales contadas de una manera que de otra.» «Estoy de acuerdo, señora; pero antes llamó a su marido *cochon*.» «Fue un pronto, créame, y lo hice con la mejor intención. La verdad es que, en nuestra intimidad, solía llamarle *"mon petit cochon"*, aunque no lo fuera en absoluto. Y no es que yo sea mal educada; es que se lo oí decir una vez a una criada, dirigiéndose a un niño, me hizo gracia. Es como si, ahora, se lo llamase al mío.»

Yo me hallaba perplejo, y en el fondo de mi conciencia se insinuaba el arrepentimiento por haberla socorrido, pero, la verdad, no me causaba ningún terror. Ciertamente ignoraba lo que traía en aquel enorme bolso; podía encerrar una pistola o un cuchillo grande, de esos cuya vista estremece la médula. Pero ¿para qué? En mi piso había poco que robar. No sé si instintivamente al entrar, había dejado la cartera encima de la mesa, un lugar muy visible, y ella se había dado cuenta. Lo hiciera como prueba de confianza, pero también para dar facilidades, llegado el caso. «¿Es usted profesor?», me preguntó de pronto. «No, periodista.» «¡Ah, periodista! Gente superficial los periodistas, ¿verdad?» «Yo, al menos, lo soy, señora.» «Debe de ser muy aburrida la vida para la gente superficial.» «A veces se tiene la suerte de hallarse en una situación como la mía en estos momentos. Convendrá conmigo en que no es nada aburrida.» «Para mí, desde luego que no. Me encuentro muy bien y empiezo a sentirme verdaderamente agradecida, sobre todo si sigue usted siendo cortés como hasta ahora.» «¿Teme que no lo sea?» Volvió la cara hacia mí, me miró fijamente. «No. Usted no es capaz de abusar

3. Los trámites de la espera

de una mujer parida e indefensa. Porque yo estoy indefensa.» Echó mano al bolso y empezó a hurgar en él. «Ahora sí que tiene que marcharse.» Sacó del bolso unos pañales y unas ropas de niño. «Se dará cuenta del porqué.» Le sonreí, me levanté y me fui al dormitorio, y allí estuve hasta que ella me gritó que ya podía volver. Tenía el niño en el regazo, mudado y bien fajado. «¿Ve usted? Ya está como una rosa.» Lo besó y lo dejó aparte, bien envuelto en su toquilla. Después me mostró el paquete que había hecho de lo sucio. «¿Qué hago con esto?» «En la cocina hay un cubo. Mañana, madame Claudine lo tomará a su cargo.» Quizá debiera haberme levantado y llevarlo yo mismo al cubo de la basura, pero se me ocurrió tarde, cuando ya ella lo había hecho. El viaje a la cocina, ida y vuelta, me permitió observarla mejor. Llevaba un traje sencillo, de buen corte, probablemente comprado en unos grandes almacenes, que no me aclaraba en absoluto su condición social, menos aún la personal. Era de buen gusto, pero eso, en París, apenas si puede servir para una caracterización muy general. La calidad de la tela no la pude percibir, algo alejado como estaba, inexperto en tales valuaciones. Tenía una cara simpática, muy expresiva, nada fea, pero tampoco hermosa, salvo unos grandes ojos grises. Podía ser una normanda o una bretona, pero también haber nacido en París. Me lo pareció por su acento, pero el acento se adquiere.

«¡Estoy cansada! Ha sido un día de muchas emociones.» «Puede acostarse cuando quiera.» «¿Y usted?» Me limité a señalarle la cama turca de un rincón. Lanzó hacia allá la mirada. «También podía yo dormir ahí.» «Pienso que se sentirá más libre en un dormitorio. Si de noche el niño la obligara a levantarse, tendría que entrar ahí.» «Y despertarle, ¿no?» «Eso sería lo de menos.» Tres o cuatro frases más, todas triviales, y las buenas noches. Le advertí que la puerta podía cerrarse por dentro. Sonrió. «No creo que sea necesario.» Volvió a desearme buenas noches y se metió en el dormitorio con el niño. Fuera quedaba la bolsa: salió a buscarla pasado un rato breve. «Había olvidado esto. Perdóneme, aquí están los pañales.» Bueno... Junto a la salamandra quedaba el pájaro enjaulado.

Intenté desentenderme de su vecindad y me puse a escribir algo, no puedo recordar qué. Tardó en darme el sueño. Me acosté. Apenas pude dormir. La cama turca era incómoda, uno de esos objetos que sólo sirven para los primeros escarceos con una chica. Di vueltas y vueltas. La escena se ha visto en muchas películas norteamericanas, pero en ellas el varón suele dormir mejor que yo aquella noche. Fue una de esas, insomnes, en que acude a la mente de uno el pasado, pero no el que nos gusta recordar, sino menudencias sin interés, imágenes que van y vuelven, mezcladas a canciones que creía en el olvido y que no se recuerdan completas. ¡Una que me cantaba Belinha! O estados anteriores que reviven: por ejemplo, el de aquellas noches, en el pazo miñoto, en que me obsesionaban mis poemas. No es que uno nuevo, inesperado, estuviera a punto de emerger, de apoderarse de uno, ni mucho menos: mi invitada no me había causado emoción tan profunda, ni siquiera deseo, sino sólo curiosidad, que también reapareció a lo largo de aquellas horas. ¿Quién será? ¿Por qué está aquí? Pero sin demasiada insistencia. En ningún momento la hallé misteriosa, probablemente porque no lo era, aunque sí interesante. Al menos lo era la situación. No había, sin embargo, que inquietarse: no me importaba gran cosa quién pudiera ser; y la reiteración con que me lo preguntaba la atribuí al insomnio. A cierta hora de la madrugada oí llorar al niño, y a ella, después, ajetrear sigilosamente. Después volvió el silencio.

Cuando salió de la habitación, ya vestida y arreglada, yo había preparado el desayuno. Le ofrecí una taza de café y unos bollos del día anterior. Lo aceptó y lo comió en silencio. Le pregunté si le parecía bien almorzar conmigo: me respondió que sí, a condición de que ella preparase la comida.

3. Los trámites de la espera

«Vendrá a verla la portera. Es la encargada de la compra. Ella le traerá lo que usted señale, y no se preocupe por el dinero, porque ya me pasará la cuenta.» Dijo que sí con toda naturalidad. Al salir a la calle busqué a madame Claudine y le expliqué la situación. «Pero ¿cómo metió en su casa a una desconocida? ¡Puede ser una anarquista!» «En todo caso, una anarquista que en vez de bomba trae un niño.» Se quedó rezongando a causa de la insensatez de los hombres. No fue aquélla una mañana importante, ni había noticias que me entretuviesen en la oficina. Pedí permiso al señor Magalhaes para salir un poco antes. ¡Cómo me agradeció aquel reconocimiento de su superior jerarquía, aunque fuese en un ámbito tan modesto como el de nuestra oficina! Se me ocurrió llevar a la desconocida un ramito de flores, nada más que unas pocas violetas. Tuve la precaución de ocultarlas a la curiosidad de la portera, quien me esperaba muy amilagrada. «Oiga, esa señora no es una cualquiera. Me dio el dinero para la compra, y llevaba mucho más. Las ropas de la criatura son de lo fino, y nada de recién parida; el niño tiene ya más de un mes. Los modales de la madre son de dama. Yo que usted andaría con cuidado: puede meterle en un lío. Dios sabe cuál.» «¿Le dijo cómo se llama?» «Cuando se lo pregunté, indirectamente, como hay que averiguar esas cosas, se hizo la desentendida.» La dejé rápidamente por miedo a que las violetas se me chafasen debajo del abrigo. Llamé a la puerta en vez de abrir con mi llave. Lo hizo ella con la mayor tranquilidad y una sonrisa. Había en el piso un olor a comida suculenta que me recordó los tiempos en que no comía en restoranes multitudinarios y baratos. Antes de quitarme el abrigo le ofrecí las violetas. «Son para su niño, por supuesto.» Se echó a reír. *Que vous êtes gentil.* Las recibió y volvió a sonreírme. Le comenté que por primera vez desde que yo lo ocupaba, mi piso olía agradablemente. «Soy buena cocinera, podría ganarme la vida en cualquier restorán de lujo.» Había puesto la mesa, con los dos cubiertos enfrentados. Buscó un vaso, colocó en él las violetas, con su agua, y adornó con ellas la mesa. «Mi hijo, como usted debe comprender, no está aún para recibir gentilezas.» Había preparado una sopa, una carne asada, y unos pastelillos de chocolate: calculé que habría pasado en la cocina la mayor parte de la mañana.

Cuando nos íbamos a sentar, le dije: «Sería conveniente que me indicase un nombre para dirigirme a usted. El mío es Filomeno». «¡Oh, Filomeno, qué bonito! Llámeme Clelia.» «Es un nombre de Stendhal.» «Yo soy un personaje de Stendhal.» Le hice una reverencia. «Es un honor con el que no contaba. No puedo decirle que yo lo sea de Balzac, menos aun de Proust. En realidad carezco de lo más indispensable para ser un personaje.» «¿Qué es lo que considera indispensable?» «Una personalidad definida.» «También hay personajes indecisos.» «Entonces yo soy uno de ellos.» Se echó a reír. «Nos hemos metido sin querer en la literatura, pero le garantizo que la sopa y el asado son reales. Quizá los *profiterolli* sean algo fantásticos, pero eso está en su naturaleza.» Se sentó y me rogó que lo hiciese. Había servido la sopa, que humeaba. La probé. Estaba exquisita y la felicité por ella. «Ya le dije que está hecha con ingredientes reales y que soy una buena cocinera. Confío en que el *rôti* le agrade más.» Cuando terminó la sopa, trajo el asado y lo sirvió ella misma. Cortó la carne con habilidad. Sólo entonces, y como sin darle importancia, me dijo: «Ya he visto en su dormitorio el retrato de su novia. Porque supongo que será eso, su novia, esa señorita rubia de la fotografía. Dígame sinceramente si necesita el campo libre de cinco a nueve. Es la hora de dar un paseo largo con el niño». Hubiera podido, quizá debido, preguntarle en aquel momento cuánto tiempo pensaba quedarse, pero lo que hice fue aclararle que no esperaba a nadie aquella tarde. «Esa señorita rubia de la fotografía pertenece al pasado.» «*C'est dommage!* Tiene todo el aire de una muchacha agradable, *très comme il faut,* aunque le estorbe a su

3. Los trámites de la espera

belleza un no sé qué de dramático. ¿Y no hay otra mujer en su vida? Quiero decir ahora.» «No.» «¡Mala cosa es que esté solo un hombre de su edad! ¡Y más en París! París es una ciudad para vivirla en pareja, usted debe saberlo ya.» «Sí, es una ciudad hecha para el amor, pero no siempre el amor acude, aunque es muy posible que yo no desee su llegada.» «¿La ama todavía? Quiero decir a la del retrato.» «Lo más probable es que haya muerto. En cualquier caso, ya no la espero.» No me respondió. Se entretuvo con la carne un buen rato. Yo la examinaba durante aquel silencio, o, más exactamente, miraba sus manos: comía de una manera refinada, con calma y esa forma de seguridad (o naturalidad) que crea el hábito. Estuve a punto de preguntarle: ¿Quién es usted? ¿Por qué está aquí? Pudo más la cortesía. Me había mentido al decir que estaba recién parida, esto era evidente, pero lo interpreté como medida de precaución. También había mentido, en consecuencia, al decir que venía del hospital. Y el nombre que me había dado también era falso. Pero todas esas mentiras, tan evidentes, no hacían más que amontonar unas curiosidades sobre otras. «Ya he visto –dijo de pronto– que habla usted varios idiomas. He reconocido, naturalmente, el francés y el inglés entre sus libros; de los otros, supongo que uno será el español.» «El otro es el portugués.» Pareció quedar perpleja. «El portugués. Nunca lo he oído hablar.» «Puede oírlo ahora, si lo desea.» Me levanté, cogí un libro al azar (salió, claro está, un tomo de Queiroz) y le leí unos párrafos. «Suena muy bien –dijo ella–, parece música.» «Pues el autor de esta página que acabo de leerle vivió y murió en París hace ya bastantes años. Se llamaba...» «No lo oí nombrar nunca.» «Es que Francia suele ser ingrata con los extranjeros que más la aman.» «¿Lo dice por usted?» «No. Yo no tengo queja de los franceses, pero tampoco soy escritor ilustre.» ¿A qué venía aquello? Me di cuenta de que nuestra conversación no iba más allá de las puras trivialidades y de que aquella mujer, fuese quien fuese, se llevaría una pobre idea del que la había acogido en su casa. Me sentí, de pronto, necesitado de mostrarme de otra manera, aunque fuese forzando la situación. «¿Le interesan a usted los versos?» «Como a todo el mundo.» «Es decir, no le interesan.» «Le he dado a entender que sí.» «Entonces, si me permite... –Me levanté, cogí el viejo cuaderno donde estaban los míos–. Voy a leerle un poema escrito en español. Mejor que al francés, podría traducirlo al inglés, pero confío hacerlo regularmente en su lengua.» «¿Y por qué no en inglés?» No le pedí explicaciones. Escogí uno de los poemas que considero más intensos, y lo fui traduciendo al inglés, cuidando la dicción. Como ejercicio escolar no tuvo tacha. Ella escuchó atenta. Me pidió un par de veces que repitiera; al final me preguntó: «¿Es suyo ese poema?» «Sí.» «Usted no es un periodista superficial. Ese poema es muy hermoso, y supongo que, en español, lo será más. Su inglés es bastante perfecto.» «Trabajé en Londres durante tres años.» Se me quedó mirando un rato fijamente. «Usted no está todavía en la edad de ser un hombre interesante, pero ya lo es. Siento haberme equivocado.» Se levantó, fue a la cocina y trajo los *profiterolles* de chocolate. «Me alegro de haberle ofrecido una buena comida. Fue el mejor modo de compensarle, aunque merezca más.» Retiró la mesa en silencio. La oí ajetrear en la cocina. «¡Deje los platos para mí!», le rogué, pero no me hizo caso. Me senté en un sillón y la escuché. Iba y venía como una sombra. De repente apareció ante mí con el abrigo puesto, el niño en brazos, la bolsa colgada, la jaula en difícil equilibrio. «Ha sido usted muy amable conmigo. Se lo agradezco, pero me voy.» Me levanté. «¿Tiene usted adónde ir? Puede permanecer aquí todo el tiempo que quiera.» «Gracias, pero no lo encuentro prudente. Y no se preocupe por mí. Tengo de sobra a donde ir.» «¿No necesita nada? ¿Puedo ayudarla?» «Ha hecho todo lo que podía, y yo también. Cuando me recuerde, hágalo con el nombre de Clelia, que no es el mío, sino una de las muchas mentiras que le conté. Pero no debo permanecer aquí ni un

3. Los trámites de la espera

minuto más. Debe usted comprenderlo. Siento de veras que vaya a quedarse solo. Una mujer puede hacer compañía, pero una mujer con un niño es siempre un estorbo. Gracias.» Me dio un beso en la mejilla, pero no me ofreció la suya. Abrió ella misma la puerta y se marchó.

Cuando entré en el dormitorio vi el retrato de Ursula acostado, la cara oculta.

5

No reapareció aquella mujer que dijo llamarse Clelia, no esperé saber de ella nunca más. Inevitablemente fue tema de conversación, durante algunos días, con madame Claudine, cuya mente melodramática imaginó toda clase de historias, me ofreció toda clase de soluciones y de enigmas: por las mañanas, al salir; por las tardes, al regreso. ¿Las necesitaba yo realmente? Cuando pensaba en aquel episodio, es decir todos los días, e intentaba explicármelo, sólo hallaba una solución, de orden puramente intelectual, para mí suficiente: se trataba de un acontecimiento absurdo, que lo era pura y simplemente porque yo no poseía más que la mitad de los datos, los míos; aquellos por los que le di acogida en mi casa a Clelia durante unas horas, la contemplé, la escuché, la vi marchar. Pero el otro sistema de datos, el suyo, lo ignoraba, y, lo que todavía lo ponía peor, desconocía su naturaleza y no era capaz de imaginarla. Pudo ser una burla, pero ¿por qué y para qué? Por muchas vueltas que le di en mi cabeza a las razones de Clelia para portarse como se portó, no hallé ninguna convincente, y hasta llegué a pensar que hubiera obrado sin razones: por puro capricho, por una apuesta. ¿Quién puede saberlo? Yo, no, por supuesto. Si lo he contado aquí aquel acontecimiento, se debe a su rareza, a su irracionalidad, a su inexplicabilidad, a que, tiempo después, tuvo una secuela. Aunque hubiera partido de un principio caprichoso o, como prefería madame Claudine, melodramático (un niño recién nacido por medio siempre inclina al melodrama), pudo haberse desarrollado de otra manera, pudo incluso haber continuado. Si Clelia me hubiera dicho que deseaba permanecer en mi casa, la habría acogido sin límite de tiempo. Hubiéramos acabado por enamorarnos o, por lo menos, por tener relaciones maritales. O acaso no, ¿quién lo sabe? Pero no considero legítimas ninguna de estas consideraciones. Llegó, se fue, no volvió, no tenía por qué volver. También podía ser una loca: esta idea no se le ocurrió a madame Claudine.

Lo que sí recuerdo es que por aquellos días aproximadamente triunfó el Frente Popular en las elecciones españolas. Una mañana, al llegar a la oficina, hallé muy preocupado al señor Magalhaes. Me mostró los diarios, los grandes titulares con la noticia. «Bueno. ¿Y qué? Era una posibilidad como las otras. No olvide que aquí puede suceder otro tanto.» «Sí –me respondió, compungido–. Pero Francia no es limítrofe con Portugal. ¿Qué podemos hacer nosotros si el comunismo se instala en España?» «Recuerde, querido Magalhaes, que España fue hasta anteayer una monarquía, y no por eso se contagiaron ustedes.» «Esto es distinto, muy distinto. Esto es la zarpa moscovita que aprisiona a la parte mayor de la península, y que acabará por apoderarse de toda ella.» «Bueno, usted, por lo pronto está en París, y hasta aquí no creo que llegue esa zarpa. Ya ve cómo van las cosas.» «¡Las cosas aquí van igualmente mal, señor Freijomil! ¡No queda más que Alemania!» «Pues pida que le manden de corresponsal a Berlín. Así podrá entrar en Lisboa con los libertadores cantando la *Hortsvessertlied*.» «Ríase, ríase. ¡Ya verá lo que será de su pazo y de su dinero si los comunistas entran en Portugal!» «¿Mi pazo y mi dinero? ¿Quién le dijo semejante cosa?» «¡Todo se sabe, señor Freijomil! ¡Si alguien tiene que temer al comunismo es usted. Yo no poseo más que mi profesión y mi sueldo. Pero usted!... ¡Usted tiene un nombre, un patrimonio!... ¡Usted es un señorito!» (Lo dijo en español.)

A partir de aquel día, todas las mañanas, al llegar a la oficina, hallaba sobre mi mesa los diarios con las noticias de España subrayadas en rojo. Las cosas iban mal, efectivamente; por alguna razón ignorada, yo las leía como si no me afectasen, como si fuesen noticias de un país ajeno al mío. No tenía familia en España ni en ninguna parte, ni apenas amigos. ¿Qué me podía suceder? ¿Quedarme sin mi patrimonio español? ¿Y aunque perdiese también el portugués? No dejé de dar vueltas a semejante hipótesis, y creo haberla considerado con libertad de mente. Llegué incluso a concluir que, desde mi punto de vista personal, ambas pérdidas me hubieran favorecido en el caso (que no debía descartar) de que la pobreza súbita me sirviese de acicate. El señor Magalhaes me había llamado señorito, en español, y efectivamente lo era, sobre todo si lo entendemos como designación de un parásito. Era verdad que, en cierto modo, trabajaba; lo era también, en otro cierto modo, que vivía del trabajo ajeno. Esta situación la veía no como una inmoralidad, sino como una realidad de la que no me sentía responsable. Si, de pronto, aquellas circunstancias en las que yo no tenía arte ni parte me obligasen a salir adelante por mi cuenta, tenía en mis manos instrumentos suficientes para hacer frente a la pobreza, para vivir de mi esfuerzo personal, como tantos otros. Y era posible que, así, le hallase otro gusto a la vida, que le hallase algún sentido. ¿Sería entonces capaz de algún compromiso, de algún sacrificio? ¿De alguna ambición, al menos? No me faltaban ideas, pero, a juzgar por lo que veía a mi alrededor, la gente no se movía por ideas, sino por pasiones, más o menos ocultas o disimuladas, cuando no francas y agresivas. Podía llegar a ser dueño de mi destino y no, como entonces y ahora, sujeto pasivo de la historia, juguete del triunfo de los unos o de los otros, indiferente a ellos. Empezó a ocurrírseme marchar a América. No era una solución original, podría ser conveniente, pero América no me atraía ni siquiera imaginativamente. Claro está que aquel modo de pensar, y de esperar, partía de la convicción de que la historia era Europa, y de que, emigrando, podía un hombre cualquiera hurtarse a sus consecuencias. Después comprendí que también en eso estaba equivocado. Si me hubiera decidido a emigrar, la historia también me habría cogido allí, de un modo u otro. Siempre fui pronto a fantasear y a imaginar soluciones, tardo en tomar decisiones. No me importaban ni las unas ni las otras. Y la más cómoda, la que exigía menor esfuerzo, era quedarse en París, como estaba, sin la menor modificación de mi estilo de vida, sin tomarme el menor trabajo ante las circunstancias. A causa de no sé qué especie de insensibilidad, probablemente de alguna falta de fe, lo que sucedía en el mundo me interesaba, no me angustiaba, como al señor Magalhaes. Claro que las angustias de mi jefe se olvidaban al salir de la oficina, se aplazaban hasta las noticias del día siguiente. Entretanto aprovechaba esas facilidades que da París. Una vez me invitó a una fiesta en su casa. Fue la primera vez, después del tiempo que llevaba a su lado, en que pude sospechar algo de su vida privada. Vivía en una mansarda muy confortable, más que la mía. Lo rodeaban objetos portugueses con los que había construido una especie de sucursal de su patria, lo necesario para curarse de la *saudade* en el caso de que le acometiese. Tenía un gramófono con discos de fados y de sambas, y cuando entré allí pude escuchar uno de ellos, que había extendido los efectos de su melancolía a los presentes, caballeros y chicas. Serían ocho o diez, un número par, en todo caso: yo quedaba fuera de juego. Había en una mesa viandas y vino de Oporto. Magalhaes me presentó no como su subordinado, sino como un caballero portugués; dejó trasludir que de alto copete, pero, a esa parte de la presentación, nadie hizo caso. No pude saber, en las horas que permanecí allí, cuál era la calaña de sus amigos y amigas, si coincidían sólo en el modo de divertirse o también en las ideas políticas. Se comió, se bailó, se contaron anécdotas y chistes. Entre las muchachas había dos brasile-

3. Los trámites de la espera

ñas, morenas y bonitas; estudiaban alguna clase de arte y no me hicieron demasiado caso. La verdad es que ninguno de los presentes me dio más importancia que a los muebles de la mansarda. Cuando llegué, ya se habían emparejado. Cuando terminó la fiesta, cada cual se fue con su pareja, salvo la de Magalhaes, una holandesa opulenta, que se quedó con él. Me hallé solo en la calle, como siempre. Había gastado tres horas de mi vida en una diversión estúpida. Siquiera en las de Londres, y en algunas otras de París, se hablaba de literatura, de arte o de política. Me hallé solo en la calle, me sentí tan estúpido como ellos. Aquella noche me fui a La Rotonde, donde solía encontrarme con dos o tres conocidos sin importancia, gente que, como yo, merodeaba alrededor de los protagonistas del momento: los veía desde lejos y comentaba lo que decían de ellos los periódicos. Los hallé como esperaba, a mis amigos, dándose importancia como si fuesen el ombligo del mundo. Al unirme a ellos, al participar en su conversación, me convertía en un iluso más, en un comparsa que disimula serlo. Eran extranjeros como yo, provincianos también. Cuando volviesen a sus pequeñas patrias, contarían infatuados: «Cierta noche, hallándome en La Rotonde...» Lo único positivo que sacaba de aquel modo de vivir era lo que iba aprendiendo en los cursos de la universidad. Posiblemente no me valiese de nada para vivir en el mundo, pero al menos me ayudaba a entenderlo. Se puede estar en el mundo metido en él, comprometido con él: el que tiene una familia, el que lucha por su trabajo, el que intenta modificarlo: pero hay otro modo de estar: situarse fuera, contemplarlo y hacerse una idea de lo que pasa. Esta idea no tiene por qué ser acertada, basta que lo parezca. Si se tiene talento, se acaba por ser filósofo, de las muchas maneras que la realidad ofrece a este ejercicio; si no se tiene, da igual, porque a nadie le importa ni nadie le impide hacerse ilusiones. Los hay que escriben sus reflexiones en periódicos y revistas, letra muerta que se olvida. Si lo hacen en verso, y el verso es bueno, pueden durar un poco más. De los unos y de los otros conocí varios ejemplares. Mostraban su poema o su artículo como la solución del mundo y pasaban por las calles como iluminados: una luz que sólo ellos percibían. Yo llevaba a muchos la ventaja de no tomarme en serio, de considerar mis ideas como errores o meras fantasías sin consistencia, sin esperar jamás que dieran en el clavo. En mis estudios literarios había aprendido lo que es una función: mis ideas cumplían la suya, que no era la de engañarme a mí mismo porque ni aun eso me era dado, el engañarme.

Debíamos de andar por abril del treinta y seis cuando, cierta tarde, al pasar entre los grupos de estudiantes en los pasillos de La Sorbona, oí una voz muy conocida que hablaba en un idioma ininteligible. Volví sobre mis pasos, me acerqué: era la voz de Sotero Montes, que hablaba en voz bastante alta con una muchacha hindú, una joven bella, envuelta en un *sarong* tan hermoso como ella; una chica de tez oscura, de grandes ojos negros, con una gota de sangre en medio de la frente (supuse que era eso, una gota de sangre, aquel círculo de un rojo chocolate, símbolo de algo o seña de identidad). Me acerqué a ellos y escuché: me situé detrás de Sotero, mirando a la muchacha. Fue inevitable que ella me mirase también, con la atención suficiente como para que Sotero volviese la cabeza y me descubriese. Soltó un taco: «¿De dónde sales? ¿Qué haces aquí?» No había cordialidad en el tono de su voz, sino la habitual superioridad mezclada a la sorpresa, y acaso también el desagrado que le causaba mi aparición. Le contesté que perder el tiempo. «Como siempre, como siempre. No has hecho otra cosa en tu vida; pero si sabes hablar francés, hazlo para que esta señorita entienda lo que dices.» Lo hice, aunque simulando torpeza. «Estoy aquí, ya ves. Sigo unos cursos de historia.» «¿Para qué?» «Pues tampoco lo sé. Para hacer algo.» Se echó a reír y dijo unas palabras a la hindú en una lengua que debía de ser la de ella. La muchacha sonrió y me miró con cierta ironía.

3. Los trámites de la espera

«Y tú ¿qué haces aquí?», le pregunté y me arrepentí inmediatamente de haberlo hecho. «He terminado mi curso de lenguas indostánicas, y ahora estoy a punto de marchar a Berlín, donde tengo cosas que aprender, a no ser que esos bestias de los nazis hagan innecesario mi viaje.» Sotero andaba vestido de manera casi estrafalaria, pero llamativa. Su gran cabeza inteligente, sus ojos negros, superaban cualquier mal efecto que pudiera causar aquel abrigo raído, aquel sombrero chafado y desvaído de color. Cuando yo miraba su atuendo, él se fijaba en el mío. «Sigues tan pituco como siempre, ¿verdad? Haces bien. Es lo único que te justifica en el mundo.» ¡Curiosa la coincidencia de Sotero con mi abuela Margarida! Mi bisabuelo Ademar no había pasado de aquello, de pituco, si bien es cierto que a él lo saludaban los tejados y a mí no. Por fortuna la muchacha hindú no nos había entendido, porque Sotero volviera al español. Tal vez deliberadamente. Acabó por presentármela. Se llamaba Madanika. Le dije que su nombre era hermoso como sus ojos, se lo dije en francés, y Sotero me respondió por ella: «No seas imbécil». Madanika no parecía compartir su punto de vista, a juzgar por su mirada.

«Ya que has aparecido como llovido del cielo, como un bólido, ¿por qué no nos invitas a cenar? Solías ser rico.» «No lo soy tanto como crees, pero puedo invitaros, y lo haré con mucho gusto. ¿Adónde queréis ir?» Lo consultó con Madanika. A ella no pareció desagradarle. «Aquí, a la salida, hay tres o cuatro restoranes. Vamos al que prefieras.» Frente a la Sorbona, al salir, vimos a un fotógrafo ambulante sin clientela. Sentí hacia él, abandonado del interés ciudadano, cierta inesperada piedad. «Os invito también a una fotografía, si os parece.» «¿Quieres perpetuar el momento?», preguntó Sotero con cierta guasa. «¿Por qué no?» No lo esperaba, pero aceptó. Nos fotografiamos, la chica en medio, y el ambulante nos dio una prueba a cada uno. Las pagué. Y la comida, celebrada en uno de aquellos restoranes, no tuvo nada de particular. Sotero me informó de sus inmensos saberes, y de lo mucho que le quedaba aún por aprender, no sé si para alcanzar el saber universal. Había presentado en Madrid una tesis doctoral sobre filosofía de la historia, y ya tenía segura una cátedra. Más bien lo instaban, le urgían a que se presentara, pero no tenía prisa. «Sobre todo quiero pasar unos meses en Berlín antes de regresar a España.» «¿Y tú crees que te dará tiempo?», le pregunté. «¿Qué quieres decir?» Me miró hoscamente. «No sé. Las cosas por allá abajo van mal.» «No sucederá nada, ya lo verás. No sé si decirte que por fortuna o por desgracia. En España siempre hubo dos bandos, los mismos con distintos nombres, y nunca fue duradero el triunfo de ninguno de ellos. Ahora estamos nosotros, mañana pueden cambiar las cosas, pero con unos o con otros, el saber siempre es el saber. No me preocupa en absoluto lo que suceda.» Hablábamos en francés. Yo, lo mismo que al principio, simulaba torpeza. El que hablaba Sotero era correcto, pero de acento claramente español. «¿Y aquel palacio que tenías en Portugal?» «Lo he vendido.» «¿Vives en Villavieja?» «No vivo en ninguna parte. Es decir, vivo en París, no sé por cuánto tiempo.» Sotero pareció alarmado. «Pero ¿aquella biblioteca...?» «Ya no es mía.» «Nunca has sabido vivir...»

No me atreví a preguntarle por sus relaciones con Madanika. Por el modo de tratarse, sobre todo por el modo de tratarla él, no parecían amantes, pero no era discreto esperar de Sotero una conducta como la de cualquier otro, ni siquiera la de mostrarse amable con la mujer cuyo lecho se comparte. Era evidente que Madanika lo admiraba; quizá también lo admirase en la cama y sintiese el desdén como una cualidad inalienable del genio amado. No sé. Fueron conjeturas mías. Marcharon juntos: eso sí, marcharon a pie, después de una despedida que no implicaba volver a vernos.

Era evidente que Sotero no deseaba relacionarse conmigo. Alguna vez, en los días siguientes, creí verlo, u oírlo, en los pasillos de la universidad. Procuré eludirlo. Tampoco vi a

3. Los trámites de la espera

Madanika, aunque me hubiera gustado contemplar sus ojos inolvidables, acariciar la textura de su *sarong*. ¿Cómo podría ser el amor entre seres tan dispares? Imaginaba a Sotero acostándose con ella como un mero trámite, después de una sesión provechosa de lenguajes indoeuropeos, como un vampiro de la sabiduría que, en cierto modo, acaba por recompensar a su víctima. De paso se libraba de pejigueras sexuales.

Este encuentro con Sotero tuvo que ser, aproximadamente, por los días del triunfo del Front Populaire. El recuerdo del encuentro me viene acompañado de cierto barullo callejero. Fueron días en que el señor Magalhaes se refugiaba en un rincón de la oficina, los telegramas agarrados fuertemente y murmurando: «¿Qué va a ser de nosotros?» «Pero, ¡hombre de Dios!, ¿no ve usted que la vida sigue su curso y que la de París apenas ha cambiado?» «¿Llama usted no cambiar a la presencia de Blum al frente del gabinete? ¿Lo encuentra por lo menos aceptable?» «Lo encuentro real, querido Magalhaes, y además previsible. Ya verá usted cómo la sangre no llega al río.» «¿Y el ejemplo? ¿Qué me dice usted del ejemplo? Empezó por España. Ahora ya ve... Mañana será Inglaterra y los países escandinavos, y Bélgica... ¡Bélgica también, Freijomil, un día de éstos!» «¡Pues iremos a celebrarlo a Bruselas!»

6

Aquella mañana soleada y caliente, las vendedoras de periódicos voceaban los sucesos de España. No creí necesario comprar ninguno, ya que los tenía todos en la oficina y estaba seguro de que el señor Magalhaes se habría tomado el trabajo de subrayar con lápiz rojo lo que me importaba saber. Pero lo hallé alborotado, casi fuera de sí. «¿Se ha enterado, Freijomil? ¿Ha leído la prensa? ¡Mire, mire!» Me mostró un montón de titulares. Con caracteres de tamaño desacostumbrado se daba la noticia de que en España se habían sublevado los militares contra el Frente Popular. «¡Los de África, Freijomil, los militares de África! ¡Y en todas las capitales importantes, también en Madrid! ¡Mire, mire los mapas!» La cosa me había cogido tan de sorpresa que no sabía qué responder. Leí ávidamente las noticias, de cuya confusión sólo podía deducirse como cosa segura que había un levantamiento, no de todo el ejército, pero sí en todas partes. Yo creo que, por primera vez en el tiempo de nuestras relaciones, levanté la mirada hacia el señor Magalhaes, una mirada interrogativa. «¿Y yo qué voy a decirle, Freijomil? Sé lo mismo que usted.» «Si me lo permite, me gustaría darme una vuelta por la embajada. ¿Por qué no me acompaña? Después de todo, no hay nada que hacer. La noticia de la jornada es ésa, y el centro de la información está en Madrid.» «Tendremos, al menos, que contar a los portugueses cómo se ven aquí las cosas.» «Pues más o menos como en Lisboa y en cualquier parte del mundo. Lo que dicen esos periódicos lo puede usted resumir en un periquete, o, si lo prefiere, se lo resumo yo.» «Pero la calle... Habrá que decir algo de la calle.» «Pues lo que pase en la calle no lo podemos averiguar aquí metidos. Vámonos.» Se convenció y vino conmigo. Fuimos directamente a la calle de Jorge V. Había gente apostada delante de la embajada, gente que vitoreaba a la República española, cuya bandera estaba izada en un balcón. Intentamos entrar, pero no nos lo permitieron, ni aun después de haber mostrado nuestra documentación de periodistas. Nos metimos en un café cercano, en los Campos Elíseos, y desde allí pudimos ver grupos de jóvenes, algunos con banderas españolas, que gritaban y cantaban. Cuando salimos, alguien con aspecto de líder, o, al menos, acostumbrado a dirigirse a las masas, se había encaramado a un banco, había congregado gente a su alrededor, y decía a voz en grito que Francia no podía permitir que el fascismo se instalase en los Pirineos.

3. Los trámites de la espera

Propuse a Magalhaes que lo escuchásemos. Era un buen demagogo: procedía por afirmaciones y negaciones absolutas, con intervalos apocalípticos. «¿Qué va a ser de Francia y de la libertad, acosados por tres países fascistas?» «Ya que no pudimos entrar en la embajada, vamos al consulado.» Lo hicimos en taxi; pagué yo. En el consulado era más fácil entrar. La gente no estaba fuera, sino dentro. No vociferaba fuera, sino dentro; no gritaba en francés, sino en español. No hablaba un solo orador, sino todos al mismo tiempo, cada cual auditor de sí mismo, si bien es cierto que todos coincidían en que la república estaba en peligro y que había que defenderla. Yo no conocía a nadie en el consulado que pudiera darme alguna información, de modo que regresamos a la oficina, a redactar unas cuartillas. El señor Magalhaes declinó en mí el honor, ya que el mayor interés era el mío. Me limité a describir lo que había visto.

Los diarios de la tarde repetían las noticias de la mañana, pero añadían declaraciones de algunos políticos, quitando importancia a la sublevación, hablando con desdén del «pronunciamiento». Alguno de los periódicos llegaba a decir que ya estaba prácticamente dominado; otro, que se había circunscrito a las guarniciones de Marruecos, sin apenas repercusión en la península. Mucho más interés tenían algunas crónicas, en que describían al pueblo en la calle, las manifestaciones espontáneas, la intervención de los sindicatos, la colaboración popular en el ataque a los sublevados, por lo menos en Madrid y Barcelona. «¿Usted cree que serán capaces de salir adelante? ¿Usted cree que los militares podrán más que el populacho?» El señor Magalhaes estaba mucho más preocupado que yo, y no porque me sintiese ajeno a lo que sucedía, sino porque intentaba considerarlo con serenidad. Nunca como aquellos días deploré mi desconocimiento de la vida española, de su política y de sus problemas, aunque sólo fuera porque, de pronto, las apariencias eran de gravedad, aunque aquel mismo día, en las últimas ediciones de los periódicos, se decía que el gobierno de la república había dominado la situación. Curiosamente todos los que leíamos eran de izquierda y de centro, simpatizantes todos ellos del gobierno de la república. Sugerí a Magalhaes que, al día siguiente, trajese también los de derechas, cuya lectura seguramente tranquilizaría. Pero los periódicos de la derecha se limitaban a gritar lo que habían gritado siempre, esta vez a propósito de España, y a afirmar y a negar lo que en ellos era habitual. Esperé la llegada de los ingleses. Más comedidos, al menos no gritaban, pero no negaban la gravedad de la situación. El ánimo de Magalhaes fluctuaba entre la imaginación de una España fascista, sin peligro para Portugal, y una España comunista, amenazadora. Su razonamiento era el mismo que el de los demagogos franceses, aunque al revés.

Se inició así un período que duró varios meses, en que la mayor parte de nuestro tiempo en la oficina lo consumíamos en seguir el desarrollo de los acontecimientos y registrarlos en un mapa de España algo anticuado que Magalhaes se había agenciado de no sé dónde. Debo decir que pronto empezó a usarse la expresión de Guerra Civil, aunque las noticias procedentes de España, y muchos de los comentarios franceses, le dieran aún otro nombre. Fuera lo que fuese, en nuestro mapa figuraban, en un principio, pocos y exiguos reductos «azules» de uniformidad dudosa, que se fueron ampliando día a día, unas veces con seguridad, otras con incertidumbre. La pasión de Magalhaes quedaba de manifiesto hasta en el grosor de los trazos que dejaba en el mapa, más tenues los rojos, más poderosos y afirmativos, los azules. Así fueron quedando marcadas en aquel papel el paso de las tropas africanas por el estrecho y las conquistas sucesivas, que imaginábamos bajo un sol ardiente, casi como combates primitivos, soldados con el fusil en la mano y el cuchillo en la boca. Cuando toda la frontera portuguesa estuvo libre de tropas gubernamentales, Magalhaes lo consideró un triunfo

3. Los trámites de la espera

definitivo y me invitó a almorzar. «¡Ganarán, ganarán, ya verá como ganan!»

Mi curiosidad inicial, mi desconcierto, se habían transformado poco a poco en una especie de remordimiento difuso, en algo que, desde no sé qué lugar, me acusaba de no sentir con el debido dolor el destino de mi patria. Discutía conmigo mismo, respondía (a veces con sofismas) a mis propias objeciones. No es que empezase a inclinarme hacia alguno de los bandos, sino que sentía la contienda como tragedia y como disparate. Me preguntaba qué razones históricas había para que los españoles no supiéramos dirimir nuestras diferencias más que matándonos los unos a los otros y destruyendo el país. Esa misma pregunta se hacían, tanto en Francia como en Inglaterra, algunos comentaristas desapasionados, y las respuestas que ofrecían se fundamentaban seguramente en un conocimiento de la historia de España superior a la mía. Al menos daban respuestas; yo me quedaba en la perplejidad, en el estupor, y cuando, en la calle, me tropezaba con una manifestación popular pidiendo aviones y cañones para la república, un sentimiento desconocido me apretaba el corazón. Dije que no me inclinaba por ninguno de los contendientes, y debo añadir que la inmediata participación de los italianos y de los alemanes en el conflicto pesaba mucho en mi ánimo. No sólo consideraba a los nazis responsables de mi soledad sentimental, sino que estaba suficientemente informado de sus métodos represivos como para no sentir hacia ellos una hostilidad irreversible. ¿Será posible, me preguntaba, que alguna vez se llegue en España a usar de esos métodos? Al hacer partícipe a Magalhaes de mis congojas, éste intentaba convencerme de que toda noticia referente a los campos de concentración y a la persecución de los judíos era pura propaganda comunista. Pero yo sabía que no. Me hallaba, pues, en la peor de las indecisiones. Fue aquél un espantoso verano. Con sol o con lluvia, yo caminaba por París obsesionado y, al mismo tiempo, alerta a cualquier noticia nueva, comprador de todas las ediciones de los periódicos vespertinos, lector ávido de todas sus verdades y de todas sus mentiras. En los escasos momentos de lucidez y de frialdad de ánimo, me proponía adoptar mi habitual postura de contemplador de la realidad; pero el relato de cualquier barbaridad cometida por uno u otro bando me devolvía a la inquietud, a la obsesión, a la angustia. El señor Magalhaes llegó a compadecerme. «¡Y yo que le tenía a usted por un viva la Virgen!» No lo dijo así, exactamente, pero es la mejor traducción que puedo dar a lo que dijo.

Fue por los días en que las tropas sublevadas habían llegado a Toledo. En los periódicos se hablaba de heroísmo y se traían a colación recuerdos históricos. A mí me conmovía la destrucción del Alcázar, las torres derribadas, los arcos rotos. El señor Magalhaes, más humano que yo, insistía en los matices épicos del acontecimiento, si bien en la historia de Portugal no hallase nada a que compararlo, ya que el sitio de Viseu no le parecía lo bastante similar. Sonó el teléfono. Lo cogió Magalhaes, escuchó y me lo pasó. «Es su portera.» *Madame la concièrge* me comunicó en voz alterada que «ella había estado allí». «Ella, ¿quién?» «La del niño, señor. Ha dejado una nota escrita para usted.» Le pedí que me la leyera: Clelia me rogaba que acudiera a una cita, precisamente en la escalinata de la Magdalena, a la una en punto de la tarde. «Dice también que lo invita a comer.» Siendo cosa de mujeres, Magalhaes me autorizó a marcharme, con una sonrisa aprobadora. «Hace usted bien. En el estado en que está lo mejor que puede sucederle es meterse en un lío de faldas. Eso siempre ayuda a olvidar o, al menos, distrae.» Pasé, sin embargo, por mi casa para cambiarme de ropa, y estuve en la Magdalena un poco antes de la una. Clelia no había llegado o, al menos, no la vi. La esperé al sol varios minutos. Fumé dos cigarrillos y paseé de cabo a rabo la escalinata: exactamente el penúltimo tramo, si se cuenta de abajo arriba, Clelia apareció a la una y diez. Había cierta aglomeración de tráfico, y ella llegó en un cochecito biplaza, de color corinto, no de los últimos modelos, pero sí de buena marca. Traía un traje de verano estampado y un sombrerillo que ni puedo describir ni definir: uno de esos «algos» a la vez apretados y sueltos, informes y a la vez tremendamente formales, que sólo las mujeres de París son capaces de encasquetarse encima del peinado. El de Clelia venía suelto; le caía osadamente hasta media espalda, y en tanto se acercaba, yo me preguntaba en virtud de qué paradoja estética aquel sombrero le iba bien a aquella cabellera. Se detuvo delante de mí. «¿No va usted a preguntarme nada?» «No más de lo que usted me permita.» Las razones que tuvo para cambiar de repente el tratamiento las ignoro: «¿Te has acordado de mí?» «No es fácil olvidarte.» Entonces se me acercó y me dio un beso. «Te encuentro desmejorado. ¿Es por tu guerra?» «Quizá sea por la guerra.» «¡Qué lástima!, ¿verdad? Las cosas de las que uno no tiene culpa se entrometen en la vida y la estropean.» Me cogió del brazo. «Vamos a almorzar aquí cerca. Te has puesto muy guapo; te lo agradezco.» Y después de unos segundos añadió: «Te confieso que cuando curioseé en tu armario, aquella noche, este traje me gustó mucho».

Como siempre, empezaba a suceder algo imprevisible cuya iniciativa no me pertenecía. Como siempre, me dejé llevar. Nos metimos en el coche, detenido ante la escalinata, y me llevó a no sé qué lugar no demasiado lejos, creo que al Chausée d'Antin, o por allí. Un restaurante pequeño, pero elegante, donde la gente susurraba. El *maître* la llamó «Madame», y ella a él, Pierre. A la hora de elegir los vinos, le rogué que lo hiciera ella; me acordé de los consejos de Simón Pereira. Dijimos algunas bagatelas, retrasando uno y otro lo que había que decir y lo que había que callar. Fue ella quien lo hizo. «Desde que empezó tu guerra, ando preocupada por ti. Llegué a temer que te hubieras marchado a España, y me alegro de que aún estés aquí.» Y algo más tarde: «Si hubiera seguido mis impulsos, te habría buscado al tercer o cuarto día de la guerra. Pero tuve la suficiente serenidad para comprender que, de haberlo hecho, no nos habríamos separado ya, y esto podía dañarte. Ahora ya no importa: mañana salgo para Estados Unidos. Sólo podremos estar juntos unas horas». Y más adelante aún: «Sé de mí misma que soy una mujer peligrosa. Nadie puede convencerme de que mi marido no se haya suicidado por mi culpa, y eso basta. Algo me pasa, no sé lo que es. Voy a Estados Unidos en busca de curación. Si regreso satisfecha de mí misma, volveré a buscarte». Habló implacablemente de su carácter inestable, inaguantable. Y en un aparte de la conversación dejó caer que era judía; entonces me miró fijamente, y recordé a Ursula cuando me dijo que ella, en parte, también lo era. Mi respuesta fue parecida. «Poca gente habrá en la península Ibérica que no tenga alguna sangre hebrea. Yo, desde luego, la tengo.» Esto pareció tranquilizarla, y quizá le hubiera facilitado lo que vino después: que sus padres eran ortodoxos observantes y que ella, aunque ya no lo fuera, sino absolutamente agnóstica, sentía cierto temor a las maldiciones paternas. «Mi padre me maldijo cuando me casé con un cristiano, y acaso hayan sido sus palabras terribles la culpa de aquel fracaso.» No añadió que le horrorizaría fracasar también conmigo, pero lo dio a entender.

Hablaba de sí misma dando rodeos, como quien teme y desea aproximarse a la revelación final. «Tengo una maraña en la cabeza –como quien dice que tiene la cabellera enmarañada–. A veces no es un revoltijo, sino un vacío, algo espantoso, porque es un vacío helado.» Tenía el café delante cuando se decidió a decir: «En realidad, estoy endemoniada. No creo en Dios, pero en el demonio, sí, porque lo vi. Fue un atardecer, allá en mi aldea, salió de la neblina, me miró, se apoderó de mí. Desde entonces está dentro y me domina. Yo peleo contra él, no creas que me dejo llevar, pero él es quien gana. A veces se oculta, queda en silencio; si entonces me

3. Los trámites de la espera

atrevo a mirar en mi interior, lo descubro, agazapado, riendo. Es un viejo demonio muy conocido de nosotros, los judíos. Está en la Biblia, y de allí sale para atormentarnos, para dominarnos. –Y como yo me limitase a mirarla, a escucharla, continuó–: Ya sé que nadie cree en el diablo, ni siquiera los curas católicos. Yo fui a uno de ellos a que me exorcizase, y me rechazó. Dicen que los psicoanalistas son ahora los que quitan los demonios. Por eso voy a uno de ellos».

Cuando terminó el almuerzo, el cielo se había encapotado, y el aire estaba gris. «¿Quieres que demos un paseo por el bosque?» «¿El de Boulogne?» «¡Oh no, eso está muy visto! Vamos al de Vincennes.» Yo no lo conocía, y me alegró la invitación. No tardamos en llegar. Dejamos el coche en un rincón, y recorrimos unas cuantas veredas, hasta internarnos en la espesura. Clelia me había pedido que no le preguntase nada, pero ella no hacía más que preguntar, y se mostró muy hábil. Su obsesión era Ursula, como que me sacó aquella parte de la historia que casi rozaba la pura intimidad y aun de ésta intentó saber algo. Preguntó con tal destreza, sabía de tal manera meterse en los vacíos que las respuestas dejaban, que yo sentía cómo Ursula se iba despegando de mí, suavemente, hasta quedar en un recuerdo lejano, recuerdo de un recuerdo. El presente y la vida eran Clelia y aquella tarde de otoño prematuro en que las hojas amarillas de los árboles y las guijas de las veredas parecían susurrar la misma invitación. También me habló otra vez de ella, de una infancia difícil en una aldea polaca, de la emigración de sus padres a París, de la suerte que habían tenido hasta enriquecerse y poderle dar una buena educación. Había estudiado en un liceo y en la universidad, se había especializado en matemáticas, había trabajado con maestros distinguidos cuyos nombres yo desconocía y he olvidado. «Fue mi carácter el que me apartó de los estudios. No sé qué hay dentro de mí que permite coexistir lo más razonable, con lo puramente irracional, casi con la locura, una locura lúcida, sin embargo. Cuando me hartaba de las matemáticas cerraba el libro o apartaba el cuaderno, y elucubraba sobre el amor y el sexo, porque eran lo más fácil de lo que oía hablar; pero yo buscaba algo más, no supe nunca qué, no lo sé aún. Pero me he hundido en verdaderos abismos, abismos desconocidos, de los que no sé cómo salí. También era, y sigue siendo, como si me dividiese en dos, y pudiera pasar de la una a la otra como se cambia de piso. Encontré un hombre, me casé sin pensarlo, no fuimos felices (ya te lo dije, por mi culpa), pero no estoy arrepentida. Ahora ya sé que tengo que poner en orden el otro piso, el embarullado, ese en que habita el diablo; después de que lo haga seré una mujer como cualquier otra y podré esperar *le bonheur*.» Resultó también que había hecho investigaciones sobre mí y que había averiguado bastantes cosas, aunque no las suficientes. «Ahora, después de lo que me has contado de Ursula, sé por lo menos que eres capaz de amar.» Toda aquella palabrería transcurrió como un mero juego. Saltaba de los temas importantes a los triviales, y se interesaba, por ejemplo, por mis preferencias literarias o por mi opinión sobre la moda de aquel año. En un momento se quitó el sombrero y dejó que el viento le llevase los cabellos; llegaron a enredársele en un arbusto, dio unos gritos, más ficticios que reales, quizá mera coquetería. También se le cayó al agua el sombrerito, y dejó que el agua se lo llevase. «Es una lástima; se lo había prometido a mi doncella. ¿Qué va a decir cuando lo sepa?»

Conforme caía la tarde, el bosque se ensombrecía, una sombra que no venía de fuera, sino que parecía surgir del mismo bosque, emanada de las frondas. Me preguntó si no me daba miedo, y sin esperar mi respuesta se agarró a mí. «No creo en Dios –me dijo–, pero en los bosques, aun en los más civilizados, como éste, queda algo de misterio, algo que nos sobrecoge y no podemos explicar. ¿No lo sientes ahora mismo?» Era cierto que un aura sutil, aunque sólo fuera de penumbra, nos iba envolviendo, nos penetraba; más aún, nos acercaba. «Aunque no crea en Dios –continuó ella–, es indudable que existe una fuerza superior a los individuos, esto que nos invade ahora, lo que nos acerca cada vez más, y expulsa el demonio de mí, aunque después regrese. Y yo no conozco más que una manera de entrar más adentro, en lo desconocido, de participar en lo que nos rodea. Amar es perderse en otro y perderse en el todo. Pero lo hemos civilizado demasiado. No es lo mismo amarse en el dormitorio de un piso de París que aquí, en el césped. La civilización nos aísla, nos incomunica; me gustaría hacer el amor contigo en una playa, bajo la lluvia, envueltos por el huracán. El césped nos permite derramarnos, salir de nosotros, perdernos en eso que percibimos cada vez con más fuerza. Yo por lo menos. ¿Y tú?»

Después también me dijo: «Es posible que llueva, podemos elegir entre el césped y el automóvil. Yo prefiero el césped». Se salió con la suya. Sólo empezó a llover, y no demasiado, cuando regresábamos. Se había hecho de noche. Llegamos a perdernos, pero no nos dimos cuenta.

7

Madame Claudine me reprochó que ninguna chica me durase más de un día, o a lo sumo dos, y le echó la culpa a mi preferencia por mujeres de cierta clase, como lo eran evidentemente Ursula y Clelia. De ésta llegó a decirme que cómo podía durarme una mujer que usaba un sombrerito como el que había traído la última vez, porque esa clase de mujeres cambia de hombre como de sombrero. «Lo que tiene usted que buscarse es una chica corriente, de tantas como hay esperando un amor, y no complicaciones. Hay muchachas excelentes en París para un hombre como usted, como esposas o como amantes. Hágame caso.» No hubiera entendido mis razones, no porque no fuese espabilada mi portera, sino porque me vería en graves aprietos para razonar. Recibí una tarjeta de Clelia desde el puerto inglés al que había ido para embarcarse, y varios días después, un cablegrama de llegada desde Nueva York. Ambos decían lo mismo: «Estoy bien. No me olvides». ¿Cómo iba a olvidarla? Jamás mujer alguna hizo dar más vueltas a mi cabeza en un intento de entenderla, hasta el punto de quedar las noticias de la guerra lejos de mi preocupación constante. Lo advirtió el señor Magalhaes. «¿Está usted enamorado?» «Más bien desenamorándome, aunque con dificultad.» «Un clavo quita otro clavo, amigo. Búsquese cualquier chica.» Creo haber dicho que Clelia no era misteriosa, aunque sí incomprensible. Intentaba entenderla con los pocos datos que tenía de ella, datos inseguros, recargados de conjeturas y de suposiciones, porque, lo mismo que me había mentido el primer día, podía haberme mentido esta vez, podía haber representado un papel, o simplemente podía haberse divertido a mi cuenta, aunque mi orgullo y el recuerdo de ciertas ternuras habidas en el bosque me hicieran rechazar la hipótesis. No había dejado de pensar en ella, cuando recibí una larga carta, escrita en Nueva York en las horas inmediatamente anteriores, según ella, a su ingreso en el sanatorio. Era una larga carta cuya sustancia podía resumirse en el recuerdo del aplacamiento, de la paz interior que las horas pasadas conmigo le habían causado, y reforzaba la afirmación añadiendo que yo «había encadenado su demonio», aunque mi ausencia pronto le permitiría, supongo que al demonio, deshacerse de las cadenas y quedar otra vez dueño de su alma. También se preguntaba si, queriendo huir al infierno, no habría caído en él, pues la impresión habida del sanatorio, durante la visita preliminar, era la de una cárcel perfecta y fría. Sin embargo, ella lo había elegido; ahora aceptaba las consecuencias. Dedicaba unas líneas a describirme el Nueva York que había paseado en las últimas horas de su libertad. «Me gustaría llevarte de mi brazo y contemplar juntos lo que vi. No deja de ser fascinante, pero no

3. Los trámites de la espera

creo que sea una ciudad hecha para el amor: aquí, los que se aman tienen que crearlo todo menos la cama, que ésa no te la niegan. La gente tiene mucha prisa, y el amor requiere calma y, sobre todo, silencio, ese que nos acogió en el bosque aquella tarde que no olvidaré jamás. En el infierno en que voy a entrar sé que lo hay, pero de otra clase. Se adivina que algo que está en las paredes no deja pasar los ruidos, pero recuerdas los que quedan fuera, y los sigues oyendo. No sé cómo será tu Lisboa; en cualquier caso nunca iré allá si no es para encontrarme contigo.» No volvería a escribirme porque, en el sanatorio, estaba prohibido. «Tampoco sabré cómo marcha tu guerra, pero me asistirá la esperanza si me prometes que no irás allá. Hazlo en voz alta, y yo lo escucharé, por mucha tierra y mucho mar que nos separen. No vayas allá. Todos están locos en el mundo, nadie tiene razón; para vivir hay que esconderse.» Se despedía: «Espero en mi corazón que volveremos a vernos.» La posdata venía en francés: «*C'est posible que je soie enceinte. Je ne le sais pas encore. N'est ce pas merveilleux?*» Así, escuetamente, sin más precisiones, sin hacerme responsable, sin aludir siquiera a la tarde de Vincennes. Aquellas pocas palabras me dejaron de repente frío y con un sentimiento nuevo, aunque de temor. Pude sobreponerme y atribuirlo al capricho, a la imaginación, al deseo, ¡qué sé yo!, de Clelia. La realidad indiscutible era que la historia me había arrebatado a una mujer que amaba y, ahora la locura se llevaba a una que podría haber amado. Clelia me había dejado un retrato diminuto, una foto burocrática arrancada de su permiso de conducir. La coloqué en una esquina muy visible del retrato de Ursula. Y no creo haber traicionado con esto ni a Ursula ni a Clelia; si en cierto modo se parecían, o coincidían en ellas algunos caracteres, incluso físicos, en mi ánimo iba siendo una sola y única mujer. Explicarlo es difícil, al menos para mí. No soy de esos que buscan «la mujer», menos que nada «la mujer ideal», pero es inevitable que las figuras, cuando se alejan, se confundan.

«Mi guerra», como la llamaba Clelia, se iba aclarando y complicando al mismo tiempo. Había rebasado, tiempo atrás, la condición de levantamiento; la media España rebelde se convertía, por etapas, en Estado. Por las noticias que nos llegaban, también ellos se habían agenciado una ideología, en cierto modo improvisada y de segunda mano; una ideología ambigua, aunque se le llamase generalmente bando fascista. Tanto Alemania como Italia ayudaban a los rebeldes, quienes ofrecían al mundo, para mayor complicación, la realidad de las dos Españas, o más exactamente, las dos Españas de siempre hechas realidad visible y combativa. Si en un principio las cabezas de la rebelión estaban dudosas, hacía ya meses que el general Franco las capitaneaba y las simbolizaba. Su retrato solía aparecer acompañado de obispos y generales, y, si solo, de malos adjetivos. Pocos eran los comentarios que mantenían una actitud objetiva y seria, y en cuanto a los corresponsales de guerra, prestaban mayor atención a los detalles pintorescos o dramáticos que a la contienda. Para desesperación de Magalhaes, las simpatías populares iban hacia los republicanos, espontáneas o provocadas. Nunca, ni durante la guerra universal que siguió, llegué a presenciar mayor acumulación de propaganda. Ni siquiera en los momentos más peligrosos de la política de Hitler gritaron más los periódicos, gritó más la gente. Llegó un momento en que comprendí que el problema de mi país había excedido las fronteras, era un problema del mundo, pero no exactamente el dilema que, en años anteriores, se nos había propuesto: o Roma o Moscú, por mucho que el señor Magalhaes lo siguiera creyendo. Con frecuencia se veían en el cine escenas de la contienda: ante ellas no conseguía mantener mi deseada frialdad; me hubiera avergonzado de mí mismo si no me sintiera escalofriado cuando saltaban por el aire los cuerpos sin culpa de los soldados al estallar una granada. También abundaban las fotografías horribles, los muertos abandonados en las cunetas, las ciudades destruidas. Creo

3. Los trámites de la espera

que si algún entusiasmo político, alguna clase de fe, me hubiera llevado a pelear con uno u otro bando, el fuego de la participación, la embriaguez del peligro, me habrían impedido sentir como sentía todos aquellos horrores. Pero estropeaba la espontaneidad de mi corazón al preguntarme si actuaba como un mero sentimental, o si mis repulsas nacían de una conciencia moral adquirida sin querer, sin darme cuenta. Hoy mismo no podría decirlo con claridad, pero me inclino por la solución de la mezcla.

Empezaba a sentirme incómodo en París. No faltaba entre la poca gente que conocía quien me preguntase con insistencia si no pensaba regresar a España a defender la libertad; otros, menos conocidos, daban por supuesto que yo era un fugitivo del bando azul, en tránsito para la zona roja. Los franceses partidarios de Franco no me eran simpáticos, aunque reconociese la excelente prosa de Maurras y su acerado ingenio. Madame Claudine no me hacía de esas preguntas, sino de otro jaez: «¿No le preocupa la guerra de su país? ¿No tiene allá familia? ¿Recibe noticias? –Y también–: ¿No estarán preocupados al no saber nada de usted?» No sé qué habría pensado de mí si llegase a conocer la realidad profunda de mis sentimientos. Madame Claudine era una buena patriota francesa, una patriota sin contradicciones, como debe ser, y no entendía que a nadie le pudieran caber dudas acerca de la propia patria; pero Francia no estaba en guerra civil. Los franceses resolvían sus diferencias de modo bastante menos ruidoso, y, por supuesto, menos trágico. ¡Son cartesianos hasta ese punto! Hubo momentos en que pensé que la guerra española les servía de vacuna, y eso lo digo como elogio. ¡Quedaba tan cerca el mal ejemplo! Sin embargo, tiempo después también pasaron por una experiencia semejante. Entonces, y en relación con Francia, yo también podía ver los toros desde la barrera, aunque no muy seguro de que el toro no la saltase. Pero esto es adelantarse en las consideraciones.

Empecé a preparar mi regreso con una carta a Simón Pereira: una carta bastante sincera en la que le preguntaba francamente si creía que Lisboa era un buen lugar para mí. No tardó mucho en responderme; me aseguraba que había pensado varias veces en mi situación, y que, por supuesto, no me aconsejaba el regreso a España, donde inevitablemente me cogería la guerra de un modo u otro, aunque siempre peligroso. «Pero no crea usted que la situación en Lisboa le será fácil. La actitud oficial es favorable al general Franco, a cuyo bando pertenece el embajador. Sin embargo, en Lisboa hay gente de ambas partes, y en cierto modo es también un campo de batalla, aunque de palabras e intrigas. Aquí tendría que definirse, aunque sólo sea en apariencia, salvo en el caso, nada difícil, de que prefiera usted hacerse ciudadano portugués; pero es también un modo de alinearse. Cuando el mundo anda tan dividido como lo está ahora, si no se cae de un lado, se cae inevitablemente del otro. Aunque siempre nos quede el recurso de la hipocresía y el disimulo, para lo cual se necesita cierto talento. ¿Por qué supongo que usted lo tiene? Si no me equivoco, si está usted seguro de sí mismo, entonces le aconsejo que venga. Nosotros haremos por usted lo que sea necesario.» ¿Nosotros? ¿Él y su padre? ¿El banco en que tenía mis dineros? Al leer aquella carta renació en mí la vieja sensación de sentirme protegido como un niño al que se ha dejado salir al mundo con las debidas precauciones, un niño sin la experiencia indispensable para saber lo que quiere y buscarlo por su cuenta. Solo ante mí mismo, en aquel breve salón en que habían estado Ursula y Clelia, pero en el que también había pasado largas horas de soledad, en que había estudiado porque no tenía otra cosa que hacer, ni se me ocurría; en aquel salón, digo, me hallé a los veintiséis años largos de edad sin una sola aspiración, sin un deseo concreto que no fuera ir viviendo, no digo que a salto de mata porque tenía la vida asegurada, pero sí bastante al azar de lo que pudiera aparecer tras una esquina. Mi deseo repentino de marchar de París podía justificarse (nadie pedía una justificación, ni siquiera el señor Pereira, junior) en las pequeñas incomodidades que mi condición de español me causaba y a las que ya me referí; pero también es cierto que podía evitarlas sin necesidad de salir de París, que es lo bastante grande como para pasar inadvertido si se desea. O había una razón profunda y desconocida, o se trataba únicamente de un cambio de dirección del viento. Respondí al señor Pereira diciéndole que le avisaría de mi marcha, y una mañana dije a Magalhaes, como sin darle importancia, que empezaba a cansarme de París. «Pero ¿adónde va a ir usted que esté mejor que aquí? Por lo pronto, aquí nadie le reclama para el servicio militar. Y París es París, después de todo.» Pocos días después le comuniqué mi decisión definitiva: me iría al mes siguiente. Se entristeció con la noticia, tengo que ser sincero; y empezó a darme consejos políticos: «No se meta usted en esto, no se meta usted en lo otro, mire que de la vida sé bastante más que usted». Pero el hecho de que mi marcha fuera a Lisboa no dejó de satisfacerle. «Y sé que su pluma se estima allí, y que Ademar de Alemcastre tiene lectores. Podría usted aprovecharlo.» No se me había ocurrido; menos aún recuperar, en serio, el Alemcastre. Ursula y Clelia me habían amado como Filomeno.

Sin embargo, antes de marchar de París, me quedaba por experimentar la última emoción. Una mañana recibí la llamada de una mujer de acento extranjero que necesitaba verme y me dio una cita precisamente en el café Procope. «Soy muy alta, de aspecto alemán. Llevaré una boina oscura. ¿Quiere darme alguna seña de usted?» Mi sombrero verde, mi abrigo, un paraguas de puño curvo. Magalhaes me preguntó si era la última aventura. Le respondí que ignoraba quién fuese aquella mujer.

Acudí al café Procope. Fue fácil reconocer a aquella walkiria un poco mustia, más alta que yo, de un rubio fuerte y cabellos lacios. No demasiado joven, pero todavía de buen ver. Algo de modales hombrunos ocultaban una feminidad tierna y en retirada: le asomaba, a veces, a los ojos. Me tendió la mano al identificarme. «Mi nombre es Deborah.» Me pidió que me sentase a su lado, no enfrente, porque no quería hablar en voz alta. «Soy amiga de Ursula. Más que amiga, compañera. Me entiende, ¿verdad?» Miraba mucho alrededor, examinaba a los que entraban y a los que estaban sentados. «¿Espera a alguien más? ¿Busca a alguien?» «Desconfío», me respondió. Pero tardó en ir al grano. Hablamos primero de la guerra de España: ella había estado en Barcelona, no era muy optimista acerca de la victoria de los republicanos. «Ustedes los españoles son incapaces de disciplina. Allí cada cual es su propio partido y cree que la guerra es cosa suya, y piensan que se gana con valor; ellos lo dicen de otra manera, mientras el enemigo se procura cañones y aviones y obedece a un solo mando. Tengo entendido que en el campo rebelde sucedía algo parecido, pero que ese general que tienen actúa con mano dura y los metió a todos en un puño. Desde mi punto de vista, no es buena noticia. Fuera de esto, los españoles son una gente estupenda, pero jamás serán buenos comunistas. Lo español es el anarquismo, pero la hora del anarquismo no ha llegado.» «¿Viene usted ahora de Barcelona? ¿Viene de España?» Me miró y quedó un momento en silencio. «Vengo de Checoslovaquia.» «¿Me trae noticias de Ursula? ¿Ha muerto?» «No. Todavía no. Al menos hace tres días estaba viva, en Praga.» Abrió el bolso y sacó de él un paquetito. «Me ha dado esto para usted. No quiero entregárselo muy a la vista de la gente, porque puede haber alguien vigilándome; de seguro que lo hay, y darle un paquete sería comprometerlo. Lo dejaré encima de mi asiento para que usted, disimuladamente, lo coja. Es un reloj.» No le hice ninguna pregunta. Me entristecí de pronto. Empecé a comer en silencio, y ella también. Bebió bastante vino, pero no parecía hacerle efecto; al menos, no modificaba su mirada. De repente empezó a hablar, como un susurro, casi a mi oído.

3. Los trámites de la espera

«Surgió, sin esperarla, una misión peligrosa e importante. Ursula se ofreció. Había que entrar en Alemania, recoger a alguien, salir. Si el riesgo fuera sólo de muerte, no importaba; estamos acostumbrados a sentirla encima un día y otro. Pero hay algo peor: el riesgo de que le metan a uno en un campo de concentración. Entonces, Ursula me dio el reloj y me pidió que se lo trajera a usted, con su último beso. –Repitió–: Lo dijo así, su último beso.» La mano grande y fuerte de Deborah apretó la mía. «Cuando piense en Ursula, piense con orgullo. Es todo cuanto tenía que decirle.» Habíamos acabado el postre; pidió un coñac con el café. «Yo también puedo caer en cualquier momento. Estoy muy vigilada. Nunca sé si llegaré a mañana, y hoy precisamente tengo el presentimiento de que estoy viviendo mi último día. He visto de lejos a alguien muy peligroso, a un judío traidor a su sangre que actúa de espía, de delator, de asesino. Lo vi y sé que me vio. No está aquí, es demasiado prudente, pero alguno de los presentes ocupa su lugar. Cuando le deje a usted, voy a ir a casa de un amigo, con el que pasaré la tarde y quizá la noche. Tengo necesidad de hacerlo: no es que me lo pida el cuerpo, lo pide este momento de mi vida. Cuando salga de su casa, ¿quién sabe si ése u otro en su lugar me matará? Lo imagino con la mayor frialdad, y hasta es posible que con alegría íntima. Estoy cansada.»

Salimos separados del restorán. Yo apretaba en el bolsillo del pantalón el envío de Ursula y me sentía triste. En tales estados de depresión prefería deambular a encerrarme en mi casa. Caminé mucho, y cuando me di cuenta me encontraba en los Campos Elíseos, muy cerca de la embajada española. Se me ocurrió acercarme. Hacía tiempo que conocía, y casi era amigo, de un funcionario de los que no pertenecen a la carrera: un sujeto simpático, interesado por la literatura y por la música, pero profesionalmente muy discreto, como que jamás me había dado una noticia que no hubiera venido ya en los periódicos. No se me ocurrió preguntarme por las razones que me llevaron hasta él, acaso únicamente el deseo de despedirme. En la embajada había el barullo acostumbrado; pero mi amigo, que se llamaba Carlos, permanecía en un rincón de la oficina, indiferente al ir y venir de gentes, a las voces, a las conversaciones o discusiones en dos o tres idiomas. Me dio la mano y me indicó que me sentase y esperase. Por mucho que hablasen y gritasen, no pude enterarme de nada. En un momento especialmente ruidoso, Carlos me dijo: «¿Acepta usted una invitación a cenar? Está aquí alguien a quien le gustará conocer y escuchar». Me pasó un montón de periódicos republicanos para que me entretuviese. Cada periódico era un conjunto de gritos tipográficos, algunos de ellos patéticos y hermosos. Auguraban la victoria, pero se percibía el oculto temor de la derrota. Parecían estar escritos por grupos de exasperados cargados de razón a los que la historia se la quita. Estuve mucho tiempo leyéndolos, fue mi primera experiencia relativamente directa de lo que era la España republicana, y creo haberlo percibido con bastante claridad. Hubiera seguido horas y horas enfrascado en aquella lectura. Carlos me sacó de ella. «Mira, te quiero presentar al comandante Alzaga, que cenará con nosotros.» El comandante Alzaga vestía de paisano, y, más que un militar, parecía un intelectual. Incluso llevaba gafas bastante gruesas de miope. Salimos juntos. Carlos escogió el restorán y los vinos. No había dejado de hablar de trivialidades más o menos consabidas, cosa no acostumbrada en él. Siempre ponderado y discreto, daba la impresión de que con aquella garrulería consumía el tiempo vacío hasta la llegada de las palabras serias. Hasta después de la sopa el comandante no me preguntó: «Y usted ¿qué hace aquí?» «Esperar», le respondí. «¿A que termine la guerra?» «No creo que aguante tanto.» «¿Es usted un escapado de la zona rebelde? ¿Está usted de nuestro lado?» «Le confieso, comandante, que estoy perplejo. Nunca tuve una ideología política muy clara, por no decir que carecí de ella, que es lo más cierto.» Carlos intervino: «El señor Freijomil viene a verme con frecuencia, pero no creo que haga lo mismo con nadie del otro bando». «La verdad –añadí– es que no los conozco. Salvo mi jefe, que es decididamente franquista, pero no es español.» «¿Su jefe?» «Trabajo para un periódico de Lisboa.» El comandante Alzaga sonrió: «Por allá, por el Tajo, no estamos muy bien vistos». «Ya lo sé.» Esta conversación la interrumpió la llegada de la camarera. Era una chica guapa y descarada que atendía al comandante y que a Carlos y a mí nos ignoraba. «Le ha gustado usted a la chica», comentó Carlos, y Alzaga lo recibió sin demasiado entusiasmo. La verdad es que la cosa no estaba para hablar de chicas. «Por primera vez –dije yo– he podido leer los periódicos republicanos. Lo estaba haciendo cuando usted llegó, comandante.» «¿Qué le parecen?» Fui sincero, y él me respondió, también sinceramente: «No se equivoca. La convicción del triunfo nos duró muy poco. No dudo de que haya gente en el pueblo que aún lo espere, aunque muchos confundan la esperanza con el deseo. Pero nosotros tenemos más dudas que certezas». «¿Ustedes? ¿Quiénes son ustedes?» «Yo pertenezco al Estado Mayor Central. Dentro del ejército, soy eso que ellos llaman un intelectual; es decir, un tipo incómodo lo mismo en mi bando que en el otro. Los ejércitos, como cualquier otra clase de estamento, se rigen por tópicos, más fuertes que las ordenanzas y que los reglamentos. Y nosotros los intelectuales somos los encargados de destruirlos, de poner la verdad en su lugar, un oficio muy duro, un trabajo que nadie agradece. En mi caso, he luchado contra los tópicos de los políticos que han perjudicado la guerra.» Le pregunté, ingenuamente, si había abandonado a los republicanos. «No. No los abandonaremos jamás, porque yo lo soy y no puedo dejar de serlo. Permaneceré en España hasta el final, hasta que Franco me fusile. Si ahora estoy en París, es porque formo parte de una de esas comisiones secretas que intentan convencer a los de enfrente de que ha llegado la hora de la paz. Una gestión inútil. Franco no acepta condiciones, no acepta más que la rendición total, o, al menos, es lo que dice, a sabiendas de que nosotros no vamos a rendirnos, es decir, a sabiendas de que la guerra va a continuar hasta que nos aplaste. Pero él necesita aplastarnos no por razones estratégicas, ni políticas, ni siquiera morales, sino personales. Lo conozco muy bien al general: he trabajado con él.» «Pero ¿están las cosas tan mal?», preguntó Carlos. «No de momento. Teóricamente, la guerra no está perdida, pero tampoco ganada. Si los contendientes hubiéramos sido sólo republicanos y rebeldes, nos habríamos bastado. Lo malo fue la internacionalización de la guerra. De ahí viene el desequilibrio actual, pero también es posible que pueda ser mayor aún, y, en este sentido, nada se puede predecir, salvo el riesgo de que la guerra de España se convierta en guerra de Europa. Es lo que queremos evitar algunos políticos, algunos militares; queremos evitarlo, ante todo por España, que saldrá malparada de esta guerra, pero que quedaría enteramente destruida si la guerra se generalizase. Es lo que intento hacer ver a esa gente con la que trato, algunos de ellos antiguos compañeros de la Escuela de Estado Mayor. Ellos lo comprenden, pero su general no.» «Pero a él no le conviene una guerra europea.» «Naturalmente, y lo sabe. No es nada tonto el general, ni nada apasionado. Pero intenta anticiparse.» «De todas maneras –dije yo–, está bastante comprometido. Le sería difícil mantenerse neutral en una guerra europea.» «Le sería imposible, pero sólo teóricamente. En la historia, muchas cosas imposibles llegaron a ser reales.»

La conversación recayó sobre mí. El comandante me preguntó si había pensado alguna vez en América. «Para la gente como usted, entre dos fuegos, no es mal lugar. ¿Tiene una carrera, algo que pudiera servirle allá?» «Unos cuantos diplomas de la Sorbona, cursos de literatura y de historia; es decir, nada.» «Pues yo no le aconsejo que vuelva a España. Allí no será usted sino un soldado más, destinado a la muer-

3. Los trámites de la espera

te, lo mismo en un bando que en el otro. Y si consigue esperar, y triunfa Franco, tampoco le será fácil vivir allá. Usted, por lo pronto, debe ser prófugo.» «Fui declarado inútil para el servicio militar.» «Estas circunstancias no se tienen en cuenta cuando hacen falta hombres en las trincheras.» Tuve el valor de preguntarle: «¿Me desprecia usted, comandante, por mi indecisión?» «No. Entiendo la libertad de los individuos hasta ese punto. Si usted pudiera ser allá algo más que un soldado, le recordaría sus obligaciones morales. Pero ¿de qué nos puede servir? Un soldado más, una boca más, una muerte más. O en el peor de los casos, un derrotado más.»

Me causaba admiración y respeto aquel hombre fino, inteligente, probablemente valioso, que se disponía a morir, aunque bien pudiera evitarlo. Carlos me había hablado alguna vez de gentes que venían a París con misiones más o menos imaginarias y que encontraban pretextos para no regresar. A algunos, y me citaba nombres, los habían enviado para eso. «Comandante –le dije–, no hay situación, por dramática que sea, que no admita un paréntesis. Conozco bien París; podría llevarle a algún lugar divertido.» El comandante miró a Carlos; éste le dijo: «Sí, hombre, anímate. Con unas copas de champán no traicionas a la república». Los llevé a un cabaret no demasiado brillante, escaso de turistas y no muy caro, donde, al final del espectáculo, como en muchos otros, bailaban el cancán. Debo confesar mi debilidad por aquel baile como por muchas otras cosas de París que caben dentro de la palabra *canaille,* incluidas las casas decrépitas de los barrios viejos. Un mundo que me había interesado, que había descubierto a partir de algunos pintores, y que había buscado y recorrido hasta empaparme de él. Era un mundo en que el mal se mostraba en formas frívolas; un mundo que ocultaba miseria, vicio, pecado, degeneración, desesperación. Ese mundo existe en todas partes, en todas las ciudades grandes, pero sólo París ha sabido darle gracia, cuando no poesía. Acerca de él hablamos el comandante y yo, mientras la orquesta ejecutaba piezas de Offenbach y las bailarinas mostraban el trasero. El comandante Alzaga podía ser comprensivo para las posiciones políticas vacilantes, como la mía, pero su moral era rígida, a la española más castiza. Desaprobó el espectáculo y nos marchamos. «Sería mucho pedir –dijo en el taxi que nos llevaba– que el mundo dejara de divertirse mientras mueren nuestros soldados. Nunca la solidaridad de unos hombres con otros ha llegado a tanto. Lo comprendo, pero no lo puedo presenciar.»

Dos días después marché de Francia, en un barco inglés que hacía la travesía de Inglaterra a Argentina, con escala en Lisboa. Iba sin esperanza y en mi corazón pesaban los recuerdos.

4. María de Fátima

1

Tuve una larga conversación con el señor Pereira, hijo. Me invitó a un restorán de lujo, como era su costumbre, o su gusto, no lo sé bien, y por aquello de que llevaba mucho tiempo fuera de Portugal me recomendó que comiera bacalao, y no cualquiera, sino precisamente uno que no figuraba en el menú, pero que guisaban para los clientes selectos a petición de parte. Estaba bueno, pero confieso que el placer no me desvaneció, no sé si a causa de una relativa insensibilidad gastronómica o a mi hábito de comer cualquier cosa en los figones y en los pequeños restoranes del Quartier Latin. Otro tanto me sucedió con el vino, pero, ante los aspavientos del señor Pereira, hube de fingir entusiasmo y hasta de beber más de lo corriente. No sé si el vino me soltó la lengua: el caso fue que en aquella conversación me mostré menos tímido que en otras, aunque igualmente indeciso. El señor Pereira, hijo, veía mi situación con toda claridad: por una parte, si regresaba a España, corría el peligro de que me llamaran a filas, pese a mi supuesta inutilidad para las armas; pero si permanecía en el extranjero, acabaría por ser declarado prófugo, si no lo había sido ya. No era una situación demasiado cómoda. El señor Pereira me ofreció una solución viable que, no sé por qué razones (seguramente fueron sentimentales), me resultó ardua desde el principio. «¿Por qué no se hace usted ciudadano portugués? No le será difícil. Lleva usted sangre nuestra y tiene bienes en el país; yo, por mi parte, no carezco de influencias que permitirían abreviar los trámites. Como tal portugués, quedaría usted fuera del alcance de las leyes españolas, al menos eso espero.» Le pedí un plazo para pensarlo. Entretanto no me vendría mal pasar unos días en el pazo miñoto, a propósito del cual el señor Pereira me dio también consejos: «Posee usted tierras de escasa rentabilidad. No voy a decirle que las venda, pero sí que se acoja a ciertas facilidades que el Estado Nuevo da a las empresas económicas. El norte es buena tierra para la ganadería. ¿Por qué no monta usted un negocio de vacuno? Multiplicaría el rendimiento de sus prados, y no le sería difícil pagar el crédito que el gobierno otorga para estos menesteres. Puede usted hacerlo sin tocar el capital, y, en este caso como en el otro, nosotros podemos influir a su favor. Le advierto de antemano que no importa que no sea usted portugués, ya que las tierras que pretende explotar lo son. Así como el cambio de nacionalidad es cosa de meditar, esto que acabo de ofrecerle puede llevarlo a la práctica inmediatamente y sin grandes compromisos. Nosotros, naturalmente, garantizaríamos el crédito». No me parecía mala la oferta, y allí mismo empecé a fantasear y a verme convertido en ganadero moderno, en director de una explotación modelo, etc., etc... «Tampoco le vendría mal casarse», me dijo el señor Pereira como sin darle importancia, al tiempo que su mirada intentaba escrutar la sinceridad de mi respuesta. «¿Tiene usted algún compromiso en París?» «No, no. Ningún compromiso.» No era mentira, en cierto modo. En cualquier caso, Clelia estaba en Nueva York y no había vuelto a tener noticias de ella, ni, en el fondo de mi corazón, las esperaba. ¿Era acaso que no las deseaba? Las razones profundas nunca se pueden saber.

El negocio del crédito me consumió algunos días. Me lo concedieron fácilmente. Al marchar hacia el norte, llevaba conmigo papeles por los que se me otorgaba una cantidad considerable de escudos y ciertas facilidades para la importación de ganado extranjero: todo condicionado a la presentación de un proyecto, de unos planos, de unos presupuestos, cosas de las que yo no entendía, pero que resultarían mollares a mi maestro. El señor Pereira me había ofrecido enviarme toda la información necesaria, y lo hizo. Lo primero era la construcción de establos modernos; luego había que planificar la producción y la comercialización de la leche y de la carne, y no sé cuántas cosas más. Aunque me veía como capitán de aquella empresa, no dejaba de contar con consejos y ayudas de quien sabía de la finca más que yo. Tuvimos una larga conversación la noche misma de mi llegada, y quedó entusiasmado, pero en ningún momento de la conversación dio por supuesto que yo fuera a ponerme al frente de la explotación. Nunca he podido imaginar cuáles eran en realidad los sentimientos de la pareja relativos al pazo y a la finca. Los sabía lo bastante inteligentes e informados como para no olvidar que el propietario era yo, pero se sentían profundamente ligados a aquellas piedras y a aquellos campos para no considerarme como una especie de intruso, aunque con todos los derechos y mediando el afecto mutuo. Yo encontraba naturales aquellos sentimientos, nacidos de una relación real y continuada con las piedras y con los campos, en tanto que los míos, si bien los analizaba, no pasaban de mera literatura. Claro está que este concepto, para mí, no es peyorativo. ¿Cómo iba a serlo, si presidía y daba tono a mis relaciones enteras con la realidad, lo mismo con las piedras de París que con las mujeres? De todas maneras, el hecho de que yo respondiera de los créditos con mi dinero, y no con la finca, posiblemente hiciera tambalearse, nada más que un poquito, los sentimientos de propiedad de aquel matrimonio intachable. Por mi parte confieso que esta actitud de mi maestro (compartida seguramente por la *miss*) me resultaba cómoda. Todo lo había visto fácil y atractivo mientras fantaseaba; pero al hallarme en tierra firme con la amenaza de la empresa ante mí y como cosa mía, me entró cierto temor al cansancio o a la pereza. No lo dejé traslucir. Mi maestro quedó muy satisfecho cuando le rogué que fuera pensando en los planos de los establos y en otras tareas inmediatas. Se le alegró la mirada. Quedamos en que a la mañana siguiente iríamos juntos a recorrer los lugares y a estudiar su conveniencia. Cuando nos encontramos, a la hora del desayuno, ya había calculado el número de obreros necesarios para cuidar de la vacada y otras menudencias por las que se veía su entusiasmo. Pero también aquella noche tuve una charla con la *miss*, aunque no de negocios. Me susurró que necesitaba hablarme a solas, y que iría a verme a mi salita particular después de la cena, a la hora en que su marido recorría las instalaciones y ordenaba el trabajo para el día siguiente. Aquella conversación me permitió descubrir que la *miss*, antes tan franca y tan directa, se había contagiado de los modos cautelosos y un poco retorcidos de hablar de la gente de aquella región y de sus vecinos los gallegos. Comenzó congratulándose de mi regreso, me aseguró que, durante mi ausencia, y a pesar de que enviaba al matrimonio noticias frecuentes, había pasado muchas noches en vela pensando en mí y en los peligros que mi juventud corría en París. Luego me preguntó si pensaba casarme, y hasta se extendió en ciertas consideraciones y consejos acerca de lo mal que está un hombre solo cuando ya ha cumplido veintisiete años y no hay causa ni razón que le impida casarse. Bien creí que era esto el fin de su conversación y que acabaría recomendándome alguna vecina rica, pero sucedió justamente lo contrario. Me contó que una finca próxima, colindante con la mía, aunque moderna, una finca, por otra parte, don-

4. María de Fátima

de había vivido gente importante y acontecido historias de recuerdo siniestro, o, al menos melodramático, la había comprado una familia riquísima, un antiguo emigrante a Brasil, ahora de regreso, establecido allí con su mujer y su hija. La hija fue inmediatamente el tema de la *miss;* pronto me di cuenta también de su temor: se llamaba María de Fátima, era más joven que yo, se había educado en Suiza, andaba siempre en automóvil o a caballo, fumaba, y, según las sirvientes de su casa, amigas de las mías, cantaba y bailaba canciones y bailes de su tierra, se bañaba desnuda en la piscina y traía a la gente soliviantada. Pero lo malo no era eso, sino que María de Fátima había aparecido cierta mañana a la puerta del pazo, montada en su caballo y, sin apearse de él, había pedido ver al propietario. Acudió la *miss*. «El dueño de la casa está en París. Nosotros, mi marido y yo, lo representamos.» Pretendía María de Fátima que le enseñasen el pazo, de cuyas maravillas había oído hablar. La *miss* le dijo que viniera a tomar café, y que a esa hora sería más fácil mostrarle lo que quería. María de Fátima volvió aquella tarde, esta vez en su automóvil. «¡Un Rolls para ella sola, hijo mío, fíjate tú!» Traía bombones para la *miss* y oporto viejo para mi maestro. Habló de Brasil y de sus bellezas, de que poseía allá tierras como provincias, y un palacete en Río de Janeiro. Pero cuando recorrieron la casa, permaneció muda y admirativa. Dio las gracias a la *miss* y a mi maestro y se despidió; pero volvió al día siguiente, y casi todos los días, uno con un pretexto, otro día con otro. Uno de ellos dijo: «Me gustaría comprar este pazo»; y otro: «Quiero comprar este pazo», y llegó a decir: «Daría todo lo que tengo por ser dueña de este pazo». «Mi querido Ademar, es hermoso, y valioso, pero no tanto que uno dé lo que tiene por poseerlo.» Y después María de Fátima dejó de hablar de comprarlo, y sus preguntas recayeron sobre mí, que qué edad tenía, que si estaba soltero, que si era guapo. «Mi querido Ademar, esa mujer está dispuesta a casarse contigo con tal de ser aquí la dueña, y yo no encuentro que sea mujer apropiada para ti.» La razón de la entrevista, acordada previamente con mi maestro, de eso estoy seguro, era prevenirme contra las seducciones de María de Fátima, que, por cierto, comenzaron al día siguiente mismo. Nos hallábamos, el maestro y yo, lejos de la casa, viendo esto y aquello, y fantaseando sobre la futura vaquería, cuando vimos aparecer a una amazona que venía hacia nosotros. «Es María de Fátima –dijo él–. Mi mujer ya te habló de ella, ¿verdad?» María de Fátima cabalgaba un hermoso caballo, que montaba a horcajadas, no como había visto hacer a mi abuela, a mujeriegas. Antes de hablarnos, nos quedamos mirándonos. Por lo pronto, era la mujer más bonita que había visto en mi vida, de una belleza no sólo superior a la de Ursula y a la de Clelia, sino distinta; una belleza detrás de la cual estaba toda la selva brasileña, sensual, provocativa, avasallante. Cuando descabalgó y se acercó a mí, todas las cadencias del mundo se resumían en el vaivén de sus caderas. No la miraba mi maestro, sino a mí, como espiando el efecto de aquella aparición. Traía puesto un sombrerito de corte masculino; se lo quitó antes de darme la mano, y cayó sobre sus hombros una cabellera negra, larga, profunda, una cabellera como un abismo. «Hola. Soy María de Fátima, tu vecina.» «Hola. Soy Filomeno.» Se quedó un poco sorprendida. «¿Filomeno? ¿No te llamas Ademar?» «Según. Unas veces, Ademar; otras, Filomeno. Puedes elegir.» No había soltado mi mano, pero miraba a mi maestro, lo miraba como ordenándole que se fuera. Y él la obedeció, porque todavía su edad le permitía sentir los efectos de las caderas de María de Fátima. «¿Has venido también a caballo?» «No. Hemos venido andando. La casa está cerca.» Cogió de las riendas el suyo. «Vamos hacia allá. Puesto que somos vecinos, quiero que seamos amigos.» No me pidió de repente que le vendiera el pazo; se limitó a contarme parte de lo que yo ya sabía. Y mientras lo hacía, a eso de medio camino se me cogió del brazo. «Supe esta mañana que habías llegado. Y yo vengo a

4. María de Fátima

ofrecerte nuestra buena vecindad y a invitarte a comer con nosotros.» Hablaba el portugués musical y claro de Brasil, hablaba como si cantase, con una voz oscura y cachonda como un ritmo de maracas. Era morena y no venía pintada; hasta las uñas las llevaba al natural, aunque limpias y bien recortadas, no redondas, sino en punta, como unas garras. Mientras ella hablaba, mientras yo la escuchaba, agradecía en mi corazón a la *miss* el haberme prevenido contra ella, si bien no me hubiera detallado los encantos de que debía defenderme. Lo más peligroso de María de Fátima no eran, sin embargo, sus atractivos, sino ese aire de mando de los que están acostumbrados a que todo el mundo haga su voluntad. Presentí que me hallaba al lado de un huracán, y pensé que mi única defensa estaba en mi condición de flexible junco. Pero a veces también el huracán arranca a los juncos de cuajo, a los que no quieren plegarse a su imperio.

Cuando dije a la *miss* que María de Fátima me había invitado a comer, vi temblar en sus ojos el temor. Intenté tranquilizarla con una mirada, pero no sé si llegó a comprenderla o si, aun habiéndola entendido, consideró insuficiente la seguridad que con ella le había enviado. La *miss* no era religiosa, pero acaso en aquella ocasión se haya dirigido a un dios ignoto pidiéndole protección para mí.

Había dejado sola en el vestíbulo a María de Fátima con el pretexto de que no estaba vestido con la decencia necesaria. Mientras yo me cambiaba, ella esperó, no sé si fisgando o entreteniendo la paciencia con idas y venidas, con fustazos más o menos violentos a las botas de montar. Cuando bajé, la hallé plantada bajo el arco del portalón, las piernas un poco abiertas, mirando el césped y el jardín. «Es temprano todavía. ¿Por qué no me enseñas tu casa?» ¿Y por qué no? La cogí de un brazo y la llevé de salón en salón, por las partes más visibles, por las mejor alhajadas, si bien le haya hurtado, al menos aquel día, los recovecos, pasadizos, cámaras y escalerillas que habían encantado mi infancia, que me habían dado una sabiduría del misterio de la que después hice uso escaso. No hizo comentarios hasta llegar a la biblioteca. El aire de su interior estaba gris, como aquella mañana, y la penumbra oscurecía los plúteos. «Es bonito esto –dijo ella–. ¡Qué gran salón de baile podría hacerse aquí!» «Pero –le dije yo– es una biblioteca.» «Y tú ¿para qué quieres tantos libros?» Me eché a reír. «¿No sabes que soy una especie de escritor, o, por lo menos, aspirante a serlo?» «No. No lo sabía ni pude suponerlo. A eso sólo se dedica la gente rara y, por supuesto, pobre. Tú no lo eres.» «¿Qué sabe uno lo que es?» Se volvió hacia mí y me miró con fijeza. «Es una enfermedad que tiene remedio.» Salimos de la biblioteca. «¿No se te ha ocurrido nunca que podrías traer gente, dar fiestas, en una casa tan hermosa?» «Por lo que a ti respecta, mañana te ofreceré una a ti y a tu familia. Pero, fuera de vosotros, ¿a quién podré invitar? La gente de por aquí pasa el invierno en Lisboa o en Oporto.» «Una fiesta como las que yo sueño, la podría atraer.» «Tengo poca imaginación para esas cosas.» «Otros podrían tenerla por ti.» Fuimos en mi cochecillo, el caballo de María de Fátima atado a la trasera. Por el camino se me ocurrió hablarle del proyecto de montar un negocio de vacas. Me preguntó cuántas. Le dije que alrededor de ciento, para empezar. Se echó a reír. «En una finca cerca de Uruguay tenemos dos o tres mil. Y no creas que son un buen negocio.» No obstante, seguimos hablando de vacas. Se refirió vagamente a una compañera suya, en el colegio suizo, cuyo padre vendía ejemplares de raza y sementales. «Si sigues adelante, podríamos ir a verla, a esa amiga mía.» ¡Oh Dios! ¡Qué manera tan suave de tener por suyo el mundo!

La casa en que vivía María de Fátima la recordaba: abandonada, invadido el jardín por los matojos, tenía reputación de embrujada o cosa así, porque allí habían dado muerte a alguien, no sé si por amor o por política. Me quedé sorprendido al entrar en la finca. Todo estaba cuidado, renovado, y la fachada de la casa relucía de bien tenida, una casa de estilo

4. María de Fátima

modernista, como tantas otras del norte de Portugal, graciosa, además de suntuosa. Su interior me dejó deslumbrado, aunque un poco sofocado por el calor y la abundancia de plantas. Las caobas relucían, se miraba uno en los suelos, los vidrios impolutos de las ventanas dejaban ver el jardín y sus bellezas. Un criado negro nos recibió, me acompañó al salón, mientras María de Fátima iba a cambiarse. «Mis padres vendrán en seguida.» En el salón nada desentonaba, nada estaba fuera de lugar. Si acaso sorprendían algunos cuadros de paisaje, hechos con élitros de mariposas, de un verde intenso y distinto, pero no los habían colgado muy a la vista. Eran el único recuerdo colonial. Lo demás había sido ordenado y dispuesto por alguien conocedor de la decoración que correspondía a aquella casa. Me sentí a gusto, salvo el calor, pero con una sensación de miedo indefinida. ¿Basada en qué? ¿En la personalidad atractiva y mandona de María de Fátima? Me entretenía examinando las chucherías de las vitrinas, cuando entró alguien: los padres de María de Fátima. Ella, delante; él un poco rezagado. Antes de saludarnos, tuve tiempo de examinarlos. La madre de María de Fátima tendría cuarenta años, todo lo más; era bellísima, de una belleza tropical y exuberante, como sería su hija, seguramente, cuando alcanzase su edad. Un poco más morena que María de Fátima, con la sangre mestiza más próxima. Sus ojos grandes y negros miraban con poder. Detrás de ella el marido parecía insignificante. Acaso por sí solo pudiera interesar, pues ciertos rasgos de su cara denotaban energía y tenacidad; pero la presencia de su mujer lo oscurecía. Vestía bien, aunque vulgarmente. Vestía como alguien que sigue obligatoriamente la moda porque puede comprarla y porque no se le ocurre otra cosa; aunque a su facha recia y a su cara tosca (de una tosquedad disimulada por el afeitado diario y por un buen corte de pelo) les hubiera ido mejor un traje campero. Pero no advertí que al hallarse dentro de aquellas ropas civilizadas, se sintiese incómodo. Las de Regina eran sencillas y atrevidas: se le adivinaba el cuerpo, de ondulaciones sabias, como calculadas, y el escote dejaba ver el arranque de los pechos: no demasiado grandes, recios todavía, desafiantes, como si fueran afirmando (o proclamando) que se tenían solos. Me tendió la mano, me la tendió sonriendo, mientras decía: «Bien venido a nuestra casa, señor de Alemcastre. Me llamo Regina, y éste es mi marido, Amedio». También el marido me tendió la mano, pero se limitó a decir: «Mucho gusto en verle por aquí». Me pareció que con una mirada pedía la aprobación de su mujer, pero ella no le miraba.

Perdimos varios minutos alrededor de una mesa, tópicos y cumplidos. La voz de Amedio temblaba un poco, temblaba imperceptiblemente, y con frecuencia repetía, abreviado, lo que su mujer acababa de decir. La de Regina, por el contrario, honda y segura, no temblaba, aunque vibrase como la voz de un violoncelo en las notas más bajas. ¡No dejaba de ser cómico escuchar aquella voz que parecía hecha para la tragedia, o para cierta clase de amores, referirse al tiempo y a la lluvia que había caído aquella madrugada y le había estropeado no sé qué flores! También dijo que yo tenía una casa muy bonita, aunque sólo la hubiera visto de lejos. «Pues si mañana me hacen el honor de almorzar conmigo, tendrán ustedes ocasión de verla más de cerca.» Llegó María de Fátima.

Llegó taconeando con suavidad y ritmo, como si bailase. La sentía, más que verla, por hallarme de espaldas a la entrada del salón. Ella nos rodeó, y quedó frente a mí, de pie, entre sus padres sentados, apoyada la mano en el sillón de su madre. Estuvo así un rato breve, quieta, como esperando a que terminase mi mirada calibradora, y satisfecha con ella. Fue evidente que se sentó allí para que yo la comparase con su madre; quizá no lo fuese tanto la indecisión de mi mirada, su vaivén de una a otra. Pero sonreí a María de Fátima, le sonreí porque necesitaba aceptar la complicidad que me ha-

4. María de Fátima

bía ofrecido. Se había puesto un traje verde, casi transparente, de corte complicado, rico en volantes y toda clase de perendengues; flores en el pelo, collares y pulseras, muchas y muchos, multicolores, fantásticos de formas. Tenía las tetas tapadas, no como su madre, pero se le adivinaba el oscuro de los pezones. «¿No vienes demasiado lujosa para un almuerzo en una casa de campo?», le preguntó Regina, con toda la suavidad de su lengua brasileña, con toda su cadencia. «Todo lo que nos rodea, mamá, incluido el señor de Alemcastre, es demasiado lujoso para una casa de campo.» ¡Caray! Se sentó a mi lado, un poco retirada; no veía más que sus piernas cruzadas, al aire las rodillas y el arranque del muslo. Su madre no mostraba menos, aunque no me quedase tan cerca. María de Fátima, a alguien que yo no veía, pidió que trajese los vinos, y, mientras llegaban, encendió un cigarrillo. «¿Quieres?», me ofreció. «Gracias. Yo fumo negro.» «¿Me da usted uno?», solicitó Amedio, un poco indeciso, y miró a su mujer. «Yo no fumo –dijo Regina–, pero no me molestan.» María de Fátima se levantó en busca de un cenicero, y el que trajo, bastante grande, era el caparazón de una tortuga montada en una piedra de ágata. ¡Cómo debía de pesar aquel cenicero vacío, pulido en su interior hasta sacarle reflejos de luz! Se me debía notar la sorpresa, porque María de Fátima dijo: «La cogí yo cuando era niña, y la quería mucho. Siempre creí que duraría más que yo, pero se me murió en seguida. Papá fue tan amable que, cuando empecé a fumar, mandó hacer este cenicero».

Cuando se está con gente nueva en un lugar desconocido, aunque al principio se sienta desasosiego, llega siempre un momento en que se ha logrado ya que todo, las personas y las cosas, formen parte de uno mismo, aunque sólo sea de un modo provisional. Yo había aceptado ya, como formando parte de aquel conjunto lujoso y deslumbrante, la rivalidad entre la madre y la hija, y la sumisión del padre al imperio (¿sólo carnal?) de la madre. Aceptado, se estableció un equilibrio casi cómodo en el que me instalé y que me permitió observar a las mujeres mientras el hombre hablaba: porque Amedio había cogido la conversación por su cuenta para mostrarnos, después de una descripción de la miseria de aquellas tierras, los remedios que veía y algunos de los que estaban a su alcance. Podían fundarse ciertas industrias, podían modificarse los sistemas agrícolas, ya anticuados, que se remontaban a la época de los romanos. En algún momento de su razonable perorata, le interrumpió María de Fátima para decirle que yo proyectaba establecer en mi finca un negocio de vaquerías. No le pareció mala la idea a don Amedio, que yo le llamaba así, a la española; no le pareció mal, si bien habida cuenta de que un establecimiento semejante podría dar trabajo a diez peones, todo lo más a quince, y que serían necesarias otras explotaciones similares, o complementarias, para levantar la postración de aquellas tierras, de las que él había tenido que emigrar cuarenta años atrás, cuando aún era un niño... Y en esto estábamos cuando se rompió el equilibrio, operación de la que no tardé en darme cuenta; como el equilibrio del que se trataba era el mío, creo haberme percatado a tiempo; había entrado alguien con los vinos. Como yo escuchaba a don Amedio y le miraba al mismo tiempo, sin otra mala intención que no seguir mirando a Regina y a María de Fátima, no advertí, de momento, que quien traía los vinos era una doncella. Rozó mi mano cuando me sirvió el oporto, pero, aunque el roce hubiera sido suave, no le presté atención, si bien pude ver de reojo que quien servía era mujer; pero al quedar frente a mí, creo que abrí los ojos desmesuradamente, y no interrumpí mis palabras porque era don Amedio quien hablaba. La doncella que nos había servido era una adolescente octorona; llevaba el uniforme de manera pimpante, y sus caderas se movían con un ritmo más acentuado y sensual de lo que hasta entonces había visto en las otras mujeres, y no había tenido de qué quejarme. No me atrevo a asegurar que fuese más bonita que ellas, pero sí que lo era tanto, y, a juzgar por el modo de mirarla y de mirarlas, colegí que las relaciones entre las tres iban más allá de las apariencias e incluso de las conveniencias. Era un triángulo de rivalidades, quién sabe si de odios. Hasta qué punto profundos, no lo supe todavía, aunque pudiera sospecharlo. La llamaban Paulinha. Que me había tomado por juez de la comparación lo deduje de su mirada, cuando se halló entre la madre y la hija y yo las miraba a las tres. La madre y la hija espiaban mi mirada y mi sonrisa. La criadita las esperaba. Fue uno de esos instantes que duran eternamente, una de esas situaciones de las que no se sabe qué puede resultar. Eché mi mano a la copa del vino, la llevé a los labios, las miré; primero a Regina, después, a la criada; por último, a María de Fátima. Intenté que cada una de ellas creyera que ofrecía mi libación a su belleza. La criada, por lo menos, lo creyó, a juzgar por la sonrisa fugaz que esbozaron sus labios. Las otras no parecieron descontentas. De buena gana me hubiera echado las manos a la cabeza. Mientras tanto, don Amedio hablaba con la mayor seriedad de piscifactorías, una industria que empezaba a desarrollarse en los Estados Unidos y que muy bien pudiera ensayarse en nuestro río, rico en truchas.

Siguió el almuerzo, que sirvió Paulinha, ayudada del criado negro, que la comía con los ojos ante la indiferencia despectiva de la muchacha. No puedo recordar de qué se habló, porque yo estaba obsesionado con el triángulo insólito, del que se seguía una interrogante que yo me podía plantear sin dificultad, aunque no responder. ¿Por qué siendo rivales mantenían en la casa a aquella moza, habiendo en los alrededores aldeanas zafias, o por lo menos bastas, que no podrían oscurecer en su belleza a las señoras, ni siquiera paliarla? Se me ocurrió la crueldad como solución, pero no la acepté por sencilla: acaso la crueldad fuera uno de los componentes de sentimientos más complejos y quién sabe si más inconfesables. Paulinha se movía con toda seguridad, y a veces sus respuestas, en una lengua musical y no muy clara para mí, sonaban a impertinentes. Como se retrasase en servir el café, la señora se lo advirtió, y ella le respondió francamente que Francisco, el criado, no la dejaba en paz. Regina le ordenó que trajera la guitarra. Antes de entregársela, Paulinha la rasgueó, como para enterarme de que también sabía tocarla. «Llévate esto y no vuelvas», le dijo la señora. «Así lo haré.» Y, dirigiéndose a mí, me preguntó si iba a tomar coñac. Las miradas de desafío se cruzaban entre Regina y la criada. María de Fátima había quedado un poco al margen. Sentada en una esquina del sofá, con las piernas recogidas, aunque generosamente manifiestas, daba la impresión no de batirse en retirada, sino de un retroceso táctico, como si la batalla entre su madre y la criada no la afectase. Una vez me miró. Lo interpreté como si me hubiera dicho: «Ya verás de lo que soy capaz cuando estas dos se hayan destruido». ¿Quién a quién? Paulinha no volvió a aparecer. «¿No le importa que le cante unas canciones de Brasil? Son muy hermosas.» Regina se dirigía, naturalmente, a mí. «Se lo ruego.» Tentó la guitarra y empezó a cantar. Algunos versos se me evocan.

> *A gente fría desta terra sem poesia*
> *nem faz caso desta lúa nem se emporta pel o luar.*
> *En quanto a onza, là na verde capoeira*
> *leva uma houra enteira vendo a lúa a soluçar.*

Aquella voz estaba hecha para cantar, no había duda: para cantarle a un hombre al que decir después: «Te quiero. Llévame a la cama». O quizá también: «Mátame o te mataré yo». Admito que mi experiencia en interpretar voces sea un tanto caprichosa y, desde luego, literaria. Escuchando a Regina, venían a mi recuerdo las de Ursula y Clelia: las dos habían sido apasionadas, y, sin embargo, ¡qué limpieza, qué sencillez! No se podía esperar de ellas pasiones elementales. La voz del Moro de Venecia tenía que ser así. En cualquier

4. María de Fátima

caso, era una clase de belleza que conocía y sentía por primera vez: esa belleza que acompaña al sexo, que lo expresa en toda su hondura, en toda su exigencia. Don Amedio empezaba a adormecerse, y la tarde, gris como estaba, caía ya. Por segunda vez me sentí sofocado por el calor, por las plantas, por la evidencia del sexo, como si me hubieran metido en una estufa en cuyo fondo me esperase una mujer desnuda. El tiempo que cantó Regina no sé cuánto fue. La interrumpió María de Fátima. «Bueno, mamá. El señor de Alemcastre lleva ya cuatro o cinco horas con nosotros. ¿No te parece justo que le devolvamos la libertad?» Y dirigiéndose a mí: «Yo te llevaré en mi coche. Mandaremos el tuyo con un criado». Protesté de que mi casa estaba cerca, pero no pude zafarme de la invitación, casi de la imposición de María de Fátima. La verdad es que tampoco puse mayor interés. Deseaba quedarme a solas con ella y escucharla, esperando que sus palabras me sirvieran de clave. Pero apenas dijo nada durante el corto trayecto. Sólo cuando habíamos entrado en mi jardín y el coche caminaba lentamente por la avenida de eucaliptos me dijo: «Yo también sé cantar, pero además bailo. Un día lo haré para ti». Rehusó la invitación para tomar un té conmigo, me dejó a la puerta, casi en brazos de la *miss,* temerosa de que ya me hubiera raptado. La tranquilicé con una mirada.

2

Procuré la mesura en el almuerzo que les ofrecí, aunque no en su disposición. «Saque usted lo mejor que haya», le rogué a la *miss,* y ella compuso una mesa que hubiera satisfecho a cualquier avezado. Ignoro las razones por las que todo era inglés en aquel conjunto: los manteles, la vajilla, la plata. Salvo el cristal, que más parecía del continente, pero el buen sentido de la *miss* lo había aceptado hacía muchos años. A él, a ese buen sentido, se debía que la mesa del comedor no deslumbrase, sino que dejase la impresión de una discreta elegancia... Los invité, a la *miss* y al maestro, a que recibiesen conmigo, en la puerta, a María de Fátima y su familia, que llegaron en un automóvil que yo desconocía, no el Rolls de María de Fátima, sino otro mayor, de cuya marca nunca había oído hablar. La verdad es que, de tal materia, nunca alcancé a entender mucho, y apenas había usado otros coches que el de Ursula, lo que duró nuestra compañía, y el de Clelia, aquella tarde de otoño. ¿Si sería mi destino el de pasajero de mis enamoradas? (Tenía el arreglo de comprarme yo uno, pero no me apetecía.) Venían muy decentemente vestidas, la madre y la hija, en todos los sentidos de la palabra, pues eran de buenas telas, de buenos cortes y no enseñaban demasiado. No es que a mí me hubiera importado que llegasen ataviadas según sus gustos tropicales. Pero me alegré por la *miss*, todavía puritana. Los trámites acabaron pronto. Regina empezó desde el zaguán mismo a manifestar su asombro, unas veces por la casa, otras veces por las cosas. Don Amedio se mantenía mudo, pero es posible que, en su ánimo, calibrase el valor de lo que su mujer elogiaba. María de Fátima se había cogido de mi brazo: fumaba y echaba la ceniza en una concha de vieira sostenida por mí. Apenas dijo palabra, porque aquellas novedades no eran para ella, y porque las había elogiado y admirado a su debido tiempo. Al juntarnos para los vinos, se sentó a mi lado, pero se levantó en seguida y dijo: «Voy a dar una vuelta». Le advertí que llamarían al comedor con un toque de campana, que podría oír no sólo desde la casa, sino también desde el jardín. No sé si pretendía que yo la acompañase, pero deliberadamente la dejé ir sola: su madre me lo agradeció. «Esa niña está bastante histérica. Hay que casarla.» La *miss* le respondió que las muchachas jóvenes, a poca personalidad que tengan, siempre resultan un poco raras. «Y María de Fátima tiene mucha personalidad», agregó. «Demasiada», le respondió Regina.

4. María de Fátima

Don Amedio y el maestro encontraron en seguida tema largo de conversación: hablaron del negocio de las vacas, y el maestro escuchaba atento las advertencias y los consejos de quien parecía saberlo todo. Regina y yo, silenciosos, nos mirábamos de vez en cuando: yo le ofrecía un silencioso brindis, ella me correspondía. Al final parecía contenta, y más se puso cuando vio que María de Fátima había regresado sin necesidad de campaneo. Fuimos al comedor. «Me falta una esposa que presida la mesa conmigo. ¿Quieres ocupar su lugar, María de Fátima?» Yo creo que, tras aquellas palabras, empezó a sentirse dueña del pazo, y la *miss*, a temer que algún día lo fuera. Regina, en cambio, se sentó muy contenta a mi derecha. La mesa era algo larga y los puestos holgados. María de Fátima, frente a mí, quedaba casi más cerca que su madre a mi lado; pero durante todo el almuerzo, las palabras de don Amedio y del maestro se cruzaban delante de ella y formaban una especie de red que la envolvía y la mantuvo casi en silencio. De vez en cuando, la *miss* le hacía una pregunta o le ofrecía el cabo de una conversación. Regina acabó por acercarse un poco, contra todo protocolo, y comentar en voz baja la charla de los hombres. Una de las veces me dijo: «Se explicará usted que esté aburrida».

No fue aquel almuerzo ocasión de sucesos notables. Lo que se había iniciado alrededor de la mesa, continuó mientras tomábamos café. Sólo en un momento de silencio, acaso el único, María de Fátima me preguntó si había en la casa un piano, o al menos una guitarra. Le dije que no. «¿Ni siquiera un gramófono?» Todo lo que había en el pazo relacionado con la música era una radio, bastante antigua, que escuchaban el maestro y la *miss* cuando, tras las comidas, se retiraban a sus habitaciones. María de Fátima comentó: «Sólo en la casa de un soltero pueden faltar esos detalles». Pero la mención de la radio había metido en la conversación un ingrediente inesperado que acabó por convertirse en tema único y, en cierto modo, polémico. Mi maestro dijo que le gustaba oír por la radio las noticias internacionales, y estar un poco al día de lo que pasaba por el mundo; su mujer escuchaba la BBC, y él no sólo Radio Club Portugués, sino también las emisoras españolas republicanas y, alguna vez, Radio Salamanca. «¿Y cómo va la guerra?», pregunté yo, acaso ingenuamente. Don Amedio me respondió en vez de mi maestro; me respondió con cierta alegría en el tono y en el gesto. «¡Lo que se dice viento en popa!» «¿Para los republicanos?» «¡Para los nacionales! ¿Cómo puede usted pensar otra cosa?» No sólo declaró allí mismo por qué bando se inclinaba, sino que confesó haberle hecho un importante donativo en dólares. «¡Esa gente nos está defendiendo a todos los que tenemos algo que perder!» «¿Y no será a costa de perder también otros algos que nos importan mucho?», le replicó mi maestro. «Me refiero a la libertad y a la justicia.» «Unos la entendemos de una manera, otros de otra. Yo estoy con el modo de entenderlas del general Franco.» No llegaron a disputar, pero quedó claro que no estaban de acuerdo. Advertí que mi maestro hablaba en nombre de ideales anticuados, pero nobles, los que hubiera defendido mi padre, los mismos por los que el general Primo de Rivera lo había enviado al ostracismo político. Me di cuenta de que, en aquel tiempo de la guerra civil española, la libertad y la justicia se defendían ya con otros argumentos y probablemente no querían decir lo mismo. No dejaba de ser posible que mi padre, de vivir, fuese también partidario de Franco y hubiese hecho a su «movimiento» un importante donativo. De todas suertes, de aquella conversación deduje la generosidad de mi maestro y el egoísmo de don Amedio. Tenía que haber por el mundo mucha gente como él, cuyos intereses, sin saberlo, defendían con sus vidas los soldados españoles.

«¿Acabaréis de hablar de política?», clamó, repentina e inesperada, María de Fátima, y por una vez su madre estuvo de acuerdo con ella. Llegó a decir que aquella conversación había estropeado un almuerzo irreprochable, y me pidió que pusiera a la entrada de mi casa un cartel prohibiendo que se hablase de política. Pero ¿de qué otra cosa podía hablarse allí? Salí del paso invitando a Regina a ver la parte del pazo que aún desconocía, y, en la biblioteca, mostró la misma indiferencia que su hija, aunque no llegase a proponerla como salón de baile. Al final del recorrido me puso una mano en el hombro y me dijo: «No sólo tiene usted una casa bellísima, sino muchas cosas que también lo son, pero están colocadas lo mismo que hace cien años. Ahora se ponen de otra manera, más a la vista. Hay que lucir lo que se tiene, y hay que lucirlo bien, si se quiere ser alguien». Estuve a punto de responderle que yo prefería ser nadie, o, al menos, que estaba satisfecho con lo que era, pero temí defraudarla demasiado pronto. No dejé de preguntarme de dónde le viene a cierta gente ese empeño por destacar.

Aquella noche tardé en dormirme. La presencia de las mujeres no había sido tan excitante como el día anterior, y además no había visto a Paulinha, la más atractiva de todas. El negocio de las vacas, de que también se habló, empezaba a aburrirme, conforme se interesaba por él mi maestro; pero la mención de la guerra civil, y lo que se dijo, me había afectado. Hacía más de un mes que mis noticias eran vagas, retrasadas y de segunda o tercera mano. Por otra parte resultaba cada vez más evidente que don Amedio y toda su familia me habían constituido en presa, y no por lo que yo era, sino por el dichoso pazo. Nadie me hiciera todavía una oferta concreta, pero estaba en el aire, como una amenaza retrasada. Y en el aire siguió unos días más, en los que María de Fátima apretó su cerco; venía a sacarme de casa, pero no me llevaba a la suya, sino que íbamos a comer a pueblos o aldeas próximos, Viana do Castelo el más lejano. Una de aquellas mañanas lucía un sol limpio, el aire estaba tibio y la mar tranquila. Pasamos cerca de una playa solitaria. Detuvo el coche y me anunció que iba a bañarse. «Pero, como lo haré desnuda, porque no he traído bañador, tú te quedarás aquí.»

Marchó tranquila hacia lo más alejado de la playa, donde yo apenas pude ver una mancha verde que se movía; verde primero, color de arena después, aunque con algo negro movido por el aire. Cuando entró en la mar, se me perdió entre las olas; vino a salir algo más cerca de mí, a mitad de la playa; la pude ver cómo se enjugaba y cómo se fue alejando por la rompiente: llegaban las olas blandas y le mojaban los pies. Supongo que allá se vistió, y regresó con los cabellos cayéndole y la ropa interior en la mano. El traje se le había pegado al cuerpo mojado, se le apretaba y le marcaba las formas, ondulantes al caminar. Sentí deseos violentos de recibirla en mis brazos y violarla allí mismo: lo hubiera hecho de no haber comprendido a tiempo que quizá fuera lo que esperaba, que para eso se había bañado desnuda, y no por amor que me tuviera, ni siquiera por deseo vehemente, sino porque así llegaría a ser la dueña de mi casa. Lo comprendí durante los últimos pasos de su camino, y me sentí confirmado por la frialdad de su mirada, por la tranquilidad de su talante, por aquel modo de andar seguro, sin el temblor de una esperanza. Pensé que tendría que suscribir un documento de donación en el que le otorgaba el pazo como dote: delante de notario, con todas las de la ley, y en cumplimiento de antiguos imperativos de satisfacción a la mujer violada. Aquellos quince o veinte pasos me dieron tiempo a dominarme, casi a tranquilizarme. Le abrí la portezuela del coche, no la cerré hasta que ella estuvo instalada ante el volante. Pero entonces, cuando yo daba vuelta para entrar, arrancó y me dejó al borde del camino.

Claro que yo no se lo dije a nadie, ni a ella misma: ni una palabra, ni una mirada que llevase un reproche o una pregunta. No dejó de portarse como lo había hecho siempre, lo mismo a solas que ante los otros. Como que llegué a pensar que la aventura de la playa remota la había soñado, que es el recurso al que acudimos cuando algo no admite explicación o resulta increíble por lo inverosímil. Yo esperaba que un día

4. María de Fátima

cualquiera estallase, dijese algo, esto se acabó, no quiero verte más. Pero María de Fátima permaneció inalterable. Empecé a admirar su frialdad, su capacidad de disimulo y quién sabe si de desprecio. Pero si me despreciaba, tampoco lo mostraba, ni siquiera en detalles nimios. Su madre protestó de que no almorzásemos en su casa, llegó a decir que María de Fátima me tenía secuestrado, y Paulinha, detrás de ella cuando esto decía, no dejaba de sonreírme, como quien está en el secreto. Volvieron los almuerzos en una casa y otra. Se organizaron excursiones a Braganza, al Bon Jesu, a Coimbra. Les conté con detalles e interpolaciones líricas los amores de Inés de Castro, y fuimos a recordarla a la Quinta de los Suspiros. Regina, en un momento, dijo que no entendía aquella manera de amar, tan sentimental, que tenían los portugueses. No la oía nadie más que yo. «El amor es algo que pasa en la cama –dijo–, y el deseo que antecede, y el hastío en que todo termina.» Le respondí con versos de Quental. «¿Son de usted esos versos?» «No, pero me gustaría que lo fuesen.» «¿Es usted de los que aman como los portugueses?» «Mi experiencia es escasa todavía, señora.» Me miró con cierta guasa. «Pues ya va siendo usted mayorcito.»

Como el negocio de las vacas iba adelante, y había que pasar de los proyectos a las obras, mi maestro, que lo había tomado todo a su cargo como la cosa más natural del mundo, tuvo que ir a Oporto, a informarse de un montón de detalles, y a buscar a un arquitecto que le hiciese los planos de los establos conforme a las últimas novedades que Europa nos hubiera enviado, o, de ser posible, a los que no nos hubiera enviado todavía. Se trataba de estar a la cabeza, y mi maestro repetía como una definición que fuese al mismo tiempo un ideal, lo de «Vaquería modelo». La *miss* aprovechó el viaje para visitar a sus hijos, y fue también; don Amedio, muy amable, se ofreció a acompañarlos en su coche. No dejaba de ser natural, pero fue, además, oportuno. María de Fátima me dijo: «Mañana iré a comer a tu casa yo sola». Vino en su coche, y traía un maletín, y un bulto como un gramófono. «Llévame a un sitio donde haya espacio y, un lugar escondido. Voy a bailar para ti.» Busqué un salón lejano, casi vacío, que daba a una alcoba sin uso. «¿Te parece bien esto?» Lo recorrió, lo inspeccionó. «No vendrá nadie, ¿verdad?» «Siempre se pueden echar los cerrojos.» «Aquí encima queda el gramófono y el disco. Cuando te avise, lo echas a andar.» Se metió en la alcoba con el maletín. Entraba un poquito de sol por la ventana, y llegaban rumores de algún ajetreo lejano. Cuando ella me avisó, puse el gramófono en marcha. Empezó a sonar un samba. María de Fátima salió bailando de la alcoba. Traía plumas en la cabeza, casquetes de abalorios brillantes encima de los pechos y un cinturón rutilante del que pendía una especie de taparrabo multicolor que le cubría el sexo y parte de las nalgas. Pulseras y collares: no los ya vistos, sino otros, relucientes, sonoros, abigarrados. Bailaba el samba con esa sensualidad que sale de la tierra, una serpiente puesta en pie que ondula a mi alrededor, de cuyo cuerpo saliesen llamadas como llamaradas. Así, morena y enjoyada, María de Fátima pudiera haber desfilado por grandes avenidas en medio de una multitud despepitada, no en un salón destartalado ante un solo espectador que procuraba refrenar su entusiasmo y reducirlo a los límites de lo cortés, y no por buena crianza, sino por miedo. María de Fátima lucía el cuerpo, provocaba. El baile duró tanto tiempo como el disco, así como tres minutos; yo devolví el diafragma al principio, y se repitió. Al final ella gritó «¡Basta!», y entró en la alcoba, de la que salió vestida y tranquila. Yo había retirado el disco y cerrado el gramófono. Salimos de aquel viejo salón, ella delante. Íbamos por corredores que no se usaban, el suelo carcomido y ruidoso. Y yo pensaba cómo era posible que aquella mujer tan joven supiese manejar su cuerpo como un instrumento ajeno, sin contagiar ni el corazón ni el sexo del deseo que despertaba. Habíamos recorrido unas cuantas crujías, llegábamos a las partes más nuevas

4. María de Fátima

del edificio, cuando dijo: «Te había dicho aquel día que sé bailar. Vale más lo que bailo que todas las canciones de mi madre». Y unos pasos más allá: «Pero también canto mejor que ella. Si hubiera tenido una guitarra en casa el día que almorzamos aquí, lo habrías visto». El día que almorzamos en mi casa traía proyectos que le habían fallado.

Hacía una mañana de nubes altas, que a veces se agrietaban y dejaban paso a un sol fugaz. Estaba dulce el aire y no llovía. María de Fátima se detuvo ante una ventana que daba al jardín. Se veía una plazoleta breve, rodeada de camelias y magnolios, con un estanque en medio, cubierta la superficie de nenúfares. «Me gustaría que comiésemos ahí», dijo. Ordené que pusieran allí una mesa y que nos sirvieran. «¿Te importaría que hablásemos en francés? Lo haría en español si lo supiera.» Y antes de que yo le respondiera empezó a hablar en francés, de nada importante ni concreto, de cualquier cosa, en tanto que los criados iban y venían. Hasta que se detuvo y me cogió la mano que le quedaba más a su alcance. Me la cogió, no como caricia, tampoco como imperio. «Tengo que confesarte que aquella mañana en que almorzamos todos aquí, cuando me aparté de vosotros, estuve en tu cuarto fisgando.» «¿Qué descubriste? ¿Alguno de mis secretos, o la morada del dragón?» «Tienes junto a tu cama dos retratos de mujer. Uno, grande, el de la chica rubia; otro, uno de esos ridículos de los pasaportes o de los carnés de conducir. No se puede saber si la muchacha retratada es rubia o morena.» «Si es ésa tu curiosidad, puedo asegurarte que el color de su pelo es más bien entreverado: castaño, con hebras rubias, sobre todo si le da el sol o una luz fuerte.» «¿Fue tu amante? ¿Lo fue también la otra? ¿Dónde están?» «La que tú llamas rubia, Ursula Braun, lo más probable es que esté muerta, y sería milagroso si no lo estuviera. A la otra la llamo Clelia, pero éste no es su verdadero nombre. Ignoro cómo se llama, ni dónde está. Fue mi amante una tarde, y quedó embarazada.» No pudo reprimir una mueca de desagrado. «¡Qué mal gusto! ¿Cómo lo has permitido? ¡Tiene que ser una trampa!» «No lo creo. ¿Por qué había de serlo? No pidió nada.» «Aparecerá un día con el niño en brazos, y algo reclamará. ¡Oh, no esperes otra cosa! Es una amenaza contra la que tienes que prevenirte. –Y después de una pausa–: Yo creía que en Europa ya no se usaban los melodramas.»

Me encogí de hombros. «Me gustaría que leyeras la única carta que me escribió en su vida. Desde Nueva York, donde acaso esté. Si tienes curiosidad, te la traigo, no creo serle desleal con ello, menos aún parecerte vanidoso. Por poco que valga un hombre, siempre hay en el mundo una mujer para quererlo.» No dijo que no. Fui en busca de la carta, se la entregué con su sobre y su sello matado en Nueva York. María de Fátima lo examinó, primero, por fuera; después sacó el pliego y lo leyó. Al terminar, me miró y repitió la lectura. Cuando me devolvió la carta se limitó a decir: «Es una loca. Probablemente es mentira lo del embarazo. Es mejor así». ¡Qué sencillo y qué lógico! ¿Cómo no se me había ocurrido? ¿Y cómo lo había adivinado con tal premura una muchacha que por su juventud tenía que ser inexperta? Yo había leído aquella carta muchas veces, la había meditado, analizado, me había recreado en ella. María de Fátima, en pocos minutos, con sólo dos lecturas, había llegado a una conclusión aceptable, la que podía tranquilizar mi conciencia si me sintiese culpable. La razón de tales divergencias, entonces, se me escapaba; ahora lo comprendo: para María de Fátima, la locura había sido una conclusión; para mí, un punto de partida. Yo buscaba la verdad en la locura manifiesta; ella se quedaba en la pura manifestación. ¿Para qué más? ¡Esa mujer es una loca y lo del embarazo, una invención de su locura! Había casos similares a montones. ¡Al diablo Clelia y su esperado hijo! Aunque no tan al diablo, María de Fátima me daba pie para prescindir de un deber hasta entonces hipotético: la tarde en el bosque de Vincennes no se olvidaba fácilmente. Si hubiera transcurrido en un piso, ambos desnudos, y con el baño al lado, quizá. ¡Pero, sobre la hierba, mientras emergía de la tierra la penumbra vespertina y enmudecían los pájaros...! Podía habérselo contado a María de Fátima, lo hubiera hecho de no percibir en su mirada aquella frialdad escrutadora que me mantenía en guardia ante sus provocaciones. Yo veía la pared del pazo, más allá de los magnolios. «Es eso lo que quiere.» Y decidí responderle: «Sí, es una loca, ya lo sé. Pero de lo del niño, ¿quién sabe?» Lo dije, en un tono lo suficientemente abstracto como para que ella no le diera importancia. No se la dio. Yo guardé la carta en el bolsillo justo en el momento en que nos traían el café.

No volvió a referirse ni a Ursula ni a Clelia. Charloteó durante un rato: no sé qué historias me contó de la sociedad de Río, historias de bastardos, y lo hizo en portugués, pero volvió al francés cuando aparecieron dos criadas a levantar la mesa. Yo mantenía mi guardia sin saber contra qué, acaso como actitud acostumbrada ya ante María de Fátima, pero pronto hube de bajarla. Empezó a hablar del negocio de la vaquería, y, de repente, me preguntó: «¿Sabes por qué mi padre ha ido también a Oporto? Porque le interesan tus vacas. No me extrañará que te proponga asociaros. O que se lo proponga al señor Rodríguez –el señor Rodríguez era el nombre que todos daban a quien yo llamo siempre mi maestro–. Y a éste le parecerá muy bien». «¿Y a ti? ¿No te gustaría ser también codueña?» Nunca la había visto tan seria como en el momento en que me dijo: «Para prevenirte en contra, precisamente, es para lo que he venido hoy a almorzar contigo. A solas y en francés, para que nada salga de nosotros. Quiero prevenirte contra mi padre, y lo primero que tengo que decirte es que no lo es. Marido de mi madre, sí, pero no mi padre. Marido de mi madre que nunca durmió con ella, que se dejó comprar para tapar un embarazo de soltera y que fue lo suficientemente listo como para quedarse con todo el dinero de quienes lo habían comprado y de mucha gente más. Es muy inteligente, diabólicamente inteligente, para los negocios, pero es también implacable. Sólo así puede alcanzar lo que quiere. No se sabe de nadie con quien se haya asociado a quien no haya arruinado, que no haya hundido para siempre. Como en esas películas norteamericanas de banqueros inmisericordes que acaban muriendo del corazón, porque hay que castigar al malo. Pero, en esta realidad, el malo tiene una salud excelente, aunque quizá también mala conciencia, o la idea de que debía tenerla. No hemos venido a Portugal por gusto, sino por el temor que le entró de que querían matarlo. Supongo que habría mucha gente que lo deseare, y alguna dispuesta a hacerlo. Y la hay, aunque no en Portugal, al menos por ahora». Hizo una pausa, yo iba a responderle, pero me rogó que esperase. «No he terminado. Tengo muchas cosas que contarte, precisamente hoy, que me he decidido a hacerlo. Mañana quizá ya no fuese posible. ¿Quieres pedir para mí alguna cosa de beber? Algo fuerte, si lo tienes; un poco de aguardiente del país. No suelo beberlo, porque me abrasa la garganta, pero hoy lo necesito.» Llamé a quien le trajera la bebida, y bebí yo también. Le ofrecí tabaco, lo aceptó, aunque del fuerte. Y tardó un rato en volver a hablar, mientras fumaba y bebía. Seguía bonita y no se cuidaba de tapar las piernas, probablemente por distracción.

«A lo mejor un día te pido que te cases conmigo; a lo mejor tú eres quien me lo pide, y también puede ser que nos casemos sin que lo pida ninguno de los dos, o que no nos casemos ni volvamos a vernos. ¿Qué sabe una? Pero, por si acaso, quiero que conozcas el avispero en que puedes meterte, en el que ya en parte te has metido al aceptar nuestra amistad. Lo primero, te habrás dado cuenta de que mi madre y yo nos odiamos. No pongas esa cara, porque es así: ni incompatibilidad ni antipatía, sino odio. Odio porque me trajo al mundo sin ella quererlo, porque tuvo que pasar por la humillación de casarse con mi padre, por mucho que lo hubiera comprado, y por la mucho mayor de acabar dependiendo de él económicamente, porque ella no tiene ya un céntimo de su patrimonio, ni mis abuelos, ni nadie de la familia. Todo le pertenece a él; ahora es él quien compra a los mismos que lo compraron, él quien los mantiene, porque los ha empleado en sus empresas, bien controlados, eso sí; allí nadie mueve un dedo sin que él lo sepa y lo permita. Mi madre necesita mucho dinero, es muy gastadora, yo también, aunque no tanto. Le salimos caras, pero se permite ese lujo, aunque nos ponga límites, aunque sepa decir cuando le apetece hasta aquí ni un cruceiro más. Y tenemos que aceptarlo.» En este momento la interrumpí con una pregunta, una sola: «Los observé en todas las ocasiones en que estuvieron juntos en mi presencia, y saqué la conclusión de que tu madre manda y él obedece». «Sí –me respondió María de Fátima–; pero en un solo aspecto. Cuando se casaron, hacía poco que él había dejado de ser un patán, pero aún no llegó a caballero. Lo que tenía que aprender se lo enseñó mi madre. Todavía hoy, cuando hay gente delante, no está seguro, y si hace algo, espera la aprobación de su maestra.» «Pero tu madre prescinde de él, se porta como si él no existiera.» «Es la única venganza que le queda, y suele pagarla cara. Hay ocasiones en que él, en revancha, le niega el dinero. El otro día, sin ir más lejos...»

Se echó a reír. «No fue a ella, sino a mí. Me castigó por haber interrumpido aquella conversación aburrida sobre la guerra de España, ¿te acuerdas? Al día siguiente le pedí dinero y me lo negó. Menos mal que tengo ahorros. Y si no los tengo, pido un préstamo a Paulinha...» La interrumpí otra vez: «¿Qué pito toca una mujer tan guapa entre dos mujeres guapas? De todo lo que he advertido o sospechado en vuestra casa, eso es lo que más me choca y lo que menos entiendo».

«Paulinha es la venganza de mi madre, contra mí, la venganza diaria. La puso a mi lado para que todos los días, al levantarme, la primera cara que vea sea más bella que la mía. También es más guapa que ella, o así me lo parece, pero mi madre tiene su modo particular de mantenerse por encima, de humillarla. Paulinha la baña todos los días. Tiene que desnudarse también, tiene que meterse con ella en la bañera, enjabonarla toda, y lavarla hasta su sucio coño. Le tiene que cortar las uñas de los pies y perfumárselos. Y mi madre, ¿sabes cómo la trata? De sucia negra. "Sucia negra, hazme esto, sucia negra, hazme lo otro. Sucia negra, si me lastimas te mato." Pero, ¿sabes?, Paulinha se ríe de ella. Viene a contármelo, y, para congraciarse conmigo, me dice que mis tetas son más duras que las de mi madre, o mi cintura más estrecha, o que mi madre tiene que tomar pastillas para que no le huela el aliento. Cuando vivíamos en Río me contaba también cuándo mi madre recibía a sus amantes y quiénes eran. Yo tenía quince años. Paulinha es algo más joven que yo. A ella directamente, a mí por medio de ella, mi madre nos hizo casi testigos de sus lascivias. Porque eso es mi madre, una puta lasciva.»

Por segunda vez aquella tarde me cogió la mano, o, mejor, puso la suya encima de la mía, hasta sentirla pesar. «Tú le gustas. Le gustas porque eres el único hombre educado de los contornos. Antes, cuando aún no habías llegado, durante el verano, hubo otros. Pero ahora sólo estás tú. Y una noche entrará en tu casa para acostarse contigo. Si lo hace, y me entero, la mataré.» Yo pegué un salto en el asiento y la miré con cierto espanto. «Sí, no te asustes. La mataré por esa razón o por otra, pero sé que la mataré. No me importa si me matan después, aunque ya procuraré que no lo hagan. Pero es mi destino, si alguien o algo no lo remedia.» Había mantenido la mano oprimiendo la mía. La soltó, recogió la suya en el regazo. «De todos modos, cuando lo haga, procuraré que no estés cerca.»

Se puso en pie violentamente, como que derribó la silla en que estaba sentada, una silla frágil de juncos trenzados. «Otro día continuaré. Hoy he ido demasiado lejos. No vengas conmigo.» Atravesó la plazoleta, marchó por la vereda.

La vi arrancar una brizna de mirto antes de perderse. Poco después oí el motor de su automóvil. Tardé en saber de ella.

3

Fueron unos días, dos o tres nada más, de mañanas desorientadas, de tardes pasadas en la biblioteca sentado frente al cielo de nubes emigrantes, de nubes quietas, según el viento: llegaba a trechos desde el mar, o se encalmaba. Andaba yo obsesionado por María de Fátima, y quería poner en claro mis sentimientos hacia ella. Me sentía atraído, esto era evidente, atraído con fuerza, a veces hasta la angustia, hasta el borde mismo de la inconveniencia o el disparate, y lo reconocí desde el principio, porque era atractiva, aunque no más que Paulinha, una junto a otra. Si fuera ésta la que me acompañaba, la que venía a verme, la que bailaba el samba para mí, las cosas hubieran seguido trámites más rápidos, acaso. ¿Qué sabía yo de la personalidad de Paulinha, y de cómo hubiera respondido, y del después? Aunque, bien mirado, una mera hipótesis no tenía por qué preocuparme. En todo caso, la personalidad de Paulinha parecía sencilla, pero yo estaba perplejo ante la de María de Fátima. No era, como pudieran haberlo sido Belinha o Ursula, mujeres de una pieza, que se llegan a entender, que se llegan a abarcar en su totalidad, o casi: de esas que se van revelando con el trato, en las que se profundiza y se alcanza a descubrir que son como los grandes navíos, máquinas complicadas que obedecen en su totalidad a un solo movimiento. Más elemental, Belinha, quién lo duda, como una barca de dos remos ante el navío, pero en ambas la unanimidad se cumple. El símil del navío no me servía para entender a María de Fátima. También se me iba revelando poco a poco, pero cada descubrimiento o revelación no hacía más que confundirme. Eran descubrimientos o revelaciones contradictorias o que, al menos, no casaban bien. El esquema inicial era el más claro: quería a toda costa ser dueña del pazo de Alemcastre y, para eso, el mejor camino era seducir a su propietario, y no por los trámites usuales, sino por los de la provocación que se niega a sí misma, una especie de oferta que se retira apenas insinuada, pero que ha de durar el tiempo necesario para dejar huella. Bien. Llega un día en que la guardia está floja, en que se cae. Después, a lo hecho, pecho: si una señorita de veinte años ha sido violada, hay que reparar la fechoría con el matrimonio, etc., y todos contentos al final, y ella más que nadie. Juzgado según las normas usuales, es una inmoralidad, no del violador, sino de la provocadora. Pero ahora resulta que María de Fátima adopta una táctica distinta e inesperada: me descubre los trapos sucios de su familia, habla de un avispero, llega a confesarse capaz de matar a su madre... Y todo esto lo hace como si fuera deliberado, con la misma mirada fría con que baila desnuda un baile casi obsceno. Y en esta revelación se muestra asqueada ante las costumbres de su madre, le llama puta lasciva. ¿Qué pretendía con sus últimas confidencias? ¿Que yo me sintiera como un caballero andante que se propone rescatar a la princesa, prisionera de unos monstruos? ¿Era ésta su nueva treta? Todo menos pensar que obraba movida por una pasión. Estaba clara la frialdad de su mirada. Era el dato que impedía componer con los otros una figura coherente. Pero una muchacha de veinte años ¿puede mirar así? ¿Puede haber perfeccionado su doblez hasta ese punto? Si no me ha mentido, hay una parte, al menos, de su confesión, de naturaleza enteramente distinta, de naturaleza apasionada: siente asco por su madre y cree que acabará matándola. Pero también puede ser un momento de un papel, un recitado que completa un aria bien cantada. ¿Y hay quien sea capaz de todo esto por llegar a propietario de un caserón que un día cualquiera se vendrá abajo?

4. María de Fátima

Al tercer día estaba yo en la biblioteca cuando vino una criada a decirme que Paulinha quería hablar conmigo. La vi, desde la ventana, en medio de la plazuela del estanque y mirtos, apoyada en una bicicleta en que portaba un canasto lleno de paquetes. Era evidente que venía del pueblo de hacer compras. El pazo estaba a mitad de camino. «Tráela aquí.» Seguí mirando por la ventana. Vi cómo aseguraba la bicicleta y el canasto, cómo seguía a mi criada. Apareció en la puerta de la biblioteca, ni tímida ni descarada. Y dijo: «¿Da el señor su permiso?», no sé si irónica o habitualmente servil. La mandé pasar y sentarse. Lo hizo sin embarazo. Primero le pregunté si quería tomar algo; lo rechazó. «¿Qué te trae?» «Quiero pedir al señor que me escuche dos palabras.» «Di lo que quieras.» Bajó la cabeza, habló con la cabeza baja, los ojos puestos en la alfombra. «Quiero decir al señor que mi señorita lleva dos días yendo al bosque y al monte a buscar yerbas.» Entonces alzó la cabeza y me miró: «Ella entiende de eso. Le enseñó su nodriza, que era una negra bruja». Probablemente sonreí, o hice algún gesto de incredulidad. «Aseguro al señor que hay yerbas que entontecen a un hombre, que hacen de él esclavo de una mujer. Se lo aseguro.» «¿Y qué quieres que haga?» «Que esté prevenido. Si le da el bebedizo en el café, tendrá que pasar por mí, y yo lo tiraré, pero haré una seña al señor para que finja. Las yerbas de aquí no son como las de Brasil, y no creo que haya por aquí las de más fuerza. Yo también entiendo un poco, señor. Es que he visto a muchos hombres que tomaron las yerbas y siempre me dieron pena. No querría ver al señor en el mismo estado.» «¿Sólo por eso lo haces?» «Se lo juro por nuestro Señor. No le pido ninguna recompensa, ni nada de nada. Que mi señorita no sospeche, únicamente. De saberlo, me matará.» «¿Tú lo crees?» «¡Es capaz de eso y de mucho más!» «Pero podrá saber fácilmente que estuviste aquí. No te has recatado de hacerlo. Has hablado con Josefa, la que te trajo.» Sonrió con cierta picardía. «Es que la señorita me dio un papel para usted. Para que se lo diera al ir o al venir del pueblo.» Sacó un sobre del escote y me lo tendió. Yo lo cogí con recelo. «Léala. No deje de leerla por mí.» María de Fátima me escribía textualmente: «De todo cuanto te dije el otro día, lo más importante es lo de la vaquería. No lo olvides, te lo ruego». La doblé y la guardé. «Di a tu señorita que gracias, y gracias también a ti.» Nos levantamos, ella después que yo, y sin prisas. «Hágame caso, señor. No le mentí. Y estaré vigilante.» «Gracias. Otra vez gracias.» Entonces echó una mirada alrededor. «El señor tiene una casa muy bonita. Aquí da gusto estar.» «¿Quieres venirte a ella?» Volvió a sonreír. «¡Quién pudiera, señor!... Pero una es una...» ¡A saber lo que quería decir con aquella tautología!

La vi marchar desde la ventana, en su bicicleta, haciendo equilibrios y eses por la carretera hasta perderse. Estaba yo tan sorprendido por su confidencia, que apenas si presté atención a sus gracias, en que tanto me había recreado en otras ocasiones. Alguna vez había oído decir, no sé cuándo ni a quién, que las octoronas brasileñas son las mujeres más bonitas del mundo, aunque se marchiten pronto. Paulinha no había empezado a marchitarse, ni mucho menos, pero aquella mañana yo no estaba para contemplaciones. Su confidencia había añadido una pieza más al rompecabezas de María de Fátima, otra a mis cautelas. Si antes estaba perplejo, ahora me sentía más desorientado que nunca, y no se me ocurría nada, aunque acaso en el fondo de mí mismo apreciase, como una alborada que se insinúa, algo semejante al miedo. ¿Qué tenía que hacer? ¿Escapar o afrontarlo? Quedé tan paralizado por el revoltijo de mis pensamientos y de mis temores, tan pasmado, que la *miss,* que aquella misma tarde regresó, con su marido, de Oporto, me preguntó si me sucedía algo. Le dije que no, pero no quedó muy convencida. Supongo que en aquel mismo momento, quiero decir, al dejarme, habrá iniciado una investigación cautelosa para averiguar mis pasos durante su ausencia. Operación mollar,

4. María de Fátima

cumplida sin necesidad de grandes esfuerzos, pues inmediatamente le dirían que la señorita María de Fátima había estado a almorzar, y que su doncella Paulinha había venido aquella misma mañana. No sé lo que habrá pensado la *miss*, ni cuáles habrán sido sus temores. Ni se refirió a las visitas, ni las aludió, aunque la verdad fuera que su marido no le dio tiempo ni ocasión, pues hasta bien entrada la noche, después de haber cenado, se dedicó a explicarme el resultado de sus gestiones en Oporto. Traía libros, folletos, y la dirección de un arquitecto joven con el que había hablado. Todas las cuestiones técnicas tenían solución. Pero los gastos, en su conjunto, ascendían a mucho dinero. «El préstamo del Estado apenas si da para empezar. Hemos echado cuentas...» Le interrumpí: «¿Quiénes? ¿Tú y quién más?» «Don Amedio me acompañó, me ayudó, me orientó. ¿Sabes que entre sus muchos negocios tiene uno de ganado cerca de Uruguay? Entiende de eso. Según sus cálculos...» Los cálculos de don Amedio habían concluido en que la cantidad necesaria para empezar triplicaba el préstamo oficial. «Las vacas de cría son caras; los sementales, más, si se quiere que sean de buena raza. Él me habló de dos o tres, todas ellas extranjeras, principalmente suizas y holandesas. Entiende del negocio, lo sabe todo –reiteró–. Te aseguro que estoy asombrado de nuestra ignorancia. No sé qué vamos a hacer.» «¿No te lo dijo él?» «No. Él no me dijo nada...» ¡Quién sabe! A lo mejor era cierto. A lo mejor don Amedio obraba también con cautela. Podía reservar su oferta hasta conocer la cantidad que los bancos me ofreciesen por el pazo en hipoteca, o con el pazo como garantía... ¡Qué sé yo! Le dije a mi maestro que no teníamos por qué precipitarnos, que había que meditarlo y estudiar posibles soluciones más baratas. Pero él se había hecho ya a la idea de una vaquería por todo lo alto, inducido seguramente por don Amedio, que le habría descrito sus instalaciones, que le habría sorprendido con la cifra de sus millares de vacas...

A la mañana siguiente nos fuimos juntos a recorrer las tierras, a calcular una vez más la extensión de los prados, y a cuántas vacas podrían alimentar, según los datos traídos por mi maestro: unas ciento cincuenta... ¡Una miseria! Mi maestro pensó que, talando bosques, se podría al menos duplicar la superficie, pero eso exigía obras de regadío, cuyo coste no habíamos calculado ni teníamos datos para hacerlo. «Pero, ¡hombre!, ¿no te parecen bastantes ciento cincuenta vacas? Nadie las tiene por estos contornos.» «Es que ciento cincuenta vacas no son rentables. Hay que pensar en los impuestos, en los réditos del préstamo, en la amortización del capital. ¡Menos de mil vacas, nada!» «¿Eso fue lo que dijo don Amedio?» «Sí, él lo dijo, y él sabe lo que dice...» Mi maestro, los días anteriores tan esperanzado, estaba ahora alicaído, como si un gran proyecto se le desmoronase poco a poco, ante su mirada impotente. ¿Qué pensaría de mí, el hombre, al verme tan tranquilo, casi indiferente? Si mal, no le faltaba razón, en cierto modo, ya que mi entusiasmo por el proyecto había durado un par de días, a lo sumo una semana. Pero yo no podía devolverle la fe en mí revelándole las confidencias de María de Fátima, que, por otra parte, podían ser falsas. Podían serlo, pero eso ya lo diría la conducta de don Amedio.

Que no tenía prisa se demostró aquella misma mañana. Al llegar al pazo me hallé con que había pasado por allí Paulinha con el recado de que sus señores me invitaban a almorzar. «Ya me contarás lo que te dice don Amedio...» Fui en mi cochecillo de un solo caballo. Me recibió ante el portón el criado negro, que se hizo cargo del vehículo. Paulinha estaba en lo alto de la escalinata. Al recogerme el impermeable me susurró: «No tenga miedo. Hoy no pasa nada». Y desapareció. El primero en venir fue don Amedio. Parecía cansado, me cogió del brazo y, mientras me contaba que había pasado una mala noche, me llevó por unas escaleritas de caracol a algún lugar del sótano que resultó ser la bodega. Había allí,

4. María de Fátima

ordenadas, varios miles de botellas con sus marbetes. No dejó de sorprenderme tanta abundancia y selección, aunque ya las cosas de aquella familia no debían asombrarme. Don Amedio me explicó que había comprado la bodega entera al conde de Montformoso: una colección fundada a principios del siglo XVIII y que se consideraba de las mejores del país. Me dijo también cuántos cruceiros había pagado por ella, pero lo olvidé. En aquel recinto abovedado había mesas, sillas y ajuar. El mismo don Amedio preparó los vasos. «A ver qué le parece este oporto seco que voy a darle. Tiene más de cien años.» Lo caté y me pareció bien, aunque me hubiera parecido lo mismo si su edad no hubiera alcanzado la madurez. Don Amedio chasqueaba la lengua. «Bueno, ¿eh?, bueno. Hay por ahí otra cosecha que no he catado todavía... Si sale buena, le enviaré una botella.» Le di las gracias y chasqueé también la lengua. «Bueno, bueno, ya lo creo, está bueno de veras.» La verdad era (y es) que entre las muchas deficiencias de mi cultura, una de las más lamentables y patentes es la de mi ignorancia en materia de vinos, mi ignorancia total. Fingía entusiasmo con don Amedio, como lo había fingido y fingiría muchas veces más con Simón Pereira. Don Amedio había pulsado un timbre, sonó muy lejos una campanilla, bajó el criado negro con cosas de picar. Yo empecé a inquietarme. ¿Será esto la preparación de una oferta de dinero, o de sociedad, para montar por todo lo grande mi negocio de vacas? Si así era, don Amedio lo tomaba con parsimonia, chasqueando la lengua, hablando de vinos; aunque del placer que le causaba beberlos y poseerlos pasó a tratarlos como negocio: había entrado en la Asociación de Vinateros de la región, entidad mortecina a la que había que impulsar, convirtiéndola en una modesta cooperativa. Ya nos habíamos sentado, cuando me repitió lo mal que lo había pasado la noche anterior, unos ahogos que le daban de vez en cuando, con punzadas: tenían que ser algo del corazón. «¿Y por qué no va usted al médico?» Pues no era partidario, don Amedio, de los médicos. Había heredado de su madre la desconfianza. Enferma toda la vida, se había aguantado con tisanas y aguardientes, y había muerto octogenaria. «Lo que sucede, querido amigo, es que mi madre trabajó toda su vida en el campo y en la casa, y ese trabajo cansa, pero no gasta. Lo que gasta, lo que consume, lo que estropea el corazón, es tener en la cabeza veinte o treinta empresas distintas y saberse responsable de un par de millares de trabajadores y de otras tantas familias, cuya vida depende de que uno acierte o no, también de que uno aguante o acabe por arrojar la esponja. Y yo atravieso un mal momento. Después de pelear cuarenta años, ¿qué saqué en limpio? ¿Ser rico, tener esta casa, y otras en Brasil, y la que pienso comprar en Lisboa, si llega a bien un trato en que estoy, y muchas cosas más? Los hay que se sienten felices de poseer y de mandar. Yo también lo sentí, pero esos ahogos que me despiertan algunas noches, me hicieron cambiar de opinión. Tengo miedo a morir antes de tiempo. Ya ve usted: paso poco de los sesenta, no soy ningún anciano, y mis energías me permiten luchar treinta años más. Pero no es que ahora me fallen, es otra cosa que no puedo explicar, porque no lo sentí hasta ahora. Además, si me muero, ¿qué va a ser de lo mío?»

La pausa que hizo no era objetivamente indispensable. Se puede pinchar un taruguito de jamón y seguir hablando, pero él necesitó, a lo que entonces creí, comprobar si lo que venía contando me causaba algún efecto o me dejaba indiferente. Al sentirme mirado fingí atención y él se sintió invitado a continuar. Lo hizo sorbiendo traguitos de oporto y chasqueando la lengua. Le gustaba, según daba a entender, y no es improbable que fuese en realidad su único placer: lo imaginé refugiándose en la bodega y echándose al coleto un par de copas, no tantas como para embriagarse, porque no tenía la nariz de tal, ni el aliento. Reanudó la perorata repitiendo la última frase: «¿Qué va a ser de lo mío?», aunque inmediatamente incrementada en esta otra interrogación:

4. María de Fátima

«¿Qué va a ser de todo lo que hice en tantos años de trabajo?» Poco a poco, de las interrogaciones generales pasó a las concretas, no sólo interrogaciones, sino también afirmaciones. Aquellas mujeres, una esposa y una hija que habían vivido sin interesarse por sus negocios, sin saber siquiera cuáles eran, limitadas a beneficiarse de las ganancias. Llegó a plantearse la cuestión de si no era la culpa suya, de si no hubiera debido tratarlas de otra manera, ligarlas a su trabajo, hacer de ellas otra clase de mujeres más útiles, y así seguirían siendo, en cualquier caso y en todos. «¿Y usted sabe lo que puede durar mi fortuna en sus manos? ¿Diez años? ¡No lo creo! En estas situaciones, cuando el responsable muere, lo que se hace es vender, vender por lo que den. Lo que importa es agenciarse dinero contante para seguir gastando, hasta el día en que ya no hay qué vender, en que el dinero se acaba. ¿Y después? Claro que de ese después yo no debería preocuparme, porque estaré, además de muerto, olvidado. Pero, ya ve, me preocupo. En primer lugar porque no me gustaría que lo que hice con tanto esfuerzo se desbaratase en un santiamén. ¡Cómo se aprovecharían entonces mis enemigos! ¡Y cómo se reirían!»

Volvió a hacer otra pausa, con el pretexto de otro taruguito de jamón. Yo aproveché y le dije lo que probablemente esperaba, con aquellas o con otras palabras. «¿Por qué no se busca usted un sucesor?» «¿Un sucesor? ¿Qué quiere decir? Yo no tengo hijos varones.» «Podría hallarlo en un yerno...» Se echó a reír. «¿Un yerno? ¡No me haría falta buscarlo! Hay en Brasil candidatos a montones, pronto los habrá también aquí. Un yerno, claro, es lógico. ¿Y quién encuentra al hombre adecuado, con el cual, además, quiera casarse mi hija? Usted ya la conoce. No es una chica fácil de contentar. Tienen en la cabeza muchos pájaros. Lo de todas las niñas ricas: viven en la riqueza sin preocuparse de dónde viene, ni de cómo llega a ellas. Usted sabe que de ese modo se desbaratan las fortunas...» Aquí dio un suspiro profundo. «Yo no puedo escogerle marido a mi hija. Estas cosas, en estos tiempos, ya no se hacen. Y si a ella le da por casarse con algún incapaz, ¿qué puedo hacer para salvaguardar mi fortuna?»

Naturalmente yo no tenía una respuesta que darle. Estas interrogaciones son modos de hablar convencionales, aunque a don Amedio le sirviese de punto de partida para trazar el retrato ideal de su heredero y sucesor, de su imposible yerno: un portugués como él, aunque también pudiera ser gallego; uno de esos hombres humildes y tenaces que saben aprovechar la arrogancia de los nativos para organizar un negocio serio y, sobre todo, sólido, a pesar de las dificultades que la política –«es decir, el robo organizado», aclaró don Amedio– pone a los hombres honrados para beneficiarse de su trabajo. «Esos hombres existen. Conozco más de tres, pero mi hija no los querría.» Y repitió la interrogación inicial: «¿Qué puedo hacer para salvaguardar mi fortuna?», pero esta vez, incrementada con otra, más dramática: «¿Desheredarla?» Lo dejó en el aire, pero fue en aquel momento cuando yo comprendí las razones de aquella invitación privada, de aquellas confesiones. Lo interpreté como si me hubiera dicho: «Si por casualidad se casa usted con mi hija, no espere usted heredar mi fortuna. Usted no me sirve...» Y sentí una satisfacción profunda, me sentí como liberado de un peso que me había amenazado sin corresponderme. Si don Amedio había proyectado alguna vez llegar a propietario de mi pazo, no contaba con su hija como prenda de transacción.

Y, de las vacas, nada. Tal vez prefiriese dar un rodeo, entenderse con mi maestro y que éste, más fácil de deslumbrar, me convenciese a mí. Había pasado bastante tiempo desde mi llegada a aquella casa, desde mi descenso a la bodega. Habíamos bebido tres copas cada uno: sentía el cosquilleo del vino en el estómago, un cosquilleo de clara intención ascendente. Debía de ser muy tarde. Bajó Paulinha y nos rogó que subiésemos al comedor, que la señora y la señorita esperaban. No fue un almuerzo especialmente notable. Habló Regina de que le habían llegado revistas de París con las modas de primavera, de que tenía que bajar a Lisboa a ver lo que había por allá, de que el tiempo se portaba bastante bien, pues no llovía demasiado y no hacía frío, y de que si no fuera porque en Europa las cosas andaban revueltas y temía que la cogiese allá una guerra, no le disgustaría darse una vuelta por París: cabalmente había descubierto ciertas deficiencias en la decoración de la casa, necesitaba algunos muebles... Alguna de las miradas que me envió don Amedio quería decir claramente: «¿Lo ve usted?» María de Fátima, como arrinconada, no decía palabra, no me miró apenas. Fumaba en silencio. Paulinha iba y venía, ágil, sonriente, con ese aire de los que están por encima de todo, de los que, acaso sin haberlo aprendido, saben despreciar...

4

Una tarde de aquéllas recibí el aviso de que, a la mañana siguiente, se entregaban los premios a los mejores vinos del año. Cuando yo aún estaba en París, a la Asociación de Vinateros se le había ocurrido gastar dinero en propaganda, y habían traído un equipo de cine para filmar las faenas de vendimia y lagar. Como mis bodegas eran las más viejas de la comarca, les había cabido una parte protagonista en la operación, en la que había participado mucha gente, en la que María de Fátima, según ella misma me había contado, cortaba racimos en la viña y los pisaba en el lagar. También fue ella quien entregó los premios, vestida de portuguesa convencional, muy bonita por cierto. No se cortaba ante las cámaras. También por aquellos días instalaron los teléfonos en la comarca, y pudimos hablarnos los del pazo con los de la casa de María de Fátima. Yo lo hice para saludarlos, pero mi maestro aprovechó el artefacto para mantener con don

Amedio largas conversaciones que no espié, de las que él me dio cuenta muy por encima. Saqué la impresión de que me consideraba equivocado al respecto del negocio vacuno, y que creía a don Amedio mucho mejor orientado. No me metí en los tratos porque, al final, cualquiera de ellos, fuera el que fuese, pasaría por mí, y yo ya sabía a qué atenerme. Un día decidieron volver a Oporto, y lo hicieron, ellos solos, con anuncio de permanecer allá dos o tres días, a no ser que les fuera indispensable viajar hasta Lisboa, que les alargaría la ausencia. A la *miss* le pareció muy bien, aunque esta vez ella quedase en casa, y supongo que ni Regina ni María de Fátima habrían sido informadas sino con un escueto «Me voy por unos días», que no les causaría, a las mujeres, la menor inquietud, sino probablemente satisfacción y descanso. Yo, por mi parte, también proyecté un viaje: ir a Viana do Castelo a ver qué libros nuevos se habían recibido en las librerías. Para eso tenía que coger un tren en Valença o en Caminha. El viaje en tren era bastante pesado. Se me ocurrió telefonear a María de Fátima e invitarla: si aceptaba, ofrecería su automóvil. Así fue. Yo insistí, hipócritamente, en que un viaje en tren podría resultar divertido, pero ella decidió que lo haríamos en su coche, cuya presencia, al llegar a Viana, nos convertía en personajes. Me vino a buscar de mañana, vestida convencionalmente, con un traje gris que no iba a su modo ondulante de caminar, y una boina: traía un paraguas muy bonito. Yo me vestí más bien vulgarmente, aunque el impermeable fuese inglés (que, por cierto, ya empezaba a perder sus brillos y a agrietarse por alguna parte, como un zapato de charol). No creo que María de Fátima se sintiese humillada por la modestia de mi atuendo; probablemente ni se fijó. Cuando me preguntó a qué íbamos, y le dije que a comprar libros, vi en su mirada una suerte de estupor, de incomprensión, de repulsa. «Pero ¿no te basta con los que tienes en casa?» Intenté explicarle que, en aquellas cuestiones de la literatura, convenía estar al tanto de cómo iban las

4. María de Fátima

cosas, de lo que se publicaba, de lo que tenía éxito y era comentado. No sé si lo entendió o no, y hasta es posible que no se hubiera enterado de la mitad de mis palabras. No me hizo ningún comentario. Cuando estuvimos en la librería, me permitió, en silencio indiferente, revolver montones, curiosear anaqueles, preguntar por esto y por lo otro, y llevó su amabilidad hasta cargar con uno de los paquetes de los libros comprados. Fuimos a almorzar a un restorán en el que habíamos estado otras veces, donde nos recibieron con sonrisas. Había en el comedor una orquesta que tocaba fados, tangos y sambas, no tan alto que nos molestasen. De todas suertes, preferimos una mesa alejada, casi arrinconada: la sonrisa del maestresala que nos condujo hasta ella quería decir que estaba en el secreto, un secreto más aparente que real. Inesperadamente, María de Fátima me preguntó no qué era aquello de la literatura, sino cuáles eran mis relaciones con ella, sobre todo habida cuenta de mi porvenir. Le respondí que tenía escrito, aunque no publicado, un libro de versos, y que, en realidad, no sabía cuál era mi camino ni si el que seguía, continuamente rectificado, y, sin embargo, invariable, me llevaba a alguna parte. Llegué a decirle que deseaba vagamente ser escritor, pero que aún no había averiguado si el deseo respondía a una verdadera vocación, a algo que tirase de mí incoerciblemente hacia delante. No me interrumpió ni una sola vez con preguntas o comentarios, pero, al final, se limitó a decirme: «Eso no es serio». Y me hizo comprender que, aunque mis puntos de partida no coincidieran con los de ella, lo mío no era, efectivamente, serio. Durante el camino de regreso me hizo otra pregunta: «¿Tienes pensado a qué te vas a dedicar? Ahora no me refiero a la literatura». Pues tampoco la respuesta podía consistir en otra cosa que en vaguedades. Pensaba irme a Lisboa, escribir en los periódicos, esperar a que terminase la guerra de España. Lo que podría hacer después era imprevisible. El interrogatorio continuó durante todo el viaje, ya atardecido.

No eran preguntas seguidas, sino espaciadas, como si entre una y otra meditase el alcance de mi respuesta. Finalmente se interesó por Villavieja del Oro. ¿Tenía casa allí? ¿Cómo era? Se la describí, tuve que compararla con el pazo miñoto, la casa de mi madre quedó peor parada, aunque yo me esmerase en describir sus salones y sus muebles, su fisonomía y sus ámbitos. «Y la vida en Villavieja, ¿cómo es? ¿Cuál sería allí el papel de tu esposa?» No podía darle grandes informes, menos aún los que ella apetecía. Yo apenas había vivido en Villavieja, una niñez y una adolescencia, ignorante de la vida social. Las cosas, además, tenían que haber cambiado. Mi madre, por supuesto, pertenecía a lo más alto de aquella sociedad (yo dije empingorotado, y tuve que explicarlo), y esperaba que mi mujer ocupase su lugar. Pero la vida en Villavieja tenía que ser aburrida si se la comparaba con la de Río. Claro que para mí tenía otros alicientes... «Y en esa casa que tienes allí, ¿se pueden dar fiestas? ¿Se pueden traer invitados de fuera? ¿Hay salones que adornar e iluminar, y en los que se pueda bailar?» «Pues yo no sé si aquellos pisos de madera y vigas de castaño soportarán más de quince personas.» «¿Eres rico, Ademar?» «Rico, no. No soy rico como tu padre, ni mucho menos. Tengo para vivir con dignidad y modestia aquí, en Portugal, o en España. Nada más que eso.» Cuando llegamos a la puerta del pazo, descendió conmigo del automóvil: se había hecho de noche y llovía un poco. También había enfriado el tiempo. Sin darme explicaciones, entró conmigo. Sólo después de haber saludado a la gente, de haber yo preguntado si estaba encendida la chimenea de mi sala, de pedir que nos trajeran un té caliente, María de Fátima me pidió que le permitiese leer mis versos. «Están en castellano.» «Lo entiendo bastante bien, aunque no lo sepa hablar. Además, lo que no entienda me lo traduces tú.» Así fue: sentados ante la chimenea encendida, con la mesa de té servida, empezó a leer. Habían colocado una lámpara de pie a su izquierda: aquella luz la alumbraba desde arriba, la metía

4. María de Fátima

en un cono de claridad del que yo quedaba fuera, instalado en la penumbra. La podía contemplar a mi gusto, y recrearme. Ella prescindió de mí, se aplicó a la lectura; muy de vez en cuando me preguntaba por el significado de una palabra, o me pedía que le tradujese entero un verso. Leyó todos los poemas; por lo que pude colegir, alguno lo leyó dos veces. Al final cerró el cuaderno con expresión desanimada. «No lo entiendo», dijo. La taza de té se le había enfriado. Con un movimiento enérgico y certero, arrojó el líquido a la chimenea y se sirvió otra taza, la bebió sin decir nada, creo que llegó a mordisquear un pastelillo de los que cocinaba la *miss* personalmente, pastelillos de la mejor tradición inglesa. Al final encendió un cigarrillo y me miró. «No lo entiendo», repitió. «Si no estás acostumbrada a leer poesía, es natural.» «No. No me refiero a eso, sino a tus sentimientos, a tus ideas. No entiendo lo que quieres decir cuando hablas del amor. ¿Te refieres a eso de la cama que le gusta a mi madre? ¿Es posible que para hablar de esa suciedad consumas tu tiempo y tu vida en escribir cosas tan difíciles? Porque, además, ¿qué tendrá que ver eso que llamáis amor con el mundo, con la muerte, con las estrellas, hasta con el propio Dios? ¿No crees que exageras un poco? Mi madre, por lo menos, no lo saca de quicio. Lo que empieza en la cama, en la cama termina.»

Por primera vez desde que conocía a María de Fátima, su mirada coincidía con sus palabras, decía lo mismo, aunque quizá con más intensidad y más ira. La mirada no se paraba en este o en aquel detalle, me repudiaba de una vez y totalmente, me repudiaba a causa de aquellos versos que yo había escrito casi arrebatado, casi enajenado por el recuerdo de Ursula. Me repudiaba, al menos, con los versos como pretexto inmediato, aunque la repulsa resumiera todas las incomprensiones, todas las decepciones que yo le había causado. Era una repulsa total, me rechazaba entero, no me dejaba un resquicio por el que pudiera recuperar su estimación. Aunque ¿de veras me interesaba? En aquel momento, iracunda, furiosa, contenida, estaba bonita, no más que otras veces, sí de una manera nueva, y yo me recreaba en su conjunto, no en la excelencia o especial atractivo de tales o cuales menudencias.

«¿Te han hablado de amor alguna vez, María de Fátima?» «Me han dicho muchas estupideces al oído, como a todas las mujeres bonitas que los hombres consideran su presa.» «Eso no es hablar de amor.» «¿Vas a hacerlo tú?» «No, porque no te amo. Me atraes, lo confieso, pero tu mirada levanta entre los dos una valla que no me atrevo a saltar. Sin ella, acaso llegase a amarte. Es lo más probable, y no me consideraría feliz, porque tú no me amarías jamás...» Me interrumpió: «¿Para qué? Yo te sería fiel y pondría mi cuerpo a tu disposición para que engendrases hijos y para que te saciases, si eso era lo que necesitabas». «¿Sin compartir mis sentimientos?» «¿A qué llamas sentimientos?» «A sentir que cada uno de los dos es necesario al otro y a vivir juntos la felicidad de la necesidad cumplida.» «¿Eso incluye el placer de la cama?» «Sí, compartido, como todo lo demás.» Movió serenamente la cabeza. «No lo necesito, no lo entiendo, no me interesa.» Sacar en aquel momento, del paquete de tabaco, un cigarrillo fue como buscar un punto de apoyo en el vacío. Le ofrecí, lo rechazó, encendí el mío. «¿No te parece que ha sido una suerte que llegásemos a esta conversación?» «¿Por qué?» «Podíamos seguir engañándonos como hasta aquí; podíamos llegar a casarnos. Hubiéramos sido muy desdichados.» «Yo no.» «Yo, sí. No concibo la convivencia de un hombre y una mujer sin amor. Pero como yo llegaría a amarte, de eso estoy seguro, es posible que sólo fuera yo el desdichado.»

Había rechazado mi pitillo. El paquete quedaba encima de la mesa. Cogió uno por su cuenta, se levantó, y lo encendió en una brasa de la chimenea, cuyo fuego no flameaba y cuyos troncos empezaban a oscurecer.

Se volvió hacia mí, echó una bocanada de aire.

«Estoy segura de que en poco tiempo haría de ti otro hombre. Te enseñaría a desear lo verdaderamente deseable, y no esas ilusiones del amor y de la poesía. ¿Sabes lo que son la riqueza, el poder, el ser alguien en el mundo? A mi lado lo aprenderías.» «¿Tú sabes que tu padre desea como yerno a un hombre como él, un hombre capaz de hacerse cargo de su imperio?» «Quizá tenga razón. Pero a ese yerno yo le pondría mis condiciones. Ya ves: pediría lo que me gusta de lo que tienes y de lo que eres.» «¿Una casa como ésta, por ejemplo?» Se encogió de hombros. «¿Por qué no? Un poco mejorada, por supuesto.»

Creí descubrir cierta melancolía en la mirada que envió a las paredes de mi sala privada, donde un reloj antiguo en aquel momento dio la hora: era un reloj que sonaba muy delicado y muy leve, un reloj romántico. «¡Qué lástima que nos hayamos defraudado!», dije. Ella se volvió bruscamente. «¿Yo también a ti?» «Sí, claro. Tú no entiendes el amor, yo no entiendo la ambición. Hay mujeres que serían felices con lo que yo puedo ofrecerte. Ursula lo hubiera sido, Clelia también, posiblemente. Y otras habrá, pienso yo, que no le pidan más a la vida, aunque le pidan vivir hasta el fondo esto que pueden compartir contigo. Yo he conocido parejas que vivían en buhardillas e irradiaban luz.» Se acercó, ya tranquila, con la mirada serena y acaso un poco irónica. Me puso la mano en el hombro. «A eso le llamo yo mediocridad. Y, en cuanto a la felicidad, esa de que me hablas, o a la que aspiras, jamás he pensado en ella. Como te habrás dado cuenta, pico más alto.» «¿Por qué?» Se me quedó mirando, sin respuesta. Repetí la pregunta: «¿Por qué? –Y como siguiera sin responderme, añadí–: Si tú me hicieras esa pregunta, no me quedaría mudo, como tú. Por lo pronto te diría: porque lo siento así, o porque lo necesito. Por debajo de las razones, siempre hay algo más fuerte y más explicable. Ahí es donde tocamos la vida». «Pero no todos viven igual», dijo entonces, aunque con la voz menos segura. «Es cierto. Es algo a lo que todos tenemos derecho, tú a picar más alto, yo a quedarme donde estoy, quién sabe si solo para siempre. La diferencia está en que tú vives de esperanza y a mí es muy probable que me toque vivir de recuerdos. Pero observa la diferencia: yo no intento convencerte de que renuncies a tus esperanzas. Me basta con que sepas que, en ese viaje, no me creo con ánimos para acompañarte. Exigiría de mí un esfuerzo para el que no estoy preparado, acaso porque nada de lo que puedas ofrecerme me seduzca o simplemente me atraiga. Salvo tú misma.» «Sí. Lo comprendo. Me equivoqué contigo. Pero sé perder, ¿sabes? –añadió con una alegría súbita–. Lo único que te pido es que lo olvides todo, o hagas como que lo has olvidado. Yo haré otro tanto...» Me tendió la mano. No la rechacé. Y mientras la acompañaba hasta la salida, pensé por primera vez que era una lástima que no nos hubiéramos entendido. También lo era que yo no pudiese imaginar el modo de bajarle los humos, de traerla a la realidad humilde de la gente que llamaba mediocre. Ante todo, de enseñarle a amar. ¡Era tan bonita, tenía un cuerpo tan deseable! Y, en el fondo, no creía que fuera mala persona.

5

Vinieron unos días de lluvia continuada, noche y día lloviendo, el mismo rumor en los tejados y en las ventanas, un color gris que se iba oscureciendo, hasta meterse en la noche como empujado, como obligado, por aquel rumor invariable. La gente, incluida la *miss,* se calzaba los zuecos y cogía el paraguas sólo para atravesar la plazoleta y entrar en las bodegas. Ausente mi maestro, la *miss* prefería no aparecer. Y por alguna razón no explicada, tal vez por una de esas adivinaciones de que las mujeres son capaces, parecía tranquila, y es probable que se tranquilizase más al ver que yo no salía de casa y que María de Fátima no se dejaba ver. Ni siquiera llamaba por teléfono. Aunque hacía frío en la biblioteca, yo pasaba allí la mayor parte del día: había mandado traer un

4. María de Fátima

brasero que me calentaba las piernas, y el cuerpo lo metía en una zamarra antigua y anticuada, pero confortable y abrigosa. Su corte y ornamentos revelaban cierta intención de elegancia. A lo mejor había pertenecido a mi bisabuelo Ademar, aunque ignoro si en su tiempo existían ya las zamarras.

Me había dado por releer mis versos, escritos allí mismo ya mucho tiempo atrás, olvidados hasta que la conversación de María de Fátima me los había hecho recordar. Los leí como si no fueran míos, y me parecieron buenos, aunque no me sintiese con fuerzas para repetir, ni siquiera en la memoria, los sentimientos de que habían nacido. Los leí y releí enteramente como cosa ajena, y como tal los juzgué. Llegué a cambiar alguna palabra, o corregir algún ritmo, pero con esa sensación de impertinencia del que enmienda la plana a otro. Una cosa saqué en limpio de aquella lectura, de aquellas largas meditaciones con el cuaderno de los versos cerrado en mi regazo, y la mirada perdida en la luz gris de la tarde; ya no me apetecía escribir versos, no ya como aquéllos, cualesquiera. Los leía, los contemplaba como el que repasa el álbum de fotografías de una ciudad a la que se sabe que no se volverá jamás. En un principio, cada fotografía sirve de referencia a un conjunto vivido, que renace: el aire, el color, el estado de ánimo, ciertas personas y ciertas emociones. Pero conforme pasa el tiempo, todo se va olvidando, y la fotografía se reduce a la imagen escueta: no induce a recordar, ni siquiera lo que allí aparece, cuya realidad no resurge ni se superpone a la imagen, no la vivifica. Es imagen de algo existente, pero podría serlo de algo que jamás se hubiera visto. Empecé a comprender, no sé si con pena o con indiferencia, que a mis recuerdos, aquellos que había considerado suficientes para seguir tirando, o quién sabe si fundamentales para mi vida, les sucedía lo mismo que a las fotografías y a los versos. La historia de Ursula lo mismo podía ser ya una historia vivida que leída. En cuanto a Clelia, ¿era a ella a quien recordaba, o más bien al conjunto de circunstancias coincidentes una tarde de otoño, en cuyo centro, y por causas o motivos absolutamente desconocidos, habían estado juntos un hombre y una mujer que casi se ignoraban, que no volvieron a verse, que no llegarían a encontrarse otra vez? Si la historia de Ursula podía compararse a cosa leída, la de Clelia parecía más bien una secuencia de cine aislada de la película, sin antes ni después, y el recuerdo que tenía de aquella tarde se iba pareciendo al de algunas películas vistas. De modo que, en realidad, lo que yo creía un buen bagaje instalado en mi corazón, siempre a mano, no era ya casi nada, mero recuerdo gris, y un día llegaría a ser nada. No sé cuál de aquellas tardes concluí (o acaso se me haya ocurrido súbitamente) que mi comportamiento con María de Fátima no había sido inteligente, sino más bien una torpeza de principiante, de alguien que sabe poco de mujeres y de sí mismo, y lo que sabe, mera literatura. Porque no era otra cosa todo cuanto le había dicho, y los fundamentos de lo que le decía, y mis cautelas. Era probable que lo que ella deseaba, aquel «picar más alto», fuese también algo parecido, acaso un sistema de defensas o la respuesta a algún «complejo» adquirido en su infancia de niña rica perdida en una casa inmensa, desprovista de afectos, solitaria y quizá despavorida, la de una niña que no entiende por qué su madre no duerme en casa y que llega a saber, acaso antes de tiempo, que el que cree su padre no lo es: una niña, en fin, para la que el mundo es un enigma o un barullo en el que lo único claro es el porqué en los rincones aparecen culebras, y, al levantar el embozo de la cama, arañas como puños. Esto lo pienso ahora, como pienso que su frigidez se la podía curar un médico, como pienso que un trato cariñoso e inteligente la hubiera bajado de sus alturas imaginarias hasta la realidad que ambos hubiéramos podido compartir. Pero aquella tarde en que reconocí mi error, no se me ocurrieron los remedios, ni pensé que los hubiera. No estaba enamorado de ella, aunque lo hubiera deseado a veces ardientemente: el mismo ardor con que había

4. María de Fátima

apetecido a otras mujeres que también pasaron, que se habían perdido en el olvido. No sé. A lo mejor me equivoco como entonces y como tantas veces; pero puede que, detrás de aquella frialdad ambiciosa que confesaba, se escondiera una criatura accesible al amor, capaz de amar ella misma.

Vinieron a decirme que alguien me telefoneaba. Era Regina. «¡No puedo más con esta lluvia y este aburrimiento! ¿Me invita a tomar una copa?» ¡Naturalmente! Llegó en seguida, envuelta en un abrigo, tiritando. Habían preparado en una sala no tan íntima como la mía vinos y algo de comer. Bebió de un trago la primera copa y se acercó a la chimenea sin quitarse el abrigo. Se frotaba las manos ateridas. «¿Cómo puede usted venir tan fría, de aquella casa tan caliente?» «No vengo de mi casa. Llevo horas recorriendo carreteras, le telefoneé desde el pueblo.» Por fin se quitó el abrigo, lo dejó en cualquier parte, arrimó un sillón a la chimenea, muy cerca de las llamas, y allí se estuvo quieta y silenciosa, recibiendo el calor con avidez visible. Sentí hacia ella cierta ternura súbita, limpia de deseo. Le llevé otra copa, que bebió con más parsimonia: sin preguntarle si lo quería, le llevé también de comer. Picó algo, lo dejó a un lado, pero la copa la mantenía en la mano, y de cuando en cuando sorbía. Al terminarla, me la pasó sin mirarme siquiera, y se la colmé. Era una copa grande, antigua, muy bien tallada. Yo creo que el silencio duraba ya más de media hora. No sé si ella se sentía molesta, yo sí. ¿A qué había venido? ¿Únicamente a calentarse, cuando el sistema de calefacción de su casa era mejor que el mío? ¿Sólo para estar delante de una chimenea, en un viejo salón atravesado de corrientes de aire en uno de cuyos rincones el agua de una gotera caía en una palangana? ¿Acaso porque la lluvia se escuchaba mejor en mi casa que en la suya? La contemplaba desde mi penumbra. Todavía era hermosa y atractiva; pero ¿cuánto tardaría su belleza en deshacerse? ¿Un año, quizá dos? Llevaba pintado el rostro, y no podía disimular las arrugas incipientes del cuello, largo, sí, esbelto todavía. Aquella tarde no se había esmerado en el vestido: no venía, al menos, provocativa, como otras veces. Me dio la sensación de mujer vencida y quién sabe si desesperada. La gente que no lo ha experimentado no sabe lo que pueden dar de sí tantos días lloviendo, cómo pueden vencer las resistencias de los no habituados, cambiar la situación de un alma, dejarla inerme y desnuda. Y no lo digo por mí, que he vivido siempre en ciudades lluviosas. Para mí la lluvia es lo natural, y cuando vienen seguidos muchos días de sol, me aplana la monotonía de los cielos limpios, y busco, en el atardecer, esos crepúsculos encima de la mar que siempre acumulan brumas o nubes inesperadas, largas y oscuras, como rayas pintadas encima del horizonte rojo. No tenía más que subirme a la terraza de mi torre, y los veía, los cielos, quiero decir, de ese color consolador. El sol que se pone, además, parece que llama al alma, que la arrastra hacia ese más allá que nunca conoceremos, el alem que me sacaba de mí en los días más románticos de mi juventud. Pero no creo que una mujer como Regina pudiera satisfacerse con el espectáculo de un crepúsculo, salvo teniendo al lado a un hombre en bañador, y la mar cerca. Sí. Contemplándola, aquella tarde, alumbrada por la luz cambiante de las llamas, la imaginé así. Pero el hombre que la acompañaba no era yo.

«¿Comprende que no pueda más? –dijo de pronto con una voz desesperada, cuyo dramatismo, un poco teatral, rebajó para añadir–: Usted es un hombre de mundo, usted entiende que esté desesperada.» No me miró al decirlo; en sus ojos seguían bailando las llamas del hogar. Hubiera preferido asentir con un gesto, o con cualquier ademán afirmativo, pero tuve que decir que sí, que la entendía. Tampoco entonces me miró. Bebió con calma el resto del vino, y con una furia súbita arrojó la copa a las llamas. Yo había aproximado mi sillón al suyo, aunque no tanto que pudiera detenerla, ni lo hubiera hecho aun teniéndola a mi lado. Muchas veces es necesario romper algo para no matar o matarse. Regina, repentinamente desalentada, pidió perdón, lo pidió con ese tono de voz que vale por un razonamiento largo, aunque siempre innecesario. Continuó sin mirarme, pero dijo: «Usted lo sabe todo de mí, ¿verdad?» «No, señora; no todo, aunque sí lo indispensable para abstenerse de juzgarla.» ¿Qué menos le podía decir? Pero ella habló como si no me hubiera oído: «Mi hija le habrá contado horrores, todos los de mi casa y los míos. No me diga que no: me lo confesó ella misma». «No hay que tomar al pie de la letra la confesión de una muchacha que aún no sabe en qué *mundo* vive: lo que le dijo a usted, igual que lo que a mí me dijo, puede ser exagerado.» «Pero le descubrió que nos odiamos.» «¡Hay palabras que quieren decir tantas cosas!... Aparte de que nada está más cerca del amor que el odio, aunque ella no lo sepa todavía.» Entonces se volvió un instante, un solo instante, lo que tardó en decir: «Yo tampoco lo sé». Y miró el fuego otra vez, en silencio, hasta que me pidió más vino. «No me lo sirva en copa fina, no vaya a darme otra vez la furia.» La copa en que se lo traje era igual a la que había roto. Me dio las gracias y la bebió. «Comprendo que haya momentos en que la gente necesite fumar.» «¿Quiere usted hacerlo?» «No, jamás llevé un cigarrillo a la boca, pero me gustaría estar acostumbrada para fumar ahora.» Sí, hubiera llenado el silencio que siguió echando al aire el humo como hacía su hija. Bocanadas largas de humo grisáceo, oloroso a esas mezclas con opio y miel que fuman los ingleses.

«Pero usted sabe que me gustan los hombres, ¿verdad? Eso se lo contó mi hija y no admite más que una interpretación.» «No soy quién para juzgarla.» «No le pido que me juzgue, ni se lo toleraría. No se trata más que de saber que usted lo sabe, júzgueme o no. Y, puesto que lo sabe, no tengo que explicarle las causas principales de mi aburrimiento, de mi desesperación.» «Yo no le pido que me explique nada.» «Ya lo sé. Es su obligación. Usted es un caballero, etc... Porque lo es, porque no puedo más, porque si no hablo reviento, es por lo que vine a hablarle. Digamos que es usted testigo de mi desahogo.» «Gracias por haberme escogido.» Se volvió, brusca, hacia mí y me apuntó con el dedo. «Pero no crea que vengo a rogarle que se acueste conmigo. No lo crea ni lo espere. No se le ocurra ni pensarlo.» Me eché a reír de una manera suave, que pudiera al menos no ofenderla. «¿Y por qué iba a pensarlo? ¿Qué razones tendría? Es usted atractiva y deseable, pero, para mí, respetable.» «No. No soy respetable», rezongó. Esta vez me miró francamente, con una expresión que, de momento, no pude interpretar, pero que acabé comprendiendo que era de orgullo, el orgullo del que se atreve a sostener sus pecados. «No soy respetable –repitió–. Y lo seré cada vez menos, cuanto más vieja sea, cuando deje de ser atractiva y deseable, como usted dijo cortésmente. Ya estoy dejando de serlo. ¿Sabe que al último de mis amantes tuve que pagarle? Era un muchacho del contorno, de esos que pasan aquí el verano. Joven, apeteciblemente joven, pero malo. Se llevó mis alhajas y me despreció. –Hizo una pausa breve y me pareció que reprimía un sollozo–. Esto no lo sabe mi hija, no pudo saberlo, porque me lo hubiera echado en cara, me hubiera avergonzado con una vergüenza más.» «¿Y necesita usted que yo lo sepa?» Se echó atrás en el sillón y alzó la cabeza. Yo la veía de perfil, con la mitad del rostro enrojecido por las llamas. Detrás de ella empezaban las penumbras de la tarde. «Si yo fuera religiosa, se lo hubiera confesado al cura. Le habría confesado todo, y estaría libre mi corazón. Usted debe saber que cuando no se está de acuerdo consigo mismo, lo que hace daño al interior hay que confesarlo...» «Sí», creo haber murmurado. «Todo se habría evitado si yo tuviera un marido... Bueno, creo que se hubiera evitado, pero él tendría que ser...» Otra pausa. «¿Qué sabe una cómo tendría que ser el hombre capaz de recibir todas las ansias y agotarlas? No pienso solamente en la cama. Hay otras cosas que una mujer necesita.» «Su hija no las considera indispensables.» «¿Se acostó usted con ella?» «No.» «¿Ni siquiera ha tenido ganas de hacerlo?» «Eso sí, señora. Las he tenido muy fuertes.» «¿Entonces...?» Esta pregunta la hizo mirándome. Y me veía el rostro entero, iluminado. Pude responderle con gesto ambiguo. «Me ha defraudado. Yo creía..., yo esperaba... ¿Nunca se le ocurrió pensar que yo lo necesitase? Que la violara, que la dejase preñada, que ella tuviera que suplicarle. También usted me ha defraudado.» Tardé en decirle: «Es curioso. Parece que mi destino es defraudarles a todos, no sólo a usted. Su marido me dio a entender con bastante claridad que yo no le serviría como yerno. Y María de Fátima, hace dos o tres días, reconoció que nos habíamos defraudado el uno al otro. Es decir, si fui yo el que lo dijo, ella lo pensaba también». «Pero a quien más le duele es a mí. Me ha quitado usted la última esperanza.»

No quise preguntarle cuál era, aunque empezase a adivinarla. Fue un momento difícil de la conversación: se había dicho todo, y quizá más de lo conveniente. Vacilé unos segundos, salí del paso levantándome y yendo a la chimenea, cuyos leños amortecían. En cuclillas frente al hogar, hurgando en el montón de brasas, ofuscado por las chispas, sentía a Regina detrás de mí, respirar fatigosa. «No se vuelva, se lo ruego. Un momento nada más.» La oí ajetrear en el bolso, como quien busca algo. Después aspiró fuertemente dos veces, quizá tres. Se oyó el clic del bolso al cerrarse. Se me ocurrió que había aspirado rapé, pero rechacé la idea. «Ya puede usted levantarse.» Lo hice. Mi sombra la cubría, pero en la sombra sus ojos resplandecían con fuerza, y la voz con que me había hablado tenía más vigor. Le pregunté si quería más vino, o algo. «No, ya no.» Se levantó de un salto, como si hubiera rejuvenecido. La acompañé hasta el automóvil. Había caído la noche, y los faros encendidos alumbraron la lluvia incansable, que caía inclinada. Arrancó con ruido de buen motor, salió de la plazuela dejando el estanque a la izquierda. Las ruedas levantaban raudales de agua y salpicaduras de fango.

6

Paulinha telefoneó, desde el bar del pueblo, como la cosa más natural del mundo, con recado de tono misterioso. «No puedo ir a verle. Venga usted por aquí. Yo estoy en el pueblo, como todas las mañanas. A las doce volveré al bar. Usted puede esperarme tomando su cerveza, que yo sé que la toma de vez en cuando. No deje de venir.» Sí. A veces bajaba al pueblo a tomar una cerveza, o un vaso de vino verde, que lo había bueno, y echaba un vistazo a los periódicos que podía hallar. Más a menudo desde aquella vez en que la sobremesa se había hablado de la guerra de España. Las cosas iban cada vez mejor para los vecinos y peor para los republicanos. Mi maestro daba ya por segura la victoria del general, al que nombraba así, sin añadirle el apellido. No dejaba de mostrarme su preocupación por lo que pudiera sucederme, tanto en el caso de que quisiera volver a España como si me quedaba en Portugal, ya que o corría el riesgo de perder la libertad, o de quedarme sin mi patrimonio español, que no era un patrimonio millonario, pero que tenía su valor. Él no sabía que, para mí, lo tenía sobre todo sentimental. No me gustaría perder por confiscación deshonrosa la casa de Villavieja, tan llena de recuerdos, y no volver jamás a la ciudad, con tanta gente interesante, que alguna vez añoraba, solo como estaba, sin nadie a mano con quien tener una conversación medianamente inteligente que no tratase de vacas, de prados o de situaciones dramáticas entre madre e hija.

Paulinha fue puntual, y se reveló como buena actriz. Entró en el bar, pidió un café en el mostrador, y sólo después de haberlo tomado, al salir, hizo como que me descubría, se acercó a mi mesa, que estaba un poco a trasmano, junto a una ventana del fondo. Fingí sorpresa, la invité, pidió otro café y se sentó: con naturalidad, con gracia, con cierta sorna.

Traía un impermeable oscuro, con capucha, que se quitó y dejó en una silla. «Con esta lluvia, y en bicicleta, no hay más remedio que mojarse.» Me di cuenta de que también traía el consabido capacho con la compra.

«Tengo que darme prisa, señor. Lo que aconteció fue que la noche pasada pelearon la señorita y la señora, y la señora le dijo a la señorita que todas las noches venía al pazo y dormía con usted, y lo dejaba cansado para que, al día siguiente, no pudiera hacer caso a la señorita. Bueno, ya me entiende en qué sentido lo digo. Yo sé que eso es mentira, señor; yo sé que la señora no salió ninguna noche de casa desde que usted está aquí. Antes sí, y se lo dije a la señorita. Pero no sé qué puede pasar. Gritaron mucho. ¡Si llega a estar en casa el señor...! No quiero decir usted, sino el otro, el marido.» ¡Qué bien sonaba esa historia de locas en labios de Paulinha! La hubiera escuchado una hora entera, pero fue breve: recogió sus bártulos y se marchó.

Debo decir que no me dejó perplejo, ni asustado, ni divertido ni estupefacto. Por alguna razón yo había esperado algo semejante, una de esas esperanzas que no se piensan, lo había esperado desde aquella tarde de lluvia oscura, cuando Regina se marchó; y por esa razón quedé tranquilo, y pude saborear mi vino, y marchar fumando bajo el orballo. Regina había mentido para mantener sobre su hija aquella superioridad que yo no había acertado a darle, y Paulinha, discretamente, le había destruido la mentira. Las cosas estaban en su lugar. Olvidé preguntar a Paulinha por el estado de ánimo de María de Fátima. Sí. Fue un olvido inexplicable, pero tampoco tuvo consecuencias. Regresé al pazo, traté con la *miss* de alguna bagatela, me metí en la biblioteca y no hice nada. Ni siquiera fantasear sobre las noticias traídas por Paulinha. Aquella tarde regresó mi maestro: había estado también en Lisboa, venía cargado de ideas y de ilusiones, de soluciones teóricas, y me contó que, indirectamente, don Amedio le insinuara, por fin, la posibilidad de una colaboración en la empresa de las vacas, en el caso de que yo estuviera de acuerdo. No le respondí ni que sí ni que no, pero él interpretó esta ambigüedad como que sí, y convino por teléfono con don Amedio un almuerzo de los tres para el día siguiente en uno de esos restoranes escondidos en recovecos de las montañas, o a la capa de un santuario, que sólo conocen los exquisitos. Nos vino a buscar don Amedio, con el puro matutino ya en la boca. Conducía él mismo. Lo primero que nos dijo fue que, al día siguiente, en el cine de pueblo, se proyectaba en sesión privada la película que habían hecho para la Asociación de Vinateros, unos cineastas de Lisboa, y que a él le habían encargado de invitarnos, como socios que éramos. Que no nos asustáramos, pues no pasaba de dos rollos; total, media hora, aunque larga, porque después de la proyección habría un piscolabis. El restorán estaba a la vera de un bosque, en el rellano de una ladera, entre magnolios. De conocerlo antes, hubiera llevado allí alguna vez a María de Fátima y, quién sabe, a lo mejor estaba a tiempo de hacerlo. Una casa antigua, la comida casera. Nunca había imaginado a don Amedio comilón, pero engulló, además de caldo verde, un bacalao y un cabrito de raciones generosas, y, de vino, él solo dos botellas, las cuales no le soltaron la lengua, pues habló menos que aquella mañana de la bodega a solas conmigo; habló menos, pero concreto. Describió una empresa fabulosa y se ofreció a poner en ella tres veces el capital de mi préstamo. A su concreción opuse vaguedad, indefinición, aunque dejando bien claro que la sociedad que formásemos sería a partes iguales, y que cada cual respondería del capital aportado, y si alguno de los dos participaba por alguna razón con una cantidad mayor, aumentaría sus derechos de propiedad sobre la empresa en la misma proporción y respondería con su capital privado, bien entendido que ninguna aportación extraordinaria podía considerarse como deuda contraída por el otro socio con la sociedad. Yo no sabía cómo se llamaba, en términos jurídicos, aquella clase de

4. María de Fátima

contrato, pero tenía idea de su existencia y de su legalidad. ¿Sociedad limitada? No lo recuerdo. Sé que era el modo de salvaguardar el pazo en el caso de que la empresa fracasara y de que él tuviera que hacerse cargo de una parte del pasivo. Tomó muchas notas, añadió cálculos. «La empresa, en su arranque, será raquítica.» «Bueno: yo la llamaría modesta.» El acuerdo fue que cada parte estudiaría la propuesta, y, o haría otra, o iríamos juntos al notario. Todo a la semana siguiente.

Cuando estuvimos solos, mi maestro me reconvino, amable, pero firmemente, por mi desconfianza o por mi torpeza. «Ni una cosa ni otra. Lo único que hago es garantizaros a ti y a tu mujer, que nunca os echarán de aquí. Yo no voy a hacerlo, ni de vivo ni de muerto, y no me gustaría que lo hiciese otro. Tampoco me gustaría quedarme sin el pazo. Éstas son las razones de mis reticencias.» Mi maestro lo comprendió, quiero decir, comprendió las razones de mi actitud, aunque no sus términos. «¿Quieres que te confíe mi desconfianza en don Amedio? Pues ésa es la única causa de lo que llamo reticencias. Tiene fama de tiburón. ¿Por qué vamos a dejar que nos muerda?» No quedó muy convencido mi maestro, pero aceptó mi postura.

Habíamos quedado en encontrarnos al mediodía siguiente en el cine del pueblo, la familia entera de don Amedio y nosotros. Se nos anticiparon. Regina parecía amorriñada; María de Fátima, indiferente. También habían traído a Paulinha, porque salía en algún momento de la película. Con nosotros venía la *miss,* que se unió a las otras mujeres. Era una de esas reuniones en que hombres y mujeres forman ranchos aparte, y cada sexo ocupa un lado del patio de butacas, como en algunas iglesias. A la mayor parte de las mujeres las desconocía y me parecieron provincianas: incómodas ante la elegancia y quizá también la reputación dudosa («Son demasiado modernas») de las dos brasileiras, y no dejaba de ser posible que la presencia de Paulinha las incomodase más aún («Traer a la criada, ¡qué escándalo!» «Si no es criada, es esclava»). Cuando se apagaron las luces y empezaron las imágenes en la pantalla, lo primero en salir después de una botella, fue el rostro de María de Fátima, en quien embarrancó la cámara con tanta persistencia y minuciosidad como regodeo: no abandonó sus piernas, sus caderas, la blusa holgada y los pechos flojos cuando pisaba el vino. Se quedó en su figura cuando distribuía los premios. El montaje había juntado imágenes, las había superpuesto, fundido, invertido, agrandado, recortado, con mirada doblemente ebria hasta crear una metáfora indefinida de mosto y cuerpo, quién era quién no se sabía, si vino, si mujer. Aplaudí con calor, aunque casi yo solo. El piscolabis subsiguiente fue una reunión fría, de la que cada pareja hizo todo lo posible para marcharse pronto. Incluso Regina lo hizo antes que su marido y su hija; antes, por supuesto, que yo. La observé deprimida, casi hundida. No supe interpretar una de sus miradas más que como la del náufrago que suplica ayuda, ¿y qué ayuda podía yo prestarle? María de Fátima se marchó con su padre, indiferente, al parecer, a su triunfo. Tampoco don Amedio parecía entusiasmado, aunque tampoco triste. Opinaba que era una buena propaganda, y que en Río de Janeiro, donde se entendían mejor aquellas cosas, sería un éxito.

Durante el almuerzo, el maestro, la *miss* y yo permanecimos silenciosos. No sé si a ellos les había molestado también el modo de estar María de Fátima en la pantalla; en todo caso, espero que por otras razones que a las señoras de los vinateros y que a Regina. ¡Por cierto! No había visto a Paulinha, menos favorecida que su ama, pero no por eso menos bonita en el tiempo breve de su aparición. No la vi en la reunión. Lo más seguro sería que, al acabar la proyección, cogiera la bicicleta y regresase. Paulinha sabía en cualquier caso lo que tenía que hacer. «Una es una», me había dicho cierta vez, y ¿quién sabe qué filosofía práctica se encierra en fórmula tan abstracta? Por lo pronto, una idea de sí misma y

4. María de Fátima

del mundo, aunque, interrogada en esos términos, hubiera abierto los ojos y hubiese dicho: «No entiendo».

Seguía el orballo. En alguna canción olvidada, tal vez en algún poema, se dice que «llueve en mi corazón». Da tristeza, pero una tristeza grata a la que es placentero entregarse. Es un sentimiento difuso, cuyo nombre tal vez no sea el de tristeza. El portugués de *saudade* se acerca más a la realidad. O el nuestro de morriña, o de *soidade*, que yo indistintamente solía usar cuando me hallaba en aquel estado. Nada hay capaz de sacarlo a uno de él, cuando le tiene cogido. La poesía sirve para expresarlo, pero yo la había perdido hacía tiempo y fracasaron mis intentos más recientes de recobrarla. ¿Fue una tarde así, saudosa, morriñenta, que acabó como había empezado, verdadera suspensión del tiempo, que no se siente fluir, quieto en el corazón aunque transcurra en los relojes? Con el alma vacía, con los sentidos abiertos a la única sensación: de quietud, quién sabe si de eternidad... Pasar de este estado al sueño es como renunciar al paraíso por unos cuantos ensueños inciertos. Los de aquella noche giraron, lentos, alrededor de las imágenes de María de Fátima: la cámara había puesto de relieve lo que yo había tantas veces contemplado con deseo, lo había aislado del cuerpo, lo ofrecía así a la mirada del sueño...

Me despertó la *miss* despavorida. «¡Que le llama María de Fátima! ¡Que algo grave ha pasado! ¡Que vaya corriendo!» Poco más de las ocho, apenas claridad en las ventanas, el orballo. Me vestí en un santiamén, fustigué el caballo. El gran portón de la finca de don Amedio, hierros retorcidos, enlazados, enloquecidos, que se tenía por el más bello ejemplo de herrería modernista, estaba abierto, y también la puerta de la casa, madera, hierro y cristal. Abandoné el coche, entré corriendo. Tardé en encontrar a alguien. «¡Ay, señor, qué desgracia, qué gran desgracia!», fue lo que me dijo el criado negro. Paulinha vino en seguida. «No fue la señorita, se lo aseguro.» «¿No fue qué?» «Quien mató a la señora.» Algo estaba ya claro.

María de Fátima se me echó a los brazos. «¡No fui yo, tienes que creerme, no fui yo!», susurró a mi oído. Me llevó a la habitación donde su madre yacía. El médico del pueblo la examinaba, llevaba un buen rato examinándola. Era un hombre joven, de esos que nada más verlos se advierte que caminan por el mundo cargados de suficiencia, al menos, profesional. Me miró. «Un paro cardiaco, no puede ser otra cosa.» El cuerpo no presentaba señales de haber sido golpeado, ni herido, ni envenenado. Lo habían hallado recogido en sí mismo, en postura prenatal. Don Amedio no estaba presente. «¿Saben ustedes si padecía de ahogos o si se desvanecía?» «No, señor doctor, nunca.» La voz de Paulinha era categórica. «Pues es raro... Se trata indudablemente de un paro del corazón. ¿Fumaba?» «¡No, jamás!» «¡Pues sí es raro...!» No obstante extendió un certificado y advirtió que ya podían avisar a la funeraria. María de Fátima, fríamente, le preguntó por sus honorarios. «¡Deje ahora eso...!» Había recogido un chaquetón oscuro de encima de una silla, se lo puso, dio el pésame y se fue. María de Fátima, sentada, más bien caída, miraba al aire inexpresivamente. Paulinha se acercó a la ventana y esperó a que el rumor del coche que llevaba al médico se perdiese en la lluvia opaca. Después se me acercó y me tomó de la mano. «¡Venga. Mire lo que le voy a enseñar!» Del tocador de Regina tomó una caja redonda, una caja de coral, maravillosa de labra. La abrió. «Ella se echaba de esos polvos por la nariz cuando estaba triste, o cansada.» Cogí una pulgarada, lo olí, lo sorbí de un respiro: fue una sensación súbita y creciente de plenitud, de euforia. ¿Cocaína? Yo no entendía de drogas, pero, sin duda, algo de eso era. Se lo mostré a María de Fátima. «Esto ha sido. Cocaína, quizá.» «Ahora lo entiendo. Ahora entiendo muchas cosas.» Cogió de mis manos la caja, la vació en el lavabo, la limpió bien. «¿Dónde solía tenerla?» «Ahí mismo, señorita, a la izquierda del espejo.» La dejó allí. «Habrá que decírselo a tu padre.» «Tú verás...» Paulinha me llevó a un pequeño despa-

4. María de Fátima

cho donde don Amedio, en pijama y bata, se hundía en el silencio. La bata era de color granate, de tela gruesa, brocada, una bata de *parvenu*. «¿Me concede usted unos minutos?» «¿Trae alguna noticia?» «Creo que sí, señor. El médico ha certificado la defunción por paro cardiaco. ¿Sabía usted que su esposa tomaba cocaína?» «Cada cual es dueño de hacer de su vida lo que quiera.» «Abusó de la dosis, es lo más probable. Quizá haya disuelto el polvo en agua y lo haya bebido.» «¿Le van a hacer la autopsia?» «No lo creo...» Se levantó con esfuerzo. «Habrá que enterrarla en Brasil. Esto me obliga a un viaje inesperado y desagradable. Nuestros tratos quedan suspendidos.» «Me lo explico, señor.» ¿Había llorado alguien la muerte de Regina?

Vinieron el maestro y la *miss*. Vinieron otras personas. El velatorio empezó sin el cuerpo presente, como una tertulia triste. Entre Paulinha y otra criada la amortajaron. Caída la tarde llegó de Lisboa un camión con un doble ataúd, de zinc y de caoba. Cuando estuvo metida en él, se organizó la capilla ardiente. Un cura aldeano dijo una misa. Gentes de los alrededores llegaban, se arrodillaban, rezaban largos rosarios, besaban a María de Fátima, marchaban. Así hasta el mediodía siguiente, en que un furgón vino por el ataúd. Lo cargaron delante de la puerta, entre diez hombres forzudos. Había un medio corro de contempladores. Marchó. Don Amedio iba detrás, solo en su coche. En el de María de Fátima íbamos Paulinha y yo. Paulinha en el asiento trasero. Viajamos hasta bien entrada la noche, atravesamos un Portugal lluvioso y tristón. Paramos todos en el mismo hotel. Alguien arreglaba los trámites. El ataúd quedó encerrado en un cobertizo del muelle, había que esperar tres días a que llegase el barco. Durante ese tiempo apenas vi a don Amedio, no vi a María de Fátima ni a Paulinha. Estuve solo en el hotel, melancólico. No visité a los Pereira. El día de la partida ya me había vestido y me disponía a salir, cuando llamó Paulinha a la puerta de mi habitación. Estaba lista ya para el viaje. «¿El señor me da su permiso para entrar?» Cerró tras sí. «Quiero despedirme del señor a solas, porque tengo que decirle que me hubiera gustado quedar con él.» Me abrazó, me besó en la boca y se fue. Media hora más tarde me reuní con ella y con María de Fátima, las acompañé al muelle, las dejé instaladas en el mismo camarote. No apareció don Amedio. Cuando sonó la sirena, ninguna de ellas se asomaba a la borda. De todas suertes, esperé a que el barco se alejase.

5. Largo interregno contado algo de prisa

1

A mi regreso me enteré de que don Amedio había tenido tiempo para confiar a mi maestro sus intereses; de momento, de palabra y con entrega de las llaves de la casa, y ciertas instrucciones al banco local para el pago de los gastos; para más adelante, un poder que lo representase; de lo que colegí que su intención no era la de regresar en seguida, y que, al menos en apariencia, sus temores a ser víctimas de la justicia espontánea se habían aplazado. O ¿quién sabe? A mi maestro se le notaba la satisfacción, aunque lo disimulase quejándose del trabajo suplementario que iba a caer sobre él sin el menor beneficio, pues de la finca de don Amedio lo más que podían sacarse eran flores, no demasiado cotizadas en los mercados próximos. Su nueva situación le distrajo un tanto del negocio de las vacas, al que, por supuesto, no renunció, pero que concebía ya en dimensiones razonables. Tratamos del asunto algunos días, hasta dejar las cosas no sólo claras, sino encaminadas, y cuando estuvimos en todo de acuerdo, le anuncié mi propósito de irme a Lisboa por una temporada, aunque les ocultase a él y a la *miss* la verdadera razón: que no era otra sino la caducidad de mi pasaporte, extendido por las autoridades republicanas, y la necesidad en que me hallaba de conseguir otro. En el hotel de Lisboa, donde me conocían, me lo habían advertido: «Le conviene al señor sacar otro pasaporte. Éste ya no le vale». Era cierto, y yo no me había dado cuenta. Al volver al mismo hotel, dije que venía justamente a negociarlo: me admitieron sin dificultad, aunque aconsejándome que, en cuanto tuviera el nuevo, no dejase de mostrárselo para reseñarlo: la policía se había vuelto exigente, porque con la guerra de España y lo revuelto que andaba el mundo, Lisboa empezaba a ser cruce de caminos y destinos, refugio de gente indeseable y otros inconvenientes. Se hablaba mucho de espías, y cualquiera no habitual de los cafés de A Baixa podía resultar sospechoso. Cómo resolvía el gobierno portugués el posible conflicto entre su tradicional amistad con Inglaterra, su parcialidad franquista y la presencia acuciante de la diplomacia nazi, lo ignoro. Los portugueses fueron siempre hábiles, y de uno de sus funcionarios conozco la siguiente frase, dicha a un representante extranjero: «Su excelencia tiene razón, pero no la tiene toda, y la poca que tiene no le sirve de nada».

Acudí a mi recurso habitual, don Pedro Pereira, quien me remitió a su hijo, a cuyo despacho en el banco fui por primera vez. Era el cubil suntuoso de un financiero importante, en un piso alto y con ventanas a la luz: el de un banquero moderno según los modelos importados por el cine. ¡Qué contraste el de aquellos muebles modernos, con el ambiente tradicional un poco rancio, pero siempre elegante, de los despachos bancarios de Londres! Simón Pereira, a reserva de que almorzásemos juntos en la primera ocasión, me retuvo una hora, escuchó la expresión de mis dificultades y, finalmente, me dijo que no sólo necesitaba un nuevo pasaporte, sino arreglar de alguna manera conveniente mi situación militar. «Al no aceptar usted la solución que le ofrecí hace al-

5. Largo interregno contado algo de prisa

gún tiempo, la de hacerse ciudadano portugués, en España es usted un prófugo.» «Lo soy en la España de Franco.» «Que pronto será en toda España, no espere usted otra cosa.» «Entonces ¿qué solución se le ocurre?» «De momento, ninguna. Por lo pronto, si acude al consulado, le negarán el pasaporte. Déjelo usted en mis manos, deme unos cuantos días, y a ver si salimos bien del atolladero.» En otro momento de la conversación me sugirió que fuese al periódico para el que había trabajado, me presentase al director con el nombre de Ademar de Alemcastre, que era con el que se me conocía en el mundo del periodismo, a ver si me ofrecía una colocación, algo que justificase mi presencia en Portugal. «Debe usted pensar en quedarse aquí, si las cosas salen bien. El mundo no está tan atractivo como para pensar en Roma o en Berlín. Quédese, porque, pase lo que pase, siempre le podremos ayudar.» Le hice caso.

El director del periódico me recibió sin dificultad y con aparente alegría. «¡Ya me extrañaba que no apareciese usted por aquí, y llegué a pensar que si se habría perdido por el camino o, lo que es peor, si se habría metido en esa locura de la guerra de España! Le doy la bienvenida y me pongo a su disposición.» Hablamos, lo primero, de Magalhaes, de quien pensaba que era un periodista eficaz y limitado. «No crea usted que no nos dimos cuenta del cambio de la corresponsalía a partir de la llegada de usted a París. Lo dijo todo el mundo, y eso nos hizo pensar a muchos que usted entiende de más cosas que de literatura.» Le di las gracias y minimicé mi influencia sobre Magalhaes. Después me preguntó si pensaba quedarme en Lisboa. Le respondí que sí. «No puedo ofrecerle de momento un puesto en la plantilla del periódico, pero sí la presencia de su firma una o dos veces semanales. Usted viene de Europa, sabe lo que pasa, y su prosa es clara y convincente. Le invito a escribir lo que quiera, de política, de cultura o de finanzas, y toda la información de que el periódico dispone; es decir, que puede usted entrar y salir como uno cualquiera de la casa. En cuanto a sus emolumentos, no puedo ahora mismo proponerle una cifra, pero le aseguro que sacaré para usted la máxima posible.» ¡Caray! No cabe duda de que soy un hombre de suerte, o que lo fui. ¡Adónde hubieran llegado otros con mis oportunidades! Nunca encontré en mi camino a un enemigo, ni eso que se llama una mala persona. Jamás nadie intentó engañarme. ¿No es eso tener suerte? Pero la suerte, entendida como la persistencia favorable de los azares, para ser de verdad efectiva, requiere una disposición de ánimo que yo no tuve. Me lo dijo el señor Pereira, don Simón, cuando fui a darle cuenta de mi entrevista con el director del periódico. Y añadió: «Eso no me lo debe a mí, puede estar seguro. El otro día no le dije, por olvido, que sus crónicas desde París se leían y elogiaban en Lisboa. Pero le dije que no olvidara su nombre portugués. Con él es conocido. Gracias a él se le leerá de nuevo, y podrá usted caminar por Lisboa con la cabeza alta y no como uno cualquiera». ¡Mira tú! Telegrafié a mi maestro para que me enviase rápidamente la máquina de escribir, una Remington portátil que había comprado en París. Me fui al periódico, pasé una tarde leyendo diarios ingleses y franceses. Creo que pude recobrar la imagen, ya perdida, o, al menos, desvaída, de cómo iban los barullos políticos. Francia aterrazada y miope por sus problemas interiores, Hitler cada vez más seguro y más desvergonzado, Mussolini enmascarando en discursos altisonantes su imposibilidad de ir más allá de donde había ido. Escribí un artículo que se me antojó inteligente y ambiguo. Lo hice así porque todavía no me había percatado de la ideología del periódico; quiero decir, de su verdadero matiz ideológico dentro del más estricto conservadurismo. El artículo se publicó al día siguiente, y don Simón me telefoneó para felicitarme. «No sabe usted lo oportuno que ha sido. Me sirve como una pieza más en las gestiones que llevo adelante con la embajada española acerca del problema de usted.» ¡Pues mira qué bien! A lo mejor me conseguía el pasaporte antes de lo pensado.

5. Largo interregno contado algo de prisa

Escribí dos o tres artículos más, no todos de política. «Le conviene tratar también de la marcha de las finanzas en el mundo. Pase por mi oficina y le daré algunos datos», me telefoneó don Simón. Fui a verle. Me tenía preparado un verdadero *dossier*. Al leerlo, me di cuenta de su parcialidad y orientación. No era mentira lo que me ofrecía, pero sí insuficiente. Quedaba la otra cara de la moneda, pero yo tuve que escribir un artículo de una sola cara, que le gustó mucho al director del periódico. Quien, además, al felicitarme, me anunció que con lo que me pagaría por aquellos trabajos tendría suficiente para hacer frente a mis gastos en Lisboa, incluido un buen hotel. Me dijo que yo era un periodista de lujo, que podía hacer una gran carrera, y me dejó estupefacto. «¡Y no sabe usted lo que importa que se llame Ademar de Alemcastre! Todavía quedan viejas damas que recuerdan, de cuando eran niñas, a su bisabuelo, como un hombre guapo con fama de conquistador. Eso siempre favorece a los nietos.» Estas palabras me trajeron a la memoria otras muy semejantes, aunque no tan completas, oídas en varias ocasiones.

No tardó en telefonearme don Simón Pereira. La cuestión de mi pasaporte estaba resuelta. El cómo, no lo sé. Me dijo que fuese a Oporto, provisto del documento caducado y de dos fotografías, y que me presentase a un funcionario cuyo nombre me dio. Hice el viaje, y un mediodía soleado me hallé de nuevo con mis papeles en regla, y, lo que es más raro, sin ganas de instalarme en Lisboa. No sé si sería la vista del paisaje del norte lo que me hacía sentir morriña súbita del escondite miñoto, aunque la morriña y el deseo se enmascarasen en un interés repentino por el negocio de las vacas. Volví, pues, a Lisboa, recogí mis bártulos, hice las visitas oportunas y regresé al pazo. Había tenido una larga conversación con el director del periódico, a quien prometí seguir escribiendo, quien me prometió enviarme regularmente diarios y revistas extranjeros, de los que precisaba para mi indispensable información. Mis artículos cambiaron pronto de tono: eran las reflexiones de un hombre que vive en paz, lejos del mundo, como un monje, ante las locuras de los hombres. Quizá influyesen también ciertas lecturas de textos moralizantes que fui haciendo por el portugués en que estaban escritas, de las que saqué la conclusión de que las locuras del mundo habían sido siempre el pan nuestro de cada día. Ensayé un estilo más irónico, muchas veces sarcástico, que el acostumbrado. Fui recibiendo también, regularmente, los textos necesarios para seguir al tanto de la literatura, al menos de la francesa y de la inglesa, y lo que de las otras, española incluida, podía averiguarse por los dominicales especializados: que poca cosa había, preocupado como estaba todo dios por la política. También me llegaba la prensa española del bando franquista: me causó mala impresión. Al patetismo dramático de la republicana, lo suplantaba una retórica pueril del peor gusto y del más inesperado arcaísmo. Comprendí, o pude conocer, quizá tarde ya, el fenómeno lingüístico engendrado por la guerra. ¡Hubiera hecho feliz, su estudio, a alguno de mis maestros de la Sorbona! En cuanto a las noticias, eran menos fidedignas que las de la prensa extranjera. De la batalla del Ebro me enteré por los diarios ingleses. Los nacionales hurtaban el desarrollo de las batallas y sólo daban cuenta de las victorias.

Las obras de la vaquería avanzaban con ritmo regular. Pronto tuvimos listo el primer pabellón, provisto de adelantos cuya complejidad y eficacia yo no hubiera nunca sospechado. Para mí, la operación de ordeñar las vacas había sido siempre una tarea individual y manual, a la que había asistido, de niño, muchas veces, y en la que había colaborado. Ahora se hacía mecánicamente. Lo divertido era que teníamos los aparatos, pero no las vacas. Fue necesario pensar en comprar la cantidad que pudiera albergar el pabellón concluido, por razones de las que mi maestro no necesitó mucho tiempo para convencerme: como que eran obvias. La adquisición de las primeras vacas nos obligó a un viaje rápi-

5. Largo interregno contado algo de prisa

do a Holanda; a un montón de operaciones bancarias, y a las no menos complejas y embarazosas del desembarco, la carga en vagones y el traslado por tren hasta Valença, desde donde el transporte se hizo por métodos elementales: en tropel y por malos caminos, ante el asombro de los aldeanos. Mi maestro se mareó tanto en el viaje de ida como en el de vuelta. Los pocos días que estuvimos en Holanda nos bastaron para ver de cerca, o, al menos, de enterarnos, de cómo un miedo incierto penetraba día a día en todos los corazones, hasta llenarlos, hasta hacerlos a veces estallar en injusticias. Como habíamos acordado que la mitad de las vacas compradas fueran holandesas y la otra mitad fueran suizas, nos dimos prisa en concluir el segundo pabellón, no fuera a interponerse la guerra en el negocio. Esta vez el viaje se hizo por tren, y los encargados fueron mi maestro y la *miss*, ya que yo, a pesar de mi pasaporte, no me atrevía a atravesar España, con dos fronteras por medio y las inaguantables inspecciones camineras. Como la *miss*, además de su idioma, hablaba el alemán, o al menos lo había hablado, la operación se llevó a cabo sin grandes dilaciones. Lo más difícil no fue que la pareja atravesase España, sino las vacas, amenazadas desde Irún hasta Fuentes de Oñoro por cualquier orden de requisa firmada por alguna autoridad local o regional. Hubo suerte. Llegaron a Portugal, y quedaron instaladas en aquella especie de hotel Ritz para cornúpetas lecheras que les habíamos construido. Como con ellas venían dos toros, todas llegaron preñadas. Fue un trabajo que nos ahorró la lírica soledad del semental.

Repartí la vida entre la vaquería y la biblioteca, y el espíritu entre el negocio y las elucubraciones sobre lo que podía pasar. ¡La cantidad de hipótesis que se le pueden ocurrir a uno al leer una noticia! ¡Lógicas, necesarias y, sin embargo, irreales! Era de los convencidos de que las cosas iban de mal en peor, en todos los órdenes, y de que yo mismo no escapaba a la inquietud general: solía sucederme que, cansado del trabajo, cogía un libro, y a las pocas páginas, cuando no a las pocas líneas, lo abandonaba, como si el interés se hubiera desvanecido sin causa aparente. Esto me acontecía lo mismo con las novedades que con los libros más amados. Se me había ocurrido que lo importante era entender el mundo, pero yo no lo entendía, y así lo hacía saber a mis lectores, que no debían de ser pocos, a juzgar por la insistencia con que el director del periódico me telefoneaba cuando, por alguna razón, me había retrasado. Recibía cartas con alabanzas y también con insultos, y no faltó alguna de España, de alguien que debía de conocer mi identidad, llamándome emboscado. Supuse, y no me equivoqué, que más allá del Miño, para ciertas personas, esto era el peor insulto.

Sobrevinieron dos momentos difíciles, dos ramalazos sentimentales de esos con los que lo mejor que puede hacerse es sentarse a la puerta y dejarlos pasar hasta que se consuman en sí mismos, lo cual sería razonable si no transcurriesen en el corazón, si no fuesen precisamente ramalazos interiores. El uno lo provocó la llegada de una carta de María de Fátima; pronto, pocos días después de haberme instalado definitivamente en el pazo. Nos las trajeron juntas, esa que digo y la primera de las muchas que recibió mi maestro de don Amedio. Las de éste menudearon, a razón de una por mes. María de Fátima sólo me escribió aquélla, precisamente a bordo del barco que la llevaba a Brasil con el cadáver de su madre estibado como una mercancía. Era una carta larga, enmarañada de prosa, indudablemente sincera y muy poco pensada; es decir, espontánea. Más de la mitad se consumía en quejarse del aburrimiento del viaje, en recordar lo bien que lo habíamos pasado en nuestras excursiones y nuestras discusiones, en el miedo que le daba llegar a Río y hallarse única mujer en su casa, con un padre que no lo era, ante el que no sabía a qué carta quedarse. Resultaba asimismo que el recuerdo de la casa en que había vivido tan cerca de mí le causaba *saudades:* como si aquellos meses en Portugal hu-

5. Largo interregno contado algo de prisa 373

bieran sido los de su estancia en el paraíso. Pero algo menos del tercio de la carta me venía personalmente dedicado. Podrían resumirse aquellos párrafos de enrevesada sintaxis en la confesión de un doble error; el primero, la creencia de que lo que ella pensaba de sí misma y del mundo era la verdad y que tenía que imponérsela a los demás, casi como una misión redentora de la miseria moral que había conocido; lo segundo, que su conducta conmigo no había sido ni acertada ni decente. «No sabes –me decía– lo que me ha ayudado a comprenderte mi charla inacabable con Paulinha. Lo que me dice de ti puede meterse en una frase: eres un buen hombre. ¿Quieres creer que jamás se me había ocurrido que los hombres tenían que ser buenos? ¿Se debe a que en mi vida sólo he tratado con malas personas? ¿O que lo que yo entendía por bondad era una equivocación? No lo sé.» Estas líneas me indujeron a imaginar a María de Fátima y a Paulinha tumbadas en la cubierta del barco que las alejaba, hablando del pasado, y de mí, que formaba parte de él. Hablaban de lo sucedido, pero también de lo que no llegó a suceder. La lectura de esta carta, reiterada en las tardes grises de la biblioteca, recordada en sus términos continuamente, me hizo también pensar si no me había equivocado con María de Fátima y como ella, si no había sido un error recíproco, del cual me cabía la mayor responsabilidad por ser el más experimentado, aunque quizá también el más engañado; porque, si bien era capaz de predecir, como predije, ciertos excesos internacionales de las potencias totalitarias (no había que ser muy lince), erraba acerca de mí mismo y de los demás. No había aprendido aún que las mujeres son todas distintas, y que si bien es cierto que las tácticas (y las técnicas) para obtener de sus cuerpos las más altas vibraciones son de una monótona semejanza, cuando lo que se ventila es un amor y un destino, cada una de ellas requiere un modo distinto de tratarlas. Yo apetecía que María de Fátima fuese otra Ursula, o quién sabe si otra Clelia, sin darme cuenta de que tenía derecho a ser conmigo ella misma, y de que lo era. Todo esto se lo hubiera escrito, pero en su carta no me enviaba dirección, y yo lo interpreté como deseo de que no le escribiese. No sé si hice bien o mal. Mi maestro me hubiera dado sus señas en Río, que serían, supongo, las de don Amedio.

La otra sacudida fuerte nació en mi propio interior, suscitada por el recuerdo inesperado de una fecha. Se me ocurrió súbitamente que se cumplían los nueve meses de aquella tarde, en Vincennes, con Clelia. Si era cierta la posdata de su única carta; si no era, como aseguraba María de Fátima, la fantasía de una loca, ¿le habría nacido el niño, o estaría para nacer? Y si eso fuera cierto, ¿tendría yo noticias? Es curioso cómo la conciencia difusa de mi posible paternidad apenas si me habría rondado durante el tiempo desde entonces pasado; cómo no me había turbado ni una sola vez en las tardes interminables de la biblioteca, con un libro cerrado en el regazo y la máquina de los recuerdos funcionando como una máquina loca. Y ahora de repente aparecía, y no como conciencia de paternidad, ni de culpa, menos aún como alegría, sino sólo como curiosidad. ¿Tendría o no un hijo? ¿Llegaría a saberlo? Fueron aquellos unos días, casi un mes, de inquietud íntima, de distracción para las cosas de la realidad. Mi cabeza funcionaba sola, según el capricho de sus leyes, ausentes mi voluntad y mi sentimiento. Mi maestro lo achacó a otras inquietudes. «¿Por qué no se va unos días a Lisboa? Un hombre de su edad necesita, de vez en cuando, correrse una juerguecita.» Me fui a Lisboa, corrí más de una pequeña juerga, y al menos, una muy grande, de las que empiezan en casa de una amiga, antes de cenar, y no se sabe ni dónde, ni cuándo, ni cómo acaban; de las que dejan resaca y hastío. Vi a gente, charlé de las cosas del mundo, incluso fui objeto de un pequeño homenaje por parte de algunos colegas a quienes mis trabajos no parecían mal. Pero todos los días telefoneaba al pazo para preguntar si había llegado una carta de Estados Unidos o, al menos, de París. Pasé en Lisboa quince días. La carta no llegó y yo empecé a aburrirme. De regreso al pazo, mis artículos fueron más pesimistas.

2

Me apetece llamar «largo interregno», a ese tiempo que va entre la marcha de María de Fátima y el final de la segunda guerra. Buena parte de él, todo lo que duró aquel peligroso espectáculo, lo pasé fuera de la península. Aunque altere aquí el orden natural del relato, lo que intento contar en este capítulo aconteció con posterioridad a lo que seguramente contaré en el que viene. Y no lo hago obediente a ningún precepto o prejuicio literarios, sino a la veleidad o tal vez capricho surgido en este momento de la escritura. Y lo primero que tengo que decir es que, si voy a resumir en pocas páginas los acontecimientos de un buen puñado de años, no es por cansancio, ni por olvido, sino porque lo más sustantivo de este tiempo está ya escrito y publicado en mi único libro *Crónicas de guerra,* por Ademar de Alemcastre, Lisboa, Borges y Souto, 1947. Es un libro que se vendió muy bien, del que se han hecho hasta ahora cuatro ediciones, traducido al inglés y al francés, y al que debo cierta reputación que si, en vez de llevar el nombre de Ademar de Alemcastre, llevase el de Filomeno Freijomil, me hubiera causado bastante más daño del que he recibido de ciertas gentes que ignoran la coincidencia de ambos nombres en la misma persona. No tengo, pues, que explicar que fui corresponsal de guerra, aunque no esté de más recordar cómo lo fui. La noticia de la invasión de Polonia me cogió en el pazo y allí estaba cuando Inglaterra y Francia declararon la guerra a Alemania. No me sorprendió, pero sí me asustó. Nos habíamos comprado un receptor de radio más perfecto que el que teníamos, y confieso que aquellos días los pasé pegado al altavoz, oyendo, ora París, ora Londres, y, en las madrugadas, Nueva York. Fui uno de los muchos millones de hombres que consideraron la catástrofe como iniciada, aunque inimaginable lo que podría acontecer. Me proveí de mapas, los coloqué adecuadamente en un espacio amplio y visible, tracé líneas, escribí cifras, compulsé datos, descubrí falsedades, y, con cierto horror, acabé concluyendo que Hitler iba a ganar la guerra. En lo cual coincidí con él por primera y última vez en mi vida, con la diferencia de que yo lo había deducido por razonamiento y él lo sabía por intuición; pero también porque yo conservaba la irracional esperanza de equivocarme, y él estaba seguro de sí mismo. Me sentí profundamente deprimido, e imaginé la llegada de los investigadores de prosapias, a descubrir que el señorito de Alemcastre se llamaba también Acevedo, y que era judío en un dieciseisavo de su sangre. ¿Daba la talla para ir al suplicio, o era una proporción tolerable de sangre pecadora? Necesitaría poseer los conocimientos de los inquisidores especialistas en el ramo para llegar a una conclusión válida, y, sobre todo, tranquilizadora, ya que estaba convencido de que, aunque defendiesen ortodoxias distintas, Hitler y los inquisidores estaban en el fondo del acuerdo. ¿En los métodos también? Entonces, en octubre de 1939, de los campos de concentración y de los procedimientos de exterminio en ellos utilizados se sabía poco, más una leyenda que una certeza, pero bastaba la leyenda para poner los pelos de punta. Llegaban noticias de la ocupación de Polonia, no sé si ciertas o exageradas; en cualquier caso, suficientes para imaginar el despliegue de tanques innumerables por las llanuras de Europa, hacia el oeste después que hacia el este, y la España victoriosa tendría que dejarles paso hasta alcanzar las llanuras y los montes de Portugal, si no quería ser, al paso, destruida. Todo esto era lógico, y si los datos compulsados no mentían más que en un cincuenta por ciento, podían ser reales. ¿Quedarán todavía barcos que salgan para el Brasil?

5. Largo interregno contado algo de prisa

Me telefoneó el director del periódico, me instó a que fuera urgentemente a Lisboa. Allá fui. Me recibió en seguida, fue directamente al grano: «¿Quiere usted irse de corresponsal de guerra a Londres?» Me cogió tan de sorpresa que tuve que sentarme y pedirle algo de beber antes de responderle. Mientras me servía un oporto seco, siguió hablando: no sería por mucho tiempo, la guerra iba a durar unos meses, me pagarían lo que fuese, no disponía de una pluma mejor que la mía para aquel menester; además yo conocía Londres. Habría que resolver ciertos problemas diplomáticos, eso sí, porque yo no era portugués. Antes de que le diese la respuesta, me sirvió un segundo oporto. «¿Qué? ¿Le apetece? Una temporadita en Londres nunca viene mal. ¡Y bien que lo va usted a pasar, viendo los toros desde la barrera, porque la guerra no llegará nunca a las islas!» «¿Usted cree?» El director se amilagró. «Pero, ¡hombre!, a Londres nunca han llegado más guerras que las de los propios ingleses entre sí.» «Eso, amigo mío, no es una ley de la naturaleza, sino un éxito de los propios ingleses. Pero las buenas rachas pueden acabar.» «¿A qué llama usted buenas rachas?» «Sería muy largo de explicar, mi querido director. Lo que le digo es que, en este caso en que estamos, hay dos posibilidades: que esta guerra se parezca a la pasada, o que traiga algunas novedades que la hagan distinta. Y no me refiero precisamente a esas armas de que, según dicen, disponen los alemanes.» «Lo lógico, según usted, ¿que sería?» «Que, como la vez anterior, Estados Unidos acuda en socorro de Inglaterra y ganen la guerra las escuadras.» «Pero los alemanes no la tienen.» «Tienen cientos de submarinos.» «¿Y Rusia?» «Ésa es la incógnita.» «Ya he leído en sus artículos que usted desconfía del Pacto de Molotov-Von Ribbentrop.» «No es una desconfianza racional, ni siquiera una intuición. Es..., ¿cómo le diría?, algo que huele mal.» El director, que también se había servido su oporto, pero que lo tenía olvidado, recurrió a él para salvar una pregunta poco inteligente. Después dijo:

«¿Debo entender, por tanto, que no acepta mi oferta?» Me puse en pie. «Sí, la acepto, siempre y cuando usted admita la posibilidad de que, en vez de cuatro meses, sean cuatro años, o más.» «Pero ¡eso sería como admitir la destrucción de Europa!» «Hay que contar con ella, y con muchas otras destrucciones.» «¿No es usted demasiado pesimista?» «Creo que sólo soy realista, y serlo, en este caso, es admitir lo imaginable y lo inimaginable. Por lo pronto, tenga usted en cuenta estos datos: la preparación bélica de Alemania es incalculable, pero ni Francia ni Inglaterra contaban con esta guerra. Esto nos obliga a admitir, de momento por lo menos, el riesgo de que los alemanes lleguen hasta nuestro cabo de San Vicente.» El director no me respondió. Dio unos paseos en silencio. «Bueno. Todo esto son especulaciones. Lo importante es que usted pueda irse a Londres.» «¿Y por qué sólo a Londres? Si las tropas inglesas desembarcan en Francia, yo tendré que seguirlas.» «Sí, sí, claro... Hay que tenerlo todo previsto.» Quedamos en que empezaría las gestiones para conseguir del Foreign Office mi credencial de corresponsal de guerra. Y mientras lo conseguía, regresé a mi escondite, a cuidar de mis vacas, nada seguro de que el asunto llegase a buen fin. Pasó al menos una quincena. El planteamiento de la guerra, según mis noticias, quedaba en la invasión de Polonia y en el establecimiento de un frente inmóvil entre las líneas Sigfrido y Maginot, como quien dice, entre dos bambalinas: la una ocultaba el mayor potencial bélico que se recuerda; la otra, la desgana de un país cansado y razonable. Escribí dos o tres artículos explicando y justificando la desgana francesa, pero con la esperanza de que, ante la realidad de un enemigo poderoso, reaccionase. Y cuando pasaron aquellos quince días, me telefoneó el director y me dijo que todo estaba arreglado y que podía volar a Londres cuando quisiera. Preparé el viaje, y una de mis precauciones fue la de hacer testamento. Su redacción me llevó varias tardes. Estaba claro que mis bienes españoles debería heredar-

5. Largo interregno contado algo de prisa

los la hija de Belinha; en cuanto a los portugueses, tuve que buscar una fórmula que admitiese la eventualidad de que un día se presentase el hipotético hijo de Clelia, o la misma Clelia con él. En tal caso, y reconocido como mío, le declaraba heredero del pazo, si bien confiando a mi maestro y a su mujer, conjuntamente, no sólo la administración de los bienes hasta que el niño fuese mayor de edad, sino el cargo de albaceas. La redacción de estas últimas fórmulas nos costó al notario y a mí un buen par de mañanas hasta que encontramos las palabras justas y sus fundamentos jurídicos según las leyes portuguesas. Se me quitó un peso de encima cuando salí de la casa del notario con la copia de mi testamento en el bolsillo. Como había añadido una buena manda para mi maestro y la *miss*, conjuntamente, y para sus herederos, en caso de que ellos faltasen, no tuve escrúpulos en hacer a mi maestro depositario de la copia. Confiaba, como siempre, en su honradez.

Me fui, volé a Londres, pasé trámites interminables, recobré en casa de mistress Radcliffe mi antigua habitación, visité a mis amigos del banco y a otros amigos y amigas. Era inevitable que fuese a dar con algún español de los emigrados republicanos, y mi sorpresa fue la de hallarme un día frente al comandante Alzaga. Me alegré de verle; él no se alegró de verme; tal vez recordase que, en mi presencia, había asegurado que, si no moría en la guerra, le fusilaría Franco. No le pedí explicaciones, ni me las dio, pero no estuvo cordial, sino desconfiado. «Y usted ¿qué hace aquí?» «Trabajo en el mismo banco que antes de ir a París.» A pesar de la falta de cordialidad, tomamos juntos unas cervezas y hablamos de la guerra presente. El comandante Alzaga estaba seguro del triunfo de Hitler: lo estaba en virtud de sus conocimientos militares, y se rió de mis esperanzas de que al fin triunfasen las potencias marítimas. «Las guerras, amigo mío, se ganan o se pierden en el campo de batalla, no en la mar ni en el aire. ¡Si lo sabré yo!» El comandante Alzaga esperaba poder emigrar a algún país americano, aunque no supiera a cuál ni cómo. América sería el único refugio de los hombres libres, porque entre Hitler y Stalin se repartiría el Viejo Continente, África incluida, y como ese reparto era insostenible, acabarían peleando el uno contra el otro. «Y ahí, querido amigo, sí que no me atrevo a profetizar, salvo que, gane quien gane, será una catástrofe para la humanidad.» Hablamos de España: «Ahora verán –dijo– las potencias liberales el disparate que ha sido permitir que Franco triunfase. No tendrán más remedio que asistir al paso de los tanques de Hitler, que también ocuparán Portugal para evitar un desembarco inglés. España será un capítulo importante de esta guerra. No quedará piedra sobre piedra.» Nos despedimos menos fríamente, pero sin quedar en vernos. Efectivamente, no supe más de él.

A mi llegada a Londres, ya Alemania y Rusia, después del nuevo reparto de Polonia, habían ofrecido la paz a Occidente, y Occidente la había rechazado. Estaban las espadas en alto, y en lo alto permanecían, con un frente estabilizado y prácticamente inactivo en la frontera de Francia, y un drama colectivo en la desmantelada Polonia. Inglaterra envió soldados al continente, y los corresponsales de guerra seguimos a los soldados, pero del frente no había nada que contar: todavía los grandes acontecimientos eran de orden político, salvo quizá el ataque submarino a Scapa Flow, que los ingleses encajaron a regañadientes. Los periodistas destacados en el frente nos fuimos a París, y desde París contamos a nuestros lectores cómo estaba el ánimo de los franceses. Yo reanudé viejas relaciones. Mi antigua portera, como todo el mundo, hablaba de la *drôle de guerre,* pero Magalhaes estaba aterrado. «¿Ha visto usted lo que han hecho esos bárbaros en Polonia?» «Lo que harán en Portugal cuando lleguen allá.» «¿Usted cree que llegarán?» «Va a ser muy difícil impedírselo.» Yo no sé si habían sido las noticias, o la influencia de alguna persona, pero el hecho era que el antiguo defensor de los nazis los llamaba ahora bárbaros. «Por si acaso, yo, en su lugar, marcharía a Lisboa.» «¿Y usted?» «Yo estoy acreditado corresponsal de guerra en Londres. Antes o después, allí volveré.» Fue antes de lo que pensaba. Sin proponérmelo, me vi envuelto en la retirada del ejército inglés y por primera vez supe lo que era la guerra. Mi buena suerte me acompañó: trabajé en Dunkerque denodadamente y fui de los últimos en embarcarme; también de los pocos que lograron enviar relatos de aquel espanto. Creo que Magalhaes había regresado a Portugal, vía España, algo así como un mes antes.

Mi trabajo consistió en contar desde Londres lo que pasaba en París, lo que se pensaba en Inglaterra de lo que acontecía en Francia. Vivíamos tranquilos, pero era una tranquilidad ficticia. Todo el mundo esperaba que sucediese algo, sobre todo después de rechazar la última oferta de paz que había hecho Hitler. Llegó el verano y fue caliente. Desde el 8 de agosto, Londres fue bombardeado cada noche, y los que vivíamos en Londres conocimos el terror, la incertidumbre de la muerte, pero aprendimos a enmascarar nuestros sentimientos y mostrarnos tranquilos. Íbamos serenamente a los refugios nada más que empezar las alarmas, permanecíamos en silencio mientras se oían las explosiones, obedecíamos a las sirenas aullantes que nos ordenaban regresar a los hogares: muchos lo hallaban dañado, o destruido. Gente que habíamos visto a nuestro lado, no la volvíamos a ver; vivíamos pendientes de la radio, o la radio era nuestro alimento moral, nuestro soporte. Yo no sé si los estrategas de Hitler habían tenido en cuenta, al calcular los efectos psicológicos de los bombardeos, esta presencia de la radio en todas las conciencias, esta esperanza y absoluta fe en lo que nos decía. Sabíamos sobre todo que no nos engañaba, porque la veracidad de sus afirmaciones la podíamos comprobar en la calle. El texto de mis crónicas llegó a hacerse monótono: esta noche bombardearon tal barrio, o tal ciudad; hubo tales destrozos y tantos muertos. Y así hasta el día siguiente. Las relaciones humanas se alteraban, pero sólo en apariencia. Había que comer, aunque estuviese racionado. Y había que salir en busca de una chica que, a su vez, hubiera salido en busca de un muchacho, no por necesidad de placer, sino por otras razones, o causas, que sólo podrían describirse en una novela, que no tenían cabida en las crónicas. Desconocidos que se topaban en la calle, que se reconocían por la mirada, buscaban refugio en los hogares subsistentes o en los hogares rotos, a horas inusuales. Aquella clase de amor era una afirmación desesperada de la vida, y todo el mundo lo entendía así. Yo no sé si alguna vez, y de manera general, las relaciones entre hombre y mujer habían tenido ese sentido, pero imagino que sí, que así se han juntado, a lo largo de la historia, en todos los momentos de terror.

Algunos que no lo pudieron resistir se suicidaron amando: los que no iban al refugio, los que se quedaron en su casa o en casa de ella, los que fueron sorprendidos en el lecho por la muerte vomitada por grandes bombarderos. A veces se decía: en estas ruinas aparecieron dos en la cama. Los ingleses hacían chistes que les servían como descargo del terror que a todos nos unía. Los latinos no éramos tan atinados haciendo chistes, o acaso fuera porque los cadáveres abrazados y mutilados de un hombre y una mujer nos enmudecían. De todas maneras fue admirable la resistencia de aquel pueblo, que aguantó sin alharacas, sin gritos ni ademanes trágicos, un bombardeo cada noche, hasta que Goering comprendió que la industria alemana no podía producir aviones de combate con el mismo ritmo con que eran destruidos. Hubo un respiro: volvieron, se fueron para no volver. La revancha fue tremenda. Cuando Hamburgo ardía, yo pensaba en Ursula, probablemente muerta mucho tiempo antes; pero ella había pasado su infancia allí, y el nombre de Hamburgo me traía su recuerdo. ¿Por qué Hamburgo, con aquella insistencia, y no las calles, los restoranes, su propia casa de Londres? Nada de

5. Largo interregno contado algo de prisa

aquello había sido destruido; todo lo más dañado. Pero de los lugares de Hamburgo por los que había transcurrido su figura de niña asustada de sí misma no quedaban más que cenizas. Las respuestas sentimentales a la realidad son así de caprichosas, de inesperadas.

Ninguno de tales recuerdos obró sobre mí con más fuerza que el terror. No intento ponerme por ejemplo, y no puedo asegurar que a la gente le haya sucedido lo que a mí. Fue, en primer lugar, como si el alma se despojase de todo lo superfluo, de lo que no fuese estrictamente necesario para seguir adelante con aquella vida reducida a puro esquema y en aquellas circunstancias. Yo lo sentía como un empobrecimiento íntimo que se traducía en indiferencia ante el recuerdo o la presencia de lo que más me había atraído o de lo que me había fundamentado: mi niñez, los libros preferidos, los momentos felices que involuntariamente se reviven ante una tristeza, una desgracia o una catástrofe: pasaban por mi mente con lentitud o con prisa, intentaba alejarlos del recuerdo como a imágenes molestas. Era como si el alma hubiera descubierto y aplicado los principios de su propia economía de guerra. Ahora lo contemplo como una verdadera deshumanización, de la que afortunadamente me fui recuperando conforme las noches recobraron el silencio y la oscuridad. Creo que al final de aquel período irrepetible había llegado a perder la sensibilidad. Veía sin conmoverme cómo retiraban de la calle restos humanos esparcidos por una explosión o cómo llevaban al hospital a una mujer mutilada. El único razonamiento que subsistía era el del egoísmo. «Pudiste haber sido tú, no lo has sido, pero ¿quién sabe lo que pasará esta noche?» Recuerdo que una vez, en el refugio, nos apretábamos silenciosos mientras fuera el estruendo de las bombas y de la defensa antiaérea superaba lo hasta entonces conocido. La conclusión lógica a que nos llevaba el miedo, la que se veía en todas las miradas, era la de que, aquella noche, Londres podía desaparecer como había desaparecido Coventry. Un hombre que se tenía de pie cerca de mi rincón, un *clergyman* no sé de qué confesión o de qué secta, dijo, de pronto, en voz alta: «Que ese Dios que no entendemos tenga misericordia de nosotros». En otras circunstancias, a mí al menos, esa expresión, «el Dios que no entendemos», me hubiera sacudido, hubiera desencadenado en mí una sucesión frenética, difícilmente frenable, de pensamientos, de sentimientos, de razones y sinrazones, y, por debajo de todo ello, me habría apretado el corazón. Pero la sensibilidad tiene un límite, pasado el cual todo da lo mismo. Ni mis nervios ni mi mente respondieron a aquella plegaria desesperada.

Durante el tiempo de los bombardeos recibí dos cartas de María de Fátima remitidas por mi maestro desde Portugal, llegadas Dios sabe cómo, la segunda antes que la primera. ¿Censuradas? Más adelante me llegaron otras, hasta seis en total, pero de su texto deduje que me había escrito más veces, que algunas cartas se habían perdido. El diario en que yo escribía llegaba a Río de Janeiro, o quién sabe si mis crónicas eran enviadas allá por mi periódico: ni lo supe ni intenté averiguarlo. El hecho era que María de Fátima leía mis relatos, y en sus cartas me transmitía su angustia, que podría resumirse en estas interrogaciones: «¿Vas a morir?» «¿Qué va a ser de mí?» Yo las coloco juntas, y así parece que la una es consecuencia de la otra, pero la verdad es que eran interrogaciones distanciadas, sin otra cosa de común que la misma angustia. También me contaba cosas de su vida, que no era muy feliz. Jamás me insinuó que le contestase, pero lo que me decía bastaba para que yo me diese cuenta de que no sólo no me había olvidado, sino de que sus sentimientos hacia mí habían cambiado, de que yo era una pieza de su vida, una pieza para el futuro. ¿Un clavo ardiendo? Las cartas recibidas durante los bombardeos no me sacaron de mí. Y cada una de ellas me ligaba más hondamente a María de Fátima; una especie de gratitud por ser la única mujer que se acordaba de mí, que sufría por mí. Las que vinieron después llegaron a conmoverme. También una especie de interés creciente por el cambio de su personalidad, que se acusaba en cada carta. Lo más probable sería que, durante aquel tiempo de guerra, dicen que años, no lo sé, nunca se puede cronometrar una pesadilla, yo haya perdido la noción real de mí mismo, que me sintiese como algo insoportablemente irreal: aquellas cartas me ayudaron a no perder del todo la noción de mi figura, a recordar con ellas que yo era más que una máquina que sufre y cuenta lo que pasa. También me hicieron desear una solución desconocida, imprevisible. El hecho de que Hitler no se atreviese a atravesar España sin el consentimiento de Franco fue estimado en todo su valor. Alguien que vestía uniforme dijo una vez ante mí: «Hitler ha perdido la guerra por segunda vez». La primera, por supuesto, había sido el fracaso de la invasión de Inglaterra. Pero, a partir del cerco de Stalingrado, de su dramático desarrollo, ya sabíamos a qué atenernos, aunque nadie pudiese profetizar el día en que echásemos las gorras al aire. Entre los periodistas acreditados de corresponsales de guerra corrían bulos e interpretaciones caprichosas de datos ciertos. Los desembarcos que precedieron al de Normandía, las campañas de África y de Italia, a las que no se nos permitió asistir, fueron presagios que nos llegaban en forma de noticias aisladas, a veces contradictorias, que hilvanábamos para hacer de ellos la gran noticia. Intenté trasladarme de Londres a Alejandría y asistir a la campaña de Monty, pero me fue negado el permiso. No así cuando las tropas de desembarco llegaron a París. Entonces fue ya relativamente fácil navegar por el canal, coger un tren. Asistí, con pocos días de retraso, a la fiesta de París liberado. No pude ver, y lo siento, los tanques tripulados por republicanos españoles que formaban la vanguardia de Leclerc y que llevaban su bandera al lado de la francesa, pero sentí cierto orgullo cuando me lo contaron. Fui a ver a mi portera: la hallé en su cubil acostumbrado, feo y caliente, un poco más delgada, pero llena de satisfacción porque habían echado a los alemanes. Me contó que una tarde, poco después de la invasión de París, llegó a su puerta Clelia, aterrorizada. Le pidió cobijo, aunque sólo fuera por una noche. Se lo dio. Al día siguiente, Clelia desapareció, no volvió a saber más de ella. «Se la llevaron, señor, se la llevaron como a muchos más. No espere verla nunca.» Me entristecí, me pregunté si habría nacido o no aquel hijo anunciado. ¿Por que había vuelto a París desde Estados Unidos, donde estaba segura? Una vez, recorriendo los libreros de viejo de las orillas del Sena, hallé un libro publicado por una editorial desconocida, al menos para mí. Se titulaba *Memorias de un desendemoniamiento,* y lo firmaba «Clelia». Era un ejemplar sin abrir, un desecho de venta. Lo compré, lo leí con avidez, de un tirón, con emoción creciente; lo leí como si lo estuviera oyendo, como si alguien me lo contara. Sin duda era Clelia su autora, sin duda era su propia historia la que había escrito, desde el momento de su entrada en el sanatorio hasta el instante mismo de la salida, no más. Era el proceso de una curación psicoanalítica, pero también el de un embarazo mantenido contra la opinión del médico. «Debe usted abortar. El curso del embarazo puede estorbar, o, al menos, alargar, el tratamiento.» Clelia se había negado, había tenido el niño, su familia se lo había llevado, estaba vivo y en buenas manos. Se refería a él como a una esperanza, pero jamás a su padre. El final del libro se me antojó especialmente patético: «Al salir del sanatorio vi cerca de mí a mis viejos demonios, que me estaban esperando, en fila, como los criados de un castillo inglés cuando el invitado parte. Me rodearon, me acuciaron, los recibí no sé si con espanto o júbilo. Lo que sí sé es que entraron otra vez dentro de mí, que se aposentaron donde solían. Nada más entrar en el taxi que me alejaba de aquel lugar, me hallé otra vez yo misma, la que había entrado un año antes, endemoniada para siempre». No dejé de pensar en Clelia, pensé intensamente cuando, a la zaga de las tropas, entré en Alemania: pasábamos entre ruinas, la gente

5. Largo interregno contado algo de prisa 387

tenía una especial manera de mirar, indescriptible, la de los vencidos sin esperanza. E íbamos sabiendo ya, a ciencia cierta, lo que había sucedido en los campos de concentración. ¡Pobre Clelia! ¿Y por qué sólo pobre Clelia? ¿No habría corrido Ursula una suerte semejante, para mí inimaginable, salvo en lo que tenía de terrible? El estado de ánimo que aquellas ciudades rotas, que aquellas gentes humilladas que buscaban en las ruinas no sé si un cuerpo o un recuerdo, me causaban, era el adecuado para imaginar lo peor de dos mujeres que me habían amado, cada una a su modo; que yo creí haber olvidado, pero que ahora resurgían como fantasmas en aquellos espectros de ciudades. La guerra me las había arrebatado. Ya no eran nada.

Me acometió un desánimo que era como sentirse en un vacío en el que se cae sin que la caída tenga un fin ni lo presienta. Empezó en Berlín, acaso después de que una mujer bonita y derrotada me pidiera dinero y me ofreciese su cuerpo para cobrarme. No pude hacerlo, ni lo deseé. Pero fue como si un enorme cuchillo cortase el tiempo: hasta aquí y desde aquí. De repente todo lo que me rodeaba perdió interés. La guerra había terminado, todo quedaba en miseria y política. Regresé como pude a Portugal. Fui recibido casi gloriosamente, una gloria que no me llegaba al corazón, que se quedaba en la mera superficie, gracias y sonrisas. «¡Tenemos que publicar esas crónicas en un libro!», gritaba el director. No me opuse, tampoco lo tomé a mi cargo; que hicieran lo que quisieran. Me había entrado un deseo inesperado de volver a Villavieja. ¿Por qué a Villavieja y no al pazo miñoto? Tampoco me cuidé de averiguarlo. El regreso a Villavieja era un modo simbólico de regresar al pasado, a la madre que no conocí, a la felicidad y a la inocencia, pero también a un modo engañoso, pues yo sabía de sobra que en Villavieja no encontraría ninguna de esas cosas. Ahora comprendo que se trató de una de mis huidas de la realidad, de aquella en que me hallaba metido hasta las corvas, un disgusto de mí mismo, la acostumbrada carencia de proyectos y de esperanzas. Podía, sí, quedarme en Lisboa, donde se me consideraba un buen periodista; pero ¿y qué? El periodismo era una etapa consumida; hubiera podido agarrarme a él si necesitase de sus ingresos para subsistir, o si no pudiese pasarme sin aquella reputación que me había granjeado. Pero afortunadamente lo mismo podía prescindir del dinero que de la reputación, al menos de sus manifestaciones inmediatas. «Éste es Ademar de Alemcastre, el famoso Alemcastre.» «¡Ah, sí, claro, el famoso Alemcastre!» Muchas veces me pedían que describiese de viva voz las angustias de los refugios. ¿En eso consistía la buena reputación? En Villavieja, la gente ignoraba las relaciones entre Alemcastre y yo, y, si alguien las barruntaba, con negarlo, listo. «En Portugal hay muchos Alemcastres.» Nunca se me ocurrió, sin embargo, pensar que en Villavieja sería yo mismo, porque en realidad nunca había sabido a ciencia cierta quién era yo. Y lo probaba el hecho de que me propusiera dejar de ser uno para ser otro. Lo probaba, no lo prueba. Hoy creo haber superado tales preocupaciones, que considero como mera literatura. Un hombre puede tener dos nombres, pero es el mismo hombre; una personalidad puede demostrarse o ejercitarse en distintos aspectos, pero es la misma personalidad. Cuando vivía en Londres, con Ursula, no me planteaba semejantes cuestiones: yo era el que soy, Filomeno, aunque no me guste el nombre. ¡Dios, qué inútil es todo esto, y hasta qué punto fue prueba de inmadurez el que me haya preocupado, el que me haya quitado el sueño! También esto de la madurez tiene su miga. A cada cual le sucede como a la cabeza de los niños, que cuando nacen traen los huesos mal pegados, y hace falta que pase el tiempo hasta que la soldadura del cráneo se haya consumado. Estamos hechos de piezas que encajan, y el encaje es la madurez: con la diferencia de que no basta el tiempo. Así como las manzanas maduran con el sol, los hombres maduramos en presencia de otra persona, en colaboración con ella. Mi proceso de maduración iba bien con Ursula. Se interrumpió, no hubo ocasión a que lo continuase con Clelia, y aunque los tratos con María de Fátima me hiciesen avanzar un tanto, el fracaso de aquellas relaciones era, ante mi conciencia, la prueba de mi relativa incapacidad. Y la guerra, al cesar, me devolvía a mí mismo en el mismo estado en que me había cogido. En mi cráneo quedaba un agujerito, y algo que entraba o salía por él me hacía esperar no sé qué maravillas de mi vuelta a Villavieja. Volví a hacer mi equipaje, pasé por el pazo, dejé las cosas encaminadas y bajo la dirección inteligente de mi maestro, quien me preguntó por lo que pensaba hacer, y a quien le respondí, como siempre, que no lo sabía.

3

El historiador trabaja con todas las cartas en la mano. Su tarea consiste en ordenarlas, habida cuenta de que ese orden no tiene por qué ser siempre el mismo. En la obra del buen historiador se advierte siempre, o se adivina, un componente artístico, algo que acaba remitiendo a las musas, y que quizá sólo sea el resultado de una clase especial de perspicacia, la que permite descubrir relaciones ignoradas, o al menos invisibles, entre los hechos, o inventarlas. La buena historia es como una buena novela escrita con el rigor de un drama. Los hechos sobre los que yo escribía desde mi soledad en el pazo no eran aún historia, sino sólo actualidad. Las conexiones las veía conforme iban pasando, y si es cierto que el final se presentía, o al menos se temía, no estaban claros los trámites que podían llevar a él, ni su orden. Hay novelistas que terminan su novela en matrimonio (más bien ahora autores de películas), y se acabó. Lo que suceda después ya no interesa. Pero todos los que desde un lugar u otro escribíamos acerca de la política del mundo en esos años de la

Guerra Civil española, sabíamos, o estábamos persuadidos, de que todo acabaría en una contienda general. Pero ¿y después? ¿Quiénes iban a ser los contendientes? ¿Y quién iba a ganar? ¿Se repartiría el Viejo Continente entre Rusia y Alemania? Era una solución, no sólo incierta, sino inestable, porque la vocación de unos y otros era de totalidad. Y esta duda coloreaba nuestros escritos de pesimismo intelectual. Se veía claramente que Hitler había entrado en la Historia como un caballo en una cacharrería, y que, a pesar de su modo de actuar, cada una de sus roturas parecía coger de sorpresa a los gobiernos y a los intérpretes de la realidad. ¿Cuál será, dónde será el próximo golpe? Los gobiernos europeos habían perdido la iniciativa, parecían dispuestos a seguir dormitando, entretenido cada uno con sus problemas nacionales, actuando a regañadientes cuando algo exterior los incitaba. En ese caso optaban por el camino más fácil. Esto, al menos, era lo que se me ocurría pensar a la vista de las noticias que me iban llegando; a la vista, por ejemplo, del pacto de Munich y de las tantas reuniones internacionales que lo habían precedido y de las pocas que lo siguieron. ¡Cuidado con el caballo, que no rompa más pucheros! Pero éstas son historias que conoce todo el mundo, que ya están suficientemente explicadas y contadas, no digamos comentadas. Lo que yo intento ahora recordar, y relatar, es mi situación personal, escondido entre bosques y entre vacas, mientras fuera de Portugal la guerra de España terminaba y se preparaba, a corto plazo, la otra. Y lo único curioso de mi caso fue la facilidad del tránsito de mi conciencia de observador, y, a veces, de juez, de lo que acontecía por Europa adelante, y la requerida por los negocios concretos de un propietario agrícola, metido en una empresa de la que no entiende nada, pero por la que se va apasionando día a día. Es cierto que, tácitamente, había delegado la dirección en mi maestro, el cual, cortés como era, no abusaba de su disimulada preeminencia, sino que guardaba las formas y, cuando

5. Largo interregno contado algo de prisa 391

había tomado una decisión, me consultaba sobre su conveniencia. Creí correcto responder con el mío a su interés. Dedicaba las mañanas a la vaquería, y las tardes al estudio de la situación internacional, y actuaba como dos hombres que fueran uno solo que viviese alternativamente en dos mundos sin relación aparente. Si en el uno lo acuciante era el desarrollo de una situación al parecer sin salida, en el otro lo que apuraba era llegar al fin de aquella etapa de vacas preñadas, de lo que iba a suceder cuando nos hallásemos con cien crías en los establos, a las que había que dar salida. La inminencia de la guerra me obsesionaba; la de cien partos obsesionaba a mi maestro. Los partos llegaron antes que la guerra, bastante antes: no todos de una vez, sino escalonados; primero los de las vacas holandesas, y, unas semanas después, los de las suizas. Fueron días de emoción y de jaleo. Había algo de humano, de conmovedor, en aquellas maternidades en serie que presenciamos con curiosidad y estupor.

Mi maestro recibía regularmente cartas de don Amedio. Le respondía dándole cuenta del estado de sus intereses, o, más bien, de su casa y de sus fincas. No traían quebraderos de cabeza, porque eran puro lujo, sino los inevitables cuidados de la conservación y del fisco. Pero aconteció que la *miss* recibió una carta de María de Fátima, a la que siguieron muchas, casi regularmente. Solía dármelas a leer, con el pretexto de la oscuridad de su sintaxis, pero en realidad para que yo las conociese. Ella pensaba, y no me lo dijo, y yo pensaba, aunque lo haya callado, que María de Fátima se valía de la *miss* para comunicar conmigo, para que yo supiese de su vida y de sus desventuras. Nunca lo dijo expresamente, pero la evidencia de su intención no era ni siquiera discutible. Poco a poco fue estableciendo un sistema de claves: decir que recordaba Portugal significaba que no me había olvidado. Y así muchas otras. Nunca leí las respuestas de la *miss*, ni me dio cuenta de ellas, pero supongo que, también de manera indirecta, tendría a María de Fátima informada de mi vida. De esta correspondencia deduje fácilmente que María de Fátima no era feliz, que su relación con su supuesto padre no era fácil, menos aún cordial, que la vida de Río de Janeiro no le satisfacía. Hablaba como de una redención del momento en que su padre decidiera volver a Portugal, hecho que, por su parte, don Amedio remitía a una fecha incierta, aunque lejana. El estado de sus negocios en Brasil, afectados como en todas partes por la situación general, reclamaba su presencia. Llegó a decir en una carta que era una suerte que la muerte de su mujer le hubiera obligado a regresar; de lo contrario, sus negocios se hubieran ido al tacho.

Una mañana de mucha lluvia llegó a mi casa un automóvil de matrícula española, del que descendieron dos señores que querían hablar conmigo. Los recibí. Se me presentaron como comisionados de una empresa ganadera que abarcaba toda Galicia. Se habían enterado de que yo tenía ganado que vender, y venían a tratar de una posible compra. Mandé llamar a mi maestro, ante quien repitieron sus pretensiones, pero con quien hablaron ya de cifras y de formas de pago. Asistí a una conversación que no me atrevo a calificar de disputa, en la que nadie se oponía directamente a nadie, ni se exhibían razones contra razones, sino más bien una intrincada charla hecha de sinuosidades, alusiones, reticencias, rectificaciones, al final de la cual resultó que se habían puesto de acuerdo y que se consideraban comprometidos a una opción preferencial sobre la producción. O sea, dicho de otra manera, que aquellos caballeros nos comprarían todas las terneras y los becerros que pariesen las vacas, pagándolos no sólo según los precios del mercado, sino también de acuerdo con la raza de las madres y la esclarecida prosapia de los sementales. Si calculábamos en ciento el número actual de crías, y en veinte las de uno y otro sexo que debíamos conservar, ellos se comprometían a la adquisición de ochenta, que no estaba mal como principio del negocio. El cual ofrecía, por parte de ellos, ciertas particularidades referidas

5. Largo interregno contado algo de prisa 393

ante todo al modo de transporte, que había de hacerse no en tren, como parecía más lógico y cómodo, habida cuenta de la proximidad de una estación en Valença, sino en camiones por los caminos de la montaña. Esto me sorprendió, aunque no hice observación alguna, pero después me explicó mi maestro que aquellos caballeros representaban a un sindicado poderoso con grandes agarraderas en Burgos, y gente de poder comprometida, y que la mayor parte de sus negocios tenían algo de ilegales. Por lo pronto, nuestro ganado estaba destinado a pasar clandestinamente a España. «Lo cual no debe preocuparnos, porque los riesgos no corren de nuestra parte.» Como habían pagado a tocateja, el asunto quedó allí; pero como cuando vinieron a hacerse cargo del hato, permanecieron un par de días en la aldea, y almorzaron con nosotros, salió, sin yo quererlo, la cuestión de mi ausencia de España y de sus razones. Uno de aquellos sujetos, un tal don Bernardino, personaje jocundo y buen bebedor, me escuchó con atención, y al final me dijo: «¿A usted le gustaría entrar en España, al menos a echar un vistazo a esos bienes que tiene allá?» «¡Hombre, por supuesto!» «Pues déjelo de mi cuenta.» Me pidió ciertos datos, sobre todo los referentes al servicio militar. Al despedirse, me dijo: «Váyase preparando para su próximo viaje a España». No me hice grandes ilusiones, pero algún tiempo después, poco más de dos semanas, aquel sujeto apareció en el pazo en un coche que conducía él mismo; al mediodía, de modo que se le invitó a comer. Y guardó la sorpresa hasta los postres: sacó del bolsillo un sobre y me lo entregó. «Ahí tiene usted un pase de fronteras válido para un año. Durante ese tiempo puede usted entrar y salir todas las veces que quiera, siempre que lo haga por un puesto de Galicia. La jurisdicción de la autoridad que lo firma no se extiende más allá. Cuando vaya a Villavieja no deje de buscarme, o, al menos, de tenerme prevenido. Hay una persona a la que le gustaría hablar con usted.» No dejé de pensar que aquello podía ser una trampa, y se lo comuniqué a mi maestro. «Yo no lo creo. Harán demasiado buenos negocios con nosotros para estropearlos por una jugarreta política que a nadie le interesa. No olvides que, en Villavieja, poca gente, o ninguna, te recordará, y que tu supuesto delito no habrá trascendido de las oficinas militares. Yo, en tu caso, me arriesgaría.» Entré por la frontera de Tuy sin dificultades. Tampoco las tuve en Vigo, ni en el tren que me llevó a mi pueblo, aunque varias veces me hubieran pedido la documentación. No hay que olvidar que mi pasaporte había sido expedido por el cónsul franquista de Oporto. Llegué a Villavieja de noche, sin prevenir a nadie. Hallé mi casa cerrada, aunque una luz encendida en el segundo piso, donde solían dormir las criadas, mostrase que alguien había en ella. Me metí en un hotel aconsejado por el taxista. Nadie dio muestra de conocerme, ni de recordarme. Y ya en mi casa, por la mañana, la vieja Puriña tardó en reconocerme. «¡Ay, el señorito Filomeno!», dijo por fin. ¡Ya era otra vez Filomeno, con aquel aditamento de «señorito» que no acababa de hacerme feliz y que me perseguiría por mucho tiempo! La conmoción sentimental no fue tan grande que temblasen las paredes. Puriña tuvo un gran interés, un interés inmediato, en mostrarme la casa, para que viese lo bien tenida que estaba, igual que si esperase mi llegada. La hallé pulcra, fría y solitaria, como un museo olvidado en que hasta los sentimientos se hubiesen guardado en vitrinas. Mandé traer mis cosas del hotel, y avisé a mi abogado que viniese a verme. Lo hizo y escuchó con sorpresa y cierta sonrisa finalmente comprensiva la explicación de mi presencia. Cuando le dije el nombre de aquel sujeto que me había facilitado el salvoconducto, primero torció el morro, después se echó a reír. «¡Buen pájaro es el tal Bernardino! Pero, a veces, se está más seguro con los sinvergüenzas que con las personas decentes.» Por él supe las andanzas de aquel don Bernardino, hombre de paja de incógnitos, aunque sospechados poderes, y factótum del sindicato ganadero que me había comprado el hato. «Traen a maltraer a los pobres campesinos. Les compran el ganado a precios irrisorios, que ellos imponen bajo amenazas. Luego reúnen el ganado en un lugar donde lo atiborran de sal. Las pobres vacas beben, aumentan de peso, y así lo venden al ejército y a los proveedores de muchas ciudades.» Me mostré pesaroso de haberle vendido mis terneras, ya que iban a padecer, las pobres, de sed artificial. «No. Al ganado como el tuyo no lo venden, lo destinan a mejores empresas. Ten en cuenta que, cuando termine la guerra, habrá que abastecer a la mitad de España, que está hambrienta, y reponer ganaderías... No pases cuidado por tus becerros.» De lo que me contó mi abogado, lo más importante fueron las dificultades en que se halló metido para evitar que requisaran mi casa con el pretexto de que estaba vacía, para no sé qué organización patriótica.

A pesar de los informes, y por consejo del mismo abogado («Con esta gente hay que andarse con ojo, porque lo mismo que te dan facilidades, te las quitan; lo mismo que te ayudan, te hunden»), mandé recado a don Bernardino, quien me dio una cita en un café. «Vamos a ver a ese comandante que tiene interés en conocerle.» Me llevó a un edificio militar, en el que entró como Perico por su casa. Se anunció y fuimos recibidos. El despacho era vulgar, polvoriento. Un sorche pelado escribía a máquina; el comandante lo mandó retirar. Era, el comandante, un tipo alto y magro, de buena raza, pero con algo decadente o degenerado en la mirada; un brillo vacilante, a veces turbio, que divagaba por el espacio. Movía con dificultad el brazo derecho, de modo que me tendió la mano izquierda y explicó que eran las consecuencias de la guerra. La conversación fue de lo más corriente; me hizo preguntas acerca de mi situación, y yo le respondí con la verdad a todas ellas. Se interesó sobre todo por mi permanencia en París y por mi oficio actual de analista de las dificultades internacionales. «De eso me gustaría hablar con usted, mire.» Don Bernardino, que no había intervenido, propuso un almuerzo en no sé qué restorán, y desde allí mismo hizo, por teléfono, la reserva. El comandante, en cuanto nos sentamos a comer, fue directamente al grano. «Explíqueme la situación. Aquí, las noticias vienen tergiversadas y nadie sabe a qué atenerse, salvo los de muy arriba, que, sin embargo, tampoco están seguros.» Hablé durante un buen rato, di mi visión particular, o más bien personal, de cómo andaban los negocios de la política en Europa y fuera de ella, y de lo que yo juzgaba la causa de sus sobresaltos. «Luego, ¿usted cree en una próxima guerra?» «Será difícil evitarla.» «¿Ganarán los alemanes?» «Mi oficio no es de profeta.» «Pero usted conoce mejor que yo la magnitud de su armamento.» «Sí, es superior al de Francia, Italia e Inglaterra juntos.» «¿Cree que Mussolini se pondrá de parte de Francia?» «Todo depende de quién pueda más en su ánimo, si su ideología o los intereses de Italia. Pero no olvide tampoco el temor de una invasión, inevitable, desde Austria.» «¿No lo tiene por inteligente?» «Sí, pero los hombres inteligentes son los que cometen los más grandes errores.» «¿Qué opina usted de nuestra guerra?» «Apenas he vivido en España. Me faltan datos para opinar.» «Pero usted lee la prensa del mundo.» «Sí, pero no me fío de ella.» «¿Es usted de los que todavía esperan que ganen los republicanos?» «Después de la batalla del Ebro, no.» No pareció complacerle demasiado mi respuesta, aunque tampoco dijo nada que revelase algún disgusto. De repente, la conversación cambió de tono. Don Bernardino insinuó algo, el comandante le respondió, y empezaron los chistes verdes y los políticos. Don Bernardino hablaba mal de Franco, cuya victoria, sin embargo, deseaba no por razones ideológicas, según inmediatamente comprendí, sino porque era la condición de que sus planes económicos alcanzasen las dimensiones apetecidas, o, por lo menos, soñadas: nada menos que una especie de imperio agropecuario que abarcase toda España. «Y no es ningún disparate, créanme. Por ahora aquí vamos comiendo, pero en cuanto termine la guerra em-

5. Largo interregno contado algo de prisa   397

pezarán las dificultades. Habrá que dar de comer a la otra media España. Para entonces es para cuando hay que estar preparados.» Las miradas que se cruzaban entre el comandante y don Bernardino revelaban sin grandes dudas su connivencia; pero como también a veces me miraban a mí, llegué a comprender que, en aquel proyecto de invasión vacuna de la España derrotada, mis vacas eran un dato.

Estuvimos charlando hasta tarde. El comandante había bebido bastante, y tenía la mirada más revuelta y más triste. A don Bernardino, cada copa le aumentaba la locuacidad, sus chistes eran cada vez más irrespetuosos y agresivos. Hubo un momento en que calló y pareció adormecerse. El comandante lo aprovechó para inquirir de mí el grado de amistad política de los portugueses hacia el estado del general. Cuando don Bernardino regresó de su viajecito al sueño, aseguró con palabras contundentes que aquello había que rematarlo en juerga. Pero el comandante tenía que hacer algo. Quedamos en los soportales de la plaza a eso de las ocho.

El comandante venía de gabardina y boina; don Bernardino, muy puesto, con abrigo y sombrero. Desde el principio tomó la iniciativa, que consistió en comunicarnos sus planes. «Se me ocurrió telefonear a casa de la Flora. Nos esperan en el salón reservado.» El nombre de la Flora no me traía recuerdos, pero en seguida imaginé que se trataba de un burdel. Y si bien era cierto que mi ánimo no estaba para putañerías, los seguí, a aquellos dos, por calles que había olvidado, hasta una estrecha, que caía tras un ábside románico. No había más luz que la de un farol antiguo con una bombilla macilenta. Más que alumbrar, agrandaba las sombras. Dejaba ver, sin embargo, un ventanal del ábside, ornamento de monstruos y geometrías.

Don Bernardino nos precedía, como cliente favorecido. No llamó a la puerta, sino que la empujó. Nos condujo, por una escalera rechinante, hasta otra puertecilla, ésta barnizada y reluciente, tras la cual nos esperaba el salón de la Flora, quiero decir el salón privado, aquel al que sólo tenían acceso los golfos distinguidos. Había otro, en la planta baja, para la soldadesca y los horteras; de este segundo salón llegaban, como desde una lejanía, los rumores de una juerga con guitarra. Don Bernardino dejó encima de un sillón las prendas exteriores de su atuendo, y nos invitó a que hiciéramos lo mismo. De pronto, desapareció. El comandante y yo llenamos el silencio con unos cigarrillos que yo ofrecí, que él encendió con un mechero anticuado, de los de campaña. Don Bernardino regresó con la Flora; una cincuentona delgada, de bastante buen ver, aunque un poco desmayada. Llevaba al cuello un medallón de oro de la Virgen del Carmen. Al comandante ya lo conocía. Yo le fui presentado como Filomeno Freijomil. Se me quedó mirando. «¿El hijo del difunto senador, que en gloria esté?» Le respondí que sí. «Tenemos que hablar, muchacho.» Le encargaron bebida, la trajeron unas chicas medio desnudas, algo así como un remedo ridículo y algo cursi del París de la leyenda. Bebieron con nosotros, se nos sentaron en las rodillas, siempre riendo a carcajadas y diciendo groserías. La que a mí me tocó, una rubia gordita, que decía ser berciana, a una señal de la Flora me abandonó y se perdió de vista. La Flora me indicó con la mano que me estuviera quieto, y lo estuve, fumando cigarrillos, mientras asistía al espectáculo de la cachondez estrepitosa y ordinaria de don Bernardino, al entristecimiento progresivo y cruel del comandante. Fue el primero en marcharse con su chica; don Bernardino lo siguió casi inmediatamente. Entonces, la Flora se sentó a mi lado, me ofreció otra copa (por cuenta de la casa) y se quedó callada. Comprendí que quería decirme algo y que no sabía cómo empezar. O acaso no estuviese aún decidida. Un cigarrillo nos aproximó, pero no le soltó la lengua. Decidí ser yo quien rompiese la barrera. «¿Por qué le indicaste a aquella chica que se fuese?» «Porque se ocupan con soldados de los que vienen del frente, y a saber qué mierdas

5. Largo interregno contado algo de prisa

les dejan. Siempre tengo a alguna en el hospital.» «¿Y los otros?» «¡Ah, los otros, que los coma una centella!» «¿Por qué?» A esto no supo o no quiso responderme más que con un mohín bastante despectivo. Sólo después de un instante añadió: «Son unos hijos de puta, y no me gusta verte con ellos». No sé qué cara puse: tuvo que ser muy rara para que ella se apresurase, no a rectificar, sino a explicarse, y lo hizo de manera larga y minuciosa, no acusándolos de ningún pecado, sino exponiendo las razones por las que, sin aparente justificación, se había metido en mi vida. Había sido amiga de mi padre, y eso era todo. Se había acostado con él muchas veces, y eso le hacía sentirse un poco mi madre, «con el perdón de la difunta, que Dios haya; pero Él sabe bien que nunca le quité el marido, pues cuando anduvo conmigo, ella ya estaba muerta». Pasados los primeros minutos de sorpresa, las primeras palabras que me costó trabajo encajar, me sentí, de repente, atraído, no tanto por lo que me iba diciendo, como por lo que podía decirme. Le pregunté por mi padre. «¿Y qué quieres que te diga? Lo que yo pueda saber siempre será lo que vemos las putas. Y un hombre con una puta no se porta como con las demás personas. Con nosotras son distintos. Les salen cosas que ellos mismos no saben que llevan dentro. A unos, la pena; a otros, la maldad.» «¿Y a mi padre?» «Tu padre no era feliz, y eso era lo que le salía. Tenía de qué arrepentirse. Una vez me confesó que le había hecho un hijo a una criada y que luego la había despedido.» «Eso ya lo sabía yo.» Y tuve que espantar, para seguir escuchando a la Flora, un montón de recuerdos repentinos, impertinentes. «También dijo una vez que tú no lo querías.» «¿Y era eso lo que le hacía desgraciado?» Pareció recordar, o meditar. «Eso nunca se puede saber, *filliño*. La desgracia la lleva uno consigo, como el caracol su casa, y a veces nadie quiere enterarse de quién es el culpable, si lo hay. Ya ves: aquí me llegan muchachas desgraciadas. A una la abandonó el novio con un hijo; a la otra la violó su padre, y su madre la echó de casa.

Eso es lo que cuentan, pero ¿cuál es la verdad que callan? Yo no se lo pregunto. Cada uno es cada uno, y allá Dios con todos. Tu padre no era feliz, eso no había más que verlo, a pesar de tenerlo todo. Nunca sonrió en la cama, nunca le vi alegre, al llegar o al marcharse. Era de esos que vienen a las putas lo mismo que un hambriento va a la taberna a comerse un bisté. Lo hacía, además, como si le diera vergüenza, y salía de aquí más avergonzado de lo que había entrado. Pero no empezó a venir de joven, cuando se quedó viudo, o, al menos, yo no se lo oí contar a nadie. Tampoco venía cuando iba a Madrid todos los meses, porque allá se corría sus juergas, digo yo, con otra clase de mujeres, más refinadas. Empezó a visitarme después de lo de la criada. Yo aún no era el ama, y tenía buenos clientes. Tampoco padecía del corazón, como ahora, que cualquier día espicho, sobre todo si sigo fumando. A tu padre, como te dije, le mordía la conciencia de lo de la criada. No se cuentan esas cosas más que cuando lo hacen a uno desgraciado.» Me atreví a preguntar a la Flora por la sífilis de mi padre. «¿Lo sabes?» «Alguien me lo contó.» «Pues esa mierda que lo llevó al otro mundo no se la regalé yo, bien lo sabe Dios, sino que fue con una nueva, una de esas de los cafés cantantes, que se veía a las leguas que estaba podrida. Bien se lo dije cuando la trajo aquí. "Ándate con cuidado, que ésa no es trigo limpio." No me hizo caso. Parecía como si lo buscase. Y no es que tuviera celos, pero una tiene que tomar sus precauciones. "A mi cama no vuelvas si vas con ella." No volvió.» Dio un suspiro, la Flora, como si aquellas palabras le hubieran traído pena con los recuerdos. Me atreví a preguntarle si había estado enamorada de mi padre. «En este oficio, ¿quién puede decir que esté enamorada? Las cosas son distintas. Pero la verdad es que le tomé cariño, por la lástima que me daba, un hombre como él, que se reconcomía sin consuelo. Si hubiera estado enamorada, no me habría importado que me contagiase. Nosotras somos así. Pero me dio miedo. Gracias a Dios y a la Vir-

5. Largo interregno contado algo de prisa

gen del Carmen –y se llevó la mano al medallón de oro– algunas mierdas pequeñas tuve, pero nunca ésa. Cuando tu padre murió, que no había nadie aquí de la familia, tú no sé dónde andabas, mandé decir unas misas por su alma, ya ves. Y ahora te cuento todo esto no sé por qué. A lo mejor tienes otra idea de tu padre, y saber que no era malo te viene bien.»

De pronto, se echó a llorar. No estrepitosamente, ni con hipidos o congoja, sino con lágrimas tranquilas. «Bueno, no hablemos más de eso. Los muertos ya están muertos, y Dios habrá sido justo con ellos. Ahora vamos a lo presente. Si vas a quedarte aquí, y necesitas una mujer, me llamas por teléfono y me lo dices. Yo sé de algunas que lo hacen por necesidad, y no por vicio, muchachas educadas, venidas a menos, o hijas de fusilados. ¡Hay tanta gente en malos pasos! Como esta casa está detrás de la iglesia, ellas entran por la puerta principal, como si fueran al rosario, y salen por la trasera, que cae justo al otro lado de la calle, donde hace sombra. No se dio el caso de que las hayan descubierto, ni que se sospeche. Hay hombres casados que les gusta echar una cana al aire, y que callan la boca por la cuenta que les tiene. Les pagan bien, a las pobres. Hay una que te vendría de perlas, jovencita y de buen ver. Dicen que es muy alegre en la cama. Si quieres, mañana, a esta hora... Puedes fiarte de ella, y, desde luego, de mí.» Acepté el ofrecimiento por cortesía, y un poco también porque aquella mujer me había caído simpática. Quedamos para el día siguiente al caer la tarde. «Ahora vete. Ya te disculparé con ésos. No me gustaría volverte a ver con ellos.» Antes de marchar, le pedí que me hablara de don Bernardino y del comandante. «Don Bernardino es un sinvergüenza, todo el mundo lo sabe. Viene aquí, toma unas copas, se ocupa y se marcha sin pagar, como si el negocio fuera suyo, todo a cuenta de no sé qué favores o protecciones de que presume siempre, como si estuviéramos vivas gracias a él. Y yo aguanto porque, en este trato, una nunca está segura, y cualquier inspección te puede cerrar la casa sin pretexto. El otro, el comandante, es un cenizo. Paga, eso sí, pero se porta mal con las chicas. Sólo quieren ir con él las que no lo conocen, como esta de hoy. Dicen que las hace sufrir, y que les pide cosas de las que no están bien. Y, ¡qué coño!, también las putas tenemos nuestra dignidad.» Me llevó hasta la calle por la escalerilla trasera. Estábamos a la puerta, cuando salió de las sombras una mujer con el rostro cubierto con un velo, dijo «Buenas noches» y echó escaleras arriba. La Flora me miró, me dio un empujoncito y cerró la puerta. Quedé solo bajo la lluvia, y caminé por callejas en sombra. Recordaba a mi padre y me daba cuenta de que no lo entendía ni lo había entendido jamás. Aquella pena póstuma me duró poco.

Estuve unos cuantos días en Villavieja del Oro. No volví a ver al comandante; aunque sí a don Bernardino. Por las preguntas que me hizo, deduje que se sentía repentinamente interesado por la política exterior. «¿Y usted cree que, si hay guerra, los alemanes llegarán hasta Irún?» No me fue difícil deducir que su caletre maquinaba suministros de carne en cantidades millonarias al ejército invasor. ¿Quién sabe si mis vacas alimentaron a los ocupantes de Francia? Por lo que fui sabiendo, compró mis crías varios años seguidos, hasta que se acabó la guerra. Pagó siempre bien, puntualmente. Según me informó mi maestro, desapareció de repente, o, más bien, no vino cuando se le esperaba, y no volvió más. Hubo que pensar en otros compradores para nuestro ganado, pero entonces ya había cambiado el rumbo de mi vida.

6. La frustrada resurrección de Sotero y la apoteosis funeral de la Flora

1

A Emilio Roca se le veía hacer el mismo diario recorrido, sin descanso dominical: muy de mañana, los despachos de los bancos y de las cajas de ahorros; después, los cafés del centro; por último, la estación del ferrocarril, a la hora en que pasa el tren para Madrid. Llevaba un cartapacio bajo el brazo, y se dirigía a la gente, o, mejor, a las personas: «¿Quiere usted un poema?», preguntaba unas veces, y otras: «¿Le interesan a usted unos versos?» Como Emilio Roca ejercía la poesía satírico-narrativa de alcance estrictamente local, solía vender cada mañana de veinte a treinta de aquellas hojas editadas clandestinamente en ciclostil, comentadas en los corrillos, en las mesas de los cafés y, en las casas particulares, a la hora de comer. Tenía, por supuesto, más lectores que compradores, y disfrutaba de una excelente, aunque un tanto maligna, reputación local; no así de la generosidad de cierto público, que lo leía y reía a costa de sus versos sin gastar una peseta. Emilio Roca, a veces, se metía con la autoridad constituida, y no por alusiones, sino por frases paladinas, y entonces la policía lo detenía, le ponía una multa y, como no podía pagarla, iba a la cárcel por una quincena, un mes o veinte días, según la gravedad de la ofensa. Durante estos períodos de encierro, la familia Roca, esposa, tres hijas mayores y dos muchachos, vivían como podían, y con frecuencia no podían vivir. Entonces pedían limosna discretamente o pasaban hambre. «¿Qué comerán estos días los hijos de Emilio Roca?» «Pues las pasarán putas.» Pocos les enviaban un duro o un kilo de jarrete para que hiciesen un caldo de mínima sustancia. Emilio, en la cárcel, ahorraba pan y cuando los domingos iban sus hijas a comunicar (su esposa estaba impedida), tenía preparada una bolsita de mendrugos que el visitante se llevaba para poder al menos guisar unas sopas de ajo. «Pero, don Emilio, ¿ya está otra vez aquí? ¿Cómo no aprende? Si en vez de meterse con el alcalde, lo elogiase, lo podía pasar usted tan ricamente.» «Sí, señor, director, lo comprendo, y a veces se me ocurre escribir un soneto dándole cobas; pero no sé qué tienen mis versos, que siempre me salen satíricos, y ya ve.» «Lo comprendo, don Emilio, pero ¿qué más le da un alcalde que otro? En el fondo, todos son iguales, los de ahora y los de antes.» «¡Y qué razón tiene, señor director! Todos son igualmente cabrones.» Cada vez que salía de la cárcel se prometía a sí mismo no reincidir y limitar sus agresiones verbales a la estanquera que no le fiaba el tabaco, o a cierta señorita de la localidad que andaba de picos pardos, pero después, si no se metía con el alcalde, se metía con la guardia municipal, que era peor, y ¡hala!, otros quince días a la trena. Cuando me conoció, la primera vez que fue a la cárcel, le mandé unos duros a la familia. Se lo dijeron. Me envió desde la celda un largo poema laudatorio, y me sentí comprometido ante mi propia conciencia a mantener a la esposa impedida, a las tres hijas que ya empezaban a putear, y a los dos mamalones de sus hijos, hasta la próxima. Fue una de las acusaciones que se me hicieron en su momento, la de favorecer públicamente a un enemigo del régimen; acusación basada, desde luego, en los

6. La frustrada resurrección de Sotero...

hechos, pero bien sabe Dios que mis razones no eran políticas, sino sólo humanitarias. A mí, Emilio Roca me caía bien, como a todo el mundo, y si su indudable estro se había especializado en lo satírico, bien compensado estaba por otros estros orientados exclusivamente a la pelota. Emilio Roca, cuando estaba en libertad, era uno de los asiduos a mi tertulia nocturna en el café cantante La rosa de té, título bajo el que no podía cobijarse ningún antro, sino un lugar entretenido a cuyas funciones de tarde acudían numerosas familias de las mejor miradas de Villavieja. Claro que las funciones de noche eran menos decentes, y en alguna ocasión, no por culpa del dueño, incurrirían en la más desenfrenada indecencia, según los criterios vigentes; pero el dueño, don Celestino, pagaba el pato lo mismo; quiero decir, la multa que le imponía la autoridad. «Comprenderá usted, don Celestino, que hay cosas ante las que no se puede hacer la vista gorda. Hoy viene una denuncia en el periódico de que, anoche, la bailarina de turno se quitó las bragas en escena.» «Sí, querido inspector, yo no lo pude evitar. La gente empezó a gritar: "¡Que se las quite, que se las quite!", y usted ya sabe cómo es esa clase de mujeres. Pero le aseguro que no volverá a suceder, se lo aseguro por la memoria de mi madre.» «Sí, hombre, lo comprendo, pero si el periódico se lo hubiera callado...» «Lo del periódico, señor inspector, es otra cabronada. El tío ese, Villaamil, que es el que escribe la noticia, viene aquí todas las noches a chupar del bote, y a veces se pasa. No se puede, señor inspector, pedir una botella de champán para invitar a una furcia, y largarse sin pagar. Fue lo que sucedió anoche. ¡Y bien que se reía el muy cabrón cuando la tía se quitó las bragas! Como luego pasé la cuenta...»

A la peña nocturna de La rosa de té venía también don Agapito Baldomir con su vademécum. Don Agapito Baldomir había sido maestro nacional, pero lo dejaron cesante a causa de sus ideas republicanas. Por fortuna, la esposa de don Agapito tenía tierras por la parte del Ribeiro, y sacaba de ellas para ir tirando la pareja, que no tenía hijos. Don Agapito, además, daba clases clandestinas a algunos muchachos a los que se les ponía el latín de pie, y él, que lo sabía bien desde el seminario, y que tenía buenos métodos, conseguía que acabasen aprobando, de modo que nunca faltaba por este lado un ingreso de treinta o cuarenta duros, de los cuales su mujer le dejaba la mitad para sus gastos; porque un hombre necesita tener un duro en el bolsillo y no andar siempre pidiendo para tabaco o para tomar café. A don Agapito su mujer le permitía acudir a las tertulias nocturnas, a pesar de las cupleteras y sus excesos, gracias al buen cartel que tenía con ella y que ella se cuidaba de propalar. «Es un hombre que cumple, ¡vaya si cumple!, a pesar de sus cincuenta años.» Para cumplir en casa, como don Agapito cumplía, no se podían hacer dispendios con suripantas nocturnas, esto era obvio. Para la señora Baldomir, a quien alguna vez hallé en la calle en compañía de su marido, yo sería una especie de sabio si no fuese antes una especie de santo. ¡Lo que son las cosas! Por esta razón, y porque en la peña nocturna, según don Agapito, sólo se hablaba de temas intelectuales, la señora de Baldomir le permitía acudir todas las noches, a condición de que, después, en la cama, él le contase de qué se había hablado, y algo de lo que se había visto, y así poder amarse dulcemente.

Don Agapito Baldomir llevaba dentro del vademécum su poema *Panta*, debajo de cuyo título, caligrafiado según el estilo más florido, rezaba entre paréntesis la traducción castellana: *Todo*. *Panta* era un poema cosmogónico escrito en aleluyas y mecanografiado en papeles de distintos colores, cada canto del suyo, de modo que, cerrado y encuadernado, mostraba un arco iris que invitaba a la lectura, como un helado o un caramelo multicolores invitan a comérselos. Don Agapito llevaba siempre consigo el texto del poema por la seguridad que tenía de que mucha gente estaba dispuesta a robárselo y plagiárselo, y también porque, en realidad, se trataba de un poema inestable y bastante confuso, cuyo primer capítulo parecía condenado a no encontrar jamás la forma definitiva. Don Agapito era un hombre escrupuloso, y, a pesar de las dificultades policiales que impedían la entrada en el país de las últimas ideas científicas, él conseguía averiguar qué pensaban los sabios acerca del origen del universo en dispersión, y como cada semestre, más o menos, llegaban ideas nuevas, él no tenía más remedio que reformar sus pareados e introducir en el poema las novedades, bien como afirmaciones definitivas, bien como hipótesis. Si bien es cierto que se consolaba con la estabilidad del segundo capítulo, o canto, una parodia del Génesis de la que se sentía muy orgulloso, sobre todo al pensar que, después de aquellas aleluyas, nadie podría aducir en serio, como argumento científico, la historia de Adán y Eva y la insostenible tesis del pecado original. Don Agapito se puso de mi parte después de la escisión de los contertulios del Café Moderno, y me siguió también cuando la disputa entre Agamenón y Aquiles a causa de Briseida se decidió a favor de Agamenón y hubimos de emigrar de La rosa de té. Pero ésta es otra historia.

Mi crédito, en Villavieja, comenzó como un estallido, como un fulgor inesperado que, paulatinamente, se va apagando en virtud probablemente de la misma ley que rigió el incremento de su esplendor. Cuando llegué, nadie sabía a ciencia cierta de dónde venía, ni dónde había pasado los años de la guerra, ni mucho menos que hubiera sido corresponsal de guerra de un diario lisboeta, ni podían tampoco sospecharlo, porque mi libro de crónicas aún no fuera publicado. Esta incertidumbre, que yo no me molestaba en aclarar, me encasquetaba un resplandor de misterio, algo así como un aura que rodease mi cabeza y me confiriese una condición vecina a la santidad, aunque de signo bastante ambiguo. Los que aseguraban saber de buena tinta que yo había pasado todos aquellos años en París, se dividían en dos bandos, no necesariamente enemigos, ya que una cosa no quitaba la otra y podían complementarse. Los unos me atribuían enredos de espionaje y de mujeres, acaso un único enredo, aunque complejo, y se preguntaban cómo me las había compuesto para no caer en manos de las SS. «Porque unas veces habla de París, otras de Londres, y durante la guerra no debía de ser muy fácil viajar de Francia a Inglaterra.» Los segundos se limitaban a imaginarme entregado a una vida intelectual y galante, digamos de escritor mujeriego, más o menos bohemio, aunque más mujeriego que escritor, sin inquirir demasiado a fondo en cómo había podido sortear los peligros de las policías políticas. «Porque una cosa está segura: no era de los nazis. De lo contrario, sería bien visto por los que mandan aquí, y todos sabemos que desconfían de él.» La verdad fue que ni los unos ni los otros andaban demasiado acertados, pero todos ellos me acuciaban para que les contase cosas, unas veces políticas; otras, pornográficas. Mi reputación, para los contertulios del Café Moderno y, gracias a ellos, para la gente en general, al lado de un matiz que no se atrevían a reconocer como heroico, situaban otro que tampoco se decidían a calificar de depravado, pero que se le aproximaba. «¡Parece mentira a lo que ha llegado el hijo de don Práxedes Freijomil, tan de derechas!» No faltaba quien se santiguase. Todavía conservaba París, para aquella gente, el prestigio diabólico de capital del mundo, que implica la capitalidad del vicio y quién sabe si la del crimen.

De todas maneras, el fundamento más sólido, y, aunque parezca raro, el más peligroso de mi fama local, era mi conocimiento de la literatura y de los movimientos artísticos anteriores y contemporáneos de la guerra: acerca de estas materias, cuando se suscitaban dudas, en última instancia se me consultaba. Los intelectuales de Villavieja habían presumido siempre de estar al día, y ahora padecían del aislamiento en que la censura los tenía confinados. Se sabía vagamente que en París acontecían cosas de las que sólo llegaban noticias insuficientes, las olas mansas de una tempestad lejana. «¿Qué es el existencialismo? ¿Quién era Sartre?» Y a estas interrogaciones, verdaderamente angustiosas, yo no podía responder porque eran fenómenos posteriores a mi salida de Francia. Si por medio de amigos y subrepticiamente lograba que desde Lisboa me enviasen un libro, después de leerlo, y, a veces antes, se lo pasaba a aquellos hambrientos de letra impresa, insaciables como los hambrientos de Dios: siempre en secreto y con precauciones, pero aunque ninguno de aquellos libros haya caído en manos policiacas, no dejaba de decirse que yo recibía del extranjero, bajo cuerda, literatura subversiva. ¿Por conductos masónicos? En ciertos medios no se hallaba otra explicación. Mi correspondencia era escrupulosamente examinada y más de una vez tuve que ir a una oficina y explicar a un funcionario de rectitud incomparable y escrupulosa ortodoxia el significado exacto de unas frases sospechosas. «Esa María de Fátima de que siempre le hablan, ¿no es una palabra clave? ¿No será la república?» «Descuide, señor. Sólo se trata de una mujer bonita y desgraciada.» No quedaba el chupatintas muy convencido.

Todo esto acontecía, digamos, en las catacumbas intelectuales de la ciudad, en aquellos restos de pasado que la fortuna o el desprecio de los vencedores habían dejado incólume, y que, por fidelidad a tiempos que ya empezaban a ser remotos, seguían reuniéndose en el mismo café al que antaño concurrían los Cuatro Grandes, aquellos definidores indiscutidos de la realidad que yo había conocido en mi niñez. «¡Ah! ¿Usted llegó a conocer a don Fulano?» Mi respuesta afirmativa me situaba en el grupo (cauteloso) de los que los habían tratado; gente toda ella mal mirada por el estamento oficial, gente de pésima recordación. Sin embargo existía en la ciudad otro mundo, el de la cultura visible y triunfal, en el que llevaba la voz cantante doña Eulalia Sobrado. ¡Ay, aquella doña Eulalia! Cuarentona de buen ver, famosa por la perfección de sus piernas y por la oportunidad de sus citas de Menéndez y Pelayo, desempeñaba una cátedra provisional de literatura en la que sustituía a un antiguo profesor titular, fusilado por sus ideas y, sobre todo, por su contumacia. ¡Hasta el final las había defendido el pobre, hecho todavía más heroico si se considera que ninguna de ellas era suya! Tampoco lo eran las de doña Eulalia, si bien, a causa de su coincidencia con la ideología oficial, no sólo se le permitía exponerlas, sino sobre todo defenderlas, y en la defensa de cualquier idea doña Eulalia era un espectáculo más que intelectual, erótico. Hasta los rojos más recalcitrantes se dejaban acariciar por la dulzura cachonda de su voz, y es de temer que la arrogancia y la movilidad de sus pechos (no se sabe por qué con fama de afrancesados) arrancase a muchos radicales disimulados gemidos de ilusión sin esperanza, porque, según uno de los pliegos poéticos de Emilio Roca, era una mirada con el ideario político de sus supuestos amantes. Había publicado, durante la guerra, una novela patriótica de amor y sacrificio, muy discutida en su tiempo por cuanto los protagonistas, al despedirse, se besaban, y no con un beso casto en la frente, sino en la boca, largo y estremecido, un beso al que seguían unos puntos suspensivos. ¡La que se armó, Dios del cielo, por los puntos suspensivos! Su significación era indudable, y a nadie le cupieron dudas. Un rojo ruidosamente converso, que ejercía en el periódico local las recensiones literarias, después de elogiar las buenas intenciones patrióticas de doña Eulalia, se entretuvo en descifrar los puntos suspensivos, y lo que salió fue el pecado. ¡Aquellos puntos suspensivos, por increíble que fuera, destruían los efectos patrióticos y moralizantes de la novela! Ya estaba bien, como concesión al naturalismo, que se besasen en la boca; pero ¡con puntos suspensivos...! ¿Qué iba a ser de las buenas costumbres si las parejas daban en besarse en la boca con puntos suspensivos? Durante unas horas, doña Eulalia quedó en entredicho; pero se defendió de las acusaciones

6. La frustrada resurrección de Sotero... 411

puritanas diciendo que los pecadores habían pagado su pecado; él, muriendo en el frente; ella, ingresando en una orden hospitalaria de la que no pensaba salir. También doña Eulalia tenía su mote, *Defensora de Occidente,* cuyos valores mentaba a troche y moche, y Emilio Roca le había escrito un romance en el que se decía que a la *Defensora de Occidente* le habían metido varios goles. Acerca de este romance corría la leyenda de que doña Eulalia había mandado llamar al poeta, que lo había recibido ligera de ropa, y le había dicho que le metiera un gol, pero que Emilio Roca había salido pitando: pura calumnia, de la que el que peor quedaba era el poeta. «¡Pues claro que le hubiera metido un gol! Esto lo sabe hasta mi madre.» Como se ve, la gente es peor todavía que los poetas deslenguados. Esta doña Eulalia, no sé por qué, la tomó desde el principio conmigo, y no es que me nombrase en sus multitudinarias conferencias del Liceo, ni en sus artículos del periódico, imperiosos como códigos, sino que me aludía, y hasta me puso un mote, *El Afrancesado,* que fue para ella como el maniqueo con quien idealmente se discute y a quien verbalmente se vapulea. ¡*El Afrancesado* reunía en uno solo todos los pecados espirituales y bastantes de los otros! Aunque debo decir, en honor a la verdad, que con éstos no se metía excesivamente, no sé si por falta de información o por la castidad de su palabra, incapaz de referirse, ni siquiera por palabras oscuras, a ciertas inmundicias. Alguna de las cuales, por cierto, se le atribuía a ella en colaboración con un canónigo elegante que actuaba por lo menos como su consejero y director espiritual, en el más amplio sentido de la palabra; pero era un rumor para uso exclusivo de los medios republicanos: en ellos se había inventado y de ellos no salía. Oírla a ella era como oírlo a él, aunque en sordina. El tal canónigo disfrutaba de la más atractiva manera de mandar, la de mandar desde la sombra, un poder aureolado de llamas, pues había sido él no sólo el expurgador de las bicicletas públicas, sino el que había puesto fuego, en medio de la plaza, a los montones de libros nefandos seleccionados por su certera opinión, mientras la charanga del ayuntamiento ejecutaba un arreglo para quinteto de viento de la marcha triunfal de *Aida*. Le llamaban don Braulio y todo el mundo sabía que tenía al obispo en un puño. Cuando yo regresé a Villavieja, y recordé la costumbre, necesariamente interrumpida, de invitar al obispo a tomar chocolate con churros al menos una vez por semana, le escribí al prelado una respetuosa carta recordándole los buenos tiempos de antaño y proponiéndole reanudar aquellas dulces, aunque indigentes, veladas. No me respondió personalmente, pero en su lugar apareció don Braulio. «Usted comprenderá que el señor obispo, antes de aceptar su invitación, necesita saber cómo es usted, y me mandó averiguarlo.» «¿Viene usted a examinarme?» «En cierto modo, pero no se ofenda. Lleva poco tiempo entre nosotros y ya goza de dudosa reputación. No le costará trabajo admitir, creo yo, que el señor obispo no quiera comprometer la suya.» Le dejé que hablase. Lo hizo con elocuencia rebuscada y un juego muy convincente de las manos, unas manos delicadas que quisieran para sí muchos manoseadores. Al terminar le dije: «Mire usted, padre: todo lo podemos reducir a una cuestión bastante sencilla. Entre esta casa y el palacio de enfrente hubo siempre relaciones, unas veces buenas, otras malas. Cuando las relaciones eran buenas, se abría el portón del zaguán, que cae frente al palacio; cuando eran malas, se cerraba, y se abría la puerta lateral, que es menos solemne. Y la gente sabía lo que quería decir este juego de puertas. Lo que yo necesito es que me diga claramente cuál de las dos debo mantener cerrada». El preste se echó a reír. «¡Eran muy ingeniosos los antiguos! Pero, amigo mío, tiene usted que darse cuenta de que los tiempos han cambiado. Antes, el poder se lo repartían ustedes con el obispo. Hoy ustedes carecen de poder, y los términos de la relación tienen que ser otros: de obediencia por la parte de ustedes, de indulgencia por la nues-

6. La frustrada resurrección de Sotero... 413

tra. Ya no hay igualdad como antes, ustedes ya no nombran obispos. Y la sumisión hay muchas maneras de mostrarla. Por ejemplo, todo el mundo sabe que usted tiene libros, los antiguos de la casa y los que ha traído del extranjero. Entre ellos hay seguramente muchos que figuran en el Índice; su posesión pone al que los retiene en grave riesgo moral. Un obispo, como usted fácilmente comprenderá, no puede ser asiduo visitante de una casa en la que se guardan libros prohibidos. ¿Me deja que eche un vistazo a los suyos?» «¿Para qué?» «Para decirle cuáles ha de quemar si quiere que el obispo le visite en su casa.» No esperaba aquella proposición, no pude (o no supe) responderle, al menos de momento. Quiero decir que vacilé. «Se me ocurre decirle, señor canónigo, que si el señor obispo ignora los libros que hay en esta casa, no hay razón para esos escrúpulos de conciencia.» «Señor Freijomil, en este momento soy la conciencia del obispo, y no puedo engañarme.» «Entonces venga conmigo.» Le llevé al cuarto de los libros, donde parte de ellos estaban ya en sus anaqueles, y otra parte yacía en el suelo, en montones. «Ahí los tiene. Véalos.» Leyó unos cuantos títulos. Quedó perplejo. «Se trata de literatura desconocida. Tendría que leerlos uno a uno.» «¿Cuánto tiempo cree que tardaría?» Los libros eran muchos. El canónigo volvió a repasarlos. Yo acudí en su ayuda. «Señor canónigo, si usted conoce medianamente el francés y el inglés, pues doy por descontado que sabe el portugués, podemos calcular en tres o cuatro años el tiempo de lectura. ¿Le parece que aplacemos para entonces la visita del obispo? Pero hay además una cuestión de conciencia, no de usted, sino mía, que se me ocurre ahora. ¿Está usted suficientemente preparado para la lectura de alguno de estos libros? ¿No le perturbarán gravemente?» «¡Esa duda de usted me demuestra que son libros peligrosos!» «Para usted, por supuesto, señor canónigo. Para mí no lo son, porque estoy de vuelta de muchas cosas, y le excedo en experiencias mundanas. O, si quiere que se lo diga de otra manera, por razones profesionales mi conciencia es más correosa que la suya.» «No lo dudo, señor Freijomil, no lo dudo.» Parecía disimular alguna especie de humillación que yo, involuntariamente, le hubiera causado. Le ofrecí un cigarrillo y le invité a una copa. También le llevé al mejor salón, y le indiqué para sentarse el más honorable sofá. En el salón había buenos cuadros de santos, y, en un lugar preeminente, un precioso crucifijo de marfil. «Sus antepasados, señor Freijomil, eran más respetuosos que usted con las leyes de la Iglesia.» «No lo dudo, señor canónigo; pero debo revelarle que, entre mis libros heredados, figuran las obras de Voltaire y la segunda edición de la *Enciclopedia.* Tengo entendido que los encargados de repartir estos libros por las casas nobles de Galicia eran ciertos eclesiásticos compostelanos. En cualquier caso, esos libros estaban ahí y los obispos venían a esta casa al menos una vez por semana. Quizá la calidad del chocolate los hiciera olvidar la existencia de semejantes herejías.» «La conciencia de los obispos de antaño, señor Freijomil, queda muy lejos de mi esfera de acción.» «Lo comprendo, pero usted comprenderá también que, a causa de sus tiquismiquis, yo no voy a quemar mi biblioteca. De modo que usted dirá: ¿Cierro o dejo abierto el portón del zaguán?» Le costó trabajo responder. «Será mejor que lo cierre.» «Sin embargo, señor canónigo, si la puerta lateral no es digna de un obispo, tal vez usted no se sienta humillado al entrar por ella. Pues en esta casa, siempre que quiera, hallará dispuestos una taza de café importado de Portugal y una copa de coñac.» «Prefiero el aguardiente del país.»

2

Doña Eulalia Sobrado había tomado a su cargo la glorificación póstuma de un joven estudiante, muerto en el hospital a causa de una enfermedad contraída en el frente, que había

6. La frustrada resurrección de Sotero... 415

escrito un buen puñado de poemas patrióticos. Doña Eulalia publicó en el periódico una serie de artículos alabando las virtudes del extinto, que se llamaba Jacobo Landeira, o que se había llamado así, más bien: con el propósito de que el ayuntamiento lo declarase hijo ilustre de Villavieja y mandase instalar una placa conmemorativa en la casa en que Landeira había nacido. La tesis de doña Eulalia era la de que un hombre de aquellas cualidades morales que, además, era un gran poeta, merecía toda clase de honores y reconocimientos de su patria chica, a la espera de que también la grande los reconociese, para lo cual había enviado a don José María Pemán una copia de los versos. Aquellos artículos, diez o doce, leídos y discutidos por todo el mundo, iniciaron el comienzo oficial de la apoteosis de Landeira, que consistió en un recital por la propia doña Eulalia en la tribuna del Liceo. Fue una tarde de gloria y apretujones, donde más de una muchacha decente tuvo que aguantar impávida las exploraciones de osadas manos anónimas, mientras de la garganta de doña Eulalia salían endecasílabos como chorros de música. «¿Le gustaron los poemas, don Felipe?» «Casi no me enteré de nada, pero puedo asegurarle que la hija de don Patricio, la pequeña, tiene unas hermosas nalgas.» Los azules estaban allí por haber sido el homenajeado de los suyos; a los rojos los congregaba en el enorme salón la curiosidad por conocer aquellos poemas cuya grandeza nos iba a ser revelada. Doña Eulalia se había puesto para actuar un traje negro, de moaré de seda, con una especie de bufanda o *foulard* de finísima gasa que aprisionaba su cuello de garza ya en declive, y caía, en doble punta, por sus espaldas. Estaba realmente atractiva, y la seriedad con que se presentó ante el público, una seriedad de circunstancias, es decir, entristecida, la hizo más seductora. «¿Por qué no será roja la zorra esta?», me preguntó acongojado, o más bien transido de entusiasmo, un contertulio del Café Moderno. «¡Ay, amigo mío, quién pudiera responderle!» El recital fue precedido de una larga intervención de don Braulio, el canónigo, no para presentar a la recitadora, de sobra conocida del público, sino para dedicar un recuerdo elogioso al poeta conmemorado y ponerlo como ejemplo de lo que debe ser un poeta y de lo que es la verdadera poesía: exaltación de los valores eternos de Dios y la patria, convicción que el glorioso difunto había sellado con su sangre. Doña Eulalia escuchaba la perorata del canónigo en actitud de esfinge melancólica y un si es no es enigmática. Se levantó con la cabeza en éxtasis, contra los focos, entreabiertos los ojos, posesa seguramente del espíritu del poeta; eso fue al menos lo que aseguró, con palabra emocionada y algo tartajeante. «El espíritu de Jacobo Landeira me domina, y no soy yo, sino él, quien va a recitar sus versos. Queridos amigos, no soy más que un instrumento.» Y el instrumento, después de una pausa, sacó del bolso un montón de cuartillas y empezó a recitar. Lo hacía bien, les sacaba matices a los versos allí donde no los había, y cadencias en que el poeta no había pensado. Los versos eran malos: un poco de García Lorca, un poco de Miguel Hernández, puestos en solfa bélica, si no fue un grupo de ellos, en el que se anunciaban los límites inciertos, todavía incalculables y más bien difusos, del imperio futuro, y se perfilaba la silueta mítica, pero identificable, del general con la espada y la cruz al frente de las huestes invencibles, camino de no se sabía dónde, quizá de Jerusalén. Las ovaciones fueron cerradas y largas; el entusiasmo político, comedido. «Dedicar un minuto de silencio a los muertos es un rito pagano. Recemos un padrenuestro por el alma del poeta», rogó, solemne, aunque en voz baja, el canónigo don Braulio. Varios asistentes de la cáscara amarga se retiraron discretamente; no hacía falta fijarse mucho para saber quiénes eran: los de siempre. El alcalde subió al tablado y anunció, con voz de circunstancias, que la lápida conmemorativa de Jacobo Landeira había sido ya encargada a un artista local, y que el ayuntamiento corría con los gastos, sin necesidad de recurrir a una suscripción pública. El presidente de la Diputación subió también: «La corporación que dirijo toma a su cargo la impresión de esos poemas, como homenaje de Villavieja y su provincia al gran poeta». Hubo otros acuerdos complementarios. Doña Eulalia disimulaba su gozo enmascarándose en una seriedad compungida. «¡Ah, si estuviese aquí Jacobo, si estuviese él aquí», y se le escapó un sollozo que la hizo aparecer más bella. El alcalde propuso que se sirvieran unas copas.

Aquella noche, los concurrentes al Café Moderno parecían de luto. «¡No hay derecho, te digo que no hay derecho!» «¡Esos versos son un plagio vergonzoso!» «¿Y vamos a tener que tragar a ese cursi como el gran poeta local? ¿En Villavieja, donde hasta los niños saben distinguir entre un buen verso y una chafarrinada?» Hubo, no obstante, puntos de vista para todos los gustos, y el que finalmente dio en el clavo fue un abogadete sin pleitos que había salvado la pelleja por puntos y que se distinguía por su sentido común. «Amigos, a mi juicio, no hay por qué entristecerse, sino más bien alegrarse. Todos los que estábamos oyendo, cuando no recordábamos a García Lorca, recordábamos a Miguel Hernández, que son dos poetas nuestros. ¿No es a ellos, y no al difunto Landeira, a quien se rindió homenaje?» «¡Hombre, si lo miras así...!» Así acabaron mirándolo todos, y el luto se convirtió en alegría: tanta, que pasó de la discreción al desenfado, hasta el punto de que la noticia salió del café, recorrió los corrillos y alguien la llevó hasta los oídos de la misma doña Eulalia, de quien, al día siguiente, el periódico publicaba un artículo urgente protestando, en nombre de Dios y de la patria, contra la felonía que algunos envidiosos querían inferir a la gloria inmarcesible *(sic)* de Landeira acusándolo de plagiario, nada menos que de dos poetas rojos. «¡Ha caído en la trampa, la cachonda! ¡Desde hoy todo el mundo sabrá a qué atenerse!» En una reunión celebrada en casa de don Braulio, se acordó no rendirse y llevar el homenaje hasta el final, con una introducción lo más vibrante posible de doña Eulalia y el *Nihil obstat* del obispado. Y ya la crítica de Madrid pondría a los recalcitrantes los puntos sobre las íes: una reunión altamente entusiasta, que terminó proclamando la adhesión incondicional de los presentes a lo que fuera y a quien fuera.

El soplo del ángel me llegó una tarde de aquéllas, cuando me dirigía al Café Moderno. Consistió en una sola palabra, «Sotero», sobrevenida como un relámpago o una revelación, tras la cual se amontonaron las ideas y los propósitos, pronto ordenados en las líneas generales de una operación de guerra, de la que me sentí íntimamente satisfecho, por no decir exultante. En vez de ir al café, fui a casa de los padres de Sotero, que habían envejecido, que arrastraban penosamente el dolor por la muerte de su hijo. «¿Me recuerdan ustedes?» «¡Claro que te recordamos: tú eras el amigo de nuestro hijo, el que lo invitaba a Portugal! Te llamas Filomeno, ¿verdad?» «Filomeno, sí, señora, para servirlos. ¿Y cómo fue lo de Sotero, que nadie me supo dar una explicación clara?» «¡Ay, Dios mío, ya nos gustaría saberlo! Dicen que murió en el hospital, pero ¿en cuál? ¿Y cuándo? También hay quien dice que lo mataron en la cárcel, pero nos pasa lo mismo. ¿En qué cárcel? ¿En la de éstos o en la de los otros? ¡Si pudiéramos buscar las cenizas y enterrarlas! Por gastos no había de quedar.» Los viejecitos lloraban, llevaban dos años llorando, seis años ya, murió en la cárcel, murió en el hospital, era de aquéllos, no, que era de éstos. ¡Dios mío, qué cosas pasan con esto de las guerras civiles! Les pregunté si había dejado papeles. Me dijeron que un montón, y que si quería verlos... «¡Pues ya lo creo, señora, los vería con mucho gusto!» Me llevaron a la habitación de Sotero, donde yo tantas veces había estado en aquellos tiempos en que servía de pedestal a su gloria. «Mire ahí, en los cajones de esa mesa, y en aquellos estantes. No sabemos qué hacer con ellos, y nos da miedo que los estropee la humedad. Los amigos nos dicen que los quememos, por si acaso; pero yo, como son suyos...» Me trajeron una silla para que me acomodase, y que si quería un brasero. Lo rechacé. «¿Y un café, señor Freijomil, no se le apetece un café a estas horas, con una copita de aguardiente?» «¡Pues, bueno, señora, por no despreciárselo!» Aquella señora, la madre de Sotero, practicaba la vieja cortesía de la gente sencilla, y lo hacía con naturalidad. Tomé el café, me animé con el orujo, y me dejaron solo con los papeles. La mayor parte eran cuadernos y apuntes escolares, pero también estaban las notas tomadas, de aquí y de allá, para su tesis, y el texto de la tesis misma, éste encuadernado. En uno de los cuadernos hallé también notas personales, fechadas en distintos lugares y países, no de carácter biográfico, sino intelectual: reflexiones, proyectos de obras futuras, observaciones y anotaciones sin una finalidad inmediata. Hábilmente tratados, aquellos fragmentos podían servir de base a una lucubración o a una hipótesis de la que se pudiera deducir lo que habría sido, sin la muerte, la obra de Sotero. Había lagunas, pero podían salvarse con algo de imaginación y algo de osadía. Me sentí capaz de hacerlo. Hablé a la madre de aquellos papeles, le pedí permiso para seguirlos examinando y, ante la sorpresa y el entusiasmo de la pobre mujer, terminé diciéndole: «Mire, señora: lo que yo quiero es escribir en el periódico acerca de su hijo para que la gente no lo olvide.» «Pero ¡si ya hasta sus amigos más íntimos no se acuerdan de él!» «Yo ya ve como me acuerdo. Y debo decirle que quizá también conserve yo alguna cosa suya. Estuvimos juntos en París, ¿sabe?» «¿Y yo cómo voy a saberlo, si no volvimos a verle?»

Mi examen de los papeles de Sotero duró un par de semanas. Al final había redactado un buen número de notas coherentes que podían servirme de base a media docena de artículos de los que sería fácil deducir una imagen si no real, al menos verdadera; una imagen de la que quedaba excluido el Sotero bajito, impertinente, maligno: el retrato de un sabio frustrado por la muerte del que cualquier patria chica pudiera enorgullecerse y dar su nombre a una calle. Sin embargo, lo que yo podría decir no resultaba suficiente como materia para crear un oponente vigoroso al heroico poeta Landeira, menos aún para que fuese estéticamente irreprochable: se reducía a un cerebro pensante, sin pizca de corazón. Los papeles que yo tenía de Sotero no eran más que las cartas que me había escrito y que, a los efectos de perfilar su figura, no servían de nada. La inspiración complementaria me vino en el momento más inopinado, en el menos oportuno. Me había ido con dos o tres de aquellos del Café Moderno a ver a una cupletista recién llegada a La rosa de té, de la que la propaganda decía maravillas. Nos sentamos en un lugar cercano al escenario. Aquello estaba lleno de espectadores anhelantes. Cuando se encendieron las candilejas, sobrevino un silencio en cuyo límite, al fondo, un rumor de cucharillas y de tazas balizaba el mostrador del bar. Tocaban un piano y un violín, bastante mal: las primeras notas nos pusieron sobre la pista de una canción conocida, de las toleradas por la censura. Nos miramos como diciendo: «Lo de siempre». La tía, en cambio, no era de las acostumbradas: tenía buen cuerpo, una voz aceptable y cierta gracia al cantar. La aplaudimos, y parece que a la gente le gustaba. Y así, hasta tres o cuatro números. De repente, en el fondo, alguien gritó: «*¡Ojos verdes!*» Y algunas voces más repitieron la petición. Salió la chica al escenario y cantó otra cosa. Entonces se armó el alboroto. La gente pedía a coro lo de los *Ojos verdes* y pateaba al mismo tiempo que aplaudía. Don Celestino iba y venía del escenario al mostrador del bar, intentaba calmar los ánimos, gritaba algo que no se le entendía. Por fin se subió al escenario, alzó los brazos, y la gente se calló. «Señores, ustedes saben que esa canción está prohibida.» «¡Que la cante, que la cante!», volvieron a gritar. «¡El representante de la autoridad, aquí presente, va a dirigirles la palabra!», dijo, casi congestionado, don Celestino, y subió al escenario el policía de turno, un cuarentón de aire simpático, bastante embarazado por la situación. «¡Señores, yo no hago más que cum-

6. La frustrada resurrección de Sotero... 421

plir con mi deber! Esa canción que ustedes piden está en la lista de las prohibidas.» Se reanudó el griterío, esta vez mezclado ya con expresiones soeces, o al menos de doble sentido, como «¡que la saque, que la saque!» El pobre hombre no sabía qué hacer. Alzó los brazos y logró acallar el tumulto. «¡Señores, voy a telefonear a la comisaría, a ver si hacen una excepción sólo por hoy, pero con la condición de que la señorita lo cante decentemente!» Debía de creer que se trataba de una canción pornográfica, de las que exigían exhibiciones, más o menos escandalosas. Cuando se dirigió al despacho de don Celestino a telefonear, el propietario se acercó a nuestra mesa y nos rogó que lo acompañásemos, por si había que explicar algo al comisario. Allí fuimos. El policía ya estaba telefoneando, y respondía: «¡Sí, señor. Sí, señor!» con la misma humildad que si su jefe estuviera presente. Colgó y se dirigió a nosotros: «Dice que si le quitan a la canción eso de la mancebía, que la puede cantar». Tenía todo el aire de no saber lo que quería decir aquella palabra; yo se lo pregunté: «Pues mire, señor, no lo sé, se lo confieso». «Pues lo mismo que le pasa a usted, le sucede al público. Porque aquí en el norte, no se usa eso de mancebía, sino lo de casa de putas.» «¡Ah! ¿Es que quiere decir eso?» «Ni más ni menos.» Se rascó la cabeza. «Bueno, pues si no es más que cuestión de una palabra, y ustedes me aseguran que no la entiende nadie...» El público hablaba en voz alta, pero sin gritar. Don Celestino subió otra vez al escenario y se dirigió a la cupletista, que hablaba con el del piano, al parecer su marido, uno con melenas de pianista famoso. Don Celestino le habló al oído a la socia, y descendió. Ella, muy contenta, se volvió hacia el público. «A petición de ustedes, *Ojos verdes*.» Aplausos, silbidos, vivas a la autoridad competente. La cupletista cantó en medio de un silencio inmaculado. Lo hizo bien, la ovacionaron, y fue entonces, en el momento en que daba las gracias y enviaba besos a tutiplén, cuando me apareció en la mente la frase inesperada, como escrita en un papel, o, mejor, en un gran encerado, las letras de fuego que traza en la pared el dedo del misterio: «¿Y por qué no haces pasar los tuyos por versos de Sotero?». En un principio me quedé algo atontado, como quien pasa sin trámites de la realidad al ensueño. Yo mismo no entendía bien mi ocurrencia. Pero fue aquel momento el punto de arranque de una larga y revuelta celebración, un laberinto de razones y sinrazones que duró varias horas y al final de la cual había decidido atribuir a Sotero mis propios poemas: los tenía olvidados, no me servían de nada, serían mejores o peores, pero siempre por encima de los de Jacobo Landeira. Lo cual requería una maniobra bien pensada, sin precipitaciones. Escribí el primer artículo, lo publiqué, se leyó con la mínima curiosidad posible. «¿A que este tío se va a sacar ahora un genio de la manga?» Poca gente recordaba a Sotero. Cuando llegué al café, aquella tarde, se me echaron encima los más alborotados del cotarro. «¿Quién es ese Sotero Montes? ¿A qué viene hablar de él?» Les expliqué: «Fue compañero mío de colegio. Después nos encontramos en bastantes lugares, entre otros, en París. Estudiaba lenguas indostánicas, pero también hacía versos. Yo les traigo la copia que me regaló, por si les gustan». Las hojas de la copia, en tantos años, habían envejecido, y la vejez les daba credibilidad. «Este cuaderno se lo daré a sus padres, les gustará a los pobres tenerlo, yo no lo quiero para nada.» Aquellas páginas dieron la vuelta a la tertulia. Uno leyó aquí; otro allá. Al final lo habían tomado en serio (ante mi estupor). «Oiga, don Filomeno, estos versos son buenos.» «Eso creí yo siempre.» «Es que es una injusticia que estén inéditos.» «También estoy de acuerdo.» Uno de los presentes pidió que le dejasen leer en alto uno de los poemas, y fue a escoger el que, en ocasión ya remota, había yo mismo leído a Clelia. Lo escucharon en silencio. «¡Ese tío era un gran poeta!», dijo alguien, y todos asintieron con voces y con ademanes. «¡Pues hay que hacer una lectura pública, por lo menos!» El segundo de los artículos que dediqué a Sotero fue ya recibido con interés:

6. La frustrada resurrección de Sotero...

intentaba yo, en él, explicar la originalidad de sus ideas filosóficas, esbozadas en sus apuntes más que sistematizadas. «¡Pero ese tío era una especie de Nietzsche!», que era lo que yo esperaba que dijesen. Yo había vuelto a casa de Sotero, le había enseñado el cuaderno de mis versos a sus padres, y les había prometido entregárselo después de haberlo dado a conocer: aquella pobre madre se deshacía en gratitudes. Todavía publiqué tres artículos más, sobre las ideas de Sotero, antes de referirme por escrito a sus poemas. Al cuarto artículo apareció en mi casa don Braulio, el canónigo. «Vengo a hablar con usted de ese filósofo que ha descubierto.» «Yo no lo descubrí, don Braulio. Hace diez años todo el mundo lo conocía en Villavieja y sabía de su valor. Pregunte a sus antiguos profesores, si queda alguno en pie. Recordándoselo a sus paisanos, no hago más que un acto de justicia. No olvide que una guerra civil es capaz de enterrar a media docena de genios.» Don Braulio no se sentía muy cómodo, a pesar de que lo había invitado a café y copa de orujo. «Mire usted, señor Freijomil, lo de menos es que sus paisanos lo recuerden o lo olviden. Lo importante es que ese sujeto era un ateo.» «¿Cómo lo sabe?» «No hay más que leer lo que usted dice. No habla de Dios para nada, como si no lo considerase necesario. Por no referirnos ya al derecho que la Iglesia tiene de decir la última palabra en ciertas cuestiones trascendentales.» Yo no había contado con aquello: no había contado ingenuamente, pues en seguida comprendí que la intervención de don Braulio era inevitable. «Mire usted, señor canónigo, yo no soy un teólogo, ni siquiera un especialista en filosofía. Me limito a resumir como puedo el pensamiento de un amigo, las más de las veces con sus propias palabras, y eso es todo.» «¿Y no se le ocurrió pensar que debería haberlo consultado? Eso que está usted haciendo con la mejor voluntad hacia su amigo, puede causar daño a muchas almas.» «¿Daño? ¿A quién? Mis artículos no los lee nadie, más que usted y tres o cuatro más.» «Tres o cuatro de la cáscara amarga, que se sentirán felices.» «Pero ésos, según usted, ya estarán condenados.» «Lo de menos es que lo estén o no. Allá ellos. Lo que importa es cualquier manifestación de independencia, es decir, de soberbia, que es lo que implica ese pensamiento. La independencia está limitada por lo que piensa la Iglesia y lo que ordena el Estado cuando la Iglesia y el Estado se entienden, como es nuestro caso. Y la Iglesia ya ha pensado para siempre en las cuestiones fundamentales. Todo pensamiento libre es, por definición, rebelde, y a los rebeldes hay que reducirlos a la obediencia. No me refiero a usted, al menos de la manera más grave. Usted realiza un acto de amistad con el mejor propósito; pero, en todo caso, si no es una indiscreción, será una ligereza. En cuanto al pensamiento de su amigo, es deleznable, no resiste el análisis. Cualquier seminarista podrá refutarlo. Es mejor que haya muerto.» Le pedí permiso para levantarme, traje el cuaderno de los poemas. «Ni siquiera esas personas a las que usted se refiere hubieran tomado en serio las ideas de Sotero Montes si no fuera por sus versos. Aquí los tiene. Sotero fue un gran poeta, y pretendo dar a conocer su obra en un recital en el Liceo, al que, por supuesto, está usted invitado.» Don Braulio cogió el cuaderno, sin abrirlo, y me respondió: «Un gran poeta está bien para un pueblo. Dos, son ya demasiados». Empezó a hojear aquellas páginas, se detuvo aquí y allá, tal vez leyera un poema entero. «Poesía amorosa. ¡Patochadas!», dijo con desprecio al devolverme el cuaderno. «En esos poemas hay algo más que sentimientos, señor canónigo. Hay también una palpitación de la realidad humana ante el misterio del amor.» Agotó lentamente lo que le quedaba del orujo y chasqueó la lengua. Le rellené la copa. «La única poesía amorosa legítima, señor Freijomil, es la mística.» «Sí, señor canónigo. También fue la única perseguida por la Inquisición.» Tardó en responderme que eran otros tiempos y que las cosas habían cambiado mucho, aunque no supiera si para bien o para mal. «Una inquisición a la moderna nos hubiera evitado muchas desgracias.» «¿Quiere usted decir al mundo en que vivimos?» «Me refiero sobre todo a España.» «Bueno. Pues si usted no tiene inconveniente, mi propósito es el de hacer una lectura pública un día de éstos.» Se encogió de hombros. «¡Allá usted!» Lo anuncié en mi artículo siguiente: cundieron la sorpresa y la curiosidad; en ciertos estamentos, un comienzo de malestar; el tiempo de expectativa hizo más patente la división del pueblo en colores incompatibles, y dio pie a la aparición de juicios previos de valor. «¡Van a ver ustedes lo que es un verdadero poeta, de los de antes!» «¡Menuda mierda será el tal Sotero!» Se organizó la lectura en el salón del Liceo, en el mismo lugar en que doña Eulalia había proclamado, como un manifiesto, los versos de Landeira, y a la misma hora. Leí lo mejor que pude, la gente escuchó, aplaudieron al final, y alguien gritó: «¡Éste es un poeta y no esa mierda de Landeira!» Fue una imprudencia, por cuanto ponía las cosas en su punto. De todos modos, el periódico local me pidió autorización para publicar los poemas, en varios días, a toda página. «El permiso, quien lo tiene que dar es la familia.» Y la familia lo dio encantada. Los poemas fueron pasando sin tropiezos de censura. «¡No eran más que versos sentimentales!» Con las tejas de la impresión se compuso un cuadernillo en cuya portada campeaba en letras rojas: *Los poemas de Sotero Montes*. ¡Letras rojas! Un cartel de desafío. Se tiraron mil ejemplares, en seguida repartidos por los quioscos, las librerías y otros establecimientos. Se vendieron en poco más de una semana, y todo el mundo tuvo que decir algo de ellos: unos, en las tertulias y en los corrillos del casino; otros en el mismo periódico que los había editado. Se publicaron varios estudios someros para demostrar su excelencia, gracias a los cuales pude enterarme de que el contenido de mis poemas era, por lo menos, contradictorio. En general, alabanzas entusiastas; algunas desenfrenadas. El tema de los versos de Sotero duró más de lo que se esperaba, y, mientras tanto, el libro de Landeira se retrasaba en la imprenta, no por mala voluntad de nadie (que se supiera), sino porque los primores de su impresión y de su encuadernación requerían más tiempo que aquel modesto pliego de aleluyas de Sotero. ¿Iba a ser la pelea de una catedral contra una choza? Pero entretanto aconteció un percance. No se sabe a quién se le había ocurrido enviar los versos de Sotero a un emigrado en México. Allá fueron leídos, celebrados, y en una revista de la capital se publicó una recensión firmada por un desconocido que aseguraba haber compartido la misma celda, en la cárcel, con Sotero, pero en la cárcel franquista, y que había asistido a su muerte por tuberculosis galopante. Según el autor del artículo, Sotero, enfermo, recitaba sus poemas de amor con voz doliente y nostálgica; los poemas dedicados a una activista italiana que había muerto fusilada por Mussolini. Un número de la revista llegó a Villavieja, pero no a nuestras manos, sino a las de doña Eulalia. El periódico publicó, un domingo, el artículo íntegro, bajo un título a toda plana, con gran tipografía: «Algo de la verdad sobre Sotero Montes. ¿Era o había sido un rojo?» Había quien lo imaginaba paseando obispos y violando monjas. Se dejó de hablar de él en voz alta, pero el remate de la operación fue otro artículo, enviado desde Madrid por un señor desconocido, que se firmaba doctor, en el que se hacía el psicoanálisis de aquellos poemas, y, con pruebas científicas de las irrefutables, se demostraba que su autor era un homosexual, y que el objeto amado era un miliciano muerto en el frente. Me quedé, más que sorprendido, estupefacto, y sucedió que sólo entonces, al leer aquellas líneas suficientes y pedantes, recordé que los versos eran míos, no de Sotero; pues me había acostumbrado a hablar de ellos como si no me pertenecieran. Me sentí acusado por las afirmaciones del doctor pedante, fue como si la tierra me faltase debajo de los pies. Torturé mi memoria en busca del recuerdo de algún efebo que se hubiera deslizado entre otros objetos de deseo y, desde el inconsciente, hu-

6. La frustrada resurrección de Sotero... 427

biese guiado mis palabras. No lo hallé. Desde lo más remoto de mi memoria, desde las tetas de Belinha que, de niño, me habían servido de juguete, no hallaba más que recuerdos de mujeres. Era evidente la mixtificación voluntaria del doctor, es evidente que las palabras se pueden interpretar como se quiera, y lo era también que detrás de aquella maniobra se ocultaba una mano malvada, que no era la de doña Eulalia, pero que podía haber sido movida por ella. ¡Puede tanto el cuerpo de una mujer apasionada! Sobre todo cuando la impulsa la vanidad política. Escribí un artículo refutando al sabihondo doctor, pero no me lo publicaron: el periódico nos volvía la espalda. Tuve que limitarme a leerlo en la tertulia del Café Moderno, sin gran éxito: lo encontraron prudente y, lo que es peor, ambiguo. La idea de oponer el nombre de Sotero al de Landeira había concluido con una derrota, por una parte, colectiva; por la otra, personal: eran muchas las personas que habían comprometido su entusiasmo en aquella revancha. Yo no tenía la culpa, nadie me lo echó en cara, pero las miradas traducían una especie de resentimiento contra mí, responsable, o al menos, promotor del alboroto. El nombre de Sotero pasó al silencio, pronto también al olvido. No fui capaz de consolar a sus padres, víctimas involuntarias de mi fracaso. A pesar de todo, me agradecían lo que había intentado hacer por el nombre de su hijo, y ni en sus palabras ni en su conducta había nada de rencor. Menos mal. Empecé a notar cierto despego de aquellos mismos que me habían alabado, que habían hecho de mí una especie de cabecilla de la oposición intelectual de Villavieja. Dejé de ir al Café Moderno y permanecí encerrado en mi casa un par de semanas, de modo que no pude ser testigo de la apoteosis de Landeira, una vez publicado su libro. Llegaron a mí, por supuesto, las frases desdeñosas de doña Eulalia en el acto popular que siguió a la publicación del libro y a la ceremonia cívica de colocar una lápida en la casa en que Landeira había nacido. Se gritaba a coro: «Landeira, sí; Sotero, no», como un canto triunfal. Sotero Montes sirvió a doña Eulalia de término de comparación, aludido, no mentado. Llegó a decir, refiriéndose a mí, que el responsable de aquella ofensa a los altos valores de la civilización europea y cristiana no se atrevía a presentarse en público, de vergüenza que le daba de exhibir su derrota. Vinieron a mi casa, sucesivamente y sin ponerse de acuerdo, primero, Roca, y, después, Baldomir. Quejumbrosos, compungidos, parecían más derrotados que yo. De su solidaridad conmigo no me cabía duda, como tampoco de su deseo vehemente y un tanto aparatoso de que saliese de mi encierro, de que me dejase ver. Yo andaba aquellos días con el corazón y la mente muy lejos de Villavieja, olvidado de la fracasada operación de oponer un poeta a otro como quien echa a pelear dos gallos. Por las cartas que me escribían mi maestro y su mujer iba sabiendo no sólo de la marcha de mis intereses vacunos y vinícolas, sino de la vida y de la suerte de María de Fátima en su Brasil. La *miss* me escribía amilagrada, con más vehemencia y temor de lo que se podía esperar de una inglesa de cierta edad. María de Fátima no se entendía con su padre, había dejado la casa, se había puesto a trabajar: primero, como azafata en una compañía aérea, donde los hombres no la dejaban en paz, empezando por sus propios compañeros de vuelo. Había tenido que renunciar, y ahora trabajaba como recepcionista en un hotel importante de Río, donde también era importunada, aunque con más disimulo. No era feliz, suspiraba por regresar a Portugal. Apenas, en sus cartas, se refería a mí. En una de las suyas, la *miss* llegó a decirme que estaba arrepentida de haberme, en un principio, prevenido contra María de Fátima, y que, en realidad, lo que teníamos que haber hecho era casarnos. Todo eso empezó a importarme más que los sucesos de Villavieja, y pensé que quizá mi deber sería el de ir a Brasil y traerme a María de Fátima; pero, como solía sucederme, pensaba las cosas, las imaginaba hasta el último detalle y, luego, no las hacía. Por otra parte, no era nada se-

6. La frustrada resurrección de Sotero...

guro que se me concediese el permiso de salida de España. Se lo dije a mi abogado, hizo alguna gestión discreta, y sólo halló dificultades: mi ficha policíaca no me favorecía; era, entre otras cosas, sospechoso de masón. De modo que todo se quedó en unos días de conmoción sentimental, de los que me sacaron las visitas sucesivas, casi urgentes, de Roca y Baldomir, que llegaron a ponerse de acuerdo para venir juntos a mi casa. No sé si me convencieron o, si de repente, me dieron ganas de llevarle la contraria al pueblo y de hacer lo que me daba la gana. Una tarde les dije: «Mañana saldré con ustedes. Vengan a recogerme a las doce y media». Y parte del tiempo lo consumí en un repaso a fondo de mi vestuario, casi en su totalidad metido en los viejos armarios desde mi llegada. Habían pasado años desde mi estancia en una Inglaterra en paz, en la que todavía regían, en visible contienda con el informalismo americano, los antiguos prejuicios, las seculares convenciones. De aquellos tiempos conservaba unos cuantos trajes y un par de abrigos. Quedaban, era lo cierto, un poco anticuados, pero la ropa bien cortada difícilmente pierde su valor, por mucho que cambien las modas. Más aún, la moda puede ser lo que uno lleve y cómo lo lleve. Me vestí, pues, lo mejor posible, como nunca lo había hecho en Villavieja, donde había un elegante oficial, don Federico Tormo, y otros dos, más populares, algo así como sus caricaturas, conocidos por los apodos de *el Marqués de la Espuma* y *el Conde de la Madroa*. Don Federico Tormo era ya carcamal, último vástago de una familia arruinada, maldiciente del régimen. No se metían con él por considerarlo un figurón a veces útil, porque se le consultaba cuando había que organizar una boda de campanillas o preparar el recibimiento de un personaje: don Federico era el único depositario de los elegantes usos de los buenos tiempos, y un hombre así suele ser aprovechable cuando el pandero lo tocan manos ignorantes, mandones improvisados: esto le permitía despotricar en el casino contra el general y sus agentes sin que ni siquiera los más ardientes partidarios de la situación le concediesen importancia a sus denuestos, a sus insidias y a sus denuncias. «¡Cosas de don Federico!» *El Marqués de la Espuma* era un treintón de clase media, hijo de viuda con una pensión modesta. No se sabía que hubiera hecho nada en su vida, ni otra cosa que exhibir con más o menos inocencia su palmito de joven guapo y de buen aire. Tenía sólo dos trajes: el de verano, blanco tirando a rosa, con botones de nácar, y otro, gris, de invierno, con su abrigo y su paraguas. *El Marqués de la Espuma* no se sabía que hubiera gastado en su vida un céntimo en invitar a nadie, ni siquiera a las muchachas que acompañaba en la calle o en el paseo; ellas lo aceptaban a su lado por no andar solas, las que carecían de acompañante, y por lo que tenía de decorativo, las otras, pero sin ir más allá. El apodo le iba bien, pues era todo él como la espuma del champán cuando pierde la fuerza y se queda en espumilla. En cuanto *el Conde de la Madroa,* era todo lo contrario, algo tosco, vital, generoso. Solía desaparecer durante algunos meses; se decía de él que se marchaba a Vigo, donde se embarcaba de camarero en los barcos de emigrantes que iban a Argentina o a Cuba. Ahorraba las ganancias y, al regreso, se compraba la ropa más moderna y venía con ella a Villavieja, a mostrarse en el paseo, y también a invitar a la gente, hasta que el dinero se le acababa. Estos tres sujetos iban a ser mis rivales; pero, de los tres, sólo don Federico Tormo consideró que su espacio vital había sido invadido por un intruso. Una mañana, cuando yo ya llevaba un par de semanas saliendo al mediodía con Roca y Baldomir, dejándome ver por los bares, y recorriendo la calle Mayor, a la hora del paseo, con el aire más impertinente y lejano posible; una mañana, digo, don Federico Tormo se presentó en mi casa: lo recibí en el salón más empingorotado, y me lo agradeció. Lo invité a un jerez y lo bebió. «Señor Freijomil —me dijo—, vengo a rogarle que no haga desgraciados los pocos años de vida que me quedan. Usted es joven, y tiene mucho que hacer en el mundo, si no comete el error de encerrarse para siempre en Villavieja. Yo paso de los sesenta y no sé hacer nada, ni hice nunca nada, más que arrastrar como puedo el papel de elegante local que me ha tocado en suerte. Soy pobre y usted rico. Usted lleva trajes ingleses, y los míos me los cortó hace tiempo un sastre de La Coruña. Están algo gastados, pero son trajes gloriosos, porque los seguí llevando, como un desafío, cuando todo el mundo refugiaba su miedo en uniformes ridículos. El haberlos llevado con osadía, como los llevé, pudo costarme la vida, pero sólo me costó un destierro. La suerte me deparó una misión en Villavieja, que la gente de bien comprende y respeta, y usted no tiene necesidad de venir a chafármela. Lo que le pido es que renuncie a competir conmigo, porque la victoria la tiene usted segura y no la necesita para nada. ¿Qué caro le cuesta? Por otra parte, usted ya tiene seguro su puesto en la ciudad, un puesto nada fácil. ¿Por qué va a renunciar a él? Usted es un intelectual, y pasar por elegante no le añade nada.» Aquí hizo una pausa, aceptó un cigarrillo que le ofrecí, meditó lo que iba a continuar. «No crea que le guardo rencor, pues, fuera de lo de los trajes, sé que usted y yo coincidimos en ciertas ideas y en ciertos desdenes, y esto une mucho. Ambos somos sospechosos para el régimen, y ambos contemplamos a la gente desde arriba, no con el resentimiento de los vencidos, sino con el desdén de los superiores. A usted, lo mismo que a mí, esta gente que gobierna nos resulta vulgar. Si no fuera así, no hubiera usted elegido la elegancia pública para vengarse. Pero sucede, querido amigo, que usted puede valerse de medios que a mí me están vedados. Se lo ruego: deje la calle para mí, no haga nada que me obligue a eclipsarme, lo cual, a mi edad, sería como morir. A cambio, señor Freijomil, le haré una revelación. En la ciudad se conspira contra usted. Los cambios de su conducta y en su atuendo se han interpretado como intento de aproximación a los que mandan. En una reunión que hubo, don Braulio, el canónigo, aseguró que es usted recuperable, y que todo consistirá en hallarle una novia conveniente. Se la están buscando, señor Freijomil, una señorita de pazo que le quite de sus putañerías. ¡Todos ellos saben, señor Freijomil, que es usted cliente de la Flora, pero les gustaría saber con quién se acuesta! Le han puesto espías o piensan ponérselos. Y todo esto que le digo es la pura verdad, no se lo invento. Lo sabe más gente. A unos les agradaría que usted cambiase; a los otros, no. Yo no soy uno de éstos. Pues ya lo sabe.» Me eché a reír, le di un abrazo, y lo llevé al cuarto de los armarios. Desplegué, ante su asombro, mi no muy numerosa, aunque escogida, colección. «Señale usted mismo, de todos estos trajes, los que no quiere que me ponga.» Los repasó, uno a uno, con cuidado, con mirada experta. «En realidad, más que indicarle los prohibidos, le señalaría los obligados. Son estos dos. Un caballero como usted, en una ciudad como ésta, con dos trajes que use, basta. Comprendo que sea un sacrificio, sobre todo si tiene en cuenta que alguno de ellos...» Se interrumpió y descolgó uno de la percha, un «príncipe de Gales» sobre grises apenas estrenado. «¡No sabe lo que yo daría por ser dueño de este traje!» «Pues ya lo es desde este momento.» Me miró con asombro. «¿Cómo dice?» «Que, si no le parece mal, se lo regalo. Somos de la misma altura y de figura semejante, aunque la suya sea más arrogante que la mía. Pero eso de la arrogancia es cosa de la personalidad, no de la figura. Con arreglar un par de detalles, le vendrá pintiparado. Tenga en cuenta que no me lo he puesto nunca en Villavieja, y que nadie podrá adivinar su procedencia.» Quedó con el traje en las manos, perplejo. «Señor Freijomil, me pone usted en el brete de admirarle. Si usted saliera a la calle mañana con este traje, me destronaría para siempre.» «Muy bien. Pues le regalo la corona.» Un tanto conmovido, dejó desembarazada la mano diestra y me la tendió. «Chóquela. Es usted un tío grande.»

A partir de aquel día dejé de comparecer en los bares de postín, dejé de recorrer con impertinencia visible la calle

Mayor. A mis compañeros habituales, Roca y Baldomir, los sorprendió aquel cambio súbito. «Se dice por ahí –les expliqué– que estoy intentando acercarme a la derecha, y hay que desmentirlo.» Les pareció muy bien.

3

Lo de Briseida requiere una explicación entre erudita y biográfica. Se llamaba sencillamente Laura Martínez, y se dedicaba a la canción moderna, con preferencia a los boleros. Tenía buena planta, con unas piernas espectaculares, voz agradable y cierto estilo entre refinado y cursi, que iba muy bien con las canciones que cantaba. Pero, como tarjeta de presentación, lo de «Laura Martínez, canción moderna» no era lo bastante llamativo: sorprendía, y no agradablemente, cierta contradicción interna difícil de explicar, una especie de principio universal vulnerado, en cuya virtud, de una señorita que arrastra un nombre tan pequeñoburgués como el de Laura Martínez no se podía esperar que cantase con la debida pasión y su puntito de desgarro, por ejemplo al cantar aquello de «*Y tú que te creías el rey de todo el mundo...*» en competencia con Amalia Rodrigues. Ésta era la razón por la que Laura había recorrido los cafés cantantes de buena parte de la península sin haber alcanzado el honor de un anuncio luminoso:

> LAURA MARTÍNEZ
> Canción moderna

Hasta que le salió un contrato en Soria. En Soria conoció y se acostó más de dos veces con un profesor de literatura de aquellos pagos, un tipo bastante melenudo que siempre llevaba consigo un portafolios atiborrado de papeles, cuadernos y separatas en dos o tres idiomas: un sujeto muy culto y bastante burlón, conocedor, según él, de la psicología colectiva, que le explicó las razones por las que no había merecido los honores del rótulo luminoso, especie de meta profesional de las especialistas en cualquier clase de canciones. «Todo depende de tu nombre. Laura está muy bien para una madre de familia, e incluso para una novia innoblemente abandonada que mantiene la fidelidad al felón hasta el envejecimiento y la amargura, pero no para una cantante como tú. Lo que necesitas es un nombre de guerra.» «¿Y por qué no me lo buscas?» El profesor de literatura, en sucesivos encuentros horizontales, le propuso unos cuantos, todos ellos literarios, que a Laura no acababan de convencerla. Hasta que una noche le dijo: «¿Qué te parece Briseida?» «¿Briseida? ¿Y eso qué quiere decir?» «Algo así como la de las mejillas sonrosadas. No exactamente, pero cosa parecida.» El significado dejó de interesarle a Laura: ¿qué se le daba a ella de las etimologías? Pero el nombre le gustó. Gratificó al profesor de literatura con caricias de presente y el reconocimiento eterno. Su inmediato contrato ya incluía el nombre de Briseida, y, al segundo o tercero, se le incluyó una cláusula según la cual se la anunciaría con el consabido rótulo, en el que, con letras de relumbre, violetas las de arriba y de buen tamaño; llamativas de color las inferiores, un poco más pequeñas, rezaría:

> BRISEIDA
> Canción moderna

lo cual la obligó a comportarse como una diva en su género, a hacerse ropa nueva y a seleccionar sus amantes ocasionales: lo que se dice mejorar la personalidad. Don Celestino la contrató para La rosa de té. El letrero luminoso le costó unas pesetas, pero una vez instalado, quedó muy atractivo. Era la primera vez que en La rosa de té se utilizaba aquel reclamo, por el que don Celestino, además, tuvo que pagar impuestos al ayuntamiento. Briseida fue recibida con gran expectación, y en la sesión de tarde en que se presentó coincidieron tirios y troyanos, ya que la curiosidad carece de color político. Fue aplaudida a rabiar, y hubo de repetir algunos números, sobre todo *María Bonita* y aquel en que se dice «... *por cama quiero un sarape / por cruz mis dobles cananas*», para el que salía vestida de charro mexicano con unos pantalones que ceñían sus caderas y ponían de relieve las líneas capitales de su sistema de persuasión erótica. Don Celestino fue muy felicitado por el hallazgo. Los conquistadores profesionales volvieron a la sesión de noche, a inquirir sobre las costumbres de Briseida y sobre los costos. Quedaron defraudados, porque Briseida no cotizaba aún en plaza. Al cerrar el local, quedamos los de la peña, con el policía como invitado; vino Briseida a nuestra mesa, y yo invité a champán, ¡qué menos! Salió la cuestión de su nombre, y don Agapito Baldomir, erudito en noticias literarias, como no podía ser menos en un poeta de su talla, que además cultivaba el género épico, explicó con referencias textuales dichas en griego y vertidas al romance, que Briseida en un personaje de la *Ilíada* por el que habían contendido Aquiles y Agamenón. «¿Y quiénes eran esos señores?», preguntó Briseida muy interesada, como si fuera a acostarse aquella noche con alguno de los dos. El señor Baldomir me cedió la palabra, y fui yo el encargado de cegar aquella laguna en la información literaria de Briseida. Confieso que lo hice con mi mejor voz y las palabras más atractivas y sugerentes, después de haber pedido más champán (por mi cuenta). Quedó claro que, me llamase Aquiles o Filomeno, Briseida me había seleccionado para aquella noche. Nadie se entrometió, y pude llevarla tranquilamente a casa de la Flora, sin necesidad de atravesar la iglesia porque era ya la madrugada. Debo confesar que no logré arrancarle ayes de entusiasmo, por lo que la conversación derivó hacia temas prácticos: que estaba cansada de aquella vida, que ya iba a cumplir treinta años y que apetecía algo de estabilidad, si no un matrimonio, cosa que se le pareciese: lo que se dice un programa de entretenida. No pude evitar que me diese el sueño. Verme con ella por las calles, a la mañana siguiente, incrementó los rasgos inquietantes de mi reputación, tanto para los que me admiraban como para los que me detestaban. «¡Con el dinero que tiene, cualquiera se la lleva a la cama!», fue la opinión más adversa. En los ámbitos selectos (moralmente), en que personas piadosas se preocupaban por mi salvación, se concluyó que urgía dejarse de proyectos y llevar los que hubiera a la práctica. Fue cuando don Braulio, el canónigo, me envió recado de que iría a tomar café a mi casa, y se me presentó acompañado de doña Eulalia. Me cogieron apercibido de todas mis defensas intelectuales. ¡Ah, si se hubieran presentado de improviso! Los llevé al salón de respeto, donde había ordenado abrir las maderas y encender las lámparas, porque el día estaba gris y tristón. Don Braulio hubiera comenzado su perorata sin esperar al café, pero doña Eulalia le chafó las primicias; antes de sentarse, antes de casi quitarse el abrigo y dejar el paraguas en el paragüero, empezó a deshacerse en elogios de los muebles, de los cuadros, de las chucherías, e incluso a ponerles precio. «¡Ah, señor Freijomil, tiene usted un tesoro! ¿Cómo es posible que sea infiel a tanta tradición como aquí se encierra?» No sabía si ponderar más el valor de los muebles en el mercado o su significación en el mundo de los valores que ella defendería hasta la misma muerte. «¡Usted no es un cualquiera, señor Freijomil! Usted no puede ser traidor a tanta gloria como aquí se representa!» «Pero, señora mía, ¿quién le dice que piense traicionarlo?» «¡Su conducta poco ejemplar, señor Freijomil, indigna de un hombre de su sangre! ¿¡Cómo hace usted compatibles sus ideas y sus costumbres con estos muebles, con estas lámparas, con estos antepasados!?» «Señora, ninguno de ellos me pide cuentas.»

6. La frustrada resurrección de Sotero...

«¡Pues nosotros venimos a pedírselas en su nombre! ¡Caray!»

Si don Braulio permaneció fiel al aguardiente del país, doña Eulalia prefirió un anisete de nombre francés, que, según ella, le caía bien al estómago. «¡Es que no hay como el Marie Brizard para una digestión tranquila, sobre todo cuando tiene una que hablar!» Era lo que yo temía, que el uno y el otro se soltaran la lengua y me estropeasen la tarde con consejos morales o con detalladas acusaciones de mi falta de ejemplaridad pública. Por lo pronto, contuve a doña Eulalia mostrándole chucherías y antiguallas de esas que conmueven a las mujeres que no las han tenido nunca: recuerdos sentimentales de tías muertas, el mechón de cabello de la novia frustrada, la miniatura del brigadier muerto en las Indias. Repetía como un *ritornello:* «¡Feliz sería la mujer que fuera su señora! ¡Usted no sabe bien cómo consuelan estas menudencias cuando se llega a la edad de los desengaños!» De donde inferí que ella ya había llegado, aunque su palmito y lo que lo lucía hicieran pensar otra cosa. Don Braulio no se sentía muy feliz de que su compañera se le hubiera adelantado en la iniciativa, precisamente por caminos impensados, pues del reconocimiento de la dicha de poseer aquellos testimonios de las historias menores del pasado, bien podía dar un salto y proponerme la necesidad de que una mujer viniese a ocupar la vacante que sin duda se advertía en aquella casa, y quién sabe si en mi corazón. Don Braulio no hallaba sosiego en el asiento, y ya se había servido la tercera copa de aguardiente y la segunda taza de café. Con semejante bagaje nadie podía imaginar cuál iba a ser el talante de su discurso, si moralizante o apocalíptico. En cualquier caso, tenía que evitarlo. Tuve suerte. Entre los cachivaches había un fragmento de una vidriera gótica hallado entre los escombros de Londres bombardeado. Se la mostré, a ella la primera, después a él. «Pero ¿es que estuvo usted en Londres durante los bombardeos?» «¿Es que no lo sabía, don

Braulio? Yo fui corresponsal de guerra.» Les pedí permiso para salir unos instantes, les traje el álbum de fotografías sacadas por mí de aquel tiempo y de aquellos acontecimientos. Lo tomaron por su cuenta, el álbum; a cada fotografía, el asombro les salía en exclamaciones. «¿Y usted no corrió peligro?» «Naturalmente que sí, todos los días y a todas horas.» Hubo manera de añadir a la contemplación de las fotografías un relato pormenorizado y bastante patético de aquellas horas de pavor. Me dejaron hablar. Pude comprobar que mi oratoria y mi capacidad descriptiva y evocadora resultaban eficaces, casi artísticas. Mientras hablaba, les servía más café, y orujo al canónigo, anisete a la dama. Y ellos lo bebían sin darse cuenta, sin perder ripio de mis palabras. A veces exclamaban: «¡Oh! Pero ¿cómo es posible?» Hablé bastante más de una hora. Fuera había caído el crepúsculo, que en un día como aquél, gris y lluvioso, era como el anochecer. «¡Ay, Dios mío, qué tarde se me hizo, con la de cosas que me esperan!» Don Braulio también descubrió que se le había pasado el tiempo sin sentir y que llegaría tarde a una cita. Todavía doña Eulalia halló ocasión de preguntarme: «¿Y cómo pudo aguantar ese miedo sin volverse loco?» «En cuanto a lo primero, no hay duda, ya que estoy aquí. En cuanto a lo segundo, ¿quién lo sabe?» Se miraron, el clérigo y la dama, como si en aquellas palabras hubieran hallado una explicación de mis intemperancias. Me sentí, si no perdonado, al menos comprendido por aquella pareja de definidores de la moral. Más por ella que por él. A los soldados que volvían del frente enloquecidos por la preparación artillera, se les toleraba la cura del putañeo. «Tiene usted que ser más discreto en sus expansiones, señor Freijomil», me aconsejó la dama; y el clérigo, clemente y avisado, se despidió con el viejo aforismo: «Todos los pecados serán perdonados, menos los pecados contra el espíritu». ¿Se refería a mi pensamiento inconformista? Es lo más probable. Se marcharon corriendo. La amenaza, sin embargo, la dejaron pendiente. «Volveremos otro

6. La frustrada resurrección de Sotero... 439

día, señor Freijomil, cualquier tarde de éstas.» Pero ya con otra voz.

Las noticias del escándalo provocado por mi paseo matutino con Briseida habían llegado al café. Mis amigos me recibieron con protestas y condolencias, y todos estuvieron de acuerdo en que, bajo un régimen que a la vez oprimía política y moralmente, la ciudad estaba retrocediendo a los peores tiempos del provincianismo pretérito. Briseida me dijo, muy melosa: «Ya estamos comprometidos públicamente». Todo el mundo quedó en silencio, y la misma Briseida se replegó hacia la sombra, acaso avergonzada. Fue don Celestino el que habló por mí, quizá en virtud de sus derechos de empresario del local y contratante de Briseida: «Eso no le conviene a don Filomeno. Su reputación anda muy mal parada, según sabéis». «En cualquier caso, don Celestino, yo soy el que administra mi reputación.» «¿Le pareció mal lo que le dije?» «No, don Celestino; pero me conoce lo suficiente como para saber que acostumbro tomar mis decisiones por mí mismo.» Don Celestino me dio una palmada en el hombro. «Perdóneme si metí la pata, don Filomeno. Lo hice con la mejor intención.» Sin embargo, todo el mundo creyó, o al menos sospechó, que actuaba como parte interesada. A nadie habían pasado inadvertidas sus atenciones, sus mimos, con Briseida, y la cara que había puesto la noche anterior, al irse ella conmigo. La cosa quedó así, continuó la conversación y, en cierto modo, la juerga. Briseida cantó para nosotros unas cuantas indecencias divertidas para las que se mostró más dotada que para los boleros sentimentales; fueron muy celebradas con aplausos y risas, y tuvieron la virtud de desorbitar a don Celestino, indefenso ante las intimidades exhibidas en un paso de rumba cubana. En un momento, que yo advertí, habló al oído a Briseida, y ella pareció complacida al escucharlo: «Sí, sí», oí que le decía. Llegó la hora de marcharse. Nos preparamos para salir. Briseida se hizo la remolona. No la esperé. Ya en la calle, don Agapito me preguntó discretamente: «¿Se da por vencido, don Filomeno?». «¡Me importa un pito Briseida!» Pero en la conciencia de todos quedó el que don Celestino me la había birlado. Al día siguiente, al quedar solos los habituales, fue ella la que anunció que había llegado a un acuerdo con don Celestino, y que, después de que acabase un contrato, se quedaría como animadora permanente del local. «¡Pues mira qué bien! No cabe duda de que el local ganará mucho.» No fue necesario que explicase que, en el nuevo contrato, se incluiría una cláusula, quizá sólo verbal, de disfrute exclusivo por parte de don Celestino, con hospedaje y alimentos. Pensé que Briseida había obrado cuerdamente: don Celestino era un solterón acomodado, con dinerito en el banco, y bastante terne todavía, y una relación continuada y bien llevada por parte de ella podía acabar incluso en matrimonio. Don Celestino, por profesión y origen, quedaba fuera del radio de acción de las conveniencias, y, en el mundo en que vivía, la gente tenía la manga más ancha. ¡Era tan tentador pasear en público con una Briseida bien trajeada! En algo había que gastar el dinero. Se me ocurrió pedir champán y brindar por la nueva pareja. «¡Como que están hechos el uno para el otro!» Mis palabras no fueron bien recibidas, ni por Briseida ni por don Celestino: se les atribuyó, supongo, una intención que no tenían. Incluso mis amigos pensaron que las movía cierto resentimiento, y aquel «Hechos el uno para el otro» implicaba la puta y el cornudo. Alguien dijo: «No tiene usted por qué ponerse así». Le respondí: «Mire, amigo: a Briseida se la disputaron Aquiles y Agamenón. No tengo ningún inconveniente, en este caso, de hacer el papel de Aquiles, que es muy lucido, si bien debo recordarles que, a causa de esta cuestión, los griegos estuvieron a punto de perder la guerra de Troya. Aquiles se resintió. Yo, más entrenado que él en esta clase de cuestiones, dejo de buena gana el campo libre». El remedio fue peor que la enfermedad. ¿Quería decir que Briseida no valía la pena? «¡Oh, no! Me parece la mujer más bella y de-

6. La frustrada resurrección de Sotero...

seable de todas cuantas pasaron por La rosa de té, que yo recuerde.» Pedí la cuenta y pagué. Me siguieron Roca y Baldomir. «¿No piensa usted volver, don Filomeno?» «Mi presencia sería una indiscreción, tanto como recordar a don Celestino que yo me acosté con Briseida antes que él.» «¿Y adónde vamos a ir?» Caminábamos bajo la lluvia, hacia los soportales. Me detuve, con el paraguas abierto, entre mis dos amigos. «¿Qué les parece la casa de la Flora?» «¡Don Filomeno! ¿Qué va a decir la gente? Somos una tertulia literaria.» «Mi querido don Agapito, se cuenta que uno de los más famosos generales africanos del ejército español tenía su estado mayor en una casa de putas de Melilla... ¿Será menos decente que vayamos a hablar de literatura a casa de la Flora?» «No sé qué pensará mi mujer, don Filomeno.» «Su señora, don Agapito, tiene entera confianza en usted. Porque ¿hay menos ocasiones de infidelidad en La rosa de té que en casa de la Flora?» «¡Hombre, si se mira de esa manera...!» «Pues procure que su señora lo mire así, y ya verá cómo no pasa nada.» Fue de ese modo como se instaló en el salón reservado de un burdel, con espejos en las paredes y una Dolorosa encima de la cómoda, una peña literaria más o menos provinciana. Cuando quedé a solas, en aquel espacio sombrío, aunque también sonoro, de los salones de mi casa, pensé que me había portado como un imbécil, pero, cosa curiosa, pese a reconocerlo, no me arrepentí. Recordando a don Braulio y a doña Eulalia, me reía silenciosamente: con más exactitud, era algo interior lo que se reía. Pero no dejaba de preguntarme cómo iba a acabar todo aquello.

4

Para la Flora no dejó de ser negocio, apreciable por lo fijo, el traslado de la tertulia disidente a su salón reservado: oscuramente se daba cuenta de la especie de ennoblecimiento de que era objeto su local, y así, con diligencia y habilidad, se las arregló para que los clientes secretos limitaran sus visitas a las horas de la tarde, de modo que el campo quedase libre antes de dar las diez. A esa hora, una criada (una puta retirada por la edad) adecentaba la estancia, colocaba la mesa para el servicio de bebidas y organizaba en corro la sillería. Seguíamos presididos por la Virgen de los Dolores dentro de su fanal, atravesado de espadas el corazón de plata, pero en ese detalle no se fijaba nadie, o, al menos, nadie le hacía objeciones, seguros como estaban todos de que Flora antes se dejaría matar que retirar de allí su imagen preferida, aquella ante la que se postraba en sus dificultades, o en los peores momentos, en los más angustiosos, de su angina de pecho, si bien con el orujo al lado, que también ayudaba. En cuanto a la clientela, había crecido, aunque no desmesuradamente: los tres que éramos en un principio llegamos a nueve fijos, incrementados los fundadores en seis desengañados del Café Moderno, donde la literatura se había politizado hasta no ser reconocida. Aquí le éramos felices, y en poco tiempo lo que empezó como charlas anárquicas acabó por organizarse y convertirse aquel salón de paredes azules floreadas de rojo en una especie de aula donde cada noche uno de los contertulios daba lectura a algún trabajo breve que luego se discutía. Al conjunto de intervenciones y discusiones, por su carácter obligatoriamente irónico, o por lo menos satírico, siempre informal, pero no por eso liviano, se le llamaba «Críticas de la razón humanística», lo cual cuadraba con el espíritu del pueblo, frenado hasta la coacción por la seriedad del régimen. Inevitablemente la presidencia y dirección del cotarro había recaído en mí, y como a la reunión no se le había puesto límite de hora, lo corriente era que, después de las palabras programadas y discutidas, hubiese yo de prolongarlas con una plática sobre cualquier tema acerca del que tuviera algo que decir, fuese literario o histórico, y eso con tal rigor que, incluso los informes, las explicaciones o las

6. La frustrada resurrección de Sotero...

discusiones acerca de la situación internacional, la gran contienda que se iniciaba entre los rusos y norteamericanos, se desarrollaban con absoluta independencia (en realidad casi ofensiva) de la opinión oficial: los periódicos ingleses y franceses, que clandestinamente recibía de Lisboa, ayudaban a mis puntos de vista. La gente tardó muy poco en darse por enterada, y siempre había alguien que, cada día, refería a algún curioso el resumen de lo tratado la noche anterior. De ahí se propalaba, se deformaba y con frecuencia se concretaba en una versión casi surrealista, fruto de la colaboración colectiva. Aparecieron en seguida candidatos a contertulios, y se dio entrada a tres o cuatro más, muy escogidos, de cuya lealtad no cupiera duda, y también, de vez en cuando, se permitía la asistencia, sin derecho al uso de la palabra, a algún adolescente espabilado, estudiantes en Santiago o aspirantes a poeta. De putas, nada, y eso era lo que la gente no comprendía o acaso lo que no aprobaba: porque, ¡qué diablo!, un lenocinio no es un ateneo, por mucho que algunos ateneos parezcan lenocinios.

Era obligatorio tomar algo, eso sí, y que cada cual se pagase lo suyo, aunque no estuviesen prohibidas las invitaciones y no faltasen clientes escasos de numerario a los que la Flora, por caridad o por confianza que tuviera en ellos, les serviría al fiado la copa de cazalla o de licor de café. Y lo más extraordinario fue que todas las noches, más o menos a la hora en que empezaba con mi perorata, la Flora comparecía, se sentaba en un rincón y escuchaba. Una vez, en secreto, le pregunté por qué lo hacía: «¡Ay, filliño, hablas tan bien...! Me recuerdas a tu padre».

No tardaron, sin embargo, en surgir conflictos con la autoridad. Los informes verbales que, en forma de soplos, recibían eran generalmente incomprensibles, o por lo menos ambiguos, que lo mismo podían proceder de una secta protestante que de una célula anarquista. Lo primero fue que nos enviaron de testigo a un policía que tomaba notas de lo que se iba diciendo, con la obligación de redactar un papel que acabaría en manos del gobernador civil tras los consabidos trámites. No era mala persona, el policía, si bien un poco defraudado por lo selecto de las palabras y la ausencia de putas, y la Flora le convidaba cada noche a lo que quisiera, y él no abusaba. Únicamente, antes de marcharse, iba a echar un vistazo al salón de abajo, donde había siempre algo que alegrase las pajaritas y le ayudase a soportar lo que lo esperaba en su lecho conyugal. Al tercero o cuarto día apareció por mi casa, a media mañana, pidió verme, y con timidez y cierta humildad vino a decirme, más o menos: «Mire, señor: yo estoy obligado a enterar a la superioridad de lo que se habla en la tertulia, pero como no entiendo nada de lo que dicen, el informe no me sale. Vengo a pedirle que, si no le fuera muy molesto, me escribiese usted unas cuartillas, con algunas torpezas, claro, para que parezcan mías, y yo las pondré después a máquina y les daré curso. De lo contrario, al no enterarse de lo que dicen por lo que yo escribo, me temo que les prohíban las reuniones, porque, mirándolo bien, son clandestinas». Discutimos amigablemente hasta qué punto la coincidencia de unos cuantos hombres de bien y la charla subsiguiente en el salón privado de una casa de amor podía contravenir las ordenanzas, pero él repetía sin variación las palabras que había oído. Accedí a redactarle las cuartillas, y si los primeros días escribí un resumen muy somero de lo que en realidad se había tratado, al poco tiempo se me ocurrió fantasear un poco: redactaba el informe antes de cenar, y se lo entregaba al policía al disolverse la reunión. Los temas eran de lo más disparatado: «En la noche de ayer, los concurrentes al tapado de la Flora trataron de la personalidad de una tal Ninon de Lenclos. El señor Martínez Sobreira leyó una biografía, según él resumida, de la famosa hetaira, y explicó al final que no añadía la lista de sus amantes porque habían sido más los desconocidos o sospechados que los citados por la historia. Advierto a la superioridad

6. La frustrada resurrección de Sotero... 445

que ignoro el significado de la palabra hetaira, que se repitió varias veces, pero, por lo que allí se dijo y por lo que fue saliendo, en lo que ellos llaman el coloquio, debió de ser una conspiradora carlista infiltrada en la corte de Isabel II. El que más sabía de ella, o así al menos me lo pareció, fue don Marcelino Pita, el boticario. Nadie pronunció una sola palabra contra el régimen ni contra las autoridades locales y provinciales. La reunión terminó a las dos treinta y cinco de la madrugada. Me dio la impresión de que, como de costumbre, cada cual se marchaba a su casa. Ninguno estaba borracho del todo, aunque don Claudio Seco diera algunos traspiés a la salida. La Flora debió de haber ingresado por cafés y licores, más o menos lo que cada noche, unas quinientas pesetas». Con este ten contén vivimos tranquilos un par de semanas. Las «Críticas de la razón humanística» iban adelante, y se leían o decían cosas de bastante ingenio, tanto sobre la realidad empírica como sobre la imaginaria, y llegamos a organizar un concurso a ver quién hablaba más tiempo sobre nada: lo ganó un antiguo seminarista que ahora se dedicaba al ramo de la bisutería fina y se llamaba el señor Alemparte (apellido popular que me hacía dudar de la prosapia de mi Alemcastre). Nuestra reputación crecía, y nos llegaban invitaciones a trasladarnos a un local más amplio, donde pudieran caber más contertulios, pero nos defendíamos de las invitaciones alegando la originalidad de una reunión científica que había elegido semejante sede.

Todo el mundo conocía en Villavieja la rivalidad entre el gobernador civil y el subjefe provincial. Aquél procedía de la extrema derecha; éste, de una zona próxima a la izquierda. Aquél salía todos los días fotografiado en el periódico, éste llevaba una vida recoleta, sin que se le conocieran trapisondas. Aquél actuaba por medio de acólitos, cuando no de sicarios; éste recorría con frecuencia los pueblos de la provincia y se interesaba por sus necesidades. Finalmente, el gobernador había llegado precedido de una fama siniestra, en tanto que al subjefe provincial se le atribuía la salvación de varias vidas en los tiempos del terror. Si le mantenían en su cargo se debía no sólo a su comportamiento en la guerra, sino a lo bienquisto que era, aun de la izquierda solapada. Pues a este subjefe provincial se le ocurrió enviarme recado por un amigo común, o, al menos conocido mío, diciéndome que se había enterado de la naturaleza de nuestras conversaciones, y que había un par de muchachos entre los jóvenes, muy espabilados, con clara vocación política, a los que quería ir iniciando en la dialéctica y en la oratoria; como me sabía bien informado, como en la tertulia, lo que se hablaba, aunque fuese broma, era cultura, no les vendría mal a los mozalbetes asistir a nuestras reuniones: de manera pasiva, por supuesto, y sin otro derecho que el de hacer alguna que otra pregunta que viniera a cuento. El embajador me aconsejó que aceptase, y que, dado lo extraordinario de nuestra situación, siempre convenía tener en las alturas alguien que saliese por nosotros. Toda vez que lo que se decía en la tertulia no podía perjudicar a los muchachos, y sí espabilarlos más aún de lo que eran, el pleno acordó recibirlos. Se presentaron una de aquellas noches, los muchachitos, entre tímidos y osados. Habían prescindido de la camisa política, y venían vestidos como cualesquiera de su edad, con corbatas civiles. Estuvieron atentos y discretos: uno de ellos hizo alguna pregunta atinada y se marcharon cuando les hice señal de que lo hicieran. Vinieron las noches siguientes, con su libreta de apuntes, donde tomaban notas. Yo hablaba aquellos días de la cuestión del petróleo. No es cuestión que se pueda tomar a broma, pero yo procuraba darle un tono divertido a la vez que crítico. El de cara más alegre de los dos, el rubio, me preguntó de repente: «¿Usted cree que sin petróleo se puede hacer un imperio?» Le respondí que no, y le di las razones. «Entonces, ¿cómo nos hablan a nosotros del imperio si no tenemos petróleo?» «A eso no te puedo responder. Yo nunca he hablado de imperio.» No dijo más. Otro día

6. La frustrada resurrección de Sotero... 447

el morenito, sin que viniera a cuento, quizá por quedar bien, preguntó: «¿Y usted cree que América del Sur volverá a ser de España?» Le respondí que no lo creía probable, ni menos conveniente. Tomó nota de mi respuesta. Poco tiempo después recibí unas líneas del subjefe provincial, muy escuetas: «Sea usted prudente, hágame caso». Y el que me trajo la nota, el amigo común, seguramente aleccionado por el subjefe, fue más explícito: «Lo que usted explica a los muchachos contradice lo que les predican un día y otro. Y lo peor es que le hacen caso a usted». Pero los chicos no habían venido a casa de la Flora a que los engañasen, ¿no?

Una de aquellas noches, inopinadamente, en vez del policía acostumbrado se presentó el mismísimo comisario. Nos quedamos paralizados, o, al menos, mudos y sin saber qué hacer. «No les estorbe mi presencia, señores. Vengo a oírlos por pura curiosidad.» Hicimos un esfuerzo por dar naturalidad y alegría a la conversación, y mi perorata final versó sobre la moda femenina, según los últimos figurines. Al terminar, y empezar la gente a retirarse, el comisario me rogó que esperase. Quedamos solos con la Flora, miedosa y desconfiada. «Mire usted, señor Freijomil: yo no tengo nada contra estas reuniones, salvo que son ilegales. Son ilegales, pero inocentes. Para que puedan continuar hemos acordado (no dijo quiénes) que introduzca usted algunas novedades. Tal y como se desarrollan, tendría usted que solicitar permiso diariamente, y entregar a la comisaría un escrito, firmado por usted o por otro responsable, con la indicación detallada de lo que se va a decir. Comprendemos que esto no sólo es difícil, sino latoso. Pero hay una solución. Ésta es una casa de lenocinio, pero yo no he visto putas por ninguna parte. Este salón, con su ausencia, pierde su carácter. La solución está en devolvérselo. Si todas las noches están presentes, mientras ustedes hablan, la Puri y la Chuli, pongamos por caso, el salón recobra su verdadera condición, los asistentes son clientes de la casa que se encuentran y charlan por casualidad, y la policía no tiene por qué meterse. Si así lo hacen, nos quitarán un peso de encima.» Intervino la Flora: «Pero, señor comisario, ¿cómo voy a tener todas las noches a dos mujeres paradas, de mironas? Si echa usted por lo bajo, ponga cinco duros por hora y por mujer; sale a veinte duros de pérdidas por cada niña que esté presente. Le aseguro que la casa no puede perder doscientas pesetas diarias. La comida está cara: a las chicas hay que alimentarlas. Luego vienen los gastos de médico y botica, que ellos solos arruinan a cualquiera... No, no puede ser». El comisario palmoteó el muslo de Florita: «Eso, Florita, no es de mi incumbencia. Entiéndete con estos señores acerca del numerario. Yo hago bastante con ofrecer la solución». Se sirvió una copa, la paladeó, la pagó ostensiblemente y se marchó. La Flora y yo quedamos desolados. «Pues esto no se puede cortar, Florita. Sería darnos por vencidos.» Discutimos la cuestión y llegamos a un acuerdo: yo le pagaría cien pesetas diarias, sin que lo supiera nadie, aunque el comisario llegase a sospechar un arreglo semejante. Saqué la cartera y le di unos billetes. «Toma, el pago de una semana.» La novedad con que los contertulios se encontraron al día siguiente fue la presencia de dos pupilas, vestidas de manera adecuada, quiero decir, medio desnudas, con sus intimidades discretamente insinuadas, más que exhibidas, tanto por razones de seducción como de decencia; pues si volvía la policía no era cosa de que las encontrara enteramente tapadas como ursulinas: los tratos son los tratos. De todos modos trajeron dos mantones de lana por si les daba frío su quietud. Yo me pasé la velada mirándolas de reojo: comenzaron curiosas, continuaron aburridas, terminaron dormidas, bien embozadas, la cabeza de una en el hombro de la otra. Enternecía verlas, como dos pajaritos acurrucados en una tarde de nieve. Por lo demás, pasada la sorpresa, se prescindió de ellas, y la sesión transcurrió tan animada y divertida como de costumbre. A la noche siguiente ya estaban allí, esperándonos, no las mismas, sino otras distintas, que se dejaron convidar y chicolear por los concurrentes más animados, hasta que, comenzada la sesión, cayeron en el mismo aburrimiento y en el mismo sopor que las colegas que las habían precedido en el uso del tedio, aunque, como me dijo en un aparte la Flora, habían venido voluntarias, porque siempre preferían aquello a soportar el olor de los clientes. La noticia corrió por la ciudad, aunque concebida en estos términos: «Por orden gubernativa, a la tertulia de la casa de la Flora tienen que asistir obligatoriamente dos miembros del personal», lo que sirvió para que la gente hiciera chistes más o menos molestos para la máxima autoridad de la provincia, que así se interesaba por la propagación de la cultura entre las clases pecadoras. «Ahora sólo falta que hagan también obligatoria la presencia de un dominico que les dé el *Nihil obstat*.» La policía no compareció. Desde entonces, ni siquiera su representante obligatorio, con lo que me vi libre de redactar, o de inventar, los resúmenes diarios. Hubo sesiones admirables, como aquella en la que el señor Baldomir nos expuso en pareados endecasílabos los últimos descubrimientos de la genética: lo concluyó con la descripción, en tono heroico, de un combate entre espermatozoides de distintos bandos por la conquista del óvulo apetecido, en este caso imparcial: como una especie de torneo en el que, desde lo alto de una ventana gótica, la mujer disputada presencia los combates de sus campeones. Fue muy felicitado, el señor Baldomir, por el acierto de sus imágenes, por el ritmo creciente de la narración y por el exquisito sentido del humor manifestado, sobre todo en las descripciones. «Pasará usted a la historia de la literatura, señor Baldomir, de eso no cabe duda»; y el señor Baldomir sonreía agradecido.

Hasta que una noche de mucho viento y luna clara, cuando un abogadete llamado Doce Pereiro exponía (en prosa) las líneas generales de su proyecto de un «Catálogo de los pecados de la carne no incluidos en los tratados de moral, con su descripción minuciosa» en el que se registraba un número asombroso de transgresiones que habían pasado inadvertidas a los legisladores y moralistas de cualquier país en cualquier tiempo; esa noche, sin previo aviso, ni soplo, ni barrunto, hizo irrupción la policía. «¡Todo el mundo quieto! Saque cada cual su documentación y muéstrela.» La Flora, que estaba a mi lado, se echó a temblar, y no hacía más que decir por lo bajo: «¡Virgen Santísima, Virgen Santísima!» Cada uno de los presentes sacó sus documentos de identidad, y los mostró, si no fueron los dos muchachos recomendados del subjefe provincial, que no los tenían. Les preguntaron por las edades, las dijeron; el que parecía dirigir la operación increpó a la Flora: «¿Ignora usted la prohibición de recibir en esta clase de lugares a menores de edad?» «¡Pobre de mí –decía la Flora, tiritando–, me está tratando de usted!» Yo respondí por ella. «Le advierto, señor inspector, por si lo ignora, que en este local y a estas horas los presentes nos entregamos a tareas meramente intelectuales. Sus jefes fueron debidamente informados, y consintieron.» El inspector era un tipo de bigote recortado, muy respetable de aspecto y de ademanes, un tipo peligroso. «Entonces, ¿qué hacen ahí esas putas? Porque supongo que esas dos mujeres formarán parte de la dotación de este barco.» ¡Qué ingenioso! Las dos pobres muchachas, esmirriadas y pintarrajeadas, de las que empezaban a perder la clientela y pasaban los días sin ocuparse, no sabían qué hacer ni qué decir. Por fortuna permanecieron quietas y calladas. Verdad es que lo estaba todo el mundo, menos la Flora, que repetía por lo bajo: «¡Virgen Santísima, Virgen Santísima!» y daba diente con diente. El inspector con mando en plaza movió el brazo diestro con ademán totalitario, abarcador del mundo entero: «¡A la comisaría! Todos los que no viven en esta casa, a la comisaría. ¡Andando!» La Flora se echó a llorar; sus pupilas, también, acaso por contagio. Fuimos desfilando y salimos al viento que silbaba en las esquinas. «¡Menuda lluvia nos va a caer

6. La frustrada resurrección de Sotero... 451

mañana, cuando esto calme!» Íbamos de dos en fondo, silenciosos, escoltados por los policías, y el viento arrebató un par de sombreros que se perdieron en las oscuridades lejanas. La comisaría era un lugar desolado, tristón, iluminado por una luz ceniza, si no era la única mesa, en que un tipo de gafas, alumbrado por una lámpara de brazo, escribía en un libro grande. Nos hicieron sentar en unos bancos de madera, incómodos, junto a un par de suripantas callejeras muertas de frío y un borracho que dormía. Fueron tomando las filiaciones y la declaración. Cuando les tocó el turno a los mozalbetes, el más decidido de ellos, el rubio, exigió en voz alta e imperiosa que se telefonease al subjefe provincial y se le dijese que ellos estaban allí. «Pero ¿qué es lo que crees, mocoso?» Sin embargo, uno de los inspectores que nos habían detenido se apresuró a telefonear mientras seguían los trámites. Pasó algún tiempo: de repente irrumpió en el local, vestido de uniforme y envuelto en un capote manta, el requerido subjefe, al que acompañaba su guardia, dos mocetones armados de pistolas muy visibles. No se dignó saludar. «¿Qué coño pasa?», preguntó sin dirigirse a nadie. Y antes de que le respondieran, se aproximó a los mozalbetes y dijo: «De estos dos respondo yo. Me los llevo». Yo esperaba que alguien se opusiese, pero en aquel momento se oyó un grito desgarrador del señor Baldomir: «¡Mi vademécum! ¡Perdí mi vademécum!» «Le quedó en casa de Flora, señor Baldomir, no se apure.» Pero él ya había salido, ante el estupor de los policías. «¡Síganle y deténganle, y si hace falta, disparen!», dijo el de más autoridad, el del bigote recortado; pero yo me interpuse: «Señor inspector, respondo de que el señor Baldomir regresará a la comisaría cuando encuentre lo perdido». ¡Nada menos que el poema *Panta*, en aleluyas! «¡Si no regresa, irá usted a la cárcel, señor Freijomil!» «De acuerdo, señor inspector.» Aún no había terminado el interrogatorio, cuando Baldomir apareció, sudoroso, con el sombrero y el vademécum en la mano. «¡Lo encontré, lo encontré, estaba allí!» El subjefe provincial se había ido con los dos mozalbetes, casi cobijándolos bajo su amplio capote, sin que nadie chistase: si bien el del bigote, cuando el subjefe hubo marchado, ordenó en voz muy alta: «Ambrosio, levante acta, y que todos estos señores firmen como testigos». No sólo firmamos nosotros, sino las esquineras y el borracho, a quien se despertó. Yo creo que pasamos allí cosa de hora y media. Se nos dijo: «Pueden ustedes marchar, pero ya saben que quedan a disposición del juzgado que se encargue del caso». «¿De qué caso? –preguntó alguien, creo que fue Roca–. Porque ir a una casa de putas puede ser pecado, pero no delito.» «¡Márchese, márchese ya, tío imbécil! Ya se entenderá con el juez.» Yo regresé a casa de la Flora: la hallé derribada en un sofá, con una botella de aguardiente y una copa al lado. «¡Ya me salvó la vida otras veces, gracias a él y a la Virgen aún estoy aquí!» Le conté lo que había pasado. «A vosotros no os va a suceder nada, pero a mí, ya veréis.» Procuré tranquilizarla y le recomendé que se acostase. El cotarro de las putas se había alborotado, no hacían más que subir y bajar las escaleras, con abandono de sus obligaciones. Alguien gritaba en el salón de abajo: «¡A ver qué pasa, coña! ¡No hay derecho a tenerle a uno cachondo hora tras hora!» La Flora carecía de huelgos para ordenar aquel batiburrillo. «¡A joder, niñas, que para eso estáis!» Pero lo decía con voz mortecina. Encima de la mesa había un montón de dinero, monedas y billetes revueltos. Lo conté, se lo entregué a la Flora. «¡Anda, acuéstate!»

5

A media mañana se presentó en mi casa aquel amigo que servía de intermediario entre el subjefe provincial y yo. Acababa de levantarme, no me había afeitado, estaba desayunando. Le hice pasar, lo invité a que me acompañase al me-

6. La frustrada resurrección de Sotero...

nos con una taza de café. «¿No sabe lo que pasa?» «Todavía no hablé con nadie esta mañana.» «Un verdadero escándalo. Todo lo que sucedió anoche en casa de Flora no fue más que una trampa para cazar a nuestro amigo y acusarle de corruptor de menores. Esta mañana recibió un telegrama urgente con su destitución y la orden de presentarse en Madrid. Acababa de salir ahora mismo. Yo vengo de su parte a preguntarle si está dispuesto a declarar a su favor.» «Pues, ¡claro, hombre, no faltaba más!» No se hablaba de otra cosa en la ciudad, y hasta a algunos partidarios del régimen les había cabreado la conducta felona del gobernador. «Aquí va a suceder algo, créame. La gente anda excitada. Aunque lo que lamentan muchos es que se hayan acabado las reuniones. Porque, después de esto, a ver quién se atreve...» ¡Villavieja del Oro, famosa por sus tertulias intelectuales, la Atenas del noroeste! Según lo que aquel buen sujeto me fue informando, hacía muchos años que no se alcanzaba unanimidad semejante, allí, en Villavieja, famosa antaño por sus reacciones colectivas. «Porque aquí, amigo mío, en este pueblo, sin ponernos de acuerdo, todos pensábamos lo mismo.» Me contó dos o tres acontecimientos a los que la ciudad había respondido como un solo hombre, sin que nadie los moviese, y no como ahora, que había que sacar a la gente de casa casi a la fuerza para organizar una manifestación de cuatrocientas personas. «Villavieja ya no es lo que era... ¡Aquellas conferencias de los grandes maestros, que usted quizá recuerde! Y la gente que esperaba que lo que hacían ustedes fuese un punto de partida para una verdadera restauración... ¡Qué verdad es que el pasado no vuelve, por lo menos el bueno! Con esa originalidad de reunirse en una casa de putas... ¡A quién se le ocurre! Se comentaba en toda Galicia...»

Ya estaba casi para salir, cuando llegó al portal un muchachete que quería hablar conmigo: con mucha urgencia, con cierto dramatismo. Lo mandé pasar: «¡Que vaya usted en seguida a casa de la Flora, señor! ¡Que no tarde porque se está muriendo!» Le quise dar un par de perras, pero las rechazó. «Ya me pagaron ellas, señor, y me pagaron bastante.» Salí pitando. Me recibieron caras largas de putas desarregladas. «¡Que se nos muere, don Filomeno! ¡Mandó que le llevasen recado!» La Flora yacía en el lecho, una cama pequeña, de hierro negro, en una habitación llena de santos por las paredes, y uno grande, de bulto, encima de la cama. Respiraba con dificultad. Le cogí la mano y me miró: «¡Esta vez morro, meu rei! –dijo en gallego; y después de un esfuerzo añadió–: ¡Quero que me poñan unha crus ben grande na sepultura! Na cómoda están os cartos. Cólleos ti». Rogué a una de sus pupilas que buscase al médico; pregunté a otra qué había sucedido. «Este papel, señor. Lo trajeron esta mañana.» Era una orden de cierre del local, firmada por el comisario de policía. «Al leerlo le dio el patatús, señor, un patatús muy grande y el aguardiente no le hizo nada.» La Flora estaba moribunda, no había duda. Su garganta emitía ronquidos entrecortados, las manos le temblaban, lo mismo le saltaba el pulso que desaparecía. «Ese médico, ¿no viene?» La tenía cogida, a la Flora, de las manos. Le decía palabras estúpidas, como: «Espera un poco, no te mueras aún, que va a venir el médico». Cuando el médico llegó, la Flora ya había muerto, después de unos estertores breves y angustiosos. «Un ataque al corazón, no cabe duda», fue todo lo que dijo el doctor. Y se dispuso a certificar la defunción. Todas las pupilas de la Flora habían venido, algunas a medio vestir. Lloraban. «¿Y qué va a ser de nosotras?», clamaba la más joven de todas, aquella rubia gordita que se me había sentado en las rodillas una noche lejana. Las apacigüé como pude, busqué el dinero en la cómoda, lo conté delante de ellas; había unos miles de pesetas. «Todo lo que sobre de los gastos del entierro lo repartiré entre vosotras.» «¿Y los parientes? –preguntó una–. Porque ella tenía parientes en Celanova.» «¡Al carajo los parientes! –le respondieron–. ¡Para el caso que le hicieron!»

Todas gritaban, todas tenían quehacer, todas querían echar una mano. Dispuse que dos fueran a la funeraria, y que las otras lavasen y amortajasen a la muerta con una sábana. «¡Con lo que a ella le hubiera gustado que la enterrasen con el hábito del Carmen!» La Flora debía de haber tenido un buen lío de Vírgenes en la cabeza: menos mal que todas se resumían en una. Pero en Villavieja no había carmelitas, de modo que no se halló manera de conseguir el hábito, y el cuerpo, ya huesudo, de la Flora acabó envuelto en la mejor de sus sábanas. ¡Quién sabe cuántos amantes habrían pasado por ella! Una sábana de holanda fina, con bordados, para cama de matrimonio. ¿Y no la habría bordado ella, de virgen, a la espera de un novio formal? En esto llegó el de la funeraria, un tipo hosco y despectivo, con algo de cura rebotado. Lo primero que dijo fue que había que pagar por adelantado, dadas las circunstancias del caso. Lo mandé sentar, le ofrecí una copa, me mostró distintas clases de entierro, que los llevaba en un folleto con los distintos precios. Elegí uno de los modestos. «¿Y de la sepultura?» También de eso se encargaba la funeraria, como del resto de los trámites. Muy bien. Echamos la cuenta, pagué, me dejó un recibo, y a la hora, o así, aparecieron tres o cuatro gandules enlutados, con los bártulos fúnebres, todo lo necesario para organizar un velatorio: los cirios, un Cristo horrible, de los hechos a troquel, negro y dorado de no sé qué metal. Lo trataban de cualquier modo, sonaba a hueco. Y todo lo hacían perezosamente, como cosa habitual. «¡Bota acá o Cristo!» Ya pasaba del mediodía cuando la Flora quedó instalada en su ataúd, conforme a las leyes y a los ritos, y, alrededor, sus antiguas pupilas, rezando el rosario las que sabían. La puerta de la calle estaba entreabierta, y, clavada con chinchetas a la madera, una papeleta de defunción, manuscrita por mí. RIP. Me fui a mi casa, almorcé melancólico, eché una siesta. Se había señalado el sepelio para el día siguiente, a las cinco. Aquella noche, antes de retirarme, me di una vuelta por el velorio.

Habían acudido otras colegas, hasta quince mujeres, entre jóvenes y maduras, todas en torno a la finada. Un grupo de tres o cuatro rezaban. Otras, en voz como susurros, charlaban de sus cosas. Las demás, en un corro, junto a la puerta, contaban chistes verdes y los reían silenciosamente. A ninguna le faltaba la copa de anís o de aguardiente, pero ninguna se había emborrachado. Ya iba a marcharme cuando, de repente, no sé cuál de ellas empezó a gritar: «¡Ay, pobre Flora, qué pronto te llevó Dios! ¡Ay, pobre Flora, con el buen corazón que tenías! ¡Ay, pobre Flora! ¿Qué va a ser ahora de estas desgraciadas, que eran como tus hijas?» Las demás se fueron uniendo al planto. Las dejé gimiendo a todas, menos una, que iba de copa en copa, rellenándolas. Habían traído jacintos, o algo de mucho olor, y la habitación, a pesar del humo del tabaco, olía a flores. Di una vuelta por la noche lluviosa, entré en una taberna. Se comentaba que la Flora había muerto del susto que le dio un papel.

Amaneció un día de lluvia calma, menuda; un día oscuro en que la niebla del río se mezclaba a la lluvia. Los transeúntes, escasos, parecían fantasmas con paraguas. Un poco antes de las cinco llegué a casa de la Flora, a tiempo para ver cómo tapaban el ataúd, entre llantos y despedidas: llevaba un crucifijo modesto en las manos, un pañuelo amarillento le ataba la mandíbula, ya desencajada. Mientras la cubrían, se repetía el planto, ya en castellano, ya en gallego, según los gustos. Hasta la puerta de la Flora no podía llegar el automóvil fúnebre, porque en la calleja no había espacio, de modo que quedó esperando, frente a la iglesia, a que condujesen, a hombros, el ataúd. Se habían buscado unos cuantos mozos voluntarios para aquel menester: ellos bajaron su carga hasta el portal, y allí mismo se organizó la comitiva: aquellas quince mujeres, tapadas con sus mantones, menos una, que llevaba un paraguas. Quedamos quietos, esperando la llegada del cura, pero el cura empezó a retrasarse, cinco minutos, diez. El conductor del automóvil fúnebre, fúnebre también, vino a preguntar lo que pasaba, y que si el cura tardaba, que se iba, porque había otro entierro a las seis. Habían transcurrido veinte minutos de espera, el grupo se cobijaba de la lluvia, las ventanas de la vecindad empezaban a abrirse, y asomaban caras curiosas, fisgonas, cuando llegó, muy apresurado, debajo de un paraguas enorme, el sacristán de la parroquia. «Que el entierro no puede celebrarse, que a la Flora no se la puede enterrar en sagrado. Lo prohíben los cánones.» Las mujeres hicieron corro alrededor del sacristán, empezaron las imprecaciones, los chillidos, alguien insultó al cura. «Entonces, ¿dónde quiere que la enterremos? ¿En un estercolero?» «Para estos casos está el cementerio civil.» «¿El cementerio civil? ¿Vamos a enterrar a esta cristiana entre zarzas y ortigas?» «Yo de eso no sé nada. Son los cánones.» «¡Es ese demonio de párroco, que no tiene piedad! ¡Pues buenas limosnas le tiene dado la Flora, que en paz descanse!» «Yo, con eso, nanay. Ni el párroco tampoco. Es cosa del obispo. ¡Como ella era una puta!» Se deshizo como pudo del corro deprecante, y se escurrió por la calleja, hacia arriba. Se reanudaron las lamentaciones, aunque de otro tono. El conductor del automóvil vino a decir que se iba. «¿Y qué hacemos ahora, Dios mío? ¿Qué hacemos ahora?» El agua les resbalaba por los mantones, les mojaba el rostro. Alguien sugirió la posibilidad de que la lluvia pudiera empapar a la muerta: trajeron una tela impermeable para cubrirla. «¿Y qué hacemos ahora, Dios mío? ¿Qué hacemos ahora?» Se dirigían a mí aquellas interrogaciones angustiadas, desesperadas. Se me ocurrió responder: «Adelante». «¿Adelante, adónde, don Filomeno?» «¡A ninguna parte! ¡Por las calles, de paseo!» Los porteadores del ataúd echaron a andar, sin otra orden que mis palabras. Las mujeres se apiñaron detrás, y empezaron los rezos: «Ave María...» Un murmullo sordo y rítmico, pausado como la marcha del ataúd. Salimos de las callejas a calles más anchas. La gente preguntaba. «Es la Flora, señor, que no la quieren llevar al camposanto.» Y se unían al cortejo, el paraguas abierto... Un paraguas, tres, cinco, la calle del Alimón, la de las Tres Estrellas, la de Fuentes Piñeiro. Nos acercábamos a la calle Real. «No, por ahí no, todavía no.» Quince paraguas, veinte. «Ave María, llena eres de gracia...» «¡Señor, ten piedad de tu sierva Flora, que no halla tierra para su cuerpo!» Se habían encendido las luces de la ciudad, brillaban tenuemente los paraguas mojados. «¿Y adónde la llevan?» «No sabemos, señor, no sabemos.» Cuarenta y cinco paraguas. En la plaza de los Álamos se hizo un alto. Los porteadores necesitaban descansar. Surgieron voluntarios. «Nosotros la llevamos.» Dimos la vuelta a la plaza, dimos dos vueltas, salimos a la calle Real, por fin. Los comercios aún no habían cerrado, la gente se asomaba a los portales, se abrían las ventanas de los miradores, las vecinas se preguntaban de un lado al otro de la calle: gritaban porque la lluvia y la niebla apagaban las voces. «Una mujer de la vida, que no la dejan llevar al camposanto.» «¿Entonces? ¿Adónde van a llevarla?» Sesenta y cinco paraguas...

A la mitad de la calle Real llegó muy apurado uno del ayuntamiento. «¡Que se retiren inmediatamente, que la lleven al cementerio civil!» «¡Por qué no lleva usted a su madre?», le respondió una de las envueltas en el mantón, la cara oculta, y el enviado del ayuntamiento se escabulló. Un poco más adelante, cuatro guardias municipales quisieron impedir el paso. «¡Atrás, atrás! ¡Iros por otras calles! ¡No se puede interrumpir el tráfico!» Siguieron adelante. Los guardias se vieron arrollados y desaparecieron. «¡Señor, ten piedad de tu sierva Flora! ¡Virgen Santísima, acógela en tu seno!» Ochenta paraguas. Los comercios cerraban las puertas. La gente se sumaba al cortejo: silenciosa, los paraguas abiertos, algunos fumaban. «Es la Flora, que se murió ayer y no dejan enterrarla en sagrado.» Mucho más de cien paraguas.

La calle de los Cuatro Cantos, la Frouxeira; la Cuesta de Panaderas era tan pina que los porteadores se detuvieron para cobrar huelgos, y un espontáneo entró en una taberna y

6. La frustrada resurrección de Sotero...

trajo vino. «¡Dios tenga misericordia de ti! ¡Que la Virgen te acoja en su sagrado seno!» La cuesta abajo era más pina todavía, y hubo que remudar a los porteadores, que ya no podían más. La plaza de la Fuente, el Corrillo de las Monjas, el callejón de San Amaro... Por las calles estrechas, el grupo se alargaba, iban de dos en dos, como una interminable serpiente de paraguas. En los espacios anchos marchaban de ocho en fondo, como un desfile de soldados, pero lento: se oía el rumor rítmico, a veces chasqueante, de los zapatos contra el suelo mojado. La lluvia continuaba igual, pero la niebla del río se había espesado, las luces del alumbrado apenas la penetraban. Ya no brillaban los cientos de paraguas. «Padre nuestro...»

En el cruce de las Tres Calles se había apostado un funcionario del gobierno con dos guardias civiles, encapotados de negro, los tricornios de hule resbalándoles el agua. El funcionario abrió los brazos, la comitiva se detuvo. «¡Están ustedes incurriendo en un delito contra el orden público!» «¿Y qué quiere que hagamos, señor, con este cuerpo?», preguntó de entre el corro de mujeres una voz anónima. «¡Llévenla al cementerio civil, que para eso está!» «¡Señor, queremos tierra santa para esta mujer!» «¡Sí, queremos tierra santa!» «¿Qué más da una tierra que otra?» «¡Ay, señor, qué blasfemia!»

Fue otra voz, salida del mismo grupo, una voz rota, la que gritó: «¡Terra santa para esta muller! ¡Terra santa!» Lo repitieron tres, cuatro voces próximas. Y como una oleada a la vez suplicante e imperiosa, el grito se transmitía hasta el final de la calle, hasta el último de la muchedumbre. «¡Terra santa! ¡Terra santa para esta muller! ¡Terra santa!»

Como una voz que saliera de la tierra, como si la tierra misma se pusiera a clamar con palabras roncas, mojadas por la lluvia: «¡Terra santa! ¡Terra santa para esta muller! ¡Terra santa!»

«La autoridad declina toda la responsabilidad de lo que pase», gritó el representante del gobierno civil, pero nadie lo escuchó. Se escurrió por una calle lateral, seguido de los guardias. El cortejo, entretanto, había incrementado el número de paraguas. Debían de ser ya las nueve y media. Volvieron a caminar, silenciosos: se escuchaba, eso sí, el roce rítmico de los pies contra las losas mojadas de la calle. Delante del ataúd marchaban niños, como delante de un regimiento que desfila. Cada vez que se detenían los porteadores a descansar, se repetía el grito, unánime, sordo: «¡Terra santa! ¡Terra santa para esta muller! ¡Terra santa!»

En la calle del Gato, en la travesía de las Madres Capuchinas, en el paseo de Calvo Sotelo... Eran las diez. ¿Cuántos ya los paraguas? ¿Cuántas voces clamantes? Desembocamos en la plazoleta frente al palacio episcopal. A un lado quedaba la catedral; al otro, mi casa. En el segundo piso se encendieron luces, se abrió una ventana, mujeres con pañuelos a la cabeza curiosearon. «Y ahora ¿qué vamos a hacer?» Las ventanas del palacio permanecían cerradas. Ni una luz, ni siquiera en las buhardillas. «¡Terra santa!» Por el postigo del portón salió un clérigo joven. «¡Váyanse, váyanse! ¡El obispo no puede hacer nada! ¡Es exigencia de la autoridad civil!» Se escurrió y cerró el postigo. «¡Terra santa!», ahora sin largas pausas, un clamor sobre otro, más gente. «¡Dios mío, aquí va a pasar algo!» «¿Y si sacan la guardia a la calle?» «¡No quiero ni pensarlo!» «¡Tierra santa!», cada vez más roncas las voces, cada vez más exigentes y desafiadoras. La gente no cabía en la plazuela: se desparramaba calle abajo, se perdía por los aledaños. Y aquella voz unánime resonaba por toda la ciudad, como los tambores de la procesión de Viernes Santo. Habían dejado en el suelo el ataúd de la Flora, justo debajo del balcón del obispo. Los porteadores, arrimados a la pared, echaban unos pitillos. Se había formado alrededor un corro de mujeres con mantones que rezaban. Y cada vez más niebla, metida por los entresijos de la lluvia inmutable.

Se abrió el postigo, salió otra vez el cura joven, llegó como pudo hasta una puertecilla de la catedral, la abrió con

6. La frustrada resurrección de Sotero...

una llave enorme y, unos minutos después, reapareció, revestido de sobrepelliz y estola, con el caldero de agua bendita en una mano y el hisopo en la otra. «¿Hay alguien que sepa de sacristán?», preguntó y la pregunta se repitió, recorrió la muchedumbre, hasta que alguien gritó, allá abajo: «¡Yo sé de sacristán!» El clérigo esperó la llegada de un hombre que se abría paso. «¿Usted sabe responderme?» «Sí, señor cura.» «¡Van a echarle el gorigori!», se susurró de una persona a otra, de un grupo a otro; se hizo el silencio poco a poco. Entonces, el cura comenzó sus latines, en voz alta, para que todo el mundo lo oyese. El paternóster lo rezaron todos, un paternóster íntimo y a la vez triunfal. «¡Hala, ya pueden llevarla al camposanto!» Se retiró por el postigo el cura joven; se oyó el ruido de los cerrojos. «¿Y ahora?» «Al camposanto, ya lo dijo.» La gente empezó a moverse, el féretro delante, ya sin chiquillos. Por callejas, descampadas, a oscuras, chapoteando en el fango. «¡Cuidado no tropecéis y vayáis a caer con la caja!» «¡Que vaya alguien delante y avise!» «¡Cuidado, que aquí hay un charco!» Yo iba casi al principio, las colegas de la Flora me precedían. Noté que alguien se instalaba a mi lado, un cura muy rebozado en el manteo, la teja calada, con el paraguas abierto. No le podía ver la cara, ni siquiera los ojos, que, a veces, me miraban. Sí, me miraban sin que yo pudiera verlos. Pero una vez que di un traspié me agarró. «¡Gracias!» La gente que seguía el ataúd iba disminuyendo: éramos pocos al llegar al cementerio, donde otro cura esperaba, ya revestido, con aire de disgusto y de cansancio. Dos enterradores, con faroles, refunfuñaban: «¡Mira que sacalo a un de casa, a estas horas, pra enterrar a unha puta!» Nos ordenamos por las veredas encharcadas del cementerio. La tumba estaba abierta, la habían cavado aquella misma mañana, tenía un palmo de agua en el fondo. Habían colocado las farolas en las esquinas, en diagonal: aquellas luces escasas iluminaban hasta la cintura al corro de los presentes. Todos se dieron prisa: el cura, los sepultureros. Sobre el ataúd de la Flora, despojado del Cristo de la tapa, cayeron paletadas de barro. «¡Pobriña, qué noite vai pasar con tanta chuva!» La gente se marchó tras de las luces; yo el último, con el clérigo desconocido. Lo identifiqué cuando, saliendo del cementerio, me dirigió la palabra. «Usted es el autor de todo esto, ¿verdad?» «¿Por qué yo, don Braulio? Fue un movimiento espontáneo. Yo diría un acto de caridad colectiva.» «Usted debería saber que los cánones prohíben dar sepultura cristiana a una proxeneta muerta en el ejercicio de su profesión, si no se ha confesado o dado muestras públicas de arrepentimiento. Usted ha obligado a claudicar a la Iglesia.» «Yo no entiendo de cánones, don Braulio, y no creo que sea para tanto...» «Mucho me temo que le costará trabajo convencer a los que le exijan responsabilidades.» Nos íbamos acercando a la ciudad. La casa de la Flora no nos quedaba lejos. «¿Le importaría, don Braulio, desviarse nada más que unos minutos y acompañarme?» «¿Adónde quiere llevarme?» «Diga si viene o no.» No dijo nada, pero siguió conmigo. Las pupilas de la Flora ya habían llegado, ajetreaban en sus baúles porque la que más y la que menos había hallado acomodo. «Espéreme, don Braulio, sólo un instante.» Entré, les pedí que se ocultaran. Llevé a don Braulio hasta la habitación donde había muerto la Flora. No tuve que explicarle nada. Don Braulio recorrió con la mirada las paredes, la detuvo en este o en aquel santo... «Sí, la fe no le faltaba.» Salimos a la calle sin decir nada. Nos despedimos al llegar a la plaza.

6

Vino un señor muy estirado, de rostro inmóvil y voz monótona, con acento de más allá de los puertos, a preguntar por mí: tenía orden de conducirme al gobierno civil. Lo mandé pasar. «¿Quiere usted esperar a que me vista, o necesita presenciar cómo lo hago?» «Confío, señor, en que no cometa el

6. La frustrada resurrección de Sotero... 463

error de escaparse.» «Escaparme, ¿por qué?» Se me ocurrió que a una convocatoria como aquélla debía acudir de punta en blanco, y me atreví a encasquetarme uno de los trajes que mi rival y amigo en elegancia local, el señor Tormo, me había prohibido. ¡No creí que me lo fuera a tropezar! El tiempo mayor lo consumí en la elección de la corbata: necesitaba hallar una que fuese al mismo tiempo elegante y agresiva, y tuve que renunciar porque elegantes había varias, aunque todas de la mayor placidez. «¡Qué lástima!» El funcionario estirado me condujo hasta un coche oficial que esperaba frente a mi puerta. ¿Habían tenido aquel detalle conmigo por discreción o por decoro? El funcionario no dijo una sola palabra mientras duró el trayecto, que no era largo. Yo miraba por la ventanilla; él, a un lugar indeterminado en el sentido de su nariz. Me hicieron esperar en una sala vacía durante un cuarto de hora. Un ujier vino a rogarme que le siguiese: respetuoso, pero serio. ¡Dios, qué serio era todo el mundo allí! Me hallé en un despacho grande, suntuoso y anticuado, solemne sin prestancia, pura retórica de alfombras, de cortinas, de retratos, de símbolos políticos. Detrás de una mesa me esperaba un sujeto cuya importancia se descubría nada más que mirarlo; un cincuentón bien conservado, el cabello y los bigotes a lo militar, vestido de azul, corbata gris. No se levantó, y yo me quedé a la puerta, más bien arrimado a ella, porque la habían cerrado; de pie, con el abrigo puesto y el sombrero en la mano. Le di los buenos días, a aquel señor, no sé con qué palabras, supongo que con las más sencillas, pero no me moví hasta que me ordenó: «Acérquese», con la voz con la que deben hablar los autómatas autoritarios. Lo hice, espero que con seguridad, aunque sin intención ofensiva ni altanera, ni en modo alguno desafiante. Llegué hasta el borde mismo de la mesa, me detuve, lo miré como si le preguntase: «¿Qué hago ahora?» No me mandó sentar, ni quitarme el abrigo, ni aun dejar el sombrero. La situación comenzaba a ser la de un reo ante el juez: mirada como aquélla únicamente es posible en los rangos inferiores al mismo Jehová, pero era una mirada de imitación, o de segunda mano, según el texto de cualquier ordenanza ignorada. «¿Es usted Filomeno Freijomil?» «Sí, señor.» «¿El mismo que organizó el escándalo de ayer?» «No, señor.» «¿Cómo se atreve a negarlo? Tengo testigos.» «Lo siento por los testigos, señor, pero yo no organicé nada, ni nadie lo organizó. Fue una respuesta espontánea y popular a una situación injusta» «¿Quién es usted, quién es la gente para juzgar si una situación es justa o no?» «Supongo, señor, que muchos conservamos todavía la capacidad de opinar y de mantener puntos de vista propios acerca de lo que pasa por el mundo. ¡Vamos, eso creo!» No me retrucó de pronto. No contaba, seguramente, con mi actitud tranquila, con mis respuestas razonables. ¿Esperaba causarme miedo, nada más que con la agresividad de sus bigotes? Se levantó, e inmediatamente, al verlo de pie, corregí mi primera impresión: no tenía de militar, al menos de militar profesional, más que el bigote y el corte de cabello, y aquella expresión dura de la cara; pero el cuerpo era fofo, indisciplinado, y el traje, pese a sus pretensiones, le venía ancho. Se le adivinaba un largo pasado burocrático, y esa envidia por los militares de los que no saben mandar del todo. La pregunta que me hizo fue para salir del paso: «¿Necesita usted que comparezca un testigo del escándalo de ayer?» «En modo alguno, señor. Yo lo presencié desde el principio hasta el fin, y no creo que haya sido un escándalo, sino sólo un sepelio un poco ruidoso.» «Eso, no es usted quien tiene que definirlo.» «Acabo de decirle, señor, que tengo mi opinión y mi punto de vista.» «Pero aquí la que prevalece es la mía.» Me encogí de hombros. «Está usted en su casa, señor, y manda en ella. Pero yo no pertenezco al servicio, perdón, al funcionariado. Yo soy ciudadano libre y acostumbro a pensar por mi cuenta, y si mi pensamiento disiente del de otro, a discutirlo.» «¿Sugiere usted que quiere discutir conmigo el que lo de ayer haya sido o no un escándalo?» «Yo no sugiero

6. La frustrada resurrección de Sotero...

nada, pero no me negaría.» «¿Sabe usted quién soy yo?» «No hemos sido presentados.» Quedó quieto, envarado, encima de la alfombra. «Soy el gobernador civil –y antes de que pudiera responderle añadió–: Soy el gobernador civil y puedo meterle en la cárcel ahora mismo, sin más explicaciones.» «Si usted es el gobernador civil, no lo dudo.» Nos quedamos mirándonos. Hacía mucho calor en aquel despacho. «¿Puedo quitarme el abrigo, señor? Empiezo a sofocarme.» «Quíteselo y déjelo donde quiera.» Me lo quité, lo doblé cuidadosamente, busqué sitio donde dejarlo, me decidí por una silla forrada de terciopelo rojo, una silla entre otras. «Con su permiso.»

El gobernador había vuelto a sentarse y, cuando regresé a la mesa, me dijo: «Siéntese, si quiere». Ocupé una de las dos sillas que había frente a él, mesa por medio, y esperé. «Señor Freijomil, desde su llegada a Villavieja se ha hecho usted sospechoso a las gentes de orden. En primer lugar, porque todo el mundo esperaba de usted un comportamiento distinto, una conducta de caballero educado y no de señorito golfante. Claro está que yo no puedo meterme en si frecuenta o no los prostíbulos, pero sí en el mal ejemplo de su figura pública, que no corresponde a un hombre correcto y responsable. Pronto se le vio a usted formar en las filas de los enemigos del régimen, de esos chiquilicuatros comunistas que vociferan en los cafés y que manifiestan su hostilidad con el pretexto de la cultura. No tengo por qué ocultarle que pedí informes de usted a la policía portuguesa, y eso fue lo que me detuvo.» Abrió un cajón y sacó unos folios cosidos. «Me detuvo, pero no definitivamente. De este informe se deduce que usted no es un revolucionario, ni siquiera un rojo declarado, sino un periodista de cierta fama que actuó de corresponsal de guerra en Inglaterra. ¿Por qué lo ocultó usted? Eso aquí no lo sabía nadie.» «En primer lugar, señor gobernador, yo no tengo por qué ir contando a todo el mundo lo que fui y lo que hice. En segundo lugar...» Alzó la mano y me detuvo. «No siga. Estaba yo en el uso de la palabra.» «Perdón.» Volvió a abrir el cajón y sacó de él un libro. Me lo pasó. «¿Conoce usted eso?» Tenía delante de mí el libro de mis crónicas de guerra, firmado por Ademar de Alemcastre, recién publicado: aún olía a tinta. No lo había visto todavía, no sabía que lo hubieran editado ya. Lo examiné cuidadosamente, sin disimular mi complacencia; se lo devolví. «Ese libro es mío. No lo había visto aún. Debe haberse publicado recientemente.» «Sí. Lo he recibido de la policía portuguesa hace pocos días, los necesarios para haber tenido tiempo de leerlo. Supongo que será un buen libro, pero, desde nuestro punto de vista, contiene el elogio permanente de nuestros enemigos.» Le miré con estupor: en mi mirada iba una interrogación. «Sí, señor Freijomil, el elogio de los ingleses. Un español decente no puede elogiarlos aunque sean elogiables. Su actitud para nosotros ha sido, desde el principio de la guerra, hostil. Lo fue durante siglos. Pudo usted haber sido corresponsal de guerra en Berlín, y narrar las heroicidades alemanas en el frente del este, o sus triunfos en el del oeste. Los nazis eran nuestros amigos.» «Pero no los míos, señor. Por mil razones.» «Que a mí no me interesan, porque dispongo de las mías en contra. Tenga usted en cuenta que yo soy abogado y conozco las argucias del pensamiento para defender lo indefendible. No me apetece oírle.» «En ese caso, señor, ¿a qué seguir hablando? Usted manda, yo tengo que resignarme a obedecer.» «Es que yo, señor Freijomil, desearía llegar con usted a un compromiso. Desearía..., ¿cómo podría decírselo?, traerle a usted a nuestro bando.» «No lo veo fácil, señor, pero no me niego a escucharle.» Se removió en el sillón, sacó de no sé dónde una caja grande de puros, la abrió, me la tendió. «Sé que usted fuma. Son unos buenos cigarros, traídos de La Habana. Escoja uno. –Y como yo vacilase añadió–: Fumar un cigarro conmigo no le compromete a nada.» «Es cierto..., en cierto modo.» Cogí uno al azar: eran unos puros grandes, bonitos, de buen perfume, de vitola acreditada. «Cada cual tiene sus pequeñas debilidades, y yo puedo per-

6. La frustrada resurrección de Sotero... 467

mitirme ésta. No es un vicio inconfesable.» Los encendió, el suyo y el mío, conforme a los ritos, y, antes de seguir hablando, intercaló unas cuantas bocanadas. «¿Verdad que es excelente?» «Me lo parece, aunque yo no sea un buen juez.» «De lo mejor que va quedando en Cuba...»

No parecía encontrar fácilmente las palabras oportunas. Llegó a preguntarme si quería beber algo. «También tengo un buen whisky, aunque eso no será ortodoxo; pero si el buen whisky es el inglés, ¿por qué vamos a prescindir de él? Aunque sea enemigo de Inglaterra, no dejo de admirar la habilidad de sus políticos. Churchill, pongamos por caso... ¿Le ha conocido usted, por casualidad?» «No era muy fácil, señor gobernador, llegar hasta él. Le vi de lejos, más de una vez. Pero de lejos, insisto...» «Yo tampoco vi a Franco más que de lejos.» Lo dijo con cierta amargura que no excluía la esperanza, como quedó en seguida claro. «Pero cualquier día vendrá por aquí y tendré el inmenso honor de saludarlo. ¿Usted lo vio alguna vez?» «Tampoco tuve ocasión.» «¿Se dedicó, por lo menos, a estudiar su figura?» «No me fue fácil.» «No se trata ya de su categoría militar, de gran estratega. Los civiles no solemos entender de eso. Yo le juzgo sólo como político, y le aseguro que, desde Felipe II, nadie ha habido en España como él.» «Le advierto, señor gobernador, que no admiro a Felipe II.» Me miró extrañado. «Pero ¿es posible? Según lo que llevo leído de usted, no ignora la historia.» «Probablemente la conozca de una manera distinta a la de usted. Conozco, digamos, otra historia.» «Ahí empiezan nuestras divergencias, señor Freijomil, ¡quién lo iba a decir! Si usted ha estudiado nuestra historia desde Francia o desde Inglaterra, es natural que no esté conforme con Felipe II. Pero cada país tiene un modo de entenderse a sí mismo, y todos los ciudadanos deben compartirlo. Según esto...» «Según esto, señor gobernador, es inútil que sigamos hablando. No vamos a ponernos de acuerdo. En lo que yo no creo, precisamente; lo que yo rechazo es la versión que cada país da de su propia historia. Y como ahora tratamos de la española...» «Tiene razón. Es un escollo grave.» No sé si dudó en seguir adelante: fuera lo que fuese, se decidió: «Señor Freijomil, seguramente no ignora la clase de Estado en que vive, el que queremos construir y perfeccionar entre unos cuantos, es un Estado compacto, sin fisuras, un Estado del que, por definición, queda excluida toda disidencia. El tradicional español, en una palabra. Y la primera y más importante disidencia comienza por el pensamiento. Existe una declaración de principios. Como si dijéramos, el trazado de unos límites que no deben ser rebasados ni por el pensamiento ni por la acción. Esos principios son indiscutibles, como lo es la realidad del mando único. Pensar dentro de ese sistema, esclarecerlo, enriquecerlo, no sólo es legítimo, sino una manera de obedecer». Me entretuve en sacudir la ceniza del cigarro, que había crecido y amenazaba caer encima de la alfombra. «Señor gobernador, hace ya bastante tiempo, allá por los años treinta y tantos, me entretuve en estudiar la realidad del Estado totalitario. Lo que usted me está explicando coincide exactamente con lo que yo aprendí: "Una patria, un *führer*", ¿no es así?» «Sí, es así. ¿Y qué?» «Señor gobernador, no he cambiado desde aquellos años. Sigo siendo liberal, y no veo posible dejar de serlo.» «¿Por qué? El liberalismo está muerto y pasado de moda, aunque los que creen haber ganado la guerra se proclaman liberales.» «Unos, sí, y otros, no, claro. Rusia no es liberal.» «¿Es usted amigo de Rusia?» «No tengo razones para ser enemigo, aunque su sistema de gobierno no me guste.» Se remegió en el asiento, dejó el cigarro en el cenicero, me miró severamente... «Señor Freijomil, tiene usted razón. Entre nosotros no hay entendimiento posible. Pensaba, como le dije, proponerle un arreglo, una especie de tratado de paz.» «En unas condiciones inaceptables para mí, ¿no?» «¿A qué llama usted condiciones aceptables?» «A las que se derivan de un tratado de paz, es decir, a dejarme en paz.» «¿Para que me organice usted tumultos como el de ayer? ¿Para qué quiere que

6. La frustrada resurrección de Sotero... 469

le deje en paz? Comprenda que no es posible. Y lo que voy a proponerle es más liviano de lo que pensaba cuando usted llegó aquí, pero, para que vea que puedo permitirme el lujo de ser sincero, voy a decirle las razones. Si yo le multase a usted, si le procesase por un delito de orden público, en seguida sus colegas, los periodistas extranjeros, lo achacarían a la intolerancia del régimen, no a la mía propia. No quiero causar perjuicios al Estado que defiendo, no quiero echar leña al fuego. "Periodista perseguido por el franquismo." No les daré ese gusto. Por lo tanto, mi última oferta es que se vaya. No es que le eche de la ciudad, pero sí le aseguro que si se queda, le haré la vida imposible con todas las pequeñeces que están a mi alcance, que son muchas.» Se levantó muy serio, muy estirado. «A usted le toca escoger.» Me levanté también. «Me iré, naturalmente. Como buen liberal, soy hombre que apetece la vida cómoda. ¿Cuántos días me da para preparar la marcha?» «¿Cuántos necesita?» «Pongamos diez.» Miró un calendario de sobremesa. «Hoy es jueves. El sábado de la semana próxima tiene usted que estar fuera del país.» No dijo más. Quedamos mirándonos. «¿Y ahora?» «Ahora váyase.»

No me tendió la mano. Recogí mi abrigo y mi sombrero. Desde la puerta recité la despedida que nos habían enseñado desde la infancia: «Usted lo pase bien». Creo haber añadido una leve, aunque suficiente, inclinación de cabeza. No me respondió. Me hallé en medio de la plaza, contemplado por los guardias de la entrada, inútilmente elegante, y con el paraguas abierto, porque empezaba a llover. Me estorbaba el cigarro, a medio consumir: busqué el barro de una esquina para tirarlo.

7

Estoy en el pazo miñoto. ¿Adónde iba a ir, si no? Me hubiera gustado pasar un tiempo en el Mediterráneo, que no conozco, que me atrae, que me gustaría escrutar, pero, a cualquier lugar que fuera, me harían la vida imposible mediante esas pequeñeces imperceptibles que están al alcance de cualquier gobernador. No me costó mucho tiempo decidirme: cogí mis bártulos y me vine. Entre mis bártulos figuraban dos camiones cargados de todo aquello de mi casa cuya pertenencia consideré que excedía lo meramente jurídico: muebles y objetos que me traían recuerdos o que debía conservar por respeto al pasado. Con ellos alhajé dos salones del pazo miñoto, los que ahora llamamos los salones gallegos. Mis bienes de Villavieja, y todo lo que constituía el patrimonio de mi padre, se los legué a la hija de Belinha, jurídicamente bien amarrado, en un documento en que comenzaba por reconocerla como hermana. Un día volverá de las tierras remotas en donde vive y se hallará propietaria de viejas piedras solemnes y de algún dinerito que no le vendrá mal. Aunque esto del dinero, ahora, es una de las cosas menos seguras de este mundo. Por fortuna, mi abogado de Villavieja lo tiene todo bien colocado, y por grandes que sean los cambios, algo quedará para aquella niña, ahora ya no lo es, que me miraba con sus grandes ojos africanos. No creo que nadie haya lamentado mi marcha, salvo mis dos poetas amigos, el satírico Roca y el heroico-cosmológico Baldomir. Celebré con ellos una cena de despedida que intenté fuese alegre, pero que quedó en melancólica. «Con usted, señor Freijomil, se nos va toda esperanza.» «No se pongan así, amigos. Las cosas no son eternas, pero tampoco las situaciones.» «Ni los hombres, señor Freijomil. Que esto cambiará un día, ¿quién lo duda? Lo que dudo es que lo veamos nosotros.» «Pues no hay más remedio que hacer frente a la realidad. Usted, Roca, con sus romances, y usted, Baldomir, a ver si termina de una vez ese capítulo del origen del cosmos.» «¡Es un capítulo imposible, señor Freijomil! La ciencia avanza cada día, y no sabemos lo que dirá mañana. Además, le confieso que cada vez tengo más dificultades con esas pa-

6. La frustrada resurrección de Sotero... 471

labras nuevas que ahora se usan. No les encuentro consonante.»

Va bien el negocio de las vacas, aunque no faltan dificultades y complicaciones. Mi maestro tiene un sentido muy agudo de la justicia social, y aunque no haya llegado a organizar ninguna clase de explotación colectiva, sí por lo menos aumentó el sueldo de nuestros peones, hasta el punto de suscitar desconfianzas y protestas de los propietarios vecinos. Recibió la orden oficial de atenerse a lo acostumbrado en la comarca, y como él lo considera insuficiente, cada tres o cuatro meses inventa una manera nueva de resarcir a nuestros trabajadores de lo que, en justicia, cree que debe pagarles. Contra los regalos que les hace, en especie, y contra otras facilidades que les da, los vecinos no pueden protestar, aunque no dejen de mirarlo mal y de decir que se ha vuelto comunista. ¡Palabra peligrosa tanto aquí como en España! La única manera válida hasta ahora de librarse de ella es ir a misa los domingos. La *miss* tiene que quedarse en casa, porque sigue siendo protestante, aunque no crea en nada.

He vuelto a colaborar en el periódico lisboeta. ¿Cómo iba a evitarlo? El éxito de mis crónicas de guerra me ha colocado entre los primeros de la profesión, aunque pueda confesar ante mí mismo que no me entusiasma demasiado: ser un periodista famoso cuando se pretendió, en cierto momento, ser un gran poeta, no es compensación suficiente, sobre todo cuando pienso que la sustancia de estos cientos de páginas que llevo escritas podía caber en un soneto. Sin embargo escribir como antes, crónicas pesimistas sobre la marcha del mundo, me entretiene y me permite llenar las largas horas de la tarde. Esta idea de escribir mis memorias me surgió de pronto, casi al llegar aquí, y recobrar entero el mundo de mis recuerdos. Se me amontonaban, me desvelaban, llegaba a oír, casi a ver, a las personas que de un modo u otro habían estado cerca de mí, desde Belinha hasta la Flora, y pensé que encorsetándolas en palabras me libraría de ellas. Creo haberlo conseguido, y lo considero el premio de tantas veladas encima del papel, en el rincón de mi salita, mientras fuera el viento bruaba en los grandes eucaliptos. Aquella música la conocía desde la infancia, me había acunado muchas noches, me había ayudado a dormir cuando un dolor me desvelaba. Alguna vez pensé que estas memorias deberían repetir el ritmo de los vientos, pero el viento excede siempre el ritmo racional de la palabra, es veleidoso e imprevisible, nada puede imitarlo. Cuando sopla fuerte encima de mi ventana, dejo de escribir y escucho. Muchas veces me impidió continuar escribiendo; se me metía en el alma, aventaba las imágenes y las palabras, me dejaba sin poder. Tenía que aplazarlo para el día siguiente, cuando en el suelo del jardín yacían arrancadas de las ramas camelias rojas y blancas. Y si ese día traía lluvia mansa o furiosa, me era más fácil, recogerme después de haber cenado, tumbarme a recordar, escribir luego. El trato con los recuerdos no es fácil. Van y vienen como quieren, según su ley, fuera de nuestra voluntad, y hay que agarrarlos, dejarlos quietos, mientras se meten en las palabras; soltarlos luego para que acudan otros. De todas suertes, son indóciles, los recuerdos, son inclasificables e indomeñables. A veces aparecen coloreados; otras, oyes cómo repiten las palabras dichas hace veinte años, y no las importantes, sino cualesquiera, palabras sin valor que, no se sabe por qué, se quedaron ahí, mientras que las graves, las trascendentes, las felices, se han borrado para siempre. Es necesario especular; suspender la escritura y preguntarse: ¿Qué dije, qué me dijo, en aquella ocasión? Unas veces se acierta; otras, sólo aproximadamente; algunas transcriben un diálogo que pudo ser así, pero que nunca se sabrá cómo fue. Escribir las memorias tiene su parecido con escribir una novela, más de lo que conviene. Sí, los hechos, en su conjunto, son los mismos; pero ¿quién sería capaz de recordar y describir en todos sus detalles aquella tarde de otoño que terminó en el bosque de Vincennes? Con ser uno de mis recuerdos insistentes, los días, a su paso, le van robando mati-

6. La frustrada resurrección de Sotero...

ces, y me lo represento borroso. Y para recordar a Clelia, tengo que contemplar su fotografía, aquella tan pequeña arrancada al carné de conducir.

A pesar de todo, a pesar del tiempo que me lleva el cuidado de mis vacas, a las que entrego las mañanas enteras (he tenido que aprender a montar a caballo), cada vez duele más la soledad, con esa sensación de ausencia dolorosa que permanece en el corazón que ha sufrido. Quiero decir, la falta de una mujer. La soledad de esta clase no se siente lo mismo a los veinticinco años que a los treinta y tantos que tengo yo. Cuando se es joven, la carne tira, y dejarla tranquila es un modo fácil de sentirse acompañado: se fue, pero volverá. La ausencia es esperanza. A la edad que tengo ahora, la carne cuenta menos: no acucia, no domina, ya no llega a cegarnos, aunque haya oído contar que más tarde regresa con violencia. Pero si la sangre está tranquila, el hombre está más inquieto. ¡Trance difícil este en la vida de un solitario! «Ademar, ¿por qué no buscas una chica?», me pregunta la *miss,* que me observa. ¿Cuántos años lleva preguntándomelo? Yo me encojo de hombros. «¡Es una lástima que aquello de María de Fátima se hubiera estropeado! Claro que entonces era una niña con la cabeza llena de viento. Pero hoy es otra mujer.»

La *miss* ya no me da sus cartas a leer, como antes: probablemente su sintaxis le resulta ya más familiar. Pero de vez en cuando me trae noticias. Ya sé que María de Fátima pasó malas rachas, que volver a Portugal es la meta de su redención. ¿Estaré yo todavía en esa meta? Pienso que sí, y no es por vanidad: interpreto que sus relaciones continuadas, regulares, con la *miss,* no tienen otro sentido. Ella es ya otra mujer, yo ya soy otro hombre. «Nosotros, los de entonces, ya no somos los mismos», escribió un gran poeta. «Entonces», en aquel entonces no nos habíamos entendido. ¿Cómo serían ahora nuestras relaciones? Todo depende de la imagen que cada uno se haya hecho del otro. El tiempo borra unas cosas, otras las deja en pie, con más relieve. Para mí, la figura de María de Fátima no ha cambiado, y la imagino cimbreante, prodigiosamente esbelta, pero no puedo olvidar tampoco su mirada fría. Ahora debe de tener veintisiete años, ya no es la niña rica que cree que todo el mundo es suyo y que puede rehacerlo a su gusto. El sufrimiento le habrá bajado los humos, le habrá ablandado la mirada, y lo más probable es que también haya dejado huellas en su cara. ¿Se habrá enamorado alguna vez? Existen modos de amor que llamaría supernumerarios: flotan encima de un amor profundo, invariable. Pero, es curioso, esos amores superficiales son lo real, mientras que ese otro, el profundo, es el que se idealiza, que es lo mismo que desrealizarlo. ¿Le habrá sucedido así conmigo, a María de Fátima? Yo no la he idealizado. Admito, en mis meditaciones, que haya perdido belleza y esbeltez. No le doy importancia. María de Fátima fue la mujer más bonita que pasó por mi vida, no la que más amé, aunque pueda llegar a amarla más que a cualquiera de las otras. He aprendido que se ama a las personas, no a su belleza, o no sólo su belleza. Ursula no era tan bonita como María de Fátima, ni tampoco lo era Clelia. Que la persona sea atractiva basta para que la relación carnal sea feliz. Sí, estoy en la mejor disposición de ánimo para amar a María de Fátima.

Las cosas en este mundo no marchan bien. En general, son cada vez más inquietantes, si bien nos aferramos a un resquicio de esperanza. Es sobre lo que escribo, sobre lo desesperante y sobre lo que todavía podemos esperar. Los libros que me llegan son cada vez más pesimistas. Dan testimonio de las muchas realidades que han desaparecido para siempre, y, sobre todo, de que puede desaparecer la realidad. ¿Es posible que los hombres seamos tan insensatos? El director del periódico suele telefonearme. «Pero, ¡hombre!, Ademar, ¿qué hace usted en ese agujero? Le puedo enviar a donde quiera, sin discutir condiciones. ¿No le gustaría instalarse en Nueva York? Hoy es el centro del mundo, allí se toman las grandes decisiones, y usted sabe interpretarlas y analizarlas.

6. La frustrada resurrección de Sotero... 475

Piénselo bien, Ademar: Nueva York es una ciudad interesante.» Sí, ¿quién lo duda? Pero yo, que sé lo que es estar solo en Londres y en París, ¿resistiría la soledad en Nueva York, esa ciudad donde nadie es nadie? Pienso a veces responderle que sí, pero pasando antes por Río de Janeiro. Sería fácil poner un telegrama a María de Fátima: «Llegaré tal día. Nos casaremos. Seguiremos a Nueva York». Pero, como siempre sucede, lo pienso y no me decido. Lo que hago es imaginar el encuentro en el aeropuerto de Río, el abrazo que nos daríamos. ¿Me besaría en la boca? Eso sería el signo. Vendría después la búsqueda, en Nueva York, de un lugar en que vivir. Una búsqueda fatigosa, pero esperanzada.

Está el tiempo de lluvia. Quizá eso aumente mi melancolía. Ya he terminado estas páginas de recuerdos, esta visión de mí mismo que todavía no sé si es acertada o no. Acaso ambas cosas. Al gobernador de Villavieja lo destituyeron a causa del escándalo que se armó en el entierro de una proxeneta. ¡Quién lo iba a decir! La denuncia partió del obispo, aparente responsable, a quien el gobernador obligó a aplicar los cánones cuando él, el obispo, por su voluntad hubiera hecho la vista gorda. Esto es lo que se dice en Villavieja. También me escribió el subjefe provincial, repuesto en su cargo: me agradece mi disposición a testimoniar en su favor, ya no hace falta, y me garantiza que puedo volver a Villavieja cuando quiera. ¡Lo que son las cosas! Sin embargo, un día de éstos encargaré un pasaje para Río. De avión, por supuesto. Y sin telegrama previo, por si acaso. Llevaré conmigo, ¡pues no faltaba más!, el reloj del mayor Thompson.

En el pazo miñoto, cerca de la primavera,
un año de éstos.

Crónica del rey pasmado

*A mi colega Jesús Ferrero,
fraternalmente*

G. T. B.

Capítulo 1

1. La madrugada de aquel domingo, tantos de octubre, fue de milagros, maravillas y sorpresas, si bien hubiera, como siempre, desacuerdo entre testigos y testimonios. Más exacto sería, seguramente, decir que todo el mundo habló de ellos, aunque nadie los viera; pero como la exactitud es imposible, más vale dejar las cosas como las cuentan y contaron: si no fue el socavón de la calle del Pez, que quedó a la vista del mundo durante todo el día, y la gente acudió a verlo y a olerlo como si fuera la abada. El percance, según se relata, fue, por ejemplo, así: una vieja, de madrugada, vio salir una víbora de debajo de una piedra: la víbora echó a correr hacia abajo como pudo haber echado a correr hacia arriba; pero lo que vio el talabartero de la calle de San Roque ya no fue una víbora, sino una culebra de regular tamaño, que también echó a correr, hacia arriba o hacia abajo, la dirección no figura. La beata que salía de San Ginés, de oír la misa de alba, vio un verdadero culebrón que, ése sí, llevaba camino del alcázar, más o menos, y, finalmente, alguien de la Guardia Valona que iba al servicio o salía de él (esto no queda muy preciso), lo que pudo contemplar, atónito o desorbitado, fue una gigantesca boa que rodeaba al alcázar, por la parte que se apoya en la tierra o coincide

con ella, y parecía apretar el edificio con ánimo de derribarlo, o al menos de estrujarlo, lo que parece más verosímil, el menos desde un punto de vista de la semántica. El guardia valón empezó a pegar gritos en su lengua, pero, como nadie lo entendía, dio tiempo a que la gigantesca serpiente desistiese de su empeño, al menos en apariencia, y se deslizase con suavidad pasmosa hacia el Campo del Moro, donde fue rastreada en vano durante toda la mañana por equipos de expertos que se turnaban cada hora. Lo del tesoro de monedas antiguas se atribuyó a la suerte de un niño, pero había algunas variantes en la localización del hallazgo: según unos, fuera del portillo de Embajadores, conforme se sale, a la derecha; según otros, a la salida de la puerta de Toledo, según se sale, a la izquierda. Ni el tesoro ni el niño fueron habidos.

Las campanas de Santa Águeda tocando solas las oyó todo el mundo; pero, ¿quién es todo el mundo? Lo de las voces angustiosas saliendo de una casa en ruinas vino del barrio de Las Vistillas: unas voces tremendas y doloridas, de condenados al fuego eterno o cosa así, aunque también pudieran corresponder a penitentes del Purgatorio: eran, miren qué cosas, voces pestilentes. Lo que se pudo comprobar por quien quisiera hacerlo fue lo de la calle del Pez: en efecto, había un socavón que atravesaba la calle en línea quebrada, de sur a norte; en un principio, al parecer, salían de la grieta (de la sima, según los primeros testigos, desconocidos) gases sulfurosos, por lo que todo el mundo pensó, y con razón, que en el fondo de la grieta empezaba el infierno, sobre todo, si se tiene en cuenta que, con los gases, salían rugidos de dolor y blasfemias espantosas; pero cuando la gente empezó a juntarse y echar su cuarto a espadas, la sima ya no lo era, y no olía peor que la misma calle. Se conoce que los gases se habían agotado.

2. El párroco de San Martín, el de la capa, don Secundino Mirambel Pacheco, había estado de joven en las Indias, y del

viaje por mar se había traído un catalejo, regalo de un piloto genovés con el que hiciera amistad durante la travesía. Todas las noches, don Secundino escrutaba el cielo con aquel aparato, si la noche era medianamente clara o si las estrellas se distinguían con suficiente fulgor. Durante mucho tiempo, don Secundino no pasó de perito en estrellas, de las que hablaba a sus amigos cuando tomaba el chocolate, por las tardes, y con algunos allegados; pero a la gente las cuestiones de la bóveda celeste no parecían importarle más de lo aconsejado por los predicadores, que solían ponerla como ejemplo de la afición que la Divinidad tenía a la belleza, y también de obediencia, moviéndose como se movían conforme a las órdenes recibidas hace muchos siglos no se sabe cuántos ni conviene investigarlo. Una noche, sin embargo, una noche de sábado, descubrió, además de las estrellas, brujas, y consideró oportuno dar cuenta al Santo Oficio de su descubrimiento. Después de una sesión secreta, el Gran Inquisidor, en persona, encargó a don Secundino un informe semanal sobre la calidad y el número de brujas concurrentes, y posiblemente los brujos que transitaban la noche sabatina de la villa, aunque no fuera más que por razones de estadística. Aquella mañana del domingo, tantos de octubre, una mañana tibia y soleada, don Secundino Mirambel redactó su informe semanal con los acostumbrados escrúpulos y la bella prosa de quien había abrevado en los mejores clásicos latinos y aprendido el castellano en los alrededores de Écija: si ceceaba un poco, el ceceo no se transmitía al papel. Salió de casa con la fresca, entregó el informe a un fámulo de la Santa Inquisición, y regresó a su casa después de decir misa, tomarse un chocolate y beberse un vaso de agua fresca, como le pedía el cuerpo; se acostó sin desnudarse, pues, los domingos y por si acaso, sólo solía echar un sueñecito. El fámulo de la Santa Inquisición pasó el escrito a Su Excelencia, de pie desde la madrugada, con la misa ya dicha y graves problemas en el corazón y en la cabeza. Estaba en su despacho, junto a la gran sala del Consejo. Abrió el pliego de don Secundino, le echó un vistazo, pero, de pronto, algo debió de llamarle la atención, que se puso a leer atentamente, con el ceño fruncido y exclamaciones intercaladas, como:

–¡Dios nos asista! ¡A esto podíamos llegar! ¡El demonio anda suelto!

Terminó de leer, cerró el pliego, y ordenó que fuesen inmediatamente al convento de San Francisco, y que se personase fray Eugenio de Rivadesella sin otras dilaciones.

3. El conde de la Peña Andrada daba los últimos toques a su peinado delante de un espejito que le había traído Lucrecia. Ella le miraba por detrás, les miraba a él y a su imagen del espejo. Cuando el conde soltó el peine, ella le dio un beso en el cabello y le dijo: «Estás guapísimo». Y le trajo la ropilla azul celeste para que terminara de vestirse.

–¿Se habrá despertado tu ama?
–Suele ser remolona, y más los domingos.
–Pues al Rey habrá que despertarlo. Va siendo hora.
–Yo no me atrevo, señor. Hágalo usted.

Se acercaron a la puerta del cuarto de Marfisa, y Lucrecia la abrió con precaución de silencio. Un rayo de sol cruzaba la habitación, iluminaba las grandes baldosas, blancas y rojas, del pavimento, y llegaba hasta el borde mismo del lecho. En su penumbra, dormían dos figuras: la del Rey, junto al borde; la de Marfisa, allá en el fondo. El conde se aproximó en puntillas y tocó el hombro desnudo del monarca.

–Señor, es ya la hora.

Su Majestad abrió los ojos perezosamente.

–¿Qué sucede?
–Hay que levantarse. Es tarde.

Empezaron a dar las ocho en una torre: las campanadas temblaban en el aire caliente, se dilataban, se mezclaban unas a otras, hasta parecer una sola campanada.

Capítulo 1

—¿No es muy temprano, conde?
—Tenemos que atravesar la villa.
—¿A pie?
—Espero que mi carroza nos aguarde.

El Rey se incorporó: desnudo, mostraba su delgadez, delatora de huesos delicados. Apartó la frazada y quedó en cueros.

—Acércame la ropa.

Lo hizo el conde, en silencio. El Rey empezó a vestirse.

—Me gustaría refrescarme un poco.
—No es imposible, señor.

El cuerpo de Marfisa había quedado medio al descubierto: mostraba la cabellera, la espalda, la delgada cintura, el arranque de las nalgas. El Rey la miró: con sorpresa, con estupefacción.

—¿Has visto algo más bello?
—Hay muchas cosas bellas en el mundo.
—¿Más que el cuerpo de una mujer?
—Si es el de Marfisa, difícilmente.
—Nunca había visto hasta esta noche una mujer desnuda.
—¿Y qué?
—El paraíso tiene que ser una cosa semejante.

El conde torció el morro.

—No creo que los señores inquisidores aprobasen esa idea.
—¿Qué sabrán los señores inquisidores de mujeres desnudas?
—Según ellos, todo.

El Rey se hallaba medio vestido ya. El conde pidió a Lucrecia una palangana de agua fresca. El Rey comenzó a hurgar en la escarcela.

—¿Qué busca Su Majestad?
—Ese medio ducado que dejar a Marfisa.
—¿Medio ducado nada más?
—Es lo que marca el protocolo, según tengo entendido.

El conde sonrió.

—Señor, el protocolo está anticuado, y Marfisa es la puta más cara de la villa. Por lo menos diez ducados.

El Rey le miró asombrado.

—No los tengo. Nunca he tenido diez ducados. Este medio que busco se lo tuve que pedir a mi ayuda de cámara. Después, van y lo cuentan en sus memorias.

El conde metió la mano en su escarcela y sacó una bolsa de terciopelo.

—Ahí van los diez ducados. Los tenía destinados a Lucrecia.

Lucrecia entraba con la palangana y oyó la frase del conde.

—A mí no me tiene que dar nada Su Señoría. Me considero pagada.

El Rey miró al conde, y el conde volvió a sonreír.

—A mí —dijo el Rey—, Marfisa no me dijo eso.

—Es que mi ama, señor, lo hace por oficio, y... yo, por afición, y el señor conde me dejó contenta.

—Puedes besarla en mi presencia, conde.

El Rey se chapuzó la cara y se la secó con la toalla que Lucrecia le ofrecía. Se encasquetó el sombrero, pero el conde se mantuvo destocado.

—Cubríos, conde —dijo el Rey.

El conde obedeció.

—Gracias, señor.

—Lo repetiremos en palacio, delante del Valido, para que se fastidie. Ahora, vámonos.

Lucrecia los acompañó hasta la puerta. Dio un beso al conde y le llamó guapo al oído. La carroza esperaba: poco suntuosa, pero sólida y elegante. Lucrecia agitó la mano. La carroza corría por la calle, llena de baches, como por la superficie de un espejo. El Rey miraba hacia adelante, como si le envolviese el infinito. Tenía cierta cara de pasmado.

—¿Qué miráis con tanta atención, señor?

—El cuerpo de Marfisa. No puedo ver otra cosa.

Capítulo 1

4. El ayuda de cámara que había prestado al Rey medio ducado entró en el despacho por la puerta de los confidentes, y quedó quieto, humilde, pero mirando de reojo al Valido.

—¿Sucede algo, Cosme?

—Ate cabos Vuestra Excelencia. Su Majestad no durmió en palacio: su cama está sin deshacer, y él no aparece por ninguna parte. Ayer, cuando me despedí, me pidió medio ducado.

—¿Y qué deduces, Cosme?

—Que el Rey se fue de picos pardos, Excelencia; medio ducado es lo que pagan los reyes a sus putas, según he oído siempre.

—Hay cosas, Cosme, que no deben oírse jamás.

—Le pido perdón, Excelencia, pero, gracias a que no soy sordo, Vuestra Excelencia me recibe en secreto.

—Tienes razón, Cosme. ¿Y salió solo el Rey?

—De fijo, de fijo, no lo sé. Pero cuando yo lo dejé, estaba con el conde de la Peña Andrada.

El Valido quedó en silencio, mirando la franja de la pared frontera que lindaba con el artesonado. Una locura de esfinges y de dragones multicéfalos de muy buena factura.

—El conde de la Peña Andrada. ¿Y quién es ése?

—No podría decírselo, señor, salvo que es un caballero joven, de muy buen aspecto, a quien el Rey trata con confianza.

—Retírate, Cosme. Gracias.

Cosme se inclinó y salió por la misma puerta por la que había entrado. Entonces, el Valido hizo sonar la campanilla, de sonido fino, pero penetrante. Entró un ujier y quedó mudo junto a la puerta. El Valido escribió unas letras en un papel.

—Lleva esto al archivero mayor y que traiga en seguida lo que le pido.

Salió el ujier, el Valido murmuró:

—¿Conque de putas sin yo saberlo?

No parecía muy contenta la cara del Valido, ni muy tranquila su mirada. El archivero mayor tardó poco en llegar.

—Aquí está lo que pide, Excelencia.

—¿Te costó mucho trabajo encontrarlo?

—Ninguno, Excelencia. Estaba encima de mi mesa.

—¿Y por qué estaba allí? ¿Ha hecho alguna petición ese conde últimamente?

—No, que yo recuerde, Excelencia. Y es un nombre que no había oído nunca. Conde de la Peña Andrada. Todo es muy raro. Sin embargo...

—Sin embargo, ¿qué?

—Ahí están sus papeles. Todo en regla: es un condado que concedió el emperador, a título personal, pero declarado hereditario y de Castilla por la majestad de don Felipe II, quien asimismo concede a los titulares patente de corso contra ingleses y holandeses, a condición de que mantengan una escuadra de seis navíos y entreguen a la corona el quinto de las presas. Las cuentas las tienen claras, señor, y han pagado a los reyes de España un buen puñado de monedas y otros bienes. Hay también... —El archivero mayor hizo una pausa y miró al Valido— ... Hay también un pleito con la casa de Andrade, por cuestión de límites de señorío. Lo que se disputa es el valle de Valdoviño. La causa está en la Real Chancillería de Valladolid.

—Y eso de Valdoviño, ¿por dónde cae?

—Tiene que ser por Galicia, señor. Tierra de brujas, donde nada está claro. La gente buena de por allá, o se viene a Madrid, como los de Lemos, o se queda en Salamanca, como los de Monterrey. Aquí se citan pueblos y ciudades de las que nadie tiene idea: Cedeira, Santa Marta de Ortigueira... Algo así como Caraño o Cariño, no está muy claro. Son los puertos autorizados para esa escuadra...

El Valido miró el grueso expediente, lo sopesó.

—Papeles y más papeles. Guárdeselos Vuesa Merced, pero no los pierda de vista. Puedo necesitarlos.

El archivero mayor cogió el legajo, hizo una reverencia, volvió a reverenciar al llegar a la puerta, y se fue: su marcha coincidió con la llegada del padre Germán de Villaescusa, un capuchino: había entrado por la puerta de los confidentes. Hizo un profundo saludo. El Valido se levantó y le besó la mano.

–¿Ya está enterado, padre?

–Todo el palacio lo sabe. Y el Rey acaba de regresar. No dijo una sola palabra, se metió en sus habitaciones, se sentó delante de una ventana, y parece que contempla el cielo.

–¿Síntomas de arrepentimiento?

–¿Cómo se puede interpretar la mirada de un hombre al horizonte?

–De mil maneras, la mitad buenas, la mitad malas.

–Ese hombre es el Rey.

–Que acaba de pasar la noche en brazos del pecado.

–Eso es lo que parece, padre, y eso es lo malo.

–¿Su Excelencia tiene alguna otra noticia?

–Que el alcahuete fue un tal conde de la Peña Andrada, a quien desconozco.

–Yo, en cambio, he oído su nombre... Sí, déjeme pensar. Es un gallego, ¿verdad?

–Así parece.

–La presencia del Apóstol en aquellas tierras no parece favorecer la causa del Señor. Sé de muy buena tinta que más del noventa por ciento de los gallegos, clérigos incluidos, se condenan.

–¿No son muchos precitos, padre?

–Puede haber un error, pero escaso. Dejémoslo en el ochenta y nueve.

–Aun así...

–Las mujeres, las que no son brujas, son putas. Los informes del Santo Oficio lo aseguran.

–Debería haber un modo de que el Rey, sin desprenderse de esas tierras, se liberase de semejantes gentes.

—Pues no lo encuentro difícil...

El Valido imaginó al lejano Reino de Galicia ardiendo por los cuatro costados, en un gigantesco auto de fe. El remedio del padre Villaescusa siempre era el mismo.

Quedaron un momento en silencio, mirándose.

—Lo malo, padre, es que se anuncia la llegada de una flota de Indias, y, por otra parte, en los Países Bajos parece inminente una gran batalla.

El fraile se santiguó.

—Si los ingleses nos roban el oro y los holandeses la victoria, habrá que acatar la voluntad de Dios.

—Eso, padre, por supuesto. Pero la voluntad de Dios no es inflexible.

El fraile se puso en pie.

—Me pondré a orar, a ver si el Señor me inspira el remedio. Es muy temprano. De aquí a la misa solemne, falta todavía un par de horas. ¡Lo que se puede sacar de Dios en ese tiempo!

—Pues acuérdese también de mí, padre; trasanteayer, a mi esposa le apareció el renuevo...

—Es una dura servidumbre de las mujeres, de la que se deduce su condición inferior respecto a los varones.

El Valido se levantó, se acercó al fraile y le puso las manos en los hombros.

—Pero yo necesito un heredero, padre, lo necesito más que mi propia vida, que no puede agotarse en mí mismo. Y Vuesa Reverencia conoce mis ruegos y sacrificios. El Señor parece no escucharnos, ni a mi esposa ni a mí.

—Será que sus ruegos no llegan al cielo.

—¿Es que tenemos que gritar, padre? ¿Gritar públicamente, vestirnos de penitencia, quitarnos de comer y de beber?

—No puedo responderos, señor. Voy a rezar. Algo me inspirará el Altísimo.

Hizo una nueva reverencia, algo más corta, y salió por la puerta de los confidentes.

5. Lucrecia acudió al tercer grito de Marfisa. La verdad era que no había chillado tanto como otras mañanas, en las que la oía la vecindad.

–Lucrecia, Lucrecia del demonio, ¿dónde te metes?

Lucrecia entró compungida.

–Estaba preparando el baño de la señora.

–Ah, eso me parece bien. Realmente lo que apetece mi cuerpo es un baño, pero no muy caliente. ¿Qué día hace?

–Caluroso, señora, se puede estar en el patio gracias a la sombra de la parra. Parece que el verano se dilata.

Marfisa estaba desnuda y espatarrada sobre la cama, las ropas a sus pies, hechas un gurruño, como si las hubiera pateado.

–¿Y esos dos?

–Partieron muy de mañana, señora.

–¿Iban contentos? –Y antes de que Lucrecia le respondiese, añadió–: ¿Te pagaron?

–Encima de la mesa hay una bolsa con diez ducados de oro, y a mí el Rey me dio medio ducado. Creo que no llevaba más.

Le dio el dinero a Marfisa, y ella lo hizo tintinear.

–Por lo menos es oro. ¿Dices que diez ducados? Salen a dos y medio por cada ofensa a nuestro Señor, y la bolsa por el gatillazo. Es de buen terciopelo.

–¿Ha dicho la señora que gatillazo?

–Sí, hija mía, el quinto ya no pudo ser. Se empeñó en mirarme y remirarme, y, cuando se cansó, dijo que tenía sueño y me dejó con la miel en los labios. Justamente cuando empezaba a apetecerme. ¿Y tú?

–Yo pasé la noche, señora, en un puro gusto, con el conde encima sin quitarse, y esos ojos de gato que tiene sin dejar de mirarme. Más que de gato, de tigre. Los ojos de los tigres deben de ser así. Alumbraban toda la habitación.

–Exageras.

—Se lo juro por la memoria de mi madre, que fue puta también, pero que se arrepintió a tiempo. ¡Y el buen entierro que tuvo, gracias a Dios y a las almas cristianas!

—Deja en paz la memoria de tu madre, y échame una toalla para envolverme. Mientras me baño, prepárame de almorzar. Estoy muerta de hambre.

Saltó de la cama, y se envolvió en el toallón que Lucrecia había sacado de un arcaz. Le dejaba al descubierto los muslos morenos y prietos, las piernas largas. Lucrecia la contemplaba.

—Por eso las cosas son como son y no como deben ser. Ese cuerpo merecía otra suerte.

—¿Quieres decir un marido?

—¡Dios me libre de tal cosa! Quiero decir mejores amantes.

—¿Te parece poco el Rey, aunque sólo sea por una noche?

—El Rey no la dejó satisfecha, a lo que acabo de oír. En cambio yo...

Mientras salía de la habitación, Marfisa le respondió:

—El Rey es un pipiolo. No sabe de la misa la media ni nunca había visto a una mujer desnuda. ¡Lo que aprendería en mi cama, sólo con siete noches!

—Entonces, ¿para qué es Rey?

6. El Rey dejó de contemplar el horizonte, donde la última mujer desnuda se había desvanecido, y quedó unos instantes cabizbajo, aunque con cara de pasmarote. Después se levantó, y dijo a Cosme, que esperaba junto a la puerta:

—Tráeme las llaves del cuarto prohibido.

Cosme tembló visiblemente.

—Ya lo has oído.

—Y si me las niegan, ¿qué hago?

—Dices que es orden real.

El ayuda de cámara se inclinó profundamente y salió. El Rey vaciló un tiempo. Se aproximó a la ventana abierta, que

Capítulo 1

daba sobre la plaza de armas. Un pelotón de soldados se ejercitaba allá lejos. Más cerca, departían unos caballeros, y un jinete muy emplumado caracoleaba con su caballo ante un grupo estupefacto de espectadores: todo bajo un sol que empezaba a ser tórrido. Alguien divisó al Rey, e hizo un saludo con el sombrero. Los demás saludaron también, y los soldados del pelotón presentaron armas, pero el Rey no los veía: veía solamente un inmenso vacío: impreciso en sus contornos, como si fuera hecho de nubes. Pero el cielo estaba limpio. El Rey cerró los ojos, y siguió viéndolo, y sólo entonces se convenció de que lo tenía dentro, de que no podía ver otra cosa. Lo estuvo contemplando con el rostro inmóvil y la mirada fija hasta que llegó el ujier e hizo sonar las llaves. El Rey se volvió y tendió la mano; el ujier, al entregárselas de rodillas, advirtió:

—He tenido que robarlas, señor.

—Has hecho bien.

El Rey salió, cargado con las llaves, cuyo tintineo llenaba la penumbra. Atravesó salas y pasillos, abrió con la llave más gorda la puerta más grande, y la cerró por dentro: había entrado en un dédalo de corredores zigzagueantes, interrumpidos por escaleras que subían y escaleras que bajaban. Tuvo que abrir, todavía, otras dos puertas, que también cerró después de haberlas pasado. La habitación prohibida correspondía a una torre, la del norte-este. Estaba a oscuras. Tanteando, halló una ventana y la abrió. La habitación carecía de muebles, pero de las paredes colgaban cuadros. Cuando sus ojos se habituaron a la luz escasa, pudo ver que en todos ellos había mujeres desnudas, solas o en compañía. Se hallaba ante las mitologías que su abuelo había coleccionado, y que sólo podían contemplarse con un permiso especial de la curia toledana, firmado de puño y letra del primado: privilegio de éste que el Gran Inquisidor le discutía, y que, como pleito de los que jamás se resuelven, se hallaba en Roma hacía lustros. Por fortuna, el otro rey, su padre, jamás había penetrado en aquel lugar, pues de lo contrario el pleito lo habría zanjado el fuego.

—Los teólogos más sutiles, Majestad, tienen dudas de que su abuelo, el Gran Rey, se haya salvado, sólo por haber gastado en estas porquerías el dinero del pueblo.

Las porquerías las firmaban, entre otros, Tiziano y un extraño holandés llamado *El Bosco*, «Hierombosc», según las cartas del abuelo a sus hijas muy amadas. El Rey recorrió con la mirada aquella acumulación de cuerpos a la intemperie y se detuvo en uno, donde una vieja celestina recogía en el regazo de su falda el oro que Zeus enviaba a la entrepierna de Dánae, la cual, sin embargo, algún oro debía de recibir en el sitio preciso, a juzgar por la cara que ponía. Dánae tenía unos muslos largos y un cuerpo dorado, semejante al de Marfisa. El Rey quedó ante él, como pasmado, durante mucho tiempo.

7. Fray Eugenio de Rivadesella llegó echando los bofes, o, al menos, eso dijo, pues al santo titular de su orden no se le había ocurrido inventar, para los días cálidos, un hábito más liviano, de manera que el Gran Inquisidor tuvo que acudir a su sofoco y pedir urgentemente que le trajeran un refresco eficaz, de los que guardaban para estos casos en el fondo del pozo. Con él, y con un aguardiente que le siguió, el padre Rivadesella quedó muy tratable, aunque siguiera oliendo a sudor, cosa que al prelado incomodaba. Pero lo ofreció en sacrificio por el perdón de sus pecados, y pasó al fraile el texto del informe que aquella misma mañana había traído el párroco de San Pedro.

—¿Qué piensa de esas noticias Su Paternidad?

Del padre Rivadesella se sabía en las altas esferas de la curia y de la Santa Inquisición que todas las tardes, al caer la luz, recibía al Maligno y mantenía con él sabrosas conversaciones, que se aplicaban después a la mayor gloria de Dios y de la monarquía. El padre Rivadesella, después de calarse las antiparras (que alguien le había traído de Holanda fabricadas seguramente por herejes, pero de muy buena visión), se metió en la lectura, y no levantó la vista hasta haber recorrido la última línea: menos mal que la letra menuda del párroco era de las claras y legibles.

–Le hice venir tan de mañana, reverendo padre, para escuchar su dictamen acerca de lo que se dice en esos papeles. Su reverencia es la única persona de la corte de cuya opinión puedo fiarme, dada su conocida amistad con el Enemigo del género humano y de Dios Nuestro Señor.

–Yo no diría amistad, Excelencia, sino mera relación. –Con las antiparras en la mano, jugueteando con ellas, el padre Rivadesella añadió–: Por lo pronto, Excelencia, es la primera noticia que tengo de estos acontecimientos. Por otra parte, debo decir que, en el crepúsculo de ayer, Satanás faltó a su cita conmigo. Suelo esperarle bajo una encina que tenemos en el patio de copa tan desparramada que todo lo oculta y todo lo tapa, de manera que, sentado a su cobijo, nadie columbra ni las cruces ni sus sombras. Satanás se siente incompatible con unas y con otras, y por eso. Pero ayer no compareció, y eso que le aguardé hasta la tarde entreteniéndome con el humo de esa hierba que se trae de Indias y que llaman tabaco. Se la recomiendo para las tribulaciones. –Y durante unos minutos, cantó las excelencias del tabaco y la conveniencia de usarlo. Luego, continuó–: No deja de ser curioso, Excelencia, y digno de tener en consideración, el hecho de que esta mañana, con las primeras luces de la aurora, un formidable dragón, de al menos siete cabezas, pero quizá de más, haya abrazado los cimientos del alcázar con intención de destruirlo, según declaraciones de testigos que lo vieron, y como ya sabe todo el mundo en la villa. De otros prodigios también se habla, aunque no de tanta monta. Mi confidente Satanás, que me cuenta muchas cosas, mas no todas las que maquina, como es obvio, suele adoptar la figura de dragón multicéfalo cuando quiere ser notado especialmente, ya que un bicho de ese talante, que se sepa, no lo creó el Señor.

—Lo que a mí me interesa, padre Rivadesella, es esa otra metamorfosis, que encuentro menos lógica o, por lo menos, inapropiada al caso. Según el informe que acabáis de leer, de todas las figuras de brujas y de brujos que pulularon esta última noche por el cielo de la villa, una era más hermosa que las demás, tenía sexo de varón, y, al deslizarse por los aires, dejaba un rastro de plata. Según mis entenderes, más parece figura de ángel, y no de los menores.

—No podemos olvidar que el más grande de todos ellos fue Luzbel, y que entre sus atributos está el de la hermosura.

—¿A usted se le presenta así, como mancebo hermoso?

—Para acudir a sus citas con este humilde servidor de Dios, Satanás suele escoger figuras más modestas. La más noble de ellas, la de un hidalgo entrado en años con bigote muy enhiesto; al otro lado de la escala están el perro o el pajarillo que se instalan en mi regazo y hablan conmigo por señas. Entre caballero y pájaro todo lo que Vuestra Excelencia se digne imaginar.

—¿Y cómo sabe Vuestra Paternidad que es el Diablo?

—Tenemos nuestras contraseñas, y él me tiene explicado que adopta una forma u otra por prudencia y para no comprometerme. No olvide Vuestra Excelencia que mis relaciones con el Maligno, si bien son conocidas de mis superiores jerárquicos, y de las autoridades competentes, hasta llegar a Roma, los frailes de mi convento las ignoran, aunque algún espabilado las sospeche. Del mismo modo, Satanás oculta a sus secuaces sus relaciones conmigo. Por alguna razón, ayer, no sólo no ha venido, sino que me ocultó su propósito de concentrar, en el cielo de la villa, esa gentuza que le sirve.

—Gente bellísima también, según dice el informe, y proclive a toda clase de fornicaciones.

—¿Es que esperaba Vuestra Excelencia otra cosa de semejantes personas?

—Esperaba que, por lo menos, para hacerlo, tuvieran que acostarse. Pero, como Vuestra Paternidad ha leído, lo hacían

Capítulo 1

en el mismo aire, sin perder el equilibrio, y jugando a cabriolas. Padre Rivadesella, el Diablo trata tan bien a sus amigos, que no me extraña que los tenga. A Vuestra Paternidad, ¿le hace algún favor?

El padre Rivadesella quedó un momento pensativo.

–Sí, Excelencia, pero *gratis et amore,* o al menos así parece. Yo creo que necesita explayarse con alguien de sus preocupaciones, y me ha elegido a mí.

–¿Por su discreción, quizá?

–Pudiera ser por eso...

Y fue en ese mismo momento cuando entró un fámulo, se aproximó silenciosamente al Gran Inquisidor, y le habló al oído. Su Excelencia le respondió:

–Está bien, que pase. –Después se dirigió al franciscano–. No tendrá Vuestra Paternidad ningún inconveniente en convivir, aunque sólo sea unos minutos, con un fraile capuchino.

–En presencia de tan alto magistrado, las rivalidades se aplazan.

–Es el padre Villaescusa.

–¡Ah, el capellán mayor de palacio! Menudo personaje.

–De menudo no tiene nada, padre Rivadesella, sino que es más bien corpulento. En lo de personaje, en cambio, estoy de acuerdo.

El fámulo sostenía abierta la gran puerta con guarniciones de bronce y figuras paganas en la decoración, si bien castas. El padre Villaescusa entró, haciendo reverencias cortesanas.

–¡Que el Señor acompañe a Su Excelencia y le dé largos años de vida! –Se llevó la mano a las narices–. ¿También ha llegado hasta aquí ese tufo del infierno? Me refiero, como es obvio, a ese olor sulfuroso que ha penetrado en la villa y que nos tiene a todos alarmados.

–Pues mis narices no han advertido, hasta ahora, semejante pestilencia.

—Sólo lo explica la costumbre, reverendo padre, mi hermano en el Señor San Francisco de Asís. Pero todo el mundo sabe que esta mañana se abrió una grieta en la calle del Pez por la que salían los olores del infierno.

—¿Y cuáles son, Reverendo Padre, esos olores?

—Si hemos de creer en lo que dice la tradición, olor a azufre, ni más ni menos.

—Dicen que es un olor salutífero, y sé de muchos lugares donde se usa para fumigar el aire de espíritus malignos. Los demonios no lo resisten, por eso lo arrojan fuera del infierno en cuanto surge una ocasión. Lo de la calle del Pez habrá sido efecto de una de esas ventilaciones.

—¿Y es para hablar del azufre para lo que me visita tan de mañana, padre Villaescusa?

—No me hubiera atrevido, Excelencia, a molestarle por tan poca cosa, sobre todo cuando las causas son de dominio público. Pero algo ha sucedido esta noche que justifica mi madrugón, y esta impertinencia de venir con cuestiones graves en domingo. ¿Puedo hablar sin reservas?

—Lo que se dice en esta sala, lo que en ella se oye, es secreto de confesión.

—Eso me tranquiliza. Pues la cuestión se dice en pocas palabras: Su Majestad se fue de putas esta noche.

El Gran Inquisidor pegó un respingo, pero el padre Rivadesella se limitó a sonreír.

—¿Qué me dice?

—Lo que ya sabe todo el mundo en palacio, Excelencia, lo que empieza a saberse en la villa.

El Gran Inquisidor meneó la cabeza con gravedad de dómine.

—A ese muchacho habría que vigilarle las compañías.

—¿De qué manera, Excelencia, si en palacio hay salidas secretas y servidores corruptos? Y también hay, y a eso voy principalmente, un confesor del Rey ochentón y de manga ancha, que todo lo perdona con las más leves penitencias, y

Capítulo 1

que, como todo el mundo sabe, es tolerante con los pecados de la carne, acaso, y Dios me perdone si pienso mal, porque él los haya cometido.

Él, en ese caso, es el Rey, ¿verdad, padre Villaescusa?

El capuchino se sintió molesto por la mirada del Gran Inquisidor, y bajó la cabeza.

–Evidentemente, Excelencia. Al Rey me refería. Pero no voy por eso a dejar que se pierda en el olvido la cuestión del confesor. Recuerde Vuestra Excelencia que se llama el padre Pérez de Valdivielso, un converso sin duda.

Volvió a meditar, brevemente, el Gran Inquisidor.

–Los judíos no se caracterizan por su tolerancia. Recuerde a mi antecesor Torquemada.

–Los judíos, Excelencia, buscan la destrucción de los reinos de España, y nada mejor que empezar por su cabeza.

–¿Por la cabeza de los judíos, padre Villaescusa? La desconozco. –Hizo una pausa y miró a los frailes–. Alguna vez oí hablar del Gran Sanhedrín, pero creo que son leyendas.

–Y el Gran Turco, ¿también lo es?

El Gran Inquisidor había comenzado a juguetear con una pluma de faisán cortada para su escribanía de plata repujada, obra, indudablemente, de moriscos.

–No, ciertamente; pero el peligro no viene de ahí.

–En efecto, Excelencia: el peligro nos viene de Inglaterra, de Francia, de los Países Bajos, de Alemania, y de Turquía, además. Pero, ¿quién sino los judíos los mueve a todos contra nosotros?

El padre Rivadesella, que llevaba un buen rato callado, metió baza:

–¿Contra usted y contra mí, padre Villaescusa? Porque supongo que dejará fuera de esa conspiración al Señor Inquisidor.

–Donde dije nosotros, quise decir las Españas –respondió con énfasis el capuchino; y los otros dos exclamaron:

–¡Ah!

Se había recalentado la mañana y aun en aquel salón, protegido de gruesos muros, hacía bochorno. Al padre Villaescusa le resbalaban hasta la barba, donde quedaban temblando, las gotas de sudor. Al padre Rivadesella, como estaba afeitado, no le bajaban de la mejilla: allí se acumulaban, desde allí exhalaban su hedor. En cuanto al Gran Inquisidor, a éste no le sudaba nada visible, lo cual le permitía mantenerse respetablemente quieto; quizá también con la mente razonablemente fría. De todos modos, el padre Villaescusa había osado sacar un pañizuelo de color verdoso y se enjugaba la frente.

–En resumen, Reverendos Señores, que, de una parte, la villa huele a azufre, lo cual corrobora la presencia del Diablo, que me fue denunciada oportunamente por un espía especializado de mi confianza. Y resulta de la otra que nuestro joven Rey, apenas veinte años, se fue de putas...

–Reducida a esos términos, Excelencia, la cosa no pasa de mera anécdota. Pero, ¿y la trascendencia? ¿Podemos olvidar que la Armada de Indias está a llegar, y que en Flandes se prepara una gran batalla? Vistas de esa manera, las cosas cambian...

El Gran Inquisidor, con aire bastante aburrido, meditó.

–Cambian, en efecto, padre Villaescusa. ¿Y qué propone su paternidad para atajar el mal?

El padre Villaescusa comprendió claramente, por primera vez, lo que venía sintiendo en lo más oscuro de sus entrañas: que dependía de su palabra el porvenir del mundo. Y no se apresuró a responder, ni lo hizo con arrebato, sino sosegadamente.

–En primer lugar, Excelencia, propongo para esta tarde una reunión de la Suprema, con la participación de los teólogos más acreditados de la villa. Y, en segundo lugar, como medida de precaución, que se saque de palacio al confesor del Rey, conocido judío, y que se meta en las prisiones del Santo Tribunal a esa Marfisa...

—Que no es judía, sino cristiana vieja, y buena cumplidora de los mandatos de la Iglesia. Estoy seguro de que, a esta hora, obedece el precepto de asistir a la misa dominical, y que estará en su parroquia.

—Propongo que se la encierre por sospechas de endemoniamiento. La actitud del Rey, desde que llegó a palacio, esta mañana, es altamente sospechosa: anda metido en sí, como pasmado. ¿Y quién sino ella, puede ser la responsable? Meterla en un calabozo a pan y agua me parece una sabia medida de precaución. En cuanto al confesor del Rey...

—... a quien usted distingue con su afecto... —intervino el padre Rivadesella.

—No lo amo más de lo que puede amarse a un prójimo peligroso, reverencia.

—Ya se ve: pero yo no puedo olvidar que el padre Valdivielso es franciscano.

—El hábito no hace al monje.

—En este caso, ¿quién sabe?

Parecía que los dos frailes iban a reproducir la antigua y acreditada contienda entre las diversas y enemigas ramas filiales de San Francisco. El Gran Inquisidor atajó con una mano decidida.

—Se hará todo lo que pide, padre Villaescusa, se hará lo más rápidamente posible. Por lo pronto, quedan ustedes dos convocados para la reunión de la Suprema, esta misma tarde, pero no demasiado pronto, a causa del bochorno. Pongamos a las cinco.

El padre Villaescusa inclinó la cabeza.

—Me parece una hora no usual pero acepto.

—Entonces, váyanse.

Cuando los dos frailes se hubieron despedido, y se les suponía fuera del edificio del Santo Tribunal, el Gran Inquisidor movió suavemente la campanilla. Entró un fámulo.

—Dile a mi criado Diego que venga.

El criado Diego pasaba de los cincuenta años, tenía aspecto de santurrón y, por debajo, una sonrisa cínica.

—Ya sabes dónde vive Marfisa. Vete a verla y dile una sola palabra: escóndete. Y haz el recado volando.

—Sí, Excelencia.

El criado Diego salió, sin cambiar de sonrisa, y el Gran Inquisidor, ayudado por el bochorno, y por los buenos recuerdos de los veinte años que había pasado en Roma, joven y dominado por la pasión teológica, se entregó dulcemente a los placeres de una cabezadita.

8. Al Rey lo fueron a encontrar a la puerta de las estancias secretas, que mucha gente llamaba también prohibidas. La gran llave de hierro continuaba puesta, y el Rey, arrimado al quicio, parecía en éxtasis, lo cual quiere decir que tenía cara de bobo. No respondió a los primeros requerimientos de su ayuda de cámara, y sólo cuando fue sacudido con cierta fuerza, en su rostro aconteció algo semejante al despertar de un sueño. El reloj de palacio daba las campanadas de las once, y el ayuda de cámara le susurró, primero, y le gritó después:

—Majestad, que es la hora de ir a misa, y toda la corte espera. Su Majestad tiene que cambiar de ropa.

El Rey, todavía con telarañas en los ojos, se dejó llevar.

—Sí, tengo que cambiar de traje. Sí, tengo que ir a misa con la corte. ¿Estará allí la Reina?

El ayuda de cámara le condujo hasta los aposentos reales por pasillos apenas frecuentados a aquella hora del día, quizá por lo mucho que lo eran de noche: de allí partían los pasadizos secretos, los vericuetos por los que se deslizaba el pecado nocturno. Pronto, el Rey se encontró frente a su gran espejo, y al ayuda de cámara con dos trajes en las manos.

—¿De negro o de azul celeste, Majestad?

Casi sin pensarlo, el Rey le respondió que de negro, y, cuando se halló vestido, requirió el collar de oro para romper un poco aquella oscura monotonía. Ya golpeaban a la puerta, y preguntaban si el Rey estaba dispuesto.

—¡En un periquete va! —respondió el ayuda de cámara, y se apresuró a abrir la puerta.

Una saleta, y, más allá, el salón donde la corte esperaba: el más visible, el Valido, pero visible también la Reina, linda y pícara, y un poco también burlona, en contraste su rostro con tanta seriedad como la rodeaba. El Rey se dirigió hacia ella, la saludó y le ofreció el brazo; pero su rostro no dejaba de parecer embobado, y la gente empezó a cuchichear. Antes de llegar a la capilla, se oían las trompeterías del órgano, y las voces concertadas del coro. Delante del cortejo, cuatro monagos vestidos de blanco y rojo hacían diabluras con los incensarios, y aquel poco humo oriental despertaba en los cortesanos la sensualidad secreta. La capilla, que venía del abuelo del Rey, era sencilla e imponente. La corte apenas cabía. Se fueron acomodando como pudieron según sus jerarquías. Los condes y los vizcondes se quedaban de pie: entre ellos se situó el de la Peña Andrada, muy peripuesto, a la inglesa vestido, rutilante. Todo el mundo parecía conocerle, y le saludaban con sonrisas. Alguien susurró a su vecino:

—Dicen que es el que esta noche fue de putas con el Rey.

—Pues ya se lo pagará el Señor en su Gloria.

La misa la decía el padre Villaescusa, y el Nuncio de Roma ocupaba un sitial en el presbiterio. Quizá fuese el mismo Nuncio el más sorprendido del talante críptico y en cierto sentido tenebroso de la plática del capuchino, que no entendió nadie, y, menos que nadie, el Rey, siempre con la mirada perdida en sabe Dios qué tinieblas y la expresión bobalicona, que no le había abandonado. La única novedad era la de que, de vez en cuando, dirigía la mirada a la Reina, aunque no a la Reina propiamente, sino al lugar donde debía estar su escote, cuidadosamente tapado a la española por terciopelos exquisitos y joyeles discretos. A la Reina, su primera dama le daba de vez en cuando un codazo, «Majestad, el Rey la mira», pero, cuando la Reina volvía la cabeza, la mirada del Rey se había desviado ya hacia los contornos de sus recuerdos.

–Quiere saber si la Reina tiene tetas –exclamó un bufón malicioso, que recibió en la nalga el castigo de un agudo pellizco.

–¿Quién se atreverá a escrutar los misterios de la voluntad divina? –tronaba el padre Villaescusa–. A los que lo intentaron, el Señor los castigó con la locura o la muerte. Él dijo: «Yo soy el que soy», y para que no enturbiásemos la pureza de su conciencia, nos dejó su decálogo: «... no matarás, no fornicarás, no cometerás adulterio...» Se dirigió aparentemente a cada uno de nosotros, pero, en cada uno de nosotros está representada la humanidad. Y ahí nos dejó para asombro de todos y ejercicio de humildad, el misterio de las responsabilidades. Se dirige a cada uno, pero la responsabilidad se reparte entre todos. Si peca el padre, lo paga la familia; si el Rey, su pueblo; si el Papa, toda la cristiandad...

Cuando habló de fornicar, nadie se dio por aludido; cuando de adulterio, muchas damas se sintieron más inocentes de lo que aparentaban, pero cuando aseguró que la familia pagaba los pecados del padre, el Valido pensó en su mujer, que allí estaba, a su lado, con sonrisa feliz y los ojos semicerrados. ¿Pensaba, como siempre, en los placeres del lecho? Hacía tiempo que el Valido se había convencido por sus propios medios intelectuales, algo mezclados de temor, eso es lo cierto, de que la esterilidad de su matrimonio se debía a la afición de su esposa a los juegos conyugales; a cómo se le arrejuntaba en la cama y lo provocaba; a cómo se remangaba el camisón más arriba de lo indispensable. Pero, por otra parte, su confesor le había dicho que nada de aquello era pecado. ¡Ah, qué misa aquella! El Nuncio miraba al predicador y decía casi en voz audible: «Pero, ¿qué dice este energúmeno?» Los presentes hallaban en las palabras del padre Villaescusa razones para declinar torcedores de conciencia. Y el conde de la Peña Andrada se había ausentado de la capilla antes de la elevación, aunque sin hacer ruido: se había deslizado como una anguila y había recobrado después su puesto, al terminar la comunión, como si nada. Al conde de la Peña Andrada, en el salón, después de misa, cuando hacía la reverencia al Rey, éste le mandó cubrirse, con gran estupor de la corte entera y, sobre todo, del Valido. Pero esta gran sorpresa no fue la que se comentó en los corrillos del atrio de San Felipe, sino lo de que Su Majestad, en voz baja y cautelosa y con cierto disimulo, hubiese susurrado a la camarera mayor de la Reina, la persona más próxima a ella según el protocolo:

–Dile a Su Majestad que quiero verla desnuda.

–Vuestra Majestad está loco.

La cara que puso la dama fue más allá del estupor, pero le quedaron fuerzas para desahogarse con su amiga más próxima, y ésta con su vecina, y así, la noticia en seguida dio la vuelta al salón, y llegó hasta el padre Villaescusa, llegó con su carga de espanto y de clarividencia; comprendió que, de tanta gente, sólo él tenía la razón del Señor repartida entre el corazón y la cabeza, y sólo él sabía cómo había que obrar. El capuchino no se desvistió: con ornamentos y casulla, permaneció en el altar, y, al bajar de él, se hizo preceder por la cruz y los ciriales; de esta guisa deambuló por pasillos y crujías, de modo que, cuando el Rey se acercó a los aposentos de la Reina, con ánimo de entrar, él se hallaba delante. Y cuando el Rey alargó la mano hacia el picaporte, la cruz se le atravesó ante la puerta, en ángulo inclinado sobre el eje vertical, y en los ojos encendidos del padre Villaescusa pudo leer el Rey un veto indiscutible. Soltó su mano el picaporte, se santiguó y giró sobre sí mismo. El Valido estaba allí, y el Rey le confió:

–Quiero ver a la Reina desnuda.

Y se marchó con el mismo rostro pasmado, aunque en sus pupilas ya brillaba la esperanza.

9. Lucrecia acudió a la puerta, alarmada por la fuerza del campanillazo; pero, al ver al criado Diego, se echó a reír.

–¿Eres tú, perillán?

–Vengo a ver a tu ama, en secreto y con urgencia.

Marfisa se hallaba en el baño, medio dormida entre las caricias del agua tibia. La llegada de Lucrecia la despertó, y el recado de la urgente visita del criado Diego la sacó repentinamente de quicio, porque los recados del Gran Inquisidor no solían ser tan madrugadores.

–Será cosa del calor que hace, y que hoy es domingo. Échame una toalla que tape el baño, y que pase.

Cuando el criado del Gran Inquisidor la vio, deploró que hasta las putas, incomprensiblemente, sintieran pudor.

–¿Qué te trae? –le preguntó Marfisa y él le respondió:

–Una sola palabra: escóndete.

Se miraron. Se entendieron. Marfisa apenas susurró:

–Está bien. Vete.

Y el criado Diego lo hizo, sin atreverse a curiosear en lo que se ocultaba debajo de la toalla, aquello que, alarmada Marfisa, ya empezaba a emerger. Marfisa llamó a Lucrecia.

–Pronto. Ayúdame a vestirme. Un traje de hombre. Y prepara lo más indispensable en un petate ligero.

Antes de que Lucrecia hubiera acudido con la ropa interior, ya Marfisa, desnuda, aunque enjuta, recorría el dormitorio y abría los armarios.

–Ése no, que es muy llamativo. Éste, castaño, que es de más disimulo. De la ropa interior no te preocupes: la más basta que haya, la de menos lujo.

Se vistió sola, y quedó hecha un garzón de cabellera rubia y un mechón que le nublaba los ojos y los disimulaba. Marfisa se probó dos sombreros: se quedó con el que mejor la cubría.

–Ahora me voy, y tú cierras la casa y te acercas al mentidero, bien velada, que no te reconozcan, y te enteras de lo que se cuenta, y publicas lo que pasó esta noche en esta casa. No lo tuyo del conde, que eso no le interesa a nadie, y duerme esta noche en casa de una amiga, o de quien quieras, pero escápales a los del Santo Oficio, que si no me hallan a mano, pueden contentarse contigo y someterte a tormento, para que digas dónde me escondo. ¿Cómo lo vas a decir, si no lo sabes? Por eso, como aunque te den tormento no podrás confesar, será mejor que no te cojan. No dejes de ir a misa al monasterio de San Plácido, que ya me las arreglaré para mandarte noticias. A la misa de nueve, ¿eh? No se te ocurra demorarte en el lecho con algún lindo que te plazca o con algún perulero que te pague. Yo, ahora, me voy. Y tú vete también, lo más pronto que puedas. Adiós.

Marfisa cogió el petate, caló el chapeo hasta esconder el rostro debajo del ala, y salió. Dando un rodeo, aunque no largo, se encaminó al monasterio de San Plácido. Se cruzó con gentes endomingadas que hablaban de los milagros de aquel día, y pudo enterarse, por alguien que lo comentaba a voces, que Su Majestad el Rey había expresado el deseo de ver a la Reina desnuda.

—¿Adónde vamos a parar? Si el Rey no da el ejemplo, ¿de quién vamos a recibirlo?

Al llegar a la portería del monasterio, pidió ver a la abadesa, que en el mundo había sido una señorita de La Cerda.

—¿De parte de quién le digo que quiere verla? —preguntó la tornera.

—Dígale que de parte de Marfisa. Y recoja, de paso, esta limosna para el cepillo de los Desamparados.

Tintineó el oro. La tornera alargó la mano ávida. Sus pasos resonaron por las losas de la portería y se perdieron en claustros y pasillos. Marfisa se sentó a esperar. Hacía calor, y se quitó el sombrero para abanicarse. Era hermosa la cabellera de Marfisa, y verla así, de garzón, hubiera hecho pecar a más de uno que reprimía deseos inconfesables. Se repitieron los pasos, esta vez dobles y en sentido contrario: de ellos, unos sonaban con autoridad; los otros, con timidez. La tornera abrió una puertecilla y rogó a Marfisa que pasara. Tras ella, cerró la puerta con doble llave. La abadesa la esperaba, sonriente.

—Ya sé que te has anunciado con una limosna espléndida.

—La ganancia de una noche, que ofrezco a Nuestra Señora de los Desamparados.

—¿Qué te trae por aquí?

—Busco refugio contra los alguaciles de la Santa.

—¿Se han metido contigo?

—Van a meterse.

—Puedo mandar a mi primo, el Gran Inquisidor, recado de que te deje en paz.

—A su amabilidad debo la advertencia.

—¿Entonces...?

—Una monja más, en este monasterio, no llamará la atención de nadie.

La abadesa la cogió de la mano.

—Ven conmigo. Es una pena que hayas de ponerte el hábito, porque estás muy hermosa. Pero puedo asegurarte que no te exigiré que te cortes el pelo, aunque sí que no te vea el capellán, que es un sujeto raro.

Sin soltarla, atravesó con ella una gran puerta de cuarterones, y la llevó por los frescos vericuetos del monasterio. A través de alguna ventana, verdeaban las plantas del jardín, y se escuchaban trinos de aves menudas, recogidas en –o acogidas a– aquel frescor. La madre tornera se quedó pensando que por qué razones la abadesa metía a un mancebo tan hermoso en la clausura, pero, como otras tantas cosas que no entendía, ahuyentó la pregunta de la mente. También tenía calor, y en aquella soledad le estaba permitido remangarse los hábitos y refrescar un poco la entrepierna en el aire que entraba por algún agujero.

10. Por la calor, la gente había dejado la capa en casa. Se abanicaban con lo más a mano, y muchos aparecían ligeramen-

te despechugados, pechos peludos de machos redundantes, tal en oscuro, tales en gris. Los corros se habían congregado aquí y allá, sobre las gradas, o en el centro del atrio, o en las esquinas, hasta pisar las mismas piedras del umbral sagrado. Clérigos de bonetes puntiagudos iban de aquí para allá. Y el sol caía con fuerza. El corro más nutrido rodeaba a Lucrecia, bien tapada, que a veces se levantaba un resquicio del velo y rogaba al más próximo que le soplase en la garganta sudada. Había contado ya la aventura de su ama con el Rey, y empezaba a describir con abundancia de detalles la suya con el conde, pero aquel extremo no le importaba tanto al concurso.

–¿De modo que cuatro pecados mortales?

–Y un gatillazo.

–Pues cuatro la misma noche es el tope que los teólogos ponen a las exageraciones de la carne.

–¡A saber si fueron cuatro! Tú no estabas delante.

–Pero lo sé de buena tinta.

–Y nosotros sabemos que Marfisa es devota de la monarquía. ¿Cómo iba a dejar mal al monarca? *Quator eadem nocte* es una cifra que acredita a cualquiera.

–Para mí, lo único creíble es lo del gatillazo –dijo un cura narigudo y entrado en años–. Lo demás son fantasías de Marfisa, que acreditan, más que su fidelidad a las instituciones, su orgullo profesional. ¿Qué menos, para una mujer como ella, que cuatro pecados capitales? Se me están ocurriendo unos versos...

–¡Dígalos ya, don Luis, si es que los tiene en la mente!

–Sólo cuatro, de momento, que pueden ser primeros de una décima:

> *Con Marfisa en la estacada*
> *entraste tan desguarnido,*
> *que su escudo, aunque hendido,*
> *no pudo rajar tu espada.*

—¡Muy buenos, don Luis! ¡Prometen una décima inmortal!

—Eso que dice el cura es una canallada. El Rey pecó cuatro veces, y, a la quinta, se durmió. ¡Pobrecito! Mírese como se mire, además de Rey, es un muchacho.

—Tú cállate, alcahueta. ¿Por qué vamos a creerte, y no a don Luis? Él es hombre de experiencia.

—Me gustaría saber qué haría en la cama con Marfisa.

El llamado don Luis alzó las cejas y sonrió tristemente.

—Tiene razón la moza. ¿Qué iba a hacer yo en la cama con Marfisa, sino contemplarla y buscar unas metáforas? Un soneto también, quizá: pero a ver quién es el guapo que se atreve a pintar, aunque sea en verso, a una mujer desnuda.

E hizo con las manos una señal alusiva a la Santa Inquisición.

Fue en ese momento, quizá, o quizá algo más tarde, cuando alguien recién llegado armaba el alboroto en otro corro, un alboroto morrocotudo que dejó a Lucrecia sin clientela, y, de momento, sin continuación la décima de don Luis. El recién llegado juraba por sus muertos que el Rey, no hacía ni una hora, a la salida de misa, había expresado a voces y sin la menor precaución, que deseaba ver a la Reina desnuda. «¿"Deseo", dijo, o "quiero"? Porque no es lo mismo.»

Fue una carcajada general, una carcajada rijosa y estentórea, provocada por el modo que cada uno de los presentes tuvo de imaginar al Rey contemplando a la Reina en pelota: si de día o de noche, si con sol o a la luz de los candiles. Salieron a relucir, de labios gruesos bajo bigotes retorcidos, recuerdos a los cuatro pecados del Rey con Marfisa y el comentado gatillazo, chanzas de color subido y suposiciones irrespetuosas, hasta que un caballero estirado, de ascético semblante y mirada dogmática, hizo callar las risas con un imperioso «Caballeros, repórtense», dicho en tono tan dramático, que, de repente, fue como si se pusiera el sol. El corro se calló y todo el mundo miró a aquel severo enlutado en cuya mano, extendida hacia el centro del cotarro, puesta sobre el pecho luego, parecía haber recaído el honor de la Reina. Pero no fue de ella de quien se habló cuando el silencio dejó lugar a su palabra, sino que dijo:

–¿Qué clase de insensatos son Vuestras Mercedes, que así se regocijan de lo que puede traernos calamidades, y las traerá de seguro si no se pone remedio? –Nadie le respondió, sino con miradas y rostros sorprendidos, y él continuó–: No sólo los protocolos de la corte se oponen a semejante disparate, sino que también lo impiden las leyes de Dios y de la Iglesia. El varón puede acceder a la mujer con fines de procreación y, si sus humores se lo exigen, para calmarlos, pero jamás con intenciones livianas, como lo sería la de contemplar desnuda a la propia esposa.

Lucrecia, al verse solitaria, se había incorporado al grupo.

–¡Pues bien que miraba el Rey a Marfisa desnuda, cuando se despertó, esta mañana, mientras ella dormía!

El caballero de la mano al pecho se volvió hacia ella.

–No es lo mismo, señorita ignorante, mirar a una prostituta, que para eso está, que a la esposa, recibida en santo sacramento, por muy francesa que sea, porque, aunque las francesas son livianas por naturaleza, al atravesar los Pirineos se contaminan de nuestras virtudes y aceptan nuestras costumbres y protocolos. El cuerpo de la esposa es sacrosanto; se le puede tocar, mas no mirar.

–¡Pues hay dedos que tienen ojos! –respondió desvergonzadamente Lucrecia; y el caballero de la mano al pecho la miró con desprecio tan fulminante, que la muchacha, apretando el velo con la mano, salió pitando del corro y de la plaza, y se perdió en la calle Mayor, hacia la Puerta del Sol.

–Ya será una pelandusca –dijo alguien; y otro desconocido, aunque de muy buen porte, corroboró:

–¡Una pelandusca cuya voz no me es desconocida! Juraría que es la criada de Marfisa.

Todo el mundo se volvió hacia él, incluido el caballero de la mano al pecho, y todos pensaron que quien conocía así a la criada, no debía desconocer al ama. Y le tuvieron envidia. El caballero bien portado saludó y se fue. El corro comenzó a deshacerse, tal para aquí, tales para acullá. El clérigo llamado don Luis se marchó en compañía de un par de incondicionales.

—Y esa décima, don Luis, ¿está ya concluida?

—Me arrebató la inspiración ese imbécil de la mano al pecho, pero les aseguro que no pasará de esta noche su conclusión. ¡Pues no faltaba más!

Capítulo 2

1. La celda que ocupaba el Gran Inquisidor en la casa del Santo Oficio, no correspondía, en sus proporciones, al poderío del inquilino, aunque sí a su persona: era grande, bien conformada, de paredes encaladas y vigamen oscuro, con muebles ennegrecidos por el tiempo, y una alcobita en que el Gran Inquisidor escondía su yacija, que no por llevar ese nombre era necesariamente incómoda. Detrás de la gran mesa guarnecida de terciopelo colgaba un cuadro en que se figuraba a María Magdalena penitente en una cueva; la gran cabellera increíble dejaba ver los resquicios de un cuerpo dorado; en las otras paredes, dispuestos según el principio de simetría más absoluto, dos series de cuadritos con la vida y las tentaciones de san Antonio, equilibrando el conjunto: la una, a la derecha, de mano flamenca, donde las mujeres desnudas eran feas, y la otra, a la izquierda, de mano italiana, donde las mujeres desnudas eran bellas. El tintero, de doce plumas, ocupaba una esquina de la mesa, y el brasero, de bronce y cuero, había sido repujado por artífices cordobeses, probablemente moriscos, pero estos orígenes dudosos no inquietaban la conciencia del Gran Inquisidor, templada en las tolerancias de la corte romana. En el rincón del

fondo, con la luz y la ventana viniendo de la izquierda, tenía instalada la camilla, que usaba para comer y para calentarse las piernas en el invierno, desengañado de la utilidad, meramente decorativa y algo imponente, del gran brasero, que lucía en el centro de la habitación y echaba atrás al visitante con su imponencia. Los manteles simples, aunque dignos; la vajilla, de buena plata antigua; la comida, a lo que podía verse, abundante y sencilla, pero el Gran Inquisidor se servía con parquedad, y lo que no se comía el criado Diego, dotado de mejor diente y más manifiesta gula, regresaba a la cocina para festejo de pinchos y otros subalternos. Hoy se había servido por todo plato una sopa y truchas a la navarra, y, para postre, uno de los confites de hojaldre y huevo que elaboraban para él y para otros magnates las madres de Santa Clara, la Antigua (las de Santa Clara, la Nueva, se habían especializado en escabeches, que no regalaban, vendían, porque, siendo más nuevas, eran más pobres. De todas suertes, el Gran Inquisidor no ignoraba los sabores de sus bacalaos, pura delicia para el paladar atribuida a la intervención directa de los ángeles, aunque no por el Gran Inquisidor, quien, al respecto, sabía a qué atenerse).

Había un pájaro en la celda, ejemplar quizá perdido de la tribu emigratoria, si no engañado por la tibieza del aire. Dio unas vueltas, tropezó aquí y allá, y salió al jardín por la misma ventana por la que había entrado. El Gran Inquisidor no hubiera podido explicar por qué siguió su vuelo con envidia.

El criado Diego, sentado en un escabel, había dejado aparte la escudilla de sopa, vacía ya, y limpiaba de espinas la trucha con su navaja cachicuerna. Tenía también al lado, en el suelo, un gran vaso de peltre colmado de morapio. El Gran Inquisidor, jugueteando con la cruz pectoral, parecía haberse transido, después del vuelo del pájaro, de modo que el criado Diego masticaba ruidosamente sin miedo al rapapolvo. Pero el prelado despertó y le llamó al orden.

–Diego, me has interrumpido una posible siesta con los chasquidos de tu lengua y ese tornado que provocas al masticar. Te agradecería que comieras con más comedimiento.

–¿Y qué más da, Excelencia, ahora que lo he despertado? Por mucho cuidado que se ponga, señor, al comer siempre se emiten rumores.

El pájaro, en su vuelo, rozó el cristal de la ventana con rápido, efímero ruido.

–Y, a propósito de rumores, Diego, ¿qué se dice hoy por la corte?

El criado terminó de masticar el pedazo de trucha que sus dedos grasientos habían llevado a la boca. Las manos del criado eran grandes, y cuando hurgaban en el plato, lo cubrían.

–Un fraile capuchino, de los de Medinaceli, tocó a rebato, como si hubiera fuego, y a la gente que se juntó echó un sermón incendiario contra los pecados de los grandes que al pueblo le toca pagar, o, por lo menos, contrarrestar por medio de penitencias públicas por los daños que no ha cometido. Esto tenía también algo que ver con una serpiente boa y un bellísimo diablo. Le aseguro, Excelencia, que la gente habría puesto fuego al Alcázar si el fraile se lo hubiera ordenado, pero se limitó a organizar procesiones a deshora, una en un barrio, otra en otro, y así, con cantos penitenciales y él mismo al frente de alguna de ellas arrastrando una cruz. La gente está que arde y el que más y el que menos espera salir a la calle cargado de cadenas. Eso excita mucho a las mujeres, y cuando vuelven a casa, derrengados, se las encuentran cachondas, y tienen que hacer una segunda penitencia.

–¿Y en el mentidero?

–En el mentidero, Excelencia, se trató de tres temas, digamos que por su orden: al principio todos hablaban de Marfisa, Vuesa Excelencia sabe a quién me refiero: que si es así, que si es andando, que si tiene las tetas derechas o empiezan a caérsele.

El pájaro que revoloteaba por el jardín, y que a veces gritaba, no podía sugerir la imagen de unas tetas, ni caídas ni derechas: Su Excelencia lo lamentó.

–Después, que si el Rey había pasado la noche con ella, por lo cual Su Majestad creció dos o tres puntos en la estimación de los presentes, aunque no hayan faltado maldicientes que rebajaron a nada la acometividad real; por último, señor, se siguió hablando del Rey, pero esta vez porque se dijo que había pedido a voces ver a la Reina desnuda. Y aquí, señor, las opiniones se dividieron, porque algunos, pocos, lo consideraban un mal ejemplo, y muchos, los más, como el ejemplo que había que seguir, y dejarse de gaitas y consideraciones. Como que un caballero bien portado, aunque con aire de perulero más que de hidalgo, profirió más o menos estas palabras: «Si el Rey consigue ver a la Reina desnuda, todos tendremos pretexto para desnudar a nuestras hembras, sean esposa o querida, y se desnudarán todas las de estos reinos, y las mujeres de las Indias, y acabarán desnudas las mujeres del mundo entero, si se pone de moda, lo cual va siendo hora de que suceda, porque de camisones largos y de disputas por levantarlo un poco más, estamos tan cansados nosotros como ellas. El único peligro, y éste meramente imaginario, estriba en que se determinen a salir desnudas a la calle, o con trajes tan transparentes que se les trasluzca todo, pues ya sabemos las ganas que tienen las mujeres de publicar sus secretos». Puedo decir a Su Excelencia que en el corro donde esto se decía no había curas, y si había alguno, no vestía ropa talar, y no estuvo disconforme con la opinión del perulero.

–Los viejos principios, Diego, están perdiendo vigencia, los tiempos cambian y la gente piensa distinto. No tengo nada contra el desnudo en privado, sobre todo a oscuras, pero sacarlo a la calle es como quitar la sal a la comida. No sé qué va a ser de nosotros.

–Como que se dice por ahí, y ya hace tiempo, que abundan los cabrones consentidos, y que qué va a suceder si la cosa cunde.

–Eso te digo, Diego. ¿Qué va a ser de nosotros? De ti y de mí, por ejemplo.

–Por lo que a mí respecta, Excelencia, me queda poco de vida, y, con tal de que haya vino...

Apuró el que quedaba en el vaso. El Gran Inquisidor cerró los ojos y recordó los viejos tiempos de Roma. El ave pasó rozando los vidrios de la ventana y se escondió en el alto ciprés que centraba el cuadrado del patio.

2. Primero fue un *Te Deum,* a cuatro voces mixtas, con reiterada intervención del órgano, que unas veces quedaba por debajo, como quien sirve de soporte a las piruetas melódicas, y otras, las perseguía en su complicada ascensión: *laudamus, laudamus, laudamus,* hasta chocar y reflejarse en las altas bóvedas; otras, por fin, las excluía del torrente sonoro, y era él solo en subir y colmar el ámbito con los resoplidos de su abundante tubería; una música de mucho mérito, traída de Roma, concebida para la inmensidad del Vaticano, que en aquella capilla de mediana holgura venía un poco grande: como que a veces vibraban las paredes y se estremecían las columnas. Luego, el sofoco del incienso y del calor, como que alguien se privó y hubo que sacarlo afuera y socorrerle con aguardiente y aire fresco: era un mercedario escueto, especialista en la cuestión *De auxiliis,* que no tenía nada que ver con el orden del día, pero a quien no se podía dejar fuera de una consulta general como aquélla. Cuando terminó el *Te Deum,* se formó en el claustro la procesión; dos filas de hábitos variados y el Gran Inquisidor al cabo: muy tieso, aunque un poco distraído, indiferente a los pajes que soportaban su cola. Cantaban el *Veni Creator,* según el canto llano, que les resultaba más accesible que aquellas polifonías romanas,

aunque lo cantasen con voces desganadas y bastante ásperas. No salía muy bien, pero daba igual. No todos los de la procesión entraron, sino sólo los que tenían asientos en la Suprema, bien como miembros titulares bien como teólogos invitados; o sea, consultores, y entre éstos figuraba un jesuita portugués, el padre Almeida, bastante joven aún, pero de rostro tostado por los soles brasileiros. El padre Almeida estaba de paso en Madrid: lo habían destinado a capellán secreto de una gente en Inglaterra, porque al otro capellán lo habían ajusticiado, lo que era tanto como admitir que al padre Almeida le quedaba poca vida; pero no parecía apesadumbrado ni entristecido, tampoco entusiasmado con su futuro martirio: se portaba con naturalidad, mucha más que la de sus compañeros, a pesar de la reputación de teólogo sabio que su rector proclamaba en la carta de presentación al Gran Inquisidor, con la que justificaba su presencia. El padre Almeida chocaba un poco entre los demás clérigos, porque llevaba encima de la sotana un cuello a la francesa, y porque, al desabotonársela por el calor, se le habían visto medias negras y calzón. Pero, como a extranjero, no se le tomaba a mal.

Después de acomodados en la sala de reuniones, en razón de jerarquías siguiendo un criterio piramidal, todavía se rezaron más latines, éstos sin música, y la cosa quedó como en el escenario de un teatro: el Gran Inquisidor en lo más alto, aunque la cola de su hábito bajase hasta los rangos inferiores y extendiese encima de las losas el triple triángulo de su remate; después venían los jueces propietarios, el padre Pérez, el padre Gómez, el padre Fernández y Enríquez de Hinestrosa, así hasta seis, con hábitos blancos, hábitos negros y hábitos combinados; de ellos gordos, de ellos flacos, regordetes de cara o estirados, reservados o expresivos: todo lo que en el mundo se sabía de Dios y de todo lo que Le concierne estaba almacenado en los caletres de aquellos seis, que votaban las decisiones, y, en caso de empate, desempataba el Gran Inquisidor; quien, además, tenía el privilegio de vetar los acuerdos colegiados y

Capítulo 2

sustituirlos por su opinión propia, caso que se daba pocas veces, sobre todo por el qué dirán. Más abajo se sentaban los distintos peritos: aquella vez uno por cada orden, incluidos los mostenses, los premostratenses, y algunas órdenes nuevas, como la *Societate Iesu*, a la que pertenecía el padre Almeida. Entraban y salían con sigilo, soplones, esbirros y demás gentuza, a la que se prohibió la entrada un poco antes del juramento. A partir de éste, la gran sala del consejo quedó clausurada para el exterior: amplia y sombría, alumbrada de candelabros, la presidía un Cristo entre dos luces: poco Cristo y muchas velas para local tan amplio, donde lo que destacaba era el presidente. ¡Tan refinado, tan aburrido, allá arriba, en su sitial, casi nimbado, casi divino bajo el bonete de cuatro cuernos agudos! Solía echar un sueñecito después de tomar el juramento a los presentes y hacer el resumen de los temas, o los hechos que se iban a discutir; esta vez añadió la noticia de que la sospechosa Marfisa, que el Santo Tribunal había convocado y mandado prender, no había sido hallada. «Seguramente, alguien la previno, y huyó.» Y muchos lo lamentaron, sobre todo el padre Villaescusa, capellán de palacio, que sudaba en el rango de los peritos consultores. Pero aquella tarde no pudo dormitar el presidente, porque los frailes de a pie chillaban, quizá porque el tono elevado de las voces cargase de razón a las ideas. Por lo pronto, el padre Villaescusa manifestó su disconformidad con la exposición que se hizo de los hechos, de tal modo redactada que daba la impresión de que se habían reunido a causa de unos pecados veniales del monarca. No es que hubieran mentido, ¡él no decía eso!, sino que se habían contado sin intercalar censuras, comentarios o condenaciones. «¡Nada de pecadillos! ¡Un verdadero adulterio y una verdadera profanación del santo sacramento del matrimonio!» Y aquí fue cuando el padre Almeida, el jesuita transeúnte y destinado al martirio, se levantó y pidió la palabra.

–Es para manifestar mis dudas de que se haya cometido adulterio.

—¿Va a negar Su Paternidad que el Rey pasó la última noche en brazos de una prostituta? —le preguntó el padre Villaescusa, extrañado al mismo tiempo que irritado, y con el mismo tono de voz que si el padre Almeida viniese de otro planeta y se hubiera expresado en lengua desconocida—. ¿O es que niega Su Merced la verdad de lo que acaba de sernos leído? Claramente se dice que el Rey pasó la noche en brazos de esa tal Marfisa.

—¡Dios me libre semejante atrevimiento!

—¿Entonces? ¿Cuál es la opinión del padre Almeida?

—Sencillamente, dudo de que Sus Majestades estén casados, al menos delante del Señor.

Todo el mundo volvió la mirada hacia el jesuita portugués, y algo así como una ráfaga de incomprensión colectiva sacudió aquellas mentes esclarecidas. Hasta que el Gran Inquisidor, desde su altura indiferente, se dignó a examinarle con curiosidad, y fue él precisamente quien preguntó.

—¿Qué está diciendo, padre Almeida?

El jesuita seguía de pie, y aquella concurrencia de miradas reprobadoras no parecía afectarle. A la pregunta del Gran Inquisidor siguieron varias voces.

—Explíquese, explíquese.

Y el padre Villaescusa añadió:

—Lo que acaba de decir incurre en una doble sanción, de la Iglesia y del Estado, porque está usted atribuyendo a los Reyes nada menos que un concubinato.

—Sí, aunque ellos lo ignoren; pero la Iglesia no puede ignorarlo.

—Insisto, padre Almeida, en que sea más explícito —rogó, con voz apaciguadora, el del asiento eminente.

Cuando el padre Almeida pidió que le permitiesen quitar la sotana, porque hacía mucho calor, más que con hostilidad, la mayor parte de los miembros de la Suprema le miraban atentamente, ya no iracundos, sino estupefactos, y aunque casi todos pensasen que a aquel desconocido convendría examinarle a conciencia de ortodoxia, la mayor parte de ellos había admitido, sin graves dificultades mentales, que no sería necesario el tormento, y que un hábil interrogatorio bastaría. Y entre ellos figuraban bastantes con reputación de hábiles interrogadores. El padre Almeida dobló cuidadosamente la sotana, y la dejó encima de su asiento, con el sombrero.

–Reverendos señores, no voy a citar a los santos padres ni a los sagrados textos. Sólo me permitiré recordarles la unanimidad de todos los moralistas y todos los teólogos en requerir, como condición básica del matrimonio, la libertad de los cónyuges. Ahora bien, nuestros amados Reyes, ¿eran libres al casarse?

Dirigió una mirada alrededor. Le escuchaban, pero no parecían dispuestos a contestarle, salvo el padre Villaescusa.

–¿Quién lo duda? Fueron interrogados según los trámites del ceremonial, y ambos dijeron que sí.

–¿Y podrían decir que no? Ruego a su paternidad que medite la respuesta.

El padre Villaescusa pareció dudar un momento. Luego, respondió.

–No entiendo la cuestión. El padre Almeida es demasiado sutil. No parece jesuita.

–¿Sutil, dice Vuestra Reverencia? Pues yo lo veo bien claro: se trata de dos príncipes imbuidos de esta condición; se trata de dos adolescentes, a los cuales se les ha enseñado la obediencia a sus padres, que, además, son Reyes. ¿Cómo podrían decir que no? Sin embargo, sus síes estaban condicionados por el doble carácter de príncipes y adolescentes. No fueron afirmaciones libres.

De entre la masa de expertos salió una voz cascada.

–Acaso el padre Almeida no se dé cuenta de que está poniendo en tela de juicio la más antigua de nuestras costumbres, la de que los padres acuerden el matrimonio de los hijos, así como la de recabar la anuencia de la Iglesia.

El padre Almeida se volvió al hablante, que era un fraile viejo de una orden secundaria.

—Yo no pongo nada en tela de juicio. Yo ni siquiera juzgo. Me limito a presentar a vuestras paternidades unos hechos indiscutibles, de los cuales, para este caso, y sólo este caso, me permito sacar consecuencias. Lo demás es de la incumbencia de este Santo Tribunal, no de la mía.

—Aun suponiendo que el padre Almeida tuviera razón, la ulterior consumación del matrimonio lo legaliza y santifica.

El padre Almeida no tuvo que cambiar de postura, ni siquiera mover la cabeza: su interlocutor se hallaba ante él, bien visible en su cólera contenida, pero evidente.

—Le ruego al reverendo padre Villaescusa que imagine por unos momentos que a un adolescente le dicen: esta noche tienes que entrar en la cámara de la Reina, y hacer esto y aquello. Y a la Reina le dicen: esta noche, el Rey entrará en tu cámara: déjate hacer, porque es tu obligación.

—Efectivamente, padre: era ésa su obligación. ¿Quién se atreve a dudarlo? La obligación de la esposa es recibir a su esposo en el lecho, y, como Su Paternidad dice, dejarle hacer.

—Admito que también fuese la obligación del Rey; pero, quien va obligado no va libre.

—De seguir su doctrina, la mayor parte de los matrimonios serían ilegales.

—Eso, reverendo padre, no soy yo el que tiene que concluirlo. Me limito a mostrar a vuestras reverencias que los sucesivos accesos del Rey al cuerpo de la Reina fueron fruto del deber, no de la libertad.

—¿Olvida Vuesa Merced la obligatoriedad del débito conyugal?

—¿Visto desde el Rey o desde la Reina? —arguyó rápidamente el jesuita.

—Yo lo entiendo como recíproco —intervino desde su altura un dominico de la Suprema—; aunque, naturalmente, en la mayor parte de los casos sea una servidumbre de la esposa, que no siempre está dispuesta y, sin embargo, debe acceder, en evitación de males mayores.

–Ése no es nuestro caso –respondió el padre Villaescusa–. El Rey no fue de putas porque la Reina le haya rechazado. Lo he investigado todo: el Rey hace varias semanas que no acude al dormitorio de la Reina. No ha habido, pues, rechazo que explique, sin justificarla, una infidelidad.

Fue en este momento cuando el Gran Inquisidor interrumpió la discusión con un bostezo: tan grande que casi se le desencaja la mandíbula; tan sonoro que apagó la respuesta del padre Almeida.

–Reverencias –dijo–, ¿no les parece que el primer punto de la discusión está suficientemente debatido? Nos consta que el Rey fue de putas, pero el padre Almeida, con su enorme sentido común, ha sembrado la duda de que los Reyes nuestros señores estén efectivamente casados. He dicho la duda, no la certeza. Se nombrará una comisión que lo estudie y dictamine. Queda en pie un pecado, en el aire otro, pero el que queda seguro es de la incumbencia del confesor, no de este alto Tribunal. Observo que Vuestras Mercedes están acaloradas. Yo también. Propongo un descanso mientras nos refrescamos con unas bebidas frías que he mandado apercibir. Se suspende, pues, la sesión por media hora.

Los asistentes que habían estado sentados, se pusieron de pie, con revuelo de hábitos de diversos cortes y colores. Los contendientes de aquella batalla dialéctica esperaron a que el Gran Inquisidor saliese, después de haber recogido (el Gran Inquisidor) las largas colas de la vestimenta. En la salida guardaron un riguroso turno de jerarquías, de modo, que sin mirarse, el padre Villaescusa y el de Almeida salieron emparejados. En el claustro les esperaban los refrescos.

3. Se distribuyeron por afinidades teológicas y por la afición a determinadas bebidas: quiénes al agua de cebada, quiénes a

la zarzaparrilla, quiénes a la popular horchata, salvo el Gran Inquisidor, que prefirió un vaso de frío clarete bebido en su copa etrusca, una joya que había traído de Italia, adquirida tras misteriosos y arriesgados tratos en los que había intervenido un cardenal de la Santa Curia y una prostituta de claro linaje, muy afecta a los intereses de la Santa Sede, de la que había recibido un título de princesa que arrastraba por lechos ilustres, o al menos ricos: acariciaba Su Excelencia el exquisito cristal mientras paladeaba el vino, y tanto sus dedos como su lengua se estremecían de recuerdos gloriosos. Miraba, desde su altura, a sus colegas, y salvo el padre Enríquez, que era hermano de un grande de España, metido a fraile por un fracaso amoroso, y el padre Almeida, evidentemente distinguido, consideraba a los demás como patanes atiborrados de textos en latín, malolientes algunos, toscos de modales los demás, venidos de la gleba, fugitivos del arado. Alguno de ellos sería pronto obispo. ¡Dios mío, ojalá lo fuera de tierras lueñes, donde tantos indios quedaban por convertir aunque fuera a latigazos! Cualquier cosa menos recibirlos en audiencia un mes y otro, a aquellos frailes, a plantearle cuestiones de herejías rurales, listas de sospechosos judaizantes y moriscos, o de gentes ignaras de extrañas prácticas sexuales. «¿Quién no será judío en este país?» Y recordó a su tatarabuela, conversa de Zaragoza, que en tiempo del rey Fernando había apuntalado con sus doblones una antiquísima casa de godos que se venía abajo. Se había quitado el guante de la mano izquierda, guante morado de arzobispo *in partibus,* para catar mejor el frescor del refrigerio y la delicada talla del cristal.

Dos dominicos y dos franciscanos se habían metido a discutir sobre los pecados del Rey, a la luz de los informes llegados, a unos y otros, por caminos populares. Las posibilidades eran tres, según dichos informes: cuatro copulaciones y un fracaso a la quinta, las cuatro copulaciones sin fracaso, y el fracaso como única realidad pecaminosa. Lo que se discutía no dejaba de ser complicado: si las cuatro copulaciones debían considerarse como un solo pecado, o como cuatro; si el fracaso, aislado o en conjunto unitario, debería considerarse también como falta mortal en grado de intención, o si ciertas circunstancias bastante inciertas y difíciles de dilucidar, como si la intención hubiera sido provocada por la cómplice o si había obedecido a un impulso real, podía entenderse como meramente venial; finalmente, si la cómplice, sabedora sin duda alguna de con quién compartía el lecho y a quién ofrecía su colaboración para el pecado, debía o no ser considerada reo de un delito contra el Estado, no sólo de habitual pecadora contra Dios, y, por lo tanto, transferirla a la jurisdicción ordinaria para que la juzgasen según las leyes civiles. Metían tanto barullo en latín y en romance, que la mayor parte de los presentes habían acabado por formar corro y los escuchaban con muestras de aprobación o de repulsa, salvo el padre Rivadesella, que se reía de ellos francamente. El padre Almeida no figuraba entre los vociferantes: se había arrimado a una pilastra y contemplaba cómo la luz doraba las ramas de los árboles, y cómo más abajo iba muriendo en las flores. Se le acercó el Gran Inquisidor, sonriente.

—No es imposible, padre Almeida, que un día de éstos tenga usted que acudir, en coche cerrado y escoltado, para responder a las preguntas que este Santo Tribunal quiera hacerle acerca de la ortodoxia y de su doctrina particular; pero, entretanto, quiero manifestarle que me es usted simpático, que me gustaría que almorzásemos a solas antes de que tenga que detenerlo, y que lamento que su destino a Inglaterra ponga su vida en peligro. No conozco las costumbres y los métodos de la justicia inglesa, pero de lo que sí estoy seguro es de que mi mano no podrá llegar hasta aquellas tierras para aliviarle los tormentos. Aquí sería otra cosa.

El padre Almeida le hizo una reverencia muy gentil, más francesa que española.

—Excelencia, le agradezco esa muestra de deferencia que acaba de comunicarme, y le manifiesto a mi vez tanto mi disposición para escucharle como para compartir su mesa, si bien le advierto que, después de tantos años de ausencia del mundo civilizado, acaso mis modales no sean todo lo exquisitos que vuestra presencia requiere.

—Eso no importa, padre. Por muchos que hayan sido sus años de apartamiento del mundo, lo que se mama no desaparece jamás. Pero a mi vez le advierto que mi mesa es frugal. La Santa Inquisición es rica, pero su jefe es medianamente pobre. Le ofrezco una sopa juliana, bien condimentada, es lo cierto, y un lomo de cerdo adobado que mi cocinero, un hombre del norte, prepara con ejemplar sabiduría —y al decir esto, miró de reojo al padre Almeida, quien respondió tranquilamente:

—No le hago ascos a ese lomo de cerdo, Excelencia. Va para siete años que no lo cato.

—Entonces, ¿le parece a usted mañana al mediodía?

—¿Y no tendrá Vuestra Excelencia que mandarme prender antes?

—Procuraré evitarlo.

Un fámulo se abría paso entre el grupo de frailes en dirección al Gran Inquisidor. Con la debida licencia se aproximó a él y le dijo algo al oído. El Gran Inquisidor le respondió: «Tráelo inmediatamente», y muy cortés, aclaró al padre Almeida:

—Es un propio del Valido. Dios sabe lo que le habrá ocurrido a Su Excelencia.

El fámulo venía ya con el mensajero, un caballero respetabilísimo, de mediana edad, cruzado de alguna orden, al que el fámulo abrió paso hasta dejarlo frente al Prelado. El mensajero se hincó de rodillas, besó la mano que se le tendía, o, más bien, el anillo de amatista, y dejó en ella un pliego sellado. El Gran Inquisidor lo abrió, lo leyó y pidió al fámulo recado de escribir. Mientras esperaba, mandó alzarse al mensajero, y dijo confidencialmente al jesuita:

—La gente anda alborotada pidiendo a Dios clemencia por los pecados de los grandes, y al frente de cada grupo va un fraile exaltado. Pero lo que parece haberles asustado es la presencia de una enorme culebra que muchos dicen haber visto. Unos piensan que va a derribar las murallas de la villa; otros el Alcázar real, y, los más, su propia casa, porque todos se saben pecadores.

—Es lo que tiene la opinión popular, Excelencia, que siempre hay alguien que la crea y la dirige, pero luego cada cual piensa por su cuenta.

El fámulo se acercaba ya con un bufete portátil que ofrecía al Gran Inquisidor. Éste escribió en el papel: «Palos a diestro y siniestro. No importaría que alguno de esos frailes, con una pierna quebrada, tuviera tres meses de cama para meditar», y pasó el escrito al padre Almeida.

—No me gustaría estar en el pellejo de los predicadores.

—Ni a mí tampoco.

El Gran Inquisidor cerró el pliego, lo selló y lo entregó al mensajero, al tiempo que ofrecía la mano en señal de despedida. El mensajero se escurrió entre los frailes disputantes y desapareció.

—La culpa de todo ese alboroto la tiene el padre Villaescusa. La fe ardiente, a veces, resulta incómoda para mantener el orden público.

—¿Se refiere Vuestra Excelencia a la fe del padre Villaescusa?

—No hay más que verle.

—Que Dios me castigue si me equivoco, pero ese fraile no cree en Dios.

—¿Qué dice usted, padre Almeida?

—Es de esos hombres que hablan, gritan, agitan, amenazan, todo en nombre de la doctrina más pura, pero jamás se atreven a mirarse al interior. ¿Le ha escuchado alguna vez referirse al Evangelio? ¿Cree Vuestra Excelencia que tiene la menor noción de la caridad? El padre Villaescusa cree en todo lo que cree la Santa Madre Iglesia, pero, sobre todo, cree en la Iglesia, a la cual pertenece y a la cual encarga de que crea por él; dentro de la cual espera medrar y, sobre todo, mandar. Sospecha que nunca llegará a ser Papa, pero no descarta ocupar alguna vez ese sitial que Vuestra Excelencia ocupa, aunque sólo sea para ordenar un auto de fe y morirse después. Es casi seguro que, entonces, la muerte no le asustaría y que la recibiría con el placer de quien alcanzó en el mundo todo lo deseado.

El Gran Inquisidor no le respondió inmediatamente.

—Padre Almeida, para quien ha vivido tanto tiempo en medio de salvajes, manifiesta usted un buen conocimiento de los hombres civilizados.

—Precisamente porque alcancé ese conocimiento fue por lo que preferí vivir entre los indios. No creerían en nuestro Dios, pero creían de verdad en los suyos.

Sonó una campanilla de plata anunciando que el descanso había terminado. Ingresaron en la sala por el mismo orden en que habían salido, y ocuparon sus sitiales. El Gran Inquisidor concedió la palabra al padre Villaescusa.

—Reverendos padres, tres son las cuestiones que nos han congregado en esta sesión solemne: descartada ya la primera, cuya solución acato por obediencia, aunque convencido de que, en esa comisión encargada de resolverla, habrá ocasión de oír mi voz, paso a plantear la segunda: Su Majestad el Rey ha manifestado, dando con ello pruebas de una desvergüenza que sólo puede tolerarse por ser regia, su deseo de ver a la Reina desnuda. Las leyes de Dios se oponen; las del reino también, o, al menos, nuestras inveteradas costumbres y protocolos que tienen fuerza de ley. ¿Cuál es la opinión de Vuestras Paternidades?

Le respondió un silencio, roto finalmente por el padre Almeida, alguien admitió en su conciencia que inevitablemente.

—Pienso que por tratarse de una cuestión personal, excede a nuestra incumbencia, a no ser que el padre Villaescusa demuestre lo contrario.

–Para demostrarlo –respondió el capuchino, con un punto de exaltación templada por la seguridad con que hablaba– no tengo más que enunciar la tercera cuestión, hondamente relacionada con la segunda y también con la primera: el Señor que todo lo puede, premiador de buenos y castigador de malos, hace extensiva a los reinos de España su indignación por los pecados del Rey. El pueblo lo sabe, y anda temeroso de sufrir un castigo por los males que no hizo. En este momento, se espera una gran batalla en los Países Bajos, decisiva para nuestras armas, y la Flota de Indias se acerca a nuestras costas. Es lógico que Dios nos castigue haciéndonos perder la batalla y dejando que la flota la asalten y roben los corsarios ingleses.

–No veo la lógica por ninguna parte.

Un frío medular sacudió los huesos de los presentes, salvo los del Gran Inquisidor, que atendía al debate con disimulado regocijo.

–Entonces, padre, ¿usted no cree que Dios castiga a los pueblos por los pecados de los Reyes?

–Más bien creo que Dios castiga a los pueblos por su estupidez y la de sus gobernantes, y les ayuda cuando éstos no son estúpidos. Ruego a Vuesa Paternidad que considere el estado de los grandes países nuestros vecinos. Inglaterra es ya una gran potencia, dueña del mar; lo es también, aunque sólo de la tierra, Francia; no lo es ya el Gran Turco, modelo de desgobierno. De la difunta reina de Inglaterra, que llevó a su país a la prosperidad, no tenemos informes muy favorables acerca de sus costumbres, menos aún de su fe. El cardenal que gobierna en Francia tampoco es un ejemplo de virtudes personales, pero parece inteligente y enérgico. De modo que su teoría hay que aplicarla únicamente a España.

–No tengo inconveniente, padre, en aceptar su respuesta, a condición de que sustituya a Dios por el Diablo.

–¿Una protección más fuerte que la de Dios, o una inhibición de Dios en beneficio del Diablo?

—No estoy en los secretos de Dios, no puedo decir cómo llevará a término su castigo. Lo único que sé es que la presencia del Diablo es clara, como lo es en toda ocasión en que los designios de Dios son desbaratados por los hombres.

—¿Por un mal gobierno, por ejemplo?

—O por un buen gobierno, ¿qué más da?

—¿Y dispone Su Reverencia de algún indicio que delate la presencia, o la intervención, del Diablo en el caso que nos ocupa?

El padre Villaescusa, que hablaba desde su asiento, se levantó solemnemente.

—Esta reunión en que nos hallamos es más que un indicio. El Diablo la provocó, el Diablo la mantiene, el Diablo suscita muchas de las palabras que aquí se han pronunciado y se pronunciarán.

Y el padre Rivadesella, apenas sin moverse, pero con tono claramente irónico, intervino.

—Por la razón que todos sabemos, esta noche pasada, Lucifer voló por nuestros cielos en figura de un bellísimo mancebo cuyo vuelo dejaba en los aires un reguero de plata. Hay testigos.

—Si esto es así —habló el padre Villaescusa, sin perder la solemnidad— propongo que se exorcice esta sala inmediatamente.

—¿Se refiere Vuesa Paternidad al ámbito en que nos encontramos, o a los que componen la reunión?

Aquella inesperada y a todas luces impertinente pregunta del Gran Inquisidor sorprendió a casi todos los presentes, y, más que a nadie, al padre Villaescusa.

—Yo no me refería a nadie en concreto, Excelencia.

—En ese caso, es de pensar que la presencia del Diablo no constituye ninguna novedad. El Señor está en todas partes, pero el Diablo anda siempre detrás.

—Pero, a veces, el Señor se distrae.

—Que viene a ser más o menos lo que dije antes: que el Señor se inhibe; pero a mí me cuesta caro creerlo.

Volvió a escucharse la voz eminente del Gran Inquisidor.

—Me permito recordar a Vuestras Paternidades que nos estamos alejando del asunto que nos trajo aquí. Habíamos quedado en si el Rey tiene o no derecho a ver desnuda a la Reina, y en que si esto es o no pecado. Ruego a Vuestras Paternidades que se definan al respecto.

—Afirmo que tiene derecho y que no es pecado —respondió con voz segura el padre Almeida—, afirmo no sólo esto, sino la conveniencia de que suceda para que en el matrimonio de los Reyes, no como tales sino como cristianos, se realice la Gracia del Señor.

El padre Villaescusa saltó como picado por una avispa.

—¿Dice Vuesa Merced la Gracia del Señor? ¿Encuentra que la Gracia del Señor se manifiesta en el coito? ¿O bien en la contemplación de esos horribles colgajos de las hembras que se llaman mamas? ¿O prefiere que la contemplación se verifique por la espalda, evidentemente contra natura? Me refiero, como es obvio, a la contemplación de las nalgas.

El padre Enríquez, O.S.D., se había dormido alguna vez; otras, había agudizado la oreja, y, muchas, sonreído. En esta ocasión alzó la mano cortésmente.

—Me permito rogar al sabio y virtuoso padre Villaescusa que, toda vez que este debate se desarrolla en lengua romance, llame a las cosas por su nombre. Quiero decir, tetas en vez de mamas; culo en lugar de nalgas. Si no recuerdo mal, el ilustre poeta padre León, en su versión del *Cantar de los Cantares,* traduce limpiamente: «Nuestra hermana es pequeña y tetas no tiene. ¿Qué se hará de nuestra hermana cuando se empiece a hablar de ella?».

Lo había recitado con evidente complacencia, y todos parecían haberle escuchado con placer, menos el padre Villaescusa, que tronó:

–¿Y se atreve Vuestra Paternidad a hacer esa cita, siendo como es dominico? Aunque conviene recordar que en manos de dominicos estuvieron la vida y la muerte de ese repugnante marrano, y que fueron dominicos los que hurtaron al Señor el olor de su carne chamuscada.

–Pues nosotros, los agustinos, estamos muy orgullosos de él –le respondió, con voz segura, el representante de la más vieja de las órdenes presentes.

–Cosa que no me extraña –adujo el padre Villaescusa– porque todos ustedes son sospechosos.

Acaeció una serie de murmurios en los diversos grados de la Suprema, ante la osadía de aquel capuchino enfebrecido y colérico. El Gran Inquisidor cortó la trifulca que se avecinaba.

–Dejemos en paz a los muertos. Insisto en que el debate no se aparte de su tema.

–Pues yo sostengo que el Rey no puede ver a la Reina desnuda sin pecado; e insisto también en que los pecados de los Reyes los paga el pueblo inocente.

–Observo por la cara y los cuchicheos, que hay disidentes de su opinión tan respetable, padre Villaescusa, de modo que se nombrarán otras dos comisiones para examinar la complejidad del caso. Una, que determine si el Rey puede o no contemplar a la Reina sin vestidos que oculten, o al menos velen, su desnudez; otra, que examine a la luz de la Escritura y de los Padres, si el pueblo paga o no paga los pecados del Rey, aunque entendiendo que no se trata de sus errores de gobernante, sino de sus pecados personales, ¿no es así? Porque que del desgobierno se deriven daños para las monarquías, no es necesario discutirlo.

–A saber lo que se entiende por desgobierno –dijo el padre Villaescusa.

–Quemar judíos, brujas y moriscos; quemar herejes; atentar contra la libertad de los pueblos; hacer esclavos a los hombres; explotar su trabajo con impuestos que no pueden pagar; pensar que los hombres son distintos cuando Dios los hizo iguales... ¿Quieren vuestras paternidades que prosiga en la enumeración?

Habían escuchado estupefactos al padre Almeida: todos, incluido el Gran Inquisidor. Y, como un susurro, se corría de boca en boca: «A este jesuita hay que meterlo en cintura». Y se iba a levantar la primera voz de protesta cuando entró el fámulo conocido y habló al oído del presidente.

–Un momento, señores. Tenemos una comparecencia inesperada. –Y dijo al fámulo–: Que pase ese caballero.

Salió hecho una pura zalema, cortesía va, cortesía viene, a diestro y a siniestro; y, poco después de salir, volvió a abrirse la puerta y en su vano apareció el conde de la Peña Andrada. Quedó quieto en el umbral, se destocó y dedicó a los presentes una inclinación de cabeza de lo más ortodoxo.

–Adelante, conde.

No lo hizo el conde sin antes repetir el saludo, esta vez triple, como si fueran reyes los presentes: rozando la alfombra escarlata con la pluma del sombrero; y al avanzar y cruzar ante el Cristo iluminado, lo repitió con más rendido ademán. Se irguió y encaró al Gran Inquisidor:

–Seguramente que con el fragor de las disputas, no se ha dado cuenta Vuecencia de que estos pabilos han crecido demasiado, y de que tiemblan las luces de los cirios. Al recaer su parpadeo sobre la cara del Señor, ésta parece que se oscurece más. Si Vuecencia me lo permite, me gustaría despabilarlos.

Apenas le respondió el prelado, con voz un tanto sorprendida, «Hágalo si le acomoda», el conde sacó la espada y de una cuchillada como un relámpago despabiló el cirio de la derecha. Los presentes no habían tenido tiempo de manifestar el estupor, pero una voz se oyó que susurraba: «¡Se ha atrevido a desenvainar delante del Crucificado!», pero ya entonces, el conde, de otra cuchillada igual, había despabilado el cirio de la izquierda: quedó simétrico al de la derecha, ambos de la misma altura, y con luces de resplandor idéntico, sin más temblor que el necesario. Después, depositó la espada a los pies del crucifijo.

—Estoy a su disposición, señores.

Y permaneció plantado delante de la concurrencia, en el lugar exacto en que se situaban los testigos cuando venían a deponer.

El Gran Inquisidor le preguntó:

—¿Por qué ha venido Su Excelencia?

—En toda la ciudad se habla de lo que se trata aquí, y creí cortés ofrecerles mi testimonio, y lo haré gustoso, si bien antes me gustaría saludar a un viejo amigo aquí presente.

Y, sin esperar anuencia, se acercó al rango de los consultores y tendió la mano el padre Almeida.

—Hace mucho tiempo que no nos vemos, padre.

—Sí, efectivamente, mucho tiempo.

Mientras se estrechaban la mano, el padre Rivadesella los contempló, y le pareció que en algo se asemejaban, si bien en algo mucho mayor diferían. Buscó una referencia en su memoria, y lo único que se le recordó fue un gallo, no gigantesco, sin embargo, sino sólo mucho mayor que los corrientes, incluidos los capones; un gallo con algo raro, quizá en la cresta. A todo esto, el Gran Inquisidor había preguntado que de dónde se conocían.

—El padre Almeida tiene socorrido alguna vez de agua fresca y comestibles los buques de mi escuadra, allá, en las costas del Brasil, cuando por allí ejercía su ministerio.

—Y, Vuecencia, ¿qué hacía por lugares tan lueñes?

—Servía al Rey con mis barcos, señor. Un servicio peligroso en el que a veces no queda otra salida que la heroicidad. Pero le aseguro que en mis informes únicamente me he referido a la de mis marineros, que no están obligados a ser héroes, pero que suelen serlo como la cosa más natural del mundo. En lugar de regocijarse de su bravura, descansan de ella.

Capítulo 2

—Entonces, ¿es usted un pirata? —preguntó sin poder contenerse el padre Villaescusa.

—No exactamente, padre. Soy un corsario y navego con patente del Rey.

—Si es así, ¿por qué no está usted protegiendo esa armada que navega hacia Cádiz, amenazada por los ingleses?

—No fui informado, ni invitado a hacerlo. Mi escuadra descansa estos días en su base, allá, en un puerto del norte que seguramente Sus Paternidades no habrán oído nombrar. Aunque sí el padre Almeida. El padre Almeida es portugués, y sabe de las cosas de la mar más que Vuesas Mercedes.

—Yo nací en Rivadesella, mi padre fue mareante; alguna vez navegué, cuando era niño. Claro que no en un barco de gran porte, sino en botes de remos.

—Y no ha podido olvidarlo, ¿verdad? La mar es como una novia esquiva e inalcanzable, que permanece siempre en el corazón. Yo podría contarles la historia de una mujer así, una morena de Honolulú, que se negó a compartir el mando de mi nave.

El padre Villaescusa, visiblemente inquieto, adelantó un paso hacia el conde.

—Espero que Su Señoría comprenda la incongruencia de ese símil y de semejante historia en este lugar, donde todos somos célibes y probablemente castos. Y espero con fundamento que su presencia en este Santo Tribunal no tendrá como fin contarnos las excelencias de la mar y de la vida marinera. Como puede ver Su Señoría, aquí somos gente seria.

Al mentar la castidad, varias cabezas se habían movido hacia el padre capuchino: unas enfurruñadas; otras, visiblemente irónicas. El conde sólo sonrió, aunque comedidamente.

—¿Y piensa Su Merced que en la mar no somos serios? ¿Sabe Vuesa Merced qué es un tornado, y cómo puede defenderse un barco de su furia incontenible?

El Gran Inquisidor se decidió a imponer cierto orden.

–Confieso que me gustaría escuchar de labios del señor conde cómo los barcos escapan al peligro del viento y de la mar, porque también soy hombre de tierra adentro, y el viaje que hice a Italia en mi juventud no fue en galera, sino a lomos de mula, pero convengo con el padre Villaescusa en que éste no es el lugar adecuado. Y estoy también de acuerdo en que el señor conde no habrá venido aquí a contarnos sus aventuras.

–Por supuesto, Excelencia, he venido para ser interrogado, pero, hasta ahora, nadie me ha hecho ciertas preguntas que esperaba. Me tiene dispuesto a contestarlas.

–¿Tengo venia para empezar, Excelencia? –preguntó el padre Villaescusa al Gran Inquisidor. Y éste se la dio.

Al padre Villaescusa le corría el sudor por las mejillas, le hacía brillar la frente y la tonsura ya casi calva. Se limpió con el conocido pañuelo de color, que desde el primer momento había parecido basto al padre Enríquez, O.S.D., le habría parecido ordinario, digno de un cristiano viejo tan ostentoso como el padre Villaescusa. El conde le miraba expectante, al capuchino, y su rostro aparecía seco. El pañuelo del capuchino hedía; el conde se sacó de la manga el suyo, blanco y bien encajado, y se lo ofreció. El padre Villaescusa, después de enjugarse con él, y al devolvérselo, le preguntó:

–Y, Su Señoría, ¿por qué no suda?

El conde se echó a reír.

–Eso va en humores, padre. Se conoce que los nuestros son diferentes. Aunque le conviene no olvidar que los aires marinos secan la tez y la curten. Quizá sea por eso.

–Sea por lo que sea, me da igual. Sobre lo que yo quería interrogarle es sobre otra cuestión más delicada. ¿Es cierto que, como dice la voz del pueblo, Su Señoría acompañó al Rey, la noche última, en cierta escapatoria?

–Sí lo es, padre. Le acompañé a casa de Marfisa, la famosa cortesana de la cual los presentes acaso hayan oído hablar.

Dicen que es la mujer más bella de la corte, y que cuenta entre su clientela grandes señores de mucho viso. Si no estuviera donde estoy, me atrevería a decir que también se le atribuyen ciertas relaciones con purpurados, pero ya se sabe lo mala que es la gente. Es una mujer cara: diez ducados de oro por noche, y no suele hacer rebajas, aunque es de suponer que, de vez en cuando, tendrá algún capricho. Es frecuente en mujeres de esa profesión, aunque poco recomendable. Si Su Paternidad desea saber por qué, puedo explicárselo.

El capuchino hizo un gesto de asco.

—Me basta con mi ciencia, caballero.

—Sin embargo, conviene saber de todo.

—¿Fue lo del Rey uno de esos caprichos?

—Le aseguro que no, padre. Los diez ducados tuve que pagarlos yo. El Rey no llevaba numerario suficiente. ¡Medio ducado de oro en una faltriquera que suele estar vacía! Por cierto que debería pensarse en modificar algunos detalles del protocolo: medio ducado para esa clase de servicios quizá estuviese bien en tiempos del Gran Duque de Borgoña; pero, desde aquellas calendas, han cambiado mucho los precios.

—¡Por lo que el Rey no debería pagar un solo maravedí! —dijo una voz apasionada y lejana, mientras el Gran Inquisidor sonreía.

El padre Villaescusa pidió que no se apartasen del tema.

—Reverencias, nos hallamos ante un caso confeso de alcahuetería, cuyo juicio a nosotros no nos corresponde sino al brazo secular. Remitamos a él al señor conde, que tendrá que pechar con unos años de galeras.

—Lo haría de buena gana, si hubiera delinquido, pues se pasa mejor amarrado al duro banco que en una mazmorra de las cárceles corrientes. Pero me niego a aceptar eso de la alcahuetería.

—Yo creo que está claro —dijo el padre Villaescusa— y, además, Su Señoría ha confesado.

—No, padre. Yo no confesé, conté, y no conté todo. Porque lo que sucedió fue lo siguiente: me hallaba yo en un salón de la corte...

—¿Y qué hacía Su Excelencia en un salón de la corte, siendo como parece ser el comandante de una armada?

—Había venido a entregar al fisco el quinto de mis presas, que corresponde al Rey. Un saco de ducados, en este caso, o, más exactamente, de libras esterlinas, que así se llama la moneda inglesa. Y el Rey me descubrió, se acercó a mí, me preguntó quién era, y qué hacía allí tan solo, y yo se lo dije. «Entonces, si no eres de aquí, no sabrás dónde vive una tal Marfisa, con la que me gustaría pasar la noche.» «Yo no lo sé, señor, pero puedo averiguarlo.» El Rey, entonces, dirigió una mirada a los grandes, a los nobles, a todos los cortesanos que, en grupos, hablaban y reían, los que no se quejaban o se aburrían, en el salón. «Todos ésos lo saben.» «Pues yo no tardaré en saberlo.» Me aparté del Rey, brujuleé y volví con las señas exactas. ¿Hay en esto delito? «Te agradezco el informe.» «Pero, ¿va a ir sola Vuestra Majestad a un lugar tan conocido? Tengo entendido que las noches de la corte son especialmente peligrosas.» «Si alguno de ésos me acompañara, mañana lo sabría todo el mundo.» «A mí no me conoce nadie, Señor, y tengo carroza y una espada bien probada en lides más difíciles que un asalto nocturno. Me ofrezco a acompañarle.» «Entonces, espérame esta noche, con tu carroza, en la esquina sureste del Alcázar. Iré de negro, y estoy seguro de que me reconocerás en las sombras.» «No lo dude, Majestad. Le reconocería en el mismísimo infierno.» Y eso fue todo, señores, lo que yo considero un servicio de protección a la persona del Rey.

—Y mientras el Rey fornicaba, ¿qué hacía Vuesa Señoría?

—Dormir, padre, no le quepa duda. Dormir en un sillón incómodo, con el cuello despechugado, la cintura floja y las botas al lado de mis pies. Así hasta que el Rey me despertó, ya vestido, y me dijo que nos fuéramos. Por cierto que traía la cara pasmada. Le pregunté si le sucedía algo. Me respondió que, por primera vez, había visto una mujer desnuda y que no sospechaba que pudiera ser así, tan distinta y tan bella, lo cual no deja de ser raro en un hombre de veinte años que, además, está casado.

–No olvide Su Señoría que lo está con una reina.

–Sí, eso tengo entendido, aunque yo no la conozco. De su padre tengo algunos informes. No era muy escrupuloso en eso de mujeres, de modo que a la Reina no debe sorprenderle que su marido busque solaz en otros lechos.

–¿Está Su Señoría justificándolo?

–No, Reverendo Padre. Me limito a explicarlo.

–Hay explicaciones que implican un razonamiento a favor.

–La mía no aspira a tanto.

El padre Enríquez, a quien el debate comenzaba a aburrir, pidió la palabra. Y cuando se la dieron, espetó al conde de la Peña Andrada:

–¿Y Vuesa Señoría cree que esa ocurrencia del Rey de ver a la Reina desnuda tiene alguna relación con lo que acaba de contarnos?

–Creo, reverencia, que es efecto de esta causa. Un efecto lógico. Y necesario, además. Los jóvenes que andan por el mundo no deben ser inocentes, sino experimentados. ¿Y qué menos que pedir un esposo que saber cómo es el cuerpo de su esposa?

Metió baza el padre Villaescusa, temeroso de que el padre Enríquez, reputado de tolerante, le arrebatase el protagonismo.

–Su Señoría, ¿vio muchas mujeres desnudas? ¿Las vio con complacencia?

–Reverendo padre, más de la mitad de las mujeres que hay en el mundo andan sin ropa. No sólo en los mares del Sur, que no se sabe si son mujeres o sirenas, sino también en otros lares. Pregunte al padre Almeida.

El padre Almeida recogió el envite con seriedad.

–Tiene razón el conde. Las mujeres de las tribus que yo cristianicé también andaban desnudas, y supongo que seguirán así.

El padre Villaescusa se volvió hacia él con furia.

–¿Y no las obligó Vuesa Paternidad a vestirse? ¿No era ésa la primera misión de su ministerio?

–Yo, padre, les enseñé que el Hijo de Dios había muerto por todos los hombres, también por ellos, y que les esperaba en el paraíso.

–¿Un paraíso para gente desnuda?

–No sabemos cómo está en el paraíso la gente que lo ha merecido, pero sospecho que no se habrán llevado sus ropas consigo.

Había oscurecido, y a la luz escasa de los cirios, todas aquellas caras parecían fantasmas. Pero en los fantasmas ya no creía nadie. Menos que nadie, el jesuita y el conde.

Capítulo 3

1. El padre Villaescusa entró en el despacho del Valido lo que se dice derrengado: por el trabajo mental de aquella tarde, por el calor, que no se iba con el sol, sino que persistía como un recuerdo de plomo: arrastraba los pies calle adelante, y cada tantos pasos se detenía para secarse el sudor con el gran pañuelo verde. Nada más atravesar la puerta por donde entraban los confidentes, se dejó caer en un sillón y pidió agua y algo para abanicarse: le dieron un expediente de nobleza de los que se amontonaban en la mesa del Valido, pero el agua hubo que traérsela; en el ínterin, el Valido suplió el retraso con una copa de aguardiente del que él bebía en los momentos de depresión, cuando desesperaba de tener un hijo, cuando las malas noticias de los reinos le embarullaban la cabeza y le aplastaban el corazón. La llegada del agua pareció despegar la lengua del padre Villaescusa del paladar al que se había adherido y que ni el aguardiente bastara para liberarla, quizá por razón de estricta moralidad. Emitió un suspiro prolongado.

–Esto va mal, Excelencia –dijo al Valido.

Y el Valido le respondió preguntándole:

—Y esto, ¿qué es? —porque en aquella cabeza en tal momento, muchas preocupaciones podían señalarse con el mismo pronombre demostrativo.

—Me refiero, Excelencia, a los pecados del Rey; pero, si lo pienso bien, hay algo mucho más grave: el Santo Tribunal de la Inquisición está en manos sin fuerza, no por debilidad, sino por poltronería. Todo el mundo sabe mucho, pero nadie cree en nada, ni siquiera en lo que sabe. ¿Imagina Vuestra Excelencia cuál fue el resultado de toda una tarde de disputas? El nombramiento de cuatro comisiones con el cargo de averiguar si, de acuerdo con la doctrina, los Reyes Nuestras Majestades están realmente casados; si hubo o no hubo adulterio en los devaneos del Rey, Nuestro Señor; si es o no pecado que el Rey vea a la Reina desnuda y, ¡asómbrese Vuesa Excelencia!, si los pecados del monarca influyen o no influyen en las dichas o desdichas de estos reinos. En los tiempos que corren ya no hay doctrinas estables. Para volverse loco.

El Valido, que se hallaba de pie junto a su mesa, dio unos pasos en silencio hasta la ventana abierta, respiró el aire que ascendía desde el Campo del Moro, y hasta se detuvo unos instantes en la contemplación del horizonte, donde un resplandor colorado señalaba el lugar por el que acababa de ponerse el sol; después volvió sobre sus pasos.

—¿Y Vuesa Paternidad propone algún remedio?

—A la larga, Excelencia, sustituir al Gran Inquisidor en el caso de que aparezca alguien dispuesto a semejante sacrificio ¡con el desbarajuste que le espera!, pero el remedio a la corta tenemos que acordarlo ahora mismo Vuesa Excelencia y yo.

—¿De qué remedio se trata?

—De impedir que el Rey vea a la Reina desnuda. Los pecados de la noche pasada son suficientes para poner en peligro la monarquía, y, con ella, la verdadera cristiandad; si a ello se añade esta monstruosa contemplación prohibida por las leyes humanas y divinas, no me atrevo a imaginar lo que va a ser de nosotros.

–¿Se refiere Vuesa Paternidad a usted y a mí?

–Me refiero, como Vuesa Excelencia puede comprender, al porvenir del único país que en el mundo defiende la doctrina de Dios y de su santa Iglesia.

–Usa usted de palabras mayores.

–Las que vienen al caso.

El Valido volvió a recorrer la distancia entre la tremenda y sobrecargada mesa y la ventana, y pareció que su mirada resbalaba por los cielos desnudos hasta perderse en la línea rosada del poniente: la verdad fue que intentaba desalojar su mente del recuerdo de su esposa, desnuda en el lecho, pidiéndole que se desnudase también.

–¿Y dice Vuesa Paternidad que el Gran Inquisidor flojea?

–¡Es la Santa Inquisición entera, Excelencia, la que ha dejado de ser la mano dura del Señor para convertirse en un salón donde se charla en castellano sin que nadie se apasione por lo que se discute, y donde le dan a uno un refrigerio cuando lo creen cansado en vez de dar satisfacciones a la santa ira!

–Eso, ya ve usted, en tardes como la de hoy, no me parece mal. A mí mismo me apetecería ahora un poco de aguardiente con agua helada. La tarde ha sido de muchísimo trabajo, a pesar de ser domingo. ¿Sabe que las noticias de la flota se demoran? ¿Y que no sabemos nada de la guerra de Flandes? Pues los banqueros genoveses nos acucian, y si la flota se retrasa, o nos la roban, no tendremos dinero para dar de comer al Rey.

El capuchino se santiguó ostensiblemente, se santiguó con el grueso crucifijo que colgaba de su rosario.

–¡Alabado sea Dios! Que Él me perdone si hay soberbia en mis palabras, pero no le vendría mal al Rey, y a la corte entera, una semana de ayuno, y aun de penitencia, con cilicios y disciplinas.

—Probablemente tiene usted razón, padre; pero, ¿qué pensarían de nosotros en las cortes extranjeras? Aunque no sea más que por el decoro de la monarquía...

Por la ventana abierta entró, volando, un pajarillo. Venía sin fuerzas, y fue a posarse en el regazo del padre Villaescusa: movía las alas cansadas y respiraba anhelante por el pico abierto.

—Viene muerto de sed —explicó el fraile, y el Valido le respondió:

—Habíamos olvidado el agua y el orujo. Procede de mis viñas de Loeches, y es bastante sabroso.

El fraile acariciaba el lomo del pajarillo, y le ayudaba a mover las alas. El Valido llamó, y un ujier trajo el agua helada: una jarra grande, de plata, y dos vasos de cristal. El pajarillo bebió ávidamente, ensayó unos vuelos por la habitación y salió por la ventana. El padre Villaescusa, con el vaso en la mano, y el agua turbia por el chorro del aguardiente, lo vio partir y se extendió en consideraciones sobre la libertad de las aves y su descuido, al que Cristo se había referido. El vaso del Valido reposaba en una esquina de la mesa, mediado ya, y algo más turbia el agua que la del fraile.

—Podíamos seguir hablando de nuestro caso, ahora que hemos refrescado los gaznates.

—¿De cuál de ellos, Excelencia? No los gaznates, los casos.

—Yo no veo más que uno, o a uno solo se puede reducir la múltiple apariencia. ¿Me aconseja Vuesa Paternidad que mande venir al Nuncio y le pida la sustitución del Gran Inquisidor?

El fraile se llevó las manos a la cabeza, aunque sin soltar el vaso.

—¡No haga Vuesa Excelencia semejante disparate! El Nuncio es italiano, y su palacio goza de mala reputación en la ciudad. Y el Gran Inquisidor pasó en Italia sus años mozos, y allí se contagió de la flojera romana. Yo despacharía un correo especial a nuestro embajador con el encargo de llevar personalmente, y en secreto, las gestiones. Habría que enviar un relato fidedigno de todos los sucesos, pero no encomendado a la pluma de ningún leguleyo, menos aún de un covachuelista, por buena letra que tenga, porque, señor, el resultado sería la interpretación de mis palabras recibidas por Vuecencia, transmitidas a un secretario, y éste al escribidor. ¿Qué quedaría de mi relato?

–¿Me propone Vuesa Paternidad la redacción directa del documento?

–Al menos, señor, de su parte narrativa. Soy un testigo de buena memoria.

–Puedo añadirle, querido padre Villaescusa, que con esa narración de los hechos irá la propuesta de que sea usted nombrado para el cargo.

El padre Villaescusa cayó de rodillas. Y no pudo reprimir un aspaviento entre estupefacto y alegre.

–¡Excelencia! ¡No son tantos mis méritos! No sé si mi humildad me permitirá aceptarlo.

–Si viene de la Santa Sede, firmado y sellado por el Papa, no le quedará otro remedio. Pero eso se demorará unos meses... Dos viajes de correos, ¿cuánto tiempo de gestiones sigilosas? Comparto con Vuesa Paternidad la prisa por salir del embrollo. ¿Qué es lo que me propone?

El padre Villaescusa, que se había levantado ya, aunque con semblante menos humilde, con el semblante del preconizado Gran Inquisidor, respondió con voz bastante hueca.

–Excelencia, en sus manos están los recursos palaciegos. Yo, por mi parte, manejaré los espirituales si tengo autorización para ello.

–Déla por recibida, pues.

El padre Villaescusa, a partir de aquel momento, dio rienda suelta a las muchas imaginaciones que su mente había elaborado y que se precipitaban hacia la realización inmediata. Pero no puedo por menos que imaginarse como un gran pulpo cuyos tentáculos acogían al Valido y al Rey, a la monarquía y al mundo. Pensó que aquella imagen venía del Diablo, pero no la rechazó, y se sintió pulpo revestido de púrpura, y con poderes de Gran Inquisidor.

2. Mademoiselle Colette, con apariencia bastante menos que de cuarentona y reputación en ciertos medios palaciegos de muy alegre en la cama, de verdaderamente juguetona, se disponía a salir, cuando la Reina la vio por el espejo y le chistó. Se hallaba la Reina en su gabinete, lleno de cosas de Francia, frívolas y alegres, que ninguna de sus damas españolas podía ver, porque no las encontraban elegantes: el espejo con marco de plata, la cómoda pintada de amorcillos desnudos, y, sobre todo, aquel armario en cuyas puertas campeaban Adán y Eva sin hojas de parra...; con todo al aire. Ni el Rey se había atrevido nunca a mostrar aquella desvergüenza, porque el Rey, los más de los días, solía vestir de negro, ¡tan severo!

–Acércate –dijo la Reina a su doncella de confianza, la que le había acompañado desde París, la que en París de la Francia la había tenido a su cuidado durante algunos años–. Acércate más, Colette, y habla con cuidado.

–Nadie entiende el francés de los que pueden estar cerca...

–Aun así... En los palacios de los reyes siempre hay más soplones que ratas.

–Como mande Vuestra Majestad.

–También puedes sentarte, aquí a mi lado, en esta silla. Lo más cerca posible.

Colette se sentó muy satisfecha.

–Sí, Majestad. Gracias.

–Ahora, háblame de lo que habla todo el mundo.

–No puedo añadir nada que la Reina no sepa. Lo de que el Rey anda mustio ya se lo he comunicado.

La Reina suspiró, y dejó sobre el *boudoir* que había sido de su madre, el peine de plata con que se había peinado.

Capítulo 3

–¡Pobre marido mío, las cosas que le ocurren! Tú, en mi caso, ¿qué harías?

–Desnudarme en la cama, sin pensarlo.

–¿Lo has hecho alguna vez?

–Desde que tengo uso de razón, Majestad, no he dejado de desnudarme cuando hubo ocasión. Mi madre me enseñó que las cosas deben hacerse bien. Por eso sirvo a Vuestra Majestad con la perfección que lo hago.

–No tengo queja de ti, Colette, muchas veces te lo he dicho. Pero, eso de desnudarme en la cama, ¿sabes si lo hacía la Reina de Francia?

–El Rey difunto, su padre, que Dios tenga en su gloria, no lo hacía de otra manera.

–¿Lo sabes porque te lo han contado, o porque lo has visto? Eras muy joven, cuando murió mi padre, el Rey...

–No tan joven, señora, que el Rey su padre, a quien Dios haya recibido en su seno, lo mismo como hugonote que como católico, cada vez que me encontraba a solas, y fueron muchas, no me dejaba encima más que los zapatos, porque medias no las llevé jamás. Ni con el frío de esta corte.

–¿No eres muy desvergonzada, Colette?

–¿Cómo quiere Su Majestad que sea, viviendo siempre en palacio? Por estos corredores no prospera la decencia.

La Reina la miró un momento y después volvió la cara al espejo, alumbrado por dos candelabros recargados de velas.

–¿Me encuentras bien, Colette?

–La encuentro como nunca.

–¿Tú crees que gustaría al Rey, así como estoy, sin pintarme la cara?

–Vuestra Majestad debería abandonar el colorete para toda la vida. Se lo tengo dicho muchas veces.

La Reina se contempló los ojos, multiplicados en el espejo por las luces.

–¿De manera que piensas que debo esperar al Rey desnuda en la cama?

Colette dio un ligero grito.

—¡Eso, jamás, Majestad! Que se tome el trabajo de desnudarla.

—¿Sin hacer muchos remilgos?

—Sólo los necesarios, y sin insistir demasiado.

La Reina meditó un momento, sin dejar de mirarse a los ojos.

—Colette, en cuanto me siente a cenar con esas arpías que me acompañan, vas en busca del Rey, y le dices que lo espero a las once. ¿Te parece buena hora, las once? Los corredores suelen estar vacíos, a esa altura de la noche.

Colette se levantó e hizo una reverencia.

—Majestad, para una cita de amor todas las horas son buenas.

Dio un paso atrás, repitió la reverencia, y salió del gabinete. Entre las muchas imágenes que le devolvía el espejo, la Reina eligió la más favorecida.

3. La duquesa viuda del Maestrazgo, dama mayor de la Reina, lo había sido también de la reina anterior, y si al llegar la nueva de Francia, había continuado en el cargo, a su gran conocimiento de las cosas de palacio se debía; si bien es cierto que no había estado en su mano ayudar a su primo a que ascendiese al cargo de Valido, no le estorbaba nada, porque se llevaban bien, habían jugado juntos de niños, y probablemente, los primeros muslos de mujer vistos por el que ya se encaminaba a todopoderoso cuando aún no sabía en qué se distinguían de los de los varones, habían sido los de ella. La duquesa viuda del Maestrazgo mandaba con modos absolutos en el mundo femenino de palacio, y entre ella y su primo había el convenio tácito de que lo hacía por delegación asimismo tácita, con intercambio de secretos y reparto de beneficios. La duquesa viuda del Maestrazgo era sólo un año mayor que el Valido, y, a no dudarlo, al quedarse viuda, se habría

casado con él si él no hubiera sentido prisa por hacerlo con doña Bárbara, y no por razones honestas de conveniencias familiares o personales, sino sólo porque doña Bárbara le gustaba y quería acostarse con ella. No obstante lo cual, la duquesa viuda no guardaba rencor a la mujer de su primo, y lamentaba de corazón que el cielo no les diese descendencia. «En sólo dos años que estuve casada con mi marido traje al mundo dos pingajos de niñas que no hay quien las eduque; casada con mi primo, hubiera traído a lo mejor una docena, y aunque algunos se hubiesen muerto, siempre quedaría un remanente que satisficiera las ansias de paternidad de mi pobre primo. A cambio, yo mandaría en mi casa, y en el palacio de Loeches, y en dos o tres sitios más, pero no en el Alcázar.» Cuando recibió el ruego del Valido de que se acercase a su despacho en el momento en que sus trabajos se lo permitiesen, se apresuró a satisfacerlo: estaba bonita, aquella tarde calurosa de domingo, con ropas ligeras y un escote algo más generoso de lo que su confesor le permitía; pero su confesor ya ponía límites a su escote contando con que habían de ser rebasados.

El Valido estaba ensimismado, y tardó en darse cuenta de que su prima había entrado, y de que esperaba sonriendo y quizá riéndose de él, que tomaba tan a pecho las cosas del gobierno y de Sus Majestades los Reyes.

—¿Sabes para qué te pedí que vinieras?
—Me lo supongo.
—Estarás enterada del capricho del Rey.
—Lo está todo el palacio, la ciudad toda, y pronto lo estarán los reinos de esta monarquía.
—¿Y qué piensas?
—Que le estás dando demasiada importancia a eso que tú llamas un capricho. Son cosas, pienso yo, eso de que dos esposos duerman desnudos en la misma cama, que no deberían trascender de las paredes de su cuarto.
—Pero, ya ves, han trascendido. Y si por una parte el protocolo se opone, los curas quieren meter baza en el asunto.

—El protocolo está anticuado, y a los curas no hay que dejarles que se propasen.

—Pero lo han hecho.

La duquesa se había sentado en un sillón, más bien espatarrada, delante de la ventana, y, a espaldas del Valido, se había remangado las polleras y aireaba sus interioridades recalientes. Aun así, hablaba con fatiga y se abanicaba el rostro con la mano. El Valido le ofreció un refresco, y ella lo aceptó. El Valido le acercó la copa de agua fría, con un chorrito de aguardiente, y ella, al sentir que se acercaba, bajó rápidamente las faldas. Sólo después de haberse refrescado el gaznate un par de veces, preguntó:

—¿Me has llamado sólo para estos comentarios o quieres algo de mí?

—Sí. Quiero que evites que el Rey duerma con la Reina, al menos mientras no lleguen noticias de la flota y de la guerra de Flandes.

La camarera mayor le devolvió el vaso vacío.

—Lléname otra vez esto y duplica la ración de aguardiente. ¿Qué tiene que ver el capricho del Rey con la flota y con la guerra de Flandes?

—Que llegue la flota a Cádiz, que se gane o se pierda en Holanda, depende de los pecados del Rey.

La camarera mayor se rió francamente.

—No me explico cómo el país está lleno de imbéciles que crean en esas cosas.

—Lo opinan los teólogos.

—Aunque lo opine el Moro Muza.

—Yo no puedo oponerme a los dictados de la Iglesia.

—Siempre es posible encontrar un grupo de frailes que opinen lo contrario que otro grupo.

El Valido arrastró un escabel y se sentó delante de su prima, de espaldas a la ventana.

—Lo malo es que eso ya ha sucedido, y que nos empantana.

—Pues yo, en tu caso, buscaría un tercer grupo de frailes y antes de consultarles les echaría bien de comer.

—Tú lo ves todo muy fácil, pero las cosas son más complejas de lo que crees.

—Y por eso, porque sean complicadas, ¿vas a privar a esos muchachos de retozar desnudos?

—¿Lo has hecho tú con tu marido?

La camarera mayor, antes de responderle, echó al coleto un buen trago del agua con orujo: ya no estaba fría, pero el aguardiente reanimaba los miembros fatigados.

—En primer lugar, cuando se casó conmigo, el duque ya no era un muchacho, y el reuma adquirido en la vida de la mar no le permitía moverse a gusto. En segundo lugar, las galeras que mandaba, y el Gran Turco, y todas esas cosas, le importaban más que yo. Cuando nos casamos, nada más quedar solos, me apechugó contra un rincón y me dejó preñada. Con eso consideró que había cumplido con su deber, y volvió a las galeras. Y una vez que fui a encontrarme con él en Valencia, volvió a apechugarme, esta vez en un rincón de su cámara de capitán general, y a dejarme preñada. A la salida de Valencia le esperaban los turcos, y una pelota no sé de qué corsario le perforó la popa y le hundió la galera. Como no sabía nadar, murió ahogado. Debo añadirte que, si bien no podía vivir sin la mar, el agua dulce y el jabón nunca merecieron su simpatía. Olía a chusma, el condenado, y si olía vestido, ¿cómo sería en pelotas? Además, según lo que acabo de contarte, no me dio tiempo, ninguna de las veces, a insinuarle que se desnudase.

—Sin embargo, a él le debes lo que eres.

—Eso no lo he negado nunca. La verdad es que se lo debo al pobrecito, pero sólo porque se murió. Si llega a saber nadar...

El cielo se había oscurecido, y la camarera mayor sólo veía de su primo la oscura silueta. El Valido, de repente, se levantó: ella le oyó rascar el pedernal sobre la yesca, y apareció una vacilante claridad amarillenta.

—¿No crees que entra demasiado fresco por la ventana?
—Cierra si quieres.

El Valido cerró. La duquesa se había levantado, había arrastrado el sillón hasta la mesa, y volvió a sentarse.

—Bueno, vamos a lo nuestro.
—Y, lo nuestro, ¿qué es?
—Que impidas por todos tus medios que el Rey visite esta noche a la Reina. Yo lo haré también por los míos.

Ella se levantó.

—Me parece muy bien. Siempre conviene asegurarse.
—¿Qué es lo que puedes hacer?
—Hay un corredor, con tres puertas, que va de una cámara a la otra. Tradicionalmente, el cierre de cada una de esas puertas tiene su significado. Será la primera vez que se cierren las tres, al menos que yo sepa.

El Valido se levantó.

—Bien. Yo me encargaré de las otras entradas. Y ya te tendré al corriente.
—¿Y cuando mañana la Reina me pregunte?
—La respuesta es cosa tuya. Ya sabrás inventar alguna mentira.
—¿Que si sabré? No hago otra cosa todos los días.
—¿A mí también?

La duquesa se aproximó al Valido y le dio un beso en la mejilla.

—Nunca has sido una excepción en palacio.

El Valido quedó solo, sentado ante su mesa, con la sensación de que aquél era el primer beso casto que su prima había dado en su vida.

4. El padre Fernán de Valdivielso tenía su celda en un cuartucho alejado, hacia la torre del noroeste, lugar al que le habían destinado por el frío, a ver si moría de una vez: porque el padre Fernán de Valdivielso duraba demasiado, más de

ochenta años sobre las costillas, y un remoto pasado militar distinguido en todas las guerras del imperio bajo el mando remoto de Su Majestad don Felipe II, el Grande. Por qué se había metido a fraile no lo sabía nadie, pero la verdad era que, al ser elegido como confesor real, la orden a que pertenecía se había desembarazado de él con la entera satisfacción de sus autoridades, porque un hombre, por muy fraile que fuese, que se había acostado con italianas, flamencas, francesas y turcas (que se supiese) no podía servir de ejemplo a quienes sólo tenían a mano españolas, y de lo más pacatas. El padre Fernán de Valdivielso llevaba varios años dirigiendo la conciencia del Rey, y lo hacía con la manga ancha del antiguo soldado, buen conocedor de conductas y conciencias, y que cada vez que se le presentaba un problema difícil, antes que consultarlo con los libros o con los maestros vivos, echaba mano de sus recuerdos. Al padre Fernán de Valdivielso, los que deseaban que el Rey continuase por el camino de perdición que llevaba, le deseaban larga vida, pero quienes aspiraban a apoderarse de la conciencia del Rey, y dirigirla, esperaban su muerte y ponían todos los medios legales para que acaeciera cuanto antes. Por eso, de una celda soleada que daba al patio de armas, lo habían relegado a aquel cuchitril helador al que el sol jamás llegaba. El padre Fernán de Valdivielso se defendía a su modo, con mantas y braseros. Como estaba muy viejo, pasaba de la cama al sillón y viceversa, sin otros itinerarios que los indispensables para mantenerse en orden con la naturaleza, pero sabiendo que en uno de esos paseos le llegaría la hora y quedaría en el camino. El Rey le tenía afecto al viejo capitán, y muchas mañanas, en vez de contarle sus pecados, lo que hacía era escuchar de sus labios el relato de antiguas batallas, cuando las tropas del Rey peleaban con la seguridad de la victoria. «¡Qué hermosos tiempos aquellos!» No obstante lo cual, el padre Fernán de Valdivielso había llegado a la conclusión de que las guerras eran unas barbaridades, y que despanzurrar hugonotes era una operación desagradable, por muy bendecida que fuera por la Iglesia. En realidad, el padre Fernán de Valdivielso, si no se hubiera refugiado en aquel chiscón de la torre noroeste, hubiera acabado en la hoguera.

Cuando, aquella tarde calurosa de domingo, el Rey llamó a su puerta, el padre Fernán se hallaba traspuesto, y nada incómodo con el calor, que le calentaba los huesos. No oyó el suave golpe de los nudillos del Rey, de manera que éste abrió la puerta y asomó la cabeza desgalichada, de cuyo cuello colgaba un cordoncito con el Toisón de Oro. El fraile no se movió. El Rey se aproximó al sillón, y tocó una mano del fraile: éste entreabrió los ojos.

—Creí que habías muerto —le dijo el Rey, y el fraile le contestó:

—En cualquier momento puede pasar, eso de irme al otro mundo. Me bastará un ruido un poco fuerte o un estornudo.

El Rey aproximó un escabel y se sentó. Miraba con cariño al confesor.

—Hablaré bajo.

—¿Qué sucede en palacio, para que venga Vuestra Majestad a estas horas?

—En palacio lo de siempre.

—¿Entonces?

—Me quiero confesar.

El rostro del padre Fernán manifestó toda la sorpresa posible en una cara casi enteramente inmóvil.

—¿A confesarse un domingo por la tarde? ¿No habrá hecho Su Majestad alguna de las suyas?

—En todo caso, padre, lo de siempre. Pasé la noche con una prostituta.

—¡Teniendo una mujer tan guapa!

—Como si no la tuviera. Sólo me dejan verla de vez en cuando, y dormir con ella cuando hay que preñarla porque así conviene al Estado. Pero eso no lo decido yo, sino esos que mandan.

Capítulo 3

—La costumbre cristiana de dormir los esposos juntos evita muchos males. Los cuerpos se conocen y saben cuándo uno necesita del otro.

—Pero está mal visto entre ciertas gentes.

—¿Y si a Vuestra Majestad se le ocurre...?

—Se me ocurre muchas veces, pero hay por el medio puertas y trámites.

El padre Fernán alzó los brazos en la medida en que podía.

—¡Vaya por Dios!

—Es que, además...

—¿Existe un además?

—Sí, padre. Yo quería ver a la Reina desnuda.

—¿Y qué?

—Que lo prohíben todas las leyes divinas y humanas.

—De las humanas, no entiendo mucho, pero, de las divinas... ¿Te das cuenta de que la primera vez que un hombre y una mujer se unieron estaban desnudos?

—Pero, padre, ¿ése no fue el pecado original?

—Eso lo dicen los que no entienden ni de ese pecado ni de otros. Comer del árbol del bien y del mal nunca quiso decir fornicar. Eso, seguramente, lo venían haciendo Adán y Eva con toda regularidad desde que se encontraron juntos la primera vez. Estoy seguro de que fue lo primero que hicieron. Es lo lógico, ¿no? Para eso los había hecho Dios.

—Pues esta mañana, cuando intenté entrar en los aposentos de la Reina, se me interpuso una cruz. Y yo, claro...

—¡Los hay exagerados!

—Pero yo me encuentro a su merced.

—A mí no me es dado abrir ni cerrar puertas, pero si le valen mis palabras, contemple a Su Majestad la Reina como le dé la gana, vestida o desnuda. Es la Reina, es cierto, pero también es la esposa de un muchacho joven...

—Me temo que la tranquilidad de mi conciencia no me sirve de nada. En primer lugar, porque ignoro lo que ella opina. ¿Qué cosas pueden haberle dicho? En segundo lugar, esas puertas...

El padre Fernán hizo un esfuerzo inútil por incorporarse un poco.

—Póngase de rodillas Vuesa Majestad, porque voy a absolverle. Sólo le recomiendo que si fracasa esta noche, espere a otra, y en ningún caso se le ocurra volver de putas.

El Rey bajó el semblante, una especie de mancha rubia y espiritada en medio de la penumbra. Después se arrodilló, y el fraile le echó la absolución.

—Cierre la puerta con cuidado, Majestad. Ya le dije que un ruido fuerte puede matarme. Aunque, para vivir así...

Cuando el Rey hubo bajado media docena de escalones, apareció por allá arriba, cerca de las vigas del techo, una cabeza rapada y astuta, la cabeza de un hombre que bajó rápidamente por otras escaleras nada seguras, por cierto; una escalera que crujía y se bamboleaba, aunque ambas cosas discretamente. El espía de la cabeza rala la bajó sin grandes precauciones, y cuando el Rey llegó al dédalo de los corredores y empezó a orientarse en ellos, un arcabucero cachazudo con su escopeta al hombro, ascendió por la misma escalerilla, se detuvo ante la puerta del padre Fernán de Valdivielso y disparó un tiro hacia el vigamen del chapitel, un disparo de pólvora sin plomo. Se echó al hombro la escopeta humeante y descendió. El estampido recorrió los ámbitos vacíos, atravesó las paredes más livianas y sorprendió al Rey ante un cruce de pasillos, dudoso del camino que debía tomar. «¡Ya está ahí la tormenta! ¿No cogerá desprevenido a mi confesor?» Y eligió el corredor de la izquierda, que le dejó justamente frente a la entrada de sus aposentos. Los soldados que la guardaban presentaron armas.

5. Entró el ujier en el despacho del Valido, por la puerta secreta, o quizá solamente trasera; tosió, y cuando el Valido volvió la cabeza, hizo la reverencia.

Capítulo 3

—El fraile ya está ahí —dijo.
—¿Es que quiere verme?
—Eso manifestó, al menos.
—Pues que pase.

El padre Villaescusa tardó en entrar, hecho un lío de reverencias y rosarios.

—¿Sucede algo, padre?
—Una desgracia inmensa, Excelencia. Cuando fueron a llevarle la cena al padre Valdivielso, que todo lo hace en su aposento, lo hallaron muerto.
—¿De muerte natural?
—Eso parece, Excelencia. Estaba en su sillón, envuelto en una manta, como siempre. ¡En una manta, con la tarde que hace! Es muy posible que haya muerto de calor.

Si el Valido percibió la ironía de la respuesta del fraile, no se dio por enterado.

—Que le hagan los funerales, y lo entierren dignamente.
—En eso estamos, Excelencia.
—¿Algo más se le ofrece, padre?
—Hay que sustituir al difunto...
—Es un trámite largo, usted lo sabe. Ante todo, tiene que hablar el Rey.
—Es muy posible que el Rey lo ignore todavía. Cabalmente, hace poco que ha entrado en sus aposentos.
—En tanto permanezca en ellos, lo tenemos seguro.
—¿Me da, pues, licencia para retirarme?

El Valido tardó unos instantes en responder, pareció abstraído, y el fraile respetó su silencio. Por fin dijo:

—Padre Villaescusa, ¿quiere usted sentarse?
—Mi humildad, Excelencia...
—Déjese de cortesías. Ahí tiene su sillón, póngalo frente al mío, y ocúpelo.
—¡Si Vuestra Excelencia lo manda!...

El capuchino quedó sentado ante el Valido, la enorme mesa entre los dos. Quedó sentado, con la cabeza gacha, pero mirando al Valido de reojo. Éste parecía haber vuelto a su mutismo. Mientras duraba, el capuchino echó mano al rosario y comenzó a bisbisear avemarías.

—Déjese ahora de rezos, padre, que ya habrá tiempo para ellos. Tengo que hacerle una consulta. En realidad, usted conoce los antecedentes. Lo que quiero preguntarle es si ha pensado ya sobre mi caso.

—No rezo por otra cosa que por su solución.

—¿Y qué se le ha ocurrido?

—Que en vista de que la Providencia no toma en cuenta nuestros ruegos, habrá que forzarla.

—¿A la Providencia?

—Sí.

—Pero, ¿no es eso un sacrilegio?

—¿Lo son acaso las penitencias, los sacrificios?

—No. Nunca lo he oído.

—El remedio que yo he encontrado, eso que acabo de llamar forzar a la Providencia, es un sacrificio.

—Tendría que ser más explícito, padre.

—Lo seré si Su Excelencia me autoriza a hacerle ciertas preguntas.

—Esa autorización está implícita en la naturaleza de esta entrevista. Le estoy consultando como teólogo y moralista.

El capuchino abandonó el rosario que todavía permanecía entre sus dedos, y cruzó las manos a la altura del pecho. Y, a su vez, se entregó a un mutismo profesional que hizo esperar al Valido, anhelante hasta que el padre Villaescusa dijo:

—Cuando Vuesa Excelencia llega al lecho de su esposa y cohabita con ella, ¿obtiene algún placer?

—Lo mismo que todo el mundo, ni más ni menos que todo el mundo.

—¿Y ella?

—A juzgar por los síntomas, padre, creo que sí. Vamos, estoy seguro de que sí, y, las más de las veces, más aun que yo.

Las mujeres en eso, como Vuesa Paternidad sabe o habrá oído, son un poco más exageradas que los hombres. Al menos gritan más.

El capuchino se llevó las manos a la cabeza.

—¡Dios mío, Dios mío! Es tolerable que los hombres gocen del placer carnal, pero las mujeres deben ignorarlo, al menos las decentes, digan lo que digan los moralistas, que nunca son de fiar. Y también se habrá desnudado alguna vez, ¿verdad?

—Probablemente más de una, padre. Si ella lo pide, ¿cómo voy a negarme? Cuando me casé, me informaron de mi obligación de mantener la armonía conyugal, y también fui advertido de que las mujeres son más débiles, y de que hay que comprenderlas.

El capuchino le miró con dureza, como si todas las cóleras de Jehová se hubieran resumido en su mirada.

—¿Y en esas condiciones espera alcanzar del Señor la merced de la descendencia? ¿Aspira a concebir esos hijos de pecado a que alude el salmista cuando dice: *Et in peccato concepit me mater mea?*

El Valido le devolvió la mirada, no iracunda, de incomprensión.

—También fui informado, padre, acerca de los lícitos placeres del matrimonio.

—Yo no culpo a Su Excelencia, sino a quienes tienen a su cargo la salvación de su alma. ¿Es jesuita su confesor?

—Me fue recomendado por el Señor Cardenal Primado.

—Gente dudosa, los jesuitas. Quieren hacerse con el poder del mundo tolerando las debilidades humanas. Para los jesuitas, todo es pecado venial, y eso en el peor de los casos. En el informe que estoy redactando para Vuesa Excelencia acerca de la sesión del Santo Tribunal de que hemos hablado, me extiendo largamente sobre la actuación de un padre jesuita, ese portugués llamado Almeida, que no sé de dónde viene ni adónde va. Fue el único de los presentes en justificar los devaneos del Rey. Que, por cierto, coinciden en cierto modo con lo que Vuesa Excelencia acaba de confesarme.

—Es que, padre, el protocolo de palacio no influye en mi vida privada, no me afecta, y no creo que mis pecados particulares alteren el destino de los súbditos de estos reinos. El Rey y sus pecados son otra cosa.

El capuchino meditó, mientras su mano diestra buscaba el crucifijo de su rosario y se aferraba a él.

—Efectivamente, el Rey y sus pecados son otra cosa, y las liviandades de Su Excelencia no afectan al destino de la monarquía. Pero, ¿y su destino personal? ¿No han informado también a Vuecencia de que existe una moral para el pueblo y otra para quienes lo dirigen? El pueblo necesita un aliciente para procrear, porque sin eso no tendríamos soldados. Pero a los grandes se les exige otra conducta. A los grandes, el abuso, incluso el uso, de los placeres de la carne, los lleva a la decadencia. Podría poner a Su Excelencia muchos ejemplos, incluso dentro de su propia familia.

—Pero, padre, yo no he buscado el placer fuera del matrimonio. Al menos desde que estoy casado.

—No dudo de que las costumbres de Vuecencia sean ejemplares, pero advierta que lo ejemplar puede no ser lo moral, ni siquiera lo conveniente. Lo ejemplar es lo que se ve desde fuera. ¿Y qué se ve desde fuera? Que Vuecencia no tiene queridas ni va de picos pardos. Eso está bien, pero no basta. Hay que ser ejemplar, además, delante de la cara del Señor, que es quien castiga o premia. El Señor no da hijos a Vuecencia. ¿Por qué?

—Eso digo yo: ¿por qué?

El capuchino alzó en el aire, cara a la luz de los velones, el Cristo de metal que su mano diestra agarraba.

—Ahí lo tienes, crucificado por nosotros. ¿Qué hace Vuecencia en pago de ese sacrificio?

El Valido miró al Cristo alzado; luego inclinó la cabeza y la movió: a izquierda y a derecha.

—Nada especial. Soy un hombre como todos.
—Los mortales nunca podremos saber cómo piensa el Señor, pero los entendidos algo podemos conjeturar de las circunstancias. Por eso, Excelencia, he dicho que hay que forzar al Señor.
—Y yo no lo entendí.
—Quizá yo mismo tampoco. Si lo pienso, no lo entiendo, pero por algo lo dije, y no lo dije en vano: vamos a forzar al Señor, pero a condición de que Vuecencia y, sobre todo, su esposa, renuncien al placer. Con esa condición, yo me atreveré a hacer algo de lo que espero el remedio.
—Algo, ¿qué?
—Si Vuecencia me lo permite, mañana se lo diré. Guarde castidad hasta entonces.

6. El convento de los franciscanos lo habían construido alrededor de una encina, que ofrecía desde entonces en torno a su tronco un banco de tablas para aliviar, aunque no demasiado, las posaderas de quienes buscasen cobijarse allí del sol. Eran, sobre todo, los jóvenes los que acudían a aquella sombra, pero, después del atardecer, nadie osaba sentarse, ni casi atravesar el claustro, porque corría la voz de que sólo tras la puesta del sol el padre Rivadesella mantenía sus entrevistas con el Maligno, en aquella penumbra: a quien, por cierto, quiere decirse al Maligno, jamás el padre Rivadesella llamaba así, sino mi Interlocutor Misterioso, aunque algunas veces se permitiese bromas denominativas, si bien mentales, que había aprendido, de niño, en su Asturias lejana, como llamarle el Trasgu. Aquella tarde de otoño, a causa de la sesión del Santo Tribunal, el padre se había demorado, y cuando atravesó las arenas del jardín, iba temiendo que el Trasgu se hubiera ido, impaciente de tanta espera. De todos modos, se sentó en la parte más tenebrosa, y tuvo tiempo de rezar y de pedir al Señor la protección que necesitaba su alma, y quizá

también su cuerpo, para permanecer junto al diablo sin mayor daño. No era una oración larga, aunque sí intensa; pero aún le quedó tiempo para desesperar y tomar la decisión de esperar un espacio digamos de cortesía, y marcharse después. Su mirada recorría la oscuridad, la perforaba, en busca de algo en cuya forma o cuyo cuerpo el Trasgu se pudiera haber instalado, pues nunca se presentaba bajo el mismo aspecto, aunque jamás lo hubiera hecho valiéndose de objetos desagradables o viles: que si un gallo que se subía a la bancada y acurrucaba su cresta contra el hábito del fraile; que si un pajarillo que se acogía al cobijo de su regazo, que si un perro de buena talla que le lamía las sandalias. Una vez, había sido la rama más crecida de la encina; otra, un remolino de viento, casi corpóreo. Nunca una sabandija, ni un sapo, ni un ciempiés. Los tratos de aquellos dos, al menos de la parte del Trasgu, siempre habían sido delicados. El padre Rivadesella, en cambio, suponiendo que el diablo careciera de olfato, no se privaba de ventear, si le venía en gana.

Ya iba a marcharse el fraile, cuando le pareció que, a su izquierda, la oscuridad se hacía más compacta y que cobraba una forma aproximadamente humana, aunque de un varón muy alto y muy delgado que se hubiera sentado a su lado, y montado una pierna sobre otra. El padre Rivadesella se santiguó y dijo en voz alta: «Ave María Purísima», y el Trasgu le respondió:

—No seas imbécil. Si fuera fe, me echaría a temblar; como es superstición, no me incomoda.

—La costumbre es la costumbre.

—A veces la olvidas.

Era verdad, pero sólo en cierto modo: el hábito de aquellas entrevistas le había quitado al padre Rivadesella el miedo a los infiernos y, a la escena, todo dramatismo: hablaba con el diablo con la misma tranquilidad que si charlase con un viejo amigo, y las palabras que se cruzaban más bien pertenecían a las habituales del brazo secular; de manera que el fraile metió las manos en los bolsillos y se rascó los muslos, que le picaban de calor.

—Ya sabrás la que has armado en las últimas horas.

—Tengo una idea, pero no la he armado yo. Vengo de un viaje largo y aún estoy fatigado y convencido, por si no lo estaba ya, de que los hombres son estúpidos en todas las latitudes.

—Pues tu presencia en la corte se ha manifestado de diversas maneras, como si dijéramos, para que las entendieran todos los caletres. El párroco de San Pedro te vio esta noche flotando en las alturas, y no puedes quejarte, pues le pareciste un hermoso mancebo que dejaba en el aire, al surcarlo, un rastro de plata.

—El párroco de San Pedro es un viejo chocho que ve visiones. Esta noche pasada, ni floté por los aires, ni hubo parejas de brujos fornicadores ni nada de lo que ese pobre viejo dijo haber visto. Lo que sucede es que, con ese catalejo del que disfruta, al verlas más cerca, las nubes se le antojan endriagos. Te puedo asegurar que, la noche pasada, el cielo de la corte estuvo libre de demonios.

—¿Y esa hendidura de la calle del Pez, por la que salían los azufres mefíticos del infierno?

—El infierno no está en el centro de la tierra, como os dicen, como tú mismo dices cuando predicas, ni con ninguna clase de combustibles. El infierno es frío.

Al padre Rivadesella le entró un escalofrío que le dejó callado. Cuando pudo, preguntó:

—Entonces, ¿dónde está?

—El infierno no está, es. Igual que el cielo.

—Pues no lo entiendo.

Había salido la luna, que partía en dos el ambiente: la mitad del claustro en tinieblas, la otra mitad iluminada, y el resplandor permitía al padre Rivadesella percibir los contornos de la sombra que, a su izquierda, se mantenía con las piernas cruzadas, pero que movía las manos. Quizá llevase barba puntiaguda, quizá no; quizá llevase la melena caída sobre los hombros, como cualquier caballero.

–Si sostuviese esa tesis delante de un tribunal, me mandarían a la hoguera.

–Según. Si la disputa se desarrollaba en latín, quizá sí; pero, en lengua romance, las diferencias entre el ser y el estar son muy evidentes.

–Sí; pero las disputas teológicas se desarrollan en latín.

–En esa lengua también es posible distinguir entre el ser y el estar.

–Pero no tan claramente.

El fraile se remegió en su asiento, como inquieto.

–¿Es éste el tema de nuestra reunión de hoy?

–El tema, eres tú el que lo propone.

–Pues lo que hoy nos preocupa a todos los teólogos es esa ocurrencia del Rey, de ver a la Reina desnuda.

–Desde mi punto de vista, la cosa carece de importancia. ¿Qué más da que la vea desnuda que en camisón?

–Pero, ¿de verdad que no es pecado?

–Sólo es pecado lo que se hace como pecado, y en la conciencia del Rey no hay semejante intención. Se trata de una simple curiosidad y de un deseo legítimo.

–¿Legítimo?

–¿Por qué no? A mí, por lo pronto, no me va ni me viene, y supongo que al Otro le sucederá lo mismo. En esas cuestiones, solemos estar de acuerdo.

–Entonces, que el Rey vea o no a la Reina desnuda, ¿no influye en la llegada de la armada a Cádiz, o en la derrota de nuestras tropas en Flandes?

–La arribada de los barcos a Cádiz depende sólo de que los ingleses lleguen a tiempo de impedirlo, y la derrota de las armas españolas en Flandes tiene bastante que ver con la calidad del armamento, con la disciplina de las tropas y con la posición de los contendientes. Dados esos factores, ganará el general que sepa usarlos mejor.

–Entonces, ¿no influye la oración? En todas las iglesias de estos reinos se ruega por la suerte de la monarquía.

–Sí. Sin pensar si lo que vosotros llamáis suerte de la monarquía es justo o injusto. El Señor sólo escucha las oraciones que imploran la piedad y la justicia, y vosotros no sois justos ni piadosos. No sois más que católicos.

–¿Es que tú no lo eres?

–Sí, pero a mi modo. Quiero decir que lo soy desde la parte contraria.

El padre Rivadesella se rascó la cabeza, y lo hizo en silencio, pero en su mente se abría paso, con dificultades, una pregunta arriesgada. Más que una pregunta, una corroboración.

–Entonces, que el Rey vea o deje de ver el ombligo de la Reina, es un acto intrascendente.

–Ni para Dios ni para mí hay reyes ni vasallos, sino sólo hombres y mujeres. Tampoco hay Estados, ni monarquías. Todo eso lo habéis inventado vosotros, y pretendéis involucrarnos en vuestras peleas. Pero, para nosotros, no hay hugonotes ni católicos, ni hay cristianos ni turcos, sino hombres de buena o mala voluntad. Los de mala voluntad son los que a mí me tocan, y ya estoy harto.

El padre Rivadesella se había estado santiguando, una y otra vez, y cuando el Maligno terminó su perorata, llevaba una cruz a medias.

–¿Leíste a san Agustín? –le preguntó al Diañu, y éste le respondió:

–Ése es uno que se me escapó de las manos por puro milagro. Sí, lo he leído, y aunque en parte tenga razón, en parte no la tiene.

–¿Niegas la Providencia?

–La entiendo de otra manera, que es la correcta, según se me alcanza, y no olvides que habré perdido el favor del Otro, pero que mis buenas cualidades subsisten. Después de Él, soy el más inteligente de los seres.

Sobrevino un gran silencio que oscureció más todavía el ámbito del jardín, acaso porque una nube furtiva había cubierto la luna. El padre Rivadesella se regocijaba en su intimidad de aquellas circunstancias que le permitían dialogar, de tú a tú, con el ser más inteligente de la Creación, después de Dios, sin necesidad de aquellas ataduras, ascesis y sacrificios a que se sometían los que con Dios hablaban: coloquios de los que no debían de sacar gran cosa, al menos en el orden conceptual, a juzgar por lo que escribían después, que todo se les iba en éxtasis y deliquios, como si Dios no fuera inteligente, sino sólo amoroso. El corazón del padre Rivadesella no era de los que se conmovían fácilmente, en tanto que su inteligencia, a partir de ahora, quedaría preocupada por aquel modo de entender la Historia que excluía de la Gran Batalla a Dios y al Diablo. De pronto, dijo el Trasgu:

—Todo lo que estás pensando puede llevarte a conclusiones erróneas. Déjalo donde está y otro día continuaremos. Ahora tengo que irme a Roma.

—¿Qué se te pierde allí?

—Tengo mi oficina abandonada y las cosas del señorito no van bien. Quiero echarle una mano.

—Pero, ¿no te basta con quererlo para que todo se arregle?

El Trasgu se levantó; la oscuridad más compacta de su cuerpo revelaba una figura esbelta, y, a poco que se moviera, cimbreante. Al padre Rivadesella le recordó algo, pero, al igual que aquella tarde en la sala de los consejos del Santo Tribunal, lo único que se le representó en la mente fue la figura de un gallo.

—Los milagros menores me están vetados. Si quiero ayudar a alguien tengo que hacerlo por los medios corrientes, y no es nada fácil.

7. Todo quedaba ordenado, en el palacio y en la monarquía: hasta los cortesanos congregados en un salón donde

Capítulo 3

un quinteto napolitano tocaba música. El Valido echó un vistazo a la posición de sus papeles encima de la mesa: lo hacía todas las noches, al marcharse, para saber al día siguiente si alguien había hurgado en ellos, y en cuáles. Los accesos al despacho quedaban cerrados por dentro, y él salió por una puertecilla cuya llave le cabía en la escarcela. En la antesala dormitaban dos ujieres; medio les despertó al decir: «¡Hasta mañana!». A su paso por los corredores, varios sombreros se rindieron, pero los guardias no golpearon el suelo con las alabardas, porque el que pasaba no era todavía Grande, y, ante el Rey, tenía que arrastrar las plumas del sombrero. Sin embargo, se le saludaba con respeto y se le miraba con miedo. En la escalera que bajaba hasta el zaguán, coincidió con su prima, la camarera mayor, que también se iba. Le preguntó si tenía carruaje; ella le respondió que sí; le preguntó que si tenía escolta; ella le respondió que no.

–Pues vente en mi carroza, y te llevaré a tu casa. A estas horas, las calles de la corte no son nada seguras.

Ella aceptó, el Valido le tuvo el estribo, y uno de los gulipas que ayudaban dio recado a la carroza de la duquesa de que les siguiera. Desde la suya, por la ventanilla abierta, el Valido dio las últimas órdenes.

–Si llegan correos de Andalucía o de Flandes, que vayan a mi casa, cualquiera que sea la hora.

Cerró la ventanilla y se volvió a su prima.

–Del mensaje que traigan esos dos, depende la suerte de la monarquía, y también la nuestra, porque si la armada no llega a Cádiz, ni tú ni yo cobraremos nuestros emolumentos. Las arcas del Rey están vacías.

–Pues me gustaría saber en qué se gasta el dinero, porque los sueldos son bajos, la comida mala, y los vestidos de la Reina, de lo más barato que se encuentra en el mercado.

–¡No sabes lo que se pierde en pagos de intereses! Más de la mitad de lo que llega se lo llevan los acreedores.

—¿Y las guerras?

—¡Bah! Nuestros soldados viven de lo que pillan.

La carroza, escoltada de cuatro arcabuceros a caballo, había dado la vuelta a la plaza de armas del Alcázar y atravesaba la puerta. Gente en grupos no se dignaba mirarla: aquí, unos golfos jugaban a los dados; más allá, un ciego con su guitarra, cantaba sus sátiras en verso, y cuando no sátiras, milagros. Y en otros corrillos de hambrientos probablemente se murmuraba, y en la indiferencia al paso de las carrozas mostraban su desprecio. El Valido comentó:

—Nadie nos ama.

Y la duquesa le respondió:

—Motivos para amarnos, no les damos.

—Las cosas vienen así.

—Pues ellos, lo mismo que nosotros, procuran que no les cojan.

Quedaron en silencio. La carroza daba tumbos por las calles mal empedradas; de vez en cuando, la luz de una lamparilla dejaba caer un destello fugaz sobre los rezagados enfrentados. El Valido se santiguaba; la duquesa, no.

—¿Y qué sucede por los aposentos de la Reina? —preguntó, por fin, el Valido.

—Allá ha quedado, en espera de un baño tibio.

—¿Dices de un baño?

—Sí. La pobre cree que su marido la visitará esta noche.

—Habrás dejado todo bien dispuesto.

—Por lo que a mí respecta, sí, y con harto dolor de corazón. No es que ame a la Reina con amor sublime, pero me da pena de la pobre chica, compuesta y sin novio, como quien dice.

—Las cosas no pueden ser de otra manera.

—Lo que yo no me explico, es con qué derecho os metéis en esas intimidades. Si los Reyes quieren dormir juntos, allá ellos. Si se quieren desnudar será porque les gusta. Yo, si las cosas vienen bien, también pienso hacerlo esta noche.

Capítulo 3

—Eres una viuda decente. Si andas de trapicheo, y se sabe, puedes perder tu puesto.

—También soy una viuda joven, y estas noches calurosas no invitan a la soledad. Tampoco las frías del invierno, es lo cierto. En el invierno, el cuerpo pide el calor de un compañero.

—¿Y también te bañas?

—Sí.

—¿No tienes miedo a que te denuncien?

—La azafata que me ayuda se baña también, y tampoco duerme sola. En cuanto a mis criadas y criados, los que no son moriscos o judaizantes, son de la secta iluminada, de modo que callarán por la cuenta que les tiene.

—Eso se llama rodearse de precauciones.

—No hay más remedio que hacerlo. Tú dices que las calles de la corte no son seguras. Pero, ¿hay algo seguro en la corte? Tú, de quien se dice que serás el hombre más poderoso de la monarquía, ¿estás seguro? ¡Ni siquiera el Rey lo está!

Fuera sonó un ¡Sooo! autoritario y prolongado, y se detuvo la carroza. Los cuatro arcabuceros se situaron a los lados, junto a las ventanillas. El Valido sacó la cabeza.

—¿Sucede algo?

—Una procesión, Excelencia.

Habían llegado a un cruce, y por la calle que cruzaba, pasaban dos filas de frailes con antorchas, y, en el medio, penitentes con maderos, con cadenas en los pies, con disciplinas que les marcaban de sangre las espaldas. Rezaban a media voz, y, cada cuantas avemarías, quejas, gritos de dolor, exclamaciones:

—¡Ten piedad de nosotros, Señor! ¡Aparta de nosotros esa serpiente maligna! ¡No castigues a tu pueblo inocente!

Cerraba la doble fila el padre Villaescusa, de sobrepelliz y bonete, con una cruz negra alzada que apoyaba en su cintura. Tardaron en pasar un rato. Después la carroza del Valido siguió su camino, hacia el hogar de la duquesa.

8. El Rey pudo echar un vistazo al espejo, de refilón, y a pesar del miedo que le hacía temblar, miedo o quizá deseo, aprobó, al menos en primera instancia, la imagen que el espejo le devolvía. Entonces se miró de frente y con franqueza: se había puesto un traje blanco, sin más adornos que el realce de la tela, y había conseguido dominar, a fuerza de agua y peine, el cabello rebelde y pálido, que, así aplastado, remataba bien la figura. Llevaba al cuello colgada una miniatura del Toisón, y estuvo a punto de quitársela también, pero, como pensaba dar una vuelta por el salón donde a aquellas horas aún quedaban cortesanos, prefirió dejarla, aunque más tarde se la guardase en la escarcela. Se sonrió a sí mismo, y salió. Al llegar al corredor más ancho, escuchó músicas que venían de la parte del salón, y hacia allí se dirigió. No abrió la puerta de golpe, ni permitió que lo anunciasen, sino que primero la entreabrió, y pudo ver a la gente danzando y, allá al fondo, subidos a la tarima, una tropa de músicos y cantores. Le pareció un buen presagio, entró y se deslizó pegado a una de las paredes, sin que nadie le hubiera descubierto, o, al menos, sin que nadie diese muestras de que lo había visto entrar. Se acogió al hueco de una ventana, casi tapado por las cortinas, pero allí había alguien, o recatado, o escondido. El que allí estaba, se destocó y rindió el sombrero. El Rey lo reconoció en seguida.

—Esta mañana, conde, os he mandado cubriros.

—Pero Vos, Majestad, vais ahora destocado, y no encuentro cortés...

—Gracias, conde. ¿Qué sucede?

—Que la señorita de Távora danza ella sola en medio de ese corro, y lo hace tan bien, que la contemplan y le llevan el ritmo con las palmas.

—Es hermosa, además.

—Sí, Majestad, muy hermosa y ligera de cascos, según dicen.

Capítulo 3

—Hay tantas murmuraciones en la corte.

—Algunas con fundamento.

—¿Y no os tienta danzar? ¿O es que la vida de la mar no os ha dado lugar a aprenderlo?

—Si Vuestra Majestad lo autoriza, me gustaría hacer frente a esa portuguesa.

—Sólo en el caso de que pudiera verlo desde aquí, sin ceremonias.

—Prometo a Vuestra Majestad la mayor discreción.

El conde de la Peña Andrada hizo una reverencia y salió del escondrijo. Nadie advirtió su llegada, hasta que traspasó el corro de cortesanos y se plantó delante de la de Távora. Le hizo una reverencia y lanzó el sombrero al aire; pero el sombrero, como un bumerán, voló por el salón y volvió a la cabeza de donde había salido. Los cortesanos, unánimes, dijeron «¡Oh!», y la dama portuguesa se detuvo en su danza.

—¿Me permitís danzar con Vos?

—¡Si sois capaz...!

Los músicos habían suspendido la tocata, pero la reanudaban a una señal del conde. Se ensanchó el corro. La señorita de Távora llevaba la iniciativa, pero el conde la seguía sin un error; hasta que fue él quien tomó la delantera y la señorita de Távora le seguía, ágil, esbelta, desvergonzada, por cuanto a veces alzaba las faldas y dejaba al descubierto la hermosura de sus piernas, envueltas en medias moradas. El Rey, desde su escondite, no perdía ripio, y gozaba de la agilidad y destreza de los danzantes, y con las figuras y puntos hasta entonces nunca vistos en la corte, a que se entregaban. Hasta que alguien le chistó: Colette, la azafata de la Reina, estaba junto a él. No le hizo reverencia ni clase alguna de ceremonia. Se limitó a aproximarse hasta poderle pegar la boca a la oreja (el Rey se había inclinado), y decirle:

—Esta noche, señor, a las once en punto. No se demore Su Majestad.

Y se escurrió la azafata, hasta perderse tras la oscuridad de un portón. Los bailarines continuaban su loco juego de ida y vuelta, de toma y daca, de oferta y de repulsa, de seducción y rendimiento; hasta que la mademoiselle no pudo más y se dejó caer, aunque cuidándose de guardar la compostura, pues nada se le vio que no pudiera vérsele. El corro de cortesanos aplaudió, el conde de la Peña Andrada la ayudó a levantarse, y en la operación de ayudarla, ella le deslizó al oído que le esperaba aquella noche para una danza más recoleta.

–A eso de las once, más o menos.

Cuando estuvo de pie, la señorita de Távora hizo una reverencia al público, la volvieron a aplaudir. Pero en aquel momento el Rey había salido de su escondite, y se aproximaba al corro de los cortesanos. Se inclinaron todos, pero el Rey fue derecho a doña Francisca, y le dijo, mientras ella se inclinaba:

–Danzáis maravillosamente, señorita.

Y ella le respondió:

–Pues mi pareja tampoco lo hizo mal. –Y dirigiéndose al conde le preguntó–: ¿Dónde lo habéis aprendido?

–En todas las islas perdidas de esos mares donde los hombres y las mujeres danzan, pero muy especialmente en el norte de Portugal.

Una lágrima de saudade nubló los ojos de doña Francisca.

–Debí suponérmelo. Sólo allí se bailan esos puntos y esos trenzados.

–Un poco más arriba, señorita, también.

–¿Es que sois de por allá?

–¿No me lo notáis en el acento?

–Sólo había notado que cantáis al hablar.

El Rey preguntó: «¿Qué hora es?» Y le respondieron que poco más de las diez. «¡Que siga la danza!», ordenó, pero el conde de la Peña Andrada se apartó de los danzantes y quedó al lado del monarca.

—¿Estás cansado?

Por respeto a la presencia del Rey, se inició una lenta, ceremoniosa y aburridísima pavana, en la que doña Francisca no tomó parte: se escabulló hacia los internales del palacio. El conde de la Peña Andrada fue empujando suavemente al Rey, hasta alejarlo. Mantenía el sombrero en la mano, y comenzó a describir las danzas de mujeres desnudas que había presenciado en las islas del mar del Sur, y lo que de ellas había aprendido.

—¿Y esas mujeres andan desnudas todo el día?

—Sí, Majestad. La suavidad del clima se lo permite.

El conde pensó que, en aquel momento, el Rey lamentaba no serlo de una de aquellas islas. Por ahorrarle tristezas, cambió de conversación.

9. —Y el Rey, ¿qué te dijo?

—De palabra nada, pero se le iluminó el rostro como si le hubiera encendido dentro una luz. También enderezó el cuerpo, que parecía un poco decaído. Fue como si el recado le hiciera otro hombre.

—¿No danzaba con los otros?

—Los contemplaba desde un rincón, y no parecía muy divertido.

—Entonces, ¿tú crees que vendrá?

—Estoy completamente segura.

Encima de la cama de la Reina, cabida para cuatro, donde la rubia, frágil inquilina tenía suficiente con un rincón, había extendido hasta media docena de camisones, distintos de corte, en la materia del tejido, en la intención moral. El más llamativo de ellos, pesado de textura y con mucho realce de bordados, rígido hasta tenerse de pie sin necesidad de soporte, mostraba, a cierta altura, un agujero ribeteado, y encima, una cruz encarnada, y esta leyenda en letras oscuras: «Vade retro, Satanás». La Reina lo señaló.

-¿Será éste el que me ponga? Todos los confesores lo aconsejan, y sé de alguna de mis damas que los usan parecidos.

-Con esas rigideces, señora, será un embarazo quitárselo. Además, esa leyenda echa atrás al más pintado.

-Tú, ¿cuál me aconsejarías?

La azafata señaló uno de seda suave y casi transparente, escaso de anchuras y corto, que le vendría a la Reina hacia la mitad del muslo.

-Ése, sin duda.

La Reina se cubrió los ojos con las manos.

-Pero, ¡si apenas cubre nada!

-Señora, si no he entendido mal, se trata de acabar enseñándolo todo.

-Sí, pero sólo al final. Primero tengo pensado organizar al Rey una o dos peleas. Una, al menos, desde luego: ayer se escapó de palacio y durmió con una furcia.

-Vuestra madre, mi señora la Reina de Francia, tenía pruebas fehacientes de que el Rey, vuestro padre y mi señor, la engañaba con todas las mujeres que encontraba a su paso, y, sin embargo, jamás se lo recriminó. Vuestra madre, la Reina mi señora, puede ser un buen ejemplo en este caso.

-Es que tampoco puedo quitarme el camisón así como así, sólo porque él me lo pida. Habrá que pelear un poco.

-En ese caso, mi señora, estoy de acuerdo, a condición de que todos los noes que pronuncie Vuestra Majestad valgan por otros tantos síes.

-¿En español o en francés?

-Yo los alternaría.

La Reina cogió el camisón elegido por Colette: cabía en un puño de puro sutil; y cuando lo extendió en el aire, se veía a Colette a través de su tejido.

-Si llevo esto puesto -dijo la Reina-, me temo que no tendrá necesidad de desnudarme.

-Esa prenda, Majestad, es un símbolo, y a los símbolos también se los destruye.

La Reina empezó a recoger los otros camisones y se los entregó a Colette.

–Guarda eso. ¿Cómo estará el baño?

–No muy caliente, me temo.

–La noche pide algo de fresco para el cuerpo. ¿Están bien cerradas las puertas?

–No pase cuidado Su Majestad: sé de muchas grandes damas de palacio que también se bañan, y, además, se perfuman. Así gustan más a los hombres.

–También ellos podían lavarse un poco y oler mejor.

La azafata abrió una puertecilla, y precedió a la Reina con el candelabro en alto. Había, en medio de la habitación, una tinaja ligeramente antropomorfa, llena de agua. La azafata examinaba a la Reina con atención, sin dejar el candelabro.

–¿No miras demasiado, Colette?

–Nadie diría que Vuestra Majestad ha tenido un hijo.

La Reina, sin responderle, se metió en el agua: cuidadosamente, primero esto, después aquello, luego hasta la cintura, finalmente hasta el cuello. Colette dejó la luz encima de un arcón.

–Voy a buscar la toalla.

Y salió sin ruido.

10. Con un catalejo como aquél, traído de regalo por algún almirante vencido, se veía claramente, desde la ventana del salón, la esfera del reloj de la torre de San Pedro, a aquella hora que le daba la luna. Esperó el Rey a que faltasen sólo cinco minutos, dejó el catalejo en cualquier parte, y salió a la antesala, donde los guardias se habían dormido; pasó en puntillas, cerró con cuidado, y ya en su cuarto empujó el picaporte que abría la puerta de aquel corredor que le unía con los aposentos de la Reina; y el picaporte obedeció, no la puerta, cerrada seguramente con llave. Hizo, sin embargo, un par de tentativas inútiles, y sólo a la tercera volvió sobre sus pasos,

pero saliendo a un corredor lleno de sombras, que recorrió casi hasta el final. Allí la puerta cedió: era la misma que aquella mañana el padre Villaescusa había atravesado con la cruz. Entró en una antesala en penumbra, y, al cerrar tras de sí, oyó como un rumor de rezos. Abrió otra puerta, y se halló en una sala, alumbrada por los cuatro cirios que marcaban las esquinas de un ataúd puesto en el suelo, encima de una alfombra negra. Al fondo, un grupo de frailes con las capillas echadas, rezaba a media voz. Los cirios iluminaban lo bastante el ataúd, de modo que el Rey pudo ver el rostro de su confesor, vestido con sus hábitos, las manos cruzadas sobre el pecho, y, entre ellas, una crucecilla de palo liso. El Rey, después de un titubeo, se arrodilló, contempló al muerto, se cubrió los ojos con las manos, y rezó un padrenuestro turbado de imágenes lascivas, mitad recuerdos, mitad esperanzas. Pensó que estaba pecando, pero reflexionó que imaginar a su mujer desnuda no era pecado. Se levantó, se santiguó y se dirigió a la puerta del fondo; pero, los frailes se habían juntado frente a ella en un grupo compacto, y seguían rezando, inmóviles; dio varias vueltas en busca de un lugar penetrable, y acabó por decir: «Dejadme, soy el Rey». Pero ellos no se movieron, ni le respondieron, ni dejaron de rezar. Intentó abrirse paso, pero parecían de piedra, no sólo inmóviles, pesados. Quedó, con su cara pasmada, en el lugar vacío entre el ataúd y los frailes rezadores, no sabiendo qué hacer. El poco latín que sabía le permitía reconocer, en los rezos, los salmos penitenciales, aunque sin el gorigori, y ganas le vinieron de unirse a ellos y rezar también. Pero le pareció que la mirada del difunto traspasaba los párpados y le miraba como lo había hecho aquella tarde, al decirle que no era pecado ver a su mujer desnuda, y que en vez de tener los lechos y los aposentos separados, debían dormir en la misma cama, como la gente sencilla, para que los cuerpos se conociesen y se acostumbrasen el uno al otro: que así lo mandaba la ley de Dios. Hizo una genuflexión delante del ataúd, y salió de aquella sala por donde había entrado,

Capítulo 3

atravesó la antesala en penumbra, y se halló por segunda vez en el inmenso pasillo. Había muchas puertas: las fue tentando una a una, pero todas estaban cerradas. Y tuvo la sensación de que el mundo estaba cerrado para él, de que lo habían rodeado de soledad y de silencio, y de que los aposentos y el cuerpo de la Reina eran inaccesibles. Se echó a llorar.

–Llorando no se va a ninguna parte, señor –dijo, al lado de su oído, una voz tenue: reconoció al conde de la Peña Andrada.

–¿Qué hacéis aquí?

–Voy a una cita, como Vos.

–Todas las puertas están cerradas.

–La mía, no, Majestad.

–¿Y por qué tú gozas de ese privilegio?

–No soy el único, señor. Detrás de cada puerta cerrada hay una cama y una pareja. Algunas son legales. Las más, no. La que me espera, por supuesto, no lo es.

–Ya será esa casquivana de doña Paca de Távora.

El conde le respondió con una ligera inclinación.

–Es muy hermosa dama, Majestad.

–A la Reina no le es simpática.

–Es natural, señor. Una refinada francesa y una exuberante portuguesa no están llamadas a entenderse. Es como si Vuestra Majestad comparara a Camoës con Ronsard.

–De Camoës he leído muchos versos, pero a ese otro no le oí nombrar nunca.

–Seguramente, señor, Su Majestad la Reina lo sabrá de memoria.

El Rey quedó pensativo.

–¿Sabes que la Reina me estará esperando?

–Lo supongo.

–¿Sabes que me han cerrado todas las puertas que conducen a su aposento?

–Si no fuera así, Majestad, no os hubiera encontrado llorando en estas soledades.

—¿Y qué piensas?

Se hallaba al extremo del pasillo junto a una ventana cerrada. El conde abrió las maderas, y entró un difuso resplandor de luna.

—Si abrimos las vidrieras, oiremos latir el corazón de la ciudad dormida.

—Ábrelas.

Quedaron las vidrieras franqueadas, y, a la vista, una parte de la corte dormida y lunada. Todo estaba en silencio.

—No oigo ese latir que dices, conde.

—Hay que levantar el silencio como se levanta un cobertor. Entonces llegará hasta nosotros un bullicio lejano hecho de mil ruidos diferentes, desde el grito del que asesinan en la oscuridad unos rufianes pagados, hasta el gemido de placer de una muchacha que acaba de descubrir el amor, porque su marido se fue de viaje y ella ha decidido, por fin, recibir como amante al hombre que la cortejaba. ¿Sabe Vuestra Majestad que ese hombre le pedirá que se desnude? Pero también hay maridos que arrojan a sus mujeres del lecho porque ellas pretenden desnudarse. Los hombres y las mujeres de esta corte no piensan hoy en otra cosa, porque se dijo que el Rey, Nuestro Señor, quería ver a la Reina desnuda. Se dijo en todos los corrillos, en todas las esquinas, en todos los locutorios. No se dijo, pero se aludió, en los púlpitos, y andan por la ciudad procesiones de penitentes en rogativa de que no les alcance la venganza del Señor por los pecados del Rey.

Una mano delgada y blanca le interrumpió.

—Mi confesor me dijo que no era pecado. Por cierto que... mi confesor ha muerto esta misma tarde. ¿No lo encuentras sospechoso?

—La vida del padre Valdivielso pendía de un hilo, y un disparo de pólvora sin bala se lo rompió. Mucha gente creyó que se trataba de un trueno, yo entre ellas, pero se me ocurrió fisgar, y conozco muy bien el olor de la pólvora.

—¿Qué piensas de todo esto?

—El Gran Inquisidor ha nombrado esta tarde nada menos que cuatro comisiones para que dictaminen el caso. Porque lo que para Vuestra Majestad es sencillo y legal, a ellos se les antoja, sobre todo, cuestión de Estado. Ellos ven al diablo por todas partes, salvo algunos que no creen en él, pero que se ven obligados a fingir que creen, porque, si no, los queman.

El Rey volvió a quedar silencioso. Se escuchaba a sí mismo, pero se conoce que aquella operación tenía algo que ver con el cobertor, porque dijo:

—Ahora, efectivamente, escucho un leve rumor...

—Dejémoslo ahora. Si Vuestra Majestad quiere saber lo que pasa de noche en la villa, pídale un informe al señor Valido, que está bien enterado. Él sabe que hay gente que mata por dinero, y sabe que, en figones profundos como mazmorras, hay putas viejas que bailan desnudas encima de las mesas. Sabe quién roba a mano armada, y quién estafa las arcas del Estado. Tampoco ignora en qué conventos de monjas se ama a Dios, y en cuáles se ama a los cortejadores de rejas. Se le escapan, naturalmente, las violaciones, los adulterios, las vírgenes vendidas a ricos viejos lúbricos, y todas las suciedades, y todas las venganzas, y todas las adulteraciones de la verdad. Pero nada de esto importa. Lo que le preocupa es que los pecados de Vuestra Majestad impiden la llegada de la armada a Cádiz y la victoria de nuestras armas en Flandes.

—Pero, ¿qué tendrán que ver con eso mis pecados?

—Eso es precisamente lo que han de dilucidar las cuatro comisiones de teólogos de que acabo de hablaros.

—Y tú, ¿estás de acuerdo?

—¿Con el Valido? ¡Dios me libre! ¿Con la Inquisición? Vuestra Majestad lo sabe, chitón.

Pareció como si una rata grande se remegiera en las sombras de un rincón. El conde hizo ademán de sacar la espada, pero el Rey le detuvo.

—Hay muchas en palacio.
—De ésas, no tantas como Vuestra Majestad cree.

Se aproximó al rincón, dio una patada en la oscuridad, y la rata, grande como un osezno, salió corriendo.

—Ahora podemos hablar, señor. Yo quisiera ofrecer a Vuestra Majestad mis servicios.

—¿Para qué? ¿No me sirves ya con una escuadra en no sé qué parte de la costa?

—Me refiero a un servicio más inmediato. Si Vuestra Majestad me da permiso, yo vería la manera de arreglar una entrevista de Vuestra Majestad con la Reina, mi señora, fuera del alcázar y de sus asechanzas. En un lugar donde las puertas cerradas protejan y no impidan.

El Rey quedó otra vez en silencio.

—Ya me va pareciendo imposible.

—Yo lo prometo por mi honor, a condición de que la Reina esté advertida y no se oponga. Seguramente, mañana, a primera hora, Colette, su azafata, vendrá a pedir a Vuestra Majestad que justifique su ausencia de esta noche.

—Ya habrán advertido que están encerradas.

—Aun así, Majestad... La Reina debe estar precavida desde temprano. ¿Qué sé yo a qué hora podré preparar la cita? Sólo tengo una idea...

—¿La vas a madurar en brazos de doña Paca?

—¿Quién lo sabe, Majestad? Las soluciones suelen venir por los caminos más inesperados.

—No me gustaría que la portuguesa sepa que me encontraste llorando.

—No lo sabrá, lo prometo. Pero, como todo el mundo en la corte, no ignora a estas horas que el Rey no pudo llegar a los aposentos de la Reina. Eso ya se sabía de antemano cuando danzábamos en el salón.

—¿Todos cómplices, pues?
—En cierto modo, sí.

Se abrió una puerta del pasillo, y apareció la figura blanca de una mujer, con un candelabro en alto, que miraba a un lado y a otro.

–Doña Paca se inquieta, Majestad. Tengo que irme.

–Que tengas suerte.

El conde hizo una reverencia más.

–Mañana espéreme, Su Majestad. No salga del alcázar por ninguna razón.

Se hundió en las sombras, hacia la puerta donde la mujer de blanco empezaba a retirarse. El Rey oyó algo así como: «Espérame, estoy aquí». La puerta se cerró. El Rey se asomó a la ventana, a escuchar la noche, y la sombra de la rata como un osezno se escurrió a lo largo del pasillo, pegada a la pared sin meter ruido.

11. La mesa en que cenaban el Valido y doña Bárbara era de maderas finas traídas de las Indias y trabajadas por buenos carpinteros. Se alargaba, en aquel comedor largo, y hacían falta cuatro candelabros para alumbrarla medianamente; los días de invitados se colocaban ocho. Y un inmenso mantel de hilo traído clandestinamente de Irlanda por católicos huidos la cubría y colgaba por los lados. De las veinte sillas, sólo dos, puestas en las cabeceras, se ocupaban: decorados sus respaldos respectivos con las armas de segundón del Valido, y con las armas de infanzona de su esposa. Otras señales de nobleza se desperdigaban por las paredes en reposteros y otras tapicerías. Los cuatro criados de servicio, dos detrás de ella, dos detrás de él, llevaban las libreas del dueño de la casa, bien conocidas en la corte, aunque desde hacía poco tiempo. La distancia, las luces interpuestas, les impedían dialogar, pero no cambiar miradas, de ardor las de ella, de forzada frialdad las de él. Cuando plegaron las servilletas, ella se levantó, recorrió el camino que la separaba de su marido, le dio un beso en la mejilla y susurró:

—No tardes.

Y él le respondió:

—No me esperes. Tengo mucho trabajo. Mejor será que reces.

Entristecida, ella se retiró, dispuesta a rezar hasta dormirse, dispuesta a rezar buena parte de la noche. El Valido se levantó cuando ella hubo desaparecido, y salió por la puerta opuesta, le precedían dos criados con luces. Abrió la entrada de su despacho y les ordenó pasar. Cuando hubieron iluminado la estancia, los despidió con esta advertencia:

—Espero noticias. Quienquiera que venga, que se me despierte si me he acostado.

Encima de una mesa enorme había desplegado dos mapas. El uno, de la costa de Cádiz: abarcaba más o menos desde el sur de Lisboa hasta el estrecho; el otro, de Flandes. En ambos había trazados círculos y señales rojos y negros, indicando dónde estaban las escuadras, dónde estaban los ejércitos. Ante el mapa marino, el Valido, con un compás, calculó las millas de océano que separaban de Cádiz la flota que había partido de Canarias y la inglesa avistada días antes a la altura de Cascaes. Eran distancias iguales. Razonablemente, se tenían que encontrar. Pero, ante el mapa de Flandes, el Valido se sentía más torpe, porque no entendía de tácticas y de estrategias terrestres, y el compás que tenía en las manos no le aclaraba nada. Puntos rojos, puntos negros, más puntos rojos que negros. Ya se había olvidado, o al menos lo dudaba ante su confusión, quiénes eran los unos y quiénes los otros. Tendría que haber traído a algunos de aquellos militares retirados, cojos o mancos, que hacían antesala desde meses atrás para que se les reconocieran los servicios, de mariscal algunos, de meros capitanes los más. Pero él no había pensado jamás que le sirvieran para nada.

Intentó recobrar las imágenes de la escuadra, desbaratada; del oro hundido en la mar, de las plazas tomadas al asalto, de los soldados famélicos y huidos; intentó retenerlas en la mente, con la ayuda de aquellos mapas extendidos en su mesa, pero rápidamente fueron eliminadas por las de su esposa esperándole en el lecho, quizá gimoteando, quizá desnuda para atraerle más, y aunque se santiguó para expulsarlas, las imágenes persistían, se movían, las oía. Buscó remedio en un libro piadoso, pero no veía las letras, sino las imágenes que se superponían, insistentes, seductoras. Le pasó por las mientes, como remedio, disciplinarse, y se levantó para buscar una cuerda con que poder azotar las espaldas, aunque fuese vestido, pero fue en este momento cuando llamaron a la puerta. Las imágenes desaparecieron de repente. Dijo «Adelante», y entró un criado.

–Hay un fraile, señor. Y como el señor dijo que se recibiera a cualquier visita...

–¿Un fraile a estas horas?

–Sí, Excelencia. El padre Villaescusa, un capuchino.

–Tráelo aquí inmediatamente.

Se sintió, de repente, tranquilo, seguro de que, con el padre Villaescusa delante, su mente quedaría limpia de deseos impuros. Oyó las sandalias del fraile pisando suavemente las losas de la antesala, y su figura apareció en la puerta: humilde, las manos en la bocamanga, la cabeza desnuda.

–¡Excelencia!

Le mandó sentar, y el fraile lo hizo con remilgos. Le preguntó si deseaba beber algo, y el fraile dijo que no.

–¿A qué se debe, a estas horas, su visita?

El fraile había mantenido la cabeza inclinada, como hundida en el pecho. La levantó inmediatamente, como un gallo que se recresta.

–Todo nuestro plan, Excelencia, se viene abajo.

–¿Es que acaso el Rey halló una puerta abierta?

–No, Excelencia. El Rey divaga por los pasillos de palacio, esperando un milagro del demonio. Pero el milagro le va a llegar por otro lado. Ese infernal conde de la Peña Andrada le ha prometido arreglarle una cita con la Reina fuera de palacio. Mañana, precisamente mañana.

—¿Por qué le habéis llamado infernal?

—Porque es, sin duda, un instrumento del diablo.

—Del diablo se defiende el creyente con oraciones.

—Sí, Excelencia; pero el refrán lo dice claro: «A Dios rogando y con el mazo dando».

—No dudo, padre, que el refrán tenga razón, sobre todo cuando vos lo invocáis. Pero, ¿cuál es el mazo y dónde hay que pegar?

—El conde de la Peña Andrada se huelga en estos momentos con una dama de palacio. Sería fácil cogerlo con una orden de prisión. Es lo que vengo a rogarle.

—¿Sabéis que el Rey, no hace muchas horas, mandó cubrir al conde?

—Lo sabe todo el mundo, Excelencia. Es el pago de sus alcahueterías. Además, el Rey no tiene por qué enterarse. Yo sé los lugares del Alcázar donde el conde puede quedar discretamente preso. Me encargaría yo mismo de llevarle.

—¿Y después?

—Cuando la Santa Inquisición haya tomado sus determinaciones, se haría cargo de él. Discretamente también. Hay gente en las mazmorras de la plaza de Santo Domingo cuya familia la ha dado ya por muerta, y les dicen misas.

—De eso no estoy enterado.

El Valido se aproximó a un bufete, escribió algo en un papel, esperó a que se secase y se lo entregó, sin doblar, al fraile.

—¿Le parece bien así?

El fraile leyó en voz alta:

—«Por el mejor servicio de la monarquía, y de orden de Su Majestad, el Rey Nuestro Señor, dispongo que Su Excelencia el conde de la Peña Andrada sea detenido y encarcelado, en el mayor secreto, hasta nueva orden.» —El fraile alzó la mirada—. ¿De orden de Su Majestad el Rey...?

—Es la fórmula.

El fraile dobló el papel y lo guardó.

—Ahora, Excelencia, quedan un par de cosas... Cierto que una de ellas puede esperar hasta mañana; la otra, no. La otra me hubiera obligado a venir aquí a esta deshora, aun a riesgo de incomodar a Vuesa Excelencia.

—¿Cuál es la que puede esperar?

—Este informe, señor. La relación puntual de lo que sucedió esta tarde en la Suprema de la Santa Inquisición.

Sacó un rollo de papeles y lo tendió al Valido.

Éste lo depositó encima de la mesa, sin mirarlo.

—Que espere, pues, hasta mañana. ¿Y la otra cuestión?

—Mañana a las diez de la mañana, debe estar Vuestra Excelencia, acompañado de su señora, en la iglesia del monasterio de San Plácido. Yo me hallaré allí para confesarles. Lo que suceda después, mejor dicho, lo que hay que hacer, ya se le irá indicando.

—¿Por qué San Plácido?

—Porque Su Excelencia es patrón del monasterio y porque la madre abadesa, por algunas razones que me sé, se prestará a ayudarnos.

El Valido pensó en la vergüenza que pasaría su mujer teniendo que confesar sus debilidades conyugales con aquel fraile implacable.

—¿Es indispensable todo eso, padre?

—Le dije esta mañana a Su Excelencia que había que forzar a Dios. Y estoy seguro de que el mismo Dios me inspiró el remedio.

—Si así lo aseguráis, padre...

El fraile se levantó.

—A las diez, en punto, en la iglesia de la calle de San Roque. Y no por pasadizos secretos, que sé que existen, sino a la luz del día, en vuestra carroza. Sin ocultarse, pero sin dar razones a nadie, ni siquiera a su esposa.

Hizo el fraile como si fuera a retirarse, pero el Valido lo detuvo.

—Esperad, padre. Las calles de la villa son peligrosas. Os llevará a palacio mi carroza, con una escolta.

El fraile se inclinó y dio las gracias.

La plaza del alcázar estaba oscura. La carroza y los cuatro arcabuceros entraron como sombras en aquel reino de sombras. Cuando llegaron ante la puerta principal, se abrió un postigo.

El capuchino sacó la cabeza por la ventanilla.

—Mensaje de Su Excelencia el Valido para el jefe de la guardia.

Alguien vino a tenerle el estribo, y descendió del coche, el cochero le preguntó si había que esperarlo.

—No. Pernoctaré en palacio.

El postigo se había iluminado, y apareció en él el oficial, atándose los pantalones. El padre Villaescusa, sin decirle buenas noches, le entregó el papel. El oficial pidió luz para leerlo, y le acercaron una antorcha. Mientras, la carroza y los arcabuceros se alejaban.

—¿Dónde hay que buscar a este caballero?

—Está en el alcázar, y yo os guiaré hasta él. Acompañadme con media docena de soldados.

—¿Tantos, reverendo padre?

—No sabéis la clase de demonio de que se trata. Si fueran ocho, iríamos más seguros. Ocho soldados con arcabuces.

—De eso no tengo, padre. Sólo con alabardas.

—Pues vengan las alabardas, pero que las lleven brazos fornidos.

—Todos los del zaguanete lo son.

Y dio una voz, el oficial, pidiendo un retén de ocho alabarderos. En dos filas de a cuatro, el oficial y el fraile en el medio, iniciaron el ascenso de las grandes escaleras.

12. Golpearon, desde fuera, la espesa puerta, con instrumentos contundentes, y una voz que fingía aspereza gritó:

—¡Abran en nombre del Rey!

El conde de la Peña Andrada se incorporó rápidamente.

—Ésos vienen por mí.

—¿Por qué lo sabes? —le preguntó, también incorporada, las tetas al descubierto, doña Paca. Y él respondió:

—Porque la justicia del Rey nada tiene contigo.

—Pero tú eres su amigo.

—Sí, pero, del Rey abajo, no tengo valedores. Aunque el Rey ostente la justicia, los que la ejercen hacen como si ignorasen sus deseos.

—¿Te dejarás prender?

—Espero que haya una escapatoria. Por lo pronto, levántate, que yo haré lo mismo.

Saltaron de la cama, cada uno por su lado, y el conde empezó a vestirse rápidamente, mientras ella le preguntaba que qué hacía.

—Ponte ese ropón blanco y coge el candelabro más grande que haya en tus aposentos. Los recibirás con él en alto, cuando yo haya abierto la puerta.

Fuera se repetían los golpes y las conminaciones.

—Diles que esperen.

—Me estoy vistiendo, señores. Tengan paciencia.

El conde se hallaba ya enteramente vestido.

—Cuando yo haya corrido los cerrojos, mándalos entrar.

Así lo hizo. Los cerrojos, bien engrasados, no chirriaron.

—Adelante.

La puerta se abrió y tapó al conde. Aparecieron el fraile y el oficial en la penumbra del corredor; quedaban fuera los soldados con sus alabardas. El oficial dijo:

—Traigo una orden de detención contra el conde de la Peña Andrada.

—¿Y por qué vienen a buscarlo aquí? No conozco a tal caballero, ni suelo recibir a nadie a estas horas.

Se adelantó, osado, el fraile.

—Tenemos la certeza de que se esconde aquí.

—Pues búsquenlo –y, como el fraile alargase la mano para apartarla, doña Paca añadió–: Pero sin tocarme un pelo de la ropa. Al que me toque le quemaré los ojos. –Su mirada detuvo al fraile.

—Permítame pasar.

—Tienen la puerta franca.

Entraron también los soldados, y doña Paca, hecha la estatua muda del enojo, volvió la espalda a la puerta, como alumbrándoles el camino. Dos soldados, sin embargo, habían quedado de guardia, mientras los otros, así como el oficial y el fraile, lo hurgaban todo en busca del conde o sus señales. No hallaron nada.

—Tendrá que acompañarnos la señora, para declarar –osó decir el fraile.

—¿También tenéis una orden contra mí?

—No, pero una cosa se deduce de otra.

—Soy dama de honor de la Reina y miembro de la Casa de Távora. Nadie me puede detener, aunque sí expulsarme del país si así Su Majestad lo ordena. Pero los trámites para llegar a la expulsión son muy largos, de modo que váyase con Dios y déjenme dormir tranquila. Mañana protestaré como es debido, y ya veremos qué pasa.

Había hablado con tal energía y autoridad, que el oficial miró al fraile, y ambos recularon hasta la puerta, seguidos de los soldados, y cerraron. Doña Paca dejó la luz en la esquina de una mesa y comenzó a buscar al conde y a llamarlo en voz queda.

—¿Dónde estás? Ya se han ido, puedes salir.

Así llegó frente a la puerta que acababan de cerrar y frente al lienzo de pared donde el conde quedara cuando el fraile y sus secuaces habían abierto. Le pareció ver en la pared la silueta de un hombre alto, con espada y sombrero de larga pluma, como el conde: la silueta que hubiera dejado alguien al filtrarse por la pared, no muy clara, por supuesto. Acercó la luz y se desvaneció, pero al apartarla, la vio de nuevo, la gallarda silueta, con los contornos más definidos, si la miraba de frente, que se desvanecía al mirar de costado; y cuando la veía, el conde parecía sonreírle desde el fondo de los tiempos. Pegó un grito: «¡Es el demonio!», un grito lleno de pavor. «¡Me acosté con el demonio!» Y corrió desmelenada por sus estancias, doña Paca de Távora, gritando: «¡Es el demonio, es el demonio!», hasta acabar tirada en la cama, rezando y gimiendo, sin darse cuenta de que, al arrojarse sobre la sábana revuelta, le habían quedado los muslos al recacho.

13. –Ya no es cortés tanta demora –dijo la Reina; y Colette lo repitió:

–No, no es cortés.

–¿Quieres buscar al Rey, Colette? Dile que su esposa le espera ofendida, pero que todavía le espera.

–Me parecen demasiados miramientos, pero lo haré.

Colette salió del dormitorio y fue a la puerta por donde el Rey tenía que haber llegado, pero la halló cerrada. Repasó las demás por donde se podía salir de aquellos aposentos inviolables, pero todas estaban igualmente cerradas. Las sacudió con fuerza, una tras otra, pero se mostraban reacias y seguras: detrás de una de ellas le pareció percibir una salmodia rezada. «¡Dios mío!», dijo en su francés natal. Y corrió al dormitorio.

–¡Estamos presas, señora! ¡Las puertas no se abren ni para dentro ni para fuera! ¡Ni yo puedo salir, ni el Rey entrar!

–Pero, ¿por qué, Señor, por qué?

–En esta corte, Majestad, manda el demonio, aunque ellos crean que manda Dios. Pero a alguien muy poderoso le interesa estorbar que el Rey venga esta noche a visitaros.

–Pero, ¿por qué, Señor, por qué?

La Reina estaba llorando, sentada en el amplio lecho, vestida del camisón sutil que había elegido para aquella entrevista.

—Lo malo, Majestad —dijo Colette— es que yo también tenía una cita a las once, y no puedo acudir.

14. El conde de la Peña Andrada saltó de la carroza y golpeó con los nudillos el postigo de su puerta. Le abrió inmediatamente un criado portador de una lámpara.

—¿Ha preguntado alguien por mí? ¿Han venido soldados?

—No, Excelencia. Sólo una mujer que espera en el zaguán.

Lucrecia se había dormido en el sillón que le habían ofrecido para esperar. El conde la tocó y ella se despertó sobresaltada.

—¿Qué haces aquí?

—Señor, los esbirros de la Inquisición cerraron y sellaron la casa de mi ama. Pasé la tarde buscando dónde dormir, y no encontré lugar seguro. Por eso me acogí a su hospitalidad.

El conde la cogió en brazos.

—Dormirás en buena cama, sola o acompañada, como quieras.

Y le dijo al criado:

—¿Quieres alumbrarnos?

El criado echó escalera arriba, anchas escaleras de piedra clara y complicados ornamentos. Entró en los aposentos del conde, y dejó la luz en el lugar oportuno. El conde depositó a Lucrecia en el suelo y le señaló el lecho.

—Ahí tienes. Puedes esperar con los ojos abiertos o cerrados.

—Abiertos, señor, muy abiertos, si no le importa.

—Allá tú. Yo voy a buscar a un jesuita, con el que tengo que hablar. Volveré en cuanto pueda.

Lucrecia empezó a desnudarse: iba dejando las prendas encima de una silla, hasta que cayó la última. Entonces, se santiguó rápidamente y se acostó. Lejos, aunque dentro de la casa, se batió una ventana. Después empezó a silbar el viento: bajaba de la sierra como una manada de caballos que los hubieran soltado de repente: bajaban aullando por las esquinas y enfriando el aire caliente de la noche. Lucrecia, entredormida, se arrebujó como pudo.

Capítulo 4

1. Marfisa había escuchado adormilada, aunque complacida, los cantos de la hora tercia. Se arrodillaba, se levantaba, se sentaba mecánicamente, obediente a los martillazos que la madre abadesa daba en la madera de su sitial para indicar la postura que pedía la oración: miraba lo que hacían las otras monjas, y las seguía. Cuando terminó el rezo, formó en una de las filas, y al cabo de un rato de recorrer los claustros, se halló en ellos sola. Entonces buscó su celda. Al abrirla, vio a un caballero vestido de negro que inmediatamente se levantó. Marfisa no pasó del umbral.

—¿Qué hace usted aquí?

—Pase, y no se asuste. Soy el padre Almeida, de la Compañía de Jesús, y tenemos que hablar.

—¿Cómo llegó hasta aquí? ¿Con qué permiso?

—Por necesidad y siguiendo los pasadizos secretos. ¿No ha oído hablar de ellos? En la corte, todo el mundo lo sabe, y creo que en la villa también.

—¡Los famosos pasadizos! Luego, ¿son ciertos?

—Ya me ve aquí.

Marfisa echó la llave a la puerta y adelantó a la mitad de la celda.

—Por lo pronto, siéntese, si es un jesuita como dice. Luego, hable en voz queda. Estas paredes son gruesas, pero todo el mundo se entera de lo que se habla detrás de ellas.

—De lo que yo vengo a decirle, conviene que no se entere nadie.

—¿Ni yo misma?

—A usted le convendrá olvidarlo todo cuando haya sucedido.

—Todo, ¿qué?

—Ahora lo sabrá.

Marfisa se sentó en el borde del camastro.

—Pues despache pronto.

Marfisa se había echado las tocas muy encima del rostro, pero no tanto que no le quedase un resquicio por el que ver a su gusto al padre Almeida, tan guapo y de tan buena planta. No se atrevía a pensar que hubiera venido al monasterio a hacerle una proposición profesional, pero lo deseaba, aunque el tonsurado, si se miraba bien, no tuviera cara de golfo, sino de ángel. «Pero no sabrá quién soy», se dijo a sí misma cuando decidió acallar los deseos y pensar en otra cosa. El jesuita se mantenía correcto y distante. No la miraba. Y, al hablarle, lo hizo como buscando interlocutora en el aire.

—Usted conoce al Rey, ¿verdad?

—¿Cómo lo sabe?

—Eso no importa ahora. Vengo a decirle que en el alcázar hay una conspiración para que el Rey no duerma con la Reina, y que algunas personas, yo entre ellas, intentan remediarlo.

—¿Y quién le mandó venir aquí?

—Su amigo el conde de la Peña Andrada.

—¡Ese pillo! —exclamó Marfisa, y dejó que los velos descubriesen su rostro—. Alcahueteó al Rey para que durmiera conmigo, y ahora quiere devolverlo al lecho conyugal. Pues podía haberlo pensado antes, y, sobre todo, no meterme en el ajo. Después, todo se sabe, y una paga los platos rotos.

—Lo de usted ya no tiene remedio. La Santa Inquisición la anda buscando, y pronto acabarán descubriendo su escondrijo. Y como el conde y yo también seremos perseguidos, hemos pensado en llevarla con nosotros, aunque sólo sea hasta cierto lugar, donde usted irá por un lado y nosotros por el otro. Pero la dejaremos bien encomendada.

—¡Mira qué bien! Los caballeros proyectan abandonarme en mitad del desierto, para que purgue mis pecados. Pues no cuenten conmigo.

—De eso ya hablaremos después. Ahora, de lo que se trata es de que los Reyes puedan verse a solas.

—Mi casa, como usted sabe, está cerrada y sellada por los esbirros de la Santa.

—Hemos pensado que la entrevista se celebre aquí.

—¿Aquí? ¿En el monasterio?

—Aquí, señorita, quiere decir en esta celda.

Marfisa echó un vistazo alrededor.

—¡Pues sí que es un buen lugar para que se encuentren los Reyes!

—Para ellos será tan hermoso como el paraíso.

Marfisa pareció meditar, o quizá simplemente recordase.

—Mire, padre. Ni en medio del jardín más hermoso, el Rey sabrá qué hacer con la Reina.

—Tampoco ella es muy experimentada.

—Pero cualquier mujer, hasta las vírgenes jóvenes, esperan algo que el Rey no puede dar.

—De eso, ni usted, ni yo, ni el conde de la Peña Andrada tenemos culpa.

Marfisa bajó la cabeza y respondió en voz baja.

—Unas cuantas noches más, y yo lo habría remediado.

—Pero ese remedio, señorita, ni lo recomienda la moral, ni lo autorizan los protocolos de palacio. ¡No sabe usted lo pesados que se ponen los del protocolo! Buena parte de la culpa de lo que pasa, la tienen ellos.

—Y, la otra parte, yo.

—¿Cómo lo sabe?

—No es que lo sepa, lo huelo. Por ciertas cosas que pasaron...

—Por esas cosas, el Rey está empeñado en ver a la Reina desnuda.

—¿Y tiene que ser aquí?

—Después de mucho discutir, fue la conclusión a que llegamos el conde y yo.

—¡Vaya pareja!

Con un movimiento inesperado, Marfisa se arrancó las tocas: sacudió la cabeza, y se le cayó por los hombros la cabellera dorada.

—Como al fin sabe quién soy...

El jesuita pareció entretenido con una mosca retrasada que zumbaba en un rincón del techo.

—Bueno, pues ya dirá lo que quieren de mí.

—Hemos decidido que usted se encargue de recoger a la Reina en el alcázar y de traerla al monasterio. Para eso, es indispensable que la madre abadesa dé su consentimiento, pero no dudamos de su buena voluntad y de su devoción por los monarcas. No olvide que es de sangre real. Por otra parte, y según ciertos indicios, ella, al mediodía, estará muy atareada con otra encomienda no tan recomendable, pero a la que no se podrá negar. Acaso incluso más escandalosa. Como todo se sabe, y usted lo ha dicho bien, los murmuradores de la corte tendrán que escoger con qué escandalizarse y con qué divertirse por partida doble.

—Y lo de buscar a la Reina, ¿cómo?

—Yo la esperaré a usted en una carroza oscura, a la vuelta del monasterio, ahí, en la plaza. Si la hora del encuentro de los Reyes va a ser a las doce, con que usted aparezca en la plaza a las once y media, basta.

—¿Y cómo voy a salir del convento? Es de clausura, como usted debe saber.

—Pues, muy sencillo: usted abre la puerta y sale.

–Claro. No se me había ocurrido. Muy sencillo. Yo abro la puerta y salgo.

–Y si encuentra mucha gente a la salida, no se preocupe, nadie se asombrará de ver a una monja fuera del monasterio.

–Claro. Lo normal es ver a una monja por las calles buscando una carroza.

–A usted no se lo parece, pero ya verá como es así.

El padre Almeida se levantó, hizo una corta reverencia a Marfisa, y se dirigió a la puerta. Ella le siguió, y le vio alejarse por el claustro, tan tranquilo, tan seguro. Cuando el padre Almeida, más o menos, había entrado en los pasadizos secretos, Marfisa se acercó a la cámara abacial; pero una monja le dijo que la madre abadesa se hallaba en una conversación secreta con un padre capuchino de muchos perendengues: Marfisa quedó al margen, e hizo tiempo.

2. El padre Villaescusa había desplegado ante la atención atónita de la madre abadesa todos los argumentos de la razón de Estado y de la conveniencia particular en virtud de los cuales convenía forzar a la Providencia para que la esposa del Valido pariese un hijo, o, al menos, una hija, y adujo, además, que indudablemente el Señor, en Su Divina Sabiduría, le habría inspirado el procedimiento para que la esposa del Valido quedase definitivamente preñada; de lo cual se derivarían grandes bienes para la República y para la familia de los Guzmanes, en su línea segundona, no la de Andalucía, la de aquí, que sin aquella merced de Dios se agotaría en sí misma y las mercedes que el Valido esperaba recibir del Rey pasarían a ramas colaterales con las cuales el primer interesado no se hallaba en buenos términos. Pero a la madre abadesa el único argumento que la convenció fue el de que el Valido protegía a su monasterio y encontraba natural que fuese su iglesia la escogida para aquel experimento tan arriesgado que el padre Villaescusa llamaba forzar a la Pro-

videncia, pero que ella, en su lenguaje simple, llamaba desvergüenza sacrílega. Quedaron finalmente de acuerdo en el modo y en la hora, y el padre Villaescusa salió del monasterio y encaminó la carroza que le había traído tan de mañana al palacio del Valido, donde una pareja anhelante esperaba su última decisión.

Marfisa le vio salir, tan satisfecho, y sólo cuando se hubo alejado el fraile, Marfisa se atrevió a llamar a la puerta de la cámara abacial. La madre De la Cerda le dijo que adelante.

—¿Qué te trae tan de mañana?

Marfisa, de momento, se sentía cortada y tardó en declarar a la madre abadesa el encargo que le había hecho el padre Almeida.

—Pues no sé qué tendrá mi monasterio, que todo el mundo lo ha escogido como lugar idóneo para resolver sus enredos.

—Le advierto a Su Maternidad Reverenda que en el alcázar hay una verdadera conspiración para que los Reyes no puedan verse a solas.

—¿Y qué voy a sacar en limpio de todo este jaleo?

—Sugiero a Su Maternidad que pida al Rey un reloj nuevo para el monasterio. He advertido que el existente marcha a tontas y a locas.

—Pues no es mala tu idea, Marfisa. Pero, según me presentas las cosas, yo no voy a tener ocasión de ver al Rey: otro asunto muy delicado me tendrá ocupada precisamente a esas horas.

—Si Su Maternidad me lo autoriza, la petición se la haré al Rey yo misma.

La madre abadesa, nacida De la Cerda, sangre real indiscutible, meditó unos instantes.

—Es lo menos que puede hacer por este monasterio mi primo, el Rey. No te olvides de decirle quién soy yo, que, a lo mejor, se le ha olvidado.

—O no lo ha sabido nunca, madre Reverendísima.

—Y, después de todo esto, ¿qué vas a hacer?

—Por lo pronto, me iré del monasterio, de modo que Vuestra Reverencia, si la interrogan, puede llamarse andana. Después, ¿quién lo sabe? Las mujeres de mi oficio no tenemos el destino muy claro.

—Tú te mereces lo mejor, Marfisa. Si alguna vez te cansas de tu vida y necesitas un refugio tranquilo, no dejes de recordarme. Podrás vivir y morir en este monasterio sin que nadie sospeche de tu pasado.

—¿Mi pasado? Lo que me gustaría es conocer mi futuro.

—Bueno. Quedamos ahora en que, mientras todas las monjas del monasterio están en el coro, a eso de mediodía, tú meterás a la Reina en tu celda, y al Rey después, y de lo que suceda entre ellos, allá ellos. Eso es lo que quería decirte.

3. Indudablemente, el padre Villaescusa marchaba poseído por el espíritu de la prisa: un espíritu benéfico, sin duda. Su carroza corría por las calles de la villa como si las ruedas y los cascos de los caballos no pisaran el empedrado irregular, lleno de baches y de charcos malolientes, como si fueran volando. Llegó a palacio, y, sin apearse, dejó recado para el señor Valido de que todo estaba a punto, y de que la cita en el monasterio de San Plácido era a las diez. Luego regresó al monasterio y empezó a dar órdenes. Ni los obispos ni los padres visitadores las habían dado nunca con tanta autoridad.

La carroza del padre Almeida no le iba a la zaga, pero, en vez de detenerse ante la puerta principal del alcázar, siguió hasta una puertecilla lateral, por la que le dejaron entrar después de oír el santo y seña. Se halló en mitad de corredores interminables, iguales hacia delante y hacia atrás. Supo orientarse, y llegó hasta la puerta solemne que le abrió Colette.

—¿Qué busca Su Paternidad? —le preguntó, medio en francés, medio en español. El jesuita le respondió en buen francés.

—Le dices a tu señora que, a eso de las once y media, se halle vestida con un traje modesto y dispuesta a un recorrido en carroza para encontrarse con el Rey, Nuestro Señor, en un lugar discreto, lejos de las conspiraciones de la corte. Vendré yo mismo a recogerla, acompañado de una monja. Convéncela de que lo haga, y de que no desconfíe. Por debajo de la ropa modesta, puede llevar su mejor ropa interior, la misma que trajo de París y que aquí no le dejan ponerse. Que no pierda la esperanza.

—Y, usted, padre, ¿qué tiene que ver con todo esto?

—Yo estoy aquí para que el Rey y la Reina puedan verse y amarse como marido y mujer, no como Rey y Reina. Lo demás pertenece a la Providencia.

—De los que mentan a la Providencia, desconfío.

—Pues, en este caso, puedes estar tranquila. Por fin, los Reyes hallarán un lugar donde encontrarse a solas.

—Y el Rey, ¿qué sabe de esto?

—Lo sabe todo, y está conforme.

—¿Pues sabe Su Paternidad que de ese mozalbete no me fío? Es demasiado blando. Si tuviera otro carácter, ninguna de estas maquinaciones sería necesaria. ¿Dónde se ha visto que, para que un marido se vea a solas con su mujer, tengan que intervenir los protocolos y hasta el clero?

—En la parte del mundo en que estás, esas y otras maravillas son lo corriente. No pierdas el sentido de la realidad.

—De acuerdo, padre; pero no me disgustaría que todo esto aconteciera en París.

—¡Ah, París!

4. El Valido marchó de su despacho por la puertecilla de los confidentes, después de haber dado orden de que no le molestase nadie. Abandonó el alcázar por una salida de las desacostumbradas, aunque por el costado opuesto a la que había usado el padre Almeida. En una carroza ordinaria que

tenía apercibida se trasladó a su casa, a cuya puerta le esperaban su carruaje blasonado y el cortejo que solía: arcabuceros a caballo, criados de a pie, servidores emperifollados de su librea. Se había congregado el pueblo llano para contemplar el espectáculo: vieron todos cómo el Valido se apeaba y entraba en su palacio, para salir después dando el brazo a su esposa, toda vestida de negro, sin joyas y sin plumas que realzasen su belleza. Un poco triste, pero también un poco esperanzada. La señora del Valido era medianamente alta, y el traje que llevaba, por severo que fuese, no disimulaba sus hechuras. A los hombres del pueblo, aquella mujer regordeta y de andares ondulados, les gustaba. La imaginaban en la cama, aunque no se lo confesasen ni a sí mismos. «¡Vaya tía!»

Estaba la mañana fría. Al entrar en la carroza, el Valido estornudó.

–¿Tienes frío? –le preguntó a su mujer; y ella le respondió:
–No pases cuidado. Vengo bien abrigada.

Arrancó la carroza, escoltada y seguida por los criados de a pie. Iban en silencio, sin mirarse. Había pasado un buen rato de tumbos por las calles, cuando ella le tomó la mano y le dijo:

–¿Seremos capaces?
Y él le respondió:
–Malo será. Ya nos ayudará Dios.

Ella dio un suspiro y volvió a su mutismo. Así llegaron al monasterio. La gente de a pie había expulsado a los curiosos. Descendieron y entraron en la iglesia, de la mano. La iglesia estaba vacía, tan blanca, aunque negros los santos y sus peanas. Sólo al fondo, junto al altar, les esperaba una figura oscura, aunque no negra: un fraile corpulento, calvo y de perfil aquilino, un verdadero perfil de César. El Valido pensó, mientras adelantaba por el centro con su esposa de la mano, que aquel fraile estaba hecho para mandar, y que lo que buscaba era el mando. Al Valido no le hizo mucha gracia. Siguió, sin embargo, adelante, y se arrodilló en las gradas. Su esposa lo hizo inmediatamente después. El fraile no se había movido. Ellos inclinaron las cabezas, y empezaron a orar: él iniciaba el rezo, ella respondía. El fraile los escuchó un momento, y luego desapareció. La iglesia seguía vacía. *Adjutoriam nostrum in nomine Domini. Qui fecit caelum et terram.*

5. A Marfisa le pareció que su celda estaba fría y oscura. Buscó a la madre abadesa, le pidió permiso para remediarlo, y se pasó bastante tiempo agenciándose candelabros, un brasero encendido y un par de mantas de repuesto. Bajó al jardín, hurgó por matas y macizos, y pudo recoger un puñado de flores humildes: las metió en un búcaro con agua y las situó en un ángulo de su mesa. También barrió el suelo y lo dejó sin mácula de polvo. Faltaban por encender los candelabros, pero eso lo dejó para más tarde. Echó un vistazo a la celda, y halló que, como cámara nupcial, dejaba mucho que desear. Pero no había hallado nada más a mano con qué guarnecerla y quitarle un poco de severidad y desnudez: los paramentos de la iglesia estaban bajo la custodia del capellán, y Marfisa, no sólo no quería relacionarse con él, sino que no deseaba enterarlo de las modificaciones introducidas en la decoración de su celda, menos aún de su finalidad. Habían dado las once. Se quitó los hábitos, se vistió de mancebo, y echó el hábito por encima. No halló donde esconder el sombrero, y lo llevó consigo, con intención de dejarlo en cualquier asiento de la iglesia. Esperó a la media, no a la que daba el reloj del monasterio, siempre atrasado. Al entrar en la iglesia, vio en el presbiterio una figura de hombre arrodillada: no era el Rey, por supuesto. Abandonó el sombrero y se asomó a la puerta. En la calle había gente y caballos, amén de una carroza lujosa. La gente hablaba, o esperaba arrimada a la pared, y una pareja de galopines jugaba a los dados sobre la tierra. Marfisa caminó, pegada a la pared del monasterio. Nadie se fijó en ella o, por lo menos, nadie le dio

importancia. Al volver de la esquina, vio la carroza del jesuita. Entró en ella, y la carroza comenzó a caminar pausadamente.

6. El Valido, aparentando firmeza, se aproximó al padre Villaescusa, cuyo rostro parecía acumular toda la seriedad de que era capaz, hasta alcanzar las calidades de la piedra, inmóvil y hosca.

–Arrodíllese.

El Valido lo hizo en el escabel forrado de felpilla roja.

–Ante el Santo Tribunal de la Penitencia, no hay jerarquías ni tratamientos. No hay más que un penitente humillado y el representante del poder de la Iglesia, que todo lo ata y desata. Lo que vosotros atéis en la tierra, atado quedará en el cielo, etcétera.

–Sí, padre.

–Confiesa todos los pecados que hayas cometido en tu vida.

–¿Todos, padre?

–De todos los que te acuerdes, al menos.

–Sí, padre.

El Valido intentó recordar su infancia, pero lo que le venía a las mientes eran sus años de estudiante en Alcalá, sus años de rectorado. Fue diciendo desordenadamente sus recuerdos: frivolidades, putañeos, bromas pesadas, injusticias... El padre Villaescusa permanecía con el rostro inmóvil, con la mirada fija en la figura femenina que esperaba, contrita, en las gradas del presbiterio. Después, el Valido hizo un repaso breve de la vida en la corte; pasó por alto las intrigas que le habían llevado al puesto de Valido por creer que no eran pecado; pero el fraile le interrogó sobre ellas: tuvo que confesarlas. La retahíla más detallada, las intervenciones más inquisitivas del confesor acontecieron cuando empezó a relatar su vida matrimonial, y antes aun, desde el momento en que había conocido a la que iba a ser su esposa y la había deseado. Llegó un momento en que dijo:

–Ya no recuerdo más.

Pero el confesor siguió preguntándole. ¡La de cosas que sabía, o que era capaz de imaginar, aquel inquisidor infatigable!

–¿Pero eso es pecado, padre?

–Todo lo que hace un hombre que no está en Gracia de Dios, hasta su propia respiración, lo es.

A la tercera vez que el penitente dijo «No», el confesor tomó la palabra, y le dijo que sus pecados eran tantos que toda una vida de penitencia no bastaría para que le fuesen perdonados; que no sólo había que temer los tormentos del infierno, sino el infierno en esta vida, los sufrimientos morales, e incluso físicos, acarreados por la mala conciencia sin arrepentimiento; pero que él, en nombre de la Iglesia, se los perdonaba todos, a condición de que... hiciera esto, eso y aquello. Aquello era la renuncia de por vida a los placeres sensuales, llevar adelante, hasta su fin, un matrimonio casto y ejemplar. En nombre de lo cual, *Ego te absolvo ab peccatis tuis. In Nómine Patris...*

El Valido permaneció arrodillado y silencioso un rato prudencial; luego, se levantó, saludó y regresó al presbiterio, donde su mujer esperaba arrodillada. Al sentirle llegar, se levantó y marchó al confesonario, cubierto el rostro con el velo. El Valido pretendió meditar sobre los pecados que le habían sido perdonados con tan duras condiciones, pero empezó a imaginar a su mujer haciendo memoria de su vida, de soltera y de casada, y contándolo todo, y cuando ya se creía descargada de culpas, la voz apagada del fraile le entraba en la conciencia, se la revolvía, le sacaba a luz las menudencias olvidadas, o todo aquello de que ella nunca se había creído culpable, pero que ahora resultaba serlo; y la descripción del infierno en este mundo y en el otro, la pérdida de la paz, la relación desconfiada con su marido mientras uno de los dos no muriese... Le venían ganas de arrebatarla del confesonario, pero comprendió que eso también era pecado, y se arrepintió, y dio gracias a Dios por todo lo que le estaba sucediendo, y cuando sintió que su mujer regresaba, al mirarla de soslayo, advirtió que venía llorando, aunque en silencio y recatadamente. Lo que vio fue una lágrima que le caía en las lorzas del corpiño.

7. Esta vez, la carroza del padre Almeida se detuvo ante la puerta principal del alcázar. Un soldado de la guardia vino a tenerle el estribo, y quedó tieso mientras el jesuita descendía. Marfisa bajó después, ayudada del padre, y juntos entraron en el zaguán, lleno de nobles emperifollados y de soldados de la guardia. Pasaron entre saludos y miradas curiosas, y empezaron a subir las escaleras: Marfisa no recogió las haldas de los hábitos por no dejar al descubierto los zapatos de hebilla y las medias granate. Estuvo a punto de tropezar, pero logró evitarlo, una de las veces agarrándose al brazo de su compañero. Después entraron en los largos corredores.

Colette se hallaba detrás de la puerta. Abrió y les indicó que pasaran, en silencio. El jesuita le dio las gracias en francés; Marfisa, en castellano. Esperaron en una antesala. Cuando salió la Reina, el jesuita le hizo una reverencia, y Marfisa arrodilló una pierna. La Reina le dijo: «Alzaos». Mientras la Reina se cubría con un velo, Marfisa tuvo tiempo de examinarla: la halló bonita de cara y gentil de talle, aunque se juzgó más guapa y garrida. No la despreció, ni tampoco sintió envidia, menos aun celos. Echaron a andar: el jesuita delante; Marfisa detrás de la Reina, y así recorrieron pasillos, bajaron escaleras, atravesaron zaguanes. Acaso alguien se haya preguntado quiénes eran, pero nadie les estorbó el camino. Dentro ya de la carroza, quedaron en silencio. No fueron al monasterio, sino a la plaza vecina. A los soldados y a los criados que esperaban la salida del Valido y de su esposa no les preocupó quiénes eran: ¿qué más daba que un clérigo y una monja entrasen en un monasterio en compañía de una dama? El jesuita las acompañó hasta la puerta; besó la mano de la Reina y a Marfisa le dio un lugar y una hora. La Reina quedó a solas con Marfisa, ya dentro de la clausura. No había nadie a la vista. Marfisa, sin decir palabra, se situó delante; la Reina la siguió por el claustro bajo, por el alto, por los pasillos. Al llegar ante la celda de Marfisa, ésta dijo: «Es aquí». Sacó la llave de la faltriquera y abrió. La celda estaba sombría y fresca. Siempre en silencio, Marfisa encendió las velas de los candelabros, hasta dejar la celda medianamente alumbrada.

La Reina se había desvelado, y la miraba con expectación.

–Señora, yo marcharé en seguida. Ciérrese con llave, y no abra hasta que alguien llame tres veces con los nudillos. Y si Vuestra Majestad me lo permitiera, yo le daría algún consejo.

–¿Es indispensable?

–No, Majestad, pero quizá fuese conveniente.

–Un consejo, ¿sobre qué?

–Sobre su manera de portarse cuando venga el Rey.

La Reina quedó en silencio y la miró. Marfisa permanecía medio cubierta con el velo.

–¿Queréis desvelaros, hermana?

Marfisa se descubrió y aguantó la mirada escrutadora de la Reina.

–¿Sabéis que sois muy bella?

–Eso no importa, Majestad. Lo que importa es que lo que suceda aquí sea para bien del Rey y de la Reina.

La Reina se le acercó y la miró de cerca.

–¿Y tú sabes lo que va a suceder?

–Porque lo sé es por lo que me atrevo a aconsejaros.

La Reina le puso las manos en los hombros. Marfisa bajó la cabeza. La Reina se la empujó hacia arriba con la mano en la barbilla.

–Mírame. ¿Quién eres?

—Sólo una monja, Majestad.

—¿Y estuviste casada?

—Tengo experiencia.

—Dime lo que tengas que decirme.

—El Rey es joven, Majestad. Los jóvenes tienen prisa y lo atropellan todo. Sosiéguelo, atrévase a negarse con ternura. Que cada no encierre un sí inmediato. Y olvídese del tiempo que transcurra. Por cierto, ahí hay mantas por si siente frío. Y, en ese cajoncito, media docena de paños blancos y limpios. Le bastará con tres, pero a lo mejor, el santo del día hace un milagro.

La Reina no parecía haberle entendido muy bien.

—¿Tú sabes que el Rey quiere verme desnuda?

—Lo sabe todo el mundo en la corte y en la villa. Lo sabían ayer. Hoy lo sabrá ya el reino entero.

—¡Qué vergüenza!

—No, Majestad. Menos algún que otro fraile, todo el mundo lo encuentra natural.

—¿Y tú?

—Yo la he ayudado a esconderse aquí. Esta celda es mi celda, pero no volveré a ocuparla. Lo más probable es que aquí construyan una capilla al santo o a la santa que convenga.

La Reina no respondió. Miraba alrededor, y su mirada se fijó en el camastro. Marfisa dijo:

—No es digno de unos Reyes, pero no hay otra cosa mejor.

La Reina le tendió la mano, y mientras Marfisa se la besaba, le dio las gracias.

—Que todo salga bien, Majestad. Y cuando encuentre al Rey más contento, entérele de que este monasterio necesita un reloj nuevo. Si espera ya, lo entretendré un poco.

—Sí, pero cúbrete el rostro.

—Las monjas, Majestad, no podemos hablar con un hombre sin llevar la cara cubierta, aunque sea el Rey.

—Sobre todo si es el Rey.

Capítulo 4

Salió Marfisa. No sabía que a los reyes no se les puede dar la espalda, así que se la dio a la Reina, pero ésta no se fijó o no quiso fijarse. El claustro estaba vacío. Marfisa oyó el ruido de la cerradura. Se arrimó al quicio, y esperó. El Rey tardó todavía unos minutos; se oyeron pasos desorientados, y apareció al fin, allá lejos, como un fantasma delgado y negro, vacilante aún: quizá se hubiera perdido por los pasillos del monasterio. Al divisar a Marfisa, enderezó la figura y caminó con seguridad. Marfisa se había arrodillado, tenía la cabeza inclinada. Vio delante de sus ojos la mano delgada del Rey, y la besó.

–Levantaos.

Quedaron frente a frente: el Rey, larguirucho y un poco asustado; ella, firme, pero con la cabeza gacha.

–Tiene Su Majestad que esperar un poco.

–¿Está la Reina dentro?

–Sí, pero acaba de entrar.

–¿Y por qué tengo que esperar?

–Siempre conviene, señor, dar tiempo a los demás. Las cosas hay que hacerlas con calma.

–¿A qué cosas te refieres?

–A todas, Majestad. Yo sé lo que son las mujeres. Prefieren esperar y ser deseadas. Su Majestad debe ser tierno y cauteloso, no darse prisa. Una mujer, por muy reina que sea, no se entrega a la primera, y me atrevería a decir a Vuestra Majestad que, después de que entre en esa celda, no habrá rey ni reina, sino una mujer y un hombre. Que sean esposos es lo de menos. El amor no sabe de leyes ni de bendiciones.

–¿Por qué me dices eso?

–Porque me han ordenado que se lo diga.

–¿Y te han dicho algo más?

–Sí, Majestad. Que actúe poco a poco, que se porte con comedimiento y que no se desanime si la Reina hace remilgos. Todo eso forma parte del ritual.

–No será porque la han prevenido en contra.

—¿Su Majestad no saca consecuencias del hecho de que la Reina le espere aquí?

—Tienes razón. ¿Cómo hago para entrar?

—Espere un poco, acabo de decirle. Y también le aconsejé comedimiento. Esa prisa quiere decir que no me ha hecho caso.

—A un rey le cuesta caro obedecer.

—¿Y qué hace Vuestra Majestad sino obedecer constantemente? Al Valido, a los amigos, a las leyes del reino. Debe estar acostumbrado.

—Otra vez tienes razón.

Se apartó un poco de Marfisa, se acercó a la puerta de la celda y aplicó el oído.

—No se oye nada.

—Las mujeres, señor, solemos desnudarnos en silencio.

—¿Crees que se habrá desnudado?

—¿Para qué, si no, han venido Vuestras Majestades a este lugar tan incómodo? ¿Y no era eso lo que Vuestra Majestad pretendía?

—Lo sabe demasiada gente.

—Lo sabe todo el mundo, hasta yo.

Marfisa no se había movido y mantenía la cabeza baja.

—Me gustaría saber cuándo hablas por ti misma y cuándo dices lo que te ordenaron.

—Van mezclados, señor, los dictados.

—¿Puedo verte la cara?

—Lo prohíbe la regla.

—Pero yo soy el Rey.

—Sí, Majestad, pero la regla es cosa de Dios.

El Rey apartó la mano que encaminaba al velo.

—Eso dicen... —Volvió a escuchar, el Rey, a través de la puerta—. Ya debe de haber terminado, ¿no crees?

—En ese caso, señor, va mi último consejo: sea cariñoso y lento, y no olvide que quien le acompaña en el lecho es un ser de carne y hueso, pero, sobre todo, de carne.

Capítulo 4

—¿Y quién te dijo esas cosas?

—Un pajarito, Majestad.

Marfisa empujó al Rey suavemente hacia la puerta.

—Dé tres golpes con los nudillos. Le abrirán... Que haya suerte.

Se apartó y corrió por el claustro hasta perderse. El Rey la vio marchar, y juraría haber descubierto, entre el vuelo de la falda, unos zapatos de hebilla y unas medias granate, y sólo después de que ella hubo desaparecido, llamó a la puerta de la celda.

—Entra.

8. Dieron las doce en algún reloj cercano. El padre Almeida atravesó la puerta del palacio de la Santa. «Su Excelencia le espera», le dijo el portero al abrirle. Recorrió pasillos y claustros con la teja en la mano. El fámulo que le precedía se detuvo. «Es aquél», y abrió sin llamar. El padre Almeida se halló en una antesala donde dos criados que esperaban se pusieron de pie.

—Por aquí, padre, haga Su Merced el favor.

Atravesó la puerta. El Gran Inquisidor le esperaba ante su ración de clarete frío, mediada ya la copa etrusca.

—Es usted puntual, padre.

—Su Excelencia me dijo que a las doce.

—Y las doce son. Venga conmigo.

Lo llevó a una habitación vecina, donde la mesa se había puesto como para la comida de dos Reyes; tales eran los relumbres del cristal y de la plata: por el zócalo de Talavera corrían monstruos azules sobre fondo amarillo, dragones de lengua florida y colas arbóreas, enlazadas unas a otras en una repetición vocada a lo infinito. El Gran Inquisidor señaló al jesuita un asiento.

—Obedezco, Excelencia –y se sentó.

El Gran Inquisidor lo hizo inmediatamente después.

—¡Vaya tiempo que se nos ha echado encima!
—Sí, Excelencia. Tenemos ya ahí el invierno.
—Y Su Paternidad, ¿cuándo piensa marcharse?
—Mejor hoy que mañana.
—Va a encontrarse las lluvias, nada más pasado el Pirineo.
—También cuento con la nieve.
—¿Y el peligro?
—Ése, Excelencia, es el compañero de mi misión.
—Sin embargo, en algún lugar se encontraría usted a cubierto. ¿Qué le parece Roma?
—No me atrae. Prefiero las brumas y los peligros de Londres.
—Aquí no hay brumas, pero, peligros, no faltan.
—Ya lo sé.

El Gran Inquisidor hizo una seña al criado que esperaba, y en seguida trajeron una sopera humeante, repleta de olorosa menestra.

Uno y otro se sirvieron comedidamente.

—¿No es poca esa comida, para un cuerpo tan joven?
—Mi cuerpo está disciplinado, aunque no lo suficiente.
—¿Le quedan, por ventura, algunos de esos deseos que atormentan a los eclesiásticos jóvenes, y que tanto dan que hacer a los que tenemos mando?
—Me quedan, Excelencia, conatos de violencia, ganas de desbaratarlo todo a trastazos cuando veo una injusticia.
—Mala cosa ésa, puede creerme. La señal indudable de que se ha alcanzado la debida madurez es la comprensión de que siempre habrá injusticias y violencias.
—Pero no siempre las mismas.
—En eso tiene razón.

El Gran Inquisidor comenzó a comer, el jesuita le siguió, lo hicieron en silencio y rápidamente. Habían pasado sólo unos minutos cuando el criado retiró los platos y puso otros limpios, de la misma finura, de la misma elegancia. El jesuita miró el suyo y lo remiró.

—No son portugueses, padre. Bien sé que en Portugal fabrican unas lindas vajillas, pero esta en que comemos la heredé de mi antecesor, cuyo refinamiento iba por otros rumbos.

Había vuelto el criado con la fuente de la carne. Se acercó al Gran Inquisidor, pero éste le indicó que sirviera primero al jesuita.

El padre Almeida lo hizo con discreción, ni poco ni demasiado.

—Es el lomo de cerdo prometido, padre.

—¡Y qué bien huele!

Esperó a que el prelado se sirviese y empezase a comerlo. Lo hizo también, con calma, recreándose en los bocados.

—Está bueno, ¿verdad?

—Sí, Excelencia. Está realmente bueno. Compadezco a los judíos, que lo tienen prohibido.

—Pero, si son conversos...

—Incluso a los conversos, Excelencia, les da cierto repeluz.

A él, evidentemente, no se lo daba. El vino era del mismo clarete frío al que el Gran Inquisidor era tan aficionado: lo bebía en su copa etrusca, pero la del padre Almeida no le bajaba en méritos, aunque fuese moderna. Y al vino no le hacía ascos el jesuita.

Pusieron de postre un plato de naranjas recientes y algunas frutas más de temporada. El padre Almeida prefirió melón. Y cuando terminaron, el Gran Inquisidor señaló un asiento en la mesa camilla, en la que había apercibidas copas de licor y dos o tres botellas: aguardiente de Chinchón, un orujo andaluz y una botella de oporto dulce. Fue de ella de la que bebió el Gran Inquisidor. El jesuita se sirvió del orujo, y, mientras bebían, hablaban de naderías, y el jesuita esperaba que todas aquellas frivolidades acabasen de una vez, y que surgiera la conversación seria. Y ésta fue inevitable cuando el prelado, despachado ya el oporto, sacó del pecho un papel doblado.

—Eche un vistazo a eso, padre.

Desplegado, el padre Almeida pudo leer un largo requilorio en el que varios frailes, encabezados por el padre Villaescusa, pedían la detención del padre Almeida y su sumisión a un largo interrogatorio encomendado a peritos, en el que fuese examinado de doctrina. Leído el papel, lo plegó y se lo devolvió al prelado.

–¿Qué le parece, padre?

–Después de lo de ayer, no me sorprende.

–No sé si habrá leído usted que también piden la celebración urgente de un gran auto de fe, en que se quemen sin dilación todos los judaizantes, moriscos, herejes y brujos que puedan hallarse a mano.

–Sí, es la segunda parte del escrito.

–¿Y usted qué opina?

–Yo soy contrario a esas luminarias.

–Yo, también; pero a la gente de este país, o, al menos de este pueblo, le gusta el olor a chamusquina. No sé si incluso lo prefieren a la lidia de toros bravos.

–Yo no conozco a este pueblo... Soy un súbdito del rey de Portugal que ha vivido muchos años en Brasil. Allí no quemábamos a nadie, ni a nadie se le ocurría que se pudiera quemar a un semejante.

–Son tierras nuevas aquéllas, padre; allí está naciendo otro mundo, que, a lo mejor, llega a valer más que éste. Pero el caso es que esa docena y media de distinguidos teólogos me piden su detención y una fiesta de fuego. Tengo que detenerle a usted. Para lo de la quema hay que contar con el brazo secular, porque, como usted debe saber, nosotros no quemamos.

–Sí, ya lo sé. Los teólogos han inventado un subterfugio irreprochable. Ellos no queman, queman los verdugos del Estado.

–¿Y a usted le parece mal?

–A mí no se me oculta, como a Vuestra Excelencia, quiénes son los responsables. ¿Qué más da quién enciende la pira?

Capítulo 4

—¿Lo encuentra injusto?

—Lo encuentro criminal.

—A usted no se le oculta que la justicia y el crimen obedecen a criterios humanos.

El jesuita no respondió. El Gran Inquisidor midió la copa de oporto, bebió un sorbo y lo paladeó. Creyó oír que el jesuita, en voz baja, recitaba: «Buscad el Reino de Dios y Su Justicia, y lo demás se os dará de añadidura». Dejó la copa en la mesa y miró fijamente a su invitado.

—Debe usted saber, padre, porque le conviene, que lo que aquí se busca es precisamente la añadidura.

—Ya lo voy comprendiendo.

Hubo una pausa. El jesuita temió que después de ella, el prelado lo despidiese, acaso con el pretexto de una siesta, excelente representación de la añadidura en aquel preciso momento. Por eso se apresuró a decir:

—Antes de retirarme, y por si Vuestra Excelencia no tiene ocasión de volverme a oír, quisiera hacerle una confesión.

—Me parece bien, padre, pero tenga en cuenta que, hasta las tres de la tarde, no escribiré la orden de detención. Como las cosas van tan despacio, no creo que mis esbirros lleguen al convento de la Compañía antes de las cuatro. La calle de Toledo queda lejos.

—Aunque así sea, y le agradezco la advertencia, necesito que usted sepa que, a estas horas, el Rey y la Reina, Nuestros Señores, se encuentran juntos y sin vigilancia en un lugar de la corte. Espero que por fin se hayan visto desnudos.

—¿Y cuál es el lugar de esas tan deseadas nupcias?

—Una celda del monasterio de San Plácido.

El Gran Inquisidor meneó la cabeza.

—Esta prima mía siempre metiéndose en líos. Un día cualquiera no voy a tener más remedio que enviarle una visita.

—El Rey y la Reina han podido encontrarse a causa de una trama llevada personalmente por el conde de la Peña Andrada y por mí, con la ayuda de una mujer llamada Marfisa, de quien Vuestra Excelencia también tiene noticias.

—¡Ya lo creo! ¡Como que hay firmada también una orden de detención contra ella, la muy tuna! Pero no creo que las cosas pasen de ahí.

—De esa detención fue advertida a tiempo, gracias a Dios y a la caridad de las almas cristianas.

—¿Y cómo fue, padre, el meterse en ese asunto? Quiero decir en sus términos reales, no en los meramente académicos de la tarde de ayer.

—He llegado a pensar, Excelencia, que Dios me trajo aquí solamente para eso.

—¿Y usted cree que a Dios le interesa si el Rey y la Reina fornican desnudos o en camisón?

El jesuita le miró perplejo; luego le preguntó, osadamente:

—Excelencia, ¿cree usted en Dios?

Y el Gran Inquisidor sonrió tiernamente, pero su sonrisa se transformó en una mueca triste.

—Hay muchos libros escritos sobre Dios, pero todos caben en una palabra: o sí, o no.

9. El padre Villaescusa, revestido, se adelantó por el pasillo central de la iglesia. Le precedían tres monagos con la cruz alzada y los ciriales. El padre Villaescusa rodeó la pareja penitente arrodillada ante el presbiterio, subió sus gradas y quedó quieto, de espaldas al pueblo cristiano, que no estaba. Entonces, el Valido tocó en el hombro a su esposa, se levantaron y, precedidos sólo de los ciriales, marcharon hacia la escalera que conducía al coro. Los monagos quedaron fuera, y ellos empezaron a subir por un estrecho caracol de piedra hecho de vueltas y vueltas sobre sí mismo. En una de ellas, la esposa del Valido dijo:

—Me estoy mareando. Creo que voy a caer.

—Aguanta unos peldaños más. Estamos llegando.

La señora hizo un esfuerzo y empujó hacia arriba su cuerpo estremecido; el Valido se situó detrás, por si caía, para recogerla en sus brazos.

En el coro, las monjas del monasterio se habían ordenado en un óvalo grande: la mirada hacia fuera. Presidía la abadesa en su sitial. El Valido le hizo una reverencia, también la saludó la señora. Las monjas del ángulo más próximo se apartaron un poquito, y por aquella puerta penetró doña Bárbara. El corro volvió a cerrarse, y las monjas cantaron la misa: respondían unánimes y bien disciplinadas a los latines cantados, con voz deshilachada y agria, por el padre Villaescusa, allá en el altar. El Valido se arrimó a la barandilla del coro, y esperó. No había nadie en la iglesia, más que el oficiante y el monago que le ayudaba. Cuando terminaron el *Sanctus,* volvió a romperse el corro, y el Valido penetró en el ámbito secreto, que se cerró de nuevo, y las monjas, como respuesta a la campanilla que anunciaba el canon, comenzaron a rezar el salmo 50: «Ten piedad de mí, Señor, según tu gran misericordia...». Lo hacían bajo, y con voces abstractas. El Valido vio a su esposa, tendida en una colchoneta, que le miraba angustiada.

–Ánimo –susurró el Valido, y se acostó junto a ella.

La dama dijo:

–¿Y no será pecado todo esto?

–En todo caso, no recaerá sobre nosotros.

Púdicamente, la dama comenzó a remangarse las faldas. Venía con medias hasta medio muslo y sin bragas. El Valido apartó la mirada.

> ... *contra Ti, sólo contra Ti he pecado,*
> *he hecho lo malo a tus ojos...*

Allá lejos sonó, otra vez, la campanilla. Las monjas seguían recitando el salmo. No veían, el Valido y su esposa, no veían lo que estaba sucediendo en el altar, pero tampoco veía nadie lo que estaba aconteciendo entre ellos. Sus voluntades se oponían con fuerza a la tentación y aquella lucha los mantenía tensos y distantes, aunque sus cuerpos se hubieran unido ya en un momento. La esposa del Valido le dijo: «Bésame». El Valido la besó y el muro de las voluntades se desmoronó inmediatamente. El Valido sintió el placer expandiéndose por sus venas, hasta los extremos de su cuerpo y escondió el rostro junto al cuello de su esposa. Ella no se movió, pero dio un suspiro prolongado y feliz, que llenó el espacio vacío, que las monjas no entendieron, que el oficiante recibió con una sonrisa de alivio. «¡Ayyy!»

Las monjas cantaron el *Benedictus...*, y se abrió la puerta para que saliera el Valido. Al terminar, volvió a abrirse para que saliera su esposa. Venía velada, pero hipaba. Se arrodilló al lado de su marido, y éste la golpeó cariñosamente en el brazo. «No importa.» Siguió la misa. Las monjas volvieron a cantar, y cuando el preste dio la bendición, se retiraron, en su orden. También el oficiante se retiró. Quedaron solos, en el coro y en la iglesia, el Valido y su esposa.

–Esto ha terminado ya. Vámonos.

–¿Habremos pecado? –preguntó ella.

–Eso, sólo el Señor lo sabe.

Empezaron a descender por la escalera de caracol.

–Agárrate con una mano al arambol, pon la otra en mi hombro.

Así llegaron al final. La dama se arrimó a la pared.

–Espera a que me calme.

Seguía llorando, pero se sentía feliz.

10. Aparecieron a la entrada de la iglesia. Los arcabuceros del cortejo, los criados de a pie, se ordenaron. Esperaban, entre ellos, dos personajes nuevos, cubiertos del polvo de los caminos, marchitas ya las plumas de los chapeos. Se aproximó el primero y tendió un pliego al Valido, un pliego lleno de sellos, pero maltratado.

Capítulo 4

—Correo de Flandes, señor.

Y se acercó luego el segundo, con el pliego menos manoseado:

—Correo de Cádiz.

El Valido no sabía cuál abrir primero, no podía imaginar cuál de las dos noticias sería más terrible. Dio las gracias a los correos, y abrió el de Cádiz: le decían que la flota había llegado entera a la bahía, si bien cuatro fragatas de escolta seguían peleando con los ingleses en muy mala situación. «¡Menos mal!» En el segundo despacho le decían que las tropas españolas habían obtenido una gran victoria sobre los rebeldes protestantes. «¿Gracias a Dios?», salía el padre Villaescusa; el Valido le tendió los despachos y el padre Villaescusa los leyó.

—Es lógico, Excelencia. Durante toda la tarde de ayer, el pueblo recorrió en procesión las calles de la villa pidiendo la clemencia del Señor.

—Fíjese en las fechas, padre. La victoria aconteció hace más de una semana, y la flota arribó a Cádiz anteayer, justo el día en que el Rey se fue de putas.

El capuchino levantó la cabeza, orgullosamente.

—En la mente de Dios, Excelencia, el tiempo no existe. Nos dio la victoria en Flandes y favoreció el arribo de la flota porque conocía de antemano las oraciones y los sacrificios de nuestro pueblo. Yo le doy las gracias al Señor y celebro la ocurrencia de quien organizó las procesiones. Ahora, Excelencia, convendría celebrar el triunfo con un buen auto de fe. Ochenta o noventa herejes quemados sería una buena muestra de gratitud al Señor.

—Pero usted sabe, padre, que para ese festejo hay que contar con la opinión del Consejo de Castilla.

—¡Bah! Dos docenas de nobles que cuentan con una abuela o una tatarabuela judías. Nunca son de fiar. Consulte usted la opinión de una docena de eclesiásticos de prosapia clara, y verá que están de acuerdo conmigo.

El Valido le iba a responder, cuando en la puerta del monasterio aparecieron los Reyes, muy cogidos del brazo y con rostro sonriente. Todo el mundo comprendió lo que había pasado. Antes de acercarse a ellos a rendirles pleitesía, el Valido le dijo al fraile:

—¿Entiende usted las cosas?

Y el fraile le respondió:

—Sí, Excelencia. Las procesiones, las disciplinas, los sacrificios, todo eso pudo más en el corazón de Dios que el ánimo pecaminoso de esta pareja.

Pero, en tanto lo decía, el Valido se había acercado a los Reyes, se había destocado, e hincaba la rodilla en tierra.

—Alzaos, conde. Y cubríos.

—¿Cubríos? —repitió el Valido como en un sueño.

—Sí. Quiero que seas el primero en recibir los beneficios de mi felicidad. Pero eso no me impide preguntarte qué haces aquí.

El Valido sacó del pecho los despachos.

—Señor, quería que Vuesa Majestad leyese estos papeles antes que ningún otro.

El Rey los leyó con calma y atención.

—¡Vaya! —exclamó luego—. Por fin podré regalar un vestido nuevo a la Reina. —Se volvió a ella—. Mira, hemos triunfado en Flandes, y la flota de las Indias ha arribado felizmente a Cádiz.

—Gracias a Dios —le respondió la Reina; y, sin considerar que estaba ante bastante gente, dio un beso al Rey en la mejilla.

A la esposa del Valido le tembló el cuerpo. ¡Cómo le hubiera gustado besar así a su marido, en público, a la puerta de la iglesia! Pero no se atrevió, aunque sí adelantó dos pasos e hizo el *rendez-vous* a los Reyes. Cuando él le ordenó que se levantara, osó decir:

—Gracias, señor, por la merced que habéis hecho a mi marido.

—Y más que le haré, si las cosas van como hasta ahora.

El padre Villaescusa se removía en un segundo término: buscaba ocasión para intervenir, y la halló después de que el Rey ordenase al Valido que noticias tan felices habría que celebrarlas con grandes fiestas para el pueblo: toros y fuegos artificiales, que era lo que más gustaba.

—Y un buen auto de fe, Majestad, ¿no le parece el mejor modo de dar las gracias a Dios?

—La carne quemada huele mal, padre, y no sé qué pasa que el viento siempre lleva el olor hacia el alcázar. No estoy por los autos de fe.

El capuchino volvió al segundo término en que había permanecido, pero su magín empezó a maquinar el modo de participar personalmente en algo que se preparaba, y, de ser posible, aguarlo.

El Valido volvió al lado del Rey.

—Señor, no veo la carroza real por ninguna parte. Os ofrezco la mía para regresar a palacio.

—¿Y tú? ¿Vas a ir a pie a tu casa?

—¿Por qué no, Majestad? Está cerca de aquí, y de vez en cuando conviene que el pueblo vea a su altura a los que lo gobiernan.

11. Todavía los corros del atrio de San Felipe no se habían disuelto, cuando llegó a todo correr un caballero innominado. «¡Noticias, noticias!», venía gritando; y la capa volaba detrás de él, como las alas de un ángel. Se congregó todo el mundo a su alrededor, y alguien le aconsejó que se sosegase y que, si era posible, bebiese algo, porque traía la lengua fuera, como un perro sediento. De algún lugar salió un botijo, y el hombre bebió a morro hasta saciarse.

—Bueno, ¿qué es lo que pasa, vamos a ver?

—No sé por dónde empezar. Pero he visto a los Reyes salir del monasterio de San Plácido, con aire feliz y satisfecho, y acababan de llegar nuevas de Flandes donde hemos ganado la batalla, y de Cádiz, adonde llegó la flota con su cargamento de oro y de plata.

—¿Y los Reyes tenían cara de haber pecado?

—Ya le he dicho que venían felices.

—Eso quiere decir —añadió otro— que la abadesa de San Plácido les sirvió de alcahueta.

—A mí —terció un hombre maduro con acento catalán—, lo que me importa señalar es que, habiendo pecado los Reyes, hemos ganado la batalla y nos ha llegado el oro. Lo del oro es importante. Sé que los banqueros genoveses habían comunicado al Valido que no adelantarían un doblón más. Y eso era lo penoso de la situación. ¿Cómo iba a vivir el país sin un doblón más de los genoveses?

—Pero, ahora, habrá que devolverles lo que tienen anticipado, y quedaremos otra vez a dos velas.

—Una vez que hayan cobrado con creces lo que se les debe, volverán a prestar.

—Y así toda la vida, ¿no?, viviendo de prestado y con la angustia de que, si los Reyes pecan, no llegará la flota.

—Acabamos de ver, si las noticias son ciertas, que una cosa no tiene que ver con la otra.

—Ya veremos mañana lo que dicen los curas.

—Los curas pueden decir lo que les venga en gana. La cuestión es que el oro está aquí.

—Y que los Reyes parecían felices, si este caballero no viene equivocado.

—¿Cómo voy a mentir? No me lo contó nadie, lo vi yo mismo, y no a mucha distancia. Estaban como recién casados.

—Y, el Valido, ¿qué pito tocaba a esas horas en el convento de San Plácido?

—De eso no alcancé a saber nada. Pero lo más probable es que haya ido allí a dar al Rey las buenas nuevas.

—Entonces, sabía dónde estaba el Rey.

—Como es su obligación. El Rey puede ir adonde quiera y hacer lo que le dé la gana, pero el ministro debe saberlo. Para eso tiene soplones.

Intervino un caballero cruzado.

—Bien, señores. El caso es que los Reyes son felices, que hemos ganado en Flandes y que la flota de Indias llegó a buen puerto. Estamos de enhorabuena. Ahora, habrá festejos para que el pueblo se divierta, y la corona pagará sus deudas.

Había un caballero mal encarado, de anteojos y nariz grande, que estuviera callado y atento a lo que se decía. Tomó entonces la palabra.

—Caballeros, me asombra la frivolidad con que tratan este asunto. Hemos ganado la batalla, pero, ¿cuántas nos quedan por perder? La flota de este año ha llegado a Cádiz, pero, ¿llegará la del año próximo? Y es verdad que el Rey y la Reina son felices, pero, ¿cuánto les va a durar? No pasará mucho tiempo sin que tengamos razones para estar tristes, y, entonces, volveremos a hacernos en la conciencia esa pregunta que nadie se atreve a formular: ¿por qué, si defendemos la verdadera fe, el Señor no nos ayuda? Yo intento entender el mundo y no lo entiendo, y, entonces, me agarro al único clavo ardiendo: hay pecados, no sabemos cuáles, por los que el Señor nos castiga. ¿Serán del Rey o serán del pueblo entero? ¿O será, simplemente, que el Señor cambió de pueblo escogido? Yo nací bajo el reinado del gran Felipe. Aquello sí que era un Rey, aquello sí que era un pueblo, aquéllos sí que eran tiempos.

Había hablado con voz campanuda, con cierta tendencia a la solemnidad, pero su tono era más bien funeral. Tuvo la virtud de apagar los entusiasmos. La gente sin mirarse y sin mirarlo se disolvió porque era la hora de comer. Alguien le llamó cenizo.

Cabos sueltos y olvidos

1. Marfisa no tuvo que esperar demasiado. Primero llegó el jesuita, sin equipaje ni apuro; después, el conde de la Peña Andrada, con Lucrecia del bracete, que iba como una reina de altiva y satisfecha. Apenas se habían juntado, cuando llegó la carroza, con su auriga oscuro y dos cofres a la zaga. Marfisa los reconoció como suyos.

–¿Y cómo los habéis sacado de mi casa, si está sellada?

–La puerta de entrada, nada más; no la del corral. Por ella entré y salí –le dijo el conde–. Ahí viene todo lo tuyo, trajes y perifollos, y también los ahorros que tenías escondidos.

–¡Más de doscientos ducados!

–Doscientos veintisiete exactamente.

Marfisa pareció descansar de alguna grave inquietud.

–Menos mal.

El conde la apuró para que subieran a la carroza. Marfisa se sentó a su lado, y Lucrecia al del jesuita.

–No me disgustaría saber adónde vamos.

–A Roma –le dijo el conde–; es el lugar más seguro.

Salieron por la Puerta de Alcalá, donde hubo una inspección de papeles, diálogo del conde con el guardia, y soborno.

Después que traspasaron la puerta, el coche corrió con tanta prisa, que Lucrecia se durmió del miedo, y Marfisa poco después.

—Se han dormido —dijo el jesuita.

—Las he dormido —respondió el conde.

—¿Nos vamos, pues?

—Es el momento.

A una señal del conde el coche se detuvo. Abierta la puerta, descendieron. El jesuita no había visto los caballos prendidos a la popa de la carroza.

El conde vio su mirada.

—No están resabiados. Podéis coger cualquiera de ellos.

El jesuita montó en el más próximo, que era negro; el conde se acercó al castaño y lo palmoteó.

—¿Vamos, pues?

—Por mí...

—¿Hasta dónde juntos?

—Yo voy a Londres por París.

—Yo a Roma por Barcelona.

—Entonces, más o menos, hasta Zaragoza.

Espolearon y partieron. La carroza se puso en marcha y los siguió, aunque a distancia.

Cuando despertaron Marfisa y Lucrecia, se hallaron solas.

—¿Adónde fueron ésos? Porque yo no los sentí apearse.

—Al infierno, seguramente. Ya me parecía mucho que nos acompañasen.

—Pues sólo queda el cochero.

Efectivamente, el cochero oscuro azotaba con un largo látigo los caballos negros y golpeaba como un autómata: un trallazo de derecha a izquierda y otro de izquierda a derecha, cruzados; el coche corría sin tumbos, como si el camino fuese de cristal.

—¿Sabes que hay algo que no entiendo?

—Pues suerte tienes si entiendes algo, porque yo no entiendo nada.

—¿Y qué va a ser de nosotras?
—Mira, hija, Dios dirá. Mi madre me tiene dicho que, con las piernas abiertas, se va hasta el fin del mundo. Y Roma debe de caer un poco más acá.

Lucrecia reflexionó un momento; luego, dijo, con voz apagada, aunque convencida:

—En Roma hay muchas putas.
—Pues una más, como si nada.

Y en cuanto a la competencia, el recuerdo de sus propias gracias y habilidades le hizo sonreír: lo que había valido en la corte, ¿no iba a valer en Roma?

—Pues voy teniendo hambre —dijo Lucrecia.
—Mira lo que hay en esta cesta que dejaron a tu lado. Me huele que son viandas.

Lucrecia hurgó en la cesta, donde había de todo, hasta vino.

—¿Y tendremos bastante para el viaje?
—¿Qué sabemos nosotras lo que va a durar? Cuando se acabe ya veremos.

Empezaron a comer. Lucrecia se adormiló, finalmente. Marfisa, antes de hacerlo, pensó que en Roma había muchachos guapos de esos que dan gusto en la cama. Aunque fueran clérigos u obispos. Lucrecia se despertó.

—Me dan ganas de mear.
—Pues levanta el cojín en que asientas el culo. Seguramente habrá un agujero.

Lo había. Mientras, los caballos seguían corriendo, sin tropiezos ni tumbos.

2. Lo del viento fue que pasó de repente y se fue, aunque dejando el frío. En su lugar vino la niebla, primero unas vedijas, aquí y allá; después una masa compacta, oscura y gris, que se abatió sobre la villa y la ocupó, como un ejército invasor: calles, plazas, pasajes. Se coló por las rendijas y oscure-

ció los interiores. Los más viejos del lugar no recordaban niebla igual, que parecía meterse por las narices y vaciar las conciencias. Duró bastantes horas y como vino se fue, aunque llevándose consigo muchos recuerdos. Cuando el viento volvió, halló a la villa como si nada hubiera pasado, todo el mundo tan campante, alegre porque se anunciaban fuegos de artificio en conmemoración de una victoria que no le importaba a nadie. Aunque como por los caminos de Andalucía venían ya acémilas cargadas de oro y plata y de objetos de gran valor, ya se hacía más caso, porque cada cual en su medida, todos esperaban participar. El padre Rivadesella hubiera hablado del caso con el diablo, pero, aquella tarde, el diablo no acudió.

3. El que mandaba los esbirros de la Santa pidió audiencia al Gran Inquisidor, una audiencia urgente. Le recibió todavía soñoliento, como quien sale de una siesta interrumpida que se proyecta continuar.

—¿Sucede algo grave?

—Ese jesuita, Excelencia. En la calle de Toledo ni le conocen ni saben nada de él. Dicen que si será un impostor.

—¿Quién? ¿Qué jesuita?

—El padre Almeida.

El Gran Inquisidor bostezó aparatosamente.

—Será uno de esos frailes que van a su aire. Más bien eso. Distribuye tu gente por todas las puertas, pero no creo que nadie dé con él. Irá camino de alguna parte, pero, ¿adónde?

El capitán de los esbirros asintió y se retiró. El Gran Inquisidor volvió a su sillón, se instaló en los cojines, y antes de cerrar los ojos, sonrió, porque se abrió en su memoria un claro como se abren las nubes. «Espero que vaya por La Coruña. Es lo más lógico», pero antes de dormirse, pensó: «¿Quién tiene que ir por La Coruña y a qué?»

4. El Valido acababa de escribir, de su puño y letra, un despacho que decía: «A S.E. el Embajador de España ante la Santa Sede. Querido amigo: por las vías normales llegará a Roma, con calidad de correo del Rey y enviado especial, un fraile capuchino, fray Gaspar de Villaescusa, varón de muchas letras al que debéis tratar con el mayor respeto y alojarlo como su persona merece. Lleva consigo un pliego que no debe llegar nunca a la curia Vaticana: vos sabréis cómo conseguirlo. En cuanto al padre, no tenemos necesidad de verlo por aquí en mucho tiempo, y, cuando por fin regrese, convendría que su adustez se hubiera templado en la experiencia de la buena mesa y de la buena cama. Debe regresar, por ejemplo, convencido de que, mejor que quemar judías, es acostarse con ellas. Todo lo cual, señor Embajador, confío a vuestra inteligencia. Soy vuestro amigo». La carta iba firmada con nombre y título.

La releyó, la plegó, la cargó de sellos y tocó la campanilla. Entró un funcionario de su secretaría.

–Que dispongan del correo más rápido y lo expidan a Roma, vía Valencia, donde pondrán a su disposición una galera que lo lleve cuanto antes. Consideración de correo del Rey, y emolumentos anticipados. Que pase a recoger el mensaje.

Después de que el correo apareció y recibió órdenes o instrucciones, el Valido mandó a buscar al padre Villaescusa. El capuchino no tardó en venir.

–Padre, tal y como van las cosas, creo que lo mejor será que haga usted el consabido viaje a Roma, a lo que habíamos tratado. Pondré a vuestra disposición una buena carroza y una guardia a caballo, porque los caminos de la montaña catalana nunca son de fiar. Podéis hacer el viaje en siete u ocho jornadas.

–¿Y cuándo saldré?

—Los trámites son largos, padre. Agilizándolos, todo estará dispuesto dentro de tres o cuatro días. La propuesta tiene que ir acompañada de una carta del Rey, y sabéis que estos días Su Majestad anda muy entretenido, como que no sale de los aposentos de la Reina. Id a vuestro convento y arreglad los trámites con vuestra orden, pero no os demoréis más tiempo del indispensable. El viaje lo haréis con calidad de correo real extraordinario, y el viático será pingüe, porque, gracias a Dios y a vuestros ruegos, las arcas reales no están vacías.

El capuchino parecía contento, y se retiró con zalemas y promesas de rapidez.

—No olvidéis, sin embargo, mis consejos, Excelencia. Lo que no pudo hacerse cuando nos lo propusimos, podrá lograrse después del oportuno entrenamiento. Castidad en el matrimonio, Excelencia, es mi última palabra.

—Mi esposa y yo os lo agradecemos, padre. En ello está nuestra esperanza.

Cuando salió el capuchino, el Valido ordenó que le preparasen el viaje: los Pirineos y el sur de Francia, el camino más cómodo.

Pidió venia para entrar el capitán de la guardia, con un papel en la mano.

—No lo encuentro, Excelencia. En la calle de San Bernardino no hay ningún palacio, ni nadie conoce a este conde.

—¿Qué conde? —preguntó el Valido.

—El de la Peña Andrada.

—Bien. Deje ahí el papel y retírese.

Cuando el capitán salió, el Valido leyó la orden de detención contra un conde que él mismo no recordaba. Llamó al jefe de su secretaría y le tendió el papel.

—¿Usted recuerda a este hombre?

—No me suena.

—Busque en el registro, a ver.

El chupatintas salió y volvió a poco.
—No hay nadie de ese título.
El Valido se encogió de hombros.
—Retírese.
Y luego se preguntó: «¿Cómo pude firmar ese papel?»
La verdad es que una especie de nube le oscurecía los últimos acontecimientos, aunque no todos.

5. Estaban aquellas estancias llenas de sastres, azafatas, camareras, damas de corte y, gobernándolo todo, señora de semejantes territorios, la camarera mayor, duquesa de un ducado enrevesado y estéril: ajetreada y algo envidiosa, porque nadie le ofreciera jamás un traje como el que le estaban preparando a la Reina, de rosa y plata, con encajes franceses en el cuello y en las mangas, y en ciertas costuras del talle. Y la Reina en el medio, quieta como un maniquí, presta a que le tomasen medidas y a que le probasen esto y lo otro. A juzgar por los materiales, por la pericia de los sastres y costureras y por el trabajo que daba, no había reina en Europa que pudiese ponerse un traje más hermoso, y ya se estaba pensando en quién sería el pintor que la pintase con él. Se lo habían preguntado al Rey, y el Rey no lo había decidido. Sin embargo, desde el hueco de una ventana, contemplaba el ir y venir, escuchaba las voces y recibía las miradas tiernas que, desde su quietud de maniquí cansado, le enviaba la Reina. Parecía bastante distraído, y alguna vez se le escapaba la mirada por encima de los lejanos encinares, hacia el horizonte: unas miradas perdidas que buscaban algo. Lo que ahora veía el Rey, en sus ensueños, era la figura de una monja corriendo, cuyas faldas, en su revuelo, habían dejado entrever unos zapatos de hebilla y unas medias coloradas. Por razones que no se había parado a explicarse, desde hacía horas aquella imagen le obsesionaba, y le hubiera gustado saber quién era la monja y cómo era su cara. Le quedaba, eso sí, el recuerdo de su

voz, no la de sus conceptos: una voz que recordaba no sabía de dónde ni de cuándo. La Reina se le acercó, sonriente, en un descanso.

–Tenemos que ir de visita al monasterio de San Plácido, a dar las gracias a la madre abadesa por el favor que nos hizo y a hablar de cierto reloj que necesita.

Al Rey le pareció de perlas, pero no se explicaba la razón de la visita.

6. Al clérigo aquel de la nariz ganchuda y cara de mala leche le habían acompañado hasta su casa media docena de devotos, gente incondicional que le alababa su poesía y la defendía en corrillos y cenáculos, cuando la plebe la acusaba de oscura y minoritaria: «Patos del aguachirla castellana», les había llamado el maestro.

Le despidieron a la puerta, entró solo, preguntó qué había de merendar, y le ofrecieron chocolate en una jícara que empezaba a desportillarse. Lo bebió ensimismado y se metió en su despacho. La mesa aparecía colmada de papeles en desorden, algunas flores caídas, unas plumas y un puñal. El clérigo narigudo y mal encarado al que llamaban don Luis se sentó fatigado, cerró los ojos y estuvo así un tiempo, transido. Luego revolvió los papeles, y le salió uno en que había escritos unos versos: una cuarteta que empezaba: «Con Marfisa en la estacada...» Los leyó. No recordaba cómo ni cuándo los había escrito, ni a quién se referían, ni siquiera el porqué. Pero se le ocurría una continuación para terminar la décima: requirió la pluma, la mantuvo un instante en suspenso, y luego empezó a escribir. Ya no le importaba quién la había provocado, ni cuándo. Ahí había algo comenzado que convenía concluir, que requería conclusión, y, verso a verso, la fue acabando. Una vez concluida, la leyó: había muchos caballeros en la corte a quienes podía dedicarse. Le puso delante una especie de título:

A UN CABALLERO QUE, ESTANDO CON UNA DAMA, NO PUDO CUMPLIR SUS DESEOS

Con Marfisa en la estacada
entraste tan desguarnido
que su escudo, aunque hendido,
no pudo rajar tu espada.
¡Qué mucho, si levantada
no se vio en trance tan crudo,
ni vuestra vergüenza pudo
cuatro lágrimas llorar
siquiera para dejar
de orín tomado el escudo!

Índice

FILOMENO, A MI PESAR

1. Belinha 11
2. Los años de aprendizaje 76
3. Los trámites de la espera 222
4. María de Fátima 303
5. Largo interregno contado algo de prisa 365
6. La frustrada resurrección de Sotero y la apoteosis funeral
   de la Flora 403

CRÓNICA DEL REY PASMADO

Capítulo 1 481
Capítulo 2 513
Capítulo 3 541
Capítulo 4 592
Cabos sueltos y olvidos 622